Anonymus

Rudolfi Coronini S. R. I. Comitis de Cronberg

Anonymus

Rudolfi Coronini S. R. I. Comitis de Cronberg

ISBN/EAN: 9783742821010

Manufactured in Europe, USA, Canada, Australia, Japa

Cover: Foto ©Andreas Hilbeck / pixelio.de

Manufactured and distributed by brebook publishing software
(www.brebook.com)

Anonymus

Rudolfi Coronini S. R. I. Comitis de Cronberg

RUDOLFI CORONINI
S. R. I. COMITIS DE CRONBERG

QUISCHÆ, SALLINÆ, &c. DOMINI, SAC. CÆS. REG. & APOST. MAJEST. ACTUALIS CUBICULARII, & CAPITANEALIS GORITIÆ, ATQUE GRADISCÆ CONSILIARII, PATAVINÆ, ROBORETANÆ, AC UTINENSIS ACADEM. SOCII

OPERUM MISCELLANEORUM
TOMUS PRIMUS

CONTINENS

IRENÆANI JULIANORUM DIPLOMATIS CENSURAM

ERUDITIS UTINENSIBUS PROPOSITAM,

DEDICATAM AUTEM

ILLUSTRISSIMO EXCELLENTISSIMOQ. DOMINO

DISMÆ JOSEPHO
S.R.I. COMITI DE DIETRICHSTEIN

IN WEICHSELSTAT-RABENSTEIN, SUPREMO HÆREDITARIO PINCERNÆ IN DUCATU CARINTHIÆ, HÆREDITARIO VENATIONUM PRÆFECTO IN DUCATU STYRIÆ, UTRIUSQUE SAC. CÆS. REG. ET APOST. MAJEST. CUBICULARIO, ATQUE ACTUALI INTIMO CONSILIARIO &c. &c. &c.

CUI ACCESSERE

SYLLABUS TERGESTINORUM ANTISTITUM

ET

APPENDIX DOCUMENTORUM ANECDOT.

CUM

NOTIS, ET INDICE LOCUPLETISSIMO PERSONARUM ILLUSTRIUM.

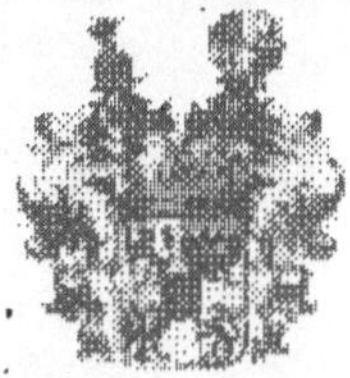

VENETIIS MDCCLXIX.

Ex Typographia Antonii Zatta,

Expensis ejusdem, et Valerii de Valeriis.

SUPERIORUM PERMISSU, AC PRIVILEGIO.

Duo sunt opera Sapientis, quorum unum est non mentiri, de quib novit; alterum vero mentientem manifestare posse.

ARIST. Lib. Elenchor.

In vetustis Diplomatis, Chartisque recipiendis ad historicam probationem non minori versandum est cautela, quam in Numis, quorum multi sub larva antiquitatis inducunt in fraudem, vix a pauc oculatioribus agnoscendam.

PAPEBROCH. Propyl. in praef.

ILLUSTRISSIMO EXCELLENTISSIMOQUE SOCERO SUO PLURIMUM COLENDO

DISMÆ JOSEPHO S. R. I. COMITI DE DIETRICHSTEIN &c.

UTRIUSQUE SAC. CÆS. REG. ATQUE APOST. MAJEST. A CUBICULIS, & ARCANIS CONSILIIS

RUDOLFUS CORONINO-CRONBERGIUS COMES S. P. D.

CUM Provinciarum, Urbiumque circumvicinarum Sacram, æque ac Profanam Hiſtoriam, Scientias præterea, Diplomaticam, Heraldicam, præcipue vero Genealogicam infinitis propemodum opinionum commentis contaminatas inveniſſem, rem Provinciarum nostrarum Eruditis, Germaniæque totius, imo & AUGUSTISSIMÆ PRINCIPI nostræ pergratam me facturum arbitratus sum, si, Illa gloriosissime imperante, TUIS sub Auspiciis contra ejuscemodi inveterata, & quotidie majus veluti a præscriptione firmamentum sumentia sycophantarum somnia litterarium bellum susciperem, quo, profligatis erroribus, dissipatisque ignorantiæ tenebris, veritate duce, comite experientia, pristinum recensitis pulcherrimis Disciplinis splendorem, dignitatem, fidem, venerationem quasi postliminio vindicarem.

Non latet Eruditos, & qui ad clavum sedent, aut publicis funguntur officiis optime norunt, quam gravia Reipublicæ detrimenta inferre valeant falsarii, quamque bene Patriæ consuluerint, qui BOLLANDOS, PAPEBROCHIOS, MABILLONIOS, MURATORIOS secuti, sive æmulatione gloriæ, sive veritatis studio eorumdem fraudes, civitatem olim apud imperitam plebem obtinentes, detexerunt. Quis enim firmam, ac quietam rerum suarum sibi promittere auderet possessionem, si impune cuilibet arbitrariis correctionibus, interpolationibusque pervertere liceret Privilegia, & Instrumenta, quibus forte genuini emptionis, venditionis, donationis, permutationis &c. tituli continentur? Quantum auctoritatis Principibus, quantum splendoris, & gloriæ vetustis Nobilium Prosapiis detraherent Impostores, si liberum illis foret confingere Chartas veteres, quibus novorum hominum ambitionem explerent, & obscuris natalibus ortos ad contemnendam, aut certe obtrectandam vitiosa æmulatione veram multarum Imaginum Nobilitatem excitarent? Sed ut reliqua silentio præteream; quis evidentem hanc non agnoscat veritatem, Cives quoscumque assentatione corruptos, ubi ex Romanorum, exempli gratia, Principumve sanguine sese progenitos crediderint, immoderatam honorum cupiditatem, arrogantesque spiritus in pectore gestare solere, ac libertatem, heroicam virtutem, potentiam, amplitudinem, & gloriam prætensæ originis perpetuo recolentes, ægro plerumque animo Principum territorialium dominationem ferre, dedignarique non raro parere Præfectis, quorum non æque, ac propria Stemmata procacissimi falsarii cum stomacho Eruditorum ad prima Trojanorum, Romanorumve tempora extenderunt? Meritissimo proinde jure JUSTINIANUS IMPERATOR Instit. Lib. IV. Tit. XVIII. de publ. Jud. gravissimas contra falsarios tulit pœnas, quæ quamquam apud nos nunc sint arbitrariæ, cum pro delicti gravitate intendi, vel remitti possint; in Gallia tamen acerbiores sunt factæ, magisque extensæ. Nam, qui falsarint sigillum, vel Privilegium Regium, catamidiari solent, & post fustigationem stigmate lilii inuri in fronte, & exilio, vel deportatione affici, bonis olim Cancellario, hodie Fisco Regio adjudicatis. Pœna quoque hæc in Clericis observanda; præcedente tamen inustionem exauctoratione, seu degradatione, ex rescripto Urbani Papæ: THOLOSANO teste, Syntagmat. Jur. Univers. Lib. XXXVI. Cap. 5. edit. Francofor. 1599. fol. 716.

Horum, quæ mox dicebam, apud nostrates in Tergestinis præcipue, præcedentibus sæculis (quando namque ineptis sycophantis fucum illis facientibus, palpumve obtrudentibus, altius se quam par esset extollebant: quod posteriori ætate, qui de illis dixerit, minime in eos æquus sit) exemplum habetur. Neque enim ex alio fonte, quam ex præstantissimæ, ultraque omnem fidem antiquissimæ nobilitatis persuasione, enata olim arbitror perpetua inter Antistites, Capitulum, & Communitatem jurgia, quibus tollendis, vel saltem minuendis Joannes Episcopus Lotharii Regis munificentia Civitatis Dominus factus anno 948. eandem cum adjecto Territorio, septimo post adeptam possessionem mense, Communitati vendidit 500. Marchis auri. Obtenta libertate, expletum Tergestinorum putasses desiderium. Ast hi reliquis etiam Præsulibus, Joannis Successoribus, sæpe infensi, aliis contentiosam Episcopatus possessionem reddiderunt; aliis Ecclesiæ bona eripuerunt; calumniis hunc, & criminationibus divexarunt; illum Urbe pepulerunt, rurususque alium, & quidem Andream Rapiccium Virum Clarissimum, & de Historia Tergestina optime meritum veneno sustulerunt. (a)

Ex hac quoque causa enatas credere par est eorumdem Tergestinorum cum Austriacis Capitaneis discordias (quæ & sub Venetorum Dominio sæpe exarserant: *Non quod*, ut ait UGHELLUS, *Veneti non possent regere, sed quod Tergestini nollent regi*). Licet enim Austriaci Principes Tergestinos (postquam, misso an. 1382. una cum potioribus Civibus ad Leopoldum Austriæ Ducem Legato Adelmo de Petazzi eidem sese submiserunt) per Capitaneos ex Nobilioribus semper Provinciarum hæreditariarum Prosapiis assumptos, eximiaque virtute, sapientia, moderatione, ac dexteritate aliis in Magistratibus comprobata pollentes gubernarent; attamen Tergestinorum non paucos sibi acriter obsistentes sæpissime iidem Capitanei experti sunt. Antiquam enim Romanam coloniam incolentes Senatus Romani auctoritatem, Tribunitiamque potestatem mente volvebant; libertatem hinc æquo majorem sub Austriacorum etiam Principum clientela expetebant, & aut statuta prætendentes, quorum sensum arbitrariis interpretationibus invertebant, aut ad Majorum instituta, vel potius abusus provocantes, laboris, periculorumque plena Capitaneis negotia facessebant; ut istorum quidam, non intermissas vexationes pertæsi, demandatæ sibi Provinciæ sponte renuntiaverint; alii

(a) Tam nefarii, ac scelesti facinoris Patriæ suæ inurentem notam diluere, aut saltem infirmare conatus est Canonicus SCUSSA in MS. suis Annalibus Tergestinis, unde sequentem notitiam Reverendissimus ALDRAGUS DE PICCARDIS Electus Episcopus Pedinensis nobis communicavit XX. Decembris 1766. *Quanto poi al terzo punto, altro non le so dire, che quanto trovo in un Manoscritto del Canonico Scussa, il qual contiene le formali:* „ Amantissimo della pace de' suoi „ Cittadini Andrea Rapicio Vescovo dopo „ molte fatiche, composti due discordi, con „ un bicchiero avvelenato, preparato per un „ Avversario, ignorantemente presentato al „ Vescovo, che senza diffidenza bevè, restò „ morto li 21. Decembre 1571. " Subjungit Eruditus PICCARDUS *L'Aneddoto di dette parole mi è del tutto ignoto.* Vereor profecto, ne Canonico nostro intellectus cæco in Patriam affectu obscuratus extiterit; ut quando boni Civis partes adimplere meditabatur, improbi potius Historici nomen sibi compararet, Poetæ Florentini exemplum secutus, de quo ingeniose SANNAZARIUS:

Dum Patriam laudat, damnat dum Poggius hostem,
Nec malus est Civis, nec bonus Historicus.

Labitur præterea meo quidem judicio paulo ante memoratus Scussa collocando Rapicii mortem ad annum 1571. nam Ughellus ad annum duntaxat sequentem 1572. Joannis Betta seu Betta Antecessoris obitum adnotavit. Vid. Syllabum Tergestinorum Antistitum Num. LI. & LII.

alii curarum mole oppressi, aut dolosis artibus vexari contabuerint; ferme omnes adversus contumaces, & obsequium detrectantes Cives coram Principe, vel coram Sanctiori Austriæ Interioris Senatu luctari cogerentur. Vadem dictorum meorum, quin Historicos consulere oporteat, exhibeo Cæsareum Tergesti Capitaneum JOANNEM VINCENTIUM CORONINUM CRONBERGIUM Proavi mei Fratrem, quem uno ab hinc sæculo ad Leopoldum Cæsarem ita scribentem accipe: *Seditiosi illi multis libellis cæcis, auctore incerto, extrajudicialiter productis, quin innumeris contemptibus, irrisionibus, inobedientiis patientiam meam lacessere perrexerunt. Si unum pro mille exemplis (quod horret animus, erubescit verecundia) dicerem, satis superque foret. Sed si hoc in publico, quid in privatis eorum conciliabulis? quot pasquili, maledicentiæ, contemptus?* & paulo inferius: *Vetus institutum Tergestinorum quemcumque Capitaneum querelandi. Ante ducentos annos sub Friderico Augusto unum Capitaneum immaniter trucidarunt. Auctores qui Populum ad rebellionem concitarunt, & quorum hæredes idem contra me intentant modo, saniori potiori parte (ut & mecum) scelus indignante, per Cæsareos Judices patibulati, decollati omnes* (b) Vidistin', EXCELLENTISSIME SOCER, quam exitiosa esse possit altitudo illa mentis, quæ ex vana antiquissimæ, nullique secundæ nobilitatis opinione enascitur; ut olim Tergestinorum nonnulli, stolida Romanorum æmulatione propriam vitam, fortunas, Patriam ipsam

in

(b) Acerba illa verba in contrarium superius exposita benignam suam interpretationem referenda potius ad turbulentos nonnullos privatos Cives, quam ad universam Communitatem Tergestinam, quam a culpæ suspicione absolvere videmur & hæc ejusdem contextus verba: *saniori potiori parte ... scelus indignante*: & Documentum a Nobis exhibitum in Syllabo Tergestinorum Antistitum N. LX. de anno 1670. Animam exhalavit Joannes Vincentius Coroninus anno 1673., uti manifestum fit ex Ireneo Historiæ Tergestinæ Parte secunda existente adhuc MS. in Archivio Capituli Tergestini, ubi sic habetur: *Morse parimente quest'anno (1673.) d'Agosto il Barone Vincenzo Coronini dignissimo Capitanio di Trieste, Cavaliere di gran bontà, qual commise nel suo Testamento la translazione del proprio Cadavere a Gorizia, come seguì.* Illius Insignia gentilitia ex marmore affabre elaborata, ac interiori Castri Tergestini parieti intexta, seu infixa conspiciuntur cum hac epigraphe: *Illmo Dno Joanni Vincentio Coronino Lib. Bari a Cronberg Dno Cosbana &c. Sacæ Cæ Mtis Capitaneo Tergesti hac dignitate optime functo VI. circiter anno defuncto Ludovicus Coroninus ejus Frater hanc Amoris memoriam sculpi curavit anno* MDCLXXIII. Quantæ existimationis in vita apud omnes fuerit Joannes Vincentius, complures familiares Leopoldi Cæsaris, Eleonoræ Imperatricis, Michaelis, & Eleonoræ Regum Poloniæ, nec non diversorum Ducum, Principum, ac Ministrorum Præsulum ad id ipsum exaratæ, atque in Archivio nostro adhuc superstites, contestantur Epistolæ, quarum partim aliquas in Appendice I. & II. Voluminis producemus.

in discrimen adduxerint? Quam proinde perniciem, vel hoc solum nomine, Societati importent putidis adulationibus suis inepti Scriptores?

Quæ hactenus dicta sunt, nullus æquus rerum æstimator Tergestinis modo viventibus ignominiæ dabit. Etenim, præterquam quod & prioribus quidem sæculis *potiorem partem scelera indignasse* ex ipso JOAN. VINCENTII CORONINI citato testimonio constat; Tergestinos posteriori ætate, editis præstantissimis fidei, subjectionis, & constantiæ in Augustam Domum Austriacam, obedientiæ in Cæsareos Præfectos, religionis, ac probitatis in Antistites, pietatis, & prudentiæ in Patriam, fortitudinis in hostes exemplis, Auctores pridem suos (quacunque demum origine satos) longe superasse, invidus malignusque sit, qui non agnoscat. Memorare possem diversos Præsules, aliosque Deo sacratos Viros, ex Nobilissimis hujus Urbis Prosapiis de Petazzi, de Leo, de Bonomo, de Barbo, de Marenzi, de Argento, de Burlo, de Francol, de Brigido, de Pace, de Fin, de Baselli, de Juliani, de Piccardi &c. procreatos, qui vitæ sanctimonia, strenua salutis alienæ curatione, morum suavitate, profunda rerum divinarum, atque humanarum scientia, nec non susceptis, & feliciter terminatis variis publicis, iisque gravissimis causarum cognitionibus, immortalem sibi gloriam pepererunt. Memorare possem non paucos Tergestinos Cæsareos intimos Consiliarios, Cubicularios, variarum Urbium, ac Provinciarum Præfectos, Locumtenentes, Judices, Imperialis Aulæ Secretarios, Fisci Regii Administratores, Oratores ad exteros Principes, quorum provida consilia, utilia obsequia, exantlatos labores Augustissimi Monarchæ perpetuo duraturis honorum titulis, non vulgaribus prærogativis, nobilissimis Insignibus, illustribus Jurisdictionibus, & fructuosissimis prædiis munificentissime compensarunt. Memorare demum possem, quibus in locis eorum nonnulli sub auspiciis Cæsaris militantes maximas hostium copias parva manu fuderint; quas Urbes natura, vel arte munitas ceperint; quibus in bellis alii

pro

pro Principe, & pro Patria fortiter pugnantes ceciderint; ni ea res longius nos ab incepto traheret. Dicere sufficiat, concordia, ingenio, atque indefessa industria cousque nostra ætate illorum Civitatem esse progressam, ut novis accessionibus aucta, opibus florens, & mercimoniis, Sapientis EXCELLENTISSIMI HENRICI CO: AB AVERSPERG, nunc ad gubernacula sedentis Præsidis, ductu, (c) frequens, sub umbra Imperialis Aquilæ celeberrimorum jam Europæ Emporiorum famam adæquasse videatur. Hæc vera est Tergestinorum gloria, quam nulla temporum vetustas, nulla æmulorum invidia, nullus inimicorum livor, nulla hostium rabies abolebunt.

Hæ veræ sunt eorum laudes, quibus præ aliis circumvicinis Provinciis eminent, quibus finitimorum expe-

(c) Mercatores Tergestini ob habitam nuper ab Aversperghio, Viennæ existente, perniciosam Exactionis Telonii, ut ajunt, moderationem, hanc illi perpetuæ venerationis, ac gratitudinis testem futuram Epistolam transmiserunt: *Eccellenza Illustrissima Sig.r Sig.r e Padrone Graziosissimo. Il Corpo Mercantile di Trieste, Eccellentissimo, e Graziosissimo Signore, parla per la mia bocca, ed ardisce d'importunarla colla mia penna. Malgrado la Severezza, l'Equità, e la Clemenza delli Augustissimi Giudici, al di cui Trono era pervenuta la causa riguardante l'attual mantenimento delli Officii Mudali, e malgrado la gravezza della causa medesima, il Corpo Mercantile di Trieste, e di tutte le Provincie Eredi[illegible] non poteva promettersi una Sentenza nè tanto favorevole, nè tanto celere, quanto quella che è stata annunziata dell'Ill.mo Sig.r Consigliere Barone de Celebi, e de Raab, se la Causa stessa non fosse stata difesa, e trattata da un Avvocato sì eloquente, e zelante, come l'Ecc.za V. Questa nuova segnata prova della propensione, e sollecitudine per la conservazione personale, e reale de' Negozianti ci risveglia la rimembranza delle generali, e particolari sue assistenze una serie, che benefiche attenzioni, che abbiamo ricevute nel corso del presente suo Governo, in cui ha saputo combinare, e stabilire i Sovrani con i nostri interessi. Rese sieno rispettosissime grazie agli Augustissimi Monarchi, che la hanno prescielta per Presidente, e grazie siano parimenti rese a V. Ecc.za, che compisce le Sovrane attenzioni. La sensibilità, la gratitudine, la divozione d'ogni individuo, e del Publico è tale, che V. Ecc.za può bensì comprendarla senza che io possa esprimerla, anzi senza che possa neppur darlene un'imperfetta idea. Incaricato in qual Direttore di Borsa 1.mo di assicurare gl'Augustissimi Monarchi, che la loro graziosissima condiscendenza, ben lontana di somministrar occasione a frodi mercantili in pregiudizio del Sovrano Erario, animerà sempre più la delicatezza, e la probità di questi Negozianti, i quali con il favore della Nuova Tariffa non trascureranno tentativo alcuno di promovere l'incremento del Commercio, e conseguentemente di moltiplicare i proventi delle Dogane. 2.do Di rappresentare alle Maestà loro, che il Corpo Mercantile ha riguardato, e riguarda per un tratto speciale della loro protezione, e benevolenza quello della destinazione di V.a Ecc.za alla Presidenza dell'Intendenza Commerciale di Trieste. Mi disimpegno dall'indicato doppio incarico con supplicarla di rapportare alle Maestà loro il contesto della presente rispettosissima mia Carta, e di accompagnarlo con quelli ulteriori ufficj, che atti siano a conciliarli il Sovrano aggradimento. Del resto si riserva il Corpo Mercantile di depositare in Borsa, e di lasciare alla Posterità un Monumento, il quale se non servirà di gloria a V.a Ecc.za sarà almeno un Consolatorio tributo, ed una eterna memoria della nostra riconoscenza, e del nostro amore. Imploro la continuazione del suo Patrocinio per i Negozianti, e per me, che ho l'onore di rassegnarmi con pienezza d'ossequio.*

Di V.a Ecc.za

Trieste 4 Xbre 767.

Umilissimo, Devotissimo, ed Obbligatissimo Servidore
Giuseppe Brinsco
Direttore di Borsa.

Tergo) *A Sua Eccellenza l'Ill.mo Sig.r Sig.r Pron*

expectationem vincunt, quas grata Posteritas nunquam conticescet.

IRENÆO itaque, qui hactenus eorum animum *pictura pascebat inani*, nuncium remittant Tergestini illi, quibus adhuc magno habetur in pretio, pluresque Concives suos ex doctioribus, atque eruditioribus imitantes illius Historiam lenocinio depravatam, non minus ac prætensam a Romanis derivationem, veluti ineptissimas, multoque risu dignas nugas, densam proprio Familiarum suarum splendori caliginem offundentes, detestentur: Nam vera virtus virtuteque parta (ut cum CARPZOVIO ait CL. DOBNERUS) Nobilitas,

Nihil-

Prim. Grat.mo il Sig.r Enrico del S. R. I. Conte d'Auersperg Cesareo Regio Commissario, Attual Intimo Consigliere di Stato, Capitanio del Ducato del Cragno, della Principata Contea di Gorizia, e Gradisca, come anco eterno Presidente degnissimo della Suprema Intendenza di Trieste.

a Vienna.

Modestum Comitis Præsidis desuper datum responsum adnectere placet, ut ex illo discant Politici, posse sine auctoritatis jactura quandoque seponi auctoritatem, & comitatem non obesse dignitati:

Sig.r Sig.r Osservandissimo. Codesto Corpo Mercantile deve il celere, e pronto provedimento alla giustizia della di lui Causa, ed alla Clemenza degl'Augustissimi Monarchi. Per me non ho in questo avvenimento altra parte, se non l'onore d'aver presentato al Sovrano Trono le sue ragioni, e la consolazione d'aver potuto dare un contrasegno della mia vera premura pel bene d'un Ceto di Persone, di cui mi sarà sempre gloria d'essere l'Avvocato. Ella può assicurare Codesti Sig.ri del Gratissimo aggradimento, con cui S. M. la Clementissima nostra Sovrana, accolse i fedelissimi, ed umilissimi loro sentimenti. Mi dico con la più perfetta stima.

DVS.

Vienna 12. Xbre 1767.

Obblig.mo Serv.e

Enrico Co. d'Auersperg.

Tergo) *Al Sig.r Giuseppe Belusco Direttor di Borsa a Trieste.*

Habes hic expressam veri Præsidis ideam. Labores & rerum gerendarum pericula sibi, gloriam Principibus, ac prosperos eventus causæ æquitati tribuit, qui in Dignitatibus perseverare capit extra invidiam. Modestus Administer tamen propterea debita non defraudatur laude; quo enim minus virtutem suam quemquam jactantem videmus, tanto eum magis plausu virtutem cumulari, & tanto certius morientem ab interitu famam vindicare experientia cognoscimus. Hac forte gloriari potest Aversperginus, cui etiam Goritienses multis beneficiis cumulati, anno proxime præterlapso, marmoream statuam in Curia Provinciali erexerunt cum epigraphe:

HENRICO COMITI AB AVERSPERG
MAR. THER. VID. IMP. GERM. HUNG. ET BOHEM. REG.
A CUB. INTIM. ACTUAL. ST. CONSIL.
DUC. CARN. ET CC. GORIT. ET GRAD. CAPIT.
TERGESTI ET PER LITO. AUST. INTER. TERRA MARIQUE
PRÆF. A CLEMENTISSIMA PRINCIPE OBTENTO PECULIO
PROVINCIÆ ÆRARII PENITUS OBÆRATI RESTITUTORI
GRADISCANI AGRI A FLUMINUM DEVASTATIONE LIBERATORI
COMMERCII AGRORUM CULTURÆ OPTIMI AGENDARUM RERUM
ORDINIS AC PUBLICÆ FELICITATIS PROMOTORI STATUS
PROVINCIALES UNITORUM COMITATUUM GORITIÆ ET
GRADISCÆ HOC PERENNE GRATI ANIMI TESTIMONIUM
DECRETAVERUNT
MDCCLXVII.

Ex quibus manifestum fit, quod meritorum hujus Clarissimi Præsidis multo se clarior, ac multo latius diffusus splendor, quam ut nostra debeat oratione illustrari.

nihilo magis quam Sol, aliena, mutuataque luce, aut ejuſcemodi ſucatarum laudum ſplendore opus habet. Illa per ſe ipſam ſuo ſulgore per omnes ignorantiæ nubes perrumpit, perennemque facit Majorum ſuorum gloriam, quantulorumcunque, & a quoquo demum tempore eorum certa vigeat memoria. Quapropter imitentur potius ſupradicti Nobiles Cives luminoſiſſima Firmamenti Auſtriaci Sidera Sacr. Rom. Imp. Principes, ac Comites de Liechtenſtein, Dietrichſtein, Schvvarzenberg, Averſperg, Trautſon, VValdſtein, Lamberg, Kollovvrat, Starhemberg, Migazzi, Breüner, Kaunitz, Khuen, Paar, Clary, Salburg, VVurmbrand, VVildenſtein, Sinzendorff, Gallenberg, Harrach, Khevenhüller, Schrattenbach, de Polheim, Rogendorff, Colloredo, Rabatta, Cobenzl, Edling, Attems, de Lanthieri, de Formentini, de Straſoldo, alioſque Majorum gentium Magnates, quorum immortalia nomina certo certius non ante ſæculum undecimum, nonnulla etiam ſubſecutis temporibus innotuerunt. Exemplum capiant ab inclytis Principibus, & Comitibus Portianis, qui SUKOVIZIUM exiguæ auctoritatis Scriptorem, eorum Stirpem a Marco Portio Catone, ſere binis ante Salvatoris adventum ſæculis vivente, derivantem non ſine indignatione contempſerunt. Sequantur denique plurimis titulis colendos Principes, & Comites Chinskyos, Comites Sterenbergios, Comites Cſſekanos in Bohemia, Principes, & Comites Eszterhaſios in Hungaria, Comites de Herberſtein, & Barones ab Egg in Styria, Turrianos porro, Soardoſque Goritienſes. Et ſi domeſticis magis moventur exemplis, per calcatam a Petazziis, aut Bonomis (d) Concivibus ſuis ornatiſſimis ſemitam incedant, quo-

(d) Ita mecumque Illuſtris Antonius Joannes de Bonomo Tergeſtinæ Civitatis Cancellarius dignissimus in Epiſtola ad me data IX. Martii 1767. *La mia Famiglia pure ha sortito il Cognome da Bonomo figlio di Niccolò quondam Bertaldo de Crescenzio*. [illegible] *ne' suoi frammenti*. „ Per hæc „ tempora (*tornerà all'anno 1296.*) Familia „ Bonomia originem traxit. Primus enim, „ qui in Urbem venit, fuit Nicolaus Ber„ taldus de Creſcentio, cujus Filius Bono„ mus Nicolaum, Odolricum, & Quergio„ tum filios ſuſcepit, qui, quod Bonomo Pa„ tre nati eſſent, Bertaldi Cognominis an„ tiquato, Bonomi appellationem retinue„ runt. " *La deduzione del Prelato è giusta. Sbaglia soltanto in aver preso il nome di Bertaldo, che è battesimale del Padre di Niccolò, per cognome, quando questo era de Crescenzio. Dall'angusto frammento fondamentale di*

quorum plerique rei criticæ gnari, explosis mercenariis Præconibus, fraudulentisque Adulatoribus, illos duntaxat in pretio habent Scriptores, qui eorum Genealogiam, neque majorem, neque minorem reddentes, bona fide, & sine ostentatione construxerunt.

Sed ne sibi quis persuadeat, SAPIENTISSIME SOCER, vota, exhortationesque meas in solis aliorum exemplis subsistere; habent (absit jactantia) & in me sane Tergestini quod imitentur; quandoquidem meæ Gentis originem TARCAGNOTA, haud obscuri quondam nominis Historiographus, a celeberrimo illo ante Christum natum Marco Valerio, Publii Valerii Poplicolæ pronepote, derivavit, qui Tribunus Militum sub Dictatore Camillo hostem Gallum provocantem singulari certamine vicit, exindeque CORVINUS, seu CORVUS, juxta eruditiores, cum universa posteritate compellatus fuit, eo quod in galea, ut verosimilius conjicit VOSSIUS, Idolol. lib. 1. cap. 27. Corvi effigiem gestaret. Quem TITUS LIVIUS sex Consulatus, duas Dictaturas, tres Triumphos consecutum scribit.

di queste Madri Monache, e Carte altre compurgate, comprenderà il tutto. Lo trasmetto per .... dimostrare, come abbia falsamente il detto Pre Ireneo derivato anche l'Origine, e Genealogia della mia Famiglia al fol. 306. e seg. e come altri Scrittori sopra la sua fede si siano sbagliati, credendone la derivazione dalli Romani Venezioni, e singolarmente il gran Lexicon di Lipsia. Vid. Syllabum Tergestinorum Antistitum N.° XXIV. & Appendicem Documentorum N.° XII. Neque aliter Eruditus ille Vir in eadem Epistola sese expressit circa Originem Nobilissimæ Prosapiæ Baronum de Argento: *Parmi non essere fuor di proposito a suggerirle, come il detto Prelato Rapicio abbia anche ben tentato l'origine della Famiglia Triestina dell'Argento, dove dice, che discende da Sardis de Alborio, non già da Albona, come per errore è nella Storia Triestina pag. 650.* Si conjecturam facere licet ex Armis gentilitiis hujus antiquissimæ Gentis, maximam similitudinem habentibus cum Armis modernorum, & eorum, & Lugo illustrium S. R. I. Comitum de Neuhaus, audeo dicere, communem utrisque probabiliter fuisse originem. Suspicioni pondus addere videtur BAUZERUS, Annalium Noricor. & Forojul. Lib. VI. num. 67. scribens, quod sub initium sæculi XIV. Familia *Bursa Argentea* in Carsie tractu Castellum Novum, seu Novam Domum ædificaverit, indeque *de Nova Domo*, vulgo de Neuhaus, fuerit cognominata. Sed magis adhuc in proposita conjectura, ut verum fatear, meme confirmavit COLLECTIO MONUMENTORUM ECCLESIÆ TRIDENTINÆ, ubi Volumine III. diversis in Diplomatibus *Bursa* de Neuhaus, sæculo XIV. viventis, occurrit memoria. Posito igitur, quod *Bursa de Argento*, vulgo *Borsa d'Argento*, Castrum Novæ Domus condiderit, aut jam prius conditi Castri dominium, vel administrationem obtinuerit, ejusdem posteri, deserto priori Cognomine, potuissent absque dubio de Nova Domo, seu (quod permanet idem sonus) de Neuhaus appellari. Et hoc sensu vera, imo evidens foret BAUZERI deductio, qui Neuhausios ex Familia Bursæ Argenteæ, *della Famiglia di Borsa d'Argento* promanatos contendebat. Sed ista, a me nunc primum probabili conjectura adjecta, aliis diligentius ponderanda discutiendaque relinquo; quæ si aliquando Eruditorum assensum forte elicere valerent, frustra in accersendis ex Francorum Goritiensibus Neuhausiis olim BUCELINUS Germaniæ Topo-Chrono-Stemmatographicæ Parte III. laborasset.

bit. Corona certe aurea donatus fuit, Samnites, Sidicinos, & Hetruscos domuit. Romæ Interrex factus Consules binos, scilicet P. Philonem, & L. Papirium Cursorem constituit: seditionem Militum, qui, uti Auctor est APPIANUS ALEXANDRINUS, Reipublicæ interitum minabantur, composuit. Sella curuli eburnea semel & vicies sedit, quoties alter nemo; dignusque reputatus est, cui Divus Augustus Statuam in Foro collocaret, in cujus capite Corvi simulacrum conspiciebatur, rei pugnæque, quam diximus, monumentum. Etsi autem non adeo ignobilis Historicus Coronino-Cronbergios derivaverit a tam illustri Viro, qui insuper posteritate non caruit (quod contra IRENÆUS interdum fecit, familias a Cæsaribus posteritate carentibus derivando, ut suo loco demonstrabo); quinimmo ejusdem Posteri, fidem faciente VAILLANTIO, ultimis Romanæ Reipublicæ temporibus ita sese propagarunt, ut secunda Messallæ, Nigri, Catulli, atque Barbati cognomina ad distinctionem Familiarum sibi adjungere fuerint coacti; nos tamen supradictam TARCAGNOTÆ derivationem, genuino Leopoldi Imperatoris Diplomate (e) quodammodo approbatam, inter insulsas fabulas, perfrictæ frontis mendacia, ac monstruosissimos somniantis abortus plena securitate relegamus.

Parva leves capiunt animos.

Virum Historicis Sacris initiatum, mehercle, non decipient, quæ ingeniose magis, quam vere temporum nonnisi vicinissimorum Scriptores post summum vere-

(e) Diplomatis Leopoldini de anno 1687. die XXIII. Octobris verba sunt: *Testari enim fertur Tracagnota Historicus, priscis jamjam Reipublicæ Romanæ temporibus unum, alterumve Coronini muneribus publicis functum fuisse, & quidem Marcum Valerium Coronini, qui Interregem in illa Urbe gubernasse, & qui eadem Consules duos, scilicet Quintum Publium Filonem, & Lucium Paperium Cursorem creasse*: quæ in Pancharta ejusdem Cæsaris de anno 1691. die XX. Martii in hunc modum reformata exprimuntur: *Testari enim fertur Tarcagnota Historicus priscis jamjam Reipublicæ Romanæ temporibus unum, alterumve ex Majoribus vestris muneribus publicis functum fuisse, & quidem Marcum Valerium Coroninum, Corvinum dictum, qui Interregem in illa Urbe gubernasse* &c. Expositiones Diplomatum enunciationes præsidio sunt haudquaquam illis Nobilibus, qui per imposturas, & falsitates magis antiquam facere satagunt Familiarum suarum prærogativam; quo certe inferta Privilegiis mendacia ad finem paragraphi XXXIX. Censuræ Irenæani Diplomatis nunquam pro veritatibus Lectori exhibebo.

veterum omnium silentium, & plurimorum sæculorum intercapedinem attulerunt.

Quamobrem etiam incomparabilis Heros SIGISMUNDUS BARO DE HERBERSTEIN propriam Familiam non a mutuatis antiquis Ducibus, aut ob nominis similitudinem a vetustissimis Ebersteiniis Comitibus in Suevia, sed a simplicibus terræ cultoribus, seu Agricolis deduxit; ut sequentia aureis litteris dignissima verba nobilissimæ posteritati anno 1560. consignare non erubuerit: *Dubium non est, quin Progenitoribus majoribus nostris suum etiam fuerit gentis, ordinis, nobilitatisque primordium. Cujusmodi autem id fuerit, & quomodo illi antiquitus vitam toleravint, evidens Documentum capere licet ex hæreditariis nostris Insignibus, in quibus illi habuere, & nos quoque hodie habemus vibiam candidam, super qua aratrum suspensum ex prædio Urbano in agrum, & ex agro in idem prædium duci solet; unde liquet Majores nostros Agricolas fuisse:* addens post pauca: *Sententia ista mea non est quod cuipiam Agnatorum meorum gravis, & molesta accidat; quod si namque vel Parens meus, vel ego ipse agriculturam exercuissem, minime id celarem, quin laudi quoque mihi eam rem ducerem, quippe qui Familiæ, posteritatique meæ virtute, atque virtutis præmiis prælucere, quam a Majorum claritate, & nobilitate degenerare malim*. Talem Viri Sapientes de vera Nobilitate nutriunt opinionem, quos neque Cerarum in Atriis suspensarum splendor magis commendabiles reddit; neque deprimere valet Progenitorum, si forte adsit, obscuritas. Huic Theoriæ olim nixus Cl. PETRUS PAGANUS Poeta laureatus de prædicto SIGISMUNDO HERBERSTEINIO, gloriosis per universam Europam Legationibus persuncto, cecinit.

Scilicet ex humili Stirps inclyta sæpe Parente
Nascitur, & spretum tollit ad astra caput

Jam cum Magnates adeo conspicui exordia sua memoriasque domesticas ex Historiis certis, incorruptis fontibus, ac monumentis, licet tardioribus, repetere malint, quam ex incertis, fabulosisque majorem antiquitatem præferentibus documentis; quinimmo summo insuper sibi honori, atque gloriæ ducant Majoribus suis virtute prælucere, uti si prius noti non fue-

fuerint, ab ipsis accipiant initium memoriæ suæ: quis mihi, quæso, vitio vertet, si Historiographi Tergestini P. IRENÆI A CRUCE procacitatem aversatus animum appulerim ad refutandum præsenti Lucubratione Fridericianum Julianorum, ab ipso publicatum, Diploma de anno 1152. in quo a capite usque ad calcem ineptiens Scriptor infinitas propemodum congessit falsitates, ut Julianos Concives suos, vana ambitione a Didio Juliano Imperatore Romano deductos, variis illo ævo inusitatis honorum titulis, insignibus, prærogativis, immunitatibus, atque privilegiis exornaret? Non disputo Nobili huic Prosapiæ splendorem, antiquitatemque, quæ ad sui commendationem fucatis non indiget coloribus, sat clara, & illustris propriis virtutibus, quibus multarum aliarum, hodie maxime florentium, Familiarum gloriam superavit, aut certe adæquavit: ast totus in eo sum, ut fraudulentum IRENÆI ingenium detegam, qui suis imposturis magnas affudit tenebras Historiæ Tergestinæ, ac collectas quondam a Cl. Antistite RAPICCIO pulcherrimas, utilissimasque Patriæ suæ memorias, vanis conjecturis, cavillationibusque interjectis, fœde depravavit.

Neque in expungendo Julianorum Diplomate id tantum præstiti, ut ineptum Scriptorem in crucem adigerem; sed hoc veluti exemplo præ manibus sumpto, quantum fieri poterat, notas omnes falsitatis inibi occurrentes aperui, diversaque theoremata ad prima Artis Diplomaticæ principia reduxi, quibus præmunitus eruditus Lector cunctas alias similium Sycophantarum fraudes statim detegere valeat, & resolutionem ad quodvis fere diplomaticum dubium invenire. Eadem occasione complures alias Nobilium familias, earumque Genealogias illustravi; Formentinorum præcipue, Rabattensium, Cobenzeliorum, Migatiorum, Soardorum, & Salamancidarum non satis adhuc Transalpinis cognita stemmata majori in luce collocavi. Sæculum hoc est Diplomaticum, quo tum Bohemia sua prodit Archivia, tum Bavaria intimos aperit recessus, tum alii Principes, & Civitates Imperii in lucem proferunt quod hactenus delituerat. Quare ad exornandas paulo ante laudatas, numquam ſine honoris præfatione laudandas Nobilium Proſapias nos ſecretiſſima quæque, Goritienſia præſertim, perſcrutati ſumus Tabularia; ac magnam Anecdotorum Documentorum inde depromptam copiam in præſens evulgavimus. Authographis non ſemper uti licuit; deficientibus proinde originalibus, in ſubſidium vocavimus copias authenticas (quas vulgus *collationatas*, vel etiam *autenticatas* vocat) in quibus interdum Tranſumptorum negligentia varii irrepſerunt nævi. Circa quos ſæpius fluctuavimus, ac immorati ſumus num genuino Authographorum ſenſui noſtrum in ſupplendo arbitrium conveniret; ubi autem veram documentorum ſignificationem divinando aſſequi plane impoſſibile viſum fuit, ne ſorte majus confuſionis, atque obſcuritatis chaos ex meis ipſis correctionibus reſultaret, Diplomata quacunque demum etiam abſona orthographia exarata, atque aliis defectibus conſperſa ſeſe objicerent, ad amuſſim reddere placuit: ſicuti factum obſervare poterit Lector in producto, ſinceriſſimo cæterum, æque ac præſtantiſſimo Salamancidarum Privilegio, de anno 1522., quod a deſcriptoribus ſenſim hinc inde depravatum nulla valuit amplius induſtria redintegrari; ſed prout a nobis hic exhibetur anno proxime præterlapſo ad verbum ab Inclyto Goritienſi Conſilio ad Aulam Cæſaream fuit tranſmiſſum.

Quod ad TE attinet, EXCELLENTISSIME SOCER, perpetuæ devotionis meæ hocce monumentum tibi dedicando (f) PROSAPIÆ TUÆ, Toga, Sago, Salisburgenſibus,

(f) Monumentum hocce comparari minime poteſt cum illuſtri illo monumento, quod Maximilianus I. Imperator erigi juſſerat Sigismundo Dietrichſteinio, teſte Epitaphio Neoſtadii ad ejuſdem Cæſaris pedes in Sacello S Georgii adhuc exiſtente, cum ſequenti inſcriptione:

Ad perpetuam rei Memoriam. Invictiſſimus Princeps Maximilianus Cæſar Auguſtus vivens, juxta locum hunc, quem pro monumento legit, Magnifico Domino Sigiſmundo Libero Baroni a Dietrichſtein in Finkenſtein, & Talberg, Archi-Pincernæ Carinthiæ, quinque Provinciarum Archi-Ducatus Auſtriæ inferioris Locumtenenti, & Majoribus ſuis, ob fidem ſingularem, & res Auſtriacas bene geſtas, & poſteris eorum poni mandavit. Hoc deinde Principes Excellentiſſimi, Divus Carolus Cæſar Auguſtus Hiſpaniarum Rex, &c. & Ferdinandus Princeps, & Infans Hiſpaniarum Fratres, Philippi Hiſpaniarum Regis Filii, ejuſdem Cæſaris Nepotes, rata habuerunt, & approbarunt Anno ſalutis 1533. Atque hic eſt ille Sigiſmundus Dietrichſteinius, cujus nuptias, Viennæ anno 1515. cum Barbara de Rothal celebratas, raro exemplo Uladiſlaus Rex Hungariæ, Sigiſ-

bus, & Olomucensibus Infulis, Cardinalitiaque Purpura clarissimæ, decora recensere, defixas radicibus altissimis virtutes TUAS laudibus celebrare, TUOS honores, TUA gesta omnia panegyrico decantare deberem, nisi vocem quodammodo cohiberet Dietrichstenii nominis TUI fama, quæ per omnes Austriaci Orbis Provincias longe lateque propagata, ubique gentium PROGENITORES TUOS consilio Catones, vigilantia Cleantes, solertia Pisistratos, justitia Aristides, integritate Thomas Moros, bellica fortitudine Scipiones, providentia Q. Fabios Maximos, animi magnitudine Themistocles, reliquarum artium, & scientiarum patrocinio Atticos, aut Mæcenates exprimentes exquisitis jamdudum præconiis merito decantavit; nimirum quia

. . . . Quæ sparguntur in omnes
Mixta fluunt in eis, & quæ divisa beatos
Efficiunt, ipsi collecta tenent.

Illorum sane virtutes, illorum merita, illorum gloriam neque Carinthia, unde Prosapiæ TUÆ primordia repetenda duxit MEGISERUS, neque Austria, neque Styria, neque Goritia, imo nec Hungaria, Bohemia, atque Moravia tot beneficiis cumulatæ unquam obliterari patientur. Seri Posteri in his terris aliquando victuri TUAM Gentem ad Cælum usque extollent; quod in lucem ediderit tot præstantissimos Cæsareæ Aulæ Administros, & Provinciarum Præsides, strenuos Belli Duces, vigilantissimos Præsules, qui nullum laboris genus recusantes, atrocissimis præliis sese immi-

Sigismundus Rex Poloniæ, & Ludovicus Rex Bohemiæ, qui Maximilianum Augustum sanciendæ concordiæ ergo convenerant, CUSPINIANO teste, exornarunt. Ex isto deinde matrimonio Sigismundus Georgius, & Adamus, duarum linearum Auctores, procreati sunt. Cunctos Sigismundi Georgii posteros celebritate superavit Gundacarus Princeps a Dietrichstein Aurei Velleris Eques, & Supremus Leopoldi Cæsaris Camerarius, Ludovici Vincentii Coronini Comitis de Cronberg Proavi mei Frater uterinus, sine prole defunctus Augustæ Vindelicorum anno 1690. die XXV. Januarii. Ab Adamo progeniem ramus maxime gloriatur Francisco Principe itidem de Dietrichstein Olomucensi Antistite, a Clemente VIII. anno 1598. Cardinalitia Purpura decorato, qui [illegible] ætate ingravescente supremis tabulis Nepotem ex Fratre, Maximilianum nempe Comitem Dietrichsteinium, & Principalis dignitatis, & Possessionum amplissimarum in Moravia heredem ex asse nuncupavit. Nostra hac ætate ex Maximiliani nunc memorati posteritate eminet Carolus Maximilianus Philippus S. R. I. Princeps a Dietrichstein, summis in Aula Cæsarea Muneribus functus, cum filio primogenito Joanne Baptista Carolo Walthero Comite a Dietrichstein, supremo Cæsareorum Equitum Præfecto, & Aurei Velleris Equite, quorum Virtus eximia, nec post fata, [illegible].

immiſcentes, moleſtiſſima itinera ſuſcipientes, difficillimas Legationes obeuntes, infinita pene pericula, continuas vigilias, furentem ventum, procelloſos imbres, omnimodamque aeris intemperiem ſæpius tolerantes nos ſapienter regebant, fortunaſque noſtras, tum belli, cum pacis tempore, fortiter tuebantur. Non eſt itaque cur mirum cuipiam videri debeat, ſi tantis Heroibus, ſi tam benignis Patriæ Patribus nonnemo nuper adaptaverit illud Poetæ:

His neque per dubium pendet fortuna favorem,
Nec novit mutare vices; ſed fixus in omnes
Cognatos procedit honos, quemcumque requiras
Hac de Stirpe Virum, certum eſt de Conſule naſci.
Per faſces numerantur Avi, ſemperque renata
Nobilitate virens, & prolem fata ſequuntur.

Fortes enim creantur fortibus, neque feroces Aquilæ pavidas progenerant Columbas: nihilominus, CLARISSIME SOCER, non immortalem te Avita reddidit Nobilitas, ſed magis propriæ virtutes commendabilem fecere; præ primis ſingularis in Deum pietas, incomparabilis in Auguſtiſsimos noſtros Principes fides, mira in egenos miſericordia, quibus accedit ſermonis affabilitas, morum gravitas, vitæ candor, æquitatis ſtudium, Muſarum amor, atque non vulgaris in agendis rebus dexteritas. Illa namque natalium prærogativa te ex Heroum ſanguine genitum; hæ vero animi, & corporis dotes te ipſum Heroem eſſe demonſtrarunt.

Faxint itaque Superi, ut adeo illuſtris Conjugis meæ dilectiſsimæ Parens mihi, Familiæque meæ addictiſsimus, vita bene, & feliciter geſta, ad Neſtoream uſque ætatem progrediaris. Valeant continuo ſaluberrima TUA Conſilia apud Auguſtiſsimam Imperatricem Reginam, ejuſque Glorioſiſsimum Filium Joſephum II. Imperatorem, ut malis ſemper formidabilis, bonis fulgentiſsimus appareas. Velit rerum Summus Arbiter vetuſtiſsimam, Principatus etiam in Agnatis Dignitate ornatam, Proſapiam TUAM, quæ merito hodie

die cum omni Auſtriaca Nobilitate de antiquitatis gloria (g) certare poteſt, ſeros in annos ſalvam, florentemque conſervare. Velit Filios tuos FRANCISCUM XAVERIUM Canonicum Berchtolſgadenſem, DISMAM in Schemnitzenſibus auri ſodinis hactenus verſantem, & JOANNEM NEPOMUCENUM Hieroſolymitanum Equitem (bonis artibus nemini ſecundos, & idcirco cunctis admirabiles:) virtutum Tuarum ſeliciſſimos hæredes, decorumque, ac gloriæ imitatores conſtituere. Verbo, quot

(g) De præſtantiſſima hujus Proſapiæ origine, mirificque loquens Franciſcus Preller S. J. in peroratione ad GEORGIUM SIGEFRIDUM COMITEM A DIETRICHSTEIN, Cæſareum Cubicularium, interioris Auſtriæ Regiminis Conſiliarium, & Supremum Goritiæ Capitaneum, quam cum ſua Meteorologia, ejusdem honori ſacram ab Avo ejus FRANCISCO IGNATIO ANTONIO CORONINO LIBERO BARONE DE CRONBERG, Venetiis edidit an. 1683. Dietrichſteinios jam ſub Carolo Magno illuſtres facit; ſic enim ait: *Decens iſta* (quæ nempe antea tumida oratione prædicaverat) *glorioſiſſimos e Majoribus Tuis Dietrichſteinios Heroes non duo, ſed ſeaenta fulmina belli: quos Carolus Magnus* ..... DILECTOS SUOS MILITES *vulgo compellabat.* Splendida verba! ſed idoneo teſte deſtituta cum ſint Dietrichſteiniorum ſub Carolo Magno heroica facinora, veritati magis conſentanea mihi quidem videntur quæ Jacobo WILHELMO AB IMHOFF in Notitia S. R. I. Procerum lib. V. c. IV. editionis Tubingenſis de anno 1732. pag. 403. ſequentibus verbis recenſentur: „Gens Dietrichſteinia inter Proceres Carinthiæ jam multis retro ſæculis clara, atque eximia eſt habita, quod vel ſolum *Pincernatus hæreditarium Officium*, huic Familiæ in illa Provincia proprium, evincit. Originem ſuam a Comitibus de Zeliſchach derivare amat, primumque Dietrichſteinio cognomine uſum memorat Reimbertum fide veteris monumenti, cui hæc inſcripta ſunt verba: “ *Anno Domini 1008. vixit Dominus Reimbertus a Dittrichſtein tempore Marquardi Ducis Carinthiæ, & Comitis Wilhelmi a Zeliſchach, qui habuit Uxorem filiam Ducis Carinthiæ, nomine S. Hemmam, & eſt fundator Monaſterii Gurtenſis S. Hemmæ. Sororem habuit eo tempore Comes Meinhardus a Malentein.* Eundem Reimbertum Dietrichſteinium, & gentilem ejus Sigiſmundum adjutores dicto Comiti a Zeliſchach fuiſſe, cum adverſus Metalli Foſſores, qui duos ejus Filios trucidaverant, ad experiendas domeſtici Sanguinis pœnas bellum gereret, HIER. MEGISERUS Chron. Carinth. Lib. VII. Cap. 31. refert. Reimbertus II. Leopoldo Carinthiæ Duci in bello Dalmatico anno 1077. ſtrenuam navaſſe operam, ejusque filius Sigiſmundus Duci Henrico in expeditione magna anno 1118. ſuſcepta præſto adfuiſſe prædicatur. BUCELLINUS juſtam ſtirpis deductionem ab Ottone II. Domino de Dietrichſtein orditur, qui Ulrico Carinthiæ Archiduci in bello Hungarico anno 1164. adfuerit. Hujus e filio cognomine Nepos Poppo duos habuit gnatos, a quibus lineæ ortæ ſunt; ſed alterius, Henrici nempe, Poſteritas cito deſecit: Rudolfinus autem, ſive Rudolphus per Filios Ottonem IV. & Nicolaum, novos iterum protulit ramos, e quibus ille, quem Otto condidit, exaruit. Ex Nicolai filiis, quorum aliquot fuere, Bernardus ſtirpem propagavit, genitor Petri, a quo RITTERSHUSIUS Genealogiam Familiæ inchoavit. Hic e filio Georgio Avus exiſtit Pancratii, & Mauritii, e quibus nova linearum divortia ceperunt: poſterior lineæ in *Rabenſtein*, *Weichſelberg*, & *Bebelſtein* ſator fuit, quæ in ejus Nepotibus extincta eſt. A Pancratio mortuo anno 1508. omnes quotquot e Familia nunc vivunt, communem trahunt ſanguinem: ejus enim filii Franciſcus, & Sigiſmundus duas condiderunt lineas, quibus hodiedum Familia diſtinguitur, vocanturque *Weichſelſtettenſis*, & *Hollenburgenſis* “. Hactenus IMHOFFIUS. Sed hæc insuper evolvantur: HIERONYMUS MEGISERUS Chron. Carinth. Lib. VII. Cap. 33. HENNINGESIUS Part. 2. ſecundi, & tertii Regni in quarta Monarchia pag. 340. BUCELLINUS German. Topo-Chrono ſtemmatograph. Tomo, ſeu Parte ſecunda in Appendice. RITTERSHUSIUS Tab. Geneal. voc. Dietrichſtein. EUROP. HEROLD. Tom. I. Parte IV. Tit. II. Punct. XXII. pag. 362. Spe-

nerus

quot olim diris Ibin devovit OVIDIUS, totidem e contrario tibi prospera eveniant.

. . . . . . : Di dent plura rogatis,
Multiplicentque suo vota favore mea.

Interea hoc observantiæ meæ qualecunque testimonium benignus pervolve; sufficit enim (ut JUSTINI verbis utar) mihi in tempore judicium TUUM apud Posteros, cum obtrectationis invidia decesserit, industriæ testimonium habituro. Dabam Quischa Kal. Januarii a Salvatoris adventu CIƆIƆCCLXVIII.

BIRKUS Oper. Herald. Part. Special. Lib. II. cap. XXI. pag. 432. BILOSERBER *Kriebr. Stat* Parte V. cap. XX. pag. 181. & seq. HÜBNERUS Tab. General. editione Lipsiensis de anno 1728. Parte III. n. 751. & sequentibus. ZECHACHWITZ *Einleitung zum jure Publico* Lib. III. Cap. VIII. q. 13. pag. 621. & JOANNES FRIDERICUS GAUHEN *Adels-Lexicon* Editionis Lipsiensis novissimæ de anno 1740. fol. 419. & sequentibus. Reimberti, seu *Ruperchti* II. Dietrichsteinii testificatio occurrit in Charta Donationis plurium bonorum Monasterio S. Lamperti (olim in Carinthia, nunc in Styria siti) facta ab Henrico Duce Carinthiæ anno 1103. quam ex Codice Diplomatico Epistolari R. P. BERNARDI PEZ rursus evulgavit Immortalis FROELICHIUS Diplomatar. Sacr. Duc. Styr. Parte altera pag. 271. 672. & 273. Unde ex parte INNOPFIANA supra exposita hujus stemmatis deductio magis magisque corroboratur.

SUMMARIUM OPERIS.

§. XXIII.

NOI

NOI RIFORMATORI
Dello Studio di Padova.

AVendo veduto per la Fede di Revisione, ed Approvazione del P. F. *Filippo Rosa Lanzi* Inquisitor General del Santo Officio di *Venezia* nel Libro intitolato *Rudolfi Coronini &c. Operum Miscellaneorum Tom. prim. Continens Irenaeum Julianorum Diplomatis Censuram Eruditis Utinensibus propositum &c. MS.* non v' esser cosa alcuna contro la Santa Fede Cattolica, e parimente per Attestato del Segretario Nostro, niente contro Principi, e buoni costumi concediamo Licenza ad *Antonio Zatta* Stampator *di Venezia* che possi essere stampato, osservando gli ordini in materia di Stampe, e presentando le solite Copie alle Pubbliche Librarie di Venezia, e di Padova.

Dat. li 1. Luglio 1768.

(
(Alvise Vallaresso Riform.
(Francesco Morosini 2.° Cav. Proc. Riform.

Registrato in Libro a Carte 350. al Num. 2484.

Daviddè Marchesini Segretario.

NOI RIFORMATORI
Dello Studio di Padova.

AVendo veduto per la Fede di Revisione, ed Approvazione del P. F. *Filippo Rosa Lanzi* Inquisitor General del Santo Officio di *Venezia* nel Libro intitolato *Syllabus Tergestinorum Episcoporum cum Appendice Monumentorum &c. MS.* non v'esser cosa alcuna contro la Santa Fede Cattolica, e parimente per Attestato del Segretario Nostro, niente contro Principi, e buoni costumi, concediamo Licenza ad *Antonio Zatta* Stampator *di Venezia* che possi essere stampato, osservando gli ordini in materia di Stampe, e presentando le solite Copie alle Pubbliche Librarie di Venezia, e di Padova.

Dat. li 2. Settembre 1768.

(Sebastian Zustinian Riform.
(Alvise Vallaresso Riform.
(Francesco Morosini 2.° Cav. Proc. Riform.

Registrato in Libro a Carte 357. al Num. 2836.
Daviddè Marchesini Segretario.

Errata	Corrige	Errata	Corrige
Pag. lin.		Pag. lin.	
[illegible]	[illegible]	§. XXXVIII.	§. XXXIX.

Cætera minoris momenti menda, quæ Describentium aut Traductorum negligentia irrepsere, quisque facile corriget.

IRE.

IRENÆANI JULIANORUM
DIPLOMATIS CENSURA.

§. I.

Quemadmodum sæculo proxime præterlapso Hieronymus Biffius ad illustrandam Vice-Comitum Prosapiam in libro Mediolani edito anno 1671. non pauca produxit Diplomata falsa, suspecta, atque interpolata, quod & insignis Caspar Beretti Monachus Cassinensis in dissertatione Chronographica Italiæ medii ævi Tom. X. Scrip. & antiquit. italicarum Muratorii ad oculum demonstravit; ita recentioribus temporibus complures alii, ut Nobilium Familiarum originem a se descriptam, etiam invita veritate, magis antiquam facerent, varia omnis generis Diplomata confinxerunt. Similibus mercibus vulgus, imperitive perinde atque genuinis chartis fidem tribuunt: ast alii, qui ad artem Diplomaticam animum appulerunt, experientia, assiduoque tractandorum Diplomatum usu eam sibi peritiam compararunt, ut a suppositis genuina, a vitiatis integra secernere, ac, si non primo statim intuitu, adhibita saltem mediocri diligentia de sinceritate, aut falsitate Diplomatum valeant judicare: non secus atque illi quos *Deli fuisse* refert Cicero: Quæst. Accad. IV. *qui cum ovum inspexerant, quæ Gallina id peperisset, dicere solebant*. Etenim fidenter admodum affirmat Mabillonius in supplem. lib. de Re Diplomat. cap. IV. §. IV. *Ex omnibus sive rescriptis, sive alia ratione falsis Diplomatibus, nullum tanta arte fingi, aut refingi potuisse, cujus falsitas a perito Antiquario detegi non possit. Eam enim veritatis vim esse, ut per se luceat, totque circumstantiis muniatur, ut mendacio, & falso, quantumvis belle fucato, semper aliqua desint.* Isti scripturam, seu litterarum formam, quæ pro temporum, ac locorum diversitate non parum differt, ad amussim exprimebant; ast in orthographia quondam usitata, in diphtongis, interpunctionibus, compendiis scribendi toto cælo aberrarunt: illi a genuinis Diplomatibus avulsa sigilla spuriis suis chartis ingeniosissime adaptabant; sed vel in Monogrammatis figura, cuique ævo convenienti, vel in adumbratione characterum, ipsum Monogramma componentium, vel plane in omissione hujus signi Regii, semper calcem Diplomatis occupantis, sese prodidere: alii ope Dictionarii Latinitatis medii ævi compilati a Cl. Carolo du Fresne, stylum barbarum, locutiones peregrinas, inchoandi formulas, titulos singulis ætatibus proprios callide imitabantur; sed Chrismon, sive Chrismon, præfigi solitum, per oblivionem, aut per ignorantiam prætermiserunt: alii intimationem, imprecationes, inhibitiones, & mulctas in vetustis Diplomatibus adhibitas, versuto, ac solerti ingenio confingebant; sed Historiæ Genealogiæ, atque Geographiæ imperitia infesius, inter testes, Familias recentiores, aut locorum, qui nondum tunc existebant, possessores enumerarunt: rursus alii Archicancellariorum, Archicapellanorum, Archiepiscoporum, vel eorum vices gerentium Cancellariorum subscriptiones veris simillimas adjiciebant; sed iis adjacentia signa ab aliquot Cancellariis usurpata, quæ miris incertisque ductibus ac characteribus componebantur, neglexerunt: alii denique supradictis omnibus quantum fieri poterat summo studio, industria, atque dexteritate observatis, in *dati* tempore, aut in *acti* Diplomatis adsignato loco errorem commiserunt. Quæ singula postmodum tantam falsi suspicionem Eruditis ingessere, ut illi puro veritatis amore compulsi, nullo fere negotio latentem hactenus fraudem detexerint, ac ingentes Sycophantarum machinas unico veluti flatu dissipaverint. ψευδόμενος οὐδεὶς λανθάνει πολὺν χρόνον: *mentiens nullus latet ad multum tempus* ait Menander.

§. II.

Inter falsarios, qui in conterminis istis Regionibus innotuere (post P. Carolum Julianum Ferrucci, qui Genealogias ab Adamo primo omnium parente non interrupta serie ad nostra usque tempora deducere non est veritus) principem merito sibi locum vindicat Irenæus de Cruce Carmelita discalceatus, qui historiam Tergestinam, spuriis mercibus refertam, vel potius deformatam anno 1698. Josepho I. Romanorum, & Hungariæ Regi dedicavit. Longum nimis, molestum, & a nostro instituto plane alienum foret omnes ab eo commissas falsitates hic enumerare: pro specimine illud Diploma examinabimus, vigore cujus ipse Irenæus, contempta viri summi Andreæ Rapicii Præsulis sententia, Julianorum Tergestinensium Civium

Pro-

Prosapiam a Didio Juliano Imperatore promanasse est commentus. En verba: *Del tempo, che da Roma venisse questa nobilissima Famiglia* (de' Giuliani) *ad abitar in Trieste, non abbiamo cosa certa. Il dire però, che fosse allora quando fu dedotta Colonia de' Cittadini Romani non sarà lungi dal vero; mentre le memorie de' Cornelii, Clodii, Fabii, Papirii, Petronii, Severi, Valerii, e Varii, e di tant'altre delle più cospicue, e principali di Roma, delle quali oggidì ancora conservansi alcune poche reliquie, rendono testimonio certo, che venisse molto prima dell' anno 1262. assegnatoli da Monsignor Andrea Rapiccio Vescovo della nostra Città nelle sue memorie MS. coll' ingionte parole :*
„ Julianæ Familiæ cognomen hoc tempore a Juliano Lombardo primum fluxit, cui Ottobonus Lombardus successit, qui quod Juliani filius esset, Ottobonus de Juliano (1) appellatus est; quod deinde cognomen posteri perpetua successione conservant ". *Mentrecchè cento, e dieci anni prima di tal tempo l' Imperatore Federico primo di questo nome, la riconosce stabile in Trieste, e discesa dall' Imperatore Didio Giuliano, e non da altri; come si scorge dal seguente Diploma, concesso alla detta Famiglia l' anno primo della sua promozione al Trono Imperiale, il cui originale scritto in Pergameno da me visto, e letto, qual conservasi oggidì in Casa del Nobil Sig. Antonio Giuliani, figlio del qu. Nob. Sig. Germanico nostro Concittadino, col Sigillo in cera appeso alla grandezza di mezzo palmo.* Istor. di Triest. Lib. IV. Cap. IV. pag. 294. 295.

§. III.

Antequam producam spurium Irenæanum, de quo agendum proposui, Diploma, vitio mihi non vertatur, si ad imitationem Papebrochii aliam genuinam hoc loco ejusdem Imperatoris Chartam inseruero, cujus autographum mihi exhibitum a Perillustri Domino Antonio de Rosenthal Augustæ a Consiliis, & Austriacæ Aulæ intimo Archivario, ipse vidi, legi, & descripsi Viennæ anno 1759. ut, facta inter utrumque Documentum collatione, unusquisque, etiam rei Diplomaticæ mehercle imperitus (qui nec Mabillonium unquam, nec Papebrochium, nec Hertium, nec Waltherum, nec Chronicum Gottwicense, nec Baringium, nec Muratorium, nec alios denique hujus artis Eruditos Commentatores a longe, ut ita dicam, salutaverit) facili negotio in hujuscemodi controversia valeat judicare. Diploma quod producturus sum diversi magni nominis Scriptores edidere: Foggerus Birckenii inter cæteros minus quidem accurate: ast Henricus Christianus Baro de Senckenberg autographum quoque inspexisse fatetur in opusculo ante serennium Viennæ impresso de Legibus, & consuetudinibus antiquis Germaniæ. Cap. III. §. 49. pag. 122.

Istius

(1.) Vide hujus Censuræ paragraphum XVI. ubi *Rapicii* sententiam adversus *Irenæum* solidis argumentationibus tuemur.

Istius privilegii vigore quidquid ad occasum inter Anisum, & Oenum intercipitur, Bavariæ ademptum, Austriæ accessit anno 1156., coadjuvante Federico I. Imperatore, qui ut Henricum II. tum Austriæ Marchionem, ad reliquam Bavariam, quam ejus frater, & Prædecessor Leopoldus Largus a Conrado III. Cæsare obtinuerat, facilius deserendam alliceret, Austriam insignibus prærogativis auctam *Cor*, ac *Clypeum* Imperii in Diplomate appellans, ad Ducalem dignitatem elevavit. Jam exemplum accipe ab originali, ut supra diximus, pergamena descriptum. ,, In nomine sanctæ, & individuæ Trinitatis
,, Amen. Fridericus Divina favente clementia Romanorum Imperator
,, Augustus. Quamquam rerum commutacio ex ipsa corporali institu-
,, cione possit firmi consistere, nec ea quæ legitime geruntur ulla
,, possint refragacione convelli. Ne tamen rei geste ulla possit esse
,, dubietas Imperialis debet intervenire auctoritas. Noverit igitur om-
,, nium Christi imperiique & nostri fidelium presens etas, & futura
,, posteritas, qualiter nos ejus cooperante gracia a quo celitus pax
,, missa est hominibus super terram, in generali nostra curia Ratis-
,, pone in nativitate Sancte marie, celebrata in presencia multorum
,, religiosorum & Catholicorum litem & controversiam, que inter Ka-
,, rissimum nostrum Patruum Heinricum Ducem Austrie, & inter ne-
,, potem nostrum Karissimum Heinricum Ducem Saxonie diu agitata
,, extitit, super ducatum Bavarie & super marchia a Superiori parte
,, fluminis anasi, terminavimus hoc modo, quod dux austrie resi-
,, gnavit nobis ducatum bavarie, & dictam marchiam, quos tene-
,, bat qua resignacione facta mox eundem ducatum bavarie in be-
,, neficium contulimus duci saxonie, predictus vero dux saxonie ces-
,, sit, & renunciavit omni juri & accioni, quas habebat, ad dictam
,, marchiam cum omnibus suis juribus & beneficijs, ne autem in hoc
,, facto honor, & gloria patrui nostri Karissimi aliquatenus minua-
,, tur, de consilio & judicio principum Illustri Wadizlao duci boe-
,, mie sentenciam promulgante, quam ceteri principes approbabant,
,, marchionatum Austrię & dictam marchiam supra Anesum com-
,, mutavimus in Ducatum, Eundemque ducatum cum subscriptis ju-
,, ribus privilegijs & gracijs omnibus liberalitate Cesarea contulimus
,, predicto Heinrico nostro patruo Karissimo prenobili sue uxori theo-
,, dorę & liberis eorundem ob singularem favorem, quo erga dile-
,, ctissimum patruum nostrum Heinricum Austrię ejus conthoralem
,, prenobilem theodoram, & eorum successores nec non erga terram
,, Austrię quę clyppeus & cor sacri Romani imperij esse dinoscitur,
,, afficimur de consilio & assensu principum imperij dictis coniugibus
,, eorum in eodem ducatu successoribus nec non presate terre Au-
,, strię subnotatas constituciones concessiones & indulta auctoritate
,, Imperiali in jura plena & perpetua redactas donavimus liberaliter
,, vigore presencium & donamus, Primo quidem quod Dux Austrię
,, quibusvis subsidijs seu servicijs non tenetur, nec esse debet obnoxius
,, sacro Romano Imperio nec cuiquam alteri nisi ea de sui arbitrij

,, sece-

„ fecerit libertate eo excepto dumtaxat quod imperio servire tenebi-
„ tur in ungariam duodecim viris armatis per mensem unum sub
„ expensis proprijs in ejus rei evidentiam, Ut princeps imperij di-
„ noscatur, Nec pro conducendis feodis requirere seu accedere de-
„ bet imperium extra metas austrie, Verum in terra austrie sibi de-
„ bent sua feoda conferri per imperium & locari Quod si sibi de-
„ negaretur, ab imperio requirat & exigat litteratorie trina vice quo
„ facto juste sua possidebit feoda sine offensa imperij ac si ea cor-
„ poraliter conduxisset, Dux eciam austrie non tenetur aliquam cu-
„ riam accedere edictam per imperium seu quemvis alium nisi ul-
„ tro, & de sua fecerit voluntate, Imperium quoque nullum feo-
„ dum habere debet austrie in ducatu si vero princeps aliquis vel
„ alterius status persona nobilis vel ignobilis cujuscunque condicio-
„ nis existat haberet in dicto ducatu possessiones ab ipso jure feo-
„ dali dependentes, has nulli locet seu conferat nisi eas prius con-
„ duxerit a duce austrie memorato, Cujus contrarium si fecerit ea-
„ dem feoda ad ducem austrię devoluta libere sibi ex tunc jure
„ proprietatis & directi dominij pertinebunt principibus ecclesiasti-
„ cis, & Monasterijs exceptis dumtaxat in hoc casu, Cuncta eciam
„ secularia judicia bannum silvestrium, & ferinarum piscinae & ne-
„ mora in ducatu austrię debent jure feodali a duce austrię depen-
„ dere, Eciam debet dux austrię de nullis opposicionibus vel objectis
„ quibuscunque nec coram Imperio, nec aliis quibuslibet, cuiquam
„ respondere nisi id sua propria & spontanea sacere voluerit volun-
„ tate, Sed si voluerit, unum locare poterit de suis vasallis seu ho-
„ molegijs & coram illo secundum terminos prefixos parere potest
„ & debet justicie complemento, Insuper potest idem dux austrie
„ quando inpugnatus fuerit ab aliquo de duello per unum ijdoneum
„ non in enormitatis macula retentum vices suas prorsus supplere,
„ Et illum, ipsa eadem die seu princeps vel alius quisquam pro ali-
„ cujus nota infamię non potest impetere nec debet inpugnare, Pre-
„ terea quidquid dux austrie in terris suis seu districtibus suis fecerit
„ vel statuerit, hoc imperator neque alia potencia modis seu vijs qui-
„ buscunque non debet in aliud quoquo modo inposterum commutare
„ Et si quod deus avertat, Dux austrię sine herede filio decederet
„ idem ducatus ad seniorem filiam quam reliquerit devolvatur Inter
„ duces austrię qui senior fuerit dominium habeant dictę terrę ad
„ cujus eciam seniorem filium dominium jure hereditario deduca-
„ tur ita tamen quod ab ejusdem sanguinis stipite non recedat, Nec
„ ducatus austrie ullo unquam tempore divisionis alicujus recipiat
„ lectionem Si quis in dicto ducatu residens vel in eo possessiones
„ habens fecerit contra ducem austrię occulte vel publice est dicto
„ duci in rebus & corpore sine gracia condempnatus, Imperium di-
„ cto duci austrię contra omnes suos injuriatores debet auxiliari, &
„ succurrere quod justiciam assequatur, Dux austrię principali ami-
„ ctus veste superposito ducali pilleo circumdato serto pinnito bacu-

,, lum habens in manibus equo assidens & insuper more aliorum
,, principum imperij conducere ab imperio feoda sua debet, Dicti
,, ducis institucionibus, & destitucionibus in ducatu suo austriç est
,, parendum. Et potest in terris suis omnibus tenere judeos, & usu-
,, rarios publicos quos vulgus vocat Gavvertschin sine imperij mole-
,, stia & offensa. Si quibussvis Curijs publicis imperij dux austriç
,, presens fuerit unus de palatinis archiducibus est censendus & nihilo-
,, minus in consessu & incessu ad latus dextrum imperij post electores
,, principes obtineat primum locum dux austriç donandi & depu-
,, tandi terras suas cuicumque voluerit habere debet potestatem li-
,, beram Si quod absit sine heredibus liberis decederet nec in hoc per
,, imperium debet aliqualiter impediri, Prefatus quoque ducatus austriç
,, habere debet omnia, & singula jura privilegia & indulta que obti-
,, nere reliqui principatus imperij dinoscuntur, Volumus eciam ut si
,, districtus & diciones dicti ducatus ampliati fuerint ex hereditaribus
,, donacionibus emptionibus deputacionibus vel quibussvis alijs devo-
,, lucionum successionibus prefata jura privilegia & indulta ad aug-
,, mentum dicti dominij austriç plenarie referantur; Et ut hec no-
,, stra imperialis constitucio omni evo firma & inconvulsa perma-
,, neat presentes litteras scribi & sigilli nostri impressione fecimus
,, insigniri, Adhibitis idoneis testibus quorum nomina hæc sunt. Pil-
,, gerimus patriarcha Aquileiç, Eberhardus salzburgensis archiepisco-
,, pus. Otto frisingensis episcopus. Cuonradus pataviensis episcopus.
,, Eberhardus babenbergensis. Harmannus brixiensis. Harthuicus ra-
,, tisbonensis. Tridestinus episcopus. Dominus Vuelfo: Dux Conra-
,, dus frater imperatoris. Fridericus filius regis Cuonradi. Heinricus
,, dux carinthiæ. Marchio Engielbertus de histria. Marchio Adalber-
,, tus de staden. Marchio Deiepaldus. Hermannus comes palatinus
,, de reno. Otto comes palatinus & frater ejus Fridericus. Gebehar-
,, dus comes de Sulzbach. Rodulfus comes de Ivvineshud. Engelber-
,, tus comes hallensis. Gebehardus comes de burchuse. Comes de
,, burhena. Comes de Pilstein & alij quam plures.

Signum Domini Friderici Romanorum Imperatoris invictissimi

Ego Rainaldus cancellarius vice Arnoldi maguntini archiepiscopi & archicancellarij recognovi

,, Datum Ratisbone XV. Kal. Oct. Indictione IIII. anno domini-
,, ce incarnacionis M.C.L.VI. Regnante Domino Friderico Romano-
,, rum

Tabella I pertinet ad paginam septimam Curarum.

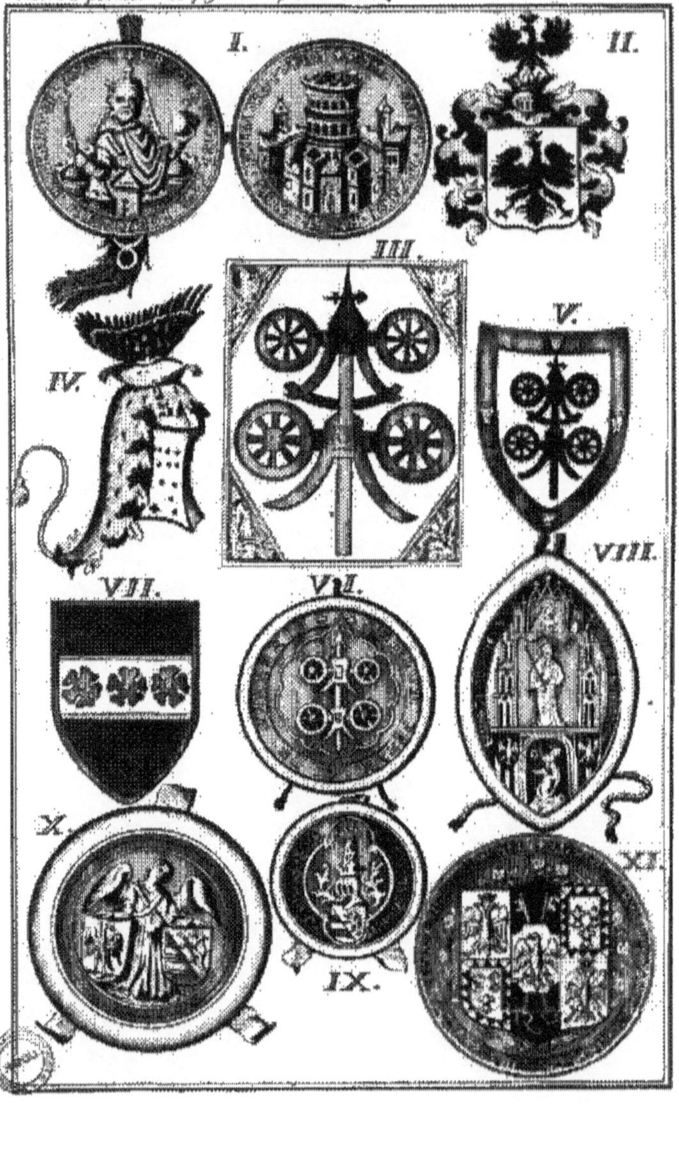

„ rum Imperatore augusto In christo feliciter Amen. anno regni
„ eius V. Imperij II.

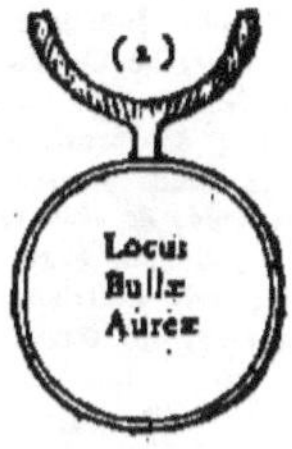

§. IV.

Recitato sincero Diplomate Friderici Barbarossæ, tempus est ut benevolo Lectori exhibeam spurium illum foetum Irenæanum, qui a capite ad calcem introductionum prodet somniatorem, palpum obtrudentem Concivibus suis, & inanibus rerum simulacris insipientium sensus perstringentem. Itaque sisto tibi Diploma, quod ex autographo se deprompsisse ait IRENÆUS l. 4. c. 4. pag. 293. *il cui originale scritto in Pergameno da me visto, e letto*, cujus audisurus sententiam.

„ Fridericus Dei Gratia Romanorum Rex semper Augustus. Recognoscimus per præsentes, quod Nos admoniti de virtutibus, meritis, fide, ac devotionis observantia erga Nos, & Nostrum Romanum Imperium, Nobilis, & Antiquæ Familiæ de Juliano in Civitate Tergeste ex Rom. Imp. Didio Juliano nostro prædecessore ortæ Familiæ, & omnes illius in Familiares nostros continuos, & domesticos, & cum bonis suis omnibus in salvam guardiam, & protectionem Nostram, ac Sac. Rom. Imperij assumpsimus, & recepimus ac per præsentes assumimus: promittere ei, & cuilibet eorum, omnem gratiam, Clementiam, & favorem nostrum apud quoscumque. Insuper affirmantes, ac approbantes Arma antiqua, & gentilitia Julianorum & illustriora reddentes Authoritate Nostra Rom., & Regia videlicet. Aquilam nigram coronatam in Scuto, &
„ Cam-

(2) Auream Bullam Friderici Barbarossæ fidelissime in Tabella I. ære incisa sub num. 1. Sigillum autem Cereum ejusdem Principis accuratissime expressum exhibent Doctissimus Abbas Gotwicensis Godefridus. Lib. II. cap. XIII. ad paginam 339. cui similiterum antea Burcardus Gotthelffius Struvius Corpori Historiæ Germanicæ præfixerat num. XXII. Vid. Tabell. II. num. IV. Mirum videri posset Muratorium in Antiquitatibus Italiæ Dissertatione XXXV. de Sigillis medii ævi ex professo tractando, nullum Friderici Ænobarbi Sigillum produxisse. Hujus censuræ §. XXXVII. ostenditur quid nam sentiendum sit de Sigillo ejusdem Imperatoris descripto a Lehmanno Chron. Spirens. Lib. V. Cap. LXIV. pag. 531.

„ Campo albo, & super Galeam tornneariam Coronam, & intus A-
„ quilam pectore tenus cum induvijs illorum colorum, ut latius hic
„ in medio apparet (3) & præfata authoritate nostra facimus, &
„ creamus omnes de Familia Julianorum in perpetuum generosos
„ Equites, ac Milites auratos, ac Comites Palatii Nostri Regii, cum
„ potestate tantummodo legitimandi ubique Bastardos, & Spurios,
„ præter Filios illustrium, & Nobilium, & creandi Notarios, ut
„ moris est, & doctos in Poesia Laureatos, cum solitis facultatibus,
„ & ita omnibus Principibus, & aliis Nostris mandamus sub pœna
„ XXV. Marcarum Auri, dictam Familiam de Juliano teneant, &
„ habeant in his prærogativis nostris &c. Datum in Landavv. VI.
„ Non. Maij Regni nostri primo &c.

§. V.

Jam propositi ratio postulat, ut singulas hujus Monstri Diplomatici partes suis momentis criticæ ponderemus. Quod itaque ad exordium Diplomatis pertinet (semota disquisitione, an in supposito, a nobis minime viso, autographo præfixum adsit Chrismon, nec ne?) dico, mutilum exordium Irenæanum esse ob defectum solitæ illis temporibus Invocationis Divini nominis, quam præeunte Carolo Calvo, Imperatores Germanici constanter ferme usque ad finem seculi XIII. retinuerunt. Hæc autem erat: *In Nomine Sanctæ, & Individuæ Trinitatis*. Carolinæ Stirpis Regibus, & Imperatoribus usitatius erat: *In Nomine Dei, & Salvatoris Nostri IHV XPI*, auspicari. A Stirpe Merovingica vix unquam usurpata; sæpe etiam a Rudolpho I., & secutis eum Imperatoribus prætermissa Divini nominis invocatio fuit. Qua ex istis similibusque formulis uteretur Fridericus I. demonstravimus ex supra relato autographo Tabularij Viennensis, quod etsi editum fuerit Regni ejus anno quinto, non tamen discordat ab aliis Privilegiis, concessis anno sui regiminis primo, seu 1152; quorum exempla inveniet Lector apud HUNDIUM Metrop. Salisburg. Tom. II. Edit. Ratisb. 1719. pag. 19 MARQUARDUM HERGOTT Genealog. Habspurg. Tom. II. pag. 175, & 176. LUNIGIUM Spicil. Eccles. Tom. III. pag. 111. UGHELLUM Ital. Sacr. Tom. IV. editionis Venet. pag. 780. EDMUNDUM MARTENE Veter. Script. & Monumentor. Tom. II. edit. Parisinæ. pag. 613. CL. ERASMUM FROELICH Diplom. Sacr. Styr. Part. II. pag. 278. aliosque.

§. VI.

(3) Julianorum Insignia gentilitia, Irenæano Diplomati intexta, Tabellæ Æneæ Numerum II. occupant; eruntque a Lectore cum Censura §. §. XVII. XIX. & XX. diligenter ponderanda.

§. VI.

Ad inchoandi formulas tituli quoque referuntur, quibus se ipsos Reges, Imperatoresque Diplomatum initio appellabant. In his pronomen *Ego*, vel *Nos* primum se offert; quo tamen utroque ante magni interregni tempora vix usum quemquam reperies: hinc IRENÆUS provide τὸ *Nos* (nostro quoque ævo præmitti solitum) silentio pressit, etsi in reliquo contextu multitudinis numero Fridericum loquentem inducat. Hæc ante nomen. Post illud antiquissimis jam temporibus usitata formula *Dei Gratia* sequitur, seu *Divina favente, opitulante, miserante Clementia*. Hanc Regis, aut Imperatoris appellatio excipit; ubi discrimen notandum, quod Germanicos inter, Francicosque Reges intercedit. Hi quippe Francorum se Reges, aut quamdiu post Carolum M. Imperium tenuerunt, *Imperatores* etiam *Augustos* appellant. Priores contra solo Regis titulo absque ulla Germanorum, Romanorumve mentione contenti, tum demum, cum Romam profecti coronam Imperii inibi recepissent, *Imperatoris* appellationem adjiciebant. *Romanorum Regem* primus se Henricus II. dixit. An primus Imperator Fridericus Barbarossa *Semper Augusti* titulum invenerit, nondum expeditum est. CONRINGIUS ex Consilio Doctorum Romani juris in Italia reflorescentis id factum censet, assentientibus BOECLERO, & LEUBERO; verum iis adversatur THULEMARIUS in peculiari dissertatione de titulo *Semper Augusti* apud BECMANNUM Not. dign. diss. II. cap. I. §. VI. *Nos* (cum HERTIO) *ut non pauca Diplomata quæ titulum semper Augusti habent inter supposititia referimus, ita eo nunquam ante usos adfirmare vix sustinemus*. A me per epistolas interrogatus Cl. BARO SENCKENBERGIUS quonam anno Fridericus I. sese *Semper Augustum* incœperit appellare? responsum dedit 29. Augusti 1759. (die gratiis pro Victoria Borussica Viennæ Numini agendis celebri) tenoris infrascripti: *Fridericum, cui Aenobarbi cognomen, ab initio regiminis* Semper Augustum *appellatum esse haud novi, nec talis in Diplomate Austriaco jam Imperator compellatur; videtur ergo hunc titulum demum postea a Græcis adscivisse*. Non erravit Vir summus in re Diplomatica, atque in jure Publico Imperii Romano-Germanici optime versatus; quoniam ego collectis diligenter complucibus sinceris Diplomatibus ad annum 1152. pertinentibus, nullibi vestigium similis tituli inveni. Assertionem hanc nonnullis exemplis illustrabo.

§. VII.

Communi Principum Consensu Conrado III. Patruo anno 1152. III. Nonas Martii sufficitur, & Dominica *Lætare* ejusdem anni ab Arnoldo Coloniensi Archiepiscopo coronatur Fridericus Barbarossa, paternum genus ab Hohenstaufiis, maternum a Welfis ducens. Paulo post, omnibus in Saxonia bene dispositis, Bavariam ingreditur, ac Ratisbonæ Comitia celebravit. Conventionem, quam cum BARONIO GOLDASTUS exhibet, de pactis inter Imperium, & Ecclesiam servandis, initam per Legatos Friderici cum Eugenio Papa X. Kal. Aprilis, recentiores Critici inter somnia, fabulasque Milesias relegarunt. Non item illius Diploma productum ab HUNDIO loco superius citato, vigore cujus septimo post suam electionem die Abbatiam Altahensem Episcopo Babenbergensi subjecit. Exordium Diplomatis ita sonat: *In nomine Sanctæ, & Individuæ Trinitatis. Fridericus divina favente clementia Rex Romanorum &c. Actum Aquis-grani anno Incarnat. Dominicæ M.C.L.II. Indict. XV. IV. id. Martij. Regnante Domino Friderico Rege Romanorum anno primo. Data per manum Arnoldi Cancellarij, vice Henrici Moguntiens. Archiepiscopi.* Pari Regis Romanorum axiomate præditum est Diploma ejusdem Friderici, aureis conscriptum litteris, quo jura, & privilegia ab Antecessoribus suis concessa Corbejæ Novæ instauravit. *In nomine Sanctæ, & Individuæ Trinitatis. Fritbericus Divina favente Clementia Romanorum Rex.* & inferius: *Data in Curia Mersburch Anno incar. Domini M.C.LII. Indictione XV. Anno Domini Friberici Romanorum Regis primo Actum in Christo feliciter Amen.* MARTENE veter. Scriptor., & Monumentor. Tom. II. pag. 613. Augusti titulus prima vice comparet in Diplomate quo idem Rex Beati Vincentii Monasterio bona jam oblata confirmat, & circa successionem Advocatorum ejusdem Cœnobii disponit: *In nomine Sanctæ, & Individuæ Trinitatis amen. Fridericus Dei gratia Romanorum Rex Augustus &c. Datum apud Ulmam IV. Kal. Augusti Anno MCLII. Indictione XV. Regnante Friderico Rege glorioso, anno Regni ejus primo.* HERGOTT Genealog. Habsp. Tom. II. pag. 175. Similiter in Confirmatione Privilegiorum Abbatiæ Elvvangensis: *In nomine Sanctæ, & Individuæ Trinitatis. Fridericus Dei gratia Romanorum Rex Augustus &c. Datum* Wirzburg. *IX. Kal. Novemb. Anno Domini. Incarnat. M.C.L.II. Indict. XV. Regnante Domino Friderico Romanorum Rege glorioso. Anni vero Regni ejus anno I. feliciter.* LUNIO Spic. Eccl. Tom. III. pag. 121. Porro in confirmatione Privilegiorum Ecclesiæ Vercellensis: *In nomine Sanctæ, & Individuæ Trinitatis Federicus Dei gratia Romanorum Rex Augustus &c. Datum Viteinbergi* (MURATORIUS habet Vicenburg) *XVI. Kal. Novembris. Anno Dominicæ Incarnationis* 1152. *Indictione I. Regnante Domino Federico Romanorum Rege glorioso. Anno vero Regni ejus primo feliciter.* UGHELLI Tom. IV. pag. 780. His adde Privilegium cum jure monetandi concessum Ecclesiæ Basileensi apud supradictum HERGOTT. l. c. pag. 176. Item Diploma, quo Ardizoni Antistiti complures Villas, a Comensi sua Ecclesia olim avulsas, Regia auctoritate restituit. ITALIÆ SACR. Tom. V. pag. 292. Sententiam denique in favorem Monasterii Svvarzachensis eodem anno pronuntiatam apud GUDEN. Syllog. 1. pag. 458. Nullibi titulum *Semper Augusti* invenies nles, quem certo certius ante Romanam Coronationem sibi non adscripsit Fridericus, at serius multo usurpavit; uti cum Struvio, complures alii magni nominis Auctores contestantur. Hinc quantam fidem mereatur Irenæanum, quod *Semper Augusti* titulum præfert, Diploma, vel ex hoc solo capite vos, vos ipsi Juliani, si veritatem diligitis, judicate.

§. VIII.

His Initiorum formulis absolutis, aliam subjungebant antiqui Imperatores, ac Reges, qua notam esse ac perspectam omnibus *voluntatem suam, præceptum, donationem, confirmationem, exaltationem*, aut quidquid demum Diplomate contineretur, se cupere significabant. Atque hæc est, cui *Intimationis* nomen rei Diplomaticæ Scriptores fecere. Multiplex porro ac varia ea est, quippe quæ a Scribarum seu Notariorum arbitrio fere pendebat. Carolus Crassus plerumque hanc Diplomatibus suis inseruit: *Noverit igitur omnium fidelium nostrorum, præsentium videlicet, & futurorum industria, quia &c.* In Henrici I. Diplomate de anno 931. sequens observatur Intimatio: *Omnibus Sanctæ Dei Ecclesiæ Fidelibus, præsentibus scilicet & futuris notum esse volumus &c.* Ottonis I. Diploma in Chronico Gottwicensi de anno 940. habet: *Noverint omnes nostri fideles tam præsentes, quam etiam, & futuri.* Ottonis vero II. Privilegium Ecclesiæ Aquilejensi concessum de anno 977.: *Quocirca omnium Sanctæ Dei Ecclesiæ nostrorumque, præsentium scilicet, & futurorum noverit Universitas &c.* Ottonis III. Chartam de anno 1001. ipse vidi, in qua haud multum quoque absimilis aderat Intimatio, hæc nempe: *Quocirca notum sit omnibus Sanctæ Dei Ecclesiæ nostrisque fidelibus, præsentibus, & futuris &c.* Ejusdem ferme tenoris passim apud Scriptores Diplomaticos invenies Intimationes Henrici Aucupis, Conradi II. Henrici III. IV. V. Lotharii II., & Conradi III. Qua formula usus plerumque sit Fridericus primus discimus ex supra relato Diplomate Austriaco anni 1156.: *Noverit igitur omnium Christi, Imperiique, & nostri fidelium præsens ætas, & futura posteritas.* Alias etiam adhibuit in authentico anni 1177. viso, & descripto a Muratorio ex Tabulario Cœnobii Nonantulani Dissert. LXX. Tom. V. pag. 1046. *Notum ergo sit omnibus Imperii nostri fidelibus tam futuris, quam præsentibus:* & in Diplomate de anno 1152., quo Ecclesiæ Vercellensi, ejusque Episcopo Regitioni, sive Ugutioni jura omnia confirmantur: *Præsentibus igitur, ac futuris Christi fidelibus volumus esse cognitum:* (Vide Ughellum l. c., & Muratorium Dissert. LXXIII. Tom. VI. pag. 321.) nec non denique in Epistola scripta Vodalrico Patriarchæ Aquilejensi, qua de constanti erga unitatem Ecclesiæ mente sua eundem Præsulem certiorem reddit Imperator: monetque ipsum de Concilio Ravennæ celebrando, ubi jam sancita cum Legatis Pontificiis concordia firmari debeat, solemnique ritu promulgari anno 1177. *Noverit itaque tuæ fidelitatis Dilectio, quoniam eliminato*

uni-

universo Scismatis errore, pax & unitas Ecclesiæ reformata, tam juramentis, quam Scriptis, hinc inde Sigillatis inconvulsa firmitate roborata est: quæ utique in Concilio Ravennæ in conversione Sancti Pauli celebrando.... promulganda est &c. Jam, si superis placet, inveniat mihi in suo Diplomate supposititio aliquam consimilem Intimationem Irenæus? cujus omissione adeo evidenter bonus ille Religiosus inscitiam suam prodidit, ut plane sit hospes in ejusmodi Studiis, qui e vestiglo falsitatem non sentiat.

§. IX.

Intimationem modo dictam præcedebat frequenter procemii quidpiam, quo causas, quibus impulsi Cæsares Diplomata condidissent, patefacere solebant. In his autem fere potentis cujuspiam, aut pietate insignis Viri, interdum & Conjugum suarum preces, causæ æquitatem, & justitiam, impetrantium merita, vel, cum dicatis Deo locis largirentur aliquid, *animæ suæ remedium*, *æternæ remunerationis premium*, atque his similia numerabant. Exemplo rem confirmabo. In sat vetusto Codice MS. Privilegiorum Ecclesiæ Aquilejensis inter cætera habetur Charta Ottonis III. Imperatoris, munificentiam suam exercentis in Joannem Patriarcham pro Dei amore, suæque animæ remedio, intercedente supplicatione Ottonis Ducis Carinthiæ, & Marchiæ Veronensis. Do tenorem: „ In nomine Sanctæ, & Individuæ
„ Trinitatis. Tertius Otto Romanorum Dei gratia Imperator Augu-
„ stus. Si Ecclesias restaurare, Rectoresque earundem nostro mune-
„ re sublimare studuerimus, id ad statum nostri Imperii, nec non
„ ad æternæ vitæ sublimentum proficere non ambigimus: quocirca
„ notum sit omnibus Sanctæ Dei Ecclesiæ nostrisque fidelibus præ-
„ sentibus, & futuris Ottonum illustrem nostrum Ducem (*Carinthiæ*
„ *& Marchiæ Veronensis*) nostrumque dilectum humiliter nostram
„ exorasse clementiam, quatenus pro Dei amore, nostræque animæ
„ remedio Sanctam Aquilegiensem Ecclesiam, Rectoremque illius Jo-
„ hannem scilicet venerabilem Patriarcham nostræ largitionis munere
„ exaltare dignaremur. Cujus dignis petitionibus aures nostræ Domi-
„ nationis pro more solito accomodantes, Sanctamque Dei Eccle-
„ siam, quondam Ungarorum sævitia devastatam, nunc magnas
„ necessitates perpeti considerantes, medietatem unius Castelli, quod
„ dicitur Sillignanum, & medietatem unius Villæ, quæ Sclavica lin-
„ gua vocatur *Goriza*, nec non medietatem omnium domorum, Vi-
„ nearum, Camporum, pratorum, pascuorum, herbaticorum, placito-
„ rum, collectarum, angariarum, molendinorum, aquarum, aquarum
„ ductuum, piscationum, sylvarum, pabulariorum, venationum, nec
„ non omnium rerum, quas in illis prædictis locis, Sillignano, at-
„ que Goriza, vel in finibus locorum, quæ sunt inter Lisontium,
„ Vipacum, & Ortona, atque Juga alpium prout juste, & legaliter
„ præsunt in nominatis finibus prædictæ Aquilegiensis Ecclesiæ, at-

„ que

„ que Rectori ejus Patriarchæ, suisque Successoribus per hujus Impe-
„ rialis præcepti paginam damus, atque ex nostro jure in ejus jus,
„ & dominium transfundimus, atque perdonamus: Sed etiam con-
„ cedimus, ac cum omni publica functione largimur, eidem Eccle-
„ siæ, ejusque Rectoribus qui pro tempore fuerint, omnes Villas,
„ quas jam dictus Patriarcha, vel ejus Antecessores habent ædifica-
„ tas in Comitatu Forojulensi, post Ungarorum nefandam devasta-
„ tionem, tam de terra de Patriarchatu, quam de terra de Concor-
„ diensi Episcopatu, & Sextensi Abbatia, seu de terra bonorum ho-
„ minum, qui sunt mortui sine hæredibus, sive in terra nostro Do-
„ minio spectanti, quas villas nunc præfatus Patriarcha ad suæ Se-
„ dis utilitatem in sua Investitura tenet, cum omnibus pertinentiis
„ suis, & circa unamquamque earum per duos milliarios ex omni
„ parte adjacentes, eo ordine ut nullus Dux, Comes, nullaque no-
„ stri Regni Persona in eisdem Villis placitare forum, collectas, an-
„ garias exigere, aliamve potestatem exercere præsumat, præter eum
„ cui Aquilegiensis Ecclesia gubernanda regere videbitur. Præterea
„ sæpe dictæ Ecclesiæ largimur etiam omne illud herbaticum, quod
„ publicæ rei exactores a famulis, vel a liberis in terra prædictæ
„ Ecclesiæ habitantibus, sive Scusatis de Montanis in Istriam ve-
„ nientibus per Ficatiam, & Pertam fictam, nec non per Clusas de
„ Avenzone, vel ubicunque transeuntibus exigere solebant, nullam
„ sibi modo juris partem reservantes: Sed volumus, atque firmiter
„ jubemus, ut prædictus Patriarcha Johannes, suique Successores om-
„ nia, quæ superius dicta sunt, perpetuis temporibus ad suæ sedis
„ utilitatem teneat omniumque hominum conditione remota possi-
„ deat. Si quis autem hujus nostri Imperialis Præcepti donationem
„ inquietare, vel infringere tentaverit, sciat se compositurum auri
„ puri libras mille, medietatem Cameræ nostræ, medietatem dictæ
„ Sedi, ejusque Rectoribus. Quod ut verius credatur diligentiusque
„ ab omnibus observetur manu propria corroboramus; Sigillo no-
„ stro, atque bulla subter jussimus sigillari, atque insigniri. Signum
„ Domini Ottonis Serenissimi, & Invictissimi Cæsaris. Henrimbertus
„ Cancellarius in vicem Petri Cumani Episcopi Archi-Cancellarii re-
„ cognovit. Datum autem quarto Kal. Maii, Anno Dominicæ In-
„ carnationis Millesimo primo Indictione (XIV) Anno tertii Ottonis
„ Regnantis XVII. Imperii vero ejus V. Actum Ravennæ feliciter
„ Amen. Ex hoc Diplomate, cujus partem, discrepantibus nonnullis vocabulis, exhibet Bellonus in Joannis Patriarchæ vita apud Muratorium Tom. XVI. Scriptorum Italiæ; partem alteram, sibi a Comite Florio communicatam in lucem edidit Cl. P. de Rubeis Monumentorum Aquilejens. Cap. LIII. pag. 490., manifestum fit vetustos Germaniæ Reges atque Augustos ante Indictionem certas quasdam introductiones, seu præfationes adhibuisse, quarum tamen nullum omnino in Julianorum Chartis apparet vestigium. Sed dicet importunus quispiam sermonem meum interrumpens: quid erat inter

Ottonem III., atque Fridericum I., centum quinquaginta annis posteriorem, adeo commune, ut ab illius scribendi methodo ad Friderici Diplomata procedere debeat argumentatio? Nullam inter se binos istos Imperatores connexionem agnovisse; diversis Cancellariis, ac Scribis usos fuisse; diversa, pro re nata, negotia publica æque, ac privata pertractasse; ad diversarum personarum instantiam sua præcepta condidisse perlibenter concedam: nihilominus adeo fidenter superius factam conclusionem, argumentationemque iterum repeto, ut inde avelli, vel removeri animus meus haud patietur, donec ab Irenæi fautoribus unum alterumve sincerum Friderici Augusti, exordio, atque intimatione carens, mihi non ostendatur Diploma. Examinent pace mea, sed cum debita ponderatione, similium imposturarum patroni quotquot hactenus citavi hujus Imperatoris Præcepta, ex Chronico Gotwicensi, ex Marquardo Hergott, ex Muratorio, ex Ughello, ex Lunigio; imo conferant quoque, si placuerit, quotquot indicantur a Cl. Georgisch in Regestis Diplomaticis Tom. I. paginis 604. 605. 606. 607. & 608. illi quibus ingenua mens inest, & perturbationibus vacua, quamvis inviti, haud difficulter tandem in meam descendent sententiam.

§. X.

Subsequebatur statim post Intimationem contextus ipse, seu corpus, ut ita loquar, Diplomatis; de quo tamen ipsa rerum, quæ dicendæ forent, multitudo efficit, ut adferre nihil generaliter possimus. Quidquid enim belli, pacisque tempore occupatas Principum Aulas tenet, quidquid publica, privataque, domestica æque, ac forensia negotia, quidquid pietas, æquitas, munificentia, cæteraque Principum officia exigebant, materiam Diplomatibus suppeditavit. Particularem igitur Julianorum Tergestinensium ab Irenæo productam Chartam criticæ lanci appendamus, contextum ipsius dearuando. Primo examinabimus: an *Nobilis* titulus inibi tributus, revera convenerit Familiæ Tergestinæ de Juliano anno 1152.? Secundo: an probabile sit eam a Didio Juliano Imperatore descendisse? Tertio: Quidnam de Armis ejusdem Gentilitiis critice judicandum videatur? Quarto: Quidnam statuendum sit de dignitate Equitum, ac Militum auratorum, juxta Irenæum anno 1152. collata universæ Familiæ de Juliano? Quinto: An Juliani a Friderico Barbarossa creati fuerint Comites Palatini?

§. XI.

Venio ad primam difficultatis argumentum: an *Nobilis* titulus, in Irenæano Diplomate tributus Familiæ de Juliano, eidem revera convenire potuerit anno 1152. *Recognoscimus per præsentes, quod Nos*

adwo-

admoniti de virtutibus, meritis, fide, ac devotionis observantia, erga Nos, & Nostrum Romanum Imperium, Nobilis, & antiquæ Familiæ de Juliano in Civitate Tergeste. Etsi Falsarius noster ultra omnem Historiarum memoriam (uti paulo inferius ostendetur) provectus, Julianorum ortus a *Didio* Juliano Romanorum Imperatore repetere conaretur; fateri tamen constanter ubique per decursum sui operis debuit, eorum conditionem in Civitate Tergestina nunquam Civium, aut Patriciorum ordinem excessisse. Quo posito, dico; nullum omnino Civem in tota Europa, præcipue vero in Germania, atque Italia constitutum, sæculo XII. ab Imperatoribus, aliisque Principibus, quin imo a paribus, & inferioribus *Nobilis* axiomate fuisse salutatum. Conveniebat namque eo ævo iste *Nobilis* atque *Illustris* titulus solis Imperii Ducibus, Principibus, Comitibus, Baronibus, ac majorum gentium Dynastis: uti patet ex pluribus Monumentis ad annos 1150. 1158. 1210. 1224. 1230. 1250. 1269. 1273. 1286. 1292. &c. in Chronico Goritiensi Editionis secundæ a nobis ipsis indicatis. Quibus adde supra relatum Privilegium de anno 1156. in quo Fridericus I. Theodoram, Ducis Austriæ Henrici, Patrui sui, Uxorem *Prænobilem* vocavit; nec non Historiam rerum Laudensium apud LEIBNITIUM, ubi de ejusdem Imperatoris Conjuge sic habetur: *Beatrix vero Conjux ipsius Imperatoris fuit & ipsa nobili genere orta de Provincia Burgundiæ:* denique Sententiam Friderici Imperatoris anno 1180. adversus Henricum Leonem, Ducem Saxoniæ, pro Adelberto Frisingensium Episcopo latam, in puncto fori Vergensis Monachium translati, apud HUNDIUM Tom. I. Metrop. Salisburg. pag. 115. & THUCELINUM in Electis Juris Publici curiosis. cap. 1. §. 7. pag. 13. in qua legitur: *Dilectus noster Adilbertus, Frisingensis Episcopus, ad Majestatis nostræ præsentiam accedens, humiliter nobis conquerendo, significavit, quod Nobilis Vir, Henricus de Brunswick, quondam Dux Bavariæ, & Saxoniæ, forum in Vergen.... in Villam München violenter transtulerit* &c. Imposturam commissam itaque magis vero similem reddidisset IRENÆUS si Julianis suis *Lombardorum* prænomen cum RAPICCIO, aut *Liberorum*, *Arimannorumque* titulos adaptasset; quorum in Legibus Longobardicis æque ac in aliis publicis Instrumentis veteres meminisse demonstrat MURATORIUS, Sopra le Antichità Italiane. Tom. I. Dissert. XIII. Dicti autem fuere antiquitus *Lombardi*, qui inter Clatiores numerabantur, uti jam diu monuerat CAMILLUS PEREGRINUS, singularis judicii Scriptor: *Arimanni* vero compellabantur viri *honorati*, ac Militares, aut clientelari beneficio Ducibus, Comitibus, Episcopis, Monasteriisve obnoxii; aut ab omni plane fiduciario jure liberi, quales post Matildis Comitissæ obitum erant principes in Mantuanorum Republica Cives, quos sæpe dictus Fridericus Barbarossa in quodam, ab eodem MURATORIO citato, Diplomate de anno 1159. *Arimanos* quoque appellavit: *Cunctos Arimanos in Civitate Mantuæ, sive in Castro, quod dicitur Portus, sive in Villis, quæ nominantur Sanctus Georgius, Cepada, Formigosa, seu in Comitatu Mantuano habitantes &c.*

&c. Subsequentibus temporibus, qui servitiorum immunitate fruebantur, *Libertatis* suæ titulum retinuere: aliis vero Arimannis Ministerialium nomen adhæsit. Utriusque Ordinis Viros, in Forojuliensi Provincia, multis Majorum Imaginibus ornatos, nobis ob oculos ponit CL. P. DE RUBEIS in Privilegio Volrici Aquilejensis Patriarchæ, quo anno 1176. institutum a Peregrino Decessore in Civitate Austriæ forum ratum habuit, firmavitque: *Hominibus etiam dilectorum Ministerialium nostrorum Henrici de Glemona, & Hertbordi de Perbtenstein:* & inferius, enumeratis testibus Ecclesiasticis ex ordine Prælatorum, subjungit: *Comes Engelbertus Advocatus Aquilegensis, Comes Volvradus de Treven, Chuonradus de Fontebono, Henricus, & Rantolphus fratres de Villalta, Leonardus de Leces Liberi: Henricus de Glemona, Hertbordus de Perbtenstein, Erimbertus, Wolframus, Ruobertus, Albero, & Reginbardus fratres, Johannes, & Wolricus fratres de Portis, Egidius, Volricus, Ruffardus, & Herevvicus Cives ipsius Civitatis, & alii multi.* Vide Monument. Eccles. Aquil. Cap. LXIII. pag. 598. Ineunte Sæculo XIII. Innocentius III. Pontifex Maximus in Litteris ad Pataviensem Episcopum Volcherum, postulatum Patriarcham Aquilejensem, apud eumdem P. DE RUBEIS Cap. LXVII. pag. 654. Nobilium, & Ministerialium Forojuliensium mentionem insulit: *Cum bonæ memoriæ P.* (Peregrinus II.) *Aquilegensis Patriarcha, nuper, sicut Domino placuit, viam fuerit universæ carnis ingressus; Canonici Aquilegensis Ecclesiæ convenientes in unum, assentientibus Nobilibus, & Ministerialibus, in te postulandum a nobis unanimiter convenerunt.* Minime ambigo hic Papam sub Nobilium vocabulo *Liberos* intelligere voluisse, qui reliquos *Ministeriales* in sessionibus Parlamenti præcedebant, eosque majori ex parte titulis, opibus, & auctoritate superabant. Integro ferme sæculo serius idem honoris vocabulum reperio Ministerialibus quoque Forojuliensibus attributum: ita Wilhelmus, seu Gulielmus Melsius, de genere Ministerialium Fori Julii Castellanus, in Testamento, condito XIII. Septembris 1303. a Notario Nicolao de Mels *Nobilis, ac Potentis Domini* appellationem obtinuit. Eamdem sortem nacti cæteri Aquilejenses Vassalli, omnem paulatim titulorum disparitatem sustulerunt, ita ut jam anno 1328. *in Colloquio generali, celebrato Utini* die XI. Mensis Februarii quotquot aderant præsentes sine ullo discrimine generaliter *Nobiles* fuerint nominati. *Interfuerunt infrascriptæ Nobiles Personæ Dominus Abbas Rosacensis, Dominus Abbas Sextensis, Dominus Morandus de Porciliis, Dominus Vlvinus de Prampergo, Dominus Odoricus de Strasoldo, Dominus Odoricus de Cucbanea, Dominus Articus de Prampergo, Dominus Hector de Utino, Dominus Brissaglia de Porciliis, Dominus Gabriel de Prata, Dominus Nopinus della Turre, Dominus Carlevarius della Turre, Dominus Anfossius della Turre, Dominus Joannes de Villalta, Dominus Ludovicus de Cavoriaco, Dominus Musatus de Cavoriaco, Dominus Bernardus de Strasoldo, Dominus Joannes de Cucbanea, Dominus Thomasuttus de Partenstein,*

Do-

Dominus Joannes de Partenstein, Dominus Rizardus de Valvasono, Dominus Asquinus de Colloretto, Dominus Federicus de Savorgnano, Dominus Joannes Franciscus de Castello, Dominus Articus de Varmo. Dominus Franciscus de Tercano, Dominus Philippus de Portis de Civitate, Dominus Franciscus de Manzano: Magister Joannes Medicus de Aquilegia, Magister Odoricus Notarius de Utino, Dominus Guiglielmus Magistri Gualteri de Civitate, Ottolinus Gurch de Glemona, ac aliorum quamplurium tam Nobilium quam Communitatum ad dictum Colloquium congregatorum specialiter multitudine copiosa. Ita Gabriel quondam Ser Henrigini de Cremona, Notarius publicus, & Pagani Patriarchæ Cancellarius in Instrumento, confecto occasione supradicti Colloquii, quod deprompsimus ex veteri collectione MSta. Documentorum Forojuliensium pag. 28. (4) Ratione autem Goritiæ, Aquilejæ, & Tergesti, cum antiqui Goritiensium Reguli præteritis temporibus Aquilejensibus æque, ac Tergestinis jam qua Advocati, jam qua, uti appellant, *Potestà*, vel Capitanei imperaverint, nemo sane rerum, atque temporum peritus in dubium revocabit, correlationem adeo magnam inter istarum Urbium Cives intercessisse, ut constanter omnes paribus semper sæculis, prærogativisque uterentur, usque ad Maximiliani I. saltem tempora, cujus beneficio nonnullæ Goritiensium Prosapiæ ad majores honorum gradus emerserunt. (5) Ex opulenta Diplomatum Goritiensium penu Excellentissimi

(4) Civium Venetorum ineunte sæculo XV. adscitos titulos ex exhibito in Appendice Documento XXIV. Lector assequetur.

(5) Hinc Civium Goritiensium dignitas sensim minui, & scissione facta infra Provincialium Ordinem paulatim considerari; Aquilejensium vero Civium gradus continuo majori in pretio haberi cœpit, ut potissimæ Provincialium nostrorum Prosapiæ jura Civitatis Aquilejensis aut ambirent consequi, aut ultro oblata non aspernarentur. Quare (quod mirere) horum Cœtibus seu Comitiis nostra adhuc ætate, ut Cives de re publica consulturi, intervenerunt Attemsii, Auerspergii, Basalli, Colloredi, Coronini de Cronberg, Fini, Lanthieri, Pacenses, Pittoni, Rabattenses, Salamancæ, Sondi, Strasoldi, Terzii, Torriani, & VVassermani: imo & Illustrissimus Dominus Franciscus Xaverius S. R. I. Comes ab Harrach in Rohrau, Supremus hæreditarius Austriæ utriusque Equitum Præfectus, Theresiani Ordinis Eques, Sac. Cæs. Reg. atque Apostolicæ Majestatis Cubicularius, nec non unius Pedestris Legionis actualis Tribunus (alteri Stemmatis, & propriæ virtutis, atque Militaris fortitudinis gloria nemini secundus) anno 1764. inter Cives Aquilejenses fuit relatus, teste membrana tenoris infrascripti.

Nos Maria Josephus Sacri Romani Imperii Comes ab Auersperg, & Gotschee Dominus in Schla, & Seisenberg, Supremus Mareschallus, & Cubiculariorum Præfectus hæreditarius in Ducatu Carniolia, & Marchia Sclavonica, Suæ Sacræ Cæsareæ, & Cæsareo-Regiæ atque Apostolicæ Majestatis Cubicularius, Actualis Intimus Consiliarius, & Supremus in Principalibus Comitatibus Goritiæ, & Gradiscæ, nec non Aquilejæ Capitaneus.

Rudolfus Coronini Sacri Romani Imperii Comes de Cronberg Dominus Quiscæ, Sarsicæ, Sconsescæ, Suæ Sacræ Cæsareæ, & Cæsareo Regiæ atque Apostolicæ Majestatis Cubicularius Actualis, Consiliarius Excelsi Cæs. Regii Supremi Capitaneatus Goritiæ, & Gradiscæ, nec non a prælibata Excellentia ad actum deputatus Commissarius.

Franciscus Antonius de Garzar Cæsareus Aquilejæ Vice Capitaneus, Potestas, & Judices ejusdem Civitatis.

Quod in more positum est apud omnes Civitates, ut quos egregia facta aut Majorum gloria commendant iis soleant cum jure Civitatis Nobilitatis quoque splendorem tribuere, quo possint Cives non modo incitamenta, sed etiam præmia virtutis habere; id contra agendum est hodie Civitati Aquilejensi, ut non tam dare ipsa, quam accipere splendorem existimet. Nam Antiquissima hæc Civitas quamquam olim celeberrima, & prima post Romam, immo altera Roma, nunc Bellorum, & Barbarici furoris Reliquias misere afflictas ex maxima curat, &

mi Comitis de Lanthieri in meo Chronico Goritiensi Editionis II. pag. 191. ad annum 1318. Instrumentorum protuli initae Pacis, & concordiae inter Magnificum, & Potentem Dominum Joannem Henricum Spectabilem Comitem Comitatus Goritiae, & Tyrolis ex una, nec non *Nobiles & discretos* Viros Dominum Guecellonem de Porciliis *honorabilem Potestatem*, Petrum Caristiae, Jeremiam de Leo, & Gregorium Adae Judices, Consilium, & Commune Civitatis Tergesti ex altera parte: in quo quidem instrumento ex Goritiensibus nominantur *discreti ac sapientes Viri Dominus Henricus, & Albertus Scriba de Goritia*: ex Tergestinis vero *discreti, & sapientes Viri Domini Giraldus Rubeus, Roba de Leo, & Justus Paris Cives Tergestini* tanquam Syndici, Procuratores, ac Judices Compromissarii ad tollendam *omnem discordiam, rubiginem, &* rancorem ab ipsis partibus discrepantibus constituti. Circa ejusdem saeculi XIV. finem, & saeculi XV. principium *honorati, circumspecti, Prudentis, Egregii, & Famosi* titulus invaluit, praeposito vocabulo *Ser*; quandoque etiam *Providos*, ac *spectabiles fideles*, ac *devotos Viros*, nostrates Cives compel-

Studia intendit, ut si quando, uti Spes est, e cineribus erueret caput, eos potissimum sibi Cives adsciscat, quos hoc qualicumque beneficio donamus, dum sibi quasi filios adoptavit, iisdem ipsis redivivae tamquam Patriae Patribus non modo vitam, sed aeternam quoque debeat celebritatem. Ea propter hodiernis Comitiis concordi non tam suffragio, quam gaudio declaramus, & declarando manifestamus omnibus, & singulis cujuscumque status, gradus, & conditionis sint, Illustrissimum Dominum Xaverium Sac. Rom. Imp. Comitem ab Harrach in Rohrau Sacrae Caesareae Regiae Apostolicae Majestatis Mariae Theresiae Ordinis Militaris Equitem, Assessorem Cabaliariorum, Superioris, & Inferioris Austriae haereditarium Supremum Stabuli Magistrum, nec non unius Inclytae Peditum Legionis cum imperio Caesareum Tribunum, olim Excellentissimi Domini Augusti Gervasii Protasii Antverpiae Belgii Gubernatoris, & Supremi Bohemiae Stratorum Magistri Filium, quondam Excellentissimi Domini Aloysii Thomae Raymundi Neapolitani Pro Regis Nepotem, Majorum gloria, propriaque virtute pacis, & belli artibus parta clarissimum, Civem hujus Magnificae Communitatis una cum omnibus illius Liberis utriusque Sexus, natis, & nascituris legitimis, & naturalibus in infinitum effectum esse die 28. Augusti 1764. Habere propterea volumus in omnibus, & singulis hujus Magnificae Communitatis Comitiis, Sessionibus, locum aliquem, quem possideant, uti, frui, potiri, & gaudere omnibus, & singulis honoribus, praerogativis, privilegiis, immunitatibus, dignitatibus, exemptionibus, libertatibus, quibus alii Nobiles Cives hujus Magnificae Communitatis, utuntur, fruuntur, potiuntur, & gaudent, ac soliti, & consueti sunt uti, frui, potiri, ac gaudere. Datum ex Officio Magnificae Communitatis Aquilejae die XXVIII. Augusti Post Partum Virginis Anno Millesimo septingentesimo sexagesimo quarto.

Maria Joseph
Comes ab Auersperg
Supremus Capitaneus

Rudolfus Coronini
Comes de Cronberg
Caes. Reg. Commissarius

Franciscus Antonius
de Garzer Vice Capit.
Aquilejae mppa.

Carolus Ludovicus
de Cassilli mppa.
Franciscus Antonius
Brunnatti de Sigisberg. mppa.
} Judices

Ex Decreto Comit. coram Caesareo-Regia
Commissione Joannes Bapta Monari
Civitatis Aquilejae Cancellarius mppa.

Sigillum pendens
Comitis Auerspergii

Sigillum pendens
Comitis Coronini

Sigillum pendens
Civitatis Aquilejae

pellatos memini; ita tamen ut *fideles*, & *devoti* nominarentur a Principibus; *Prudentes*, *Egregii*, *Providi*, & *Circumspecti* dicerentur a Superioribus; *Honorati* vero, *Famosi*, ac *Spectabilis* denominationem plerumque reciperent a paribus, inferioribusve. In dies interea magis, ac magis ubique gloriæ cupiditas, & titulorum crescebat ambitio; inde factum, ut Civitatensium exemplo, circumvicinarum Urbium potentiores Cives, seu Patricii titulum sensim quoque *Nobilium* (Magistratibus alias Proceribusve proprium) cœperint usurpare. Documento sit Protocollum vetus Archivii Tergestini, ubi inter Acta, formata anno 1426. (quando Civitas illa ob contumaciam a Martino V. Sacro Ecclesiæ fulmine paulo ante percussa, iterum in Summi Pontificis, atque Antistitis Marini (6) gratiam fuit recepta) habentur diversa Instrumenta, in quibus *Nobiles*, *&* *Prudentes Viros Ser Argentinum de Argento*, *&* *Ser Petrum de Bonomis honoratos Cives Tergesti* invenimus adnotatos. Plura similia exempla passim occurrunt in nostro Chronico Goriciensi.

§. XII.

Sed ista omnia tertio duntaxat sæculo post Barbarossæ Imperatoris mortem contigere; nec probare ullo modo valent Julianorum assertam Nobilitatem ad annum 1152. Non inquiram hic: utrum Civitas Tergestina gavisa olim fuerit Privilegio nobilitandi, Arma, atque Insignia concedendi? Missam facere volo quæstionem: an Nobilitas per præscriptionem immemorialem, consuetudinem, & Statutum, acquiratur? Investigare non volo: utrum nobilitatio Tergestina operetur extra Territorium, aut solummodo *Nobilem faciat*, *&* *eximium apud suos*, *non apud Exteros*? Utrum Julianorum Dormus, an vero supranominatorum Civium Tergestinorum Familiæ prius innotuerint? Utrum jam ineunte sæculo XV. iisdem Julianis *Nobilis* titulus competeret, perinde ac Argentino de Argento, & Petro de Bonomo, quos paulo ante simili prædicato vidimus insignitos? Satis ad meum propositum facit, luce meridiana clarius toto antecedenti demonstrasse paragrapho, quod Juliani, utpote simplices Cives Tergestini, ante sæculum XIV. non potuerint *Nobiles* appellari. Jam addo, quod si etiam per inconcessum, & nunquam concedendum, pro talibus reputati fuissent Tergesti inter pares anno 1152; nullum hodie in Imperio Romano-Germanico similis nobilitatio sortiretur effectum, nisi ex subsequenti approbatione Imperatoris robur accepisset. Hanc veritatem probe agnoscentes Formentini Civitatis Austriæ Cives antiquissimi anno 1357. a Carolo IV. Imperatore sequentis tenoris impetrarunt Diploma, cujus ope subinde nonnullis ex eorum descen-

den-

(6) De Marino isto Cernino Episcopo Tergestino, deque aliis rebus, superius memoratis, vide Appendicem Docum. num. XXV. nec non Syllabum Tergestinorum Antistitum num. XLI.

dentibus ad ipsum Ordinem Teutonicum patuit aditus: „ In nomine
„ Sanctæ, & Individuæ Trinitatis. Karolus quartus Divina favente
„ Clementia Imperator semper Augustus, & Boemiæ Rex. Dilectis
„ Joanni, Nicolao, & Leonardo fratribus, filiis quondam Simonis
„ de Formentinis de Civitate Austria fidelibus suis gratiam suam,
„ & omne bonum. Licet Imperialis sublimitatis decentia, cujus glo-
„ ria in multitudine plebis, & populo honorificato consistit in attra-
„ hendo cunctorum fidelitatis, & devotionis obsequia plurium de-
„ lectetur, ad illorum tamen præcipue fidei, & puritatis merita
„ promptius inclinatur, ac eorum desideriis benignum consuevit ac-
„ comodare assensum, qui Nobilitatis radios, per virtutum exerci-
„ tia, strenuitate corporum, & Nobilitate actuum satagunt imitari:
„ eo ut cum Cæsareæ Majestati nostræ de vestris virtutum, & pro-
„ bitatis meritis, quæ ex animi nobilitate consurgunt bona plurima
„ sint relata, nec sit dubium quin de virtutis gradu in virtutem
„ crescere debeatis. Vobis præmissorum intuitu, & ad petitionis In-
„ stantiam Venerabilis Nicolai Patriarchæ Aquilegensis, Fratris, &
„ Principis nostri præcarissimi cupientes facere gratiam specialem,
„ animo deliberato, non per errorem, seu improvide, sed ex no-
„ stra certa scientia, sano, & maturo Consilio prælibata auctoritate
„ Cæsarea, & de plenitudine Imperialis Potestatis Vos, Vestros Hæ-
„ redes, & Liberos per masculinam lineam de vestris corporibus le-
„ gitime descendentes, Nobilitatis, & honoris Civium Nobilium ti-
„ tulo, privilegio, & honorificentia ex innata Nobis benignitatis
„ clementia liberaliter decoramus, volentes, & hoc Imperiali Edicto
„ decernentes, ut Vos, dictique Vestri hæredes, & Liberi, tanquam
„ Nobiles Cives Feuda tenere, recipere, habere, possidere, & in
„ ipsis succedere, nec non pro talibus Nobilibus haberi, nominari, re-
„ putari, & tractari per omnia in locis quibuslibet, absque quali-
„ bet renitentia libere debeatis præsentium sub Nostræ Imperialis
„ Majestatis sigillo, testimonio Litterarum. Datum Melnih anno Do-
„ mini Millesimo tercentesimo quinquagesimo Septimo, Indictione de-
„ cima, XIII. Kal. Januarii. Regnorum Nostrorum anno duodecimo,
„ Imperii vero tertio „) Vidisti ne, quam parvi momenti in conspectu Imperatoris olim considerarentur nostrorum Civium Privilegia,
ut Formentinos ipsos, tanti nominis Viros, quasi prius ignobiles de
novo nobilitaret Carolus IV. ac Feudorum redderet capaces? non aliter prorsus, quam deinde præstitisse Ferdinandum Primum constat,
cujus munificentia Antonius Julianus, Consortesque Diplomatis (Viennæ die XXII. Novembris 1560. expediti) veræ Nobilitatis insignia
primi in Familiam suam invexerunt; sicuti me certiorem reddit Amicus in omni eruditionis genere peritissimus, qui cunctas veteres Julianorum scripturas vidit, legit, consideravit: nihilosecius tamen in
Epistola, haud pridem mihi transmissa luculenter admodum asseverat: *Il Padre d'esso Gio: Giacomo Giuliani per nome Antonio fu nobilitato da Ferdinando I. con Diploma di Vienna 22. Novembre 1560.*

assieme

assieme con Bartolomeo, Ettore, Odorico, e Pietro suoi Agnati, e loro discendenti. Altro Privilegio di questo non ha la detta Famiglia. Notatu dignum est illud: *su nobilitato*; sed vel maxime illud etiam *Altro Privilegio di questo non ha la detta Famiglia*: postquam præcipue famosus noster IRENÆUS Histor. Terg. Lib. IV. cap. V. pag. 301. dissimulando quæ præconcepto obstare videbantur Sistemati, & omnia in proprium favorem subdole detorquendo, gemina Privilegia Autographa, suis Sigillis cereis roborata, se deprehendisse ait Tergesti apud Dominum Antonium Julianum Germanici filium; Friderici nempe unum de anno 1151. *recognoscentis virtutes, merita, fidem ac devotionis observantiam Nobilis, & antiquæ Familiæ de Juliano*: alterum Cæsaris Ferdinandi I. de anno 1560. ejusdem Familiæ antiquissimam Nobilitatem confirmantis. Nugæ! Nugæ! quas mediocriter Eruditi hodie subsannant, & derident, solique Viri boni Historiarum imperiti, atque satis idonea, prudentique Critica laborantes, nec a plumbo argentum secernere docti, pro genuinis mercibus sumere consueverunt. Sed & illos inter, me saltem aliquem inventurum non despero, cui conveniat TERENTIANUM illud:

Res, ætas, usus semper aliquid adportat novi,
Aliquid monet, ut illa, quæ scire credas, nescias;
Et quæ tibi putaras prima, in experiando repudies.

§. XIII.

Transeo ad secundo loco superius propositam quæstionem: An nimirum probabile sit Julianorum Tergestinensium Gentem a Didio Juliano Imperatore descendisse? veluti Fridericiano suo Diplomate nobis illud persuadere satagit Historiographus Tergestinus, JOANNIS LE MAIRE, FRANCISCI SANDOVALLII, WILHELMI SLATYER, JOANNIS MESSENII, JACOBI ZABARELLA, GODOFREDI, SIEGFRIDI MEGANDRI, GABRIELIS BUCELLINI, ET JOANNIS HUBNERI exemplum secutus, qui nonnullorum Imperatorum, Principum, ac Dynastarum Prosapias a Romanis, Trojanis, vel ab ipso primo omnium Parente Adamo, non interrupta per tot capita serie, deduxerunt. Ad dilucidandam hanc quæstionem examinandum prius venit: Num M. Didius Salvius Severus Julianus, qui, interfecto Pertinace, Imperium a Prætorianis nundinatus accepit, revera Masculinam successionem post se reliquerit? deinde, supposita etiam simili successione, num illius posteri, & quando sese Tergestum transtulerint? denique quibus instrumentis muniti nunc florentes Juliani Tergestini, suam a prædicto Imperatore derivationem comprobarint? Manifestum est, innumeros propemodum Scriptores Didii Juliani Imperatoris gesta litteris consignasse. Inter omnes tamen aut ætate, aut auctoritate præcedunt DIO CASSIUS, JULIUS CAPITOLINUS, HERODIANUS, ZOSIMUS, SPARTIANUS, AURELIUS VICTOR, EUTROPIUS, XIPHILINUS, LAMPRIDIUS, ET CASAUBONUS. Singulos evolvat Lector diligenter: meam fidem interpono nusquam in eorum voluminibus filiorum Didii Juliani mentionem inventurum, si unicam Didiam Claram, Cornelii Repentini Uxorem, ex Manlia Scantilla procreatam, excipias, cujus etiam in Cimelio Austriaco Vindobonensi vulgato anno 1755. Typis Joannis Thomæ Trattneri, bina sese offerunt numismata argentea majoris moduli, & unum æneum primæ formæ cum epigraphe: DIDIA. CLARA. AVG. Videamus quæso SPARTIANI cap. III. verba, qui etsi [illegible] non sit Didii; fusius tamen quam cæteri illius Historiam pertractavit: *Facto Senatus Consulto Imperator* (Didius Julianus) *est appellatus, & Tribunitiam potestatem, jus Proconsulare in Patricias Familias relatus, emeruit. Uxor etiam Manlia Scantilla, & Filia ejus Didia Clara Augustæ sunt appellatæ.* Idem Cap. VIII. Juliani mortem ita exequitur: *Actum est denique ut Juliano Senatus authoritate abrogaretur Imperium, & abrogatum est, appellatusque statim Severus Imperator: quum fingeretur quod veneno se absumpsisset Julianus, missi tamen a Senatu, quorum cura per militem gregarium in Palatio idem Julianus occisus est. Corpus ejus a Severo Uxori Manliæ Scantillæ, ac Filiæ* (Didiæ Claræ) *ad sepulturam est redditum, & in Proavi Monumento translatum, milliario quinto, via Lavicana.* Nihil hic indicii facit Auctor, quo existentia alterius sobolis, masculinæ nimirum, divinari possit. Vetustiores omnes hæc ipsa a SPARTIANO narrata paucis duntaxat perstringunt. HERODIANUS supra nominatæ Filiæ; DIO CASSIUS vero ne illius quidem mentionem intulit. Ergo, juxta regulas passim receptas ab Historiarum peritis, ego concludo, quod Didii Juliani sexagenario majoris Familia cum ipso defecerit anno 193. post Christi adventum, quando audita in Syria C. Pescenii, & in Pannonia Septimii Severi electione, ob omnibus destitutus, tertio Imperii mense occisus est. Verosimile enim quis dixerit, Scriptores coævos, & his proximos Stirpem virilem Imperatoris ignorasse? aut quis sibi persuaserit: Senatum Romanum *Templum mentis, ac Consilii publici*, neglectis maribus, si adfuissent, solam Didiam Claram Augustam appellasse? Hoc argumenti genus a communi, obstinatoque Scriptorum veterum, præcipue Synchronorum silentio petitum, tanti ponderis hodie consideratur inter Eruditos, ut nisi alia, altiorque quædam auctoritas assensum eliciat, mea quidem sententia, multo sit dignus risu, atque cachinno quicunque delirantis IRENÆI opinionem adhuc approbaret. Ast objiciet pertinaciter nonnemo, huic argumento non acquiescens, fortassis dicendo: Si defuere Masculini hæredes Juliano, potuit ejusdem posteritas per lineam femininam, idest per Didiam Claram sæpius memoratam, propagari: potuit filius, nepos, aut pronepos quidam ejusdem Didiæ Claræ domicilium fixisse Tergesti, ex quo subinde Juliani modo ibibi florentes promanarent: adsunt namque Inscriptiones, & Marmora vetustissima in Historia Tergestina paginis 292. 294. 299. & 301. producta, quæ utique, ipso IRENÆO teste, Julianorum Romanorum adventum contestantur. Ego enimvero ad hujuscemodi objectionem replicarem,

carem, Inscriptiones illas, adeo decantatas ab IRENÆO nullatenus ad Julianos Tergesti habitantes pertinere: quia prima Tergesti quidem in ædibus Navarettanis inventa Julios, non Julianos indicat (7): reliquæ vero omnes procul a Tergesto in Istria, in ruinis Merulli, Romæ, aut Patavii effossæ, viderentur mihi profecto (si fas est dicere) majorem cum Alpibus Juliis connexionem habere, quam cum Julianis Tergestinis. Minime ergo constat, nec probabile videtur, Didiæ Claræ successores sese Tergestum transtulisse: sicuti atque incertum manet, ipsos (utpote descendentes a Cornelio Repentino Didiæ Claræ Marito) Julianorum Agnomen retinuisse: nec probatum unquam denique fuit ab IRENÆO Julianos, quoscumque demum velis, Roma profectos, Tergesti ante Barbarorum adventum fuisse commoratos.

§. XIV.

Neminem Eruditorum latet, sæculo VI. æræ Christianæ in Italia universa (BERNARDINUS ZANETTI in præfat. ad Memorias Regni Longobardici pag. 57. solas excipit Venetias) Cognominum usum omnino exolevisse, atque hac ratione vel amplissimarum Familiarum memoriam oblivione deletam: quod crebris Barbarorum irruptionibus tribuendum, qui ex Septentrione infestis armis erumpentes, non tantum torrentis ad instar omnia longe, lateque inundarunt; sed proprios etiam mores, atque usus in subjugatis Provinciis invexere. Nullis fuisse prorsus Cognominibus usos Gothos, Vandalos, Alanos, Herulos, & Longobardos magis notum est, quam ut indigeat probatione. Neque sæculis dominationis Francicæ, post debellatum Desi-

(7) Hospes sit plane in Historico Studio oportet, qui Julianos etiam Romanos a Juliorum gente derivaverit. Diversissimæ erant Juliorum, & Julianorum apud Romanos Familiæ: altera Juliorum magis antiqua; recentior altera Julianorum. De utraque ita SCHÖNLEBENIUS de Origine Habspurgo-Austriacæ Domus Prolegom. Parte I. Cap. V. §. III. pag. 15. *Etiamsi vero Julius Cæsar absque omni controversia ex Ænea posteris natus fuisset, adhuc tamen probatione indigeret, quod Juliana Familia orta sit ex Julia. Nam argumentum in præsenti casu desumptum a derivatione nominis frivolum est, & nimium probat: quia tali ratione liceret asserere omnes Julios, Julos, Julianos, Julianus fuisse de eadem Stirpe Julii Cæsaris; cum tamen de pluribus constet ne tenuiter quidem Cæsaris Familiam attigisse. Julia Trajani Imperatoris (quem Hispanum fuisse tradunt Authores) ex Marciana Sorore Neptis, nihil de Cæsaris sanguine participavit. T. Julius Candidus, & A. Julius Quadratus fuerunt Consules Anno V. C. 858, ambo Julii, sed an fuerint ex Familia Cæsaris nullus Authorum prodidit. Similiter Cajus Julius Africanus Anno V. C. 865. Q. Julius Balbus Anno 883. C. Julius Severianus. Anno 887. & plures alii deinceps Consulatus honore aucti, vel ignotæ Originis, vel prorsus a Cæsare diversæ fuerunt. Par est ratio de Julianis. Didium Julianum Imperatorem, cujus Avus Jurisconsultum egit Mediolani, nemo hactenus a Julii Cæsaris familia ortum asserit: Julianum Apostatam multo minus, et pace qua Majores suos e Britannia repetebat. Inspiciatur Baronii Martyrologium; quot ibi Julii, Juliæ, Juliani, & Julianæ, alii in Africa, alii in Græcia, in Ægypto, in Illyrico, & alibi vitæ sanctitate clari obierunt, quos omnes in unam Julianam, & Julianam Familiam cogere nemo Sapiens audebit. Et quis dicet Maximinum Imperatorem fuisse ex Posteris Julii Cæsaris, quia dictus est C. Julius Maximinus, cum constet eum in Thracia obscuris Parentibus natum Micca patre Gotho, Ababa matre Alana? Non sine irrisione spectatorum refert Tacitus quemdam Julium Sabinum hac nominis affinitate, seu similitudine, se ex Julii Cæsaris Stirpe ortum jactare-*

sideruni, in Italico Regno Nobiles privatorum Familias propriis Cognominibus distinctas deprehendes. Romani, ac Neapolitani, qui saltem a Longobardico Jugo colla semper illæsa servarunt, & Græcis Augustis diu paruere, ne ipsi quidem tunc habuisse videntur Cognomina. *Atqui sensim* (ut Muratorii verbis loquar) *innotuit in quantam utilitatem humani commercii vergere posset cognomina nominibus adjicere, ut non tantum caverentur errores in personis dignoscendis, sed etiam Familiæ rectius inter se una ab altera discriminaretur*. Hinc sæculo decimo, undecimo, & decimosecundo primum incœpere de integro excitari privatæ Nobilitatis Cognomina. Verum cum hæc pro suo quisque fere arbitrio adoptaverit, ratio postulat ut, facta brevi digressione, paucis exponam, quid hac in parte facere consueverint, qui eo tempore vixere. Primo itaque Nobilibus Viris adhærere cognomentum antiquitus cœpit a loco Dominationis, a Prædiis, Jurisdictionibus, Oppidis, & Castris, quæ singulæ Prosapiæ aut clientelæ beneficio a Principum munificentia obtinuerant, aut ut Bona ab omni feudali nexu libera, seu allodialia hereditario jure a Majoribus possidebant. Ita Columnenses (Volaterani testimonio) ab Oppido Columna; Montecuculi a Castro Montecuculi; Canossenses a Castro Canossa; Collalti a Castro Collalto; Nogaroli ab Oppido Nogarola; Pusilili a Pusiliarum Oppido; Savorgnani (de Utino olim etiam dicti) a Castro Savorgnano in Forojulio gentilitiam nomenclationem sortiti sunt. Secundo, complurium Cognominum tribuenda est origo Agnominibus, *soprannomi* vulgo appellatis, quæ indita olim majoribus ad nos usque penetrarunt; etsi interdum vituperationem, & scomma redolerent. Exemplo sint Marchiones de Malaspina; Comites, ac Dynastæ de Papafava; Scalzi præterea,

tradere; & facit etiam mentionem alterius Julii, cui hanc cognominationem impegit, ut proinde omnis ex similitudine cognominis cum illo eandem familiam debere argui. Miscuere sese (*verba sunt Taciti*) *Julius Tutor, & Julius Sabinus, hic Trevir, hic Lingon. Tutor ripæ Rheni a Vitellio Præfectus; Sabinus super insitam vanitatem, falsa Stirpis gloria incendebatur: proaviam suam D. Julio per Gallias bellanti, corpore, atque adulterio placuisse. Forsan ejusmodi Julios plures tum in Gallia, quam Illyrico, & aliis provinciis, per quas Julius Cæsar bellum gessit, [illegible] reperire; uti & Cæsariones ex Cleopatra, qui parem ad laudem Aniciorum, Julianorum, Juliorum fecerunt.*

Julianæ Romanæ familiæ originem aliqua ex parte illustrare videtur sequens, Romæ adhuc extans, Inscriptio.

JULIÆ EUTYCHIÆ
C. JULIUS FORTUNATUS
CONJUGI CARISSIMÆ
FECIT SIBI ET SUIS

LIBERTIS LIBERTABUSQUE
POSTERISQUE EORUM
MONUMENTO ADSIGNATO EX DECRETO
MAGISTRI. QQ. COLLEGII FAMILIÆ
JONIORUM? JULIANÆ
HOC. MON. HER.
EX. EXTER. NON SEQUET.
H. M. D. M. A.

Didii Juliani Imperatoris Schema genealogicum primus confecit Isaac Casaubonus Not. ad Scriptor. Histor. Augustæ pag. 110. postea illud lapidum auxilio emendavit Thomas Reinesius Lect. var. Lib. III. Cap. II. pag. 34. ab eoque acceptum Animadversionibus suis in Pompon. Enchirid. Lib. III. cap. III. Sect. 4. pag. [illegible] editionis novissimæ inseruit Rupertus. Quæ vero & in hoc permulta vel perperam dicta, vel omissa esse Jo. Gottlieb Heineccius in Programmate de Salvio Juliano pag. [illegible] ostendisset; pleniorem & accuratiorem Tabulam hujus gentis in Historia Juris Lib. I. Cap. IV. Editionis Veronæ pag. 277. concinnavit.

terea, Fachinetti, Pellavicini, seu Pallavicini, Guastavillani, Castracani, Malatesta, Malvitii, Baroncelli, Ubriachi, Beccaria, Importuni, Rubei, (8) Piccolomini, Tinnosi, Brutti, Khinesi, Burli, Buoncompagno, Amigazzi (9), Maslini, Gambacurta; ut alios omittam, quos in sua Patria unusquisque deprehendere poterit. Tertio haud pauca Cognomina originem suam debent Dignitatibus, aut Artibus, quibus Antecessores, Cognominibus destituti, sese inter caeteros distinguebant. Et quamquam progressu temporis illustria Munera deficerent, neque amplius Ars illa exerceretur; nihilo tamen secius posteri eandem appellationem religiosissime conservarunt. A Dignitatibus sunt: Avogadri, seu Advocati, Confalonieri, Capitanei, sive Cattanei, Vicecomites, Vicedomini, Cancellarii, Dapiferi, Vicarii, Mareschalli, Camerarii, Notarii, Valvassores, Doctores, Magistri,

(8) Rubei, seu de Rubeis Venetiarum olim Cives fuere. Rupertus Palatinus Caesar anno 1401. VIII. Decembris Magistro Joanni de Rubeis nobile concessit Privilegium, quod in Appendice sub Num. XXI. reportavimus.

(9) Amigazzi, seu Migazzi Cognomen est antiquissimum, atque ex Nobilissima Sacri Romani Imperii Comitum Prosapia. Quod ex Valle Telina, & quidem ex Policiano Oppido originem duxerit praestantissima haec Familia, probationem suppeditant longa authenticorum Instrumentorum ab anno 1339. ad annum 1430. series in Tabulario Eruditissimi Domini Hyacinthi Fontanae asservata; praeprimis vero inde depromptum de anno 1348. Instrumentorum, quod in Appendice Documentorum sub Num. XIV. exhibuimus. Celebris Gulerus, de rebus Raeticis agens, affirmat, maxime conspicuos olim Rusurae fuisse Amicos, vulgo etiam Amigazios, seu Amigazios dictos; ex quo conficitur, secundam in Valle Telina Migaziorum sedem Rusuram extitisse; unde deinde tribus fere ab hinc saeculis in Vallem Solis translati, a ducentis circiter annis in Urbe Tridentina sedem fixere. Ex publicis supra memorati Tabularii Chartis, quae saeculum XV. haudquaquam transcendunt, translationis eorundem tempus colligitur; & si bene ponderandum sit Procurationis Instrumentum de anno 1473., a nobis productum in Appendice Document. Num. XXXIX., non locus modo, quo sese illi transtulerant, sed & Gulielmus quidam Migazzi, qui ibidem cum Posteris suis summis fuerat honorum titulis decoratus, innotescet. En verba: *Nobiles, & Egregii Viri Dominus Joannes .... Dominus Martinus ligam Scolaris ...., Bonaventura, & Gervasius Fratres & Filii quondam Nobilis, & Egregii Domini Gulielmini de Migazzis de Rusura Vallis Bitti, Vallis Telinae Episcopatus Comarum, nunc autem moram trahentes suprascripta Villa Cogulli praedictarum plebis Valsane, Vallis Solis, & Tridentinae Dioecesis.* Ex eodem Instrumento clare eruitur, Familiam hanc Fundos, jura, & privilegia eminentia tum in Valle Telina, cum etiam Tridenti, Comis, caeterisque diffusis [illegible], atque alibi possedisse; eamque fuisse cum praecipuis earum Regionum Prosapiis familiaritatis vinculo conjunctam, ut eidem honorum suorum curam tradere non dubitaverit; nam ibidem quoque ista habentur: *Et hoc specialiter ad dicta procuratoria nomine, seu nominibus petendum, exigendum, consequendum, & habendum omnes, & singulas quantitates denariorum, bladi, vini, seu aliarum rerum cujuslibet generis, & massaricii sunt, quas dicti Fratres constituentes, & quilibet seu alter eorum, habere debent, & debebunt, seu debiti a quacunque Persona, Communitate, Collegio, Capitulo, & Universitate, Civitatibus Tridenti, & Comarum, & earum Episcopatibus, & alibi ubicunque...... Item ad investiendum, & locandum, & quascunque Investituras, & locationes faciendas.... de omnibus, & singulis possessionibus, domibus, terris, & rebus, territoriis, & aliis quibuscunque bonis, & rebus mobilibus, & immobilibus ipsorum fratrum &c.* Jam sub ipsorum adventum Dynastae de Migazzi sanguinem sociaverant cum Federicis, ex Valle Telina oriundis, quorum saepius apud Abbatem Franciscum Xaverium Quadrium in Dissertationibus Critico-Historicis occurrit memoria: item cum Equitibus de Perxen [illegible] ab hinc annis extinctis, multis Legationibus, Militiae gradibus, aliisque praerogativis claris; nec non cum Crivellis, quorum adhuc in Perginensi Parochia lapis sepulchralis extat, ex quo illos ex antiqua & Nobilissima Crivellorum Mediolanensi familia ortum trahere desumitur. Non modo autem dum Tridentino in Territorio Migazzi commorarentur; verum

gistri, Alferii, Judices, Castaldi, Patroni, Castellani &c. ad Artes vero pertinent Carrarii, seu Carrarienses, Ferrarii, Scaligeri, Fabri, seu de Fabris, Sarti, Medici, Speciali, Beccarii, Furnarii, Porcarii, Canevarii, Capellarii, Pellicciarii, Barberii, Caprarii, & Muratorii. Quarto denique (ut brevitatis gratia alias praetermittam cognominum qualitates, a me indicatas in Dissertatione Italica *circa l'origine delle Nobilissime Famiglie VValdstein, e VVartenberg della Boemia*. pag. 49. & sequentibus) ansam multis Cognominibus dedit proprium alicujus nomen: quod contigit quoties filii, ut suam ab aliis stirpibus progeniem distinguerent, Patris, aut Matris nomen, proprio suo adjungebant. Hac ratione composita sunt Cognomina Familiarum de Figliovanni, Fighineldi, Firidolfi, Fifanti &c. Neque ab alio fonte, quam a nomine Patris in Cognomentorum converso, complures Italicae Familiae olim gentilitiam appellationem traxisse videntur;

rum enim postquam in ipsa Urbe Tridentina stabile fixerant domicilium, cum illustrioribus Familiis Tyrolensibus indissolubili Matrimonii foedere affinitatem contraxerunt. Demonstrat id Arbor Progenealogica Illustrissimi Christofori Vincentii Joannis Michaelis S.R.I. Comitis a Migazzi de VVal, & Sonnenthurn Caes. Reg. Majestatis actualis Cubicularii &c. in qua sequentes Familiae, inter utriusque lateris Majores recensentur: Particella, Melchiori, Tonelli, Prato, Lodron, Sprat, Arco, Trapp, Freyberg, Khuen, Rechberg, Thunn, & Hendl. Heroibus vero clara Migatiorum Prosapia, eo semper splendore extat, quem Toga, Arma, Liberales Artes, Infulae, Imperatorumque Diplomata adferre Familiis consueverunt. Enumerare inter reliquos in Valle Tellina Gulielmus de Migatti Uberti de Pedesina Filius circa annum 1350., Petrus Missus, seu Orator, & Judex Communis de Rasura, florens circa dimidium saeculi XIV., Gaudenzius dictus Sincerferius Praefectus seu Consul ejusdem Communitatis de Rasura an. 1362. Cum sese in Vallem Solanam transtulissent, Guilelmus, seu Gulielminus, cui Fridericus III. Imperator Nobilia Armorum Insignia contulit. Postquam autem Tridentinam Urbem incolere coeperunt, virtutibus, & meritis innotuere Julianus de Migatiis Aulae Caesareae sub Maximiliano II. Familiaris, cui anno 1578. Rudolfus II. Caesar Insignia gentilitia denuo confirmavit, auxitque, teste Diplomate producto in Appendice Documentorum sub Num. XC., Jacobus de Migazzi Tridentinae, et Brixinensis Ecclesiarum Canonicus, & Consiliarius, Brixinensis quoque Generalis Vicarius, & Consistorii illius Praeses; Justinianus, qui, dum Castra sequeretur in assignis sui Tribuni Perresso Legione, obiit Varadini anno 1606; Nicolaus Migatius Veredunensis in Superiori Ungaria a Quaranto nominatus Episcopus, qui, dum Regii Aerarii Cassoviae Praefecturam obiret, a Stephano Botschajo, seu Bocskajo Transilvaniae Principe detentus, post varias invicto animo perpessas vicissitudines, ab Archiduce Mathia in sua Sede repositus dicitur anno 1609; Binique Vincentii, alter ex Societate Jesu, cujus Icon e regione Scholarum Tridentini Collegii asservatur, quod ibidem Templum, Collegium, & Gymnasium a fundamentis erexisset; alter, qui jure merito Excelsi Aenipontani Regiminis Consiliarius, & Sacri Romani Imperii Comes cum universa Posteritate fuit renunciatus. Quod si praestantia facinora, & praeclara posterorum nomine Antecessorum memoriam, & cinctibus honorem adjiciunt, aequum foret fuerit trium adhuc superstitum Fratrum, modo dicti Vincentii filiorum etiam meminisse; Comitis nimirum Michaelis Gasparis de Migazzi Caesarei Cubicularii; Comitis Vincentii itidem Cubicularii, qui militari in arena currens, & ad Generalis Campi Mareschalli Locumtenentis jam dignitatem provectus, vallio proximus accessit; & Comitis Christofori Antonii, nati anno 1714. XXIII. Octobris, qui Romanae, & Hispanicae Legatione longa cum laude functus anno 1757. Vindobonensis Archiepiscopus, anno 1761. Sac. Rom. Ecclesiae Cardinalis, & insuper anno 1762. perpetuus Administrator Episcopatus Vaciensis, nec non demum Insignis Ordinis Sancti Stephani Regis Apostolici Majoris Crucis Eques evasit. Haec in praesens de praestantissima hac Gente carptim hinc inde decerpta adnotasse sufficiat; universam enim Migatiorum Genealogiam faventibus Superis in secundo hujus Operis Volumine producemus.

tur; cujusmodi fuere Costanzo, Genaro, Antonelli, Agnese, Andrea, Pandone, Gabrielli, Manfredo, Matteo, Daniele, Vincenzo, Alessandro, Ottoboni, Uberti, Ubertini, Ugolini, Alberti, Guidones, Girolami, Donati, Bonomo (10), Tedaldini, Philippi, Rudulfi, Alberici, Cipriani, Lamberti, Antonini, Piccardi, S. Bonifacio (11), Monaldi seu Monaldeschi, Tebaldi, Lambieri, Valentinis, Arrigucci, & alii.

§. XV.

Sicut hujus argumenti de Origine Cognominum Italicorum me plerasque hausisse notitias ex MURATORII Dissertatione XLII. profiteor ingenue; ita silentio nullatenus dissimulare hoc loco possum ejusdem summi Viri de Ursinorum Principum Cognomine sententiam, ut quæ paulo inferius relaturus sum de Julianis Tergestinis magis magisque fiant manifesta. En Muratorii verba: *Raphael Volaterranus Lib. 21. Anthropolog. (Petrarcha etiam in testem advocato, jure-ne is viderit) Ursinæ gentis originem ab anno Christianæ æræ DLXXX. deducit. Inde ipse, aliique post ipsum, Familiam hanc vel in remotissimis seculis splendentissimam nobis exhibuere, Fabulis Fabulas (sit verbo venia) contexentes. Ego, quæ certa habeo, tantum proferam: neque enim dubiis Documentis, eoque minus mendacio præstantissima gens illa indiget, ut in Orbe nostro lucidissime effulgeat. Mea ergo sententia non ab Ursinis sub Romana Republica florentibus, neque ab Urso in eorum Vexillis picto, sed ab* URSO *quondam Nobili Viro* URSINA *gens appellationem suam traxit, nomine illius sensim in cognomen converso. Proinde antiquis temporibus* DE FILIIS URSI *eorum progenies appellabatur. Ex hac Familia primus in Romanum Pontificem adlectus est anno MCXCI. Hyacinthus Sanctæ Mariæ in Cosmedin Diaconus Cardinalis, qui Cælestini III. nomen assumpsit. Diu, atque ab ipso Baronio ignoratum est, hunc ex Ursina Gente procreatum fuisse, quod in antiquis Catalogis duntaxat appelletur filius Petri Bubonis. Sed nunc res*

extra

(10) Hæc faciunt indicata in Præfationis nota sub littera d.

(11) Illustrissimæ Familiæ Comitum S. Bonifacii Cognominis sui derivationem agnoscit a Bonifacio Veronæ Comite vivente ad annum 1073. qui, teste Documento, relato a Cl. MURATORIO Antiquitatum Italicæ medii ævi Tom. I. pag. 401. eodem anno 1073. in Veronensi agro judicium instituit. En Documenti verba: *Dum in Dei nomine in Comitatu Veronensi, in Vico Illasi, in Curte Prato, propria Iovovardo, per ejus data licentia in judicio resideret Dominus Bonifacius Comes istius Comitatus Veronensis ad singulorum hominum justitias faciendas ac deliberandas ... ..., petimus ad vos Domnus Bonifacius Comes, propter Deum, & anima Domni Imperatori, ut nostram mercedem, ut mittatis Bannum* ... &c. Hunc Bonifacium & MURATORIUS ad Majores clarissimæ Familiæ Comitum Sancti Bonifacii referendum censet, atque animadvertit, e solemni jurisjurandi formula mentionem fieri *animæ Domni Imperatoris*; cui hoc anno Henricus IV. Rex dominatus fuerit. Ceterum dictam horum Comitum denominationem quodammodo confirmare videtur eorundem ad Veronæ Principatum anno 1207. armis firmata prætensio, quando nimirum *Azo Estensis Marchio cum Comite Pandulfo Verona cum parte sua, & Commune Veronæ ex una parte, & Bonifacius Comes de S. Bonifacio, & Monticuli ex altera parte pugnaverunt.* Verba sunt Chronici Veronensis PARISII DE CERETA Muratorii Script. Ital. Tom. VIII. pag. 623. Vide etiam SANSOVINI *Origine delle Famiglie Illustri d'Italia* Editionis Venetæ de anno 1670. pag. 215. & sequentibus.

extra controversiam posita est. Audi Auctorem vitæ Innocentii III. quem Cælestinus habuit successorem, Tom. III. pag. 564. Rer. Italicarum. Narrat ille Seditiones Anno MCCVIII. Romæ excitatas, quarum incentores, & Auctores fuerunt filii Ursi, quondam Cælestini Papæ Nepotes, de Bonis Ecclesiæ Romanæ ditati, hac occasione duntaxat, quod inter domum Petri Bobonis, ex qua ipsi per Patrem descenderant, & domum Romani de Scorta, ex qua Dominus Papa per Matrem descendit, veteres æmulationes fuerunt. *Infra is addit:* captam quondam Turrim Filiorum Ursi, propter injuriam perpetratam &c. *Ad hujus Gentis decus accessit Anno MCCLXXVII. Nicolaus III. Romanus Pontifex, vir celebratissimus, ex Ursinorum progenie natus, & in ipsa ditanda, & extollenda minime postea parcens. In Vita Cælestini V. Papæ a Jacobo Sancti Georgii ad Velum aureum Cardinali, circiter anno MCCCXIII. scripta Tom. III. pag. 622. Rerum Italicar. edita, hæc de Matthæo Rubeo Cardinali Ursino habentur.*

..... Genuit quem Nobilis Ursæ
Progenies, Romana Domus, veterataque magnis
Fascibus in Clero, pompasque experta Senatus;
Bellorumque manu grandi stipata parentum;
Cardineos apices, nec non fastigia dudum
Papatus iterata tenens..................

En rursus indicari vides duos ex Ursina Gente Pontifices Romanos, hoc est Cælestinum III, & Nicolaum III. Hic autem Ursæ progenies appellatur Cardinalis ille Ursinus. Fortasse scriptum fuerit Ursi Progenies. *Hæc olim ejus Familiæ nomenclatura usitatior. Sallæ quoque, seu Sabæ Malaspinæ in Chronici Siculi Lib. 3. Cap. 10. Tom. VIII. pag. 835. Rer. Italic. nominantur ad Annum MCCLXVII.* Dominus Neapoleon, & Matthæus frater ejus de Filiis Ursi, *ambo subinde Cardinales. Eidem quoque memoratur* Dominus Rainaldus de Filiis Ursi. *Nam vel ad ea usque tempora multi Romanorum Nobilium Patris mentione facta duntaxat sese designabant.* Hucusque Muratorius, Dissertatione XLII. Antiquit. Ital. medii ævi Tom. 3. pag. 783. & 784. Jam ad Julianos Tergestinos redeamus.

§. XVI.

Hic, sicut Muratorius Ursinorum Clarissimam Prosapiam, *illustre nimirum, ut ipse loquitur, Urbis Romanæ ornamentum* (ex qua præter suprammemoratos Cælestinum III, ac Nicolaum III, etiam nuper Benedictus XIII. Pontificium thronum conscendit) non ab Ursinis sub Romana Republica florentibus, sed ab Urso quodam Nobili Viro deduxit; ita ego non a Juliis, seu Cæsaribus, quorum universa progenies, Dione, ac Svetonio testibus, in Nerone exaruit; neque a Didio Juliano Imperatore, absque hæredibus masculis anno a partu Virginis 193. trucidato; sed a quodam Cive Tergestino no-

mine

mine *Juliano*, qui Seculo XIII. inter vivos numerabatur, gentilicium suum Cognomen sortitus pronunciabo. Quod ut luculentius intelligi possit, Chartam profero, ab Amico communicatam, tenoris infrascripti.
In Xpi noie Amen, anno a nativitate ejusdem millesimo ducentesimo nonagesimo octavo Indictione undecima die undecimo exeunte Novembris presentibus Dnis Magro Nicola Physico in Tergesto, Johane Cirusso Cive Tergestin. Svvarzutto de Goppo, Thomadusio filio qdam Martini Secatoris de Tergesto & aliis. Reverendus in Xpo Pater & Dnus Brisa Dei gratia Episc. Tergest. per se suosq; successores imperpetuum dedit, tradidit, & investivit jure recti, & legalis Feudi Dno Ottobono filio qdam Dni Juliani Lombardi Civi Tergestin. recipienti pro se suisque heredibus decimas infrascriptas primo decimam cujusdam terre vacue ipsius Dni Ottoboni que appellatur Rena posite Tergesti in Contrata Riburgi cujus hii sunt confines. Ab una parte possidet Petrus Becarius, ab alia est murus Civitatis, a tercia est quidam fons Comunis, a quarta est via publica. Item decimam cujusdam Orti qui fuit Dni Ludovici de Tergesto & nunc est Dne Valentine Uxoris quond. ipsius Dni Ludovici, qui positus est in predicta contrata cujus hii sunt confines. Ab una parte possidet Dnus Marcus quond. Dni Juliani predicti, ab alia possidet idem Dnus Ottobonus, a tercia possidet Magr hermanus Sartor. A quarta est predicta via publica. Item decimas quarūdam Novalie & terre vacue que coheret ipsi Novalie positar. in predicta Contracta Riburgi in loco qui dicitur Rena quarum hii sunt confines. A parte superiori possidet Vitalis quond. Dni Vitalis de Alborio & ab una parte est via publica. Item decimas domus Stoyne fabri & uxoris ejus juxta predictas novaliam & terram posite, & cujusdam terre vacue posite juxta ipsam Domum que data fuit p comune Tergesti Leonardo qui fuit de Sessana, quarum hii sunt confines. Ab una parte est murus Civitatis, ab aliis est via publica, & si qui alii sunt, omnium predictorum. Quam vero dationem traditionem, & investitionem idem Dnus Episc. per se, suosque Successores promisit perpetuo firma & rata habere & tenere eidem Dno Ottobono suisque heredibus & non contrafacere vel venire occasione aliqua vel exceptione constituens Svvarzuttum predictum certum Nuncium ad ponendum eumdem Dnum Ottobonum in tenutam & corporalem possessionem predictarum decimarum.

Hiis itaque peractis item Dnus Ottobonus ipsi Dno Epo ut Vassalus Dno fidelitatis debite ibidem prestitit juramentum. Quibus vero omnibus taliter expeditis idem Svvarzuttus una cum ipso Dno Ottobono accedens ad prefatas terras, ortum novaliam & domum in continenti coram predictis Testibus posuit & induxit eumdem Dnum Ottobonum in tenutam & corporalem possessionem prefatarum decimarum tanquam certus nuncius Dni Epi supradicti. Actum Tergesti in Domo olim Dni Rantulfi Militis de Tergesto & apud predictas terras, Novaliam, Ortum & Domum qn idem Dnus Ottobonus positus

 fuit

fuit in tenutam & corporalem possessionem decimarum prædictarum.
Ego Sanibonus de Aquileg. Impli auct. publicus Not. interfui, & rogatus scripsi.

Observasti-ne, quomodo Ottobonus ille Civis, & Vassallus Tergestinus ab Antistite Brisa, seu Brissa de Toppo (12) Anno 1298. de nonnullis *Decimis* clientelari beneficio investitus, sola Patris *Juliani* mentione inter cæteros distinguatur? Hinc, mehercle, reprehensione minime dignus erat Doctissimus Rareccius, qui in Codice MSco. ab ipso nostro pseudo-Aristarcho citato Juliani Cognominis originem ad annum 1262. retulit, sic scribendo: *Julianæ Familiæ Cognomen hoc tempore a Juliano Lombardo primum fluxit, cui Ottobonus Lombardus successit, qui quod Juliani filius esset Ottobonus de Juliano appellatus est; quod deinde Cognomen Posteri perpetua successione conservant.* Hæc deductio apprime convenit historiæ veritati; concordat cum Chronologia; moribus illius ævi mirifice adaptatur; nullam falsi in se continet suspicionem; Auctore gloriatur Viro Summo, omni exceptione majore, pietate, prudentia, dignitate Episcopali, eruditione, & judicio perspicacissimo prædito, sine odio, ira, & studio, quorum causas procul habuit; cui viventi publica juxta, atque arcana tabularia in Civita-

(12) Brissa ex Nobili Forojuliensi Gente de Toppo procreatus, cum domi, & foris primatus jura suæ Ecclesiæ propugnare conaretur, non solum Episcopale exhausit Ærarium, sed & insuper gravi obrutus fœnore, ut contracta nomina expungeret, varia Tergestini Episcopatus bona, intercedente Patriarchæ Aquilejensis consensu, partim ad tempus aliis gaudenda tradidit, & partim elocavit. Rem totam accipe ex Bauzeri MS. Annal. Noricor. & Forojul. Lib. VI. §. 34.

Tergestinæ Ecclesiæ Fiscus, Brissa ejus Sedis Præsule, admodum gravatus fuit in Veneto bello. Cædibus enim, rapinis, incendiis, direptionibus homines, & agri attriti, Vineæ, & Olivæta vastata, incolarum alii cæsi, alii in captivitatem abducti calamitates oppidi, ac territorii auxerant, quibus malis ut obviam iret Brissa Præsul Fisci sua Ecclesiæ jura quædam, & Castrum Mocho vulgo nuncupatum certis pactis in decennium concedendo, consuluit custodiæ Civium Tergestinorum, reservatis sibi certis censibus, ac jure recipiendi, elapso decennio, memoratum Castrum. Custodia vero ejus Castri in diuturnum Civibus commissa non suffecit, sed auxit etiam calamitosum ejus Urbis statum, suisque votis, ut alia etiam ejus Ecclesiæ jura Civibus Tergestinis durante vita Brissæ Episcopi elocarentur, ut sequens pagina docet.

Memorati anni Sexto Idus Maji præsentibus Odilone Archidiacono & Blasio Aquilejensi Mansionario, & compluribus aliis ad Ecclesiam Tergestinam alieno ære exonerandam, quod in Istriano, & Tergestino bello contractum fuit, & Episcopatus bona obligationi subjecerat, Episcopus de Capituli Tergestini, & Odolonis Archidiaconi legati Patriarchalis consensu obligavit jura sua Civitati Tergestinæ, & ejus Civibus, scilicet officia gastaldionis, judicaturam sanguinis, ac regalia cum eo jure, quod Ecclesia Tergestina habebat, promissis Episcopo libris a Civitate ducentis Marcharum denariorum Aquilejensium, aut Tergestinorum: & [illegible] quolibet annuatim solvendis die S. Martini, aliis centum persolvendis ad festum diem S. Georgii. Manentibus semper Episcopo salvis moneta, custodia, colonia, decimis, feudis, jure feudorum, pratis, Vineis, Campis, aliisque ejusdem Ecclesiæ bonis. Ex Instrumento Tergesti vulgato.

Sequente anno Veneta Copia Tergestum terra, marique cinxerant: agente Patriarcha Aquilejensi Albertus Goritiæ Comes obsessæ Civitati opem tulit. Tergestini accepto militari subsidio strenue hostium conatus retundebant, crebraque eruptione hostes fatigant. Productiore autem obsidione armisque Venetis fessi Tergestini, cum majora subsidia a Patriarcha non acciperent, respicere alios incipiunt, Ducisque Austriæ opem implorare, cui Duci, se, suam Civitatem, Territorium, ac sua jura omnia per suos Oratores publico Civitatis nomine offerunt, tum Austriaca insignia de vertice Turris suæ in signum deditionis explicant. Intra paucos dies adfuit Exercitus Austriacus, Civitati tamen obsessæ subvenire nequivit, Venetis [illegible] armis adeunda Civitatis præsidentibus. Castra etiam Veneta aggressus Miles Austriacus, a Venetis rejectus, & clade affectus ex [illegible] abscessit.

Subinde Tergestina Ecclesia [illegible] sentiunt

ejus

vitate patebant Tergestina. Majorem itaque ille fidem meretur, quam Irenæus Julianorum Convictor, (13) uno ferme, ac dimidio sæculo posterior, cujus narrationes pleræque non jam dubiæ, sed plane liræ, atque somnia hodie viderentur Eruditis; nisi interdum depeculatus esset ipsum Rapiccium, ac furtivis indutus coloribus propriam occultasset ignorantiam. *Non sufficit* (ait Schönleben de Orig. Domus Habspurgo-Austriacæ in Prolegom. Part. I. Cap. V. §. V. N. III. pag. 19.) *derivatio, & similitudo nominis: hæc legitimis Authorum, & monimentorum veterum testimoniis conficienda sunt: alioquin hac ratione plurimas hodie Familias, quæ non pridem e tenebris emerserunt, per affinitates nominum cum antiquissimis, & ipsis quoque Romanis confundemus: quod quidem non veretur nonnemo nuperus Scriptor facere cum stomacho sapientum.* Irenæum hic subintelligendum, existimarem, nisi eum celebris Schönleben octodecim annis scribendo præcessisset.

§. XVII.

Verum nondum in comperto est, quam ob causam, tam Pater Julianus, quam filius Ottobonus in superius producto Instrumento anni 1298. & a Præsule Rapiccio *Lombardi* fuerint appellati? Nos in quæstione adeo a nostris temporibus remota sine testibus, atque Chartis genuinis nil pro certo statuentes, ad conjecturas, & probabilitates confugiemus, quas inter, quæ vero similior sit, benignus Lector judicabit. Lombardi itaque vocabulum posset hic aut pro agnomine, aut pro titulo, Juliano, atque Ottobono competenti, usurpari. Si titulus esset, utrumque honesto loco prognatum testaretur, & quasi hodiernis Nobilibus Tergestinis parem fuisse indicaret. Con-

fes

ejus fidejussorii e Joannes tuim, & Bonquinus de Momiliano produs, & fundos quosdam Ecclesiæ Tergestinæ collatos sua fiducia, freti sua potentia, illos a Tergestina Ecclesia avulsera sibant, prætendentes eorum proprietatem, quos cum Brissa Præsul ad officium reducere nequiret, eos fundos Aquilejensi Ecclesiæ, & Patriarchæ sequente commutatione consignandos duxit. Aquilejam ergo delatus Brissa Episcopus, & constitutus in Patriarchali palatio, præsentibus Simone Episcopo Justinopolitano, aliisque pluribus, pro se ac suis successoribus tradidit Raymundo Aquilejensi Patriarchæ, ac ejus Successoribus Patriarchis omnem usum, ac totum suum jus temporale competens Ecclesiæ Tergestinæ in Burgum, ac Castrum Muglæ, ejusque districtum, decimam granorum, Vites, salis, tam extra quam intra, tam occupatis, quam occupandis, & quod sibi usurpant Joannes, & Bonquinus de Momiliano publicum infeudatum, sive infeudandum. Quibus Patriarchæ consignatis, Raymundus Patriarcha contulit Brissæ Episcopo Tergestino omne jus temporale justum spectans ad Ecclesiam S. Cantiani ultra Isontium sitam, diœcesis Patriarchalis, & mille ducentas libras parvorum Venetorum, quæ pecunia lapsu duodecim annorum exsoluendi erant alii Fundi cum suis utilitatibus quotannis percipiendis: erant quovis anno centum libræ expendendæ in aliorum fundorum emptionem, omissis aliis. Actum Aquilejæ Idibus Februarii anno 1296. Consule præterea Syllabum Tergestinorum Antistitum Num. XXVI.

(13) *Il Padre Ireneo della Croce Scrittore della Storia Triestina era d'una Famiglia popolare, di Cognome Manarutta, famigliare, e considerato dalla Casa Giuliani del ramo del quondam Signor Dolce, nella quale serviva, ed abitava.* Verba sunt Eruditissimi Polensis Præsulis de Piccardi.

fet superius dicta §. XI. & XII., ubi Titulorum materiam fusius pertractavimus. Si vero Agnomen, aut Cognomen foret; illud, vel a corporis habitu, vel a nomine proprio alicujus Antecessoris, vel denique a Patria ipsius Juliani, deducendum arbitrarer. A corporis habitu (ut olim apud Romanos innotuere Calvi, Crassi, Nigri, Barbati) *Longobarbus* primum; ac deinde, vulgo permutante litteram *b* in *d*, *Longobardus* dici potuisset Julianus spissa promissaque barba conspicuus. Fingendo autem Juliani Parentem, aut Avum Longobardum, seu *Lombardum* nuncupatum, statim intelligeremus, juxta dicta §. XIV. qua ratione illud nomen proprium Cognominis loco adhibuerit. Non defuere sane istis in regionibus sæculo tertio decimo complures Viri celebres, *Lombardi* appellati, a quibus, spectata Chronologia, commode ortum suum trahere potuisset Julianus. Singulos in hocce compendioso opusculo adnotare superfluum judico. Ex multis unum tamen prætermittere non debeo, qui cunctos alios rerum gestarum magnitudine, nobilitatis gloria, & fortunæ instabilitate superavit. Is erat Lombardus Turrianus, Corio, Sansovino, Lampugnano, Fagnano, ac Ferruccio cognitus, qui, prævalentibus Vicecomitibus, Mediolano expulsus, cum universa Turrianorum Familia sese primum transtulerat in Forum Julium: ubi nullo propemodum negotio, favente nimirum agnato Raymundo Patriarcha, hospitium, ac Civitatem impetravit. *Habebant autem illi de la Turre, tempore expulsionis eorum de ipsorum Domo Patriarcham Aquilejensem, cum quo in Foro Julii se reduxerunt.* Verba sunt Petri Azarii in Chronico, quod Muratorius vulgavit Scriptorum Italiæ Tom. XVI. Cap. IV. Deinde vero, dum amissum Insubriæ Principatum armis recuperare meditabantur Turriani, communibus totius Familiæ viribus Lombardus contra Vicecomites pugnavit strenue, septies Victor evadendo; sed tandem anno 1277. ab Ottone Archiepiscopo Mediolanensi cum consortibus profligatus, & captus reliquam vitam, velut contumelia tabescens, miserrime in carcere terminavit. Illum ita loquentem inducit Poeta:

Contra hostes, & Ego certavi sæpius, atque
Me variis pugnis fortiter inserui.
Sunt contra Anguigeros septem conserta secunda
Prælia, vix nobis hinc timor ullus erat.
Armis Anguigeri postquam non vincere possunt
Nos miseros capiunt, proditione, dolis.
Octo Turrenses modica comitante caterva
In parvo nosmet clausimus Oppidulo.
Obruimur veluti pisces sub retibus omnes
Adversi nobis hospes, & hostis erat.
Cum Andrea, Franciscus obit, capimur sed ab hoste
Musca, Henricus, Ego, Guido, Caverna, Napus.
Carcere sed pereunt misere Napus, atque Caverna,
Addit me hæc eadem sors Patruis comitem,

Ob

Ob quinos natos lætus tamen æthera scando
Hostium ab insidiis hos procul esse sciens.

Quinos Natos Lombardi, qui Vicecomitum insidias, ac laqueos declinarunt, passim nobis ob oculos ponunt Genealogistæ, iisdem hunc geniture ordinem adsignando. Primum ponunt Lombardum Juniorem, Episcopum subinde Vercellensem; Secundum Philippum Canonicum Aquilejensem; Tertium Phœbum Castri Tulmini Capitaneum; Quartum Raymundum, vulgo Raymundinum dictum, Matani Præfectum; Quiorum Napulinum, seu Napinum, vel ut ipsum cum BUCELLINO nominat HÜBNERUS Napulæum Præpositum S. Odorici prope Tiliaventum: quos in Forum Julium venientes comitatus est quoque Henricus, seu Hereccus, Lombardi Senioris Germanus, deinde circa annum 1496. Præses, seu Potestas Tergestinus. Ab istis tamen omnibus vix, & ne vix quidem, verosimile mihi videretur Julianum nostrum fuisse procreatum; sed potius illum existimarem *Lombardi* cognominationem a Patria desumpsisse, cum fortassis origine Insuber esset, & Turrianorum fortunam istis in Regionibus sequeretur. Insubria enim, & quidquid in Gallia Cisalpina Longobardi, olim e vicino Norico & Pannonia a Narsete Eunucho evocati, occupaverant, ab ipsa jam Gente deducto nomine, appellabatur Longobardia, & Longobardi vocabantur quicunque ex illa proveniebant: non secus ac Bojani, seu *Bohemi* Nobiles Civitatenses, quibus cognomen a Bohemia accessit; non quod olim ibidem dominarentur, sed quod inde egressi illorum Majores pro gentilitio Cognomine patriam sumpserint. *Nam antiquitus* (ut subjungit MURATORIUS) *non paucos a ceteris. distinguebat locus nativitatis, aut incolatus*. Hæc justo nonnihil fusius persecutus sum, quod non nesciam futuros, qui ægre laturi sint Julianorum Prosapiam ab Imperatorio Julianorum veterum Stemmate deturbari. Verum qui dehinc dicta mea reprehendere voluerit, sincera producat documenta, a postrema antiquitate reperita, iisque probet modernorum Julianorum connexionem cum Didio Juliano Imperatore; tunc demum ego & argumentationes hactenus conclusas, & testimonia gravissimorum Auctorum superius indicata, & conjecturas paulo ante memoratas postponam IRENÆANÆ Sententiæ, eamque tamquam rem Oraculo proditam inter primos venerabor. Interea liceat mihi Julianæ Stirpi, hodie viventi, aptare sequentes versus ex argutissimo BOILEAU Satir. V. edit. Amsterdam 1708. pag. 31.

Respectez-vous les loix? Fuyez vous l'injustice?
Savez-vous pour la gloire oublier le repos?
Et dormir en plein champ le harnois sur le dos?
Je vous connois pour Noble a ces illustres Marques;
Alors soiez issu de plus fameux Monarques;
Venez de mille Ayeux, & si ce n'est assez,
Feuilletez a loisir tous les siecles passez,

Voyez de quel Guerrier il vous plait de descendre;
Choisissez de Cesar, d'Achille, ou d'Alexandre.
En vain un faux Censeur voudroit vous dementir,
Et si vous n'en sortez, vous en devez sortir.

qui latine ita sonant.

Legibus ante geris morem, dextraque Stateram
Intacta Themidos libras? hostisue quietis
Otia postponis laudi, tectusq. thorace
Arma inter, galeasque brevi arctas lumina somno?
I nunc, illustri novi te sanguine natum
Nobilis es, Regum, millenum & germen Avorum;
Siqua hæc parva tuis, annales volvito, votis,
Quoque Heroe cupis fac te descendere: Achillem
Selige, Alexandrum, vel belli fulmen Iulum;
Te incassum furi damnabit Censor acerbus,
Ni trahis inde ortus, ortus tamen inde mereris.

& ut alias JUVENALIS Sat. VIII. vers. 131. cecinit.

Tunc licet a Pico numeres genus, altaque si te
Nomina delectant, omnem Titanida pugnam
Inter Majores, ipsumque Promethea ponas.
De quocunque voles proavum tibi sumito libro.

§. XVIII.

Transeo jam ad tertio loco superius §. X. propositam quæstionem: quidnam de Armis Gentiliciis Julianorum in Fridericiano adulterino Diplomate descriptis critice censendum videatur? Audiamus ipsum IRENÆUM Friderici nomine loquentem: *Insuper affirmantes, ac approbantes Arma antiqua, & gentilitia Julianorum, & illustriora reddentes, authoritate Nostra Rom. & Regia, videlicet Aquilam nigram coronatam, in scuto, & Campo albo, & super Galeam torneariam coronatam, & inter Aquilam pectore tenus, cum induviis illorum colorum, ut latius hic in medio apparet.* Risum teneatis Amici! Talia nimirum Juliani habuere insignia anno 1152., centum & decem annis antequam ipsorum Familia atque Cognomen oriretur. Hoc Clypeo usi sunt centum & decem annis antequam Tergestum advenisset Julianus Lombardus, qui in Tabulario ejusdem Civitatis prima vice comparet anno 1262., & ante illum annum nuspiam memoratur. Ast, his paulisper missis, an Insignia, superius in Irenæano Diplomate adumbrata, Fridericianæ ætati revera convenerint, diligentius perpendamus. Rem itaque ab origine repetendo cum MURATORIO Dissertatione LIII. Tom. IV. pag. 691. dico: quod verosimile videatur Insignium primordia aut a publicis Duellis, aut a Torneamentis, aut ab expeditionibus Transmarinis esse arcessenda. *Scilicet in certaminibus* (ut MURATORII prædicti verbis loquar) at-

que

quæ in publicis Ludis, ut Milites alter ab altero distinguerentur, tesseram aliquam omnium oculis obviam in Scuto pingendam curabant. Hæc Tessera ab initio arbitraria erat; deinde vero successu temporis Nobilibus Familiis adhæsit, cum Filii, ac Nepotes ea signa constanter retinerent, sub quibus, abstersa natalium obscuriorum nota, eorum Majores gloriosum in bello, singulari certamine, vel in Hastiludiis nomen peperissent. *Certe apud Italos* (ut ait SPENERUS Operis Heraldici Part. General. Cap. II. §. XV.) *Jovius testatur tempore duntaxat Friderici I. in usu fuisse Insignia gentilitia.* Quod confirmari dicas, si intuearis Cardinalium, & Pontificum Insignia, quæ ONOPHRII PANVINII Epitomæ Pontificum adjecit JACOBUS STRADA; nec non illa, quæ in UGHELLI Italia Sacra, atque in PLATINÆ Historia Pontificum editionis Venetæ 1613. in publicum conspectum prodierunt. Isti Auctores enim ante sæculum undecimum nulla invenisse videntur Insignia. Ipso illo sæculo, & sequenti vix aliis certa Symbola adjecerunt, quam quorum Familiæ diutius floruere: ut dubium sit, *an quæ deinceps gentilitia assumpta sunt, ex usu sequentium sæculorum huc anticipando transferre voluerint, num illo ipso tempore usurpata fuerint.* Cur enim incognitarum Familiarum Symbola, si undecimo, & duodecimo sæculo id solemne fuit, in Monumentis imprimere coævi neglexissent, postquam reliquos omnes honores similibus Pontificibus, ac Præsulibus ex Familiis incompertis contulere? Nulla ergo, aut certe rara fuerunt ante Fridericum I. Insignia in Italia; neque verosimile mihi videbitur unquam, homunculos vix positivi gradus (quorum universa gloria, & fama mœnibus hactenus semper exiguæ Urbis fuerat circumscripta) tot Summos Pontifices, Cardinales, Episcopos amplissimos Insignium prærogativa præcessisse. His adde, Julianorum Insignia, uti in IRENÆANO Diplomate heraldice describuntur, minime fuisse cognita sæculo XII., quia heraldicæ Artis regulæ posterioribus temporibus innotuere; quod passim inter Peritos constat, & adeo clarum est, ut ulteriore non egeat probatione. Præterea non tanta est vis orationis in IRENÆO, ut mihi persuadeat, Symbolum Imperii, Aquilam nimirum Coronatam simplicibus Civibus Tergestinis a Friderico Barbarossa fuisse concessam. Aquilam dico unius Capitis, qualem gestarunt Imperatores antiqui usque ad Caroli IV. tempora; non bicipitem, qualem, præeunte Sigismundo Cæsare, Successores deinceps constanter retinuere. *Fuit autem talis Aquila* (Juxta SPENERUM) *Regni, Imperii, magnanimitatis, velocis ingenii, præcellentiæ, victoriæ, Imperii ad unum hereditate transmissi, consiliorum celsorum, & contemptus rerum humilium hieroglyphicum;* quod privatæ Civium conditioni minime valeat adaptari. Sed postquam Imperatores duplicem sibi in proprio Scuto Aquilam adscripserunt, ac recentioribus sæculis religioni amplius non ducerent, eandem cum Nobilibus Viris communicare, *Aquila Imperialis. Indicium esse cœpit vel Clientelæ, vel gratiæ a Romanorum Imperatoribus concessæ.* Ita inter nostrates Col-

Colloreti, Attemsii de Sancta Cruce, Rabattenses, Lantherii, Coronino-Crombergii, Vertembergii a Ferdinando II., Strasoldi (14), Finenses, Coronini de Sancto Petro a Ferdinando III., Attemsii de Pezenstein, Pacenses, Ressaori, Hucellini, & Tetti, ut alios prætermittam, a Leopoldo Imperatore bicipitem Aquilam Imperialem ob benemerita, & fidelia præstita Augustissimæ Domui Austriacæ Servitia obtinuerunt.

§. XIX.

Quæ præcedenti paragrapho tractata sunt, primam Insignium partem, nempe Scutum, respiciebant. Nunc ad ornamenta extrinseca transimus. Quidquid hoc loco nobis agendum est, quatuor illis continetur, ut I. de Galea, seu Casside dispiciamus. II. Coronam Julianorum Galeam exornantem examinemus. III. Tegumenta Cassidis. IV. Apicem hisce impositum consideremus. Galeam quod concernit, quæ alio nomine Galerus, vel Cassis vocatur, indubitatum est, sæculo duodecimo non illius formæ fuisse, cujus eam nobis in adulterino suo Diplomate repræsentat IRENÆUS; eleganter nempe efformatam, septem clatheris, recentium more distinctam, ac monili aureo conspicuam, qualem hodie Nobilitas sibi vindicat; sed potius clausam, quæ per minuta, & crebra foramina lucem admitteret, qualem nostro ævo, etiam sine Principis indulto, ipsi Plebei usurpare consueverunt. Hæc enim, non illa antiquitus fuit cognita, utpote quam Majores nostri in ipsis gestabant Torneamentis. Similium Galearum exempla passim inveniet Lector in Monumentis Augustæ Domus Habspurgo-Austriacæ, editis a Clarissimo P. MARQUARDO HERGOTT; in Codice Diplomatico Moguntino, quem in lucem protraxit VALENTINUS FERD. DE GUDENUS; in Monumentis Historicis Bohemiæ, nuper collectis a P. GELASIO DOBNER a S. Catharina Clerico Regulari Scholarum Piarum; in JOH. SIBMACHERI Libro Armoriali; in HENRICI SPELMANNI Aspilogia; in MURATORII Dissertationibus Medii ævi; & in reliquis Auctoribus, qui antiquorum Scuta Gentilitia, Sigilla, Numos, Trophea, Vexilla, Sepulturas, æri incisas produxerunt. De discrimine clausarum, & apertarum Galearum ita HERZOGIUS in Chron. Alsat. apud SPENERUM: *der verschlossene Helm zum ernst, der auffgethane zum schimpff angesehen*; quibus innuitur, seriis functionibus destinatas olim fuisse Cassides clausas, puta Bellis, Duellis, Hastiludiis, Expeditionibus transmarinis; apertas vero joci, aut, si mavis, dedecoris causa, tanquam ad res gerendas minus idoneas, fuisse excogitatas. Hæc cum ignorarent imperiti, meras apertas ab heri creatis Nobilibus videbis gestari; nonnullas vicissim illustres Familias, non sine

(14) Bicipiti, seu Imperiali Aquila Strasoldiorum Insignia Gentilitia decoravit Ferdinandus III. Cæsar Ratisbonæ anno 1641. die XXV. Augusti, quando Richardum, Orpheum, Martium, & Georgium Carolum de Strasoldo ex Baronali gradu ad Sacri Imperii Comitum dignitatem sublimavit.

sine vetustatis argumento, priores clausas ad nostra usque tempora jugiter detinuisse. Quod præcipue observatum fuit ab HAPINGIO de Jur. ins. Cap. IX. §. IV. in Tesseris Brunsvicensibus; a SPENERO Oper. Herald. Part. I. Cap. VI. §. 10. in Herbersteiniis, ac Vvidemanniis; atque a nobis ipsis in Armis gentilitiis Clarissimæ Prosapiæ de Rabatta, ubi tertia Galea *antiquæ formæ*, *ferrei sive argentei coloris*, *ferme in totum clausa* comparet, teste Diplomate, vigore cujus Ferdinandus II. Imperator Eberstorfii *die octava Octobris Anno a Nativitate Domini* 1634. Antonium, & Michaelem Consanguineos de Rabatta ex Baronum (15) dignitate, in gradum, & Statum Comitum elevabit. Pari modo Oeniponti anno 1507. die 20. Septembris Maximilianus I. Imperator Georgio ab Eslingen, Augustæ vero Vindelicorum anno 1548. die decimanona Aprilis Ferdinandus I. Romanorum Rex Joanni Cypriano Coronino de Cronberg, vetusta utriusque Familiæ Arma, Galeis clausis decorata, confirmarunt (16). Sufficiant illa de Galea. Progressionem faciamus ad Coronam, quam Julianorum Galeæ imposuit IRENÆUS, ut nempe falsitatis commissæ novum quoque in hoc particulari accederet argumentum. Si de recentioribus Imperatoribus sermo hic foret, facile admitterem, Julianos Diadema Regium, de quo loquimur, impetrasse; cum enim nuper ex commissione mihi injuncta ab Excelso Goritiensi Consilio Universæ Nobilitatis Goritiensis, ac Gradiscanæ Originalia recognoscerem Privilegia, inter centena, & amplius Diplomata, mihi a modernis Possessoribus exhibita, vix quatuor, aut quinque inveni, in quibus desiderarentur Coronæ, Galeis superimpositæ. Et, quod mirum magis, bina deprehendi Diplomata; unum Pragæ editum a Ferdinando II. Imp. anno 1623. vigesima secunda Aprilis in favorem Antonellorum de Gonzalis, ubi *Pileus Ducalis ruber* apparet; alterum vero Vincentio, Francisco, & Joanni Baptistæ Fratribus Vicentinis a Leopoldo anno 1691. die XXIV. Decembris Viennæ concessum, in quo, descriptis prius figuris, & præscriptis de more coloribus Scuti, subjunguntur sequentia: *Totum denique Scutum exterius phaleris, seu laciniis ab utroque latere flavis, seu aureis, atque cinereis mixtim dependentibus, & loco incumbentis Galeæ apertæ, sive clathratæ Corona Imperiali aurea superimposita decoratum, & ornatum videatur.* Quid autem est, si hoc non est, metas nullas largitionibus constituere, & fontem ipsum Imperialis Munificentiæ sine necessitate exhaurire? Quod, rogo, deinceps inter varios Nobilitatis ordines intercedet discrimen, si communia cum similibus personis Summus Orbis Monarcha gestaverit Ornamenta? Si simplici Nobilitate præditi Barones, Comites, Principes, ipsosque Duces atque Electores talibus prærogativis aut superaverint, aut adæquaverint? Sed quanto magis prodi-

gos

(15) Diplomatis desuper expediti commentum benignus Lector inveniet in Appendice Documentorum.

(16) Primi Diplomatis autographum mihi exhibuit Illustrissimus Joannes Baptista Liber Baro ab Edling de Selcano vulgo nuncupatus: alterius exemplum producitur in Appendice Documentorum Num. LXV.

gos novissimi Imperatores in dispensandis omnis generis Coronis ac Pileis Ducalibus, altero tanto vetusti Cæsares sese præbuere difficiles in concedendis hujusmodi decoribus sibi, aut Majorum gentium Principibus jure merito reservatis. Hinc percurrat Lector cunctos paulo ante laudatos Scriptores; intueatur Insignia, & Sigilla in adjectis ipsorum Tabellis expressa; præter clausas Galeas, inveniet certo certius nullum Coronarum usum ante sæculum decimum quintum, & decimum sextum privatæ Nobilitati fuisse permissum, cujus nudæ Galeæ primis sæculis solos Apices, cuique proprios, sustinebant; deinde vero tortilibus solum Diadematibus exornatæ reperiebantur; de quorum origine ita SPENERUS loc. citato §. 30. *Aliqui scribunt olim Equites fortissimos in aciem prodituros Galeis aptasse tortilia hæc serica, consuta Capillis, & coloribus earum, quas amabant, ut docerent, eadem alacritate se certamen inire, quam ad nuptias, vel solemnia convivia: & inde originem trahere morem hoc tortile omnibus aptandi Galeis*. Quid quid de his sit, Goritienses certe Comites, uti ex eorum Sigillis edocemur, ante sæculum XV. Coronam in Galeis non usurparunt; & Vicecomites Mediolanenses nonnisi anno 1336. ab Alberto, & Ottone Ducibus Austriæ *posse Coronam auream super caput Briviæ* (idest Viperæ) *deferre ex maxima gratia postulerunt*. Quod Bruzio Vicecomiti sub ipsis in Germania militanti *Duces Austriæ prædicti cum magna difficultate concesserunt, quia hoc solis Ducibus Austriæ quondam pro magno munere concessum fuit*. Verba sunt GUALVANEI DE LA FLAMA apud Muratorium Tom. XII. rerum Italicarum ad annum 1336. Jam æquus Lector suam faciat illationem; non opus erit profecto Archimede ad Julianorum Coronam rite ponderandam. Venio ad tegumenta Cassidis. Tegebant nempe olim Cassides vel fulgoris contra aeris injurias conservandi, vel, ne calefieret ferrum, seu chalybs, Solis ardendi causa. Hujuscemodi tegumenta in conflictibus sæpius in varias lacinias conscindi contigit. Inde mos (si SPENERO fides) invaluit, ut successu temporis, antiquorum tegumentorum loco, laciniæ expensæ, sinuosæ, & artificiose incisæ substituerentur a pictoribus, quales ex asse fere nobis offerunt apud IRENÆUM, qui, Heraldicæ Historiæ defectu, recentius inventum Fridericianæ ætati ineptissime adaptavit. Restat, ut pauca de Apice, seu Cimerio denique subnectamus. Julianæ Galeæ conum Aquila nascens alis expansis exornat. Quod Aquilæ figuram concernit; quia illa integra non est, *sed pectore tenus* tantum prominet, potuisset absolute loquendo Julianis convenire anno 1152. ast antequam id ad credendum ducat de eorum existentia, atque nobilitate superius proposita objecta prius essent diluenda. Ad neminem enim Galeas cum Cimeriis gestandi olim jus pertinebat, nisi ad Nobiles, quorum cœtui quis, rogo, ante Ferdinandum I. Julianos aggregavit? Majorem difficultatem ego deprehendo in positione alarum expansarum, quæ aliter, quam inferius in Clypeo apparent detortæ, & arcus instar extensæ, hodiernarum Aquilarum more, cœlum respiciunt. Solebant autem Majores

nostri

nostri primis illis sæculis (quibus Insignium usus invaluit) Aquilarum alas magis contractas cuspidibus deorsum vergentibus, ac volaturientibus similes exprimere; uti manifestum fit[a] ex aurea Bulla Caroli IV. Imperatoris; ex Sigillo Friderici Pacifici, cujus accuratam imaginem inter ceteros sistit etiam Cl. MARQUARDUS HERGOTT; ex antiquo Civitatis Aquilejensis Sigillo; ex Monetis Gregorii de Montelongo Patriarchæ Aquilejensis apud Cl. LIRUTI; ex marmoreo Monumento Leonardi ultimi Comitis Goritiæ in nostro Metropolitano Templo existente, ubi Mantuanorum Gonzagarum Tessera cum quatuor Aquilis sese spectabilem reddit; item ex Sigillis, & Monetis veterum Comitum Tyrolis; ex Armis in antiquo Torneamentorum Archivii Vindobonensis inedito Libro contentis; & denique, ut verbo complectar omnia, ex cunctis aliis infinitis propemodum cujuscunque generis Monumentis publicis, excitatis præcipue ante sæculum XIV. in quibus Aquilæ simulacrum in alarum expansione diversissimum conspicitur ab illo, quod cum IRENÆO hodie communiter Heraldi, atque Armigeri usurpare consueverunt.

§. XX.

De Julianorum Armis satis superque disceptatum nemo dubitaverit, qui vel prima Heraldici Studii rudimenta delibavit; nihilominus tamen, quoniam de Rabattensi stemmate gentilitio præcedentibus mentionem interjecimus paragraphis, speciminis loco anecdotum hic subdere placet Diploma, vigore cujus Franciscus Carrarius Patavii Princeps proprium Familiæ suæ Carrariensis Scutum anno 1393. contulit Equiti Michaeli Seniori de Rabatta, quod postea etiam Successores ipsius perpetuo retinuere; ut inde inter alia discas, Heraldicæ artis terminos, IRENÆANO Diplomati familiares, nondum adhuc fuisse cognitos Sæculo XIV. sed posterioribus duntaxat ætatibus surrexisse. Ecce ipsum Diploma ex Autographo depromptum, quod hodie possidet Antonius S.R.I. Comes de Rabatta Sac. Cæs. Reg. & Apostolicæ Majestatis Cubicularius. *In Christi nomine Amen. Franciscus de Carraria, Carrarie Dux, & Anguillarie Comes, ac Civitatis Padue, ac Districtus Dominus, & Capitaneus Generalis. Ad memoriam posterorum. Humanum Genus prima culpa sic obruit ut minime leta deinceps vita mortalium, requiesque, sed militia, Job teste, diceretur. Nec contra unum duntaxat hostem luctandum, sed adversus trigeminum quendam quasi Gerionem videlicet Mundum, Sese, ac Principem Mundi hujus tenebrarum harum militandum Apostolica prodit auctoritas. In quibus nimirum pestibus solus innatus cupiditatis, & ambitionis estus irrequieta decertatione circumvolans in amorem proprium mentes accendit, amor in oblivionem recti dejecit, in bella demum ipsa recti oblivio precipitavit; que primum nulla tela preter pugnos, unde nomen pugna sortitur, cognovere. Nullo ordine, nullave laudis cupidine gerebantur. Nota ordinis robur erat. Accessionis, aut contumelie respe-*

ctus,

ctus, robur excitabat. Post increbuere victorie, quibus non formidarent modo, sed admirarentur victi victores. Inde factum est, quod dum esse in admiratione pulcrum ducitur avidius quisque pro victoria luctaretur; quam alii viribus desperantes consilio sibi, ingeniique acumine pepererere. Ita gradatim ars ex scelere; ex arte lex dimicandi, ex dimicandi lege premia, ex premiis denique gloria prodivit. Ne quem vero virtutis, ignavieque pro suffragiis meritorum digna notatio preteriret, Duces bellis, signa publica, singulorum insignia, suplicia item atque ignominie signibus, premia Strenuis decreta sunt. Hinc Civice, muralesque Corone; hinc laudes eximie magnis sub Imperatoribus, fortium facinorum testibus, benemeritos insigniebant. Quibus omnino in rebus sic primam autoritatem sortita sunt signa, ut pro incolumitate illorumque tutella non modo Imperatores ipsi, verum tote simul Acies, certa cum strage (tantum valuit honesti, ac fidei gloria!) dimicarent. Quamquam igitur bellorum ab improbitate elementa prodierint, usum tamen Signorum, atque Insignium mortales quodam velut caractere discriminanter peperisse judicantur. Hic populorum, Urbiumque sequestrare, atque referre decora censetur: Hic Regum generosorum, hic Civium discretione venerabunda, genus altaque gesta spectantium obtutibus subicit. Ex quo salus deinceps Rerum publicarum, & probitatis calcar emanavit, dum in ipso Insigni propriam quisque dignitatem recognoscit, & recognoscendo diligit, tueturque diligendo. Enimvero quemadmodum Sacratissimo, & triumphali Crucis Insignio a Deorum Cultoribus Christiani secernuntur, ita Mortalium cetus, nec cetus modo sed ipse etiam privatarum Familiarum imagines per vexillorum notas discrimina sortiuntur. Porro bella cum serveant nisi signa ipsa impetus labantium, atque laborantium moderentur, ac dirigant, quid erunt nisi error cecus, & amoto discrimine moles in discrimen ruitura? Quid quod alius humeris Avorum Insigne gestando tanquam in luce dimicans, ne domesticas funestet imagines, contendit vitam pro laude pacisci, cum interim sine Insignibus indecor alius, quasi in tenebris arma tenens, sine pudoris teste redditur pronus in fugam. Cum itaque tanta videatur majestas Insignium, tanta significatio meriti, necessitas denique tanta virtutis, quemadmodum sine labe dedecoris gestandum est, ita summo animi consilio venerandum precipue illustre preconiis, speciosissimis tropheis famosum, ac magnis demum nominibus Sacrum. Et licet magna sint queque largiuntur a Principe, aurum, equi, predia, Servi ad Susceptores cuncta in discreto meritorum titulo queunt profluxisse censeri. Insignium vero, quibus aut proprie virtutis, aut domesticarum Imaginum splendor elucet donum, invidiam habere potest, crimen non potest. Ad unam bellice virtutis integritatem, & fidei rarum decus adscribendum. Que nimirum gemine dotes, fidei sincere videlicet, & virtutis ita in Sapiente ac Strenuo Milite Domino Michaele de Pozali de Rabbata nato olim egregii viri Antonii ejusdem loci, preter alias ejus miras, multiplicesque virtutes, & pro status, & honoris Carrigere magnitudinis incremento perpetuam excubationem, infaticabilemque maxima-

ximarum rerum solicitudinem, tum sub gloriose memorie illustri quondam, & Magnifico Domino Genitore meo Domino Francisco de Carraria, tum apud me quoque Deo propiciante ultricibus atque victricibus armis vendicante Urbem meam Patavii ac vendicantem splendidissimis facinoribus claruerit, ut dignissimum etiam arbitrer benemeritum q. q. & nomen suum proprie gentis Insigni eximia premiorum compensatione respicere. Quam ob rem munere, quod inclitum emanare valet a Principe, domestici videlicet splendoris Insignio fidem ejus, atque virtutem, quam prospera adversaque fortuna semper indefessa integritate prefatus quondam Dominus Genitor meus, & Ego sumus experti, honestandam adaugendamque decrevi. Ut quemadmodum exigentibus ipsorum meritis provexi ad gloriam militarem, sic mee quoque Arme spectaculo reddatur illustris, ad quod donandum ei, indulgendumque tanto quidem promptiori, gratiorique mente dirigor, quanto tenacius recolo prefatum illustrem quondam Dominum Genitorem meum hujuscemodi illum honore decorare, nostreque Domui testatius unire firmiter destinasse. Ego igitur intentionis paterne fidelis executor (17.) una quoque gratissima voluntate prefato Domino Michaeli presenti, & debita mentis letitia, & inclinatione venerabunda pro se suisque Heredibus Masculis duntaxat, natis ex ipso legitime, & nascituris imposterum suscipienti vetustum Insigne Gentis Carrigere flameum videlicet Currum in Campo albo secundum subjectam pictionem, quo videlicet stemmate in meis picturatur Vexillis, largitione perpetua impartior: Deinceps illud in Anulis sculptum gestandi signandique cum eo. In suisque Edibus pingendi, in Scutis, vexillis, Torneis, nec non Domi, ac Militie pro voto libere utendi. Quin etiam cum Insigni suo proprio in picturis, vexillis, Scutis, & torneis, ac omnibus aliis modis, sicut ei placuerit una commiscendi, concedens eidem largiensque omnimodam facultatem. Item & Cimerium meum ab Ala, ut quemadmodum cuncta ejus studia, conatus, voluntas omnis, animusque individua semper fide pro salute, gloriaque amplitudinis Carrigere excubuit, ita meis exornatus Insignibus unum ex Carrigera Gente ad sempiternam ejus, & suorum laudem se fore glorietur. Vel etiam dictam Armam Currus flammei immutandi, commutandam portandi prout sibi placuerit hoc modo, & forma videlicet, Currum flameum in Campo albo cum cona rubea circumcirca dictum Campum, & in ipsa cona rubea quatuor capita Boum auree picturata, hoc modo videlicet, unum supra punctam Tymonis: duoque in margine a lateribus, & quartum in fine dicti Plaustri, & cet. Non tantum ipsum, & ejus heredes superius expressatos ad hanc ipsius Arme Plaustri commutationem arctando; sed in hoc ipsos tamen dimittendo in sua libera voluntate. Ad testimonium quoque superstitemque memoriam quanta gratitudinis prosecutione, quam arctis-

(17) Consule Chronicon nostrum Gonitiense Secunde Editionis pag. 344 ad annum 1394 ubi de ultima Domini Francisci Senioris Carrariensis voluntate accurata ex Brugnolo producuntur.

arctissimo animi pignore fidelitatem ejus, atque virtutem memoratus illustris olim, & Magnificus Dominus Genitor meus, & Ego amplexi sumus, quatenus etiam ceteri speculantes quam speciosissima beneficiorum compensatione apud Carrigeram Dignitatem merita colocentur emula virtute Carrigere Domus favorem, & benevolentiam estuent adipisci. Actum Padue currente Anno Domini Nostri Jesu Christi ab ejusdem Nativitate millesimo trecentesimo nonagesimo tertio: Indictione prima, die Jovis vigesimo Mensis Novembris sub Logia Cancellarie Prefati Magnifici Domini. Presentibus Nobilibus, Egregiis, spectabilibus, & Sapientibus Viris Dominis Fantino Georgio Milite quondam Domini Marci Georgio, Albano Badoario quondam Domini Andree Badoarii, & Jacobo Gradonico quondam Domini Marci Gradonico Milite de Venetiis Ambaxiatoribus Illustris Dominii Ducalis Civitatis Venetiarum, & Andalo de Bentevoglio quondam Domini Michaelis, ac Ramberto de Bazarelliis quondam Domini Bazarellii de Bononia Ambaxiatoribus Magnifice Communitatis Bononie. Ac Generosis, & Strenuis Viris Dominis Phebo della Turre quondam Generosi, & Egregii Viri Joannis Sclavi della Turre habitatore Padue in Contrata Scalone. Conrado Bojano quondam Nobilis Viri Giulii de Bojanis de Civitate Austrie, Rizardo quondam Domini Enrici de Valvasone Patrie Forijulii habitatore Padue in Contrata Sancti Nicolai, Francisco de Doctis quondam Nobilis Viri Pauli de Doctis de Padua de Contrata Sancti Andree, Francisco nato Egregii Militis Domini Arcboani de Buzacarinis de Padua de Contrata Sancti Urbani, Alidosio Forzate quondam Egregii Militis Domini Ludovici de Monte Merlo, seu de Forzate de Padua de Contrata predicta Sancti Nicolai: Militibus, nec non Nobilibus, & Sapientibus Viris Dominis Benedicto quondam Egregii Phisici Doctorati Magistri Matthei de Gyrlandis de Senis habitatore Padue in Contrata Parentie Vicario Generali prefati Magnifici Domini Padue, Francisco quondam Ser Henrici de Consilvis de Padua de Contrata Sancte Margarite, Francisco de B grado quondam Ser Johanis de Padua de Contrata Domi Legum Doctoribus: Et Egregio Viro utriusque (juris) Doctore Domino Antonio quondam Ser Tysonis de Sancto de Padua de Contrata Pontis Molendinorum Generoso, & Sapiente Viro Domino Raymundo de Flisco Comite Lavanie, nato quondam generosi Viri Domini Tedisii de Flisco de janua (Genua) Comitis Lavanie habitatore Padue in Contrata predicta Parentii. Nobilibus quoque, & Generosis Viris Nicolao quondam Domini Johanis de Strassoldo, Asquino, & Jacobutio Fratribus, & filiis quondam Nobilis Viri Domini Pregonee de Sbrojavacca Patrie Fori julii, Nicolao quondam Domini Andree de Pulcenico dicte Patrie Forojulii, Nicolao quondam Rodulphi de Portis de Civitate Austrie; & Johane quondam Egidii de Civitate Austrie. Et circumspectis, ac prudentibus Viris Domino Johane quondam Domini Conusini de Ravenna, habitatore Padue in Contrata Sancte Sophie Protbonotario dignissimo, ac Cancellario Cancellarie Prefati Magnifici Domini Padue;

Ban-

Bandino de Brazzis quondam Ser Angnoli de Bandino de Padua de Contrata Sancte Lucie, Et Francischino de Fossadulti quondam Ser Antonii de Travisio, habitatore Padue in Contrata Sancti Bartholomei Notariis & Scribis dicte Cancellarie Testibus ad hec vocatis, habitis, aggregatis, & aliis &c.

(18)

Signum Notarii

Ego Marcus quondam Ser Nicolai de Guarnarinis de Pa-

(18) In medio Membranæ effigiata comparent Insignia Carrariensia, quorum exemplum invenies Lector in Tabella I. ari incisa sub Num. III. A dextoris conspicitur Carrariense Cimerium a nobis exhibitum sub Num. IV. a sinistris vero pictoris arte elaboratum exhibetur Scutum cum suis figuris, ex occasione concessum supra memorato Equiti Michaeli de Rabatta, quod in dicta Tabella repræsentatur sub Num. V. Non ingratum Lectori futurum confido si hoc loco meam de Cognominis, & Carrariensis Scuti gentilitii origine sententiam manifestavero: „Se taluno domandasse la ragione, perchè da' Carraresi nell' Arma si abbia adoperata una simile figura? Rispondo, che diversi ne sieno i Sentimenti. Quelli, che con Agostino Paradisi asseriscono, che un Carro vermiglio in Campo d'Argento denoti Trionfo *Marziale*, si vanno immaginando, che in questo Simbolo il Carro denoti la Vittoria da Jacopo VII. riportata contro Cane Scaligero, della quale al suo nicchio di sopra fu fatta menzione. V'ha poi degli altri, che credano invenzione assai moderna l'*Armi parlanti*, cioè esprimenti colla figura il Cognome di chi la usa; e questi tali si persuadono, che Jacopo IX. Sesto Signore di Padova adoperasse solamente il primo fra Carraresi l'Arma col Carro corrispondente al proprio Cognome. Ma tanto gli uni che gli altri s'ingannano ben all' ingrosso. Imperciochè, quantunque io col Muratori non sia abbastanza persuaso, essere più antiche delle altre le Armi parlanti; non però di meno certissimo è, che ancor queste sono di una grande antichità. D'esempio, e prova servirci possono moltissime Famiglie antiche; e segnatamente la Famiglia *Pignatelli*, che porta tre pignate negre in campo d'oro; la *Cicale*, che porta una Cicala appuoto; la *Cicogna* una Cicogna; la *Spinola* Genovese una Spina da Botte; la *Capelli* un Capello; la *Petzani* sette monete volgarmente in lingua Schiava dette Petschi; la Famiglia *Chiesa* una Chiesa; la *Cavalli* un Cavallo; la *Tortoli* una Tortola; la *Leoni* un Leone; la *Mori* un Moro; la *Molini* un Molino; la *Strozzavacca* una Vacca; la *Lanci* Patrizia Romana una Lancia in palo; la *Palombara* una Colomba; la *Vitelleschi* due Vitelli; la *d'Arco* tre archi negri in Campo d'Argento; la *Barbavara* sei Barbe negre in Campo pure d'Argento. Così, per sorpassar tant'altre, le Nobilissime Famiglie Orsina, e Colonna nelle lor Armi posero anticamente un Orso, ed una Colonna; e per fine l'illustre Casa de' Torriani, o sia della Torre, Signora una volta di Milano (riguardevole anche oggidì in Francia, e nel Friuli) elesse per sua Arma una Torre. Nè di minor antichità trovando me era la sopra riportata Arma parlante de' Carraresi, ch' essendo stati una volta *carreggiatori*, da tale loro professione indubitatamente trassero e l'Arma, ed il Cognome. In fatti Spenero (appoggiato sopra l'autorità di Lazio) pare che favorisca simil opinione; mentre così parla in questo proposito. *Currum (in Scuta) dedisse dicitur apud Volfgangum Lazium Lib. XII. Migr. Imperator viro Patavino, qui ei cubicularii vitam servaverit, & insciis Cæsaris filiam, vel amicam raptam habuerit Conjugem; Eum vero Paduæ Mercatorum fuisse, unde Carrariorum nomen.* Ciò seguì secondo quello, che io per congettura rilevar posso dal Sansovino al principio del Secolo undecimo; quando da Corrado II. detto il Salico, un certo Litolfo figliuolo di Gomberto fu dichiarato Signore di Carrara con mero, e misto Impero, e podestà di Sangue.

„Quindi, se mi è permesso di dirlo francamente, per mio Sentimento prende un granchio notabile il chiarissimo Muratori, idendosi di vedere nel Cimiero dell' Arma Carrarese una Sfinge: *Decimus argenteus in Museo Patavino Lazara, & Romæ argenteus apud eruditissimum Virum Franciscum Valesium custodiens, currum præfert cum circumpositis Litteris FRANCISCHVS DE CARARIA; in postica imaginem Sphingis ostendit habentem hinc inde AA. & in limbo hanc inscriptionem SEPTIMVS DVS (hoc est Dominus) PADVE. Similes alios Nummos cum Sphinge, sed absque epigraphe, &*

cum

Padua de Contrata, & contra.... Sancti Andree, & Quartesario Pontis-altinati Imperiali auctoritate Notarius, & prefati Magnifici Domini Padue Cancellarie Scriba omnibus premissis dum sic per prefatum Magnificum Dominum Padue concederentur, & fierent, presens fui, & rogatus scribere, & publicare de Magnifici Domini Manda-to

cum bisce Siglis tantum FF. aut RR; aliosque cum curru hinc inde Idea; & alios denique cum curru hinc inde cassidi vidi. Sed ne Lectori nimis sim gravis, praetermitto.

E così parimente sembrami deviare dal vero il celebre Liruti, quando della Sfinge Carrarese nel Capitolo XXVI. della Moneta propr. e forast. ch'ebbe corso nel Ducato del Friuli a carte 207. s'esprime con questi termini: *Posseda in oltre (dic' egli) tre altre Monete Padovane di Rame, finora inedite. Due di queste sono indubitatamente Carraresi, della terza non vi è segno, o lettera, che possa mostrarcelo. La prima di queste è grossetta, e grande più di una de mezzo Modulo Romano, e pesa Carati trenta. Essa ha da una parte il semplice carro senz'alcuna parola intorno, e dall'altra parte ha parimente in uno Scudo l'Insegna del Carro con sopra il Moricone, sopra del quale vi è (NB.) una Sfinge con due Ali, ed una testa di Uomo con corna, che piegano all'innanzi, e dai lati sono due rami e di frondi, e di fiori parimente senza lettere. La seconda è poco più picciola, e pesa Carati ventiquattro. Questa ancora da una parte ha un Carro semplicemente, e senza parole intorno, e dall'altra parte un Moricone con uno Scudo sotto, e sopra una (NB.) Sfinge con ali, ed una testa di Uomo con Corna alte, e diritte intorno; neppur quivi sono parole, ma dai lati del Moricone se ne veggono due per parte, che certosi alquanto a me sembrano una P. R. ed una innanzi ed una dietro la testa della (NB.) Sfinge, le quali parimente a me pajono una F. R. dalle quali si ha motivo di poter dire, che tali Monete fossero fatte coniare da uno de' due Franceschi da Carrara.*

Ancorchè si scapsallassero le Corna, indebitamente (secondo la descrizione di Latranuro, Diodoro Sicolo, Plinio, ed Alberto Magno) appropriate alla Sfinge, vorrei, che m'insegnasse col Muratori il Liruti: qual connessione abbia un tal Mostro col Carro Gentilizio de' Carraresi?

Mi sovviene bensì d'aver letto: *Sphinga Monstrum fuisse, alas, & Ungues habens in similitudinem Harpyarum, quod ossidens scopulo viae imminenti, insolubilia aenigmata transeuntibus proponebat, & quae qui dissolvere non poterant, angebat, & alis interficiebat. Aenigma autem erat ejusmodi. Quodnam animal mane quadrupes, meridie bipes, vesperi tripes esset: Cujus aenigmatis nodum Oedipus ita dissolvit, ut hominem esse diceret, qui in infantia manibus, & pedibus repens terram quam incedens, quadrupes est: Factus vir, ut qui nullo alio, quam pedum adminiculo utitur, bipes: ingravescentibus autem annis, assumpto Scipione tripes. Quam solutionem illa tam aegre tulit, ut se ipsam de saxo praecipitarit. Hinc sumpsit originem adagium in Terentiana Andria: DAVUS SUM, NON OEDIPUS.*

Davo in quest'incontro sono anch'io per verità; perchè non capisco, lo ridico un'altra volta, donde provenga, che un Uomo Sommo, come era il Muratori, in vece de' soliti Buoi per attaccar sotto il Carro d'un Contadino Padovano, che fu il primo Carrarese, vada in cerca di Sfingi ne' deserti della Tebaide, e nei paesi più remoti dell'Etiopia. *Sphinges* (scrive Diodoro Sicolo) *& apud Troglodytas Aethiopesque nascuntur.* In vece de' soliti Buoi dissi, conciossiachè quattro teste d'oro di simili animali in Campo rosso oltre al Carro suddetto componevano lo Scudo Gentilizio de' Carraresi, se non prima, almeno al tempo di Francesco il Giovane ultimo Signore di Padova, che nel Privilegio concesso nell'anno 1393 al Cavaliere Michele da Rabatta descrive la sua propria Arma con queste identiche parole: *Currum flammeum in Campo albo cum cena rubra circumscripta, & in ipsa cena rubra quatuor Capita Boum auree pictorata hoc modo videlicet: Unum supra punctum Temonis: duoque in margine a lateribus, & quartum in fine dicti planstri, & cena.* Certamente quattro teste di Manzo convengono assai meglio al Carro rurale, come non meno senza comparazione convengono le Corna in fronte, che apparirebbero nelle monete suddette, meglio al Manzi, che alla Sfinge descritta da diversi Autori accreditati: *Sphinx Monstrum, cujus caput, & manus Puellae, corpus Canis, ala avis, vox hominis, ungues Leonis, cauda Draconis similitudinem referebant.*

Per sincerirmi maggiormente della verità, dopochè dal P. Martino Bauzer Gesuita, Histor. MSta. Rer. Noricar. & Forojuliens. Lib. VII. N. 74. mi era stato indicato il passaggio, che fece l'Arma Carrarese nella riguardevole Famiglia de' Ra-

to scripsi, & publicavi, signoque meo consueto signavi etc. (19) Cum Irenzano Diplomate comparando pretiosissimam istam Insignium collationem, formulas hic adhibitas, occurrentes titulos atque co-

„ Rabatti; Michaeli (de Rabatta) enumerato *praeter insignia alia beneficia Franciscus Carrarius Senior concesserat Scutum familiae suae, ut alterius Tabulis fuit, si qua Casu cessaverit Carrariensis Familia, dictum Rabattam, Patavini Domini haeredem scripserat, vulgato Patavii publico Instrumento*: non ho mancato d'andare in traccia con ogni diligenza possibile anche del genuino Armeggio di questo Illustrissimo Casato, quale finalmente mi riuscì di rilevarlo dal Diploma Originale di Ferdinando II. Imperatore spedito in Ebersdorff, col quale li Sig. allora viventi Antonio, e Michaele de Rabatta furono esaltati al titolo, dignità, e rango di Conti del Sacro Romano Impero alli VIII. d'Ottobre del 1634. *Scutum videlicet Magnum rubrum ad omnia quatuor latera in modum antiquorum Carrariensium Armorum, Aureum, sive aureum Tauri caput repraesentans, & inter illa capita aliud Scutum in quatuor partes aequales ad angulos rectos divisum, in cujus inferiori sinistra, & superiori dextera flava sive aurea parte Aquila nigra biceps, utroque capite corona Regia insignita, & alis late expansis, pedibusque deductis unguibusque aureis, & in caeteris duabus partibus in Campo albo, sive argenteo currus dictae Familiae de Carrara appareat, in medio autem hujusce intermedii Scuti antiquum proprium Familiae vestrae Scutum album sive argenteum cum rubro colliculo triplici in fundo, & duabus aliis Aquilinis rubris expansis, inter se aversis, & medio colliculi eminentiori parti insistentibus, corona tamen Regia superius imposita auctum conspicitur*. Mi si potrebbe replicare, che fin qui s'abbia da me dimostrata l'insussistenza della Sfinge rispetto allo Scudo Carrarese; ma che principalmente vada di presente in questione: Se simil figura anche si abbia d'escludere dal Cimiero, nel quale appunto tanto il Muratori, quanto il Lazzari la vogliono collocata? A ciò rispondo, che l'esclusione dallo Scudo importi per conseguenza anche l'esclusione dal Cimiero: *ipsa figura (Scuti)* dice Spenero, *repetatur in apice, ut figura hujus primaria illius receptaculum aeque fuit, ac Scutum fuit*. Nè val dire, che nello Scudo Carrarese prodotto colle Medaglie dalli sopr'accennati due eruditissimi Soggetti non comparisca la testa di Moro, e che per conseguenza la medesima non possa essere riportata nel Cimiero in vece della pretesa testa di Sfinge; perchè per testimonianza dell'istesso Spenero anticamente si comettera qualche figura talvolta nello Scudo per collocarla di sopra nel Cimiero. *Exemplo Datum Brunsvicensium Equorum, nonnunquam apud veteres, Similia antiquiora, etiam alibi in Scuto locum onstere consuetum fuisse, in apicem assumpta esse, ne omnino memoriae periret. Ita enim Equus Saxonicus Clypeo exclusus in apicem cassidis fuit*. Uno de' motivi poi, per i quali io mi figuro non trovarsi le teste di Bue nello Scudo delle più volte mentovate Medaglie, sarà probabilmente la piccolezza delle Medaglie stesse, e la poca perizia dell'Artefice, che nello Stampo non si averà fidato di poter esprimere quattro teste di Bue in un Scudetto compendioso, nel quale con gran fatica gli sarà appena riuscito d'intagliare rozzamente il solo Carro.

„ Per altro l'Ala doppia del Cimiero Carrarese, che si trova nelle Medaglie suddette non ha la minima correlazione colla testa erroneamente creduta della Sfinge: perchè semplice, e separata sopra una pelle d'Armellino comparisce nel citato Diploma originale di Francesco il giovane dell'anno 1393. e così pure sopra un Cimiero in quello di Ferdinando II. anche sopracitato dell'anno 1634. di cui tutti in seguito al già prodotto estratto, sono le formali: *Scuto incumbunt tres Galeae, quarum dextera clathrata, & flava, sive deaurata, cum phaleris ab utroque latere nigris, & flavis, sive aureis, media vero itidem clathrata, & flava, sive deaurata, coronaque Regia ornata, cum phaleris a dextero latere nigris, & flavis, sive aureis, & a sinistra rubris, & albis, sive argenteis, & sinistra antiqua forma ferrei, sive argentei coloris fere in viridem clausa, cum phaleris utrinque rubris, & albis, sive Argenteis: ita ut a dextera Galea Coru[?] ex antiquis Rabattensibus Insignibus Pileus ruber, eique imposita duo Alae aquilinae rubrae, media vero Aquila in Scuto descripta, & sinistra pariter ex antiquis Carrariensibus Insignibus petitur, eique imposita Ala aquilina veri Armini[?] emineant*. Prout haec omnia in praesenti nostro Diplomate Pictoris industria coloribus suis distincta videre licet. Haec desumpta sunt ex Dissertazione dell'Origine, Cognome, Arma, e Genealogia di Casa Carrara, in gratiam Excellentissimi Friderici Comitis Turriani a me conscripta anno 1736.

(20) Sigillum Cereum pendens Francisci Junioris Carrariensis Principis, quo munitum est Rabattense Diploma, exhibetur in Tabella I. aeneo sub Num. VI.

cognomina juxta SS. XI. XII. XIV. &c. quiſque inter legendum per ſe facile, vel nobis tacentibus, ſentiet, Julianæ Familiæ, de quo agimus, δεῖγμα noviſſimis heraldicis figmentis eſſe adſcribendum.

§. XXI.

Sed tempus eſt ut ad Equites auratos procedamus; examinando quidnam ſtatuendum ſit de dignitate Equitum, ac Militum Auratorum anno 1152. adepta ab univerſa Familia de Juliano, ſæpius nominati Diplomatis vigore, in quo hæc habentur: *Et præfata authoritate noſtra facimus, & creamus omnes de Familia Julianorum in perpetuum generoſos Equites, ac Milites auratos.* Apage Impoſtorem, qui nec quidem mentiri ſatis edoctus, ex noſtris hodie moribus de antiquorum Equitum inſtitutione loquebatur. Non itaque privilegiis, ſeu Codicillis ut modo aſſuevere; ſed aut in bellicis expeditionibus, aut pacis tempore occaſione inſignis alicujus celebritatis, vel Torneamenti Militarem olim honorem Principes largiebantur. Tunc nempe, ut bene obſervat MURATORIUS Tom. IV. Diſſertatione LIII. pag. 678., quo præclarior erat Princeps, aut Militiæ Dux, arma Tyroni conferens, & quo ſplendidior, ac magis memorandus locus, & tempus collati muneris, eo major gloria, & decus in Milites redundabat. Quibus quia dorſa enſe tingebantur, & cingulum militare quandoque cum inauratis calcaribus tribuebatur, Equitum, ſeu Militum auratorum, vulgo *Cavalieri a Sproni d'oro*, nomen indutum, nulla interpoſita dubitatione, undique Scriptores tradiderunt. De illis ADOLPHUS HENRICUS DE WINTZINGERODA Diſſertatione de Ordine Equitum S. Georgii ex THULEMARII Octoviratu Cap. XXV. §. 58. ſequentia Lector accipiat: „ Equites Auratos intelligimus, qui torque, „ atque alio clinodio, non ſunt inſignes, ſed quorum dorſa ſalrim „ tanguntur enſe; vel quibus aliquando baltheus cum gladio adpenditur; vel quibus quandoque inaurata calcaria adplicantur. Tales „ ſunt, quos Rex Romanorum, tempore coronationis ſuæ, in templo „ creat; quando ſcilicet (poſtquam nomen eorum, ut adveniant, a „ Regiæ Aulæ Primario quodam Miniſtro lectum eſt) Solium ſuum „ accedentium, & in genua procumbentium, vultumque in terram „ convertentium, tergum ſtricto gladio Caroli Magni, Norimberga „ allato, leviter tangit. Vetuſtam ſatis Equitum Auratorum mentionem nobis offert Privilegium Ottonis I. anno 947. Magdeburgenſibus datum, apud GOLDASTUM Tom. I. Conſtitution. Imperialium pag. 216. §. V. *Mandamus omnibus Principibus noſtris, & Imperii Subditis, Dominis, Equitibus auratis, Miniſterialibus, & omnibus Officialibus, tam Spiritualibus, quam Sæcularibus* &c. Verum Diploma illud ſub larva antiquitatis multos quondam induxit in fraudem; etſi apud oculatiores hodie commentitium undique ſe prodat, teſte BOECLERO, quem ſecutus JOANNES NICOLAUS HERTIUS in Diſſertatione de fide Diplomatum Germaniæ §. XII. ait; *Sub Saxonicis Imperatoribus*

bus nunquam observare est eos in concedendis Diplomatis scitu, consilio, aut assensu Procerum Imperii usos, sub iisdem Equites aurati ignorabantur. Hinc constitutionem de privilegio, & locatione Cameræ Imperialis Magdeburgensis, quæ Ottoni Magno tribuitur, & mentionem facit ejusmodi Equitum, merito explodit Boeclerus. Ejusdem plane furfuris consideratur a Muratorio Diploma Ottonis III. Augusti Tom. I. pag. 493. Histor. Eccles. Placentinæ editum jam dudum a Campio, ubi *Cum nos hodie ante in Missarum solemniis in Ecclesia Sanctæ Brigidæ Milites novos creavimus, decreatque ipsos uti novos Milites nova nostrorum beneficiorum largitione prærogativa lætari.* Suspicionem injecit, quod Otto hic testans inducitur, se fidem Nobilium Brachifortium (quibus privilegium concessum fingitur) fuisse expertum *in nostris exercitibus, quos tam contra Latinos quam contra Græcos exercuimus:* quod omnino falsum apparet ex eo, quia Diploma datum dicitur *XV. Kalendas Decembris Anno Incarnationis Domini DCCCCLXXXIX. Indictione prima Anno Domini Ottonis tertii, Imperii ejus quinto:* septem nempe annis antequam unctionem adeptus fuisset Imperialem, de qua vide Ditmarum Lib. IV. pag. 353. & Lib. VI. pag. 399. nec non Chronographum Saxonem ad annum 996. Quare etiam in confirmatione omnium Jurium, & privilegiorum Ecclesiæ Parmensis apud eundem Muratorium Tom. III. Dissert. XXXVI. pag. 199. idem annus DCCCCXCVI. vocatur primus Imperii Ottonis III. ob virtutes, & literarum Studia a Chronologo Frisingensi aliisque auctoribus *Mirabilia Mundi* appellati. Majorem e contra apud posteritatem sibi fidem conciliavit Otto de S. Blasio, qui Cap. XXV. celebrem filiorum Barbarossæ ad militarem gradum promotionem de anno 1184. ita descripsit: *Fridericus Imperator sedatis in Germania cunctis bellorum turbinibus, generalem Curiam, cunctis Regni Optimatibus in Pentecoste, apud Moguntiam edixit, ibique filios suos, Henricum scilicet Regem* (subinde Sextum hujus nominis Imperatorem) *& Fridericum Suevorum Ducem, gladio accingi, armisque insigniri disposuit. Ad hanc Curiam totius Imperii Principes, utpote Francorum, Teutonicorum, Sclavorum, Italicorum ab Illirico usque ad Hispanias congregantur. Sed & vicinorum Regnorum Proceres, invitante Imperii dignitate convenerunt, incredibilisque multitudo hominum diversarum Regionum, et linguarum ibi coadunata est.* Et mox inferius: *feria secunda, celebratis nunc Missarum Solemniis, Filii Imperatoris, Henricus Rex, et Fridericus Dux armis præcincti, militarique palestra alacriter exercitati, militiæ cingulum sumpserunt, tractatisque diversis Imperii ab Imperatore negotiis quarta die ad propria, cum gaudio recesserunt.* De Philippo Augusto laudati Friderici Imperatoris filiorum ultimo apud eundem Ottonem de S. Blasio ad annum 1196. pag. 228. legimus: *In Allemanniam perveniens, apud Augustam Urbem, armis cinctus, nuptias magnifice celebravit in loco qui Gunzinlech, a quibusdam Concio Legum dicitur* &c. Pariter de anno 1235. scribit Godefridus Coloniensis in Annalibus apud Freherum pag. 300. *Impera-*

perator (Fridericus II.) *se contulit ad Oppidum Haginowe, in quo hyemavit: ibi affuerunt Comes Tolosanus, et Comes Provinciæ. Recepit autem Comes Tolosanus Marchiam Provinciæ ab Imperatore, homagium sibi præstans. Comes autem Provinciæ quinquagenarius ideo tunc primum ab Imperatore ad gradum militiæ est provectus, quod Comites suæ Parentelæ se non credunt diu posse vivere, postquam gladium Militiæ sunt adepti. Nec adhuc Miles factus esset, nisi Rex Franciæ, et Rex Angliæ, quorum uterque suam duxerat filiam in Uxorem, ipsum ad hoc prece multimoda, compulissent, indignum reputantes, suum Socerum militem non esse, etc.* Perinsignem Cæremoniam, qua Willelmus Comes Hollandiæ anno 1247. antequam Imperator crearetur, Miles factus est, prolixius descripsere Joh. de Beka Chron. Ultraject. pag. 77. & 78. & Linnæus ex Magno Chron. Belgico Tom. V. ad lib. 6. cap. 1. pag. 6. & seq. Mos enim invaluerat, ut Reges non prius coronarentur, quam Equestrem dignitatem fuissent adepti. Vid. Obser. Hallenses, Tom. II. Observ. III. De Carolo IV. Andreas Ratisbonensis, & Jo. Chraftus in Chronico apud Eccardum Tom. I. pag. 2112. memoriæ tradiderunt: *MCCCLIV. circa festum S. Jacobi, Karolus cum Uxore venit Romam, ubi honorabiliter a Romanis susceptus, multos novos Milites ordinavit.* Similia exhibet Struvius Corp. Histor. Germ. Period. IX. Sect. VI. de Carolo IV. §. XIX. pag. 626. sed ad annum 1355. *His gestis cum quinque galeatorum millibus Romam ivit, ubi consensu Innocentii VI. Papæ una cum Regina V. Aprilis ipso festo Resurrectionis a Cardinali Hostiensi, Petro Bertrandi in Templo S. Petri in Imperatorem coronatur, ac eodem die, factis permultis Militibus super Ponte Tiberino, prout promiserat, Pisas revertitur.* Neque aliter Nauclerus Vol. II. Chronographiæ Generat. 48. pag. 1055. Sigismundi Imperatoris anno 1433. Romæ coronati memor: *Dum a Vaticano, ubi Coronam acceperat ad Lateranum proficiscitur, in Ponte Adriani (ut mos est) multos tum Italos, tum Germanos in Equestrem ordinem adscivit etc.* De Friderico III. seu pacifico anno 1452. inaugurato inquit Æneas Silvius in illius vita pag. 81. *Ut autem coronationi divinisque rebus impositus modus, Leonora* (Lusitanica Cæsaris Conjux) *in suas ædes secessit. Papa, et Imperator ad gradus Basilicæ simul venerunt: ibi Pontifex Palafredum ascendit, eique Cæsar dextratoris Officium per aliquot passus exhibuit, eoque deinde conscenso usque ad Ecclesiam Sanctæ Mariæ in Cosmedin una profecti sunt. Nunc Papa in Palatium rediit: Cæsar in Pontem Adriani profectus est: ubi Albertum fratrem, pluresque Duces, & Comites ad Militiæ provexit honorem, ter quemque gladio percutiens. trecenti eo die percussi Milites referuntur:* in quibus Magdeburgicus, & alii nonnulli, etsi antea eo honore decorati, propter diei, ac loci celebritatem tamen denuo eum suscepere: Verba sunt Struvii l. c. Period. X. Sect. II. §. XXI. pag. 740. Eundem porro in creandis Equitibus morem observasse scribunt Maximilianum I. anno 1486. Aquisgrani coronatum. Inter cæteros Freherus Tom. III. Rer. German.

pag.

pag. 54. GOLDASTUS Part. I. *der Reichs-Händel* pag. 12. & FUGGERUS BIRCKENIUS in Speculo honorum Augustæ Domus Austriacæ Lib. V. cap. 33. ad annum 1486. pag. 954. ubi germanico idiomate hæc habentur: *Et a Rege Maximiliano ense Caroli Magni percussi fuere Equites ex Principibus, Comitibus, Dynastis, & Nobilibus circiter ducenti, in quibus numerabatur etiam Philippus Elector Palatinus, nec non Joannes, & Ulricus fratres de Cronberg.* Totidem alios simili prærogativa Viennæ anno 1515. exornatos lego apud GERARDUM DE ROO Histor. Austr. lib. XII. celebrem trium potentissimorum Regum Conventum describentem. *Ad decimum Calendas Augusti, qui dies publica Sponsalium confirmationi dictus erat, Maximilianus utroque Rege præsente, Annæ* (Uladislai Hungariæ Regis Filiæ) *coronam auream imposuit, & florenti serto ab ea donatus est. Hinc ad D. Stephani itum est, ubi peractis Sacris, verba praeunte Strigoniensi, Anna, accepto in fidem annulo, ita Maximiliano desponsa est, uti intra annum aut Carolo, aut Ferdinando* (Nepotum suorum alteri) *conjungeretur. Dein Ludovico* (Hungariæ Regis Filio) *Maria Cæsaris Neptis præsens ipsa desponsata est, lacbrymas ubertim fundente Uladislao: His peractis, ducenti viri Militari dignitate donati sunt. Inde ad epulas, ludosque Equestres, & choreas discessum est.* Istorum Ludorum, seu Torneamenti picturam me vidisse memini Grætii in Palatio Soceri mei Excellentissimi Domini DISMÆ JOSEPHI e S. R. I. COMITIBUS DE DIETRICHSTEIN, Supremi Hæreditarii in Styria Venatorum Præfecti, Suæ Sac. Cæs. Reg. & Apost. Majestatis Cubicularii, & Intimi Consiliarii; ubi in effigie quoque exprimitur Sigismundus Baro de Dietrichstein (alterius, seu Principalis lineæ auctor) eadem occasione Militari cingulo honoratus, de quo videndus liber germanicus, cum titulo: *Wochentliche Historische Müntzbelustigung* 12. *Stuck den* 19. *Martii* 731. Avum Maximilianum in Imperiali dignitate excepit Carolus V. qui rerum gestarum magnitudine summos etiam Principes adæquavit. Hic gemina redimitus Corona Bononiæ anno 1530. (Imperiali scilicet, & Longobardica) Antecessorum suorum institutum conservando quamplurimos ense tactos Ordini adscripsit Equestri. Contemporaneum audiamus JOVIUM Histor. Lib. XXVII. *Inde Cæsar ad Aram Divi Joannis supplicavit, & multos omnis generis oblatos Nobiles Equestri dignitate, gladio leviter percussis humeris, ornavit.* Et paulo post: *Interea præcinentibus tibiis, & tubis epulæ miro ordine, Ministrorumque silentio inferri sunt cœptæ. Itaque affuere Cæsari præsto quatuor illi Principes in sua quisque solemni Clamyde, ut insignia præferrent; atque item alii illustres Reguli, ut eum ad mensam deducerent. Cæterum priusquam exiret, ex eorum numero septem equestri ordini adscripsit, & ante alios ipsum Astorgium, qui longe omnium in pompa cultissimus extitisset, & Philippum Palatinum, qui Viennæ divina virtute propugnando, non modo Germanos, sed Christianos omnes summo metu, & incredibili periculo liberasset. Cœnavit solus Cæsar singulis Imperii Insignibus in mensa collocatis, quæ erat aliquot gradibus excelsa. At in alia infra gradus in conspectu tamen Cæsaris discubuere, Sabaudius, Palatinus, Urbinas, & Montis ferrati Reguli. In exteriore vero Triclinio epulum cæteris Proceribus præbitum. Remotis mensis iterum Cæsar gladium cepit, & plerosque Nobiles equestri dignitate decoravit.* Audiamus pariter Henricum Cornelium Agrippam Synchronum, & ipsum Equitis aurati titulo insignitum, qui in sua Historiola de duplici Coronatione Cæsaris apud Bononiam Oper. Part. II. pag. 1143. ita sese expressit. *Hac magnificentissima pompa inclinante se jam die, reversusque ad Palatium Imperator desiliens Equo, primum eos, qui signa, & Vexilla præferebant, tum Umbraculum gestaverant, & alios plerosque cum Nobiles, tum Cives, & scholasticos Equestris Ordinis auratos Milites procreavit:* & pag. 1144. paucis interjectis: *Cumque jam absoluta esset cœna, dilutis pro more odoratissima aqua manibus, remotis mensis, iterum solennibus precibus redditæ sunt Deo gratiæ. Tunc Imperator accepto in manus Sacro gladio, plurimos rursus cum Nobiles, tum Consulares Viros ad Equestris Ordinis honorem, dignitatemque provexit.* Qui subsecuti sunt Cæsares, quamvis easdem ceremonias tempore inaugurationis retinuerint; exemplum tamen præbente Ferdinando I. Equitum Auratorum characterem multis Nobilibus personis, in posteros quoque transfundendum, per Privilegia scriptotenus dispensarunt. Vadem hujus rei Ferdinandi paulo ante memorati Chartam sequenti exhibeo paragrapho.

§. XXII.

Norimbergæ scilicet editam anno 1522. die vigesima Octobris in favorem Gabrielis, & Consortium de Salamanca, ex commissione expressa Caroli Fratris, cujus etiam nomen præfert, estque tenoris ut sequitur: „ Carolus V. Divina favente Clementia Electus Roma-
„ norum Imperator Semper Augustus, ac Rex Germaniæ, Castellæ,
„ Aragoniæ, Legionis, utriusque Siciliæ, Hungariæ, Dalmatiæ, Croa-
„ tiæ, Navarræ, Granatæ, Toleti, Valentiæ, Galitiæ, Majoricarum,
„ Hispalis, Sardiniæ, Cordubæ, Corsicæ, Murciæ, Gennis, Algar-
„ biç, Algeziræ, Giberaltaris, ac Insularum Balearium, Insularum
„ Canariæ, & Indiarum, ac Terræ firmæ, Maris Occeani, Archidux
„ Austriæ, Dux Burgundiæ, Lotharingiæ, Brabantiæ, Styriæ, Carin-
„ thiæ, Carniolæ, Limburgi, Lucemburgi, Gheldriæ, Calabriæ,
„ Athenarum, Neopatriæ, Wirtembergiæ &c. Comes Flandriæ, Hab-
„ spurgi, Tyrolis, Barchinonæ, Arthois, & Burgundiæ, Comes Pala-
„ tinus Hannoniæ, Holandiæ, Seelandiæ, Ferretis, Kiburgi, Mur-
„ ci, Rossilionis, Ceritaniæ, & Zutfaniæ, Landgravius Alsatiæ, Mar-
„ chio Anasi, Burgoviæ, Oristani, Goriani, & Sacri Romani Im-
„ perii Princeps Sueviæ, Cathaloniæ Asturiæ, Dominus Phrisiæ,
„ Marchiæ Slavonicæ, Portus Naonis, Biscajæ, Molinæ, Salinarum,
„ Tripolis, & Mechliniæ &c.

„ Spe-

„ Spectabili nostro, & Imperii Sacri fideli, dilecto Gabrieli de Sa-
„ lamanca ex Civitate nostra Burgensi (10) in Hispania Secretario
„ nostro, & Serenissimi Principis Domini Don Ferdinandi Infantis
„ Hispaniarum Archiducis Austriae Ducis Burgundiae &c. Nostrique
„ in Imperio Locumtenentis, & Fratris Carissimi Consiliario, Thesau-
„ rario generali, & Supremo Secretario, Sacri Lateranensis Palatii,
„ Au-

(10) Gabrielis de Salamanca Patrem nonnulli constituunt Brutium, Avum Alphonsum, Proavum Nicolaum; ast mihi praeplacet BUCCELLINI, ET SPENERI sententia, qui eum Consalvi Filium, Francisci Nepotem, Consalvi pronepotem, ac Joannis Friderici abnepotem fuisse contestantur. Hic est ille Gabriel de Salamanca Ferdinandi Archiducis Austriae primum Secretarius, deinde Consiliarius, Thesaurarius generalis, Neostadii in Austria Capitaneus, & Comitatus Goritiae Praefectus, qui, relicta Burgensi Civitate Patria sua, sub eodem Ferdinando I. Caroli V. germano ex Hispania sese transtulerat in Germaniam, ubi suis vitam florentibus, virtute duce, comite prudentia non tantum suprascriptum amplissimum obtinuit privilegium anno 1522. sed & sequente anno 1523. XIV. Februarii Norimbergae inter Barones S. R. Imperii cum praedicato de Freyenstein, & Carlspach relatus fuit: immo insuper anno 1524. X. Martii pariter Norimbergae a Maximo Hero Ortenburgensis in Carinthia vastissimi Comitatus investituram impetravit. Ex duabus Conjugibus Elisabetha Eberstenia, & Elisabetha Marchionissa Badensi plures Illustres Principum Prosapias sibi affinitate conjunxit: ex priori praeter alios Ferdinandum, ex altera Ernestum suscepit; quorum uterque sobolem habuit. Sed universa demum mascula Gabrielis progenies circa annum 1640. in Georgio Comite defecit, atque ita relapsa fuit Ortenburgica ditione ad Austriacos Caesares, nulla penitus habita ratione alterius Salamancidarum Lineae, quae a paulo ante memorato Petro, Gabrielis Patruo, uti mox videbimus, descendebat. In veteri enim Arbore Genealogica mihi ab Amico exhibita invenio Christophorum Petri filium ex Conjuge Theresia de Cisneros genuisse Alphonsum, & Nicolaum de Salamanca, quorum postremus, Pontis Sontii prope Goritiam Capitaneus, ex Uxore mihi incomperta Sigismundum Erasmum Gradiscani Castri Locumtenentem procreavit. Is Pater extitit Eustachii, & Sigismundi, quos uno ab hinc saeculo Provincialium Gradiscanorum Albo insertos ex Attestationis, & Privilegii infrascripti tenore edocemur. Praefatarum prius Attestationis exemplum: inde Privilegium recitabimus:

Noi Reginaldo de Merls Lib. Bar. di Valsa &c. Maresciale sostituto del Paese &c. Giovanni del Frate Pierbiano di Visco &c. Marzio Conte di Strasoldo & del S. R. Imp. Sig. di Villa Nova, di Medea, di Saicona, & di Farra &c. Simone Conte della Torre del S. R. Imp. & di Valsassina. Deputati dell' Inclita Convocazione della Pupilla Contea di Gradisca, & Aquileja ec.

Havendo il Sig. Sigismondo de Salamanca per sua Ser.ma Altezza Castellano di questa Principata Fortezza di Gradisca fatto ricorso a quest' Inclita Convocazione nella Dieta de 14. Marzo prossimamente passata fu risoluto dall' Illustriss. Nobiltà Patricia che egli conforme alla sua dimanda dovesse far constare avanti di Noi la sua propria esibizione di provare la Nobiltà de suoi Natali non tanto, quanto anco li Servitii riguardevoli prestati dagl' Antenati a questa Nostra Patria in questi Illustriss. Principati Contadi di Gorizia e Gradisca, come nel suo Memoriale espone ad effetto di conseguire per se, & Sig. Capitano Eustachio suo Fratello l' Aggregazione al Nostro Provinciale Consorzio.

In esecuzione di che ci ha fatto vedere primieramente per mezzo d' Instrumenti & autentiche scritture, sicuramente dopo di fede avverata li suoi Antenati origine da Spagna dalla Città di Burgos Metropoli del Regno di Castiglia la vecchia, il cui Avo Sig. Nicolò de Salamanca, con altri della medesima sua Famiglia di là venne in Germania con la Maestà dell' Imperatore Ferdinando Primo di Gloriosa memoria, alli Servizj del quale applicati, chi alli Consigli di Stato, come il Sig. Ferdinando de Salamanca, quale poi fu Presidente del Consiglio in Gratz, & Conte d' Ortemburgo, & chi agl' Esercitj Militari, come esso Sig. Nicolò, il quale fu mandato alle guerre d' Ungheria contro Turchi, & poi d' indi con carica di Capitanio a guardare, e diffendere il passo del Fiume Lisonzo ne' contorni della Città di Gorizia contro l' incursioni delli medemi.

Ha fatto vedere in secondo luogo come il detto Sig. Nicolò suo Avo Paterno s' accasasse qui in Friuli per opera dell' Eccza Sig. Vito de Dorimberga Ambasciatore Cesareo in Venezia con la Signora Eleonora Mantoni di nobilissima Famiglia, stretta Parente della detta Sig. Ambasciatrice, e questo in riguardo della Nobiltà della nascita, egregj costumi, & generose qualità del medemo Sig. Salamanca, in virtù di che tutti gl' altri Sig. della Casa di Dorimberga ne hanno sempre tenuto conto di paren-
tella

„ Aulæque nostræ, & Imperialis Consistorii Comiti gratiam nostram
„ Cæsaream, & omne bonum. Etsi Cæsarea Majestas, & authoritas
„ per se satis superque fulgeat, & terrarum Orbem suis micantissi-
„ mis radiis illustret, nihil tamen eam æque decorat, quam bene
„ de humano genere promereri, hacque via plerique Romanorum
„ Imperatores immortalitatem adepti sunt, & maxime dum tamquam
„ e Spe-

stella in cane, ed in Scritto con il detto Sig. Nicolò, & suoi descendenti, come ci ha fatto vedere dalle Lettere di proprio pugno del Sig. Erasmo de Dorimberga.

Per terzo il detto Sig. Castiliano ci ha mostrato lettere del Sig. Don Michele de Salamanca Cavaliere di S. Giacomo uno delli primi Soggetti riguardevoli di sua Famiglia, Consigliere del grande real Consiglio di Napoli, & era Regente d'un Consiglio nella Real Corte di Spagna, fatte in sua raccommandazione (mentre esso s'attrovava a militare in quel Regno) scritte al Sig. Don Grovan d'Erasso Ambasciatore Cattolico in Genua; Dove esso Sig. Don Michele espressamente si dichiara di voler ciò fare per esser quello vero, e legitimo discendente della sua Famiglia de Salamanca, come in esse lettere si vede in chiaro nell'idioma Spagnolo.

Che poi il detto Sig. Nicolò suo Avo habbia servito in queste parti all'Augustissima Casa d'Austria nel Nobilissimo Essercitio Militare per 38. anni continui, 18. de quali solamente nel Contado di Goritia Capitano alla Torre del Lisonzo, & il restante di sua vita, prima, parte in Ungaria & parte poi in questa Principale Fortezza di Gradisca: ce lo ha fatto vedere molti fedi Ben-servanti fattigli dell'Illmi Sig. Co. Giorgio della Torre Capitano di Goritia, Vito de Dorimbergo Ambasciadore predetto, & Iacomo de Attems Capitano di Gradisca, nei quali tutti tre li suddetti Signori Attestanti lo riconoscono co' titoli di Nobile, generoso, & Egreggio.

In questo luoc per far constare, che l'antedetto Sig. Nicolò suo Avo Paterno ha servito fedelmente, e con puntualità all'Augustissima Casa, & a questo Paese, ci ha fatto vedere in Autentiche Attestato del medemo Imperatore Ferdinando Primo, la cui Maestà non solo si dichiara in Scritto d'esser stato ben servito dal detto Sig. Nicolò, ma anco per contrassegno del vero, le fà un accrescimento de Fior. 4. al mese, oltre gl'Undeci che in tempo di pace come Capitanio trattenuto tirava qui in Gradisca; come appare da una Commissione dell'istessa Maestà, nella quale lo nomina suo fedele, e diletto Servo.

La Maestà dell'Imperatore Ferdinando Secondo attesta pur anco la stessa del medemo Sig. Nicolò, mentre con una sua Benignissima Lettera raccomanda il Sig. Sigismondo suo figlio, e Padre del presente Sig. Castiliano con singolare efficacia al Sig. Prencipe di Stigliano Duca di Sabioneta, acciò l'accetti per suo Paggio come segui, il che anco lo confermano le proprij Attestati del medemo Prencipe; nella qual lettera commendatitia si dichiara espressamente la Maestà sua di raccommandarlo vivamente in riguardo della longa, fedele, e segnalata Servitù del Sig. Nicolò antedetto Padre del raccommandato prestata da lui alla Maestà dell'Imperatore Ferdinando Primo, & all'Altezza del Ser.mo Sig. Arciduca Carlo, Avo l'uno, & Padre l'altro della Maestà raccommandante, segno di non ordinaria stima verso di che servo fedelmente.

Ci ha fatto vedere con viui attestati come anco il Sig. Sigismondo suo Padre doppo haver servito contro Turchi in Carica d'Alfiero d'una Compagnia d'Infanteria, & poi Gouer.re della med. e dell'altre Militie havesse poi in questa Fortezza di Gradisca servito l'Augustissima Casa lo spatio continuo d'anni 18. in posto di Logotenente di questo Castello, & nel medemo tempo nell'ultima guerra del Friuli appresso quella essercitò anco la carica di Logotenente Provisioni Mastro: le quali cariche maneggiò egli con fedele puntualità & summa sua lode fino all'ultimo spirito, di che non vi è da dubitare sapendolo noi di certo per propria scienza, per averlo visto in proprio fatto; il che anco si vede da autentiche attestationi del medemo Sig. Conte Ricardo di Strasoldo di quel tempo Commandante di questa Piazza, il quale Sig. Sigismondo vi lasciò la vita estimato dalle gravi fatiche nel tempo della medesima guerra per servitio del suo Prencipe e della cara Patria insieme; Li Figli del quale per nome Alfonso, Eustachio, e Sigismondo non volendo degenerare delle onorate attioni degl'antenati loro, essi pur anco hanno seguito l'orme di quello nel Nobilissimo Essercitio Militare per servitio dell'Augustissima Casa, & conservazione di questa loro amata Patria.

La onde il Sig. Alfonso sudetto di quà se ne passò con un Conte Marzio alla Corte Cesarea, & indi passato all'Essercito Imperiale fu dall'Altezza del Sig. Generalissimo VValestein Duca de Mechelburgo, & Fridland fatto suo Credensiere Maggiore, Alfiero, e poi Capitanio di 300. Fanti Allemani, come in Conte Simeone l'ho visto in propria fatto mentre si attrovava nella Camerata del medemo Sig. Duca Nella quale Compagnia esso Sig. Alfonso vi spese il suo havere per vestirla tutta a Li-

vrea.

„ e Specula, in Romani Imperii culmine constituti circumquaque „ aciem considerationis dirigentes, quos dignos animadverterint, eos „ singularibus gratiis, & favoribus prosequantur.

„ Nos eorum ergo vestigia summa ope intendentes, eosque ma„ gis, ac magis merito extollere cupientes quos non solum praeci„ puis virtutum insignibus decoravit Altissimus, sed qui sua fideli „ ob-

erta, che poi prima di potersi rimborsar il denaro vi lasciò la vita per servizio dell'Augustissima Casa, & honor di questa sua diletta, & amata Patria.

Che il Sig. Bastachio l'altro Fratello vivente servi, & abbia servito sin qui all'Augustissima Casa per lo spazio di 29. e 30. anni, & che sia stato, & è gradualmente asceso ad esser Capitano non vi è che dubitare, perche tutti in questo Paese lo sanno molto bene, facendo chiaro ad ogn'uno il suo valore, & fedeltà da lui prestata al suo Principe per tant'anni la Magnanimità usata verso la sua Persona dalla Sacra Cesarea Maestà dell'Imperatore Regnante la quale di moto proprio in ricompensa delli suoi honorati attioni, & virtuosi impieghi, le ha rimesso loro per due suoi figli nella Città di Vienna dove nel Convitto Cesareo s'allevavano nelli Studij della virtù, & per due altri suoi Figli nel Ferdinandeo della Città d'Olmütz, & alla sua Persona un assegnamento in vita sua di Fior. 30. al mese: Di cui anco intendiamo essere beneficato per le medesime ragioni dalla Maestà del Re di Spagna con un trattenimento di Capitanio riformato.

Il qui Sig. Sigismondo poi di presente per Sua Altezza Serenissima Castellano di questa Piazza ci fa vedere come esso pure ha servito all'Augustissima Casa per sette anni continui nelle guerre di Germania, e tre in Italia, parte nel Regno di Napoli alla Maestà Cattolica, parte nell'ultima guerra d'Italia al Serenissimo Gran-Duca di Toscana per Soldato, & Alfiere, & Luogotenente d'Infanteria, come si vede dalli suoi Ben Serviti, e poi dal principio dell'anno 1645. in quà serve qui in Gradisca prima come Officiale reformato, poi Luogotenente di questo Castello, & poi in riguardo de suoi buoni portamenti sua Altezza Serenissima l'honorò della Carica d'effettivo Castellano sin sotto li 30. Maggio 1651. come lo abbiamo visto dal suo giuramento prestato sotto detto giorno nelle mani delli Signori Commissarj Plenipotentiarj Giorgio Barbo, & Bernardo Valvason di Seldan ambi Commissarj Cesarei, & da quattro lettere scritte da sua Altezza medesima al detto Sig. Castellano, nelle quali l'Altezza Sua lo chiama con titolo di Nobile, Strenuo, Fedele, & suo diletto Castellano, come altresì col medesimo titolo di Nobile dalle Cancellarie, & altri Uffizj di questo Stato in ogni tempo, & massime tanto in Publico, quanto in Privato è stato sempre, & è per tale riconosciuto con tutti li suoi Antenati, come lo habbiamo effettivamente visto da Publiche, & private Scritture &c.

Sin qui per parte Paterna &c.

Per la parte Materna poi mostra come La Signora Piramida sua Madre fu figliuola del Sig. Capitano Alfonso de Robles, & della Sig. Lucretia de Castellis entrambi di Nobilissime Famiglie venute pur da Spagna con la Maestà dell'Imperator Ferdinando Primo a queste Parti.

Del qual Sig. Alfonso de Robles suo Avo Materno ci mostra attestati, che egli, doppo haver servito contro Turchi nelle guerre d'Ongheria, fosse stato Alfiere di questa Piazza, & poi Capitano di Marano ancora, & che sia vero che egli servisse bene l'Augustissima Casa vivamente lo fa noto l'investitura d'una Possessione posta nella Villa d'Ontagnano in questo Contado concessagli dalla Felice Memoria del Serenissimo Sig. Archiduca Carlo in puro riconoscimento delle sua fedeltà, & Servizj prestati. L'istesso ne fa dichiara la Maestà dell'Imperatrice Maria Figlia di Carlo V. & Consorte dell'Imperator Massimiliano Secondo, mentre ella con lettere di proprio pugno raccomanda caldamente la Sigra. Lucretia dirandetta rimasta Vedova del medesimo Sig. Capitanio Robles al Sig. Antonio de Attemis allora Capitano di Gradisca con espressione della maggior benignità, che si possa desiderare da si gran Signora.

De' Sig. Domenico de Castellis Padre della detta Sig. Lucretia, & Bisavo Materno del Sig. Castellano presente mostra Attestati sottoscritti di propria mano della Maestà dell'Imperatore Ferdinando Primo essere quelli stato suo Consigliere, & Residente per la Maestà Sua appo la Serenissima Republica di Venezia, & ch'egli fosse soggetto d'eminente qualità, l'istessa Maestà in quelli con gl'evidenti effetti ne lo dimostra, mentre per segno di gratitudine verso li di lui meriti col dichiararsi d'esser ben servito dalla sua Persona oltre gl'assegnamenti Ordinarj, le fa un donativo di mille Scudi, & promessa d'investirlo ne' primi Fondi, che fossero vacanti ne' suoi Regni, e Provincie.

Fa vedere che sino le Donne medeme sue Consanguinee s'applicassero effettivamente ne' Servizj dell'Augustissima Casa Austriaca come particolarmente si vede dalla sopraccennata let-

„ observantia, ac continuo studio, labore, sudore, & vigilantia ali-
„ quid erga Nos, & Sacrum Romanum Imperium promereri stu-
„ deat, & meditantur. Quapropter diligenter considerantes præfate
„ Gabriel egregiam, & præcipuam tuam in rebus peragendis, &
„ tractandis prudentiam, sagacitatem, ingenium, & dexteritatem,
„ multarumque rerum præstantem longo ab usu cognitionem, &
„ expe-

rera della Maestà dell' Imperatrice Maria, che le servisse per Dama la Sig. Donna Modesta de Gastello Zia del Sig. Castellano per parte di Madre, & poi Conforte del Sig. Hernando de Mazurso allora Segretario Maggiore dell' istessa Imperatrice Maria, li quali suoi Zii erano sì ricchi in Spagna, che morendo senza propria prole lasciarono, che delle rendite della loro facoltà s'indotassero ogn' anno in tal numero di potere, una Nobile Donzella coll' assegnamento di fiorini 500. per ciascheduna, delle quali doti, come Nepoti delli Signori Testatori Hernando, & Modesta furono parimente indotate le Signore Anna, & Piramarda Sorelle de Robles, Madre questa, & Zia quella del Sig. Castellano stesso; il che consta dalle lettere Credenziali della Serenissima Signora Archiduchessa Maria Conforte del Serenissimo Signor Archiduca Carlo da Noi vedute, & lette, con le quali l' Altezza Sua dava testimonio alle Reali Maestà di Spagna suoi Genero, e figliola, come le dette Sorelle de Robles erano vere, & legitime Nepoti delli sudetti Signori Testatori, & che però di ragione ad esse come più prossime Consanguinee s'aspettavano le Dotazioni come in poi in effetto seguì.

Mostra come anco il Sig. Ferdinando de Gastello suo Zio Materno s'accasasse qui in Friuli nella Signora Francesca Saldoniera, da quali suoi Zii tiene in Heredità una Casa, e Campi situati nella Villa di Agiello ec.

Dalla parte della Signora Eleonora Mininni sua Avia Paterna stima superfluo il produrre attestati, mentre che communemente sapiamo qui essere quella Famiglia fra le prime Nobilissima nella Città di Cividale d' Austria, sì per antichità, come per Parentelle, & Soggetti molto qualificati d' essa, come di recente fu Monsignor Vescovo Sigismondo Mininni Zio del Sig. Castellano Suffraganeo, & Decano della Cathedrale d' Olmütz.

Ha prodotto per conclusione l' albero della Sua Famiglia de Salamanca, cioè delli Suoi più congionti dal quali egli per dritta linea discende; Facendo constare in fatto per via d'autentiche Scritture come li Signori Pietro de Salamanca, & Christoforo Suoi Tritavo, & Bisavo Paterni professassero più che ordinaria Nobiltà, mentre, che questi non solo erano molto ricchi, ma ancora possedevano Feudi di consideratione nel Regno di Castiglia la vecchia, nominatamente le Ville di Sandino, e Salamon situate nel Territorio della Città di Burgos Metropolitana di detto Regno come di fatto possedono gl' Heredi del Sig. Alfonso Fratello del Sud.to Sig. Nicolò suo Avo a cui fu de fra gl' altri Fratelli toccò in sorte la Primogenitura all' uso di Spagna; Da che si scorge per indubitata sede di vera, & antica Nobiltà di Sangue, & attioni anco più lontane come susseguentemente l' han fatto comparire in queste parti (sebbene lontani dall' originaria Patria) li nominati Sig. Nicolò, Sigismondo, Alfonso, Eustachio, & Sigismondo suoi progenitori, & le faranno in avvenire li descendenti loro. Finalmente l' Armi stesse delle sue Famiglie Paterne, & Materne nominate de Salamanca, Robles, Mininni, & Gastello produce a piedi dell' istesso Albero ne fan testimonio di Nobilissime imprese derivate senza dubio da altre ragioni.

La onde avendo Noi visto le qui allegate & altre Scritture prodotte dal Sudetto Sig. Castellano in autentiche forme, le quali ci notificano vera, antiqua, & indubitata Nobiltà di Sangue, & di continuate honoratissime attioni, particolarmente negl' Esercitij Militari applicate continuamente nelli Servitij della sempre mai Augustissima Casa d' Austria, come altresì buona parte in pro di questa Nostra Patria Habbiamo però in sede di vera, & indubitata attestazione sottoscritta la qui presente Esposizione di nostra propria mano, corroborata col solito Sigillo delle nostre Armi &c. Data in Gradisca li 20. Marzo del 1654.

Reginaldo Melz di Valsa Marescialo Sudto del Principal Contado di Gradisca (L. S.)

Gio: del Frate Prov.re di Visco Deputato (L. S.)

Marzio Conte di Strasolde &c. (L. S.)

Simone Conte della Torre, e Valsassina &c. (L. S.)

(L. S.) *Lorenzo Cronto Secr.*

Sequitur Privilegii, seu Diplomatis contextus.

mppa

Nos

„ experientiam, quæ non alieno testimonio nobis comprobata sunt, „ sed eas tamet in propriis rebus, & quamplurimis negotiis nostris, „ & prænominati Fratris nostri tam Domi, quam foris apud varios „ Principes, & diversimode expertus es, & indies cum maxima no„ stra, & sua Satisfactione experiri non desistis, ac attendentes præ„ terea diuturna, & longa tua obsequia, & non vulgaria tua Offi„ cia

Noi Marescialli, Deputati, & Nobiltà Patricia dell' Inclita Convocazione della Principata Contea di Gradisca, & Aquileia &c.

E costume infallibile de Regni, Paesi, & Provincie, che quando hanno a far elezione di Soggetti adequati, e degni della loro Nobiltà Patria, le fanno ordinariamente di quelli, che qualificati dalla Nobiltà della Nascita n' hanno riportato anco per heredità dagl' Antenati loro con decoro, & Splendore la Candidezza de Costumi col sostentamento delle proprie honorate azioni, & virtuosi impieghi, senza minimo travamento, dai quali infallibilmente se ne ponno promettere in ogni evento ogni desiato servizio in pro della Patria, & beneficio commune nelle più urgenti occorrenze.

Quindi è che avendo fatto ricorso a questa Inclita Convocazione li Signori Eustachio, & Sigismondo Fratelli de Salamanca per esser annoverati al Nostro Provinciale Consorzio; Et havendo essi (in adempimento de nostri grazioli Ordini communicatigli nella Dieta delli 14. Marzo prossimamente passato) fatto primieramente le prove della Nobiltà loro nelle nostre mani, non solo per li tre gradi Paterni, & tre Materni, che si ricchiedono a quelli, che ne pretendono l' aggregazione, ma anco egregiamente, & sufficientemente sostenuto, & provato il quinto Paterno, & quarto Materno, essendo (il che più importa) che il Sig. Pietro de Salamanca loro Tritavo Paterno non solo fosse decorato più che d' ordinaria Nobiltà per lo Splendore della Nascita, dell' azioni proprie, & delle ricchezze, ma anco effettivamente insigne Feudatario nella sua Patria, acquistò già molto prima fatto dalli di lui Avi col mezzo dell' Armi in Eroiche imprese, & generosi cimenti, specificatamente de Feudi di Sandino, & Salamanca luoghi situati nel Territorio della Città di Burgos Metropoli dell' antico Regno di Castiglia la vecchia loro Originaria Patria dalla quale partito l' Avo loro Sig. Nicolò de Salamanca figlio del Sig. Cristoforo fu figlio del Sud. Sig. Pietro, & venuto in Germania con la Maestà di Ferdinando Primo Imperatore, alli Servizj del quale applicatosi contro Turchi nelle guerre d' Ongaria per l' interessi delli medemi, fu poi creato con carica di Capitanio a difendere il Passo Lisonzo ne' contorni della Città di Gorizia, & in fine come tale hebbe trattenimento in questa Principale Fortezza, di cui commandandosi (solo in queste parti) trenta otto anni di continuo Servizio prestato all' Augustissima Casa d' Austria, vi lasciò poi la vita conservata in ossequiosa Tributo verso la medema a prò di questa nostra Patria.

Il Sig. Sigismondo Figlio del Suddetto Sig. Nicolò, & Padre delli predetti Signori sopranominati Fratelli, esso pure senza sparmio di fatica n' ha seguite l' Orme de Progenitori suoi nel Nobilissimo Esercizio Militare, ed in Levante contro Turchi, & in Germania, & qui in questa Principata Fortezza di Gradisca ha esercitate azioni proprie d' un vero Gentiluomo mentre che in un medemo tempo nelle Maggiori, & più urgenti occorrenze di questo Stato si è adoprato con attual applicazione nel Servizio di questa Piazza per 18. anni nelle Cariche di Logotenente di questo Castello, & d' Inspettore delle Provvisande nel tempo dell' ultima guerra dei Friuli, nel quale dalle gravi fatiche colmato vi consacrò la propria vita per eterna memoria della costante sua fede.

Et havendo lasciati di se li Signori Alfonso, Eustachio, & Sigismondo suddette suoi legitimi Figli, questi pur anco non degenerando punto dal Costume Militare proprio dell' antiqua Nobilissima Prosapia loro nel bel principio della loro giovanile età ne hanno dato Saggi degni di loro medesimi, come si vede dagl' effetti stessi.

Poichè il Sig. Alfonso il più vecchio fratello per la vaghezza dell' aspetto, per la candidezza de costumi, & per la generosità dell' animo s' acquistò si fattamente la benevolenza del Sig. di Valdestein Duca di Mechelburgo, & Fridlant Generalissimo dell' Armi Cesaree, che l' honorò della carica di suo Tesoriere Maggiore, mentre che in un medesimo tempo (essendo prima stato Alfiere) lo fece anco Capitanio di 300. Fanti Alemani nel Regimento del Sig. Co. Bertoldo de Valdestain suo Nipote la cui Compagnia esso Sig. Alfonso a proprie spese vestì tutta a Livrea, segno non ordinario di Magnanimità grande, & dimostrazione di straordinario Ossequio verso l' Augustissimo suo Prencipe Sovrano, nel cui Servizio dimostratosi sempre fedele ministro, gloriosamente lasciò la vita.

Del Sig. Capitanio Eustachio di cui parliamo, habbiamo veri effetti evidenti espressi delle sue honoratissime azioni, che maggiori non si possono desiderare, poichè l' istesso Cesare Regnante Augustissimo Ferdinando Terzo gli d' ha

vo-

„ tia & merita a pluribus annis nullis parcendo laboribus, nec diur-
„ nis, nec nocturnis, & sæpius ultra omnes alios non sine maxi-
„ mo vitæ tuæ, & bonorum tuorum discrimine Nobis, & ipsi Fra-
„ tri nostro omni indulgentia, solertia, & integritate, impigre, &
„ fideli semper pectore præstita, & quæ obiisti, & in futurum eo
„ ferventius exhibere poteris, atque debebis, merito inducimur ad
„ ostendendum tē, & effectū ipso benevolentiam, & benignitatem,
„ quā te prosequimur aliquo peculiaris ornamenti dono, & titulo
„ decoramus, quo & posteritas tua illecta, olim pares virtutes, edat,
„ & te ex nostro Cæsareæ Munificentiæ armario nonnihil muneris,
„ tantis tuis meritis, digni glorietur assecutum. Igitur cum ex cla-
„ ra, & vetustissima Domo, & Familia de Salamanca ex nostra His-
„ pania

veduto fare vivi attestati del di lui valore, & fedeltà esperimentata con la Servitù di 29, e 30. anni continui nei più perigliosi cimenti Cesarei della Germania con l'impiego di Soldato privato, gradatamente asceso a Capitanio d'Infanteria, mentre che anco in tempo di pace lo tiene trattenuto come tale con la provisione di Fio. 30. al Mese, assegnamento concessogli motu proprio in vita per la sua Persona, & per li suoi figli, e due loco nel Ferdinandeo d'Olmitz, dove vengono allevati fra altre persone Nobili nelli Studj, & per altri due nel Convitto di Verona, & per il quinto, e sesto uno in Lubiana, & l'altro nel Seminario Verdenbergico di Gorizia, dimostrazioni, & segni evidenti di non ordinaria stima.

Il qui Sig. Sigismondo poi di presente per sua Serenissima Altezza Sargente di questa Principale Fortezza di Gradisca con esperienza ce fà vivamente constare, che chi di buon arbor nasce non può altro frutto produrre, poiche già 18. anni sono che egli altresì senza traviare giammai dalle conditioni d'animo veramente Nobile ha fatto esperienza di se medesimo negl' Esercitij Militari in Germania, in Italia, & qui in Gradisca Soldato, Alfiere Logotenente V. Castellano, & Castellano, nelle quali Cariche si è diportato, e diporta si bene con applauso universale, e di sua Serenissima Altezza, e di questo Paese, che si rende degno d'ogni maggior honore, & avanzamento, della buona gratia de Prencipi, & commun affetto di questa sua amata Patria.

Del Sig. Domenico de Gastellà Bisavo Materno delli suddetti Sig. Fratelli de Salamanca habbiamo visto attestati di proprio pugno dell'istessa Maestà di Ferdinando Primo ne' quali chiaramente si vede essere egli stato non solo suo effettivo consigliere ma anco per la Maestà sua Residente appresso la Serenissima Republica di Venezia; ne' quali Attestati dichiarando la sua Fedeltà lo fà scoprire soggetto di molto valore, conspicuo non men per la Nobiltà, & Parentado, che per l'eminenza dell' ingegno esperimentato nelli più alti affari in materia di Stato e però si resse molto grato Ministro alla Maestà del suo Signore.

Con il Sig. Alfonso de Robles Avo Materno delli medemi Signori suddetti Fratelli si sà [illegible] parimente [illegible] in queste Parti ancora per Persona di Nobile Stirpe, lo ha dimostrato, & fatto toccar con mano [illegible] delle proprie [illegible] azioni mentre [illegible] anch'egli di Spagna, & passato sull' antedetta Maestà dell'Imperatore Ferdinando Primo in Germania & indi poi fù inviato alle guerre d'Ongaria contro Turchi; Fù Alfiere di questa Piazza, e poi Capitanio di Marano, Ministro molto amato dall' Augustissima Casa, come espressamente ne fà vede l'[illegible] d'una possessione posta in questo Principato de Contado [illegible] concessagli per se & suoi Eredi dall' Altezza del Serenissimo Archiduca Carlo in premio de suoi buoni diportamenti, & fervori effettivi d'oltre trent'anni.

Non meno le Parentelle contratte dagl'antecedenti Antenati di detti Sig. Fratelli in questi Paesi, come sono le de Dorimbergo, Suardi, & Miatini, in se stesse Nobilissime, & molto celebri, che l'Armi loro de Salamanca Robles, Miatini, & Gastellà ci dimostrano generose imprese d'alte cagioni.

Per tanto accoppiandosi insieme le continuate honorate azioni con la antichità della Prosapia, e degl' Antenati, e delli med.mi Sig.ri Fratelli (già da loro provate, e da noi approbate sufficientemente) con maturo consiglio è stata però da quest' Inclita Convocazione fatta degna l'elezione loro, & aggregandoli per membri, & Nobili Patrizj al Nostro Provinciale Consorzio con tutti li Sig.ri loro legitimi Eredi, & Discendenti in infinito; Potendoli in oltre participar al pari di Noi di tutte quelle Immunità, Dignità, Privilegj, Prerogative, Esenzioni, & Gratie, che è stata solita, & suol godere quest' Inclita Convocazione con l'admissione agl' Officj, Cariche, & ogn' altra sorte di Prerogativa ch' essa in qualunque tempo si gode, e ha

ver-

„ pania ortus sis, & Originem trahas, & Nos optantes te Splendi-
„ diori Ordine, & gradu insignire motu proprio, animo delibera-
„ to, non per errorem, aut improvise, sed sano, & maturo Prin-
„ cipum, Comitum, Procerum, & Baronum, ac aliorum nostrorum
„ fidelium, & Sac. Rom. Imperii accedente Consilio, ex certa no-
„ stra Scientia, & Imperialis plenitudine potestatis Te praenomina-
„ tum Gabrielem de Salamanca, intuituque tuo Petrum de Salaman-
„ ca Patruum tuum, tuosque Fratres Franciscum, & Alfonsum, ac
„ tuos, & eorum filios ex lumbis tuis, & eorum legitime descen-
„ dentes in infinitum Sacri Lateranensis Palatii, Aulaeque nostrae,
„ & Imperialis Consistorii Comites facimus, creamus, decoramus,
„ & ad Imperialem, ac Palatinam dignitatem, & Comitatum erigi-
„ mus

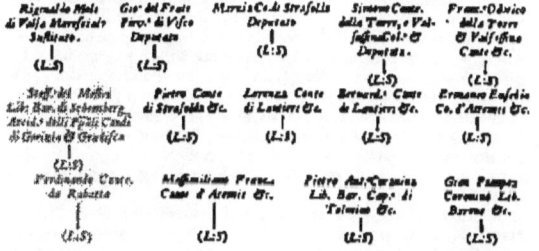

mai per godere; Promettendosi all'incontro in corrispondenza di gratitudine, che essi Signori non mancheranno di dimostrarsi sempre pronti a tutto ciò, che può risultare di Servizio a questa Inclita Communanza con la piena Grazia, della quale restandoli di Commune consenso ben affetti, gle n'habbiamo però voluto contribuire la partecipazione con il presente nostro publico Privilegio nella più ampla forma che si dia, contrasegnato col Sigillo delle Nostre Armi, affermato, e sottoscritto di proprie mani ec.

Dato in Gradisca nel Nostro solito Pallazzo il dì 20. Luglio dell'anno 1654.

Rignaldo Mels di Valsa Maresciale Sustituto. (L:S)

Gio: del Frate Parr.° di Visco Deputato (L:S)

Marzia Co. di Strasoldo Deputato (L:S)

Simone Conte della Torre, e Valsassina Col.° & Deputato. (L:S)

Franc.° Odorico della Torre & Valsassina Conte &c. (L:S)

Steff.° del Mestri Lib. Bar. di Schemberg Arcid.° delli Prali Conti di Gorizia & Gradisca (L:S)

Pietro Conte di Strasoldo &c. (L:S)

Lorenzo Conte di Lantieri &c. (L:S)

Bernard.° Conte de Lantieri &c. (L:S)

Ermanno Eusebio Co. d'Attems &c. (L:S)

Ferdinando Conte da Rabatta (L:S)

Massimiliano Franc. Conte d'Attemis &c. (L:S)

Pietro Ant. Coronini Lib. Bar. Cap.° di Tolmino &c. (L:S)

Gio. Pompeo Coronini Lib. Barone &c. (L:S)

Lorenzo Cevatto Seg.rio dell' Inclita Communanza di Gradisca &c.

Suprascriptam Diplomatis Copiam, cum subjunctis attestationibus aliena mihi fida manu exaratam, ex suo Originali, mihi exhibito, & exhiberi restituto facta debita collatione, & concordare inveni, sic requisitus. Ego Josephus Marinch Publicus Imperiali, ac Regia auctoritate Notarius, autenticavi, meque in fidem subscripsi, ac apposito meo tam signo munivi R.S.V.C. Josephus Marinch [illegible]. Gradiscae die 27. Februarii 1766.
(L.S)

Nostro aevo postquam avulsa olim Gradiscana ditio in unam rursus *remittenter Principalem Comitatuum Goritiae, & Gradiscae* Provinciam coaluit, Dynastiae de Salamanca, nullo quamvis Baronis, aut Comitis majorem praemunitis, ob Generis tamen antiquitatem, & Privilegiorum praestantiam in Comitiis Goritiensibus inter Senatores primi Ordinis Patricios, vulgo *Cavalieri titolati*, votum & Sessionem anno 1754 obtinuerunt. Hodie prae caeteris memoria dignus videtur Nobilis Eques Sigismundus de Salamanca Provinciarum Caesareo Regiarum Goritiensis Consiliarius, Caroli filius, Joannis Josephi Nepos, & Sigismundi Gradiscae Castellani pronepos, qui, continuo publicis Negotiis intentus, sese tamen Principi atque Patriae consecravit.

mus, nobilitamus, attolimus, constituimus, & præfata Imperiali authoritate nostra gratiosius in perpetuum insignimus, decernentes, & hoc Imperiali nostro statuentes Edicto; Quod vos omnes præfati ex nunc in antea perpetuis futuris temporibus per totum Sacrum Rom. Imperium, & ubique locorum, & terrarum in Germania vos dici, scribi, ac ab universis appellari, & nominari, omnibusque, & singulis Privilegiis, Juribus, immunitatibus, indultis, Offitiis, libertatibus, gratiis, exemptionibus, honoribus, consuetudinibus, favoribus, franchisiis, dignitatibus, prærogativis, & cæteris aliis omnibus, nulis exceptis uti, frui, gaudere, & potiri possitis, & debeatis, quibus cæteri Sacri Lateranensis Palatii, Aulæque nostræ, & Imperialis Consistorii Comites hactenus fruiti sunt, seu potiuntur, aut in futurum fruentur quomodolibet consuetudine, vel de jure.

,, Quinimo cum quampluribus hujusmodi Comitatus dignitas indulta sit a prædecessoribus nostris, & Nobis, ut tu, præfatusque Patruus tuus, Fratresque, & filii tui, & eorum (ut supra) non gregarius, aut gregarii, sed præ cæteris eximius habearis, & eximii, ac Egregii habeantur præmissorum contemplatione volumus, & decernimus irrevocabiliter te, & ipsos quibuscunque aliis Prædecessorum nostrorum, & a Nobis insignitis præsentibus, & futuris similibus Comitibus Palatinis præferendum, ac quoscunque a te, vel ipsis vigore præsentis nostri Imperialis Privilegii creatione, legitimatione, dignitate, Offitio, munere, seu aliqua colatione, prærogativa, vel actu habilitatos, restitutos, decoratos, aut munitos, præponendos esse quibuscunque ab aliis Prædecessorum, vel Successorum nostrorum, aut nostris Comitibus Palatinis legitimatis, restitutis dignitate aliqua, vel offitio aut prerogativa insignitis seu donatis, non secus, ac si præmissis, vel aliquo eorum a nobis insigniti & donati essent.

,, Imprimis dantes, & concedentes tibi Gabrieli præfatisque Patruo, Fratribusque, & suis, & eorum filiis ut Imperiali nomine, ac Vice possis, & valeas, ac possitis, & valeatis per totum Romanum Imperium, ac Ubique locorum, & terrarum in Germania facere, creare, & constituere Notarios publicos, seu Tabelliones, & Judices Cartularios, Ordinarios, & Delegatos, ac universis, & singulis personis, quæ fide dignæ, habiles, & idoneæ fuerint Notariatus, seu Tabellionatus, & Judicatus ordinarii Offitium concedere, & dare, eosque ac eorum quemlibet auctoritate nostra Imperiali de prædictis per pennam, calamarium, & pugilare de hujusmodi Offitiis (prout moris est) investire; dum tamen ad practicam, & executionem habiles, & idoneos inveneritis, super quo conscientiam tuam, & eorum aggravamus, & oneramus, & dumodo ab ipsis Notariis publicis, seu Tabellionibus, & Judicibus ordinariis per te, & ipsos faciendis, & creandis, ut præmititur, & eorum qualibet vice, & nomine Sacri Imperii, & pro ipso Romano Im-

,, pe-

„ perio debitum fidelitatis recipias, & recipiant proprium, & corporale Juramentum in hunc modum videlicet.

„ Quod erunt Nobis, & Sacro Rom. Imperio, & omnibus Successoribus nostris Romanorum Imperatoribus, & Regibus legitime intrantibus, fideles, nec unquam erunt in Consilio, ubi nostrum, vel eorum periculum tractetur, sed bonum, & Salutem nostram, & ipsorum defendent, & fideliter promovebunt, & damna pro sua possibilitate evitabunt, & avvertent.

„ Præterea Instrumenta tam publica quam privata, ultimas voluntates, Codicillos, Testamenta, & quæcunque alia Judiciorum acta, omnia, & singula, quæ illis, & cuilibet ipsorum ex debito dictorum Officiorum facienda, vel scribenda occurrerint, juste, pure, fideliter, sine dolo, falsitate, & machinatione aliqua scribent, legent, & facient, semotis odio, amicitia, pecunia, munere, & qualibet humana gratia, vel favore, aut passione, Scripturas vero, quas debebunt in publicam formam redigere, in membraneis mundis, non in Chartis abrasis, neque papyreis fideliter conscribent, legent, facient, atque dictabunt.

„ Causas Hospitalium, & miserabilium personarum legitime, ac favorabiliter tractabunt, nec non Pontes, vel Stratas publicas pro viribus promovebunt, Sententias, attestationes, & dicta testium donec publicata fuerint, & approbata sub secreto fideliter retinebunt, ac omnia alia, & singula, ad eorum Officia pertinentia legitime, recte, fideliter exercebunt, quodque ejusmodi Notarii publici, seu Tabelliones, & Judices Ordinarii per te, & præfatos creandi possint per totum Sacrum Rom. Imperium, ubique locorum ut supra facere, scribere, & publicare contractus, Instrumenta, judicia, Testamenta, Codicillos, quascumque ultimas voluntates, decreta, & auctoritates interponere in quibuscunque Contractibus requirentibus illas, vel illa ac quæcunque alia Officia publica tanquam publici, & legitimi Judices, & Notarii exercere, & cætera omnia facere quæ ad dicta Officia pertinere noscuntur.

„ Et si aliquem, vel aliquos in Officio ignarum, & minus idoneum, aut diligentem inveneris, & ipsi invenerint, ipsos in Officio suspendere, & cum causæ cognitione punire, & castigare, & si rebellis tibi, aut ipsis præfatis, & inobediens fuerit, tales nobis, vel nostris Successoribus denuntiare curetis, ut juxta qualitatem, & conditionem admissi puniantur.

„ Insuper eadem auctoritate Imperiali prædicta ex certa scientia motuque simili tibi, Patruo, Fratribusque, & Filiis tuis, & ipsorum, ut supra, & cuilibet vestrum concedimus, & largimur, quod possis, & valeas, ac quilibet vestrum possit, ac valeat naturales, bastardos, spurios, Sacrilegos, adulterinos, nefarios, manseres, notos, incestuosos copulative, vel disjunctive, & Præsbiterorum filios utriusque sexus, ac alios quoscunque etiam Nobilium, & Illustrium Principum, Comitum, Baronum, filios utriusque Se-

„ xus

„ xus ex illicito & damnato coitu procreatos, quoſcumque natalium
„ defectus patientes, etſi plures ſint, & omnis, ac quicunque nati-
„ vitatis defectus quomodocunque, ac qualitercunque in legitimanda
„ perſona ſimul concurrerent, & illos reducere ad priſtinum ſtatum
„ naturæ, quo omnes legitimi naſcebantur, ſive legitimandi præſen-
„ tes ſint, ſive abſentes, aut ratam legitimationem habuerint, etiam-
„ ſi legitimandi ſint Infantes, & furioſi, vel mente capti, eorum pa-
„ rentibus præſentibus, vel abſentibus, mortuis, aut furioſis, ſeu
„ mente captis.

„ Ita quod ſuficiat Procurator, vel Nuntius habens ad hoc ſpetia-
„ le mandatum ab ipſis legitimandis, vel ipſorum Parentibus citatis
„ vel non citatis illis, ad quos hæreditas, vel jus aliquod ſpectare
„ poſſit, vel ſpectaret ex teſtamento ſeu ab inteſtato, vel quocunque
„ alio modo, ſeu titulo extantibus fratribus, vel eorum deſcendenti-
„ bus, agnatis, cognatis ſeu affinibus quibuſcunque legitimis, & na-
„ turalibus, vel non extantibus, abſentibus, vel ignorantibus, ſeu
„ etiam invitis, ipſoſq; legitimandos ad legitima jura reducere, &
„ reſtituere valeatis, ac ſi ex vero, & legitimo Matrimonio conce-
„ pti, procreati, & nati eſſent, ut indemne jus in omnibus, & per
„ omnia omnino conſequantur, ac ſi noſtro proprio verbo, & ma-
„ nu forent legitimati immediate nulla prorſus juris, aut facti ex-
„ ceptione, nec quocunque alio impedimento, quod dici, vel exco-
„ gitari poſſit, non obſtante: Quique per vos legitimandi ſemper,
„ & in perpetuum ad omnes honores, dignitates, Comitatus, mu-
„ nera, vaſſalagia, feuda, ſubſtitutiones, præeminentias, Privilegia,
„ beneficia, & in Statutorum Municipalium gratias, electiones, gra-
„ dus, & ſtatus, ac ad omnes quoſcunque, & ſingulos alios ſimi-
„ les vel diſſimiles, ac majores actus admitti poſſint, ac capaces
„ ſint, ac ſi de legitimo Matrimonio concepti, & nati eſſent, ob-
„ jectione prolis illicitæ prorſus quieſcente, etiamſi talia eſſent jura,
„ vel actus, qui expreſſam, vel ſpetialem mentionem requirerent,
„ quos hic pro expreſſis, & de verbo, ad verbum ſignificatis habe-
„ re volumus, & eſſe, & ad ſucceſſionem bonorum Paternorum,
„ Maternorum, & extraneorum ex Teſtamento, vel ab inteſtato
„ ſuccedere, & admitti poſſint in tantum, quantum tales legitimi
„ agnoſcantur aliis Agnatis, & comprehendantur omni jure, ſtatu-
„ to, conſuetudine, decreto, ordinamento, conſtitutione, & quali-
„ ber voluntate, ac diſpoſitione, tam Imperiali, quam alia quacunque
„ & cujuſcunque ſive inter vivos, ſive in ultima voluntate loquen-
„ te, ſeu diſponente de legitimo, & naturali, vel de concepto, pro-
„ creato, ſeu nato de legitimo matrimonio. Poſint etiam, ac de-
„ beant ex poteſtate Cæſarea ſuccedere, ac ſi de vero legitimo ma-
„ trimonio concepti, & nati eſſent etiam cum filiis legitimis, &
„ naturalibus, vel aliis venientibus ab inteſtato, ſi extarent, niſi
„ vos, qui tales legitimaveritis tenuiores ſorte partes dandas, vel
„ eos, aut eas alias ſuccedere, vel non ſuccedere decreveritis, vel

„ niſi

„ nisi quo ad quendam tantum legitimaveritis, nulla lege communi, seu speciali cujuscunque sit, & etiam feudali obstante.

„ Sintque dicti per vos legitimati de agnatione, familia, domo, Stirpe, & Casata Parentum suorum, ac Arma, & Insignia eorum portare possint & valeant, eis uti pro libitu voluntatis, ac etiam efficiantur Nobiles & Illustres si eorum Parentes Nobiles & Illustres extiterint, & vos id effici arbitrati fueritis. Non obstantibus præcipue in prædictis aliquibus legibus, quibus cavetur, quod naturales, bastardi, Spurii, Manseres, Nothi, incestuosi copulative, vel disjunctive vel alii quicunque ex illicito coitu procreati, aut procreandi non possint, vel debeant legitimari sine consensu, & voluntate filiorum naturalium, & legitimorum, ac aliis quibuscunque legibus, juribus, constitutionibus, seu consuetudinibus præsenti nostro indulto Imperiali, & concessione quovis modo contravenientibus, & maxime infrascriptis. Videlicet L. quoties, L. rescripta, L. nec damnosa, C. de precibus Imperat. affer. L. finali, & Lege etsi legibus, & Lege etsi non cognitio C. si cont. Just. & utilit. publ. & quod in illis Legibus solet communiter notari, & habetur in Lege: nam ita Divus ff. de adopt. cum similibus, & obstante maxime Lege: Sancimus, Lege: si qua benefitia, & L. Sac. affatus cum Leg. C. de diversis Rescriptis, & aut quibus modis nat. fil. efficiantur legitimi §. fin. Col. VI. & quod per totum titulum habetur C. de nat. ff. de nupt. Item quæ habentur ff. de naturali restit. & quod habetur per totum titulum C. de nat. lib. & C. Si natalis, si content. sit inter Dominum, & Vasallum in usibus feudalibus Coll. sive Lib. II. & aliis similibus, & quod in eis habetur, seu non, & non obstantibus L. venditor §. si constat §. communi præd. & L. incestas Nuptias C. de incest. nuptiis, & aut ex complexu nefario illi posita, & per totum titulum aut de incest. & neph. nuptiis & L. sic igitur cum glossa in verbo permittimus in Auth. quibus mod. nat. efficiantur legitimi Col. V. & L. II. & penult. & toto titulo ff. unde Cognati, &. instit. ad orph. & L. generaliter C. de instit. sub Conditione facta, & L. ex facto §. si quis rogatus ad Trebel. L. si qua illustris ad Orph. & L. tantæ, & C. per venerabilem, qui filii sint legit. cum similibus, nec non Statutis tam factis, quam faciendis, quibus omnibus, & singulis motu proprio, & certa scientia, ac de plenitudine nostræ potestatis prædictæ in quantum huic nostro indulto controveniunt, vel quovis modo controvenire, vel obstare possint pro hac vice tantum, & ad hunc effectum his nostris derogamus, & derogatum esse volumus.

„ Præterea te prænominatum Gabrielem, præfatosque Patruum, Fratres, & Filios tuos, & eorum in infinitum, ex certa nostra scientia, motuque proprio, & de plenitudine præfata præsenti nostro edicto titulo, & dignitate *militari* decoramus, & insignimus, ac ad statum, & ordinem *militarem* assumimus, & insignimus,

Militem, & *Equitem Auratum*, ac *Milites*, & *Equites Auratos* facimus, creamus, & constituimus, volentes, & decernentes quod omnibus, & singulis privilegiis, gratiis, libertatibus, immunitatibus, franchisiis, honoribus, præminentiis, dignitatibus, ac aliis quibuscunque *militaribus* actibus, & legitimis militaribus Officiis, & exercitiis, & Juribus uti, frui, & gaudere & potiri possis & valeas, possitis, & valeatis, quibus utuntur, fruuntur, gaudent, ac potiuntur alii a Nobis, & Sacro Rom. Imperio STRICTO ENSE MILITES facti, & creati. Quodque in omnibus, & singulis litteris, cujuscunque generis possitis, & debeatis vos *Milites*, & *Equites Aurati* scribi, dici & nominari, & ab omnibus reputari, & appellari.

„ Et cum plurimi diversarum familiarum ingenui plerique Tyrones in Sacro Rom. Imperio passim sub variis exercitatissimis Exercituum Ductoribus militent, dignum videtur, ut qui ex Tyronibus in fortissimos viros abierunt *Equestris* Ordinis albo inscribantur, idcirco vobis prædictis omnibus, & singulis & cuilibet vestrum pro peculiaris nostræ in te Gabrielem gratiæ pignore facultatem æque omnimodam damus, ut quos ex Tyronibus in bellatores formandos, & *Equestris* Ordinis ornamento dignos putaveritis, super quo conscientiam tuam, & eorum aggravamus, nostro nomine, loco, & vice Sacri Rom. Imperii per totum ipsum Rom. Imperium, ac ubilibet locorum, & Terrarum, *Stricto ense*, *observatisque aliis consuetis*, & requisitis solemnitatibus facere, constituere, & creare *Milites* sive *Equites Auratos* & *Equestri dignitate* insignire, ac *Insignia* (ut moris est) *Militaria* conferre, & dare possitis; qui quidem *Milites*, sive *Equites Aurati* a vobis, & quolibet vestrum creati plenam potestatem habeant *pennis*, *vestibus*, *& torquibus aureis* utendi, *Equestris* ordinis locum, & præeminentiam tenendi, & cæteros alios actus *Equestres* ubique locorum faciendi, ac omnia, & singula Jura, privilegia, exercitationes, immunitates, honores, dignitates, præeminentias, & prærogativas habeant, quibus utuntur, & gaudent alii *Milites* sive *Equites aurati verbo*, *& manu nostra Romanorumque Imperatorum*, *& Regum tali dignitate decorati*, & quales vos creamus, & facimus non obstantibus in contrarium quibuscunque, & præsertim L. I. & II. tot. tit. C. de restit. solo; & de an Lib. XI. recepto tamen ab ipsis vel ipsorum quolibet juramento in hunc modum. *Quod erunt Nobis*, *& Sacro Rom. Imperio*, *& in eo legitimis Successoribus*, *Regibus*, *& Imperatoribus*, *ubicunque terrarum & locorum fuerint*, *seu ad quamcumque dignitatem*, *& Ordinem*, *quantumcumque majores pervenerint*, *fideles*, *nec erunt unquam in Consilio*, *tractatu*, *& participatione ubi nostrum*, *eorum*, *& Sacri Rom. Imperii damnum*, *aut periculum tractetur*, *& versabitur quinimo damna*, *& detrimenta pro virili sua avertent*, *Orphanos vero*, *Pupillos*, *& Viduas*, *Personas miserabiles*, *& Ecclesias læsas*, *& oppressas*, *ubi sciverint*, *defen-*

„ *dent*,

„ *dent, & tuebuntur adversus quoscunque.* Et ad ostendendam uberiorem quoque in te præfatum Gabrielem Imperialem nostram Munificentiam, & benignitatem hoc insigni munere peculiariter prosequentes tibi meritisque tuis exigentibus præfato Petro Patruo, & Francisco, & Alphonso Fratribus, tuisque, & eorum filiis, legitime descendentibus, ut supra in infinitum, animo, motu, scientia ac potestate nostra Imperiali dedimus, & impertiti sumus plenam, & omnimodam, ac amplissimam potestatem, prout per præsentes damus, concedimus, ac impartimur ut nostro nomine, loco, & vice, Sacrique Romani Imperii alios Sacri Lateranensis Palatii, Aulæque nostræ, & Imperialis Consistorii Comites facere, & creare possitis & valeatis qui facultatem, & potestatem habeant in creandis promovendisque Notariis, & legitimandis Bastardis, quibus cœteri Comites Palatini a Nobis, & Sacro Rom. Imp. hujusmodi facultatem habentes, uti consueverunt, nec non omnibus illis gratiis, privilegiis, exemptionibus, & honoribus uti possint, & debeant, quibus utuntur, & potiuntur consuetudine vel de jure qui a Nobis ipsis & Sacro Rom. Imp. facti sunt, & creati.

„ Quo vero tu Gabriel sentias Nostræ Posteritatis rationem habuisse, & ut illa ejus exemplo Nobis, Sacro Rom. Imp., & in eo legitimis Successoribus, ac Nobis, nostrisque Eredibus ad serviendum promtior reddatur, te præfatum, Petrum Patruum, Franciscum, & Alphonsum Fratres, & filios tuos, & ipsorum utriusque sexus in infinitum tam natos, quam nasciturος prædicta authoritate Imperiali, atque certa Scientia, animo deliberato, sano quoque Principum, Comitum, Procerum, & Baronum, ac aliorum nostrorum, & Imperii Sacri Fidelium dilectorum accedente Consilio in nostros, ac Sacri Rom. Imp. nedum Nobiles generosos & Claros confirmavimus, sed de novo cum appellatione, & prærogativa tituli *Don* fecimus, ereximus, creavimus, ordinavimus, & instituimus, prout tenore præsentium vos Nobiles, Claros, & generosos, cum additione tituli *Don* facimus, erigimus, creamus, ordinamus, & instituimus, & Nobilitatis, generositatisque nomenclatura, fascibus, & titulis clementer insignimus. Vosque juxta qualitatem humanæ conditionis Nobiles, & tamquam de Nobili, clara, & generosa Familia, progenie, domo, & Casata, ac a quatuor Avis Nobilibus, & generosis Paternis, & Maternis procreatos dicimus, & nominamus, omnemq; illicitæ genituræ, & concubitus maculam quocunque nomine exprimatur, si quam fortasis quispiam Progenitorum utriusque Sexus vestrum, & eorum tetigisset præfata Imperiali nostra Authoritate, & plenitudine Imperiali scienter, & asseveranter tenore præsentium tollimus, abolemus, & abstergimus.

„ Itaque quævis geniture macula his nostris gratiis, Indultis, & indulgendis nequaquam obstet, aut obviet sed prorsus mortua sit, atque extincta habeatur teque etiam Gabrielem, omnesque tuos, & eorum paulo prius nominatos ab universis, & singulis cujuscun-

„ que

„ que conditionis, præeminentiæ, status, & dignitatis, etsi Regalis, Ducalis, & Principalis existant, pro hujusmodi sic veris Nobilibus, generosis, & claris, cum præfata appellatione, & prærogativa tituli *Don* vos haberi, teneri, dici, scribi, & nominari volumus, ac etiam reputari hoc Imperiali nostro statuentes Edicto, & expresse decernentes, & mandantes, quod tu, prænominatique filii tui, & liberi tui Patrui fratrumque tuorum, & ipsorum utriusque Sexus in infinitum legitime descendentes, ex nunc, & deinceps perpetuis futuris temporibus pro Nostris, & Sacri Rom. Imperii cum titulo *Don* veris Nobilibus, & generosis nominari, scribi, ac ubique locorum, & terrarum in Judicio quocunque, & extra, in rebus spiritualibus & temporalibus, Ecclesiasticis, & profanis quibuscunque, etiamsi talia forent de quibus in præsentibus merito specialis mentio fieri deberet, nec non in omnibus, & singulis exercitiis, negotiis, præeminentiis, & actibus tam spiritualibus, quam sæcularibus, illisque honoribus, & dignitatibus, officiis, juribus, & libertatibus, Insignibus, privilegiis, gratiis, & indultis uti, & gaudere possitis, & valeatis, quibus cæteri nostri, & Sacri Rom. Imperii Nobiles, & generosi de nobili, & generosa Prosapia, ac quatuor Avis suis Paternis, & Maternis Nobilibus, & generosis geniti, & procreati utuntur, seu quomodolibet consuetudine vel de Jure.

„ Cæterum quo etiam in Immortalium literarum, ac quorumcumque studiorum ingenuos emulatores dignum aliquod congruum conferre, & ad egregiorum studiorum capescendos labores reddi possis allacrior, tibi tam nominato Gabrielli, & meritorum tuorum contemplatione, quam præfatis Patruo, Fratribus, & filiis tuis, & ipsorum, ut supra, prædicta Imperiali authoritate, & scientia concedimus, atque largimur facultatem, & potestatem, quod possitis, & valeatis, & ipsi possint, & valeant Doctores, Licentiatos, Magistros, & Baccalaureos in Jure Civili, & Pontificio, nec non in artibus, & Medicinis, ac Sacra Theologia, & Poetas laureatos adhibitis tamen in qualibet creatione Doctorum, & præfatarum aliarum dignitatum ad minus Doctoribus tribus earundem facultatum, qui pariter promovendos hujusmodi per rigorem examinis sufficientes, & idoneos judicent, & si sufficientes, & idonei reperti fuerint, super quo conscientiam vestram oneramus, eis licentiam in iisdem facultatibus impendere, moreque, & consuetudine in generalibus studiis desuper solitis observari, facere, creare, & promovere, eisdemque tandem, quæ vos ipsi ad id ellegeritis, consueta ornamenta, & Insignia Doctoralia & alia tradere, & conferre authoritate nostra prædicta præsentium per tenorem plenam concedimus licentiam, & facultatem.

„ Et quod illi per vos in Doctores, Licentiatos, Magistros, Baccalaureos, & Poetas laureatos, ut supra promoti, & promovendi, in omnibus Civitatibus, Locis, & Terris Sacri Rom. Imperii, &

„ ubi-

„ ubique terrarum libere debeant, & possint omnes Doctorales, & alios actus legendi, docendi, interpretandi facere, & exercere, omnibusque, & singulis gaudere, & uti privilegiis, prærogativis, exemptionibus, libertatibus, concessionibus, honoribus, præeminentiis, & Indultis, gratiis, & aliis quibuslibet, quibus Doctores Bononienses, Paduani, Papienses, Perusini, ac Parisienses, & in aliis studiis privilegiati, promoti, & insigniti gaudent, & utuntur consuetudine, vel de jure, non obstantibus in prædictis, & singulis quibuscunque legibus, & constitutionibus, decretis, consuetudinibus, ordinationibus, reformationibus, privilegiis, rescriptis, beneficiis, exemptionibus, gratiis, & prærogativis quocunque nomine censeantur, & cujuscunque Munitionis, & tenoris existant, tam factis per prædecessores nostros, quam per Nos, nostrosque Successores fiendis, & quoscunque alios Principes, Duces, Marchiones, Communitates, Universitates, vel alios cujuscunque generis vel conditionis, quibuscunque clausulis, vel expressione verborum, etiamsi talia essent de quibus de verbo, ad verbum neccesse esset hic fieri mentionem specialem in contrarium facientibus.

„ Et ut præfatam gratiam nostram Imperialem largiorem, & abundantiorem sentiatis volumus, & decernimus, & per præsentes motu proprio, ex certa scientia, & Imperiali potestate jubemus, quod Domus suæ, & eorum & cujuslibet vestrum ubicunque locorum, & terrarum constitutæ, & per vos possessæ, & etiam in futurum possidendæ cum attinentiis suis sint liberæ & francæ, hacque gratia, & privilegio a Nobis, & Sacro Rom. Imperio, & Successorum nostrorum legitimorum in eo donatæ, & consecutæ, quod scilicet omnis homo, qui occasione debiti, seu cujuscunque delicti, vel excessus, aut infamiæ ad easdem Domus, seu earundem quamlibet, confugerit, & intraverit, aut Domibus clausis, vel Domo clausa manus suas ad annulum in foribus posuerit, seu alias portas tetigerit, tunc & in eo casu volumus, & jubemus debitorem, seu delinquentem hujusmodi minime apprehendi, capi, aut detineri, seu eum custodiri posse a quibuscunque Capitaneis, Officialibus, seu Executoribus justitiæ cujuscunque conditionis existant, neminem penitus excipiendo, dummodo crimen læsæ Majestatis, violationis, & deprædationis stratarum, Itinerum, & viarum publicarum, hæreseos, & contra naturam, falsitatis literarum, & monetarum, ac homicidii voluntarii, & præmeditati rei non existant.

„ Constituentes vos quoque omnes prædictos, ut vestræ Posteritatis in infinitum usque memores nos fuisse cognoscatis, omnes & singulos utriusque sexus legitimos liberos, hæredes vestros, & descendentes, eorumque filios in infinitum sicut tenore præsentium constituimus, & assumimus in nostros & Sacri Imperii Successorum legitime intrantium perpetuos familiares, & Aulicos adeoque a nullo omnino hominum cujuscunque conditionis, status, gradus,

„ aut ordinis, extiterint perpetuis futuris temporibus post hac ad aliud Tribunal pro jure, quam ad Nostrum, & Sacri Rom. Imperii juxta cujuslibet exigentem rei qualitatem, & beneplacitum Consistorium citari, trahi, & vocari non possitis, & debeatis.

„ Quodque praeterea saepe dicta authoritate nostra tu, tuique, & Patrui, Fratrumque tuorum filii, ac eorum descendentes utriusque sexus, ut supra, cum terris, castris, villis, possessionibus, & omnibus aliis bonis mobilibus, & immobilibus, per vos, & quemlibet vestrum, acquisitis, & acquirendis suscepti sitis, tractamini, reputemini, & esse debeatis sub nostra, & Sacri Rom. Imperii tuitione, protectione, umbra, & salvaguardia. Itaque a nullo Principe, Magistratu, seu Officio contra hanc Constitutionem nostram impulsemini, ac molestamini, sed potius omnibus, & singulis privilegiis, gratiis, franchisiis, immunitatibus, libertatibus, & praerogativis, quibus alii, qui sub simili familiaritate, tuitione, protectione, & salvaguardia Imperiali sunt constituti, gaudent, utuntur, fruuntur, & potiuntur consuetudine, vel de jure uti, frui, gaudere, & potiri sinant, & permittant, & absque omni impedimento, & contradictione ab aliis permitti curent, & faciant, nec non cum ad nostra, & eorum loca Jurisdictionem, passus, portus, pontes, & quaecunque alia loca, tam terrestria, quam aquatica perveneritis, vos, vestrosque (ut praefertur) cum omnibus bonis, & rebus vestris, famulis, equis, mulis, sarcinis, valisiis, bolgiis, & caeteris omnibus aliis impedimentis, ire, transire, stare, morari, & reddire die, noctuque, sine aliqua solutione mutae, dacii, Gabellae, Telonii, passagii, pontifigii, & alterius cujuscunque solutionis onere patiantur, & quandocunque per vos, vel vestros, aut quemlibet vestrum requisiti fuerint de salvo, & securo Conductu, ac Nuntiis & guidis provideant, & ab aliis provideri faciant: Et in testimonium publicum, & ad majorem praemissorum evidentiam in Domibus, & omnibus aliis locis vestris, ubi forte necessarium duxeritis Arma, & insignia nostra, & Sacri Rom. Imperii pro salvaguardia, & libertate solita affigere, & depingere, aut in marmoribus, & aliis lapidibus scindere, & insculpi facere potestatem habeatis, & authoritatem.

„ Preterea vos omnes, & singulos supradictos, & quemlibet vestrum creamus, facimus, constituimus, atque decernimus Cives honorabiles quarumcumque Civitatum, locorum, & Terrarum nostrarum, & Sacri Rom. Imperii, ita quod omnibus privilegiis, beneficiis, honoribus, immunitatibus, gratiis, statutis, Decretis, ac omnibus, aliis quibuscunque uti, frui, & gaudere possitis, & debeatis, quibus caeteri Originarii Cives honorabiles Civitatum, & locorum ipsorum utuntur, gaudent, & fruuntur causa, consuetudine, vel beneficio alicujus statuti, qualitercunque, & quomodocunque, ac si fuissetis veri proprii, & Originarii Cives dictarum Civitatum, terrarum, & locorum immunes, & exemptos etiam vos,

„ &

& quemlibet vestrum decernentes a quibuscunque oneribus, muneribus, & impositionibus realibus, personalibus, mixtis, ordinariis quibuscunque, & extraordinariis etiamsi per Exercitum nostrum, & Nostrorum Successorum imponerentur, seu exigi contingeret non obstantibus in contrarium quibuscunque constitutionibus, & ordinationibus tam per Prædecessores, quam Successores nostros factis, aut faciendis: dantes etiam vobis sæpe dictis ex mera Imperiali authoritate nostra quod possitis, & valeatis ac potestatem habeatis creare, ordinare, & erigere Cives honorabiles Civitatum, & locorum ipsorum, & Sacri Rom. Imperii cum authoritate, & potestate fruendi, gaudendi, privilegiis, statutis, & laudabilibus consuetudinibus honorabilium Civium dictarum Civitatum, & locorum, quibuscunque in contrarium facientibus non obstantibus.

„ Quo vero præfate Gabriel tu, præfatusque Patruus, Fratres, & Filii, ac descendentes tui, & ipsorum, ut supra, in infinitum uberiori se a Nobis munere præventos esse concipiant, & antiquæ, Nobilisque Familiæ vestræ Status luculentior clarescat, tua, & eorum Armorum gentilitia Insignia, quæ tu, & ipsi hactenus deferre, & gestare consuevistis non modo confirmamus ipsa authoritate nostra Imperiali, & plenitudine, sed de nova danda, innovanda, melioranda, & magis illustranda, & clariora reddenda duximus, videlicet, quod in Scuto quadripartito, in cujus interiori dextra & superiori sinistra partibus crocei, seu aurei coloris duos Leones rubeos erectos, ungulis, & coronis argenteis, seu albi coloris, quibus sunt coronati, & decorati, campus croceus, seu aureus triangularis in fundo earundem partium situs, liliumque album, seu argenteum in se continens, lilia celestina a superiori angulo deorsum tracta mutuo se inspicientes separat. In inferiori autem sinistra, & superiori dextra rubeis fascia alba, seu argentea per latitudinem æqualiter divisis, quinque Alaudæ crocei, seu aurei coloris alis expansis, & pedibus protensis comprehendantur, itaque in utraque parte sub hujusmodi fascia duæ, & supra eam tres Alaudæ positæ existant, secundum camporum longitudinem; in Galea autem utriusque croceæ, seu aureæ, & torneatiæ, ac corona aurea coronata summitate scilicet sinistræ rubeis, & aureis, seu croceis laciniis, & induviis redimitæ, & decoratæ, Leo rubeus aurea Corona coronatus pectore tenus pedibus elevatis, & lingua rubra exerta, dextræ vero rubearum, & albarum, seu argentearum fasciarum, induviorumque dependentium duæ Alæ rubræ conjunctæ, per quarum latitudinem fascia alba, seu argentea transiens in anteriori altera parum præeminenti quinque Alaudas aureas apertas ut in Scuto separat. Et quemadmodum hæc omnia melius, & clarius artificis ingenio hic in medio elaborata, & effigiata cernuntur, volentes, ac dicta authoritate nostra Imperiali decernentes, quod tu præfatus Gabriel, filiique, & descendentes tui, & præfatus tuus Patruus, & Fratres tui, & eorum successores (ut supra) in infinitum,

„ &

„ & omnes de agnatione, & cognatione tua de Salamanca cum bona tamen voluntate tua & consensu tuo, & tuorum, ut supra ex legitimis lumbis procreati, aut descensuri utriusque sexus seriatim in perpetuum prædictam nostram confirmationem, meliorationem, ordinamentumque, atque ita Armorum vestrorum Insignia a Nobis illustrata deferatis, & habeatis, illisque in omnibus, & singulis honestis actibus, & decentibus, & expeditionibus, torneamentis, hastarum ludis, bellis, duellis, singulari certamine, pugnis, scuris, Vexillis, tentoriis, signis, sigillis, signetis, annulis, ædificiis, marmoribus, picturis, sculpturis, sepulcris, monumentis, clenodiis, atque omni supellectili, & in quibuscunque aliis rebus juxta tuam, Patrui, fratrumque tuorum, & eorum hæredum, & descendentium exigentem voluntatem, & desiderium & aliorum de agnatione, & familia tua (ut supra) tam eorum, quam ferio Nobilium, Militarium, Tocneariorum, & Armigerorum more uti, frui, & gaudere possitis, & debeatis aptique sitis, & idonei ad ineundas & recipiendas omnes prærogativas, gratias, libertates, jura, & consuetudines, quibus cæteri a Nobis, Sacroque Rom. Imperio nobilitati, & ejusmodi ornamentis insigniti gaudent, & potiuntur absque alicujus impedimento, & contradictione, mandantes idcirco, & serio præcipientes omnibus, & singulis Principibus tam Ecclesiasticis, quam Sæcularibus, Archi-Episcopis, Episcopis, Ducibus, Marchionibus, Comitibus, Baronibus, Militibus, Nobilibus, Clientibus, Capitaneis, Vicedominis, Advocatis, Præfectis, Regum Araldis, Caduceatoribus, & denique omnibus nostris, & Imperii Sacri subditis, & fidelibus dilectis, cujuscunque status, & conditionis fuerint, quod vos, dictosque hæredes, ac successores vestros jugiter, & in perpetuum in supradictorum Insignium, & Armorum vestrorum fruitione, nec turbent, nec impediant, imo illis, ut supra dictum est, uti, frui, & gaudere, & in eis permanere quiete, & pacifice sinant, & permittant.

„ Poro quia industria, & directione in rebus nostris præsentialiter plurimum opus habemus, quo etiam in alios, & potissimum familiares tuos & alios ex legitimo Matrimonio procreatos, quos virtus, & merita commendant præfate Gabriel, Patruus, Fratresque, & filii tui, & ipsorum in infinitum, ut supra, dignum aliquod Conchearium conferre possitis, tibi, & ipsis supradictis authoritatis copiam damus, & facultatem concedimus, quod ex nunc in antea singulis annis possitis, & valeatis nomine nostro, & ipsius Imperii probis, idoneis, & dignis viris Arma, sive Armorum Insignia cum Galea & laciniis, & cæteris omnibus connexis, etiam cum Nobilitationis erectione, & Galeæ torneamentalis concessione effigiare, dare, & concedere, Litterasque desuper emittere, & expedire, etiam cum clausula successionis, ubi tibi, & ipsis dignum videbitur juxta qualitatem, & convenientiam personarum, dummodo in ejusmodi Armorum concessione abstineas, & abstineatis ne

„ ali-

„ alicui Aquilam maxime Imperialem concedas, aut avita quorumcunque Principum, Comitum, & Baronum Arma, ſeu Inſignia præciſe elargiaris, & elargiamini; ipſoſque præfatis authoritatibus nobilitare, & Noſtros, ac Sacri Rom. Imperii Nobiles facere, ordinare, inſtruere, & Nobilitatis ordine, & nomine, atque gradu, faſcibuſque, & titulis inſignire eas juxta qualitatem humanæ conditionis Nobiles dicere, & nominare, qui quidem ſic per te, & ipſos Nobiles creati, facti, & inſtituti, Armiſque decorati pro talibus ſic veris Nobilibus, & Armis decoratis ab univerſis, & ſingulis cujuſcunque conditionis, præeminentiæ, ſtatus, & dignitatis fuerint, haberi, dici, ſcribi, & nominari, tenerique debent ubique locorum, & terrarum in Judicio quocunque, & extra, in rebus ſpiritualibus, & temporalibus, Eccleſiaſticis, & profanis quibuſcunque, etiamſi talia forent, de quibus in præſentibus Litteris noſtris ſpecialis mentio fieri deberet, in tantum quantum in omnibus, & per omnia in quibuſcunque actibus, negotiis, exercitiis, ludis, honoribus, dignitatibus, Officiis, muneribus, præeminentiis, libertatibus, privilegiis, gratiis, & indultis gaudere, uti, & frui poſſint, & valeant, atque debeant, quibus ceteri noſtri, & ipſius Imperii (ut ſupra) Nobiles, aut Armis decorati utuntur, & fruuntur, & ad quæ admittuntur quomodolibet conſuetudine vel de Jure.

„ Eadem quoque Imperiali authoritate ex certa ſcientia, motuque ſimili tibi Gabrieli, præfatoque Patruo, Fratribus, Filiis, & deſcendentibus tuis, & ipſorum (ut ſupra) concedimus, largimur, & in perpetuum ut filios legitimos adoptivos, ac etiam in infantia conſtitutos emancipare, & a Patria poteſtate liberare, abſentibus, vel præſentibus eorum parentibus, itaque ſufficiat eorum Procurator, habens ad id ſpeciale mandatum tam ex parte Parentum, quam ex parte liberorum: Et Emancipationibus quibuſcunque omnium, & ſingulorum, etiam infantium, vel adoleſcentulum conſentire, & licentiam præbere etiam abſente, & invita altera parte, & præfatam noſtram authoritatem, & Decretum interponere, nec non etiam veniam ætatis, illius defectum patientibus concedere poſſitis, & valeatis.

„ Ulterius damus, concedimus, & impartimur tibi Gabrieli, & præfatis tuis omnibus pleniſſimam authoritatem, poteſtatem, & licentiam, quod poſſitis, & valeatis adoptare & arrogare filios, & eos adoptivos, & arrogatos facere, conſtituere licentiamque præbere, & veſtram authoritatem, & decretum interponere, obſervato tamen circa hoc juris ordine, ſervos etiam manumittere, manumiſſionibus quibuſcunque cum vindicta vel ſine, etiam minorum alienationibus, & alimentorum tranſactionibus authoritatem, & Decretum interponere, quod præterea poſſitis, & valeatis Minoribus, atque Eccleſiis læſis ex juſta cauſa, altera parte ad id prius vocata, in integrum reſtitutionem concedere. Infames quoque tam fa-

,, cti quam juris restituere ad famam abstergendo ab eis omnem in-
,, famiæ notam tam irrogatam quam quomodocumque irrogandam ;
,, itaque de cætero ad omnes, & singulos actus legitimos habiles,
,, idonei, & apti habeantur, & promoveri possint.

,, Insuper concedimus vobis omnibus præfatis ex singulari gratia,
,, quod deinceps perpetuis futuris temporibus qualcunque vestras lit-
,, teras publicas, & privatas clausas, & apertas vos, vestrosque, ac
,, aliorum concernentes negotia communiter vel divisim ubi requisiti
,, fueritis cum cera rubea sigillare possitis, & valeatis impedimento,
,, & constitutionibus quibuscunque cessantibus.

,, Quæ omnia, & singula super scripta etiam tibi Gabriel de Sala-
,, manca, Patruo, fratribusque tuis prædictis, ac tuis, & eorum fi-
,, liis, & ipsorum legitimis descendentibus utriusque sexus, ut supra,
,, sic concedimus, damus, & largimur, ut denuo a Nobis vel Suc-
,, cessoribus Nostris in Rom. Imperio revocari, annihilari, & sus-
,, pendi non debeant, nec possint, & omnibus insertis facultа-
,, tibus, & præeminentiis quandocunque vobis libuerit possitis uti,
,, & eas exercere, ac aliis, ut supra, impartiri, & concedere.

,, Volentes insuper hanc gratiam, concessionem, & indultum, aut
,, privilegium, nec aliquid in ea vel in eo contentum per aliquam
,, revocationem, annulationem, insulum, vel suspensionem similium
,, privilegiorum generalem, vel spetialem nostram vel nostrorum Suc-
,, cessorum in Sacro Rom. Imperio revocatam, annulatam, vel sus-
,, pensam esse vel intelligi, etiam clausula derogativa generali, vel
,, spetiali, & perinde habeatur istud Privilegium, ac si esset in corpo-
,, re Juris clausum, & esset etiam jure vel consuetudine concessum in
,, moderatione tamen cujuscunque actus fiendi, & honestate per vos
,, habenda confisi.

,, Denique volentes, & decernentes, quod authenticis præsentis
,, Nostri Privilegii copiis, seu Transumptibus fideliter, & sine frau-
,, de exscriptis, & ab honorabili, & in aliqua dignitate Ecclesiastica,
,, seu sæculari Persona subscriptis, & sigilatis plena, & indubia fides
,, ubique præstetur, & adhibeatur supplentes etiam ultimo nihilomi-
,, nus omnes si qui obscuritate verborum, sententiarum, & solemni-
,, tatis in prædictis fuerint quomodolibet ommissi, & neglecti con-
,, stitudonibus, & legibus Imperialibus, Privilegiis, & Indultis qui-
,, busvis, concessis, & concedendis, nec non consuetudinibus, & for-
,, san aliis etiam si talia forent de quibus spetialis mentio habenda
,, esset in contrarium facientibus non obstantibus quibuscunque.

,, Nulli ergo omnino hominum, Communitatum, Universitatum,
,, Collegiorum, & Civitatum, aut locorum liceat hanc nostram crea-
,, tionem, largitionem, concessionem, indultum, immunitatem, pri-
,, vilegium ; declarationis, voluntaris, decreti, Mandati, exemptio-
,, nis, derogationis, ac gratiæ paginam infringere, aut quomodoli-
,, bet violare, aut ei obviare in judītio, vel extra, aut contra præ-
,, dicta, vel aliquid prædictorum quovis modo, vel ingenio facere,

,, vel

„ vel venire, Si quis autem id attentare præsumpserit nostram, & „ Imperii Sacri indignationem gravissimam, ac pœnam centum Marcarum auri purissimi toties quoties contrafactum fuerit irremissibiliter se noverit incursurum, quarum medietatem Imperialis Fisci, „ sive Ærarii nostri usibus, reliquam vero partem tibi sæpe dicto „ Gabrieli, Patruo, Fratribusque tuis, ac omnibus vestris filiis, & „ legitimis (ut supra) descendentibus injuriam passis, decernimus „ applicandam: Harum Testimonio Literarum Sigilli nostri Imperialis Regiminis appensione munitarum. Datum in Civitate Nostra „ Imperiali Norimberga, die vigesima Mensis Octobris. Anno Do„ mini Millesimo quingentesimo vigesimo secundo, Regnorum nostro„ rum, Romani tertio, aliorum vero omnium septimo. *Subscripsit.* Ferdinandus Arch. Aust. in Imperio Locumtenens (21).

§. XXIII.

Integrum hujus Documenti Exemplum ex authentico depromptum edere hic volui, non solum ut Equitum Auratorum primam a me per Privilegium assertam, ac ad posteritatem transmittendam creationem, institutionemque comprobarem, sed etiam vel maxime ut eruditis nostrorum temporum Censoribus innotesceret quanta facilitate Au-

(21) Dum Carolus V. in Hispaniam reditum pararet, in Comitiis Vormatiensibus anno 1521. facile convenit de regimine constituendo, & Locumtenente (ut vocant) designando, per quem tempore Imperii, per Imperatoris absentiam, dirigerentur; præsertim quia Friderico Palatino omnium suffragiis Locumtenentis honorem delatum iri non dubitabatur, hoc quoque ipso imprimis comprobante Carolo, & maxime optante. Postquam vero conclusum ab Ordinibus fuit, obtruditur Ferdinandus, Caroli frater, cui in hæreditatis Paternæ divisione Terræ Austriacæ cesserant, qui eo tum ad subditos in fidem recipiendos missus erat, & quem merito fratris locum obtinere vicesque ejus sustinere debere, magna Procerum pars existimabat. Verum quia adhuc juvenis, & linguæ Germanicæ ignarus: ad hæc terrarum Dominus, quæ quotidie a Turcis oppugnarentur: in aliam sententiam plerorumque mentes retrahebantur. Tandem visum est, ut Ferdinandus quidem Imperatoris Locumtenentis nomen haberet, Fridericus ab illo denominaretur, idest Ferdinandi Locumtenens diceretur. Quod ipsum renitente constantissime Friderico, postremo convenit, ut uterque eo nominis dignitate gauderet, & ex æquo regiminis negotiis præesset. Electori Palatino, ut sibi Posterisque suis hæc ordinatio haud foret, ne in posterum juri Vicariatus aliquid [illegible], Diplomate cautum est, uti nos docet Hub. Thomas Leodius in vita Friderici Palatini Lib. V. pag. 80. & 81. Amplissimam subinde Ferdinandi auctoritatem ostendit Diploma anno 1522. XXIII. Martii Bruxellis expeditum, quod in Appendice Document. sub N. LVIII. per extensum recitabimus. Illius Diplomatis vigore Ferdinandus Archidux continuo Titulo, & Sigillo Caroli Fratris usus est in collationibus Privilegiorum, quæ sola sui nominis subscriptione roborabat. Exemplo sit supra relatum Salamancidarum Diploma; ad cujus normam alterum quoque expeditum fuit Norimbergæ 1523. XIV. Februarii in favorem sæpius nominati Gabrielis de Salamanca, cum idem Ferdinandus ipsum Illum Liberi Baronis in Freyenstein, & Carlspach addito Vicario nomine decoraret. *Nos Carolus V. &c... Nostro dilecto fideli Gabrieli de Salamanca Serenissimi Principis Domini Ferdinandi Infantis Hispaniarum, Archiducis Austriæ, Ducis Burgundiæ &c. nostri dilecti Fratris, & Locumtenentis in Sacro Imperio Consiliario, Supremo Secretario, & Thesaurario* ... Sequitur contextus Diplomatis; & in calce ipsius comparet subscriptio: *Ferdinandus Archidux Austriæ nomine Cæsareo in Imperio Romano Locumtenens*; inferius autem: *Ad Mandatum Domini Locumtenentis Albertus Cardinalis Moguntinus Archi-Cancellarius* recognitionem posuere subscriptus adnotatur.

Austriaci Principes magis conspicuas, ac summæ alias Potestati reservatas prærogativas cum privatis olim communicaverint. Mirari jam desinant Exteri, Carolum V. & Ferdinandum I. Sigismundo Baroni de Herberstein Symbola Castiliæ, & Austriæ, nec non Apicis loco, ipsius Imperatoris Imaginem mediæ Galeæ insistentem, a dexteris vero Regis cujusdam quatuor sceptra manu tenentis effigiem, ut pariterque a sinistris Moschi simulacrum in memoriam Legationum susceptarum ad quatuor potentissimos Daniæ, Poloniæ, Hungariæ, Bohemiæ Reges, atque ad Basilium magnum Moscoviæ Ducem, concessisse. Mirari desinant Ferdinandum II. Dietrichsteinos, Lobkovvizios, Liechtensteinos, Eggenbergios, & Albertum Waldsteinium Fridlandiæ Ducem ob insignia eorundem merita ad Principum Imperii honorem, ac dignitatem, cum Jure monetandi, nobilitandi, Arma Gentilitia concedendi &c. evexisse: Ferdinandum III. & Franciscum I. pari axiomate Auerspergios condecorasse: Leopoldum ex fidelibus subditis Augustæ Domus Austriacæ Principes creasse Joannem Ferdinandum Comitem de Porcia, Joannem Adolphum Comitem Schvvartzenbergium, Raimundum, & Leopoldum Philippum Comites Montecuculi, Eugenium Alexandrum Comitem de Tassis, cum omnibus illis prærogativis, quas singillatim recenset ADAMUS MATTHÆUS DE SOZOVIS in Genealogia Historica Antiquissimæ Porciæ Prosapiæ a pagina 72. ad 76: Eundem Leopoldum motu proprio Georgium Dominum de Stubenberg Capitaneum Provincialem in Ducatu Styriæ, nec non Baronem Ludovicum Vincentium Coronino-Cronbergicum Cæsareum Locumtenentem, deinde etiam Supremum Goritiæ Capitaneum (Joannis Vincentii Tergestini Præsidis Germanum) una cum Consortibus ad statum, gradum, ordinem, atque dignitatem Sacri Romani Imperii Comitum, adjuncto prædicato Illustris, vulgo *hoch und Wohlgebohrn*, inter cæteros sustulisse; Principibus atque Comitibus Dietrichsteiniis lineæ Holenburgicæ, cudendæ Monetæ facultatem confirmasse; supradicto vero Principi de Porcia, ac Georgio Philippo Schavvensteinio Libero Baroni ab Ehenfels idem privilegium monetandi de novo indulsisse. Mirari porro desinant, Leopoldum Matthiam Comitem de Lamberg Josephi I. Augusti gratiam urbano, ac festivo ingenio ita sibi conciliasse, ut non immerito eum hujus Alexandri Hephæstionem nominaverit IMHOFFIUS; cui munificus Herus Supremi Aulæ Hippocomi munus, Imperii Principis dignitatem, ac in novum familiæ splendorem, uti Scutum suum gentilitium pectori Aquilæ Imperialis imponeret gratioso indulsit Diplomate. Mirari ulterius desinant Joannem Casparem S. R. I. Comitem de Cobenzl (22) Supre-

(22) Joannes Caspar Comes de Cobenzl, Joannis Philippi ex Joanna Comitissa de Lamberg filius, multis insignibusque Prosapiæ paternæ nobilitate complexus, nec non hereditariis Supremi Pincernæ in Ducatu Carnioliæ, ac Supremi Dapiferi, Falconumque Magistri in Comitatu Goritiæ titulis clarus, fuit Goritiæ & Carniolæ Capitaneus, Augustissimi Caroli VI. Imperatoris intimus Consiliarius, Supremus Cubiculariorum Præfectus, & Aurei Velleris Eques. Binos Fratres habuit: Ferdinandum nempe Leopoldum Cathedralis Augustanæ Ecclesiæ Canonicum, & Labacensem Præpositum, ac La-

premum Aulæ Cæsareæ Cubiculariorum Præfectum, & Aurei Velleris Equitem tot tantisque favoribus a Cæsare Carolo VI. fuisse cumulatum, ut post Michaelem Joannem Comitem ab Althann (inter Magnates Hispaniæ primæ classis relatum; cui extinctis Principibus Eggenbergicis idem Imperator Gradiscæ Comitatum obtulerat, & deficiente vetusta Limburgiorum Familia in Franconia S. R. I. Pincernatum tradiderat) nemo illi similis Viennæ, aut par in tanta Purpuratorum copia haberetur. Non amplius denique inter miracula scribant, Divum Imperatorem Franciscum I. felicis recordationis, & Augustam Conjugem Mariam Theresiam Hungariæ, & Bohemiæ Reginam Josephi Wenceslai Principis de Liechtenstein plane heroicam virtutem, constantem fidem, ac incomparabilem meritorum, qua cunctos alios Austriacos Proceres dudum superaverat, gloriam, statua ipsius ænea in Cæsareo Vindobonensi Armamentario, cum magnifico elogio collocata, immortalitati commendasse; atque Rudolphum Comitem de Colloredo, Aurei Velleris Equitem, & Imperii Vice-Cancellarium Regni Bohemiæ, Sacri Rom. Imperii Principibus una cum cunctis Primogenitis suis hæredibus adscripsisse: quando simplices Patricii Gorizienses, quales sunt Domini de Salamanca, Petri in gratioso Diplomate sæpius memorati Successores Gradiscæ hodie habitantes, supra relata Privilegia fere omnia ad nostram usque ætatem, Piissimorum Principum liberalitate, mansuetudine, ac indulgentia, durantibus duorum sæculorum revolutionibus, intacta, illæsa, inconvulsaque conservarunt. Ast longius a proposito recessimus; ad Equites Auratos, unde digressi sumus, iterum redeamus.

§. XXIV.

Ludovicum Gundakarum Cæsareum Cubicularium, qui ex prima uxore Anna Catharina Comitissa de Trilleck unicam filiam Joannam, nuptam deinde Francisco Comiti de Lamberg, procreavit; ex secunda vero Joannina Corolina Comitissa de Cromberg sobolem nullam suscepit. Joannes Caspar primum connubio sibi junxerat Julianam Perpetuam Julii Friderici Comitis Bucellini Supremi Aulici Cancellarii gnatam, &, hac defuncta, penatibus induxit Carolinam Sophiam Wolfgangi Alberti Comitis de Rindsmaul filiam. Ex priori genuit præter Margaretham nuptui locatam Weikhardo Leopoldo Ursino Comiti de Blagay, &, eo fatis functo, Ludovico Baroni de Ripperda; Leopoldum Carolum mortuum in infantia; Mariam Elisabetham matrimonii fœdere junctam Jacobo Comiti ab Edling Cæsareo Cubiculario; Cassandram nuptam Joanni Carolo Coronini Comiti de Cromberg, Cæsareo itidem Cubiculario, & Annam Barbaram, quæ velum induit Labaci in Ursulinarum Monasterio. Ex secundo autem conjugio idem Joannes Caspar suscepit Carolum Joannem Philippum, Cæsareum Cubicularium, Aulæ intimum Consiliarium, Ministrum Plenipotentiarium in Belgio Austriaco, & Aurei Velleris Equitem, cui ex Maria Theresia, Pauli Caroli Comitis de Palffi filia, inter cæteros utriusque sexus liberos provenerunt Eleonora desponsata Francisco Maximiliano Marchioni della Bocllyne, & Maria Theresia Conjux data Philippo Josepho Comiti de San-Guidobaldo; alter Joannis Casparis filius Cæsareæ Majestatis Cubicularius iniit Matrimonium cum Maria Benigna Comitissa de Montrichier, quæ peperit Philippum Cæsareum pariter Cubicularium, maximæ expectationis juvenem, & Ludovicum Eichstettensis Ecclesiæ Canonicum. Superstit quoque ex secundo toties nominati Excellentissimi Comitis Joannis Casparis conjugio adhuc Maria Theresia Vidua relicta a Joanne Christophoro Comite de Stürgkh. Cunctis adprecor cum Martiali

Vitam quæ faciunt beatiorem.

§. XXIV.

Ferdinandus itaque primus cum, extincto ad Mohaczium anno 1526. Ludovico affine, ex jure uxorio XXIV. Februarii 1527. Pragæ inauguraretur Rex Bohemiæ, & XI. Januarii 1531. Aquisgrani Romanorum Regis coronam susciperet, complures Nobiles ad Militiæ provexit honorem. Joannes Maria de Barzizis de Cazano ex illustri, & antiquissima Suardorum Bergomensium Prosapia (cujus Sansovinus Historiam genealogicam texuit) procreatus, licet a Carolo V. Bononiæ anno 1530. ad Equestrem (cum Ludovico Bonomo) dignitatem fuisset promotus; nihilominus tamen semel atque iterum in supradictis binis coronationibus a Ferdinando I. in Throno Regali sedente ictu gladii, adhibitis de more cæremoniis, in maxima Electorum, Principum, Comitum, Baronum, ac aliorum Sacri Rom. Imperii Procerum, Statuum, Ordinum, & Populi frequentia, in Militem, sive Equitem Auratum; & denique in Consiliarium suum creari promeritus est, teste Diplomate edito Viennæ die XV. Septembris 1533, in quo observanda præcipue veniunt sequentia: *Nos ideo in testimonium omnium ante actorum quamvis actus ille tam solemnis, & in tanta Principum, Comitum, Baronum, & Ordinum & Populi celebritate habitus parva, aut nulla ulteriori justificatione litteraria indigere videatur, præsentibus tamen his nostris, & ex certa nostra scientia animoque deliberato, sanoque Electorum Principum, Comitum, Baronum, & cæterorum Imperii Sacri Procerum, & Ordinum consensu, qui tunc in Coronatione nostra, & illius solemnitate omnifariam intercesserat in iis quoque accedente, quod de potestatis nostræ Regiæ plenitudine te prænominatum Joannem Mariam Militem, & Equitem Auratum tenore præsentium creamus, constituimus, ac deputamus, ac in Consiliarium nostrum suscipimus, cæterorumque Militum, & Equitum Auratorum, & Consiliariorum nostrorum consortio favorabiliter aggregamus, & adjungimus. Decernentes, & volentes, ut de cætero per totum Sac. Rom. Imperium, ac ubique locorum, & Terrarum in omnibus, & singulis exercitiis, actibus, & studiis, illis honoribus, officiis, consuetudinibus, insignibus, privilegiis, prærogativis, gratiis, & libertatibus tam realibus, quam personalibus, seu mixtis uti, frui, & gaudere valeas, quibus cæteri milites a Nobis hujusmodi ornamentis insigniti utuntur, fruuntur, & gaudent quomodolibet consuetudine vel de jure absque alicujus impedimento, & contradictione.* Haud disparibus terminis idem Ferdinandus Cæsar decus Equestre anno 1534 VI. Februarii Augustæ contulit Michaeli Gusmano in Hispania splendido loco nato, cujus hæredes subinde Goritiæ domicilium figentes Provincialium albo, declinante eodem Sæculo XVI., inserti fuerunt. En verba: *Igitur te prænominatum Michaelem Gusmannum, quem virtutis claritas, & laudabilium morum integritas apud Nos semper magis indies commendabilem reddit, & filios tuos legitimos, & naturales in perpetuum*

tuam animo bene deliberato, non per errorem aut improvide, sed sano Electorum, Principum, Comitum, Baronum, & aliorum nostrorum, & Imperii Sacri fidelium accedente Consilio, motu proprio, & ex certa nostra scientia, & de Regalis plenitudine potestatis Equitem seu Equites Auratos facimus, creamus, erigimus, & declaramus, ac Equitum Auratorum titulo vigore praesentium, & Authoritate Regia gratiose insignimus; Decernentes, & hoc Regali statuentes Edicto quod tu, & legitimi filii tui, ut supra, ex nunc in antea omnibus, & singulis privilegiis, praerogativis, indultis, gratiis, juribus, libertatibus, consuetudinibus, honoribus, dignitatibus, & exemptionibus tam realibus, quam personalibus, seu mixtis, uti, frui, gaudere, & potiri valeatis, & debeatis, quibus caeteri Equites Aurati a Nobis in Throno Regali sedentibus, hujusmodi honoris praerogativa insigniti utuntur, fruuntur, gaudent, & potiuntur quomodolibet consuetudine, vel de jure absque alicujus impedimento, vel contradictione. Quibus formulis idem pariter Ferdinandus usus fuerit in creatione Guidonis, & Viti Lib. Bar. de Dorimbergo invenire ego omnino non potui. Lechis Lib. III. pag. 51. prioris mentionem inseruit sic loquendo: *Ma avendo Carlo rinonciato i Stati patrimoniali dell' Allemagna al Fratello Ferdinando, che parimente fu Imperadore de Romani, venne egli ad essere il terzo Conte Prencipe di Gorizia Austriaco, che subito fece suo Luogotenente quivi Guido uno de Signori di Dorimbergo Cavaliero Aurato, e suo favorito Consigliero:* alterius, tanquam liberalissimi sui Fundatoris, memoriam Goritiae conservat Fanum Divi Joannis Baptistae vulgo appellatum sub cura Jesuitarum, cui praefixa est inscriptio tenoris infrascripti:

DEO OPTIMO MAXIMO VIRGINIQ. DEIPARÆ
SACELLVM HOC SVB TITVLO SS. IO. BAPTÆ
VITI, ET MODESTI MARTYRVM
VITVS LIB. BARO A DORIMBERGO IN DORNEGG.
EQVES AVR. PRIM. HER. CVB. IN ILL.^mo COM. GORITIÆ
CÆS. M^TIS CONS. ATQVE EXORAT. APVD REMP.
VENET. ORATOR DESIGNAT. AD SIXTVM V. PONT.
MAX. SER.^mo CARO. ARCH. AVSTR. A CON. ARCH.
ET PRÆF. CIVIT. TERGESTI &c. SVO ÆRE
SVOQVE IN SOLO ERIGI D.D.Q. CVRAVIT
ANNO A PARTV VIRGINIS MDLXXXVII.

Quod ad Julianos Tergestinos attinet, cum superius §. XII. eosdem anno 1560 XXII. Novembris a saepe dicto Ferdinando I. Imperatore primum Nobilitatis jure, ac praerogativa donatos ostenderimus, sontem, mehercle, vel ipsius Ιαrναι perstrictiorem habeat, necesse est, quicunque posthac Friderici Aenobarbi aevo Privilegium, de quo hic agimus, accommodare, praetermissis consuetis caeremoniis, universam Equestram dignitatem jam saeculo XII. unius Chartae folio circumscriscribere, & ab illo Julianorum decus Equestre derivare fuerit conatus.

§. XXV.

At, ne in re apertissima nimis morari videar, pergo ad Comites Palatinos. *Et Creamus omnes de Familia Julianorum in perpetuum Comites Palatii Nostri Regii cum potestate tantummodo legitimandi ubique Bastardos, & Spurios, praeter filios illustrium, & Nobilium, & creandi Notarios, ut moris est, & Doctos in Poesia Laureatos cum solitis formalitatibus.* Res postulare videtur, ut Palatinorum Codicillarium origo paucis exponatur, & illorum praerogativae attingantur. Quae de Palatinorum Comitum origine, ac dignitate vulgo fama tenet, dubia pleraque, atque incerta mihi quidem videntur. Thomas Sagittarius in Dissertatione inaugurali, Jenae Praeside Fomano habita, eorum *jura per intactas, & sine luce vias* excussisse gloriatur; verum hic sicco, quod ajunt, pede illuc pertinentia praeteriit pleraque, & nonnunquam nubem pro Junone est amplexus. Hinc merito frigide, ac jejune scripsisse ipsum cum Mundio expostulavit Schillingius in exercitatione Juris Publici de jure legitimandi Comitum Palatinorum §. III. unde in nostram rem diversa convertisse, haud ingrati confitemur. Sed nec ipse Mundius, quod promittere videbatur, praestitit, ac in juribus Palatinorum commemorandis, encomiisque cumulandis tam benignus, ac liberalis fuit, ut inter Praecones, partium studio laborantes, magis quam criticos sui Ordinis commentatores collocari mereatur. In eum sane manifestum errorem labitur, quod a Constantino Magno originem istorum Comitum deducat, non alio argumento nixus, quam quod Eusebius illum Imperatorem primi, secundi, & tertii Ordinis Comites fecisse referat. Felicius in hoc argumento Fresnaeus, Pithoeus, Fabricius, Conringius, Schubartus, & Struvius versati sunt, quamvis & ipsi quo tempore Imperatores hujusmodi comitivas concedere coeperint, certo non doceant. Interim non improbabilem conjecturam eorum esse putat Schillingius, qui a Palatinis Germaniae, aut Franciae origines has repetendas autumant. Scilicet (ait ille) Palatini Comites Judices quondam erant Palatii Caesarei, adeo ut inter eos praecipui Palatinus Rheni, & Elector Saxoniae Caesaris quoque causas dijudicarent. Vide Auream Bullam Caroli IV. de jure Com. Palatini, & Saxoniae Ducis Cap. V. §. 3. Item Bodinum de Republica Lib. II. Cap. VI. §. 224. Joh. Ernestum Kreglerum in Dissertatione inaugurali de Vicariatu Saxonico in casu absentiae Imperatoris 1707. Lipsiae habita, & Jo. Ehrenfriedum Martinii in Dissertatione de Terris Juris Saxonici sub moderamine Michaelis Henrici Griebneri anno 1711. Witembergae ventilata. Caeterum sub Francicis primae Stirpis Regibus uno plures Palatinos extitisse, contra Conringium in Bignonii defensionem pereruditc demonstravit Mabillonius Lib. II. de re Diplom. Cap. XII. §. XIV. sub sequentibus temporiporibus autem singulæ fere Provinciæ in Germania, ut Palatia Regia, ita & Peculiares Palatinos habebant, qui Palatini Provinciales vulgo fuerunt nuncupati. HINCMARUS Tract. de ordin. & offic. Palat. Cap. XXI. *Comitis Palatii* (inquit) *inter cetera pene innumerabilia, in hoc maxime sollicitudo erat, ut omnes contentiones legales, quæ alibi ortæ propter æquitatis judicium Palatium aggrediebantur, juste, ac rationabiliter determinaret, seu perverse judicata ad æquitatis tramitem reduceret.* Hinc STRUVIUS de Germanicis Palatinis supradictis loquens in Corpore Juris Publici Imperii Romano-Germanici Cap. XXI. §. XXX. Edit. Jenæ 1738. pag. 754. subjungit: *Officium Comitum Palatinorum Provincialium in eo constabat, ut vices Cæsaris gererent, fidem Imperatoris implorantibus adessent, jura ipsius nomine redderent, fiscum Augusti, prædia Salica, reditus Regios procurarent, Cæsarum censum exigerent. Præcipue vero ipsorum munus in eo constabat, ut sub banno judicarent Imperiali. Hinc distinguebantur a reliquis Comitibus, qui sub Ducum erant potestate, hi saltim sub Imperatoris, idcoque ab istis ad hos poterat adpellari. Judicabant itaque in Palatiis ipsis adsignatis causas Palatinas seculares, quandoque etiam ex jure concesso Monasteriorum, immo etiam publicas, quæ ipsam Regni utilitatem in quavis Provincia concernerent. Adjuncti ipsis erant Scabini Palatii. Vicarii itaque erant Imp. & judicia Palatina in Provinciis exercebant. Ipsos quoque inter alios Imperii Status Comitiis interfuisse animadvertimus.* De illis SPECULUM SUEVICUM Lib. I. art. 19. rub. *von den vier landen &c.* ita: *In Teutschen Landen hat jedes Land seinen Pfaltzgraffen: Sachsen hat einen: Bayern hat einen; Francken hat einen; Schwaben hat einen &c.* quæ latine sic reddo: *In Germanicis Provinciis habet quælibet Provincia suum Palatinum Comitem: Saxonia unum habet; Bavaria unum habet; Franconia unum habet; Suevia unum habet &c.* Palatinorum Saxoniæ ortum fere ad Carolingica tempora referendum existimavit CHRISTIANUS FRANCISCUS PAULINI in Historia Isenac §. 33. pag. 24. Circa Ottonum tempora notus fuit Burchardus Palatinus, *qui commisse*, ut ait TANGMARUS, *præfecturæ exactionem magis ex debito quam ex intentione gerebat.* Postea hoc Officium administrarunt Comites Gozecenses, & Sommerseburgenses. Inde liberalitate Henrici III. Imperatoris Wettinenses, & Merseburgici Comites Palatinatum hunc consecuti sunt. Quibus omnibus seculo XII. extinctis, Henricus Leo Saxonum, Bojorumque Dux, Sommerseburgicum Comitatum sibi vindicans, Palatini titulum gessit, licet eundem retinere haud valuerit, dum, proscripto ipso, Palatinatum Saxonicum anno 1180. beneficiali lege ab Imperatore Friderico I. obtineret Hermannus Thuringiæ Landgravius. Deficiente vero prima Landgraviorum linea anno 1247. Landgraviatus Thuringiæ una cum Palatinatu Saxoniæ ad Henricum illustrem Misniæ Marchionem, vigore Diplomatis Friderici II. anno 1242. cujus PAULINI, & SCHURTZFLEISCHIUS meminerunt, pervenit: quo deinde mortuo, a Rodulfo I. Imperatore Socero suo Palatinatum sæpe dictum Albertus II. Dux Saxo-Ascanius anno 1288. impertavit. Etsi titulus Palatinatus istius postea cessaverit; Auctores tamen cuinam Saxoniæ Palatinatus competeret, teste STRUVIO, disceptarunt. Palatini Bavariæ a Schirensibus, & Wittelspachiis Dynastis descendebant, & Palatini Schirenses, atque Palatini Wittelspachii communiter fuerunt appellari: sic in Diplomate Friderici I. Imperatoris anno 1156. apud TOLNERUM testes adhibentur: *Hermannus Comes Palatinus Rheni, Otto Palatinus Comes de Wittelinesbach* &c. & in alia Charta ejusdem anni apud eundem Auctorem *Hermannus Comes Palatinus de Rheno, Otto Comes Palatinus, & frater ejus Fridericus de Schierren, & Wittelsbach* &c. rursus in alio laudati Cæsaris Privilegio de anno 1158. *Otto Palatinus de Wittelmbach;* denique in Diplomate Ottonis Ducis Bavariæ de anno 1183. apud GEWOLDUM ejusdem Ducis frater *Otto Palatinus de Wittelinspach* nominatur. Exauctorato etenim anno 1180. Henrico Leone supradicto, Fridericus Barbarossa Ducatum Bavariæ (sed jam anno 1156. Marchia Orientali mutilatum) paulo ante memorato Ottoni Wittelspachio, alterius Ottonis Palatini germano, in feudum contulit: hac ratione, cum ejusdem itidem Posteri iisdem Ducatu, ac Palatinatu potirentur, Palatini Comitis Bavariæ titulo, ac dignationi locus porro esse non potuit, Wittelspachii, aut Schirensi Dynastia alteri nemini collata. Sequebatur Palatinus Franconiæ, qui communiter cum Comite Palatino Rheni confunditur, cum tamen utrique probe sint distinguendi. Iste namque præcipuus Regni, ille Provincialis tantum Franconiæ Palatinus audiebat. Scilicet Franconia primum per Cameræ nuncios recta; post per Duces, qualis erat Conradus, qui, extinctis Carolingis, Germanorum Regno præficiebatur, gubernata fuit. Hic fratrem suum Everhardum videtur constituisse Comitem Palatii in Franconia, LUITPRANDO Lib. II. Cap. VII. apud REUBERUM pag. 105. *Comitem potentissimum in Francia:* & SIGEBERTO GEMBLACENSI ad annum 938. *Comitem Palatii* appellatum. Si conjectari licet cum STRUVIO, subsecutis seculis Comites de Limburg S. R. I. olim Pincernæ forsan Comites Palatini Franconiæ fuerunt, quorum Insignia cum Franconiæ Insignibus conveniunt; sicuti manifestum fit ex SPENERO Histor. Insign. Part. Spec. Lib. I. Cap. LIII. §. II. pag. 218. cujus quoque sententia iidem Comites ab ipsis veteribus Franconiæ Ducibus promanarunt: licet graduum, per quos illis conjunguntur Limburgii, numerum injuria temporis obliteraverit. Transeo ad Palatinos Sueviæ, de quibus observari licet, Sueviæ vocabulum rarissime adjectum, & illos quondam simpliciter Palatinos, aut Palatinos Comites, interdum Comites Palatinos de Calve, frequentius vero Comites Palatinos de Tübingen, ubi sedem fixerant, fuisse appellatos. Postquam autem Rudolfus III. Sæculo XV. juxta nonnullos, juxta alios vero Godfridus, seu Getzo, cum Fratre Wilhelmo Urbem, atque Arcem Tubingensem Ulrico Comiti Wirtembergico 20000. libris obolorum (*heller*) seu 5857. floren. vendidisset, cessavit plane titulus Palatinorum, atque reliqui eorundem Successores ad tenuem admodum fortunam, si primas ditiones respicias, tandem redacti, Comitum titulo contenti

man-

manserunt, usque dum omnis eorum linea cum Conrado Wilhelmo, & Georgio Heberhardo fratribus sine hærede defunctis plane desineret. Genealogicum Stemma Palatinorum Tübingensium, & de Calve exhibent HENNINGESIUS Part. I. secundi, & tertii Regni in quarta Monarchia pag. 304. & 305. ac BUCCELINUS German. Topo-Chrono-Stemmatograph. Part. II. pag. 405. His addendi sunt Comites Palatini Carinthiæ, qui, separato anno 976. a Bajoarico Carinthiæ Ducatu, probabiliter Mosburgi, deinde Leontii resederunt. An vero Mosburgum, vetus Carinthiæ Arx, sit illa *Curtis Carantana*, cujus ANNALES FULDENSES ad annum 988. meminere, incertum esse censet ipse Doctissimus GOTTWICENSIS ABBAS GODEFRIDUS in egregio de Palatiis Regiis &c. opere Lib. III. Cap. II. fol. 494. ANONYMUS e contra LEOBIENSIS ad annum 1187. memoratam Arcem Palatinorum Carinthiæ Comitum ditionibus comprehensam docet; unde consequeretur probabiliter ibidem Curtem, aut Palatium Regium, præsertim Carolomanni, & Arnulfi ætate extitisse, & etiam Comitem illic Palatinum commoratum fuisse. Posterioribus seculis Goritienses Reguli, Tyrolensi hæreditate potentiores facti, Palatinatum quoque Carinthiæ obtinuerunt. Primus ex illis mea sententia simili axiomate gavisus est Meinhardus III. cujus Chartæ initio sequens titulus adscriptus legitur anno 1257. *Meinhardus de Goriza, & Tyrolis, & Palatinus Comes Carinthiæ, & Ecclesiarum Aquilejensis, Tridentinæ, ac Brixinensis Advocatus.* Indubitatum equidem esse non inficior, quod mihi objecerat CL. FRÖELICHIUS Archontolog. Carinth. Part. poster. Cap. VII. pag. 124. & 125. (23), subsecutos Goritiæ Comites Palatini titulo usque ad annum 1359. suis in Chartis abstinuisse; atque Advocatum Brixinensem anno 1254. in divisione fortunarum Alberti Tyrolii, communis Soceri, non Meinhardo Goritiano, sed Gebhardo Comiti de Hirsberg cessisse; ast inde, si Superis placet, non sequitur quod transumptum, & non autographum considerari debeat a me citatum Diploma, *in cujus titulo transumptor titulum Comitis Goritiæ,* *sua*

(23) FRÖELICHII verba sunt: „Aliam quidem Chartam, quæ satis antiqua visa est, præclara sua industria nuper e tenebris extraxit Illustrissimus Comes Rudolfus Coroninus, latentem inter documenta Illustrissimi Baronis de Dornbergck, ubi anno MCCLVII. Meinhardo III. Comiti Goritiæ, sequens titulus, chartæ initio, adscriptus legitur: *Meinhardus de Gorica, & Tyrolis, & Palatinus Comes Carinthiæ, & Ecclesiarum Aquilejensis, Tridentinæ, ac Brixinensis Advocatus*, omnibus notum facit, qualiter vendiderit Nobili fideli suo Leonardo de Dornbergck prædium Strain, cum omni jure &c. ... *Datum Goritiæ VII. intrante Octobri, in Villa in hypocausto dicti Leonardi de Dornbergck MCCLVII.*
„Quando huic Chartæ neque Sigillum (quod quidem abesse hoc loco, & hac Goritiensium Comitum ætate poterat) neque Subscriptio Notarii adjuncta comparet, videtur hoc non autographum, sed transumptum esse documentum, in cujus titulo, uti nonnumquam fiebat, transumptor titulum Comitis Goritiæ, sua ætate usitatum, veteri simpliciori substituisset, quod post Seculi XIV. dimidium accidebat. Sane anno MCCLVII. vix cum audere Meinhardum III. Goritianum, Advocatum Brixinensem appellare, cum ex Documentis in Chronico Goritiensi indicatis, doceamur, anno MCCLIV. Advocatiam Brixinensem, in divisione fortunarum Alberti Tyrolii Gebhardo Comiti de Hirsberg cessisse, atque etiam eundem, sub finem anni MCCLVI. viventem comparere. Hactenus FRÖELICHIUS.

sua ætate usitatum veteri simpliciori substituisset. Causam enim, cur Albertus II. Meinhardi III. filius, sese porro Palatinum Carinthiæ scribere neglexerit, vel ipso FRÖLICHIO teste, subministrat ANONYMUS LEOBIENSIS ad annum 1286. qui Albertum Comitem, submissionem aversantem, nonnisi ægre a Fratre suo Meinhardo IV. Duce Feuda Palatinatus Carinthiæ de genibus suscepisse perhibet. *Pronum itaque erat* (FRÖLICHII pag. 129. continuant verba) *ut quam invitus suscepisset dignationem Albertus Comes, & cujus causa submittere se Fratri Clientis more debuerat, eam nollet inter titulos suos profiteri. Albertum II. Comitem Goritiæ imitati sunt filii Henricus II. & Joannes Albertus, seu Albertus III. Nepotes itidem Henrici II. filii, qui omnes Comitis Palatini Carinthiæ titulo abstinuere, quod & isti nollent Patruelium suorum, Meinhardi Filiorum, Ducum Carinthiæ sese Clientes profiteri*. Ita contra suam ipse thesim pugnando, in meum favorem argumentatur FRÖLICHIUS, qui, ut objectionem quoque alteram de *Advocatia Brixinensi* penitus enervaret, postremam Gebhardi Hirsbergii viventis mentionem in Documentis comparere sub finem anni 1256. ultro fateri pag. 125. fuit coactus. Unde consequitur, defuncto sine hæredibus Hirsbergio, in supra citato Diplomate, edito *Goritiæ VII. intrante Octobri in Villa in hypocaustro Leonardi de Doruberger MCCLVII.* non transumptoris præcipiti errore, aut ignorantia, sed Jure merito Meinhardum III. in Autographo, & Palatinum Carinthiæ, & Brixinensis Ecclesiæ Advocatum fuisse appellatum. Cum vero ad præpotentes Austriæ Duces Carinthia devolveretur anno 1335. superstites Goritiæ Comites Palatinatus Carinthiæ dignitatem, Feudorumque jura instaurare cupientes, iterum titulum Comitum Palatinorum sibi veluti postliminio vindicarunt; quem demum Goritiensium Stirpis postremus sepulcro secum intulit Leonardus, anno 1500. XII. Aprilis Leontii extinctus: post cujus obitum Maximilianus I. Imperator Palatinatus Carinthiæ æque ac Comitatus Goritiæ terras Jure pactorum (de quibus in Chronico nostro Goritiensi ad annos 1359. 1361. 1364. 1394. & 1436. dictum) occupavit. (24) Ad Palatinorum Classem nonnulli quoque referunt antiquos Comites Hannoniæ, Hollandiæ, Selandiæ, Namurci, Zutfaniæ, Ferreti, & Kiburgi, ex eo quod in titulo Maximilianus I. inter alia no-

(24) Litem Austriaci movere potuissent Scaligeri; quandoquidem Sigismundus Imperator Brunorio Scaligero, & Masculinis legitimis ejusdem hæredibus eventualiter post Sacri tui Henrici IV. Goritiæ Comitis mortem, si contigisset eum sine maribus decedere, exspectativam in Comitatum Goritiæ cum omnibus cujuscumque nominis, & ubicumque locorum sitis pertinentiis, quæ ad Imperium spectabant, concessit anno 1437. Append. Document. num. XXVII. Sed videtur Brunorius ille cum Anna Goritiensi Conjuge sua improlis mortalitatem explevisse; atque ita jure merito devoluta deinde esse Goritiensium feuda in Maximilianum I. Imperatorem, cujus prætensiones, supra memoratis pactis innixas, subsecutus Principum Imperii consensus magis, magisque roboravit. De jure concedendi exspectantiam in Regale Feudum Imperii, quale ab immemorabilibus temporibus Principalis Comitatus Goritiæ fuisse dignoscitur, Lectori consulendus PFEFFINGERUS in Notis ad VITRIARIUM Lib. II. tit. I. §. 26. littera b. pag. 604. & sequentibus: Item Lib. III. Tit. III. §. 26. lit. b. pag. 450. & sequentibus.

nominetur *Palatinus Comes Hannoniæ, Hollandiæ, Selandiæ, Namurci, & Zutphaniæ:* Carolus vero V. pariter in suis Diplomatibus dicatur *Comes Palatinus Hannoniæ, Hollandiæ, Selandiæ, Ferretis, Kiburgi, Murci, Rossilionis, Ceritaniæ, & Zutphaniæ.* Quæ opinio tamen antiquitate haud nititur, nisi forsan dicere velis cum STRUVIO; *dictos Comites quandoque vicariam potestatem ab Imperatoribus accepisse, Ideoque dictos fuisse Comites Palatinos.* Paulo minus ambigua de Lateranensibus, Ticinensibus, Lumellinis, Venerosis, & Tusciæ Palatinis in Italia: de Aquisgranensibus vero, Hallensibus, Spirensibus, Wimpfensibus, Norimbergensibus, Goslariensibus, Susatensibus (*Sorst*) Tremoniensibus, Magdeburgensibusque Palatinis in Germania apud Auctores sese ostendit notitia; etsi nonnullos ex istis interdum Regios, Missos, Legatos seu Nuntios ordinarios, Imperatorum Vicarios, Curiæ Judices, Civitatis Comites, & Ottonum tempore Burggravios dictos constet: qui primum omnes a Regis pendebant arbitrio, & auctoritate Regia in Palatiis, Curtibus, seu Burggis sua judicia exercebant; successu autem temporis plures Nobiles Familiæ, aut consentiente, aut dissimulante Principe, in arctis constituto, similes Comitivas sibi hæreditarias reddiderunt; donec sensim crescente Statuum superioritate, & dissipatis terris immediatis, hujuscemodi Paladni sub Ducum venirent Potestate; vel, Civitatibus libertatem assecutis, Imperatores in Consules, ac Burggi Magistros earumdem Civitatum universam ipsorum Palatinorum jurisdictionem (*Hofgericht*) transfudissent. Vide Doctissimi Baronis de SENCKENBERG Tractatum Germanicum de Jurisdict. Imperat. §. 8. pag. 12. & Appendic. §. 21. pag. 30. & 31.

§. XXVI.

Horum veluti simulacra (inquit SCHILLINGIUS) credibile est in Palatinis Codicillaribus Imperatores conservare voluisse, quos perinde Regios Delegatos, Principis Vicarios, Judices Cæsaris Ordinarios, Imperii Auditores dici constat; unde PITHOEUS, in Observatione de Comitib. Palatin. (quam FREHERUS edidit) pag. 13., postquam de priscis illis Palatinis Germaniæ disseruit, Imperatorem hodieque Jus creandi Palatinos retinere subjungit. Quare causam non habet MUNDIUS de Comitibus Palatinis Cap. I. n. 15. cur CLUTENIO moveat litem, qui conclusione XXIV. lit. L. a Comitibus Palatinis Rheni, aliisque Germaniæ Palatinis potestatem Comitum Palatinorum Codicillarium derivandam censuerat. Nam quamvis ipsi facile demus, longo intervallo utrorumque potestatem, & fastigium differre (quod quidem omni carebat dubio); ex eo tamen vix, & ne vix quidem, conficiet MUNDIUS, origines Comitum nostrorum aliunde esse repetendas. Quod autem idem urget, Codicillares Palatinos antiquiores esse quam Palatinos Rheni; in eo quidem prorsus fallitur, cum recentiora longe illorum sint primordia. STRUVIUS, Corp. Juris Publ.

cap. XII. §. 16. Edit. Jenæ 1738. pag. 440. Carolum IV. primum inter Imperatores censet, qui privatos (interdum etiam nulla generis nobilitate conspicuos) Palatinalis dignitatis participes reddidisset. Eum hoc modo scribentem accipe: *Sensim tamen mos invaluit, ut etiam privatis ob bene merita Imperatores hanc Comitivam concederent. Carolus IV. enim novo exemplo anno 1360. Petrum de Faxolinis, Militem Vercellensem, Imperii Sacri Consiliarium, atque Erasmum de Lyprandis, Legum Doctorem, Civem Mediolanensem, & Arnolfolum, & Johannolum, ipsius fratres, atque Facioli natum Petrolum ad gradus nobilitatis non solum elevavit, sed etiam Comites Palatinos constituit.* Struvii eruditionem, Historiæ peritiam, Juris Publici cognitionem, & si qua sunt alia, suis momentis æstimo. At tamen non tanti reputo, ut sola illius, idoneis testibus destituti, auctoritas (in antiquis) fidei Documentorum nulla falsitatis suspicione laborantium valeat prævalere. Itaque statuo non Carolo IV., sed Ludovico Bavaro probabiliter Palatinorum Codicillarium originem esse adscribendam. Horum enim alter non solum anno 1310. Bertholdum Hennebergicum in Germania, & anno 1328. Castruccium Lucensium Ducem in Italia Palatinos Comites renunciavit; verum etiam Tridenti 1330. XX. Januarii Theutaldo de Soardis, & Mapheo de Forestis privatis Nobilibus Bergomensibus Privilegium sequenti paragrapho mox producendum concessit, in quo, etsi stricte loquendo titulus Palatinalis non deprehendatur, præcipua tamen Comitum Palatinorum munia, seu Officia impetrantibus adscripta fuisse, ex ipso Diplomatis patescet contextu.

§. XXVII.

„ Ludovicus Dei Gratia Romanorum Imperator semper Augustus.
„ Nobilibus Theutaldo q. Gualterii de Suardis, & Mapheo olim O-
„ dasii de Forestis de Pergamo suis, & Imperii fidelibus dilectis
„ gratiam suam, & omne bonum. Imperatoriam Majestatem decet
„ fidelium Imperii Alumnos, beneficiis, gratiis, & honoribus favo-
„ rabiliter promovere, ut cæteri subditorum ad fidelitatem fortius
„ animentur, unde propter fidelitatem, & grata servitia, quæ no-
„ bis, & Imperio hactenus exhibuistis, & speramus vos imposte-
„ rum exhibituros volentes vos honorare, & per honorem vobis ex-
„ hibitum aliis favorem benevolum impertiri, vobis, & cuilibet ve-
„ strum, ac vestris, & cujusque vestrum hæredibus, & successori-
„ bus per lineam masculinam legitime descendentibus, ut per to-
„ tam Italiam naturales liberos sive bastardos, spurios, manseres, &
„ quoscunque ex damnato coitu, & incertis Nuptiis procreatos le-
„ gitimare & ad omnes actus legitimos restituere valeatis, ita quod
„ ipsi naturales, sive bastardi, spurii, & manseres per vos sive ali-
„ quem vestrum, aut vestros hæredes, & Successores legitimari, ut
„ prædicitur, ad honores, dignitates, ac etiam ad successiones, &

„ hæ-

„ hæreditates volentium eos hæredes inſtituere, aut eis relinquere
„ aliquid, admittantur, ex certa ſcientia, & de plenitudine poteſta-
„ tis Imperialis concedimus, & liberaliter indulgemus, non obſtan-
„ tibus legibus poſitis in Corpore Autenticorum, quibus modis na-
„ turales efficiantur. fin. §. fin. & Autentica quæ incipit: licet pater
„ in fine poſita C. de naturalibus liberis ſuper lege humanitatis, &
„ C. de inceſtis Nuptiis L. ſi quis inceſt., & Autentica ex com-
„ pleta ſuper ipſa Lege ſignata, ac aliis Legibus, Conſuetudinibus,
„ & Statutis quibuſcunque quæ contra hujuſcemodi noſtram conceſ-
„ ſionem poſſent obici, vel opponi, quibus omnibus in hoc caſu
„ ex certa ſcientia ac de Imperialis poteſtatis plenitudine derogamus.
„ Inſuper vobis, & cujuslibet veſtrum, ac veſtris & cujuſque ve-
„ ſtrum hæredibus, & Succeſſoribus per lineam Maſculinam legiti-
„ me deſcendentibus concedimus, quod ſitis Cives honorabiles cu-
„ juslibet Civitatis Italiæ, liberi ab omnibus oneribus, factionibus,
„ & exactionibus civilibus, perſonalibus, patrimonialibus, realibus,
„ atque mixtis; a quibus vos eximimus, atque exceptos fore decre-
„ vimus ex certa ſcientia, & de Imperialis plenitudine poteſtatis L.
„ C. de Cohortibus Libro X., cum ſimilibus, & aliis Legibus, ſta-
„ tutis, & Conſuetudinibus quibuſcunque per totam Italiam creare,
„ facere, conſtituere, & ordinare Judices Ordinarios, Miſſos Re-
„ gios, Tabelliones, & Notarios libere valeatis, ſalvo quod dicta
„ Officia in Civitatibus, Caſtris, ſeu Villis, & Locis in quibus nos
„ perſonaliter eſſe contigerit, donec præſentes fuerimus facere, ſive
„ exercere minime valeatis. Propterea vobis, & cuilibet veſtrum,
„ veſtriſque, & cujuſque veſtrum legitimis Succeſſoribus concedi-
„ mus, quod in Civitatibus Pergami, & Brixiæ, earumque Diſtri-
„ ctibus, Comitatibus, & Diœceſibus ſitis Judices Ordinarii, & Au-
„ ditores generales Imperii in omnibus Civilibus, & ſingulis cauſis,
„ ac quæſtionibus appellationum, & nullitatum interpoſitarum, ſeu
„ interponendarum, a quibuſque ſententiis per quoſcunque Judices
„ Ordinarios, vel Delegatos in ſupradictis Civitatibus, Diœceſibus,
„ & Diſtrictibus promulgatis, & impoſterum promulgandis; ita quod
„ ab omnibus, & ſingulis ſententiis latis ſeu ferendis in ipſis Civi-
„ tatibus, & Diœceſibus per qualcunque Perſonas cujuſcunque Con-
„ ditionis, dignitatis, vel poteſtatis exiſtentes ad vos, & ad quem-
„ libet veſtrum, & hæredes, & Succeſſores veſtros, & cujuſque ve-
„ ſtrum libere valeat appellari, provocari, & ſupplicari, ipſaſque ſen-
„ tentias nullas dici, voſque de ipſis cauſis appellationum, ſuppli-
„ cationum, & nullitatum poſſitis cognoſcere, & diffinire non ob-
„ ſtantibus quibuſcunque Privilegiis, immunitatibus, & conceſſioni-
„ bus ſpecialibus, & generalibus, a nobis, vel prædeceſſoribus no-
„ ſtris aliquibus Perſonis, Communitatibus, Collegiis, aut Univerſi-
„ tatibus conceſſis, vel impoſterum concedendis, niſi de hoc Indul-
„ to, ſive Privilegio ſpecialem de verbo, ad verbum facerent men-
„ tionem, & quibuſcunque ſtatutis, Conſuetudinibus, reformationi-
„ bus,

„ bus, ordinationibus & provisionibus, ipsarum Civitatum, aut ali-
„ cujus earum editis, vel edendis non obstantibus ullo modo, qui-
„ bus ex certa scientia, & de Imperialis potestatis plenitudine de-
„ rogamus. Propterea nolumus quod aliqua Persona cujuscunque con-
„ ditionis, status, & dignitatis existat in Civitate, & Dioecesi Perga-
„ mi, cum ibidem vos, vel aliqui vestrum, vel aliqui vestrorum
„ hæredes præsentes fueritis possit creare, sive facere Notarios, sive
„ Tabelliones, aut Judices Ordinarios, nec legitimare personas, nisi
„ super hoc a nobis Privilegium obtineat speciale, & decernimus
„ quod prædicta omnia, & singula vobis, & cuique vestrum, ac
„ vestris hæredibus (ut prædictum est) per nos concessa habeant,
„ & obtineant plenam, & perpetuam roboris firmitatem aliquo non
„ obstante. Nullus autem omnino hominum præsumat hujusmodi
„ concessionem immunitatem, & privilegium quomodolibet violare,
„ aut contra prædicta, vel aliquod eorum quomodolibet attempta-
„ re, facere, vel venire; Quicunque autem contrafacere præsumpse-
„ rit pœnam mille Marcarum Argenti ipso Jure, & facto incurrat,
„ cujus medietas nostræ Cameræ Imperiali, & alia medietas vobis,
„ vestrisque hæredibus, & successoribus applicetur, & ex nunc ipso
„ facto auctoritate præsentis Privilegii, incurrisse censeatur. In quo-
„ rum omnium evidens Testimonium, & robur præsentes conscri-
„ bi, & Sigillo Majestatis nostræ jussimus communiri. Datum in
„ Civitate Tridenti. Anno Domini Millesimo trecentesimo trigesi-
„ mo, die vigesimo Januarii, Indictione XIII. Regni nostri anno
„ sextodecimo, Imperii vero tertio.

Hujus præstantissimi Documenti exemplar *eximiæ* liberalitati debemus Illustrissimi Domini CAROLI LUDOVICI DE SOARDIS, Capitanealis Goritiæ Consiliarii, de cujus avita nobilitate, eximiisque doribus animi silere in præsens melius puto, quam parum dicere. Idem Privilegium Synoptice quoque, præter SANSOVINUM, (25) commemoravit PR-

(25) SANSOVINUS dell' Origine delle Case Illustri d' Italia Editionis Venetæ 1670. pag. 477. & 478. Soardorum natales ex Germania repetendos docet, dum ait: *Venendo in Italia Federigo Barbarossa Imp. per le cose di Lombardia, condusse diversi Baroni Tedeschi, parte parenti, & parte aderenti, & sudditi suoi per quella impresa: fra quali venero con lui i Soardi, ch' allora avevano gli stati loro attorno alla Città d' Argentina, & questo fu negl' anni di Christo 1154. Si dice, che essendo quelli Soardi capi in Germania d' alcune Seditioni, ch' erano fra la famiglia, l' Imperatore condusse il principale della Casa. Il quale essendo valorossimo Capitano, & havendo mostrato in diverse guerre la sua fedel servitù all' Imperadore, hebbe in dono la Città di Bergamo. Partitosi l' Imperatore per mantenere in fede gl' Italiani, e per stabilire il suo stato, scacciando i parenti della Città, che favorivano la parte del Papa, semino in diverse regioni d' Italia, i suoi Baroni, & Principi Tedeschi. Continuarono pertanto i Soardi, come Vicarii Imperiali, e Signori fino all' anno 1229 nel qual tempo uniti insieme i Coglioni co' Lanzaroni, & con altri potentissimi Cittadini di Bergamo, scacciarono i Soardi, & introdussero la libertà, reggendosi sotto lo l'uso della maggior parte delle Terre di Lombardia a Commune. Et visero a questo modo fino all' anno 1364. nel quale Filippo Torriano Principe di Milano hebbe per forza Bergamo sotto la sua Signoria. Ma l' anno 1300. risorse della gente Soarda uno*

Alberto, che fu Principe d' essa Città. Del quale appariva una memoria in una Capella della Chiesa di S. Domenico, dove egli era scolpito a cavallo, di marmo, con la berretta Ducale, e col bastone in mano in forma di Signore assoluto, con un Epitaffio di sotto, che diceva.

Mori-

Petrus Bonorenus Corbella J. V. Doctor, & Cathedralis Bergomensis Canonicus in Genealogia Illustrissimæ Soardorum Familiæ pag. 11. *Gualterius vero* (sunt ipsius verba) *genuit Teudeldum virum præclarissimum, quem Ludovicus Bavarus Imperator cum omnibus illius legitimis descendentibus in infinitum Comitatus Palatinalis titulo, ac dignitate, aliisque gratiis, & immunitatibus decoravit anno salutis MCCCXXX. XIII. die ante Kalendas Januarii, ut ex Privilegiis Ludovici, & Rodolphi Imper. patet.* Hallucinari Corbellam existimant nonnulli, paulo ante memorati Diplomatis vigore jam inde a Ludovico Bavaro Palatinalem Soardorum titulum accersendo. Sane rem egisse supervacaneam viderentur alias Carolus V. & Rudolphus II. Imperatores, si gloriosum axioma a Majoribus hæreditate adeptum,

Moribus egregius, consilioque probus, altus in Urbe
Prudens, diffluit, natus dum vixit in Orbe
Prole Soardorum natus, pone devenit in isto
Albericus tumulo, cujus Christo memoratio 1309.
La qual Chiesa fu poi rovinata l' anno 1561. quando la Signoria di Venezia fece fortificar la Città.

Neque aliter de nobilissimæ hujus Gentis primordiis sentiebat Celebris Joannes Limnæus qui Jure Pub. Imper. Rom. Germ. Tom. II. Lib. V. Cap. I. num. 7. hæc memoriæ consignavit: *Origine autem veri, & indubitati Germani sunt qui Italice ita nominantur: Signori di Collalto, della Scala, di Castel Barco, della Rovere, di Beccaria, del Carretto, di Monte Feltro, di Porcia, Azzoni, & Avogari, Pii, Carraresi, Balbiselli, Carrasi, Rossi, Landriani, Cavazzoli, Farnesi, Bentivogli, Brancaleoni, Gonzaghi, Gabrielli, Pallavicini, Roverelli, Chiavelli, Malatesti, Correggi, Cybonar, Soardi, Sanseverini, & multi alii.* Petrus Bonorenus Corbella quoque eandem sententiam amplexus in Genealog. Illustriss. Soardor. Famil. pag. 1. ita sese expressit: *Hoc anno ab anno sal. 1154. ad annum 1190. gessit Fredericus, qui in hisce peredit Soardos ex Primatibus Germaniæ, ab eorum Argentinæ Civitatis Oppidorum Dominio sublatos, secum duxit, quorum avi præclarissime Duci Francisca nomine de se, & Imperio optime merito Bergomum donavit anno 1165. et in ea Civitate gubernanda mittendo Imperiali auctoritate attributa &c.* Soardi ergo ut Alsatico olim in solo successum, ita & sanguinem habere; quare tota infaniæ mente videtur inopportunus Sycophanta Franciscus Tomasinus, qui Soardos cum Stuartis confundendo, in Genealogia a se compilata eorum incunabula ab Ida Nortumbriæ Rege, anno post Salvatoris adventum 520. viventi, derivavit. Syllabus virorum illustrium, qui ex Soardorum Prosapia usque ad seculum XVI. in Bergomensi Territorio floruere, apud prælaudatos binos Scriptores Sansovinum, & Corbellam invenitur. Continuationem vero hujus præstantissimæ Genealogiæ, invita Minerva contextam, Patavii suppeditavit quoque prælo ante memoratus Tomasinus anno 1715. Typis Joannis Baptistæ Conzatti, ad quem Lectorem remittimus. Primus in has oras delatus domicilium in Terris Austriacis collocavit Joannes Maria Soardus de Barziziis Eques Auratus, & Comes Palatinus creatus a Carolo V. Imp. Bononiæ anno 1530. (Vid. Approd. Document. num. LX., & num. LXII.); cujus ex Fratre Nepotes, Simon, Christophorus, & Petrus sese sub initium seculi XVI. Goritiam transtulerunt: ubi Ferdinandi tertii Principis Rescripto (existente adhuc in Archivo Inclytorum Statuum hujus Provinciæ) de anno 1535. die XXIII. Januarii avita eorum Nobilitas magis magisque fuit comprobata. Hinc non solum cum isti Incolæ ad nostrorum Provincialium coetus ultro admissi, præcipuos in Goritiæ Comitatu honores, atque dignitates obtinuerant; sed & insuper Simon, inito cum Catharina Spacaurra, & Petrus cum Helena de Dornbergo matrimonio, Nobilissimas totius Provinciæ Prosapias sibi affinitate conjunxerant. Uterque Familiam propagavit. A Simone nati memorantur Lucina nupta Aloysio Marentio Tergestinæ Civitatis Patricio; & Andreas, qui cum Magdalena Hayss Bar. de Kürnburg Michaelem, Annam, & Catharinam procreavit; primus cœlebs obiit; Anna Uxor fuit Jacobi de Campana; Catharina vero sponsum consciscebatur Franciscum ab Attemis. Sed Joannem Soardum, Petri supra nominati Filium, conjux Catharina de Portis numerosa sobole beavit. Primus eorundem natus thalamum petitum est cum Anna de Wolkenach, qua defuncta, secundis nuptiis duxit Catharinam de Rossau, Matrem Francisci, & Joannis, quorum postremus ex Josepha

prium, nulla adjecta nova prærogativa Soardis iterum contulissent; tametsi *Judicum Ordinariorum*, & *Auditorum Generalium Imperii* titulum a Ludovico Bavaro eildem concessum, vel æquivalere appellationi Comitis Palatini, vel eandem in se continere, ex supra ielaris mihi protsus persuasum habeatur. Secundum porro, excusationem adeo facilem non recipientem, errorem in die dati Diplomatis commisit Corbella, quem cum apposito Indictionis anno XIII. confundendo, *tertium decimum ante Kalendas Januarii*, pro vigesimo ejusdem mensis, in Ludoviciano Privilegio expresso, falso adnotavit. Vir alioquin laude sua nequaquam fraudandus.

§. XXVIII.

Baronissa ab Attems Petrum Bernardinum Soardum, sine liberis extinctum, habuit. Secundus, Joannis filius, Laurentius nomine, ex Uxore nobis incomperta genuit Veronicam nuptui datam Aloysio Bembo Patricio Veneto. Tertio, Joannis Filio Christophoro, Comitatus Goritiensis Quæstori Generali, Uxor fuit Clara Maria Savorgnana. Quartus, Joannis filius, Ludovicus Camillus Archiducalis Austriæ Inferioris Regiminis Consiliarius, & Ducatus Carniolæ Vicedominus, thori Consortem sibi adscivit Felicitatem de Neuhaus, ex qua Maximilianum Sidonia postmodum de Gloiach dilectissimæ Conjugis Maritum procreavit. Ad hunc Ludovicum Camillum Soardum pertinet Ferdinandi Archiducis de anno 1590. Diploma, a nobis in Appendice Documentorum recitatum, ubi præcipue adnotanda veniunt sequentia: *Posteaquam nobis noster Inferioris Austriæ Consiliarius Regiminis, & fidelis Ludovicus Camillus Soardo a Montegrado officiosissime postulaverit, & ad considerandum dederit qualiter antiquissimi Nobilis Soardorum Stemmatis Antecessores ejus, qui sua bona circa Civitatem Strasburg in Alsatia ante annos habuerunt, ab immemorabilibus annis in servitiis Imperatorum Romanorum, & Augustissimæ Domus Austriæ diligentissime servierunt, & præcipue anno 1154., quando celeberrimus Romanorum Imperator Fridericus Barbarossa una cum suis in Italiam numerosum Exercitum duxit, tanquam præcipui Belli duces cum illo profecti sunt, & ibi ita generose se gesserunt ut ipse Imperator illis Civitatem Bergomum dono dederit, prout hoc quamplurimi, & fide digni Historici describunt, & particulariter Franciscus Sansovinus in Libro Historiarum, quem moderno Romano Imperatori Rudolpho Secundo nostro dilectissimo Domino Patrueli anno 1582. dedicavit, expresse mentionem fecit, ac etiam testimonia, quæ apud Seniores sui Stemmatis inveniuntur, superflue demonstrant &c.* Patronis Ludovici Camilli, ac filii Maximiliani Stobaeus quoque Livantinus quondam Episcopus in suis Epistolis meminit, quarum contextum hic inserterem, nisi ad reliquos Joannis filios, eorumdemque Successores properandum mihi esset. Quintus igitur Joannis Filius Horatius Sacerdotio Initiatus, ac inter Theologiæ Doctores cooptatus fuit. Sextus demum Octavius Equitum Magistri gradum adeptus, adversus Ottomanos infensissimos Christiani nominis hostes in Sclavonia, & Croatia non inglorius militavit. Sequitur deinde insigne suæ Stirpis ornamentum Joannes Carolus supradictorum Christophori Soardi, & Claræ Mariæ Savorgnanæ filius Comitatus Goritiensis Locumtenens, & Cæsareus Dietæ Provincialis Commissarius, cujus Posteritas ad nostram usque ætatem perduravit. Viris exemptus filios tres ex Victoria Alexia Conjuge sua post se reliquit Franciscum Christophorum, qui tempestive rebus transitoriis valedicendo Sacrum Capuccinorum Institutum professus, sese Deo totum tradidit; Ludovicum Ignatium Parochum Romancolem & Gradiscanæ Dietæ Commissarium; atque Julium Camillum Soardum ex Catharina Coronina Baronissa de Elberg, patrem sedem Joannis Caroli Soardi, qui Matrimonii fœdere sibi copulaverat Thadeam Baronissam de Orzono, Matrem Josephi, Julii, Henrici, & Petri, quorum postremus penatibus indocendo Angelicam Comitissam ab Edling in Ungerspach præter cæteros liberos, Julium Societatem Jesu ingressum, ac Carolum Ludovicum adhuc Cæsareum Regium Capitaneatus Goritiensis Consiliarium, Amicum nostrum dilectissimum, procreavit. Pauca hæc interea ex MS.to nostro *De nonnullarum Goritiensium Familiarum Genealogiis Commentario* desumpta sufficiant ad illustrandam Nobilissimam Soardorum Prosapiam, de qua veritate non invita jam pridem Musæ cecinit.

Est magni facienda viris Domus ista Soarda.

§. XXVIII.

Ludovici successores, & eorum exemplo Summi Pontifices, Lateranensis Romani Palatii possessores, variæ conditionis personis, interdum Universitatibus, Academiis, imo etiam Opificum Collegiis, aut ob benemerita, & doctrinam tribuere, aut numerata pecunia, seu soluta (ut ajunt) taxa, (26) Palatinorum Comitum munus vendere consueverunt; adjecta recentioribus sæculis prærogativa non solum creandi Jurisprudentiæ, Medicinæ, vel Theologiæ Doctores, sed etiam lauream conferendi Poetis; recentioribus sæculis dico; nam antiquiores Palatini vanissimam hance laureandi facultatem prorsus ignorabant. Nimirum in more positum haud erat ante sæculum XIV. apud Majores nostros, ut celebres Poetas Lauro coronarent; quem honorem, ex quo Gothi, Hunni, Heruli, Longobardi, cæterique Aquilonares populi (litterarum prorsus ignari, & bello tantum assueti) Italiam sibi subdidere, omnium primus Romæ consecutus est Franciscus Petrarcha, Petrarchæ de Parentio, & Birgittæ, vel, ut aliis placet, Electæ, aut Lietæ de Conigliani filius, Aretii in Hetruria anno 1304. natus. Tantam iste existimationem, ac famam carminibus sibi comparaverat, ut Eruditus Orbis longo intervallo intermissum, & penitus obsoletum Laureæ decus ad ipsum exornandum e tenebris in lucem revocaverit. Roma, Lutetia, Neapolis certatim uno ferme, eodemque tempore coronam illi Poeticam obtulere; præsentientibus nimirum plus inde gloriæ aliquando redundaturum in Coronantes, quam utilitatis in Coronatum. *E fu curiosa avventura*, (inquit MURATORIUS in Petrarchæ vita pag. 19.) *il vedersi egli in un medesimo giorno invitato a prendere la Corona di Lauro* (onore da tanti secoli dismesso) *dal Senato di Roma, e da Cancellieri dell' Università di Parigi ec.* Ast cunctis Urbibus Romam præferre maluit Petrarcha

(26) JOANNES FRANCISCUS SOLI celebris MURATORII Nepos de hac re Dissertatione VII. pag. 57. ita loquitur: *Resta tuttavia in Germania in sommo onore, e potenza il Conte Palatino del Reno, e questo titolo ne' Secoli antichi denotò una delle più illustri Dignità, che fosse anche nel Regno d'Italia. Gl'Imperadori poi de' bassi tempi, spezialmente nel Secolo XV. e ne' seguenti, per far danaro prostituirono sì fattamente il Nome di Conte Palatino, che lo troviamo ridotto a un miserabil stato comperato con pochi soldi da chi si dilettava di Corte potere.* Et in calce ejusdem Dissertationis pag. 67. *Questo medesimo titolo, ed autorità* (di Conte Palatino) *conferirono poscia i susseguenti Imperadori ad assaissime persone, ed altrettanto fecero i Romani Pontefici, di maniera che oggidì come avvilito si trova in troppo bassa fortuna. Può per altro maravigliarsi il vedere, che essi Augusti in crear tali Conti gl' intitolavano: Sacri Lateranensis Palatii Comites: nam Sacri Nostri Lateranensis Palatii, & Aulæ nostræ Romanæ Comites. E Castruccio Duca di Lucca nell'anno 1328. da Lodovico il Bavaro fu creato Comes Palatii Lateranensis. Non diritto restava più ai Cesari in quel tempo sopra Roma, onde potessero far mostra di tali titoli. E tal fu detta degli antichi Conti Palatini, de' quali appena resta un' ombra ne' Conti Palatini de' Nostri dì, quantunque alcuni di essi possano per un privilegio concedere la Laurea Dottorale, e creare de' i Notai, dove loro è permesso.* Hæc autem dixisse cum ipso MURATORIO Antiquit. Med. ævi Tom. I. Dissert. VII. pag. 308. de Comitibus Palatii edisserente sufficiat, quos postremis sæcula sine delectu, ac tandem sine honore peperere. Vid. Append. Document. Num. XXXIV.

cha, ubi 1341. VIII. Aprilis Resurrectionis die in Capitolio splendidissimo apparatu, applaudentibus Senatu, Populoque Romano, ab Urso Anguillariæ Comite, & Jordano ejusdem filio, Almæ Urbis Senatoribus, Lauream accepit; quemadmodum ipse testatur in Epistolis familiaribus 54. & 56. atque manifestum fit ex Privilegio ea occasione Petrarchæ concesso, cujus contextum subinde anno 1563. una cum doctis suis lucubrationibus Venetiis evulgavit Alexander Vellutelli. Ibi inter cætera hæc leguntur: *Nel vero è cosa certa, che gl'eccellenti Poeti furono coronati nel Campidoglio a guisa de trionfanti. Il qual costume, e solennità in modo sono perduti, che da mille trecento anni in qua, non si lege, che alcun fosse adornato di tetale honore.* In calce Privilegii male adnotatur annus MCCCXLIII. *Dato nel Campidoglio alla presenza nostra, e così di gente forastiera, come de Cavalieri, e Baroni Romani, e d'altra numerosa moltitudine. Il quinto degl' Idi d'Aprile, l'anno del Signore MCCCXLIII.* quem anachronismum Typographus, vel amanuenses commisere. Sane Muratorius Censor acutissimus, qui de infinitis propemodum aliis Documentis reprobationis sententiam feliciter semper pronunciaverat, nihil in hoc privilegio suspectum invenisse videtur: alias enim certo certius ad illud adeo fidenter non provocasset, scribendo l. c. *Leggesi ancora il Privilegio a lui conceduto dal Senato Romano, il quale diede a Francesco altri sensibili segni di estimazione, con averlo anche magnificamente regalato:* & Annal. Ital. Tom. XII. ad annum 1341. *Fioriva in questi tempi Francesco Petrarca Uomo allora di mirabil credito nella Poesia latina, e che di poi fu solamente ammirato per la volgare. Essendo egli ito a Napoli, di molte dimostrazioni di stima, e finezze ricevette dal Re Roberto, Principe amator delle Lettere, e dei Letterati. Voleva esso Re indurlo a ricevere in quella Metropoli la Laurea Poetica, ma invitato, il Petrarca a Roma, antepose ad ogn' altra quell' augusta Città; e però nel dì 8. Aprile giorno di Pasqua dell' anno presente (1341.) nel Campidoglio con solennità magnifica gli fu conferita la Corona d'Alloro, dato ampio Privilegio, e fatti dei bei regali.* Petrarchæ exemplum successu temporis multos alios, interdum etiam minoris nominis Poetas ad ambiendum Lauream inflammavit. Cum Ludovicus Areostus (juxta nonnullos) ab ipso Imperatore Carolo V. Poeticam Coronam obtinuisset Mantuæ anno 1538. tanto repente gaudio fuit perfusus, ut velut œstro perciтus per omnes Plateas cursitaverit, ipso *Orlando furioso*, quem carmine descripserat, longe furiosior. Interea, uti supra monuimus, Imperatores hanc prærogativam creandi Poetas Laureatos Palatinorum Comitivis adjecere, quorum favore, indulgentia, aut venalitate superiore sæculo Laureatorum numerus usque eo creverat, ut in sola Germania tricenos, & amplius corona poetica insignitos deprehendam. Hos inter (Menckenio teste) Mag. Joannes Segerus, a Reimaro Seltrechtio ICto, & Comite Palatino ob facultatem scribendorum versuum Laurea donatus, curaverat Wittembergæ in tabula ænea depingi

pingi Christum Crucifixum, quem ille sub cruce stans laconice compellabat verbis ex ore ipsius emissis: *Domine Jesu, amas me?* Ad quæ Salvator cum amplissima honoris præfatione de Cruce respondebat: *Clarissime, perexímie, nec non Doctissime Domine Mag. Segere Poeta Laureate Cæsaree, & Scholæ Witembergensis Rector dignissime, ego amo te.* Similem Historiolam plane ridiculam alii referunt de Mag. Joanne Peiskero Poeta itidem coronato, & Scholæ Witembergensis Rectore. Alteruter sit per me licet. Næ alterutri conveniet illud HORATII.

. . . . *Mutato nomine de te*
Fabula narratur.

§. XXIX.

Ad Palatinorum Theoriam, postremis quatuor paragraphis expositam, subjungere placet nonnulla corollaria, unde IRENÆANI Diplomatis falsitas magis patescat, & quasi manu teneatur. Paragrapho itaque XXV. demonstravi, antiquos Comites Palatinos Germaniæ in Palatiis Regiis jus dixisse, vicaria Principis auctoritate. Inde, ni fallor, sequitur, quod, cum nullum Palatium Regium ad forum agendum Julianis ab Imperatore fuerit destinatum, illorum Comitiva, per IRENÆUM in publicum conspectum producta, minime quadret cum munere, ac conditione dictorum Palatinorum, quorum jurisdictioni Friderici Ænobarbi temporibus quoque perutiles feudali titulo a Cæsaribus, vel Ducibus impertitæ adnectebantur Dynastiæ; uti ex iis, quæ ibidem adduxi de Palatinis Saxoniæ, Bavariæ, Franconiæ, Sueviæ, ac Carinthiæ quisque facile poterit sibi persuadere. Paragrapho XXVI. ostendi, Palatinorum Codicillarium originem probabiliter Ludovico Bavaro Imperatori esse adscribendam, utpote qui primus inter Cæsares privatæ conditionis personis hujuscemodi Privilegia contulisset. Quare cum Ludovicus Bavarus duobus ferme sæculis post Barbarossæ primum Regni annum imperaverit, dubio caret, Julianorum IRENÆANAM Comitivam, ab antiquioris temporis usu alienam, ad normam recentiorum Diplomatum fuisse fabricatam. Paragrapho XXVII. recitavi literas anni 1330. quibus munus Judicum ordinariorum, & Auditorum generalium Imperii in Civitatibus Brixiæ, & Bergomi antedictus Ludovicus Bavarus Theutaldo de Soardis, & Mapheo de Forestis, privatis Nobilibus Bergomensibus, largiebatur; ut assertiones, & conclusiones, factas anteriori paragrapho solidius comprobarem. Paragrapho XXVIII. demum palam feci, neminem, ex quo Barbari, everso occidentis Imperio, Italiam sub jugum miserant, ante PETRARCHAM corona Poetica esse decoratum, in cujus gratiam velut e nocte diu intermissum Laureæ decus anno 1341. emersit, & quod in Italia perierat, tota ferme Europa paullatim renatum est. Quare cum Poetarum Laureatorum, qui meminerit, Scriptor sæculi XII. vel XIII. nondum occurrat, nec Charta illorum temporum ulla, simile quid continens, reperiatur; aperte inde consequitur, IRE-

NÆUM (ut sese in Julianorum gratiam magis insinuaret) sua nobis deliramenta obtrusisse, & consuetas nostra ætate formulas creandi Poetas Laureatos, ex nova aliqua Comitiva describendo, famoso suo inseruisse Diplomati ; ut vel solo hoc nomine illud ab Eruditis minus genuinum detegeretur, ac tandem Universus Orbis male digestam, cum suo inventore, execraretur imposturam. *Præstaret* profecto (exclamabat quondam WESTPHALIUS Scriptor Megopolitanus) *Genealogias nescire, vel recensere nullas, quam fictas, & commentitias*, vel fictis, & commentitiis Privilegiis suffultas. Hæc de corpore, seu argumento, aut contextu IRENÆANI Diplomatis ad Lectoris instructionem, fictionemque convincendam sufficiant. (27) Nos interim ad consuetas antiquis Imperatoribus, & præcipue Friderico I. Diplomatum clausulas, subscriptiones, testes, Chronologiam, Monogrammata, & Sigilla progrediemur.

§. XXX.

Inter Clausulas primæ sese nobis in Chartis offerunt imprecationes, & mulctæ. Ut nimirum stabilitatem, ac firmitatem quam possent maximam Præceptis, Diplomatibusque suis conciliarent Imperatores, plerumque mulctas indicebant violatoribus, & si quidem has non satis efficaces fore crederent, diras etiam execrationes iisdem adjungebant. Exemplis rem illustremus. Mulctam sine imprecatione continet Ottonis I. Diploma Monasterio Bobiensi concessum apud Cl. ABBATEM GOTTVVICENSEM Tom. I. Lib. II. cap. III. §. 17. pag. 176. dum ait. *Qui contrafecerit, aut quoquo modo contravenire præsumpserit, quadraginta libras componat auri obrizi, medietatem Palatio nostro, & medietatem Cameræ Abbatis ejusdem Cœnobii*. Pari modo Fridericus I. sola mulcta contentus nullas imprecationes intentavit in Tabulis per MARQUARDUM HERGOTT exhibitis Genealog. Austr. Tom. II. pag. 175. quibus anno 1152. Monasterio B. Vincentii bona jam oblata confirmat, & circa sessionem Advocatorum

(27) Utinam accurate hoc modo alia quoque ineptissimi Tergestini Impostoris examinarentur Diplomata, in quibus, aut ex integro conficta, aut certe turpiter interpolatis, non modo tenentur usurpari cœptæ formulæ, nuper excogitati tituli, ex cerebro hausta rerum, ac personarum nomina, pluraque alia, quæ nunquam contigerunt, memorantur; sed multæ etiam voces occurrunt alienissimæ ab antiquitate, quam palam Impostorem ostentare meditabatur. Linguæ genius, inquit HERTIUS, ut pro temporibus variat, ita ad detegendam Chartarum falsitatem permultum valet. Sane vocabula quoque ætatem habent suam, & quod olim usquam, vel raro, inferioris postea temporibus frequentius in usu esse contigit, juxta illud Horatii:

Ut silvæ foliis pronos mutantur in annos,
Prima cadunt: ita verborum vetus interit ætas,
Et juvenum ritu florent modo nata vigentque.
ac paucis interjectis,
. . . . *Mortalia facta peribunt,*
Nedum Sermonum stet honos, & gratia vivax.
Multa renascentur, quæ jam cecidere, cadentque,
Quæ nunc sunt in honore, vocabula, si volet usus
Quem penes arbitrium est, & jus, & norma loquendi.

Quare, ut de reliquis sileam, videtis Juliani quo decorem pacto Irenæani Diplomatis stylum cum *Salva Guardia*, ac *Familiarium* Aulicorum vocabulis adversus peritos Criticos tueretur.

rum ejusdem Cœnobii disponit, ubi habetur: *Si quæ igitur Ecclesiastica, Sæcularisve Persona, hanc nostræ Constitutionis paginam sciens, contra eam temere venire temptaverit, secundo, tertiove commonita, si non satisfactione congrua emendaverit, mille libras auri ad Cameram Regalem persolvat.* Item pag. 182. in Panchatta de anno 1158. pro libertate atque immunitate Monasterii Fabriensis: *Si vero, quod absit, aliquis hujus præcepti nostri paginam violaverit XXX. libras auri purissimi componat, quarum partem dimidiam Cameræ nostræ, reliquam vero prædictæ Ecclesiæ persolvat.*

Execrationem absque mulctæ mentione Eruditus Lector inveniet in notissima fundatione Ecclesiæ Misnensis, ubi Ottonis Magni verba sunt: *Si quis hoc nostri Imperialis præcepti constitutum transgredi, vel disrumpere præsumat cum Annania, & Saphira, nec non cum Juda traditore infernalis incendii tormentum patiatur &c.* Utrumque non solum conjunxit Otto III. in Chartis indicatis ab Abbate Gottvvicensi Tom. I. Lib. II. cap. V. §. 13. pag. 218. verum etiam Fridericus Ænobarbus in Privilegio anno 1152. Ecclesiæ Basilejensi collato, apud prælaudatum MARQUARDUM HERGOTT l. c. pag. 176. *In Civitatibus autem, aut in Castris, sive etiam Villis, ubi talis contaminator latitare prœscitus fuerit, Divina cessent Misteria, & ejus causa homines laborent generali dampno, justo Dei Judicio Divinis careant ejusdem contagio. Addimus etiam, quod si quis contumatia ductus hoc privilegium confirmationis nostræ violaverit, banno Regali subjaceat, & centum libras auri componat, medietatem Cameræ nostræ, & alteram medietatem prædictæ Ecclesiæ.* Nec non in Charta anni 1153. Cœnobio S. Columbani concessa apud UGHELLUM Ital. Sacr. Tom. IV. pag. 931. *Quicunque vero horum aliquid violare præsumpserit, sciat se compositurum auri optimi libras mille quingentas, medietatem Palatio nostro & medietatem Cameræ Abbat. Et si ullo unquam tempore, qui ex Successoribus nostris, aut Princeps aut aliquis homo huic confirmationi contraire, aut hoc nostrum Privilegium disrumpere conatus fuerit, anathematis ultione mulctatus, partem cum Juda traditore in fine extremi examinis habeat.* (18)

Huc

(18) Execrationibus non solum Cæsares, sed ad stabiliendas qualescunque dispositiones usos fuisse alios Principes quoque, Comites & Dynastas extra omnem est controversiam. De Personis Deo consecratis qui dubitaret, sequens Documentum Monasterii Aquilejensis de anno 1230. (nobis ab Illustrissima, & Reverendiss. Matre ANGELICA DE ROVERAO, sexies ejusdem loci pietatis, ac prudentiæ laude celeberrima Antistita communicatum) intercedat.

In Nomine Domini Amen. anno a Nativitate ejusdem Millesimo ducentesimo trigesimo. Indictione tertia. die sexto Mensis Januarii intrantis. Domina Mergarda Dei gratia Monasterii Sanctæ Mariæ in Aquileja Abbatissa præsentibus, & consentientibus, atque volentibus Sororibus suis, sive Sanctimonialibus ejusdem Cœnobii videlicet Domina Berburg priorissa, Thomera, Petrie, Agnete, Gisetrudis, Palma, Adeleitis, Anaaleta, Hengelmuot, Heliguadis, Beverra, Mactildis, Cecilia atque totius Congregationis, & Capituli sui, tale fecit ordinamentum, & institutum, videlicet quod perpetuo annuatim in anniversario Domnæ Berengardi quæ quondam Aremila in Castro Gorizia appellabatur in Sero, Vigilia, & Placebo pro anima ejus perrantetur, Maddeus unius metrata boni, & puri Vini Sanctimonialibus ejusdem Monasterii propinetur. In crastinum autem Domina Abbatissa, qualiscunque fuerit, quinque missas pro anima ipsius celebrari fa-

ciat,

Huc & Inhibitiones referuntur, quibus Comites suos, Judices Vicarios, Exactores Fisci, Missos Regios, Nuntios, Procuratores, Advocatos &c. ne qua in re præceptis hisce contravenirent, Imperatores, ac Reges solebant admonere. Ita Fridericus noster in Protectorio pro Parthenone Rupertino, juxta Pinguiam sito, An. 1163. apud VALENTINUM FERDINANDUM DE GUDENUS Cod. Diplom. Mogunt. Tom. I. pag. 247. similibus Personis, Officialibusve expresse inhibuit, ne Abbatissam, & Moniales dicti loci, immunitate donatas, in posterum molestiis Collectis, seu Exactionibus divexarent: en verba: *Decernimus quoque ut aliqua Imperii nostri magna, vel parva Persona, nullus Judex, nullus Comes, nullus Advocatus, nullus Villicus, nullus publicæ functionis Exactor, in possessionibus prædicti Cœnobii aliquam Collectam exigere, vel exactionem facere contra voluntatem Abbatissæ, vel Dominarum præsumat, sed sint solumodo earum, pro quarum sustentatione*

tiat, & quatuor Staria panis, & unum Starium Fabarum, in quibus si non fuerit jejunium unus Caseus sexdecim denarios monetæ Aquilegiensis valens ponatur. Si autem jejunium fuerit asse libra Olei in eisdem fabis ponatur, & duo Urnæ Vini pauperibus illo die distribuantur, tantum tamen de prædicto pane, & Vino retento quod Sanctimonialibus prædictis die illo integer panis cuilibet in prandio, & bonum atque purum Vinum detur. Si autem defectus Pauperum tamen aliquo tempore erit, quod res illæ inter ipsos dividi omnes non possint, omnia quæ pauperibus superarent in eodem Claustro Sanctimonialibus memoratis dentur, & inter ipsas æquali portione dividantur eisdem autem Sanctimonialibus LX. denarii Carnium si jejunium non fuerit die illo emantur. & de eisdem carnibus tria fercula in prandio cum aliis rebus, & duo fercula in cœna eis pro anima ipsius ministrentur. Si autem jejunium die illo fuerit, tunc quadraginta denarii piscium prædictis Sanctimonialibus emantur, & tria fercula eis in prandio pro anima ejus cum dictis piscibus, & aliis rebus ministrentur. Hæc autem omnia & singula suprascripta Domina Abbatissa præcepit, & constituit, videlicet perpetuo pro anima præfatæ hirmingardis quolibet anno in Anniversario ipsius qualibet Abbatissa illius Monasterii fieri annuatim faciat [illegible] de redditibus quinque Mansorum in Villa, quæ dicitur Rancia [illegible], quos Mansos pro anima ejusdem hirmingardis Dominus Bertholdus Patriarcha Aquilegiensis, & Meinhardus Senior Comes de Goritia supradicto Cœnobio contulerunt. & etiam de censu unius domus, quam præmemorata Domina Mergardis Abbatissa cum denariis prædictæ hirmingardis a Domino Mirsal Civi Aquilegiensi pro xxiiii. Marcis emit secundum etiam quod instrumentum manu mei infrascripti Notarii publici confectum, & corroboratum patet, & continetur; Quæ Domus Aquilegiæ non longe ab Ecclesia Sancti Joannis in Foro est sita, Domum unam sive solarium in eodem claustro in coquina & stupa Sanctimonialium ejusdem Cœnobii ædificatum quod præfata Domina Abbatissa cum Denariis sæpe memoratis hirmingardis ædificari fecit licet victum Operariis & Magistris de Cellario suo dederit quo usque ædificabatur omnibus infirmis Sanctimonialibus ordinavit, constituendo, ut qualibet Sanctimonialis infirma in eodem solario usque dum ab ægritudine sua bene convalescat pro anima ejusdem hirmingardis jacendo commodum suum habeat, & nulla domina, vel Sanctimonialis in eadem domo aliquid agat, exceptis infirmis, & earum servientibus, ad hoc autem, ut hæc omnia perpetuo inviolabiliter observentur præfata Domina Abbatissa una cum Congregatione, & toto Capitulo suo Omnipotentis Dei Misericordiam est deprecata, ut quæcumque persona vel Domina aliqua, aut Abbatissa sive Monialis contra hoc statutum suum aliquando fecerit, aut ipsum non observaverit vel aliquid contrafecerit maledictionem ipsius Dei, & Gloriosissimæ Mariæ semper Virginis Matris ejus, & omnium Sanctorum incurrat, & perpetuo particeps fiat in Gehenna ignis cum Anania, qui pretio Domini Dei ...... volebat, cui a Beato Petro dictum est pecunia tua tecum sit in perditionem, & particeps sit etiam Gehennæ cum Juda traditore Domini.

Actum Aquileæ in Capitulo supradicti Monasterii in præsentia Petri ejusdem Monasterii Capellani &c.

Ex præstantissimo hocce Documento suspicari liceat Hirmingardem isthic memoratam, *quæ quondam Hirmola in Castro Goritiæ appellabatur*, fuisse Meinhardi Secundi, seu Senioris Comitis Goritiæ filiam, pro cujus animæ salute quinque Mansos in Runco Afflain *Bertholdus* Meranicus *Aquilejensis Patriarcha*, & Pater *Meinhardus Senior Comes de Goritia supradicto Cœnobio contulerunt*.

ſtentatione oblata ſunt, omnibus uſibus profuturæ. Jam conferant vel Diplomaticæ periti haſce imprecationes, mulctas, inhibitiones cum vocabulis, atque formulis ab IRENÆO adhibitis in fictitio Julianorum Diplomate, & an ævum Fridericianum redoleant? ingenue fateantur. *Et ita omnibus Principibus, & aliis noſtris mandamus ſub pæna XXV. Marcarum Auri, dictam Familiam de Juliano teneant, & habeant in his prærogativis noſtris*. Quam provida, quam appoſita, quam veroſimilis foret impoſtura, ſi hac ratione Carolum V., Ferdinandum I., vel alium aliquem ex ſubſecutis Imperatoribus loquentem induxiſſet IRENÆUS? Aſt, ut cætera ſilentio prætercam, quo pacto, quæſo, aut quo indice digno in mulctarum comminatione Marcarum nomen a Barbaroſſa, primis præcipue regni annis, adhibitum mihi unquam demonſtrabit IRENÆUS? Qua argumentatione, aut ſano ratiocinio ſuas viginti quinque Marcas plus ponderis, quam tot millia librarum auri, reliquis in Chartis Fridericianis apud UGHELLUM, MURATORIUM, alioſque paſſim occurrentes, continere perſuadebit? Inferre certe vim animo eam non poſſum, ut inſpecta hinc inde ſexaginta, & amplius Diplomata cum librarum mentione pro falſis, ſuppoſititiis, interpolatis habeam; IRENÆANUM e contra inſolitum Marcarum (quarum ſingulæ, CANGIO teſte, dimidiam libram efficiebant) vocabulum præſeferens Diploma, veluti e Cœlo proſpicientem veritatem clauſis oculis, inclinatove capite, venerabundus recipiam, & Auctori multiplicibus in fraudibus alias deprehenſo, ac falſitatis non ſemel convicto ſine ratione acquieſcam.

§. XXXI.

Quibus rebus porro Clauſulæ abſolverentur ex Friderici I. Diplomate, Arduico, ſeu Ardicio Gebenenſi Antiſtiti anno 1153. conceſſo (quod MURATORIUS Antiquit. Med. Ævi Tom. VI. Diſſert. LXXI. pag. 55. & 56. produxerat) clariſſime apparebit. Sic autem habet. *Et ut hæc omnia in poſterum tempore rata, & inconvulſa permaneant, preſenti pagine, Sigilli noſtri impreſſione munita. Teſtes ſubter notari ſecimus, quorum nomina ſunt hæc. Umbertus Biſuntinus Archi-Epiſcopus. Ordebertus Baſilienſis Epiſcopus: Amedeus Lauſanenſis Epiſcopus: Gonterus Spirenſis Epiſcopus: Anſelmus Havvelbergenſis Epiſcopus: Stephanus Metenſis Epiſcopus:* Welpho *Dux Spoleti: Mateus Dux Lotharingiæ: Fredericus Dux Svevorum: Fedricus Palatinus de Thivangen:* (Thivvingen) *Hermannus Marchio de Baden: HugoComes de Alſaſs. Theodericus Comes de Monte Beligardis, & alii quamplures, quos annumerare ſuperfluum duximus*. Tum ſequitur: *Signum Domini Friderici* (hic inferta in Muratorio eſt Crux Monogrammatis locum indicans) *Romanorum Regis Invictiſſimi*. Infra vero. *Ego Heitbolphus Cancellarius Vice Arnoldi Maguntini Archiepiſcopi, & Archicancellarii recognovi*. In calce tandem ſubjicitur. *Datum Spire XVI. Kalendas Februarii Anno Dominice Incarnationis MCLIII. Indictione II. Regnante Domino Fre-*

derico Romanorum Imperatore glorioso, Anno vero Regni ejus secundo. Ex allato jam exemplo liquido satis constat: *Primo* in his clausulis Fridericum Testimonia personarum illustrium adhibuisse: *Secundo* Signo seu Monogrammate, proprii nominis subscriptioni intermedio, usum fuisse: *Tertio* accessisse subsignationem Archicancellarii, seu Vicariam operam præbentis Cancellarii. *Quarto* demum loco Datam, ut vulgo ajunt, Diplomatis collocasse. De singulis seorsim pro modulo nostro, & quidem præsenti paragrapho de Testificatione, seu Testium appositione disseremus, quæ non alia ex causa invaluerat, quam ut major Diplomatibus auctoritas, robur, firmitasque apud posteros etiam duratura accederet, & in Regimine Monarchico-Aristocratico Primores Regni interventu, assensuve suo Principum mandata solidius approbarent. Sub Merovingica, aut Carolingica stirpe paucissima, sub Saxonicis Imperatoribus vero plane nulla cum testium adjectione emanasse Diplomata pereruditе observavit, præter Mabillonium, & Leuberum, notissimus Hertius de fide Diplom. German. Sect. I. §. XIV. Unde si tale Documentum forte occurreret, & in eo Stylus insuper vel Chronologia congrue reliquis eorum temporum Diplomatibus non responderet, minime a receptis Criticorum regulis deflectet, qui illud e vestigio suspectum, imo adulterinum pronunciaverit. Contra si de Suevicis Imperatoribus, Regibusve, & præcipue de Friderico Barbarossa foret quæstio, atque aliquis sciolus, cum Irenæo, Chartas sine testibus horum nomine compillatas pro genuinis obtrudere meditaretur, prædictum audiat Hertium l. c. *Sub Suevicis Imperatoribus a sæculo XII.* (in Germania) *novus mos inductus fuit, etiam post interregnum diu continuatus, ut testium & quidem persæpe complurium subscriptiones admitteret.* Quam sententiam communiter hodie sectantur Eruditi; sed magis adhuc firmam reddunt infinita propemodum Diplomata Suevica, per Goldastum, Lunigium, du Mont, Lunigium, Meibomium, Miræum, Ludevvigium, Herrgott, Ughellum, & Muratorium publici juris facta, quibus inspectis propositarum testificationum usus, in terminis ab Hertio expositis, ad amussim comprobabitur. Transeo ad Monogramma.

§. XXXII.

Monogramma (cum Mabillonio inquit Jacobus Sirmondus in not. ad capitul. Caroli Calvi edit. Baluz. pag. 791.) *erat nota, & Character, ut cum littera unica videretur, unde Monogramma est dictum, omnes tamen* (aut certe plerasque) *nominis litteras exprimeret*; alias etiam *Character Regius, signum manus*, aut *signum* simpliciter fuit compellatum. Ejus usus in sigillis, nummisque longe antiquior, tardius in Diplomatibus cœpit; quamquam jam sub prima Merovæadum stirpe aliquando viguisse Chiffletius auctor sit, ac specimen de Dagoberto I. Rege ex autographo in Treviensi Sancti Maximini Cœnobio adservato Zyllesius, & Vilthemius, a Papebrochio citati peculiariter

ter evulgaverint. Originem in eam Christianorum consuetudinem refert JOH. MICH. HEINECCIUS, Lib. de veteribus Germanorum Sigillis, Parte I. Cap. VII. §. IX. pag. 67. qua scribendi imperiti ad firmanda pactionum Instrumenta sui nominis loco Crucem efformabant. *Cum enim*, ait, *Crucis signum communis veluti nota esset Christianorum, ipsorum atque Caesarum, ac Conciliorum legibus statutum est, ut si quis duceret litteras, nomenque suum subscribere nesciret, id quidem per alium fieret, ita tamen ut ipse cujus interesset, Crucis signum suapte manu praeponeret*. Atque eadem de causa Carolum Magnum primum omnium constanter Monogrammate usum novimus, illudque Crucis formam referens, quae nominis litteras inter se nectebat, adhibuisse. Animadversione digna res est, in cruciformibus Monogrammatibus medium pro centro rhombum supplevisse locum vocalium, in ipso nomine occurrentium, prout etiam ex Dagobertino supracitato, nec non ex signis Carolorum Magni, Calvi, Crassi, atque Arnulfi Imperatoris a Cl. CAROLO DU FRESNE in Glossario Latinitatis medii aevi, voce MONOGRAMMA alibi expressis, magis magisque fiet manifestum. Caeteris deinceps Imperatoribus quadrata forma praeplacuit, nulla, vel exigua habita ratione Crucis usque ad Henricum Sanctum. Initium huic formae fecit Hludovicus Pius Caroli Magni filius, eo quod ad primam nominis litteram, scilicet H, caeterae litterae aptius quam ad Crucem appingerentur. Otto II. primus, & post eum Otto III. cum Successoribus coronam Romanam assecutis, praeter nominis litteras IMPERATORIS etiam AUGUSTI titulum plerisque Monogrammatibus intexuit; uti contra PAPEBROCHIUM (qui uniformem, nudum nomen continentem, in tribus Ottonibus statuit Monogrammatum structuram) pereruditе demonstrat Cl. GOTTWICENSIS ABBAS GODEFRIDUS Lib. II. cap. IV. §. V. pag. 194. & Cap. V. §. V. pag. 210. Maximilianus I. demum taedio fortasse Characteris adeo operose effingendi ductus, ejus usum penitus sustulit. Quamquam iste (si GODOFR. LEONH. BAUDISIO credimus) neque hoc, quod modo commemoravimus tempore, perpetuus fuit; duo enim intervalla temporum statuit, quibus suppressa Monogrammata Litteris publicis addendi consuetudo fuerit: alterum, quod a Lothario II. ad Fridericum I. alterum, quod a Wenceslao ad Fridericum IV. pertinuerit; quin & medio, quod inter Fridericum I. & Wenceslaum intercessit, tempore, saepe quidem adhibita, non raro tamen etiam omissa, contendit. Caeterum quoties usurpabantur, calcem semper Diplomatis occupabant. In verborum autem ordine, quae jam praecedebant, jam sequebantur Monogrammata, major est varietas, quam ut certi quidquam constitui possit. Plurimum equidem ad ferendum de Diplomatibus judicium accurata Monogrammatum consideratio confert; at quoniam figura eorundem, & conformatio, nisi oculis speciminis gratia quidquam subjiciatur, nequaquam ita exprimi verbis potest, ut ideam, quae satisfaciat, aliquam legentium animi concipiant; propterea in subsidium Lectoris duplex Aenobarbi jam Imperatoris Monogramma;

Pri-

Primum ex Diplomate Austriaco superius §. III. memorato; Secundum ex PAPEBROCHIO Tom. II. April. Propyl. cap. IV. pag. 14. hic adjungendum curavi.

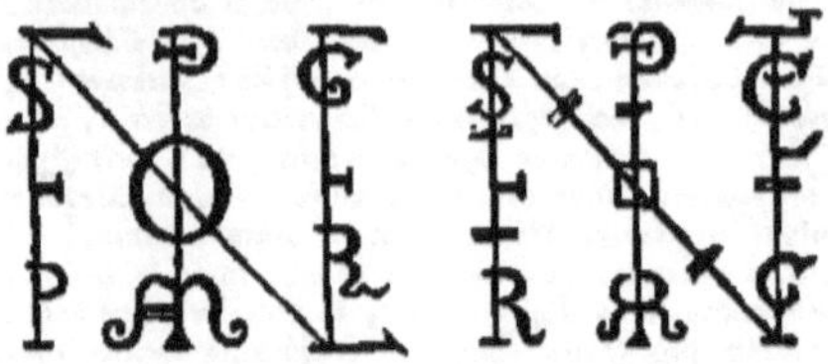

Plura similia Friderici I. Monogrammatum exempla typis vulgata inspicere cupientem ad AVENTINUM Annal. Boicor. pag. 390. HEINECCIUM lib. II. antiquitatum Goslar. pag. 160. & pag. 185. MEICHELBECKIUM Histor. Frising. Tom. I. pag. 338. & 366. HUNDIUM Tom. II. Metropol. Salisburg. pag. 113. & 260. item Tom. III. pag. 410. JOANN. A BOSCO in Bibliotheca Floriacensi pag. 83. ZYLLESIUM part. III. pag. 59. UGHELLUM Ital. Sacr. Tom. I. pag. 515. & 916. item Tom. II. pag. 220. FUGGERUM BIRKENII Specul. honor. Dom. Austr. lib. II. Cap. II. pag. 170. ut cæteros prætermittam, remittimus. Aliquas duntaxat observationes (ex JOANNIS FRIDERICI JOACHIMI J. V. D. introductione in Diplomaticam Germaniæ) subjungere liceat, quibus ad cognoscenda Diplomata juvari queant etiam incipientes. Suspecta videlicet merito sunt Diplomata, quæ aut Monogrammate, extra enumerata supra tempora, velut Irenæanum Julianorum Privilegium, penitus destituuntur: aut his instructa, quidem, non eam tamen, quam ævo cuique assignavimus, structuram quadratam puta, vel Cruci similem prætendunt, sicuti Epternacense Pipini Regis Diploma, productum a MIRÆO in Notitia Ecclesiarum Belgii Cap. XX. quod ex Monogrammate, *non ejus formæ, quam adhibebant primæ, aut secundæ stirpis Reges in Francia, vel Austrasia*, supposititium merito pronunciavit PAPEBROCHIUS Propyl. Cap. VI. pag. 29. Eundem in censum veniunt, si quæ ante Ottonis II. ætatem litteras Imperatoris, aut Regis titulum exprimentes annexas Monogrammati habent. Ea item, quorum Monogrammata, cujuscunque tandem sint ævi, abundant characteribus, quos neque ad nomen, neque ad dignitatem subscribentis significandam referre liceat. Parum contra refert, eodemne, an alio cum reliquo Diplomatis contextu atramento, aut liquoris genere picta sint Monogrammata; nam ea & ipsi interdum per se Principes efformabant, & Notariis non infrequenter relinquebant addenda; quod tamen cum facerent, ea *signari, muniri* &c. se jussisse aut *præcepisse* plerumque monebant.

§. XXXIII.

§. XXXIII.

A Monogrammate, subscriptioni Regiæ fere intermedio, ordo nos ducit ad subscriptionem Notariorum, seu Cancellariorum; promiscuus enim gemini hujus nominis usus erat; quin immo sub Merovingis Regibus *Referendarii* etiam, deinde vero & *Capellani* incerta vocis origine nuncupabantur. Sub Carolingica autem Familia, cum gradus intra Scribas Regios essent, qui iis præerat, Summus Cancellarius, seu Archicancellarius, & Archicapellanus fuit appellatus: duo quippe hæc munia, licet origine diversissima, conjungi forte ea cœpere de causa, quod cum eo ævo litteratura omnis, quæcunque tandem ea fuerit, apud homines sacris initiatos resideret, necessitas pene cogeret eosdem & a sacris & a litterariis obsequiis Principibus esse. Cæterum præter alia ad Archicancellarium pertinebat, Imperatorum Diplomatibus subscribere; quod tamen raro ab iis, negotiorum nempe multitudine obrutis, sed eorum nomine a Cancellariis præstitum legimus. Hinc illa: *ad vicem Archicancellarii*, *Archicapellani*, *Archiepiscopi* (nam huic quoque dignitati annexa priora duo munia erant) *recognovi* frequentissime occurrunt. Ast quemadmodum Imperatores habent tria Regna, sic etiam tres Archicancellarios, Moguntinum nempe Archiantistitem per Germaniam, Coloniensem per Italiam, Viennensem primum saltem usque ad exitum sæculi XIII. deinde vero Trevirensem per Regnum Burgundiæ, seu Arelatense simili prærogativa insignitos, constituerunt. Illud bene observavit Mallinkrotius de Archicancell. Imper. pag. 275. munus recognitionis non ex negotiorum qualitate, qua scilicet vel Germaniam, vel Italiam, aut etiam Arelatense Regnum spectabant; sed ex sola Cæsareæ demorationis differentia dependisse. Idcirco non est cur miretur Eberhardus Joannes Baringius Danielis Eberhardi filius in nota *n* ad Hertii Dissertationem §. XIV. pag. 546. Tabulas Privilegiorum Veneto Duci ab Henrico V. Imper. Anno MCXI. Veronæ concessorum, Burcardum Cancellarium, & Monasteriensem Episcopum *vice Alberti Archicancellarii*, *Moguntinæ Sedis Electi* recognovisse; quia Otto I. devicto olim Berengario II. eidem quidem anno 952. Italiæ Regnum concessit, sed Forojulii Ducatu, vel saltem Marchiis Veronensi, & Aquilejensi mutilatum; illas quippe terras a Fratre suo Henrico Bajoariæ Duce armis occupatas jam antea, anno nimirum 948. Germaniæ vindicaverat, intra cujus Regni limites subinde totus ille Cispadanus tractus usque ad sæculum XV. teste Barone de Senckenbero (29) constanter fuit com-

(29) Cum anno proxime præterlapso Viennæ diutius commorarer ego Rudolfus Coronini ab Inclytis Provinciæ Ordinibus apud Cæsaream Aulam, atque Magnum Ordinis Hierosolymitani Linguæ Bohemicæ Prioratum (ibidem in Capitulo Provinciali congregatum) Commissarius, ut ajunt, Plenipotentiarius, deputatus fui: & quo talis Nobilitatis Goritiensis in eundem Prioratum jura, Majorum nostrorum incuria enormiter vulnerata, quasi postliminio vindicavi. Ea occasione supramemorati Eruditissimi Henrici Christiani Liberi Baronis de Senckenberg Sac. Cæs. Majestatis Aulici Consilia-

computatus; ita ut, cum inibi sub Suevicis, & subsecutis Imperatoribus diversi Vicariatus, nimirum Veronæ, Vicentiæ, Tarvisii, Paduæ &c. divisa inter plures administratione, essent constituti, hi una cum Patriarcha Aquilejensi Forojulii possessore, & Episcopo Tridentino Germaniæ fuerant pars, nec a Friderico I. aut II. unquam ad Comitia Regni Italici vocari, semper e contra in Comitiis Regni Germanici comparuerunt. Quare nonnulla Diplomata in *Collectione* Tridentina *Notitiarum de Beato Adelperto* Volumine II. merito suspectæ fidei Eruditis videntur, vel solo hoc capite, quod commorante in Cispadanis istis Regionibus Imperatore Coloniensem Præsulem Italiæ Archicancellarium recognitionis munere functum innuant. Nihilominus (ingenue fateamur oportet) generalis illa Malinckroti assertio, spectato præcipue Friderici Regimine, suas admittit exceptiones. Prostat enim unum, alterumve exemplum negotiorum Italicorum in Germania expeditorum cum subscriptione non Germaniæ, sed Italiæ Archicancellarii: quemadmodum ex Diplomate Investituræ de anno 1165. Francofurti Pisanis concesso expresse eruitur apud Lunigium Tom. I. Cod. Ital. Diplomat. Cap. III. pag. 1058.; quod quidem Diploma Christianus Moguntinæ Sedis Electus non proprio, sed Rainaldi Coloniensis Archiepiscopi Friderici I. Imperatoris per Italiam Archicancellarii nomine subsignavit. A Sigismundi temporibus autem hujuscemodi critica cessare cœpit disquisitio, introducto Vicecancellariorum Officio, qui hodie in Curia Imperiali residentes Archicancellarii Moguntini nomine, cunctas pro Italico, & Burgundico Regnis expeditiones ad Sa-

stisarii auxilium implorans, sub ipsius umbra non tantum Gotitiensem Comitatum, sed totum illum Cispadanum, de quo loquebar, Tractum, antiquitus Germaniæ adscriptum extitisse demonstrare. Exemplum Literarum, quas ex Suburbio ad me tum Summus ille Vir misit, Lectori jam exhibeo.

Ego in fine nominatus, cum ex imprimis etiam [illegible] monstraveram, ut facta veteris [illegible] Longobardici Ducatus Forojuliensis [illegible], & [illegible] Italici limitis [illegible], fragmentis [illegible] probare posse puto.

(1) Ottonis I. minimum tempore, post subactum, & captum Berengarium II. Germaniæ accrevisse totum Forijulii Ducatum, qui olim etiam Austria Longobardorum vocabatur, & Henrico illius Fratri Bavarorum Duci fuisse commissum, atque eum Ducatum jam Italiæ detractum, Germania quidem vindicaverat, sed Berengario rursus invadente, usque ad illius dejectionem, non satis firmo tenuerat jure.

(2) Inde etiam mox Marchia Veronensis, & Aquilejensis, veteri olim Forojuliensi Ducatu penitus sepulto, una Marchia Bavariæ usque ad Ottonem II. computata, ei hoc tempore detracta, & Carinthiæ Duci loco Marchionis commissa; huic Duci regenda data est.

(3) Apud Carinthiæ autem Duces ea usque Forum Julii cum Marchia Veronensi fuit, donec & hic Ducatus Carinthiacus, post Welfoni III. promotionem ad Ducatum Bavariæ, anno 1071. insignem incrementum ut passus, & Carinthia sola Ducibus, qui secuti sunt, relicta, terra Forojuliensis Episcopatui Aquilejensi, sive Patriarchatui accrevit, Verona per Marchiones, cum tractu usque ad Padum administrata, variis tamen bonis in Comitatibus Civitatum, Episcopis concessis.

(4) Rem ita gestam esse, & Marchiam Veronensem, ac Aquilejensem Germaniæ concrevisse, demonstrant Comitia Regni Germanici in Conventu Generali ad Roncalias, antequam Italiam Reges ingrederentur, ubi Episcopi Cispadani, præcipue etiam Patriarcha Aquilejensis sub militia Germanica cum Principibus sæcularibus illius tractus computati, Italicis ultra Padum, donec rebus omnibus compositis pacatæ forent, residentibus: quia usque ad Padum Diplomata Regia subscriptione Moguntini Archi-Episcopi, Germaniæ (nam Italiæ qui quippe Coloniensis erat) Archi-Cancellarii, muniebantur, ultra Padum autem Coloniensis.

(5) Et inde etiam cum jam Marchionatus desiissent, & sub Imperatoribus Suevicis Vicariatus in toto tractu Cispadano, (antiquitus Germaniæ) diversi inter plures administratione, essent constituti, hi, una cum Patriarcha, & Epi-

Sacra Cæsareæ Majestatis Mandatum proprium paulo infra Augustissimi Principis nomen, cum aliquo ex Referendariorum, vel Secretariorum Ordine subscribere consueverunt. Cæterum haud male putidæ adulationi suæ, saltem in hoc puncto, consulere poterat IRENÆUS, si fictitio Diplomati Henrici Moguntini Archiepiscopi, aut ejus loco Arnoldi Cancellarii recognitionem adjunxisset: qualem ego apud HUNDIUM Metrop. Salisbur. Tom. II. pag. 19. MIRÆUM Lib. II. Donat. Belgicar. cap. LI. pag. 445. aliosque infra memorandos Auctores in Diplomatibus Fridericianis de eodem anno 1152. deprehendo.

§. XXXIV.

Superest nunc examen Chronologicum; extremam siquidem clausulæ partem *Dati* Diplomatis tempus faciebat; ad quod accuratius declarandum Merovingi non mensem solum, diemque, sed etiam Regni annos exprimebant. Exemplo sit Privilegium Dagoberti I. Regis pro Monasterio S. Maximini, apud ZYLLESIUM, WILTHEIMIUM, & PAPEBROCHIUM, in quo tempus expeditionis sic indicatur: *Actum pridie Nonas Aprilis. Anno Regni nostri XII. Moguntiæ feliciter. Amen.* Annum porro Germani a Calendis olim Martiis auspicabantur, donec Carolus Magnus, mutata cum vernaculis mensium nominibus anni quoque totius ratione, Æram simul DIONYSIANAM in publicos, privatosque usus inducendi occasionem præberet. Qua Epocha licet ipsum Carolum Magnum ex MABILLONIO Lib. V. de Re Diplom. tab.

54.

Episcopi, Germaniæ fuerunt pars, nec a Friderico I. aut II. unquam ad Comitia Regni Italici vocati, sed semper in Comitiis Regni Germanici comparuerunt.

(6) *Quæ res, & postea ita duravit, & adhuc Sæculo XV. Patriarcha Aquilejensis, ejusque Suffraganei Tridentinus, & Brixinensis, nec non reliqui Episcopi partis Cispadanæ, ut & Scaligeri, an Carrarenses, an usque donec eorum res salvæ fuerunt, suos locos, suas [illegible] in Comitiis Regni Germanici, quod & de reliquis illius tractus Statibus [illegible], ex Matriculis Regni Germanici illius temporis, quæ editæ passim in [illegible] sunt [illegible], [illegible] conficitur. Cumque,*

(7) *ut & hoc addamus, Episcopus Tridentinus, & Brixinensis indubii Patriarchæ Aquilejensis Suffraganei, Comitatus etiam Goritiæ, Comitatus Tyrolis, & reliqua olim ad magnum illum Ducatum Forojuliensem, qualis sub Caroli M. Imperio fuit, relata, aut sint de facto, aut ad minimum fuerint quondam Imperii Germanici pars, eo minus de hoc dubium esse poterit ullum, & cæteris, quæ [illegible], jure causa, Germaniæ olim fuisse partem, & juste omnino a Maximiliano I. institutam esse suo tempore verum Imperii ab exteris invasarum vindicationem.*

(8) *Ea autem quæ hodie adhuc Germaniæ cohærent, eo certius Germanicæ censenda, quia de aliis partibus separatis Episcopatus, aut Comitatus constituentibus id secundum dicta indubium, quidquid etiam Principes Austriaci usque ad limitem Venetum tenent, sub Jurisdictione Germanica comprehenditur, & a Carolo V. per privilegium generale anni 1522. in [illegible] forum [illegible], atque iisdem plane privilegiis dotatum est, id quod vel sic rem [illegible] confirmare posset.*

Sed hæc amplioris sunt disquisitionis, & librum omnibus probationibus munitum, non disquisitionem solitariam, homini in Suburbio nudis libris instructo, nec tempus, quod hic [illegible], [illegible] postulat. Dab. XII. Kal. Jan. CIↃIↃCCLXVII.

H. C. B. de Senckenberg
S. C. Maj. Cons. Imp. Aul.

Tergo) *A Monsieur Monsieur le Comte Coronini de Cronberg Chambellan de L. L. Maj. Imperiales &c.*

Has notitias hausimus ex CONTINUATORE REGINONIS, ex OTTONE FRISINGENSI, MURATORIO, PEZIO, & FROELICHIO [illegible] esse sequentes modernis Possessoribus, qui illas terras jure belli partas, armis, & sanguine custoditas, sæpius repetitis publicationibus sibi in perpetuum vindicatas reddiderunt.

54. 55. & 57. in majoris momenti negotiis usum fuisse satis constet, a Carolo tamen Crasso sequentius primum usurpata ad nostrum usque ævum perennavit. Atque hæc est prima differentia a Merovingiorum Regum Tabulis, quæ teste Zyllesio *nullos habuerunt inscriptos annos Incarnationis Domini, nec habebunt unquam, nisi ab infida manu addantur*. Altera differentia in eo versatur, quod majoris accurationis causa ab ineunte anno DCCCI. Æræ vulgaris Indictionem insuper apposuerit Carolus Magnus; quæ quidem triplex est; Græca, seu Constantinopolitana a Calendis Septembris computata; Pontificia, seu Romana a Calendis Januarii; & demum Constantiniana, seu Cæsarea ab VIII. Calendas Octobres initium ducens. Germani tamen post Carolum Magnum Imperatores (nam alii interdum variabant) non nisi postremam adoptarunt. Hæc, si annis Christi nati examussim respondeat, indicio est a Notario in subsignando Diplomate nihil esse in Chronologia peccatum. Occurrit & tertia differentia in eo, quod Merovingici Reges vel solum *Datum*, vel solum *Actum* usurpaverint: Carolingi e contra *Datum*, & *Actum* distinxerint in una eademque Charta, quorum unum fuit rei transactæ, alterum confecti Instrumenti, quæ consuetudo in Imperio usque ad magnum Interregnum fere perduravit. Idcirco Fridericiana confirmatio donationum Ecclesiæ Tridentinæ, fictarum a quodam Rege Henrico, quam de anno 1161. produxerat Gentilottus in Accessionibus ad Ughellum, ob manifesta falsitatis indicia, in quibus etiam *Dati* locus, dies, & mensis desiderabantur, inter Diplomaticos abortus ab eruditis nostri temporis Censoribus passim computatur. Quartam differentiam animadversione dignam existimavit Hertius, quando nimirum Merovingici Reges *Datum* quasi a se positum, ut intelligitur ex formula: *anno Regni nostri &c.* Carolingici vero cum subsecutis Imperatoribus, Regibusve Germanicis tanquam a Notariis adjunctam efferebant, adhibita formula: *Anno Ordinationis*, aut *Regni*, vel *Imperii gloriosissimi* vel *Serenissimi Imperatoris* vel *Regis*. Idque in Imperio obtinuisse putat prædictus Hertius ad Rudolphum I. Habsburgicum, a quo, & successoribus Merovingica ratio postliminio reducta. Cæterum Francici æque, ac Teutonici Principes diem mensis Romano plerumque more per Calendas, Nonas, Idus designabant; donec Sæculo XIII. sub eodem Rudolpho Imperatore consuetudo invalesceret Sanctorum, aut aliorum etiam Festorum nominibus, adjectis, si res posceret, vocibus *pridie*, aut *postridie*, Datorum Diplomatum dies indicandi. Jam conferat Benignus Lector cum hactenus dictis Datæ tenorem Irenæani Diplomatis: *Datum in Landavv VI. Non. Maii Regni nostri primo &c.* & si quid magis inconcinne Friderico I. adscribi possit, sincere fateatur; cujus formulas, postremam hancce Clausulæ partem respicientes, bonus ille Vir ad tegendam propriam turpitudinem, atque ignorantiam discere debuisset utique a probis Scriptoribus, qui genuina ejusdem anni Fridericiana Diplomata in lucem ediderunt. Ad unicum in præsenti brevitatis gratia pro-

voca-

vocabimus, HUNDIUM nempe Metrop. Salisb. Tom. II. Edit. Ratispon. pag. 19. ubi Altahense Privilegium a Barbarossa primo Regni anno emanatum desinit in formalibus: *Actum Aquisgrani Anno Incarnat. Dominicæ MCLII. Indict. XV. IV. Id. Martii. Regnante Domino Friderico Rege Romanorum Anno primo. Data per manum Arnoldi Cancellarii, vice Henrici Moguntinensis Archiepiscopi.* Quam male concordant ista cum figmentis Historiographi Tergestini!

§. XXXV.

Verum, antequam desinam de Diplomatum clausulis disserere, concepti Systematis ratio postulat, ut de loco quoque, qui Datis patentium Litterarum jam usque a primis Germanorum temporibus addebatur, paucis Lectorem admoneam.

Synod. Dingolving. sub Tassilone Bajoariæ Duce apud GEWOLDUM in additamentis ad HUNDII Metropolim Salisburgensem Tom. I. pag. 461. de Hæreditate Ecclesiæ transcripta, ita constituit: *Ut quisquis hereditatem suam ad Ecclesiam antea donaverat, si quid mutare voluerit, Chartam suam habeat ita scriptam, ut Locum, & Tempus, & Personam habeat &c.* Scriptis Merovingicæ Reges rarissime solebant ad designandum locum apponere Palatii, aut Villæ publicæ vocabulum, quod Carolingis familiare fuit, æque ac posterioribus Regibus, & Imperatoribus Teutonicis, qui, cum nondum fixas in Germania haberent sedes, Aquilarum more cunctas Regni Provincias Imperio invigilando pervolabant. Nulla inveniebatur olim Regio adeo neglecta, aut inculta, ut prædictis careret Urbibus, vel Villis Palatinis, Palatiis Regis condecoratis, in quibus *per vices & velut in orbem* (Augustissimi Monarchæ) *Imperii negotiis darent operam, vectigalibus & fisco Cæsareo cum Principibus, qui officii causa frequentes aderant, vacantes.* Verba sunt ADLZREUTERI apud Abbatem Gotwicensem Lib. III. cap. I. pag. 447. Pacis tempore itaque in ejuscemodi plerumque Palatiis, seu Curtibus, interdum in Episcoporum Domibus, nec non in Monachorum Cœnobiis, in Castris autem, aut ante Portas obsessæ Civitatis, servente bello, sua Germanici Imperatores expedire Diplomata consueverunt. Nec facile sub Saxonicis, Suevicisve Principibus offendas Chartam humiliore quodam in loco fabricatam: quare minorem ridendi materiam Eruditis præberet IRENAUS, si pro Landavia LANDAW, inferioris Alsatiæ Urbe, haud procul dissitam Lustinovam, Regalem nempe Curtem in Pago Ringowe, ad Ducatum Alemannicum prope Rhenum pertinentem, substituisset: hanc enim jam Caroli Crassi Imperatoris inhabitatione nobilitatam ostendit ejusdem Privilegium, Monasterio Herisiensi concessum, apud FÜRSTENBERGIUM in Monument. Paderbornensibus edit. noviss. pag. 245. & 246. cujus talis est subscriptio: *Actum ad Lustinowa Curte Regali in Christi nomine feliciter*; illam vero simili Palatio destitutam dicimus ex peculiari de Imperatorum, ac Regum Teutonicorum Palaliis, Villis, ac Curtibus Regiis Commentatione, exhibita Chronici Gotwicensis Lib. III. a pag. 452. ad 525. ubi nulla penitus de Landavia occurrit memoria, quæ sane Civitas posterioribus innotuit temporibus, nec ante annum 1349. Privilegiis Cæsareis fuit illustrata. Conferatur Knipschild de Privileg. & Jur. Civitatum Imperii Lib. III. cap. XXIX. §. 22. pag. 767. nec non Petrus Bayle *Dictionnaire Historique, & Critique* Tom. III. Edit. Basileensis pag. 46. & sequentib.

§. XXXVI.

Ast fingamus ultro, regnante Friderico Ænobarbo, Landaviam Alsatiæ Urbem ea jam celebritate, qua hodie fruitur, gavisam fuisse; concedamus inibi pariter Palatium Regium extitisse, quid tandem inde sequeretur? Fridericum fortasse anno 1152. Landaviam præsentia sua honorasse? minime profecto: immo, si Superis placet, ex genuinis aliis ejusdem Regis Diplomatibus conficeretur, toto illo anno alibi occupatum, Landaviæ esse non potuisse Fridericum, mense præsertim Majo, quo ineptissimum Julianorum Diploma in dicta Urbe concessum perhibetur. Cl. Petrus Georgisch quinque ab hinc lustris publici juris fecit Regesta Chronologico-Diplomatica, in quibus omnis generis monumenta ab Historicis, aliisque Scriptoribus edita primo, secundo, & tertio Tomo ordine Chronologico, quarto vero secundum materias synoptice recensentur. In hujus præstantissimi operis Tomo I. paginis 604. 605. 606. 607. & 608. indicata sunt omnia & singula hactenus vulgata Friderici I. Diplomata de anno 1152., ubique dati Diplomatis locus adest, nuspiam comparet Landavia: ergo ex fide dignis Documentis Barbarossam primo Regni anno Landaviæ commoratum esse demonstrare non valent Irenæani Diplomatis Propugnatores. Quorum deliramentis sese quoque opponunt Historici, Autoptæ præsertim, aut Synchroni, qui in subsidium vocati pleraque supplent temporis intervalla, seu accuratiori sua descriptione explent lacunas Diplomatibus intermedias, ut nobis *aliorum* minime foret cunctis ferme Hebdomadibus Regiæ demorationis locum designare; a quo tamen labore in præsenti me sublevat vel unica Friderici Epistola ad Ottonem Frisingæ Antistitem scripta, ubi ab Aquilgranensi Coronatione ad Conventum Merseburgicum nulla interposita mora sese in Saxoniam profectum ipse Cæsar profitetur. En verba: *Post primam unctionem, & acceptam Coronam Teutonici Regni, generalem Curiam Meseburg in Pentecoste celebravimus*. His similia laudatus Otto Frisingensis de rebus gestis Frid. I. Lib. II. cap. 5. Albertus Stadensis ad annum 1152. Guntherus Ligurin. Lib. I. Anonymus Monachus Erphesfordiensis in continuatione ad Lambertum Schafnaburgensem ad annum 1152. aliique antiquiores Chronologi unanimiter contestantur. Quando itaque ex Doctrina temporum ignorari non potest, eodem de quo hic agimus Anno 1152. Dominicam Pentecostes in diem XVIII. Maii

Maii incidisse, haud multum mihi amplius apud emunctæ naris Lectorem laborandum erit, ut persuadeam, (paucis ante Pentecosten diebus, id est VI. Nonas Maii, Cæsarem gravissimis in Saxonia Imperii negotiis implicatum, (30) nec de Landavia plusquam septuaginta a Merseburgo milliaribus germanicis remota; nec de Julianis Tergestinis (qui nondum existebant) cogitasse; proinde Irenæani Diplomatis *Datam* etiam ex hoc capite cachinnis, atque explosionibus acriter esse persequendam.

§. XXXVII.

Antequam manum de tabula tollam, cum sæpius nominatus Irenæus sigilli quoque Fridericiani ceratam intulerit mentionem, nonnulla de veteribus medii ævi sigillis ad Lectoris instructionem ex Papebrochio, Mabillonio, Heineccio, Muratorio, & Abbate Gotvvicensi adducabo. Irenæi autem verba sunt pag. 195. *Come si scorge dal seguente Diploma concesso alla detta Famiglia* (Giuliani) *l'anno primo della sua promozione al Trono Imperiale, il cui Originale, scritto in pergameno, da me visto, e letto, qual conservasi oggidì in Casa del Nob. Sig. Antonio Giuliani figlio del q. Nob. Sig. Germanico nostro Concittadino, col Sigillo in cera appeso alla grandezza di mezzo palmo*: & inferius pag. 301. ubi Fridericianum Julianorum sigillum alteri Ferdinandi I. sigillo de anno 1560. exæquavit: *Agli accennati Antonii Giuliani devesi aggiungere in questo loco un altro Soggetto dell' istessa Famiglia, parimente col nome d' Antonio, illustre per le sue segnalate virtù, e meriti in servitio dell' Augustissima Casa d' Austria operati, quai uniti con altri infiniti de suoi Antecessori, meri-*

(30) *Erat illo tempore* (inquit Otto Frisingensis de gestis Friderici primi Lib. II. cap. V. ad annum 1152.) *in Regno Danorum, inter duos Consanguineos, Petrum videlicet qui & Suenus, & Canutum, de Regno gravis controversia; quos Rex* (Fridericum Ænobarbum) *ad se venire præcipiens Curiam magnam, in Civitate Saxoniæ Martinopoli, quæ & Merseburg, cum multa Principum frequentia, habuit. Eo præfati Juvenes venientes, ejus se mandato humiliter supposuerunt, eorumque ad ultimum causa judicio, seu consilio Primatum sic decisa fuisse dicitur: Canutus, relictis sibi quibusdam Provinciis, Regium nomen, per porrectum gladium abdicavit. Est enim consuetudo Curiæ, ut Regna per gladium; Provinciæ per Vexillum a Principe tradantur, vel recipiantur. Petrus vero, accepto ab ipsius manu Regno, fidelitate, & hominio ei obligatur. Ita Corona Regni per manum Principis sibi imposita, in die S. Pentecostes, ipse coronatus, gladium Regis* (Friderici) *sub Corona incedentis, portavit. Gualdemarus etiam, qui ejusdem Sanguinis Princeps fuit, Ducatum quendam Daniæ accepit*. In eadem Curia proposita quoque fuit alia controversia inter celebrem illum Henricum Leonem Saxoniæ Ducem, & Albertum Ursum Brandeburgensem Marchionem, de qua ita Helmoldus Lib. I. cap. 73. *Circa idem tempus defunctus est Hermannus Comes, in Castro VVinzeburg, vir potens, & magnarum pecuniarum, & orta sunt contentiones inter Ducem nostrum* (Henricum Leonem) *& Marchionem Adalbertum, propter Castra, & facultates ejus. Propter has componendas denunciavit Rex Curiam apud Marcipolim, Civitatem Saxoniæ, mandavitque Principibus solemniter adesse.... Dissensio autem quæ erat inter Ducem, & Marchionem sedari non poterat, eo quod Principes illi Regis adhuc recentis minus parerent*. His probe ponderatis, atque ad calculum Chronologicum redactis, quis, quæso, sibi persuaserit, eundem Fridericum Landaviæ, in loco tam dissito, VI. Non. Maji privatis Civium Familiæ Privilegia indulsisse. nugæ nugæ!

ritò dalla Clemenza di Ferdinando I. Imperatore la confermatione della sua antica Nobiltà, con altre segnalate prerogative, e privilegii. L'Originale spedito in Vienna li 26. Novembre 1560. da me veduto col Sigillo di cera simil all' accennato di sopra conservasi appresso il Sig. Antonio Giuliani q. Germanico. Sigilla, quæ signa etiam Romani nuncupabant, ad fidem conciliandam, præstandamque rebus scriptis auctoritatem olim inventa, in privatis juxta atque publicis negotiis usurpari consuevisse passim constat apud eruditos, postquam hoc argumentum, in quantum præcipue Romanos attingebat, Clarissimi Viri Longus de Annulis signatoriis, Gorlæus in Dactyliotheca, Augustinus in Gemmis, Begerus in suo Thesauro, pluresque alii eruditis suis lucubrationibus exhauserunt. De his expendenda imprimis venit materia, quæ duplex erat, Cera nimirum, quæ frequentior; & altera, quæ rarior, Metallum. (31) In Cera id præ cæte-

(31) Triplici olim Principes in Sigillis, seu Bullis efformandis metallo usos fuisse constat, auro nimirum, argento, ac plumbo. In rebus majoris momenti Cæsares Bullas aureas adhibuerunt. De Caroli Magni Aureis Bullis inspiciendi sunt Mabillonius, Du Chesne, & Arthurus Duckius. Caroli Calvi Aureas Bullas memoravit Sugerius Abbas apud Doublerum, Spicilegium Acherianum, & Du Fresne Gloss. Latin. Med. ævi voce Bull. Aur. pag. 639. qui sequenti pagina 640. addit: *Apud Imperatores Germanicos longe frequentior fuit Aurearum Bullarum usus: quippe Arnulphi Imperatoris Bulla Aurea recensentur, apud Arnoldum Hasenrietanum in Episcopis Eystetensibus: Henrici I. in Chronico Casinensi Lib. II. cap. 31. Henrici III. Cap. 81., eodem libro, & cap. 49. Lib. III: Conradi apud Buchelium in notis ad Willelmum Hedam pag. 166. Guichenonum in Bibliotheca Sebusiana Lib. I. Cap. 17. & Johannem a Bosco in Viennæ: Henrici Junioris apud Ottonem Frisingensem Lib. I. de gestis Friderici cap. 55.; Ejusdem Friderici apud Godefridum Monachum in Chronico anni 1167. & alios: Henrici VI. apud eumdem Buchelium pag. 178. Friderici II. apud Joannem Villaneum Lib. VI. cap. 23. Goldastum Tom. I. Constit. Imper. pag. 289. 309. in Notis nostris ad Joinvillam pag. 57., apud Buchelium pag. 203. ubi Bullam ipsam exhibet, Freherum in Appendice ad Tom. I. Scriptorum Germanicorum pag. 2. &c.* Eruditissimus Abbas Gotwicensis quoque ejuscemodi Bullarum Aurearum plerorumque Germaniæ Imperatorum, ac Regum meminit. Silentio præterire haud possum illius de Fridericianis Aureis Bullis sententiam: *Præter descripta hactenus* (inquit) *cerea Sigilla, Aureas etiam Bullas, & quidem frequentissime, testibus clausulis subscriptionum supra suis productis, adhibuit Fridericus, quibus reliquas alias Bullas adjungimus, quas in hanc rem allegat Heineccius Part. I. Cap. 4. §. V. pag. 34. Diploma quo Ducatus Westphaliæ Philippo Archiepiscopo Coloniensi assignatur apud Gelenium Lib. VII. Syntagmat. pag. 73. hanc præfert subscriptionem:* Hanc nostram Constitutionem præsenti privilegio aurea Excellentiæ Nostræ Bulla insignito corroboramus. *De alia Bulla aurea mentionem etiam facit Browerus Lib. XIV. Annal. Trevir. ad annum 1156. & Baronius ad annum 1177. Nota pariter est Bulla aurea decantati illius Fridericiani Privilegii super erectione Marchiæ Austriæ in Ducatum, quam Nobis Fuggerus, & Birkenius in Speculo honoris Austriaco descripserunt. Nescimus autem cur Heineccius in tanta Bullarum Aurearum copia nullam in ære expresserit, sed nudam aureæ Bullæ descriptionem produxerit ex Mabillonio nostro, qui in Supplemento I. ad rem Diplomaticam Appendice II. pag. 100. post Diploma Fridericianum, quo Comitatus Ecclesiæ Virdunensi confirmatur, de anno 1156. bullam auream huic præcepto seu diplomati appensam ita describit: quod nimirum in ejus antica parte exhibetur Friderici effigies cum hac inscriptione: FRIDERIC9. DEI GRA ROMANORUM IMPERATOR AUGS. & in postica Urbs Romana cum hoc versu: ROMA CAPUT MUNDI REGIT ORBIS FRENA ROTUNDI. quæ descriptio in omnibus convenit cum laudata Bulla Aurea quam citato loco Fuggerus, & Birkenius exhibuerunt.* Nos, inspecto archetypo Cæsareo-Regii Vindobonensis Tabularii, multo accuratiori quam Fuggerus exemplo in æs incisa Tabella I. sub Numero I. eandem Auream Bullam evulgavimus; sed ne fortassis quis sibi persuadeat, solos Augustos ejuscemodi Bullas propter Imperialis Culminis sublimitatem privative, quasi proprio aliquo jure, usurpasse, ex eodem Tabul-

cæteris ſpectandum: tractabiliſne adhuc ea ſit in antiquorum Diplomatum Sigillis, molleque aliquid, ac pingue præſeferat, an vero obduruerit penitus, & exaruerit. Primum enim ſi animadvertas, fraudem Sigillo allatam abſque hæſitatione ulla pronunciare, licebit. Fieri quippe nequaquam poteſt quin, tanto annorum tractu, pinguis ille e cera humor non denique evanuerit, eaque in materiam argillæ propiorem, ſi duritiem, ac ſiccitatem ſpectes, abierit. Idem confidentius etiam facies, ſi alterutram Sigilli partem recentiore cera effictam, affixamque deprehendas, aut ſi in poſtica ceram minime repercuſſam, ac dilatatam invenias; ſatis namque res ipſa loquitur id factum abſque fraude haud fuiſſe. Solebant enim Sycophantæ Sigilla interdum cerea a ſinceris Diplomatibus avulſa, in alias commentitii fœtus Chartas transferre, ut ſuis apud imperitos fidem conciliarent impoſturis. Id quod in Germania decantatum quondam pro autographo Lindavienſis Cœnobii Diploma abunde confirmat, cujus Sigilli typus cum alias tranſmiſſus eſſet Triumviris, rei Diplomaticæ peritiſſimis, & nunquam ſine honoris præfatione nominandis Conringio, Mabillonio, & Baluzio, haud aliter illi judicare potuerunt, quam quod talis typus formam ſatis ſinceram Ludovici Pii Sigillorum referat, ut ut in ipſo Diplomatis contextu evidentiſſima falſitatis indicia, vel primo intuitu, deprehenderint. Plura ſimilia exempla invenies in Papebrochio, Mabillonio, Heineccio, & apud Muratorium Antiq. med. ævi Tom. III. Diſſert. XXXV. a pag. 85. ad 90. Color deinde Sigillorum veterum in conſiderationem venit, qui albus plerumque fuit, licet in luteum progreſſu temporis degeneraverit; tinctas enim hoc colore ceras non fuiſſe id argumento eſt, quod ſi extimam earum ſuperficiem abraſeris, remotiores ab aeris humiditate,

bulario in adjecta Tabella II. ſub numero primo Henrici ſeu Emerici Hungariæ Regis de anno 1102.: ſub numero ſecundo, Andreæ II. pariter Hungariæ Regis de anno 1221; & ſub numero tertio Ottocari I. Bohemiæ Regis de anno 1224. Aureas Bullas (nullo haſtenus in Libro publicatas) exprimendas curavi. Tranſeo ad Bullas Argenteas.

Bernardus a Mallinkrotth de Archi-Cancellar. pag. 115. apud Latinos Imperatores nec olim Bullas Argenteas in uſu fuiſſe, nec hodie eſſe ſcribit. De ſolo Ludovico Pio ſuſpicionem injicere videbatur, Sigilli formam, & magnitudinem præ ſe ferens, orbiculus argenteus in promtuario literario S. Genovefæ Pariſiorum aſſervatus, in cujus antica Imperatoris thorax cernitur, cum Inſcriptione: *XPE protege Ludovicum Imperatorem*; poſticam vero vacuam invenit Mabillonius, qui de illo eiſdem Rei Diplomat. Lib. II. cap. xv. §. XVI. pag. 142. ita judicavit. *Verum non Sigillum, ſed Sigilli ectypum eſſe, inde colligimus, quod nulla fiſſura, per quam dependeret ex Charta potuerit, in eo appareat* Conſ. Du Fresne h. c. voce. Bulla Argent. pag. 641.

Sed Bullæ Plumbeæ frequentatæ olim fuere Imperatoribus antiquioribus, maxime Byzantinis, a quibus ad reliquos Occidentis Imperatores, Regeſque Franciæ, & Caſtellæ, nec non ad ipſos ſummos Pontifices Romanos, & ab ipſis ad alios Epiſcopos, & Principes, immo Magnates quoque alios nobilitate conſpicuos, pervenerunt. Unde, inquit Muratorius, quum memoratur de facultate Bullæ Plumbeæ conceſſa privilegii loco Ducibus Venetis, & Civitati Lucenſi vix apud me fidem obtinere incipiunt. Rationem addit: *Si enim id licuit Nobilibus viris, cur non & Principibus, quales fuere vetuſtis etiam ſæculis Venetiarum Duces?* Apud Fridericum noſtrum, vel nullum plane, vel rariſſimum Bullæ plumbeæ uſum viguiſſe, probabilis eſt conjectura: aureis omnino Bullis ad augendum Majeſtatis Imperatoriæ ſplendorem uſu frequentiori introductis.

tate, a pulvere, vel aliis circumstantiis partes etiamnum albescant, teste HEINECCIO de veteribus Germanorum Sigillis Parte I. Cap. VI. §. 5. pag. 51. Non defuere tamen qui colorata mallent sigilla. De Francorum certe Regibus, quorum tot sigilla inspexit, ac tractavit, hæc habet Mabillonius Lib. II. cap. XVI. §. I. *Sub prima, & secunda Stirpe ceræ albæ, aliquando tantisper rubricatæ, impressa* (Sigilla) *fuere; sub tertia ceræ plurimum rubræ, aliquando viridi a Principatu Philippi II.* A Carolingis sigillorum cereorum, & quidem albi coloris, usus ad Teutonicos Reges nostros transiit: uti cum LAMBEKO (?) HERVIUS, & GOTVVICENSIS ABBAS observarunt. De Rudolpho Habsburgico vero, & Adolpho Nassovio HEINECCIUS scribit, eos cera rubra usos fuisse. Id extra controversiam est, Sigismundum Cæsarem (qui primus etiam bicipitem Aquilam in Insignibus adhibuit) miniatis sigillis & ipsum usum frequenter esse, & aliis ea usurpandi veniam indulsisse (32). Viridem ante Sæculum XIV. nostris in usu non fuisse, vult idem HEINECCIUS; licet non desint, qui contrarium tueantur. At infrequens certe in Imperatorum saltem sigillis maxime hic color fuit, nec suspicione carere debent minorum Principum, aut Comitum Chartæ hujuscemodi sigilla sub Saxonicis, aut Suevicis Regibus præferentes; quale prætenso Henrici I. Comitis Goritiæ Privilegio de anno 1129. affixum mihi nuper Viennæ exhibuit Cl. ROSENTHALIUS S.C.R. & Ap. Majestatis Supremus Aulæ Archivarius (33). Existimare posset nonnemo hanc de sigillorum colore a do-

(32) A quo tempore in rebus etiam altioris indaginis, puta Foederum Instrumentis, Transactionibus, Capitulationibus, Rescriptis, salvis Conductibus, Nobilitationibus, Litteris Feudalibus &c. præfertur Cera rubri coloris, quo Judicia Aulicum, & Camerale, Electores, Principes, Comites, & Dynastæ Imperii, nec non ex privilegio Civitates Norimbergensis, Hamburgensis, Bremensis, Biberacensis, Augustana, Constantiensis &c. in sigillis hodiedum utuntur. Vide STRUVIUM Dissertatione de Cera rubra Cap. III., BESOLDUM voce WACHS; HOERNINGIUM de jur. Sigill. Cap. III., & LIMNÆUM Juris publ. Lib. I. Cap. XI. §. 32. ubi Maximilianum I. Imp. Comitibus de Mansfeld dedisse facultatem sigillandi Cera Rubra ex SPANGENBERGIO memoravit.

(33) Præter viridem colorem sigilli illius vanitatem produnt impressa Armorum Insignia nec minimam cum Goritiano Dogmate connexionem, ac similitudinem habentia; in quibus Leo præcipue desideratur, utpote quem antiquissimi Goritiensium Reguli constanter pro Emblemate usurpabant. Documento sit Engelberti III. Comitis Goritiæ Sigillum de anno 1200, mihi ex Archivo Millestadiensi communicatum ab admodum Reverendo P. MATTHIA RENNER S. J., & modo publici juris factum Tabella II. num. 5. ubi in Clypeo ejusdem Engelberti Comitis (quem Henrici I. ex Fratre Engelberto II. Nepotem fuisse alibi demonstravimus) sine fasciis solus repræsentatur Leo erectus ad dexteram conversus, bifurcata cauda præditus, qualem in veteri sculptum Monumento marmor nuper Aquilejæ observasse memini, & Meraniæ Duces olim in Scuto gestasse perhibentur. Probe consideratum hocce Sigillum gravissimum, ut verum fatear, mihi jam scrupulum ingerit; num alteratim fasciis postmodum in Insignibus Meinhardi III. Alberti II., & reliquorum Goritiæ Comitum usque ad ultimum Leonardum comparentes Comitatum Goritiensem stricte talem respexerint, vel potius symbolum fuerint Feudorum Forojuliensium, quæ a Patriarcha Aquilejensi quondam Goritiæ Comitibus conferebantur? Conferatur Tentam. nostr. Genealog. Chronolog. Comit. & rer. Goritiæ Editionis II. Cap. I. pag. 16. de quo illustris, ac Doctissimus Joannes Josephus Lirutus (?) Litteratorum Forojuliensium Commentator, in Epistola ad Nobilissimum Equitem THOMAM DE CORONINI scripta, istam pronunciavit sententiam:

Illustrissimo Sig. Sig. Prone Coldmo
Con la restituzione de' Libri favoriti mio Nipote S. Giuseppe Antonio farà con V.S. Illma

al

Tabella II pertinet ad pag. 107. ad 100 Censure.

nobis hoc loco cum Abbate Gotwicensi factam digressionem mere otiosam esse, omnique usu in crisi Irenæani Diplomatis destitui. Enimvero accuratius perpendendo supra relata Impostoris nostri verba: *simile all'accennato di sopra:* quibus innuitur, Ferdinandi I. de anno 1560. Sigillum (34) non secundum figuram, aut inscriptiones (quæ

il suo debito: ma ciò non basta, ed posso io per questo, mi debbo star muto, che l'obbligo maggiore, e maggior debito incontro in questa congiuntura con la di lei somma gentilezza. Rendo perciò mille devotissime grazie a VS. Ill.ma per il piacere, che col di lei mezzo ho avuto di poter leggere il Libro del Chiarissimo, e dottissimo Sig. Co. Coronini di Cronberg, in cui ho ammirata una eslatezza, e ingenuità non ordinaria, e quello che più stimo un Criterio disappassionato, e giusto, ed è veramente un' Opera nel suo genere degna di tutta la lode. Se avessi avuto l'onore di essere noto a questo Cavaliere innanzichè stampasse, mi averei preso il coraggio di dirli (giacchè esso alla pag. 26. si palesa in ciò congualche dubbio) Che il Leone nell' Arme dei Conti di Gorizia è insegna del Palatinato di Carintia. E ciò secondo me, chiaro si comprende da Moneta d'Argento, ch' io conservo e che pubblicai nel mio Libretto DELLA MONETE DI FRIULI *al n. 86. la quale io credo di Alberto II. secondo la di lui Genealogia Goriziana. Questa ha nel Diritto un Leone rampante, quando non contornato, con d'intorno le parole ALBERTUS COMES, e nel Rovescio una Rosa di sei foglie con le parole MONETA DE LUENZE una Capitale del Palatinato di Carintia; ond' Ella vede. Ma forse che a quest' ora averà d'altronde questa notizia.*

Le grazie, che ora ho ricevute dalla sua generosità mi fanno sperare, ch' Ella vorrà gentilmente continuarmi quella padronanza di cui m'onorava l'Ill.mo Sig.r Nicolò di lei Padre; ond' Ella mi favorisce con i di lei stimatissimi commandi, all' ubbidienza de' quali sempre mi ritroverà offerto col più sincero ossequio.

Villa freda 25. Luglio 1767.

DV.S. Ill.ma

Devot.mo Obbl.mo Oss.mo Ser.r

Gian Giuseppe Liruti

Uti meritas summo huic Viro rependere debeo gratias pro approbatione adeo benigna, & laude liberaliter collata; ita istthic dissimulare nequeo, illius de Leone propositam sententiam mihi quidem minus cohærentem videri cum Chronologia atque Genealogia Goritiensis constitutione, utpote quæ universum rerum gestarum Ordinem invertere, & Comitatum Goritiensem antiquissima sua Tessera defraudaret. A verisimilitudine enim non abhorret, Palatinatum Carinthiæ jure demum post annum 1335., mortuo Alberto ultimo Tyrolensium Comite, ad Goritienses esse translatum: atque firmissimo Documentorum veterum testimonio constat, Leonem in quæstione positum post Alberti Tyrolii demum obitum Goritiensibus Insignibus non accrevisse; ergo Goritiensis Leo ad Carinthiæ Palatinatum non pertinebat. Accedit, quod si modo dictus Leo Palatinatum Carinthiæ, & subjectæ fasciæ rubro, & albo colore alternæ Forojuliensia Goritiensium Feuda indicarent, nullum porro symbolum in Goritiensi Parmula, seu Scuto superesset, quod relationem habere posset ad ipsum Comitatum Goritiensem. Sed cum hæc dicere absurdum foret, & a veritate maxime alienum; necessario consequitur, nullam prorsus rationem Carinthiæ quondam Palatinatui adhæsisse; Leonem vero, qui Principem in Goritiensi Scuto locum occupat, jure merito Comitatui Goritiensi esse adscribendum. Sane ante annum 1335. Tyrolenses Comites Carinthiæ Palatinatus possessores solius Aquilæ simulacrum in Sigillis, & Monetis usurpasse manifestum est; quando contra Goritiæ Reguli ante adeptum ejusmodi Palatinatum in Sigillis prædicti Engelberti III. de anno 1200. & Meinhardi III. de anno 1302. Leonem gestasse exhibentur. Sed quoniam de Goritiensibus Insignibus hactenus dispositum est, monendum censui Lectorem, me de sententia in præsenti decedere, quam circa eorundem *Cimeriam* Tentam, Geneal. Chronol. cap. I. edit. secund. pag. 27. & 28. publicavi; nullum enim Hierosolymitanorum Crucium vestigium, sed veiles Ponticum, seu Hermionum pelles deprehenduntur in Cimerio Joannis Comitis Goritiæ, quod cum illius Sigillo de anno 1471. Tab. I. num. X. spi incidendum curavi. Idem Comes, sed separato in Scuto, etiam Aquilam Tyrolensem anno 1459. in alio Sigillo ejusdem Tabellæ n. X. in usum adhibuit.

(34) Ut Lector conferre valeat Friderici I. Sigillum cereum cum Sigillo cereo Ferdinandi I. Cæsaris, illud de anno 1157. ex Chronico Gotwicensi Lib II. cap. XIII. pag. 359. in Tabella II. sub Num. IV.; illud de anno 1548. ex Diplomate Archivi mei Domestici (quod in Appendice Documentorum Num. LXV., in lucem edidi) in eadem Tabella sub Num. VI. ob oculos ponendum duxi. Ad Sigillorum figuram quod attinet, Imperatorum, Regum,

Prin-

(qua re nihil absurdius cogitari possit), sed secundum colorem, & magnitudinem simile fuisse Fridericiano pag. 195. antea memorato; quis non pronunciabit illico, ejusmodi Sigillum aliud, quam consuetum sæculo XII. colorem in cera sua referens, falsarii gravissima nota laborare? Nec mihi hoc loco quis objiciat, Sigillum Barbarossæ descriptum a LEHMANNO Lib. V. Chronici Spirensis Cap. LXIV. pag. 531. in quo extraordinarius ceræ color, ruber nimirum, apparet; pro suspecto enim illud habent Eruditi, & ABBAS GOTWICENSIS, *formatam a* LEHMANNO *Spirensis Sigilli descriptionem haud ita facile arripiendam, sed memoratum Sigillum ex accurata sui inspectione prius examinandum esse*, Lib. II. cap. XIII. pag. 364. arbitratur.

§. XXXVIII.

Non mihi succenseant Juliani, quod, veritatis amore accensus, severiori censura Fridericianum illorum Diploma, una cum prætensa a Didio Juliano Imperatore derivatione, inter aniles fabulas, vulgique commenta relegaverim. Tantum enim abest, ut ejuscemodi emendicatis, furtivisque coloribus Falsarii illustribus Prosapiis gloriam conciliaverint, ut eis etiam plus dedecoris, incommodique aspserint. Nam semper ludibrio Eruditis fuere similia Genealogiarum paradoxa, quibus fides, & existimatio promeritis quoque, ac jure competentibus detrahitur elogiis; ut in suspicionem falsitatis tandem promiscue pariter veniant alia, nullo quamvis vitio laborantia, quæ a similibus sycophantis in laudem, commendationemve illustrium Familiarum proferuntur Documenta. Hinc merito gravissime passim ab hodiernis Criticis vapulant inter Anglos RALPHE BROOCKE, & SLATYR; inter Hispanos SANDOVALLIUS, & LOPEZIUS; inter Gallos LE PERE ANSELME, & JOANNES LE MAIRE; inter Italos CRESCENTIUS, ZAZZERA, SANSOVINUS, ZABARELLA, JOANNES FRANCISCUS PALLADIUS (35), & ineptissimus FRANCISCUS THOMASINUS; inter Bohemos HAGEK, PAPROCIUS, BALBINUS, THEOBALDUS, FRANCK, & TANNER; inter Germanos denique LAZIUS, RÜXNERUS,

Principes, Comites, & generaliter omnes sæculares Dynastæ rotundis olim Sigillis utebantur; prout manifestum fit ex Tabella prima Num. I. VI. IX. X. XI., & ex Tabella secunda Num. I. II. III. IV. V. VI. &c. Archiepiscopi e contra, Episcopi, Abbates, Monasteria Ecclesiæ, uno verbo Ecclesiastici plerumque omnes (exceptis solis Romanis Pontificibus) ovalia Sigilla; quale ego Guidonis Episcopi Concordiensis de anno 1373. Tabella prima num. VIII. exhibui; & Simonis Episcopi Justinopolitani de anno 1194. in Dissertatione de origine Præposituræ S. Stephani prope Aquilejam anno 1758. publicavi.

(35) De quo Doctissimus PAULUS FISTULARIUS Utinensis Accademiæ Socius *nel Discorso sopra la Storia del Friuli*, pag. 18. ita loquitur. „ Di qual peso esser possono „ quelle tante origini di Luoghi, e di Fa„ miglie del Giovine Palladio tirate per „ forza ad un' antichità si spropositata „ za addurne I fondamenti " addens in Nota vigesima octava pag. 50. *Gian Francesco Palladio oltre l'origine data a talento ad alcuni Luoghi Part. I. Lib. I. pag. 7. e Lib. II. pag. 68., introduce dall' anno 453. fino al 761., cioè prima di Carlo Magno, da quindici Famiglie Nobili Friulane, e quindi fino al Secolo X. altre trentanove. Averà egli ciò fatto sull' esempio di detto Romanzo, che non coraggio ne registra altrettante in quella rimota età, come può vedersi Lib. I. pag. 13.* *Ergo*, Quindecim priorum Familiarum nomina

NERUS, HASEMANNUS, BECCENSTEINIUS, RITTERSHUSIUS, BUCELINUS, HÜBNERUS, &c., ut cæteros præteream, SOROVICIUS (36): qui cum ascendere altius, quam ex genuinis possent probatæ Documentis, niterentur, repertis imposturis fucum oblinire voluerunt clarissimis quibusque Europæ Familiis: non aliter plane ac in sua IRENÆUS Historia præstitit Tergestina, ubi frivolis cortiloquiis nixus, aut spuriorum instrumentorum præsidio munitus, pleraque cæteroquin valde antiqua ac illustria Concivium suorum Stemmata, exempli gratia Lib. VIII. Cap. X. pag. 653. Barones de Argento ab Argentillis in quibusdam antiquis inscriptionibus apud HENRICUM PALLADIUM nominatis; Nobiles de Bonomo ab Alpliis Lib. IV. cap. VI. pag. 307. Comites de Barbo in Carniolia hodie habitantes a Barbiis Romanis Patriciis Lib. IV. Cap XI. pag. 346. Barones de Leo ab Aniciis, & Pierleonibus Lib. VIII. cap. X. pag. 662. Barones de Baselli a Basiliis, nescio quibus Romanis Equitibus Lib. cit. Cap. XI. pag. 677. Item Barones de Marenzi, prius Federicos, ut ipse loquitur, dictos a Julio

Sil-

mina sunt: Sansoldo, Consortes de Varmo, & Peri, Contarini, Consortes de Savorgnano, Cergneo, & Bruzaro, Gradonigo, Barbarigo, Piero, Pusnigo, Tornado, Pipino, Obelerio, Consortes de Prata, & Portia, Vardadadio, Discoverini, & Aodi. Viginti quatuor autem posteriorum Cognomina haud difficulter Lectori ex ipso Palladio innotescent.

(36) ADAMUS MATTHÆUS de Sakoriz Nobilis Provincialis Inclyti Ducatus Carnioliæ anno 1716. Augustæ Vindelicorum edidit Librum cum titulo: *Marcus Portius Cato redivivus in Celsissimo Principe, & Domino Domino Hannibale Alphonso Emanuele S. R. I. Principe a Portia, &c. seu Genealogia Historica antiquissimæ Portiæ Prosapiæ:* Ubi Vir speciosam non interrupta serie suam Mecœnatem a Marco Porcio Catone, qui Romæ 198. annis ante Salvatoris adventum Consulare imperium habuerat, derivavit: oblitus nimirum cum ANDREA ALCIATO Emblem. CLXXXIII. quod de primævis temporibus longeque cuique suo somniare liceat arbitrio.

> *D' antichità simboli addurre, e segni*
> *Del Secol primo, di cui sogna ogn' uno*
> *Come l' arbitrio suo gli detta, e insegna.*

FRANCISCUS MARIA SANSOVINUS, Orig. delle Famiglie Illustri d' Italia pag. 376. & Comes GELEATIUS GUALDUS PRIORATUS, *Scena d' Huomini Illustri d' Italia* ad THOMAM Synchronum Nicetæ Patriarchæ Aquilejensis Secretarium, quem fragem Aquilejensem vidisse autumabant, provocando: Illustrissimos hodie florentes S. R. I. Principes ac Comites de Portia a sarmatico quodam Armanno de Portia deduxerunt. Sed quem fragili, atque infirmo ista quoque sententia nitatur fundamento ex Muratorii præfatione ad Antiquitates Estenses supramemoratas. Cl. FONTANINUS l. c. in Nota vigesima tertia pag. 47. demonstravit: en ipsius verba: *Conservasi nell' Archivio di Modena MS. il Romanzo della Guerra di Attila in versi Provenzali, composto da Nicolò di Giovanni da Casola Bolognese nel 1368. poscia brevemente ridotto in lingua volgare Italiana, e stampato in Ferrara nel 1568. sotto il nome di Tommaso d' Aquileja Segretario del Patriarcha Niceta.*

Non profecto indiget similibus fabulosis deductionibus antiquissima Portianorum Familia, quæ ab immemorabilibus annis inter Forojulienses Prosapias primatum, & in Parlamento majus Patriæ post Prælatos Ecclesiasticos primum votum atque sessionem semper obtinuit. Illius Nobilitatem indubitatam reddunt plurima a me visa, & lecta vetustissima Instrumenta, ex quibus constituit, Portianos Dynastas multis retro seculis *Liberos* fuisse appellatos, quando reliquæ ferme omnes Castellanorum Familiæ inter *Ministeriales* Patriarcharum Aquilejensium computabantur. Disparitatem autem haud exiguam olim intercessisse inter Liberos, & Ministeriales a nobis ostensum fuit hujus Censuræ §. XI. atque ex RATZMANNA MONASTICA Lib. probat. pag. 140. & seq. magis magisque elucescit: *Ministeriales possunt dici illi, qui neque Servorum inferiorum, neque etiam Nobilium, Liberorum nomine veniunt, sed qui post Liberos, post Nobiles homines, ex inferiori Nobilium Ordine censentur.* Non justam præsumendam hujus Stemmatis deductionem a Vicedo de Portu & Prata, seculo XII. florente, nihil inchoavimus.

Silvio Octaviani Cæsaris Augusti Romanorum Imperatoris fratre Lib. IV. cap. V. pag. 302. nec non a Papiriis, Petis, & Petasiis Comites de Pitazzi Lib. V. cap. VI. pag. 411. & 412. adulatoria fictione derivavit. Sed cui vera istarum Nobilissimarum Familiarum origo nota est, probe intelliget quousque ignorantia simul atque audacia nostri processerit Impostoris, & quanta adhuc superiore sæculo eorum foret simplicitas, qui sibi ab eo imponi patiebantur.

§. XXXIX.

Coronidis loco subjicere lubet Conradi II. Imperatoris Diploma, cujus bina fragmenta ex P. DONATO CALVO protulit IRENÆUS Lib. IV. cap. V. pag. 302. & 303. ut Federicis, prætensis Marentiorum progenitoribus, alci Juliorum Sanguinis splendorem cum non exiguis aliis prærogativis conciliaret: En ejus verba:

In Nomine Dñi Nostri Jesu Christi Amen. Conradus secundus Divina favente gratia totius Alemaniæ Imperator semper Augustus &c. Vobis omnibus infrascriptis salutem, & devotionis affectum. Ad hoc ut illustrissima, & Nobilissima Familia a Julio Silvio Octaviani Cæsaris Augusti Romanorum Imperatoris Fratre per D. Federicum ipsius Illustrissimi D. Julii Filium, post bellum Julianum a suo nomine dictum, in partibus nostris tunc factum relicta, deinde Imperio nostro fidelissime per universum propagata, sed magis in Civitate Brixiæ, & ipsius Territorio, jam diu commorans, & per Vespasianum Serenissimum Imperatorem etiam in bello Hierosolimitano Capitaneatu ejus Exercitus cum Magnificis DD. Lavellongbis decorata magis splendore eluceat, Majestatisque Imperialis descendentia, integritati, & nobilitati studeat, & attendat. Convenit enim Nobilibus nobilior, Imperialibus digniora, gradatim virtuosius agere, & tamquam margaritæ a terra cum splendore sic ab ignobilibus Nobiles, penitus natura diversi, magnanimam, virtuosamque Nobilitatem sequendo dignoscantur. Volentes, & Nos, Imperio Nostro fideles recognoscere, illudque Amicis fidelibus ornare, munire, & convalidare: Propterea stantibus benemeritis, servitutibus, hospitiis, & beneficiis per Nos, & Exercitum Nostrum habitis a vobis Illustrissimo Domino Federico q: D. Laffranci, olim D. Octavii filio, Octavio dicto Brusato, Celerio Marcatio, Maffeo dicto Maffetto, & Catanto Capitaneis Militibus Nostris sub Cognomine Illustrissimorum DD. Federiciorum in Brixia, & Pergamo Civibus & in Valle Oliola, & Pergamensi existentibus. Vos omnes, & Filios vestros, natos, & nascituros, ac descendentium descendentes in perpetuum ex legitimo Matrimonio procreatos Marchiones, & Comites cum mera, & ampla, & libera auctoritate, & gladii potestate in Valle prædicta a cornu punctæ Lacus Sabini supra, & a summo Monticulo majori in medio fundo dictæ Vallis Oliolæ, apud flumen Olei existentem infra usque ad dictam punctam in totam ipsam partem Vallis inclusive per præsentes constituimus, creamus, & ordinamus; ipsam

par-

partem ab alia jurisdictione ipsius Vallis penitus separando, & eximendo, eamque in Marchionatus, & Comitatus dignitatem erigentes. Vobis, & successoribus legitime perpetuo descendentibus, ut supra similiter Marchionibus, & Comitibus constitutis in perpetuum subjicimus, & condonamus; tali modo, & ordine, quod omne dominium dictæ partis ipsius Vallis Oliolæ, tam personale quam reale, tam in plano quam in Monte, & in dicta parte Lacus Sabini, & flumine Olei sit vobis, & Successoribus vestris in perpetuum subjectum. Dantes, & concedentes vobis Illustrissimis DD. Federico, Octavio dicto Brusato, Celerio Martenio, Masseto, & Cataneo prædictis omnibus de Federicis cognominatis, & successoribus vestris legitime perpetuo descendentibus, ut supra auctoritatem, potestatem, & baliam (habeatis) causas quascunque dictæ jurisdictionis vobis, & supradictis Civiles, & Criminales adjudicandi, terminandi, & definiendi secundum Leges Imperiales, & statuta prout convenire videbitur, de quibus conscientias vestras oneramus. Sperantes, & credentes vos facturos quod summa Justitia pro debito, & honore vestro administrabitur, & præcipue pauperes, Viduas, Orphanos, & Pupillos personaliter defendetis, & cætera operabimini, quæ ad Altissimi Dei, & Sanctæ Matris mandata, & honorem spectant, & pertinent, & pro justitia, charitate, & misericordia conveniunt. Insigniumque Nobilitatis vestræ Imperialis Vos prædictos, & descendentes vestros in perpetuum, ut supra, Arma aurea cum listis ex albo, & cælesti colore scaccatis per sbiessum in campo aureo, & cum Aquila Imperiali cum aurea Corona super caput, ad solitum vestrum ornamus, & decoramus. Concedentes, & pro majori decore vestro Castrum unum, vel plura in dicta parte Vallis, ubi Vobis magis expedire videbitur construere, erigere, & in eis habitare valeatis cum Successoribus vestris & in signum dictæ subjectionis dictæ partis ipsius Vallis in subsidium easdem Dadias, & Taleas per Vos, & Successores vestros in perpetuum imponendas, & exigendas ad perpetuam consecutionem Vobis, & Successoribus vestris præstabit. Onerantes Vos, & Successores vestros in perpetuum in signum Imperialis, & honorabilis Feudi quotiescunque requisiti fueritis ad arma pro Imperio Nostro suscipienda, & quæcunque alia, quæ ad Imperialem Statum & conservationem Nostram spectant faciendum, sub vinculo juramenti fidelitatis, & homagii Nobis præstiti. Et in prædictorum omnium testimonio singulo anno Falconem unum, & Accipitrem per Messum vestrum Nobis condonabitis. Has autem ad perpetuam rei memoriam fieri jussimus, & Imperiali Sigillo Nostro muniri. Datum sub Mediolano Anno a Nativitate Domini Millesimo vigesimo quarto, Imperii nostri anno tertio. IV. Kal. Maii.

(L. S.) *Carolus Vertbalius*

Imperialis Majestatis Cancellarius.

Juxta regulas, & observationes hinc inde per decursum Operis indicatas adeo evidenter hic enormis stultitia, ac inscitia Impostoris sese prodit, ut cuilibet Historicis & Diplomaticis sacris initiato Tyro-

ni

ni pronum sit fraudem e vestigio detegere. Sed aliis oculis (ut MURATORII verbis utar) hæc ipsa Majores nostri intuebantur, sine hæsitatione falsa pro veris amplexi: hinc quid mirum si imperiti uno plures Notarii, si bini Illustrissimi Domini Brixienses pro Serenissima Republica Veneta Prætores modo dictum Commentitium Conradi Privilegium authenticis suis subscriptionibus olim firmare conarentur? Sed nec centum, ne mille quidem Prætores, aut Tabelliones dealbare Æthiopem tam horridum possunt. Ipse sacratissimus gloriosæ memoriæ Ferdinandus III. Imperator cum Pragæ anno 1654. XV. Septembris Antonium Episcopum, Consiliarium suum, & Ludovicum Marentium Tergesti Locumtenentem in illarum, gradum, ordinem, atque dignitatem Liberorum Baronum de Marensfeld evexisset, fraudolentam quoque, in novo Diplomate desuper confecto, Conradinam hanc sibi exhibitam exaltationem incauto assensu suo quodammodo roboravit (37). Dum Sæcula (ulterius belle ad propositum nostrum prosequitur immortalis MURATORIUS) ignorantiæ florebant, fortasse pompa hæc Notariorum affirmantium, & Imperatorum comprobantium Chartas uti legitimas imperitis fucum faciebat. Ab ejuscemodi autem periculo (sint Superis grates) sæculum nostrum abest, quoties agitur de tabulis sub, aut obrepritiis, pice tam nigra conspersis. Nempe minime ignorant moderni Eruditi, sub Augustissimis Austriacis præcipue Monarchis, quos pene innumerabilia pacis, bellique negotia semper occupatos tenebant, sæpius olim contigisse, ut illi, neglectis criticis, ac tædiosis Documentorum perquisitionibus, omnia promiscue ab impetrantibus in supplicibus primum Libellis enuntiata, deinde per Mercenarios Scribas in Diplomatis contextu ad verbum descripta, fidenter admodum, & sine hæsitatione confirmarent: sicuti inter cæteros fecit Invictissimus Carolus VI. Imperator semper Augustus, qui Viennæ, anno 1710. V. Aprilis, ignobilem, imo tenuissimæ, infimæque plebis callidissimum Impostorem Joannem Antonium Lazier, Fabri lignarii Filium, pro legitimo (qualem sese mentiebatur) Emanuelis II. Paleologi Imperatoris Constantinopolitani hærede solemni per Cancellariam Hungariæ edito Diplomate prædicavit. Quapropter Auctor Libri Parmæ evulgati anno 1724. cum titulo: *La falsità svelata contro a certo Giamantonio, che vantasi de' Flavj Angeli Comneni Lascaris Paleologo, nell'esame della pretesa sua discendenza di maschio in maschio da Emanuele II. Paleologo Imperatore di Costantinopoli*, *fol.* 61. provide monet, nullam similibus privilegiorum digressionibus fidem præstandam fore; ex eo, quia *ne seguirebbe un assurdo grandissimo, ed è che li Supplicanti provarebbero sempre a pro loro in causa propria; poichè li Principi non esaminano, nè fanno esaminare le narrative incidentemente fatte per altro effetto da* sup-

(37) Ferdinandi III. Imperatoris Diploma cum omissis producitur in Syllabo Tergestinorum Antistitum num. LIX.

Supplicanti, ma le lasciano in quello stato di autorità e di fede, che possono dar loro quei, che le suggerirono: & paucis interjectis fol. 63. concludit: *In tanto dalle cose sin qui narrate tre verità si ponno raccorre. Primo: che molti Diplomi, tutto che veri, e reali sono molte volte invalidi, ed insussistenti.* (quod dici potest de Matenciorum Privilegio a Ferdinando III. anno 1654. emanato, in quantum amplectitur vanissimam illam Conradi II. promotionem de anno 1024.) *Secondo: che non tutti i Diplomi, o Documenti ritrovati negli Archivj sono antichi, e veri; poichè in tutti i tempi se ne fabricano de' falsi, e poi si ripongono a bella posta negl'Archivj per accreditarli.* (prout fecisse constat supradictum impudentissimum Falsarium Fabri lignarii filium Joannem Antonium Lazier, qui Friderici Pacifici, & Maximiliani II. adulterinas Chartas ad majorem sibi auctoritatem conciliandam in Senatus Romani Tabulario reponendas curavit.) *Terzo: che non pochi di ordine anche popolare, avendo casualmente il Cognome di qualche Famiglia Nobile, e cospicua, ridotti in stato facoltoso piantarono l'Albero della loro Genealogia con Documenti veri, fatti però per altri; appropriandoli per se, e pe' suoi, benchè di essi non parlino, ma si riferiscano ad altre Persone totalmente diverse, e nè anche attinenti ad essi.* Perinde ac præstitit Irenæus a Cruce, qui spurio Fridericiano suo Diplomati, ac similitudini nominis innixus Julianis Tergestinis adscripsit quæcunque olim ad solas Julianorum, Juliorumve Romanorum Gentes pridem jam extinctas manifeste pertinebant. Qua equidem impostura somniator insulsus cum veram dictorum Concivium suorum antiquitatem contempsit, tum illustrem eorum Nobilitatem falsi crimine (in quod etiam consentientes incurrunt) fœde obscuravit. Ad sui commendationem profecto excogitata illa cum Romanis connexione non indigebant, qui nominis sui indicia legitimis Tabulis ex sæculi XIII. exitu comprobata proferre, ac splendidissimo Ferdinandi I. Imperatoris Diplomate gloriari poterant Juliani Tergestini: didicimus enim a Papebrochio, eas Familias, & esse, & merito haberi antiquissimas, *quæ suum nomen ad quatuor, aut quinque sæcula sursum ducere, ac probare possunt ex publicis eorum de quibus agitur temporum documentis.*

§. XL.

Atque his finem imponimus Irenæani Julianorum Diplomatis Censuræ, quam paucorum mensium intervallo ex proprio, atque Excellentissimi Comitis Joannis Casparis de Lanthieri (38) Librorum apparatu

(38) Incomparabilis doctissimi hujus Comitis virtutes aliqua ex parte describere nuper conati sumus in Epistola gratulatoria pro onomastico S. Casparis die Viennam transmissa, qua alii quoque ejusdem Literis, [illegible] Fratris nostri Antonii casum nunciantibus, responsum dabamus:

Dum fratrem [illegible] [illegible] [illegible] [illegible],
Protinus es, Caspar, reddita Carta mihi.

paratu pro virium nostrarum imbecillitate compilavimus. Plures consequenter faventibus Superis ejuscemodi Tomos Genealogico-Diplomaticos in lucem emittemus, dummodo experta hactenus humanitate nostra scripta excipere continuaverint candidi, & eruditi Lectores; quorum judicio hunc conatum ultro submittimus maxima obtestatione rogantes, ut si quid per decursum præsentis Opusculi minus accurate forte allatum, minus clare deductum, aut expeditum offenderint, Auctorem publicis quoque Reipublicæ negotiis occupatum benigna dignentur aliqua interpretatione sublevare; quando, ut ex Horatio ait Andreas Mocenicus, nihil mirum videri solet, si bonus etiam aliquando obdormiat Homerus, cum multa dictarus accesserit. Blandimur nobis interea, hoc exemplo excitandos fore, vel in proposito confirmandos posthac alios Viros doctos, ut reliquas Irenæanas critice persequantur imposturas; præ primis vero omni eruditionis genere versatissimos Baronem de Cyschi Supremæ Intendentiæ primum Consiliarium, & Nobilem Andream Josephum de Bonomo Tergestinæ Civitatis Cancellarium, qui missis nuper ad me litteris amoris, ac benevolentiæ plenis sese jam simili utilissimo labori manum admovisse, nunciarunt. Sic exutus larva Sycophantiæ, mendisque nudatus coloribus Irenæus a Cruce, haud pridem inter Scriptores rei Diplomaticæ a Baringio perperam numeratus, aut veluti Graculus inter Pavones, risum movebit adstantibus, aut deinceps e Baringiana Clavi, & Bibliotheca Diplomatica edit. novis. pag. 119. quo precario irrepserat, penitus expungetur; Historia autem Tergestina instaurata, ex monstruosissima, atque fabulosa, paulatim vera, clara, seu perspicua, sanoque judicio constans (quibus notis omne annalium pretium absolvi docet Lipsius) efficietur.

NON-

Ut liquit, obstupui, & largas mihi [illegible]
Plausit: sed lacrymis jam satis atque datum.
Laurentis en! celebras qua Divi nomine, [illegible]
Unde inter gentem [illegible] certa tibi.
Ergo palla prompsi sit vestis, & aurea, circum
Quam cingit, [illegible], fimbria lata, chlamis.
Coruscaque Epulum, mireris bellaria mensis,
Massica sint primo vina reposta loco.
Nec tamen hinc [illegible] rapiar torrentis abundis,
Nec tibi [illegible] [illegible] dolis.
Tu nosti, cordi quam sit mihi dicere verum,
Novi & ego, fieri quam tibi displiceant.
Scilicet hic [illegible] Vatis Mercator avari,
Fabula, quem [illegible], [illegible] alit.
Proh Superi! quam larga seges [illegible] promere laudes
Ausim, Lamberti, Carmina nostra tuas.
Quam firma in Numen pietas! quam fertilis ardor,
Ut Patrii surgant, [illegible] abstis, agri!
Quam carus Musis! quam vasto scientia juris!
Quam doctus placida frena tenere manu!
Quid si majores addam longo ordine avos?
Quid memorem Natos & decus omne tuum?
Si Generum, referam, [illegible] pharmaca fratris
Qui fugasti, [illegible] [illegible]?
Hac in [illegible] ferrens [illegible] [illegible]
Carbasa, [illegible] ludere forte vadis.
Non igitur [illegible] gratulari carmine [illegible],
Hunc vino, & dapibus fas celebrare diem.
Jam pateram sumo, [illegible], clamoque bibendo,
Vivat Lambertus, Nata, Generque diu!

NONNULLORUM DE HOC OPERE JUDICIUM.

Guid. Com. de Cobenzl Rud. Coronini Com. de Cronberg S. C. R. & Ap. Maj. a Cubiculis &c. S. P.

Perlegi summa cum voluptate MS. tuum, quo Eruditionem tuam amplam, ac bene digestam apud omnes in arte Diplomatica peritos is stabilitum. Ego, qui in eadem plane peregrinus fui, postquam hoc Opus tuum evolvi, arcana omnia ejusdem scientiæ perlustrare, te duce, tuisque insistens criteriis, hebes jam sim, si non auderem. In uno enim, eoque non affabre effecto Julianorum Diplomate expungendo, non id tantum præstitisti, ut Irenæum in crucem adigeres, sed notas omnes tam claras, tam luculentas patefecisti, quibus omnium sui similium Sycophantarum fraudes, qui non detexerit, excutiat, oportet. Offendi tamen non mendas, sed nævos quosdam, ut mihi quidem videntur; hos si reticerem neque indoli meæ ab omni adulatione remotæ, neque amicitiæ erga te meæ facere satis arbitrarer. Accipe igitur quæ mihi minus placent, sic tamen accipe, non ut illico censoria animadversione damnanda, sed tanquam ad examen iterum revocanda videantur.

Non placet igitur

1.mo Quod sacrum textum Dissertationi profanæ præfecisti. Videtur id habere nonnihil irreverentiæ. Si Horatium, si Juvenalem mente revolveris, facile invenies quod substituas.

2.do Miseret me Tergestinorum, in quos in prima præfationis parte nimis hostiliter inveheris. Fateor, te in ejusdem, tum & in totius Operis conclusione palinodiam quodammodo canere; fateor, ab assumpto tuo plane alienum non esse, ostendere, neutiquam genuina, sed & imaginaria Nobilitate elatos nimium animos, & imperii indociles, & vel ad rebellandum esse propensiores. Verum id iisdem præstares, si commiserantis, non exprobrantis stylo utereris. Tum vulnus, quod malefacta singillatim enarrando inflixisti, per laudes generales, quas superinducis, exasperare potius quam linire videris. Hinc, quia immeritos puto quos lædas, iisdem, ut quodammodo parcas, precarer.

3.tio In tuæ Gentis Diplomate Leopoldino, per verba: *quamvis* (Derivatio e Corvino) *in genuino Diplomate approbata:* Cæsarem falsi testimonii reum agere videris; hinc v. g. *Quamvis ea* (Derivatio) *in genuinum Diploma irrepserit*, ut alibi ostendis, etiam hic dictum malim.

4.to Ovidii versus in peroratione, aut non capio, aut non apposite adaptatos judico.

5.to Ubi

5.° Ubi dicis, veram Nobilitatem *non minus*, quam Solem, adventitio indigere lumine, *non magis* ponendum censerem, ut sensus sit neque hunc, neque illam eo opus habere.

6.° Paragrapho 22. ita ratiocinari videris: Miraret Liechtensteinios, Eggenbergios &c. tam profusis honoribus esse condecoratos, nisi Salamancarum exemplo, Cæsares jam olim munificentiam suam prodige projecisse, essem edoctus. Quo dicto, meo quidem judicio, utrosque offendis; illos apprime de Republica meritos meritis majora præmia expiscatos esse arguis; hos etsi tenore Diplomatis antiqua Nobilitate pollentes, vix Civitate, seu Patriciatu Goritiensi dignaris. Taceo, quod ipsa comparatio inter nimium dispares neutri grata esse possit.

Hi sunt nævi a me in Opere tuo, magnæ certo tibi laudi futuro, deprehensi, quos si tanti duxeris ut detergas, meo quidem judicio bene feceris; sin vero minus, non ideo profecto laudem tuam imminutam iri timendum tibi est. Quod adeo firmum reor, ut operam meam, si ea ad Editionem uti volueris, sicuti oretenus exhibui, sic scriptotenus denuo polliceor. Sincerum interea animum meum perenni tua benevolentia compensa, & bene Vale.

Dabam Domi meæ 25. Jan. 768.

Eruditissimo simul, ac Illustrissimo Guidobaldo Sac. Rom. Imperii Comiti de Cobenzl, Libero Baroni de Prossig, Dynastæ in Sancto Daniele, Leitemburgo, & Feistritio, Supremo hæredit. Pincernæ in Carniolia, & Vinidorum Marchia, supremo hæredit. Dapifero, & Falconum Magistro in Principali Comitatu Goritiæ, Utriusque Sacræ Cæs., & Regio-Apostolicæ Majestatis actuali Cubiculario Rudolfus Coroninus Cronbergius Comes S. P. D.

Tot, tantæque, Comes Nobilissime, te exornant virtutes, ut admirationi potius, quam imitationi nostratibus proponendus videaris. Non ego hic recensebo Fratris, Parentis, totiusque Illustrissimæ Prosapiæ tuæ (39) gloriam; satis enim superque propriis te illustrem reddunt merita, morum suavitas præcipue, & profunda omnis generis eruditio, summa cum modestia, atque probitate conjuncta, quibus dotibus mortalium corda rapiuntur. Ego sane, ut primum me

(39) Tribus ferme abhinc sæculis Cobenzlia Prosapia Aulicis Administris, & Provinciarum Gubernatoribus gloriatur. Joannes Supremus Caroli Archiducis Austriæ in Styria Cancellarius, Teutonici Ordinis Commendator, & Gradiscæ Capitaneus, Romanus, & Moscovitica Legationibus immortalem sui nominis gloriam obtinuit. Philippus Ulrici filius fuit Vicedominus Carnioliæ, Joannes Philippus præcedentis Nepos, extincto anno 1673. Joanne Vincentio Coronino Barone de Cronberg Tergesti Præfecto, eandem Præfecturam obtinuit, anno 1675. in S. R. I. Comitum gradum elevatus fuit, ac tandem post discessum Joannis Erhardi Com. ab Aversperg anno 1697. Supremus Goritiæ evasit Capitaneus. Joannes Caspar ab anno 1704. Goritiæ, & ab anno 1714. Carnioliæ supremus Capitaneus, ad Aulam Cæsaream evocatus supremi ibidem Cubiculariorum Præfecti munus, cum Aureo Vellere, impetravit. Carolus Joannes Philippus (prioris filius, & Guidobaldi Comitis Frater) inter intimus Consiliarios, & inter Aurei Velleris Equites pridem adscriptus, in præsens Plenipotentiarii, ut vocant, Belgici Ministri provinciam sustinet, ubi, bene administrata re publi-

me in amicitiam tuam admisisti, tanti semper te feci, ut sermonem, conversationemque tuam Librorum lectioni præferre interdum non dubitaverim. Duplex in me exinde redundavit utilitas; prima quod tuam assecutus familiaritatem plura a te indies discerem; secunda quod minus magnifice deinceps de meis studiis judicarem. Quare, cum anno proxime præterlapso Progonologicam duorum millium, & amplius Majorum neo-natæ in Hetruria Mariæ Theresiæ Principissæ Arborem efformassem, eamdem non prius Augustissimæ Imperatrici Reginæ offerendam duxi, quam tu, simul cum Lanthetio nostro, album calculum adjiceres, memor Horatii præcipientis Art. Poet.

.... *Si quid tamen olim*
Scripseris, in Metii descendat judicis aures.

Verebar etenim, ne forte partus ille mediocris ingenii mei plus æquo placeret Auctori, veluti filii etiam deformes sola ipsorum qualitate non raro Parentes delectare consueverunt. Par memet ratio nuper impulit ad subjiciendam perspicacissimo judicio tuo *Irenæani Julianorum Diplomatis Censuram*, quam, faventibus Superis, hoc adhuc anno juris publici facere stabilivi. Censoria, a me tibi ultro delata, potestate expendisti MS.tum, & qua immerentem hactenus semper complexus es humanitate, ac benevolentia mihi candide insinuasti, ut sequentia aliqua ex parte immutarem.

Primo: Sacer textus profanæ Dissertationi præfixus visus est tibi habere nonnihil irreverentiæ.

Secundo: commiserantis, non reprehendentis stylo me uti cuperes in recensendis Tergestinorum calamitatibus, a nimia eorum ambitione derivatis.

Tertio: in præfatione a falsi testimonii suspicione Leopoldum Cæsarem liberandum innuis.

Quarto: Ovidii versus in eadem præfatione non apposite adaptatos judicas.

Quinto: Ubi ego dixi, Veram Nobilitatem *non minus* quam Solem adventitio indigere lumine, *non magis* substituendum censes.

Sexto demum Paragraphi XXII. conclusionem, & comparationem improbas.

Enimvero uti meritas grates pro suscepto labore tibi persolvo, Eruditissime Comes, ita in sententiam tuam sine limitatione transirem, nisi dubia mihi succurrissent aliqua, quæ propensi animi assen-

publicam, summam sibi hactenus laudem, Patriæ vero suæ gloriam comparavit. Hinc de illo merito mihi ita cecini.

Dic [illegible] Colonæ?
Hic [illegible], hæc vires [illegible] Musa tuas.
Non tulit hic primum, meruit sed ferre triumphum,
[illegible] patriis, [illegible]:
Dat namque auratas [illegible] sors prodiga [illegible],
Vellera, Germanus dat quoque larga cruces.
Quid dat sors majus? Sors dat majora sed istis,
Celsa sonent radiis ut Domus Astra suis.
Vidimus effusam plantas tibi lambere Rhenum,
Et Rhodanum tereti subsiluisse pede.
Quid memorem Graias, quas aluit unda [illegible]?
[illegible] sat tua fama plagis.
Austria te celebrat, veneratur Belga, Bohemus,
Suspirat vultus orbe [illegible] tuos.
[illegible] Gratia [illegible]
Ex alto Matrem, Carole, carus grada.

sensionem in uno alterove puncto suspendendam admonebant. Proponam itaque dubia illa, non renitentis adversarii, sed amici, qui a doctiori instrui cupiat, & potiorem veneratur, personam sustinendo.

Primo itaque objectam Sacri textus irreverentiam in dubium vocare videntur uno plures Auctores Ecclesiastici, æque ac profani, qui ejuscemodi ex Sacris Codicibus petitis sententiis frontem librorum ad majorem sibi conciliandam auctoritatem exornarunt. Ita Bucelinus Germaniæ Topo-Chrono-Stemmatographicæ Tom. IV. ex Libro Proverbiorum Cap. XVII. v. 6. præfixit: *Gloria Filiorum Patres eorum*, & Cl. Dobnerus Monumentis Historicis Bohemiæ ex Eccl. cap. XX. v. 32. *Sapientia absconsa, & thesaurus invisus, quæ utilitas in utrisque?* Sed, ne in re minoris momenti nimium immoremur, dicam quod in quæstione positum textum: *Ostendam Fabricatores mendacii:* ex Job Cap. XIII. v. 4. permutatis binis dumtaxat litteris, usurpaverit quoque Auctor Libri Parmæ editi anno 1724. cum titulo: *la Falsità svelata contro a certo Giannantonio, che vantasi de' Flavj Angeli Comneni Lascaris Paleologo*. Hinc etsi prædictorum Scriptorum vestigiis insistens servanda quibusdam sacra illa videretur sententia; nihilominus tamen tibi potius obsequendum ratus profanum textum ex Philosophorum Principe in ejus locum substitui: *Duo sunt opera Sapientis, quorum unum est non mentiri, de quibus novit: alterum vero mentientem manifestare posse*; Nec non ex Papebrochio: *In vetustis Diplomatis, chartisque recipiendis ad historicam probationem non minori versandum est cautela, quam in Numis, quorum multi sub larva antiquitatis inducunt in fraudem, vix a paucis oculatioribus agnoscendam*. Quibus jungi etiam apte posset illud Ovidii 1. Art.

.... *Fallentes*....................

.... *in laqueos, quos posuere, cadant*.

Transeo ad secundam observationem ubi, dum commiserantis stylo Tergestinorum vices expositas cuperes, anxius hæreo, satin' tuto id ab Historico præstari valeat; quandoquidem Tacitus Histor. Lib. I. *ut non modo casus eventusque rerum, sed ratio etiam causæque noscantur* postulabat, & Polybius Lib. III. *Quare, quomodo, quo fine, quidque actum sit, & an ex ratione satis ceciderit* ab Historiæ Scriptoribus commemorari jussit. Nimirum cum Historia dicatur Magistra morum, præcipuum ejus munus in eo consistere videtur, ut fideliter expositis gloriosis Majorum gestis, & reprobatis pravis dictis, factisque Antecessorum, posteritas illos sibi imitandos proponat, horum infamiam reformidet. Hunc finem vix, & ne vix quidem assecuturum putarem illum Annalium Scriptorem, cui convenirent verba Terentii ex Andriæ Prologo:

Historicus *cum primum animum ad scribendum appulit*
Id sibi negoti credidit solum dari,
Populo ut placerent, quas fecisset fabulas.

Hoc enim est (ut Euripides in Hippolyto asseverat) quod Morta-

lium

lium Civitates bene habitatas, Domosque destruit, *gravi valde Sermones*.

Procedamus ad tertiam objectionem, ubi ita loqueris: *In tua Gentis Diplomate Leopoldino per verba: quamvis* (derivatio a Corvino) *in genuino Diplomate approbata: Cæsarem falsi testimonii reum agere videris*. Candide fateor, me vi *quodammodo*, quod nunc adjunxi, per incogitantiam prætermisisse. Sensus itaque esto: Cæsarem fabulosam a M. Valerio Corvino meæ Gentis derivationem in Diplomate recensendo confirmasse: non aliter plane (si fas est magnis parva comparare) ac olim præstitit Fridericus Pacificus, qui commentitia Julii, atque Neronis Austriacorum Privilegia anno 1453. approbavit, teste Fröelichio Archontolog. Carinth. Parte I. pag. 129. sic scribente: *Fridericus Imperator Diplomate dato cum Aurea bulla MCDLIII. Neostadii in festo trium Regum, confirmat omnia Privilegia Domus Austriacæ tam fabulosa illa Julii, & Neronis, quam alia ab Henrico IV., & ab Henrico Cæsare olim Leopoldo data, item a Friderico II., & a Rudolfo Rege collata*. Quæ omnia Anonymi Parmensis in §. XXXVIII. insinuatam observationem magis magisque commendabilem reddunt.

Gradum faciamus ad versus Ovidii de Ponto lib. II. Eleg. III. quibus in peroratione ad Dietrichsteinium vota mea claudebantur.

Pro quibus optandi si nobis copia fiat,
· *Tam bene promerito commoda mille precor.*
Sed si sola mihi dentur tua vota, precabor
Ut tibi sit, salvo Cæsare, salva Parens.

Non inficior, ultimum Pentametron hic adaptatum nonnihil obscuritatis in se continere; inde est, quod ad vocabula: *Salvo Cæsare, salva Parens:* notam adjicere voluerim, qua Augustam Mariam Theresiam, cum filio Imperatore Josepho II. innuebam; Magnatum siquidem felicitas a Principum plerumque pendet conservatione; deficientibus Solis radiis, cuncti Planetæ quoque languescerent. Summam igitur votorum meorum cum Dietrichsteinii fidelissimi Cæsareo-Regii Administri votis jungendo precabar, ut modo memorata naturæ prodigia, orbis delicias, Patriæ Parentes pios, felices sospitarent Superi, in generis humani ornamentum, nostramque incolumitatem ad seram usque ætatem conservarent. Sed, & prætermissa hac nota, parvo negotio versum magis perspicuum reddere potuissem, sic scribendo:

Sit tibi cum salvo Cæsare salva Parens.

Enimvero violentas nulla impulsus necessitate Classico manus injicere, religioni mihi ducerem, atque emunctæ naris Criticorum gravissimam merito reprehensionem formidarem. Quocirca recisis transververso calamo supradictis Carminibus, alios ibidem ex eodem Poeta versus aptius id, quod dicere cupiebam, exprimentes induxi, prout videbis in ipso præfationis contextu.

Eadem quoque ratione, ut perspicaciter animadvertisti, loco *non minus, non magis*, quod optime innuis, substitui non adeo sane condemnandus, quod sententiam hanc a Cl. Dobnero ex Carpzovio depromptam, utpote ex limpidissimis alias fontibus promanantem, clausis oculis hauserim. En illius verba in Notis ad Hayeki Annales Bohem. Part. II. in Czecho I. pag. 20. *Nam vera virtus, virtuteque parta Nobilitas nihilo minus quam Sol aliena, mutuataque luce, aut ejuscemodi fucatarum laudum splendore opus habet.*

Venio jam ad postremam objectionem: *Paragrapho XXII. ita ratiocinari videris: Mirarer Lichtensteinios, Eggenbergios, &c. tam profusis honoribus esse condecoratos, nisi Salamancarum exemplo, Cæsares jam olim munificentiam suam prodige projecisse, essem edoctus: quo dicto, meo quidem judicio, utrosque offendis. Illos apprime de Republica meritos meritis majora præmia expiscatos esse arguis; hos, etsi tempore Diplomatis antiqua Nobilitate pollentes, vix Civitate, seu Patriciatu Goritiensi dignaris. Taceo, quod ipsa comparatio inter nimium dispares neutri grata esse possit.* Quod ad ratiocinationem, & ad hanc paritatem attinet, sit verbo venia, videris mihi a genuino paragraphi sensu hoc loco tantisper deflexisse. Non ego majora meritis præmia Lichtensteinios, Eggenbergios, aliosque assecutos dixi, sed ita argumentatus sum: Si Austriaci Cæsares tot tantisque Privilegiis exornarunt Equites de Salamanca, quorum ramus adhuc superstes, Gradiscæ hodie habitans, Provincialium, seu Patriciorum dignationem non egreditur; mirari desinant extranei, quod iidem Gloriosissimi Monarchæ Lichtensteiniorum, Eggenbergiorum, aliorumque primi ordinis Dynastarum ingentia merita, & diuturna fidelia Austriacæ Domui, atque Imperio Romano Germanico toga, aut sago præstita servitia longe splendidioribus prærogativis, longe nobilioribus titulis, longe majoribus gradibus compensaverint. Causam expetis? in promptu est, quia uno plures inter alienigenas Annalium Conditores deprehendi, qui Principum nostrorum munificentiam, inconsultæ largitionis, aut prodigalitatis nomine prosanarunt. Ast vera rerum vocabula tales Scriptores amisisse, Austriacorum potentiam, & amplitudinem ignorasse judicandum videtur. *Nam prodigus est* (ut ait Aristoteles 1. Moral.) *qui ubi non decet, & quantum non decet, & quando non decet, impendit; Avarus, qui non impendit ubi decet, & quantum, & quando decet; liberalis, qui ubi, quantum, & quando decet, impendit:* quare merito satyrico dente Artaxerxem arrodit Stobæus de Rep. Lib. VI. quod Persam Colonum insitatæ magnitudinis pomum offerentem insipiens Rex, quem pomario præficere debuerat, regentem Orbi imposuerit. Ast longe aliter sese gesserunt Cæsares Austriaci, quando in Lichtensteinios, Eggenbergios &c. de se, deque Republica optime meritos splendidissimas illas prærogativas contule-

tule-

tulere, qua laudabili munificentia neque memoratae Prosapiae majora receperunt quam fuerint promeritae, neque Principes similia illis largiendo fontem ipsum benignitatis exhauserunt (40). Hinc quod a saeculis coeperunt Austriaci, queunt prosequi, & Salamancas, angustia rei familiaris in praesens laborantes, cum pluribus aliis, reddere felices; si nimirum eorum aliquando virtus altetius olim opulentissimae lineae Salamancarum videlicet Comitum de Ortenburg famam, atque gloriam adaequaverit.

Tuum jam, Clarissime Vir, erit judicare: an his non obstantibus, quae adhuc immutata manserunt, ad normam secundae, & tertiae objectionis redigenda sint. Ego enim non minoris te reputo, quam antiqui sincerum, & incorruptum illum Quintilianum, qui, cotis officio functus, male tornatos versus saepius corrigere praecipiebat, & ut inquit Horatius.

Bis, terque expertum frustra, delere jubebat.

Interea favoris tui, atque amicitiae continuationem expetendo, Epistolam meam magis appositis verbis claudere non queo, quam supralaudati Ovidii de Pont. Lib. II. Eleg. I.

Di tibi dent annos! a te nam caetera sumes
Sint modo virtuti tempora longa tuae.

Dabam in Schönbaus I. Februarii MDCCLXVIII.

(40) Esse Imperatores Familias §. XXIII. recensitas praemiis donantes se largos ostendisse, magnificosque; dici tamen non potest, hanc eorundem liberalitatem, atque magnificentiam Familiarum illarum meritis nullatenus respondere: velut a nobis dictum est §. XIX.; ubi haec scripsimus: *Quid autem est, si hoc non est, mutas nullas territoriales constituere, & fontem ipsum Imperialis munificentiae sine necessitate exhaurire?* de Familiis inferioris ordinis loquentes, quibus nulla ratione privilegia eadem §. recensita congruere poterant.

Epistola Perillustris Baronis de N. ex Germanico in Italicum idioma translata.

Illustrissimo Sig. Conte.

Vidi il di lei Manuscritto ripieno d' ogni sorte di paesana, e forastiera erudizione. Vedendolo, e considerandolo mi maravigliai come un Cavaliere della di lei qualità potesse in poco più di mezz' anno raccogliere tanto numerose, e scelte notizie. Mi sorprese, lo ridico, alle prime una sì portentosa fatica: ma poi quando riflettei, ch'Ella era lo stesso Conte Rudolfo Coronini, di cui fresca ancora si conserva la memoria nel Collegio Teresiano per la tanto rinomata difesa: *de jure Naturæ, Gentium, & Publico Romano Germanico, cuilibet facta argumentandi copia*: sostenuta con tanta sua gloria, e stupore di tutti gli astanti; fra'quali trovandosi anche il moderno Principe di Kevenhüller in qualità di Cesareo Delegato, ebbe ad esprimersi di non aver mai altro per l' avanti assistito ad una più bella, ed erudita difesa; quando mi rammentai, che nell'istessa occasione fu anche per la prima fiata publicato il dottissimo di lui *Tentamen Genealogico-Cronologicum Comitum & Rerum Goritiæ*: che poi novamente colla seconda edizione ampliato nell'anno 1759. ebbe tanta approvazione dalle Accademie di Lipsia, e Roveredo, che oggidì comunemente si considera per uno de'più riguardevoli Monumenti Letterarj della Germania: quando inoltre mi sovvenne della limatissima Dissertazione: *De origine Præpositura Sancti Stephani prope Aquilejam*: nell'anno 1758. stampata in Trento, nella quale per testimonianza del P. Zaccaria spicca ugualmente il buon gusto, e la scelta erudizione: e l'altra concernente l'origine della ragguardevolissima Casa di Waldstein nell'anno 1766. stampata in Gorizia, che rovesciò sino dalle fondamenta le ciarlatanarie di Balbino, e di tutti gli altri suoi seguaci, che di tale Genealogia ne avevano prima di lei ragionato: quando, dissi, mi vennero in mente tante, e tanto gloriose di lei imprese, non mi sembrò più impossibile, che dall'infaticabile diligenza del Sig. Conte così presto sortire potesse alla luce un'Opera di tanto merito, quale molti altri, spezialmente Cavalieri del suo rango in più lustri appena l' avrebbero, non dirò già perfezionata, ma neppure abbozzata. Il Conte N. nella Boemia, l'altro Conte N. nella Stiria, il Barone N. in Vienna, e due altri a lei ben noti Cavalieri dell'Austria potrebbero colla loro testimonianza autorizzare le mie espressioni; poichè tutti questi altro non cercano, che di farsi credito col parlare di sovente delle loro ideate composizioni: *sed hactenus intra promissa tantum subsistunt*: in maniera che, se mai per disavventura venisse alla luce qual-

qualche loro componimento, al medesimo si potrebbe opportunamente applicare il pensier bizzarro di quel Poeta, il quale, nell'incontro che si publicò un certo Poema latino di Giovanni Cappellano intitolato *Puella* non corrispondente all'espettazione universale di tutta la Francia, compose il seguente distico:

Illa Capellani dudum expectata Puella
Post longa in lucem tempora prodit Anus.

del qual per altro anche VS. Illma ne fece menzione nella lettera anni sono scritta al Conte Girolano de Renaldis.

Ma per tornare al proposito, lessi con piacere singolare la Censura dell'Ireneano Diploma. Mi posi più d'una volta a ridere considerando la sciocchezza dell'Autore, e la soverchia di lei pazienza nel confutarlo. Meritava ancor di peggio un simile impostore. Non sò però se i Signori Triestini con occhio indifferente mireranno cotesto suo Libro, nel quale scopronsi tante bugie, che pel passato facevano la loro figura, e dal volgo venivano rispettate al pari della verità incontrastabili, sopra le quali è fondata l'Istoria della Città di Trieste. Sortiranno quindi forse delle Apologie, e delle Controcritiche: ma Ella, al mio modo di pensare, lasci scrivere, e parlare ad ogn'uno come più gli aggrada. Dando alle stampe un libro non si può contentare tutti, e meno poi gli appassionati. Chi è prevenuto dall' amore proprio, è anche incapace di discernimento; contrasta la luce al Sole, e se fa d'uopo, s'impegna di sostenere, che la Luna sia caduta nel pozzo; con questi tali

Bella gerant alii, nullos habitura triumphos.

Il savio all'incontro resta pago della ragione, e l'Erudito sa distinguere il vero dal falso, l'argento dal piombo, ed il cristallo dal diamante. Mi creda VS. Illma, che l'approvazione d'un solo dotto, e prudente Letterato ha più peso, che la disapprovazione d'un Mondo intiero d'ignoranti.

Io frattanto per divulgare maggiormente la fama di questa sua erudita fatica mi sono preso la libertà di mostrarla a diversi miei Amici, i quali d'unanime consenso la considerarono degna d'un illustre Allievo del Celebre P. Fröelich, non sapendo sufficientemente ammirare l'instancabile diligenza di VS. Illma, mentre immerso in tanti altri affari di conseguenza, ed impiegato con tutto il fervore nel Governo Politico della sua Patria, scrive in materia Diplomatica con esattezza, ed erudizione tale, che lo stesso Archivario di sua Maestà non isdegnerebbe d'esserne l'Autore.

Mi rallegro dunque di cuore col Sig. Conte, mio distintissimo Padrone, per questa sua nuova Opera, la quale ancor manuscritta ha riscosso gli applausi de'Letterati nostrani. Cotesta approvazione io spero che servirà di prefazione agli elogii, che veniranno tessuti nelle altre Provincie: *Est uamque* (al dire di Cicerone) *gloria solida quadam res, & expressa, non adumbrata, ea est consentiens laus bonorum, incorrupta vox bene judicantium de excellente virtute*. In fatti la di lei virtù, e dottrina merita d'esser dappertutto preconizzata, perchè non è virtù volgare, perchè è virtù indefessa, virtù solida, virtù eminente, e virtù tale, che al di lei confronto smarrite, svergognate, e confuse nasconder devonsi l'ambizione, l'ignoranza, e l' impostura: solite qualità di coloro, che per farsi grandi estendono le loro Genealogie di là dell'eccidio di Troja, e talvolta anche sino alla creazione del Mondo: *inaniæ, quas*

Si forti in terris videret Democritus.

Finisco col supplicarla, d'onorarmi ulteriormente de' suoi pregiatissimi comandi, e credermi

Di VS. Illustrissima

Devotiss. Servitore
il Barone N.

Tergo) A Monsieur
Monsieur le Comte Coronini de Cronberg Chambellan de LL. Maj. Imperiales RR. Apost.
p. Laybach

a Görz

Pero-

Peroratio ad Illustrissimum Dominum Pompejum Coroninum S. R. I. Comitem de Cronberg, Liberum Baronem Prebacinæ, & Gradiscutæ, Dominum Rubiæ, & Villessij, nec non Hæreditarium Tulmini Capitaneum &c. in Cæsareo, & Academico Soc. Jesu Gymnasio Goritiæ, inclinante Augusto Mense anni currentis 1768. recitata a Joanne Baptista Gerino, dum Assertiones ex universa Philosophia publice propugnandas susciperet Præside Adm̃ R. ac Eruditissimo P. Joanne Baptista Ciotti, e Soc. Jesu Philosophiæ Professore publico, & ordinario, in qua etiam Auctoris occurrit memoria.

Illustrissime Domine Comes.

Quod Philosophiam, quam hodierna luce pro viribus meis propugnandam suscepi, celebri tuo, Nobilissimoque Nomine inscribi sis passus, gratias ago tibi, Illustrissime Comes, Domine mi, ac Patrone gratiosissime, quas possum maximas, agamque dum vivam. Quod in clarissima Familia tua commune est, atque hæreditarium, illud tuum quoque esse cernimus....... quid autem? in magna fortuna moderatum non solum, atque ab omni alienum fastu servare animum; verum etiam scientiis, Artibusque homine libero dignis honorem deferre, adeo ut has unas & comparare tibi ipse & in aliis magni facere consueveris. Ea insuper tua, tuorumque fuit vivendi ratio hactenus, ea res gestæ, ut, seu in Cæsarum Aulis Imperii saluti, majorique commodo, atque splendori feliciter non minus, quam sapienter invigilaverint; seu in Castris pro Religione, Principe, & Patria adversus potentissimos Christiani, Austriacique nominis hostes strenui militis perinde, ac Summi Ducis officia nunquam non obierint; seu Provinciis Prætores dati fortunas Civium, & capita contra vim, & fraudes fortiter, sagaciterque defenderint; seu Domi tandem in otio honesto conquiescentes, ut novos in lucem ederent, doctos evolverint Libros, & Homines antiquissimo Familiæ Jure vobis obnoxios ut Patres magis, quam Domini rexerint, sceleratis terrori, damno nemini, solatio, auxilio, præsidio plurimis, omnibus denique semper fuerint admirationi; quorum decora & tua sunt, cum vivam illorum in te imaginem liceat intueri. Qui vixerunt missos facio; ex viventibus autem, ut duos potissimum nominem tu, Urbe hac nobilissima efflagitante, optare videris; Rudolfum nempe, cujus sublimis, ac rara mens, doctæ vigiliæ, atque indefessa studia, insignes Patriæ res pace, belloque gestas pulcherrimo in lumine collocarunt, & Illustrissimis quotquot Goritiæ, aut Tergesti extiterunt, extantque adhuc dum, Familiis debitam immortalitatem pepererunt. Qui ita vivit, ut, etsi prope maxima nobis ille jam dederit, majora tamen ab eo propediem expectemus: Antonium vero Fratris tui Joannis unicam, caram, magnamque ſobolem, viri, cui parem alium habere poſſumus, majorem illo certe non poſſumus, Antonium, inquam, dignum te, & Petro Antonio Fratre Nepotem, exquis obſecro, ut par eſt, laudet? Si mathematicarum diſciplinarum eum, ſcientiarum omnium, & Artium, quæ humano generi prodeſſe poſſunt, perquam ſtudioſum, atque apprime peritum; ideoque verum Philoſophum: Virum lædere, & lædi neſcium; Summis idcirco infimiſque carum ſi dixero, quis me non vera, & cunctis nota elocutum confitebitur? Neque exiſtiment aliqui, a me de ſingularibus Perſonis habitam orationem, quaſi vero de Illorum Progenitoribus nihil prorſus mihi dicendum ſuperfuiſſet. Extant ſane volumina ab Ughello, Irenæo a Cruce, Galeatio Gualdo Priorato Comite, Ischia, Bauero, Pivato, aliiſque bene multis fide dignis Scriptoribus concinnata, ex quibus didicimus Joannem Cyprianum Coroninum de Cronberg Familiæ ſuæ communem, ut ajunt, ſtipitem jam inde a Caroli V. Cæſaris temporibus pervetuſtæ Virum Nobilitatis fuiſſe, atque ita de utraque Republica in Germaniæ Provinciis meritum, ut tametſi a Ferdinando I. Imperatore Caroli Fratre, & prædiis, & dignitatibus liberalitate vere Cæſarea auctus fuerit, honeſtatuſque; haud majora tamen eum meritis accepiſſe, Annales perhibeant. Jacobus autem, Joannes Philippus, Orpheus, Cyprianus junior, ut minimum Joanni Cypriano Parenti virtute pares, eos & Patriæ, & Orbi dedere Filios, atque Nepotes, qui æqui, honeſtique ſemitam jugiter calcantes, ſe illis dignos demonſtrarunt, & vel hodiedum demonſtrant, atque etiam (ominari fas eſt) dum Terra hæc ſtabit, demonſtrabunt. Dixi.

SYLLABUS
TERGESTINORUM ANTISTITUM.

Agamus bonum patremfamiliæ: faciamus ampliora, quæ accepimus: major ista hæreditas a me ad Posteros transeat. Multum adhuc restat operis: multumque restabit: nec ulli nato post mille sæcula præcludetur occasio aliquid adhuc adjiciendi.

Seneca. Epist. 64.

SYLLABUS

TERGESTINORUM ANTISTITUM

EX

UGHELLO . COLETO . BAUZERO ,

ALIISQUE AD NOSTRAM ÆTATEM CONTINUATUS.

Si quis ab Ughello in Italiæ Sacræ Tom. V. editam, deinde vero a Nicolao Coleto auctam, ac magis illustratam Tergestinorum Antistitum Seriem cum Irenæano eorumdem Episcoporum contulerit Catalogo, e vestigio, mehercle, deprehendet, insulsum illum somniatorem multorum, primis præsertim sæculis, Præsulum nomina, illuc minime pertinentia, aut per minime fundatas conjecturas accersivisse, aut, quod deterius judico, cerebro suo effinxisse. Enimvero ferendam non esse ejuscemodi licentiam (ex qua plurimæ in re historica hallucinationes profluere solent) arbitratus Coletus, Frugiferum, Joannem, Fortunatum, Mauritium item, & Joannem alterum ex Irenæano Tergestinorum Præsulum albo expunxit: cariosam autem Jacinti, S.ti Primi Martyris, Martini, Sebastiani, & Geminiani antiquitatem, silendo usus refutatione

I.

ANNO CHRISTI

579 SEverus Episcopus Tergestinus Schismaticis Aquilejæ Patriarchis Eliæ, & Severo adhæsit primum; sed Ravennam a Smaragdo Exarcho asportatus, damnatis *tribus Capitulis*, recte de quinta generali Synodo deinceps cum Romanis sensit Pontificibus.

II.

603 Firminus temporibus Magni Gregorii floruit: Histriæ, & Tergesti Episcopus fuit appellatus. Eum schismaticum prius fuisse, deinde vero hæresim suam *anathematizasse* testatur prædictus Pontifex binis Epistolis, quas etiam Irenaeus lib. VII. cap. VI. pag. 557. & 558. evulgavit.

III.

679 Gaudentius interfuit Concilio Romano sub Agathone Papa.

IV.

911 Taurinus a Berengario Rege Castellum Vermes a Parentino agro non procul distans obtinuit. Diploma refertur in Historia Tergestina. Lib. VIII. Cap. III. pag. 620.

V.

948 Joannes, cui Lotharius Italiæ Rex Civitatem Tergestinam dilargitus est. *Lotharii donationem refert Irenaeus a Cruce in Histor. Tergest. pag. 608. datam VIII. Augusti anno Dom. Incar. 848. Regni vero Dom. Lotharii Regis XVIII. Indict. III. ideoque eam Lothario Ludovici Pii filio attribuit, alterumque Joannem statuit, qui eodem anno 848. ante Taurinum vixerit. Sed a Lothario, Hugonis filio, illud Diploma emissum evincit omnino subscriptio, qua se Regem appellat: alias Imperatorem seu Augustum se appellasset, si illud Lotharius Ludovici Pii filius edidisset. Propterea illud Diploma emanatum optime scribit Ughellus anno 948. qui erat XVIII. Regni Lotharii, licet pro Indictione VI. erronee scripserit Amanuensis III. Id etiam colligitur ex Odorici Cancellarii subscriptione, qui alia item Diplomata hujus Lotharii, Hugonis filii signavit ad vicem Bruninchi (Bruningi mendose scribitur in hoc de quo loquimur Diplomate) ut videre est in hujus Operis* (idest in Ughelliana Italia Sacra) *Tom. II. in Mutin. pag. 104., & in* Re-

ANNO CHRISTI *Regien. pag. 266. Nullius profecto momenti sunt, quæ opponit Irenæus. Et primo quidem labitur, dum alienum a veritate putat decem, & octo Regni annos Lothario, Hugonis filio, attribuere, cum revera a Patre in Regni Consortium adscitus fuerit anno 930., a quo ejus Regni Epocha sumpsit exordium. Cum autem Lotharius in Diplomate asserat, se eam donationem tradere, pro amore Dei, animæque nostri Patris, nostræque remedio argui non potest Lotharii Patrem jam vita functum, & proinde eam minime factam a Lothario II, cujus Pater Hugo anno 948. adhuc degebat in vivis. Nam si Lotharius testatur, se donare pro remedio animæ suæ, & tamen viveret, quid obstat, quin viveret etiam Hugo ejus Pater, cum æque pro ejus animæ remedio se donare fateatur? Cæterum in pios usus erogationes & sacris locis donationes fieri solitas pro vita functis, æque ac viventibus innumera edocent Documenta. Neque incredibile esse potest, Joannem solis tantum VI. Mensibus fuisse Civitatis Dominum, vel ideo bonorum Ecclesiæ suæ dilapidatorem, vel pecuniæ inhiantem, eo quod Urbem Communitati vendiderit 500. Marchis auri anno 949. die 21. Februarii. Ut enim ejus ævi fit venditionis Charta quam refert Irenæus, ex ea satis apparet Urbem a Joanne Communitati divenditam ad solvendum æs alienum, quod in gerendo bello pro Ecclesiæ suæ tuendis bonis insumpserat, & ad tollendas discordias, quæ inter ipsum, suosque Canonicos, & Communitatem ortæ jam fuerant, vel suboriri potuissent.* Verba sunt Nicolai Coleti Ughelli continuatoris Ital. Sacr. Tom. V. edit. Venet. pag. 577. in Not. 2. Interfuit Joannes anno 967. consecrationi Cathedralis Parentinæ (Vid. P. de Rubeis Monument. Aquil. Cap. LII. pag. 471.) ejusque interventu anno 965. Rodoaldus Patriarcha Aquilejensis eidem Parentinæ Ecclesiæ Rubinii oppidum dilargitus est.

VI.

1006 Ricolphus subscripsit Concilio Francofordiensi.

VII.

1031 Aldogorius, seu Adalgerius, vel Adalgerus memoratur in Privilegio Poponis Aquilejensis Patriarchæ.

VIII.

1082 Heribertus Ecclesiam Tirgestinam simul & Justinopolitanam administravit.

Har-

IX.

ANNO Christi 1114 Hartvicus, seu Hortacius, aut etiam Narviccus Tergestinus Præsul suburbanam Sanctorum Martyrum ædem cum contiguo suo agro donavit Tribuno Abbati Benedictino Sancti Georgii Majoris Venetiarum, Instrumento Tergesti confecto eodem anno 1114. Verba sunt Bauzeri; quibus pondus addit Ughellus Ital. Sacr. Tom. V. pag. 1104. sic scribens: *Tribuno item nonnulla bona donavit cum Ecclesia Sanctorum Martyrum in Civitate Tergestina Hortacius ejusdem Civitatis Episcopus*. Hallucinatur ergo Coletus, qui Narviccum immediate Bernardum præcessisse voluit, & post Diatimorum inverso ordine collocavit. Eum in errorem induxit sequens Alexandri III. Diploma Leonardo Abbati prædicti Monasterii concessum, quod Ughellus quoque l. c. pag. 1106. evulgavit: *Alexander Episcopus Servus Servorum Dei. Dilectis filiis Leonardo Abbati, & Fratribus Sancti Georgii salutem & Apostolicam benedictionem. Justis petentium desideriis dignum est nos facile præbere consensum, & vota quæ a rationis tramite non discordant, effectu sunt prosequutione complenda. Eapropter dilecti in Domino filii vestris postulationibus grato concurrentes assensu, Ecclesiam SS. Martyrum, quemadmodum eam vobis Narviccus q. Tergestinus Episcopus, cum assensu Canonicorum suorum, & P. q. Aquilejensis Patriarcha rationabiliter contulit, & tam ipse quam successor ejus Bernardus, nunc ejusdem loci Episcopus, scripto authentico roborarunt, vobis, & per vos Monasterio vestro auctoritate Apostolica confirmamus, & præsentis scripturæ patrocinio communimus; statuentes ut nulli omnino hominum liceat hanc paginam nostræ confirmationis infringere, vel ea aliquatenus contraire. Si quis igitur hoc attentare præsumpserit indignationem Omnipotentis Dei, & Beatorum Petri, & Pauli Apostolorum ejus se noverit incursurum. Datum Tusculani V. Kalendas Novembris*. Coleti Achilles consistit potissimum in titulo *Successoris* Bernardo attributo, quasi inde consequeretur Narviccum, nullo alio interposito Præsule *immediate Bernardum præcessisse*. Ast quantum a vero aberraverit, rei Diplomaticæ gnaris opus non erit, aliis passim occurrentibus similibus exemplis, comprobare; ex quibus liquet, respectu e. g. Caroli Magni, Ludovici Pii, Ottonis Magni, Friderici Barbarossæ &c. nostrorum temporum Cæsares in Imperio *Successores* fuisse appellatos.

X.

ANNO CHRISTI

1135 DIATIMORUS, aut Diasimatus vel etiam melius Dethemarus appellatus ad Insulam Tergestinam evocatus est, & anno 1140. interfuit Veronæ consecrationi Ecclesiæ Sancti Georgii in Canonica a Peregrino Aquil. Patriarcha habitæ. Bina Donationis Instrumenta protulit FLAMINIUS CORNELIUS in monumentis Ecclesiæ Torcellanæ pag. 224. & seqq. ex quibus plura ad hunc Antistitem spectantia eruuntur.

XI.

1148 WERNARDO, seu Bernardo inde Tergestinæ Ecclesiæ cura demandata fuit, qui anno 1149. testis reperitur in Diplomate Conradi II. apud Cl. P. DE RUBEIS; itidem ut testis occurrit anno 1166. in alia Carta Volrici Patriarchæ a me in secunda Tentaminis Goriziensis editione pag. 187. indicata Canonicis suæ Cathedralis plurima bona iste dilargitus est.

XII.

1177 BERNARDUS hujus nominis secundus, alias etiam Guarnardus appellatus, Venetiis fuit cum inter Fridericum I. Imp. & Alexandrum III. Pontificem icto fœdere pax coiret. Eum a priori diversum statuo; quòd probabile mihi minime videatur, iis temporibus unum eumdemque quadraginta & amplius annis hanc Ecclesiam gubernasse. Vegetum adhuc certe, & laboribus suscipiendis parem secundum hunc Bernardum nobis repræsentat Vodalrici Patriarchæ Constitutio, qua anno 1181. *Consilio Venerabilium suffraganeorum nostrorum Bernardi Tergestini, & Justinopolitani, Jonatha Concordiensis vitam communem in Aquilejensi Capitulo instauravit*. Vid. Cl. P. DE RUBEIS Monument. Aquil. Cap. LXIV. pag. 622. Nempe Tergestinus Antistes hac ætate curam simul gerebat Ecclesiæ Justinopolitanæ.

XIII.

1188 LIUTOLDUS, Bernardo subrogatus, testis occurrit in quodam Transactionis Instrumento inter Abbatem Mosacensem, & Adelmotam de Duino apud UGHELLUM Tom. V. pag. 77.

XIV.

ANNO Christi

1192 Wascalcus, seu Woscalus rerum Sacrarum Princeps apud Tergestinos constitutus, ante biennium ab Aquilejensi Patriarcha confirmationem non obtinuit. Sub isto Præsule Tergestinam Urbem Veneti, Henrico Dandulo Duce strenue rem agente, sibi tributariam reddiderunt.

XV.

1208 Henricus Ravizza, seu Rapiccius, Theopompi Tergestini Civis filius, unico præfuit anno.

XVI.

1209 Gebhardus, aliter Gebeardus binis in Chartis Volcheri Patriarchæ Aquil. testis enunciatur.

XVII.

1217 Conradi Electi fit memoria in inita inter Volcherum prædictum Patriarcham, Ducemque Austriæ & Styriæ conventione apud Cl. P. de Rubeis l. c. Cap. LXVIII. pag. 675. Sedem nihilominus jam ab anno 1214. tenebat, quo latæ per Volcherum sententiæ in causa Dynastarum *Della Frattina* subscripserat. Electi frequentius hoc ævo dicebantur Episcopi, nondum sacra Pontificali manuum impositione initiati. Conradus Præsul anno 1230. (Ughellus perperam ponit annum 1223) Anagniam profectus ad Fridericum secundum Augustum omnium Privilegiorum, & Jurium ab antiquis Imperatoribus, & Regibus suæ Ecclesiæ concessorum, confirmationem impetravit. Hujus Diplomatis & Irenæus Lib. VII. cap. XI. pag. 595. mentionem intulit; immo, quod mireris, sequens fragmentum producere non dubitavit: *Notum facimus Imperii nostri fidelibus, tam præsentibus quam futuris, quod cum Coradus Venerabilis Episcopus Tergestinus fidelis noster ad Majestatis nostræ præsentiam accesserit, quædam Privilegia Lotharii Regis* (ex MSto Bauzeri videtur hic Lotharii nomen mala fide ab Irenæo in Ludovici Pii Imperatoris locum substitutum) *Ottonis Tertii, Caroli, Ludovici, Lotharii Ugonis filii, Berengarii, & aliorum quamplurium Imperatorum, & Regum Prædecessorum nostrorum Ecclesiæ Tergestinæ indulta Nostræ Celsitudini præsentavit &c.* Viderit jam Irenæus quo pacto Lothario Imperatori adscriptam Civitatis Tergestinæ donationem suis tortiloquiis ulterius fucarit. Quod ad me attinet, hac in re

ver-

ANNO CHRISTI verbum non amplius addam. Inter vivos numerabatur Conradus Præsul adhuc anno 1232.

XVIII.

1233 WERNARDUS, seu Bernardus III. Tergestinus Electus, ob longam adversam valetudinem pene ineptus, a Gregorio IX. Summo Pontifice sollicitatur, ut electioni libere cedat. Non paruit Bernardus, qui ad finem vergente anno 1234. non solum adhuc possessionem sui Episcopatus obtinebat, sed & Meinhardo III. Goritiæ Comiti nonnullas Decimas in feudum concessit. Utriusque rei vadem exhibeo sequens Capitularis Archivii Tergestini Instrumentum mihi communicatum a Reverendissimo D. ALDRAGO ANTONIO DE PICCARDI, nuper ex Decano, & Canonico Tergestino ad Petinensem Insulam evocato.

In Nomine Dei Eterni Amen. Anno Incarnationis ejusdem 1234. die 9. Mensis Octobris Indictione 7. Ne variis seculi curis irruentibus, & quæ inter homines geruntur, & contrahuntur concorditer a memoria labantur mortalium scriptorum debent notulis perennari. Ad præsentium igitur, & futurorum descendat notitiam Quod Dñus Mainardus Comes Goritiæ, per se, & Dñus G. Tergestinus Decanus pro se, & nomine Capituli ejusdem Ecclesiæ ipso Capitulo consentiente talem inter se compositionem, seu transactionem concorditer fecerunt nomine, & occasione Quartesii Decimarum, quas Dñus Wernardus Dei gratia Tergestinus electus dicto Comiti nuper investivit, videlicet de Vineis Sclavorum de Longera. Quod idem Dominus Comes cum suis heredibus in perpetuum dare debet prædicto Capitulo sexdecim Starios frumenti annuatim in festo S.ti Martini nominatim de Villa sua de Corgnaro, pro quibus præfatus Decanus, & Capitulum dimiserunt sibi e contra supradictum Quartesium integraliter perpetuo habendum. Quæ omnia supradicta Dictus Dñus Comes pro se suisque heredibus, & dictus Decanus pro se & toto Capitulo ad invicem stipulantes firma in perpetuum tenere, & observare promiserunt, nec contravenire vel facere aliqua occasione, vel exceptione sub pœna ducentarum librarum Venetarum parv. qua soluta supradicta omnia firma nihilominus permaneant.

Actum in Ecclesia de Crepelian Testes interfuere rogati Dñus W. Dei Gratia Tergestinus electus, Dñus Leonardus de Swomniberc, Dñus Bernardus de Tergesto, Dñus Wozalcus de Mumiliano, Dñus Rodolphus de Aries, Dñus Brixa de Revigna, Dñus Wernardus de Muchou, & alii.

L. S.

Ego Joannes Daniel Marchaselsus Vicedominus Vicedominavi meque subscripsi.

Ego Febus Ranulfus Sacri Palatii Notarius juratus rogatus hanc Cartam scripsi, roboravi &c.

JOAN-

XIX.

ANNO CHRISTI 1236 JOANNES, hujus nominis secundus, turbulentissimis temporibus accepit Pontificatum. Bertoldo Patriarchæ Aquilejensi, & Friderico II. Imperatori adhærens, eosdem interdum etiam in bellicis expeditionibus comitatus est. Bella autem varia fortuna gesserat Bertoldus cum Friderico II. Duce Austriæ, & Styriæ, cum Brixinensibus, cum Tarvisinis, & cum Meinhardo III. Comite Goritiæ; de quibus fuse CHRONICON SALISBURGENSE apud Hieronymum Pez Scrip. Aust. Tom. I. RAYNALDUS Baronii continuator, aliique meminere.

XX.

1244 ULRICUS, vel Udalricus, aut etiam Odoricus Joanni suffectus, testis occurrit in Transactione inita inter Bertoldum Patriarcham & Henricum Babenbergensem Electum apud Cl. P. DE RUBEIS l. c. cap. LXXII. pag. 716. Hic Præsul gravatam ære alieno recepit Ecclesiam, ut nomina dissolveret, Castellum Pastorium cum provocatorio, aliisque juribus Communitati vendidit, octingentis pro pretio Marchis acceptis, sibi tantum procudendi monetas jure, graviorumque rerum arbitrio reservato. Lugdunensi Concilio interfuit, *jussusque a Rotaldo* (corrige Bertoldo) *Aquilejæ Patriarcha, cum triginta millibus armatorum Brixiam cinxit obsidione, eumque Patriarcham contra Comitem Maynardum de Goritia strenue defendit*. Verba sunt UGHELLI, Antecessori Joanni magis quam Ulrico convenientia; scimus enim ex JACOBO MALVETIO in Chron. Brixiæ apud MURATORIUM Scrip. Ital. Tom. XIV. nec non ex MONACO PADUANO, NAUCLERO, MATTHÆO PARISIENSI, & CHRONICO AUSTRALI Brixiæ paulo ante ab UGHELLO relatam obsidionem ad annum 1238. pertinere. Hinc probe BAUZERUS: *Joannes Antistes traditur æra Christi 1236., & magnos sumptus fecisse fertur cum Patriarcha Bertoldo in obsidione Brixiæ Urbis .... & in aliis Friderici II. Cæsaris expeditionibus ad annum Christi 1238., unde magnum damnum Tergestina Ecclesia subiit*. Cæterum decessit Ulricus anno 1253.

XXI.

1253 LEONIDAS, seu Leonardus vacuam Ulrici morte Sedem occupavit, mox tamen iterum obitu suo relinquendam. Ejus memoriam quidam procusi denarii nobis conservarunt: reliqua paucorum mensium gesta oblivio delevit.

XXII.

ANNO CHRISTI

1254 ARLONGUS I. de Wocisperch ex Canonico a Capitulo postulatus consecrationem Episcopalem non obtinuit; etenim, cum Alexander IV. eum excommunicationis vinculo innodatum invenisset, illum rejecit, sequentem confirmavit. Denarios quos huic Arlongo adscribit COLETUS ab Arlongo II. cusos judicamus.

XXIII.

1255 GUATOCRIUM Canonicum Aquilejensem contra Arlongum a Capitulo propositum Alexander IV. confirmat III. id. Martii. Hunc præterit BUCCELLINUS.

XXIV.

1273 ARLONGUS II., seu Harlongus, immo etiam Antonius a BUCCELLINO nominatus, Guatocrio successit. Illum ex Benedictino S.ti Georgii Majoris Veneto Cœnobio assumptum, & Tergestinæ Civitatis Antistitem jam anno 1262. ordinatum fuisse docet BAUZERUS, cujus sententiæ suffragatur copia denariorum Arlongi nomine signatorum, quæ meo quidem judicio videretur regiminis diuturnitatem indicare. Auspicatus fuit Cathedralem novam Basilicam sub patrocinio B. V. Mariæ, quam ad culmen perductam anno decimo septimo suæ ordinationis, qui fuit annus 1279., cultui Divino consecravit. Anno præcedenti Monialibus Tergesti, olim de Cella vulgo appellatis, jus eligendi sibi Abbatissam, cum exemptione ab omni Episcopali jurisdictione, concesserat, teste Instrumento tenoris infrascripti.

In nomine Patris, & Filii, & Spiritus Sancti Amen. Anno Domini 1278. Indictione sexta die X. intrante mense Julii. Cum Pontificalis Celsitudo Divine Clementie nutu ab ipso auctore rerum omnium ad hoc constituta videatur, quo Pastores, & Rectores Ecclesiarum de q̄ per orbem terrarum sparsim disperse sunt oves q̄ disperse fuerant congregentur in unum necessario ducimus utile quo Pastor ovem que perdita fuerat ad gregem super humerum reportare gaudeat. Idcirco Nos Harlongus Dei gratia Episcopus Tergestinus volentes universis, & singulis personis Deo servire affectantibus pro salute animarum suarum salubriter providere Cellam Tergesti sitam in Contrata Cavobi juxta Ecclesiam Sancti Sergii nostro, & Capituli Ecclesie Tergestine assensu fundatam ad petitionem D. Lucie, & aliarum Sororum Deo ibidem servire optantium, & pro Nobis,

ANNO CHRISTI *bis, & aliis peccatoribus orare affectantium intuitu pietatis, ac pro remissione peccatorum nostrorum cum consensu, & voluntate totius Capituli Ecclesie Tergestine auctoritate q̄ fungimur confirmamus, & Cellam ipsam, & personas universas nunc, & semper in ea comorantes cum omnibus bonis suis, consensu, & voluntate nostri Capituli ab omni jure Episcopali, & cujuslibet conditionis obligatione, seu gravamine eximimus, & liberamus. Ita quod sit Cella serata constructa in honorem Dei, & Beate Marie Virginis, & habitum habeant nigrum, sive album, & sit in arbitrio ipsarum sororum de eligenda sibi Abbatissa quacumque, & de quocumque loco voluerint, confirmationem vero ipsius Abbatisse in Nobis reservamus, & officium habeant a Sacerdotibus Capituli Ecclesie Tergestine, & sepeliantur per Clericos Capituli memorati, Decimam vero, & quartesium reservamus in Nobis. Supradictis omnibus consensit Capitulum Tergestinum ibidem presencialiter constitutum, videlicet Domini Vitalis Decanus, Sardius Archidiaconus, Marcus Scolasticus, Almericus Sacrista, Hermannus de Utino, Volricus, Henricus dictus Rigonie, Gregorius dictus Belech, Carotus, Clemens, & Pertoldus Canonici Ecclesie memorate. Actum Tergesti in Choro Ecclesie S. Justi p̄ntibus Dñis Artuico de Rivola, Bernardo de Topista, Andrea Rubeo, Almerico q̄d Bertaldi de Topista, Ludovic qd Petri de Alderico, Lazaro de Rivola, Nicolao q̄d Bertaldi de Crescencio, & aliis*

Ego Zufredus Sacri Palatii, & Tergesti Pub. Notarius his interfui, & rogatus scripsi & roboravi.

Arlongus Præsul anno vigesimo sedis obiit, qui fuit Christi 1182.

XXV.

1182 ULVINUS, aliter Oliverius Synodo Aquilejensi a Raymundo Patriarcha celebratæ interfuit. Anno 1186. XIX. Febr. eligitur Arbiter ad definiendas controversias inter Joannem Dandulum Venetiarum Ducem, & prædictum Patriarcham Raymundum vertentes; cujus rei Instrumentum in *Trivisiano Codice* descriptum extare COLETUS indicavit.

XXVI.

1187 BRISSA de Topo post Ulvini mortem, Tergestinam conscendit Cathedram. Hic militare magis (ut UGHELLUS loquitur) quam Episcopale gessit imperium. Etenim tum domi, tum foris, Ecclesiæ sibi creditæ armatus jura defendit. Sub illius regimine rursus Veneti terra, marique Civitatem Tergestinam obsidione cinxerunt anno 1189. Strenuè sese defendentibus Civi-

ANNO CHRISTI Civibus, eam Comes Goritiæ, & Patriarcha Raymundus in auxilium advolantes, liberarunt. Brissæ fiscus admodum gravatus fuit bello Veneto; unde Præsul, duriori urgente necessitate, Tergestinæ Communitati aliquot Jura divendidit; privatis Civibus (& inter cætera Ottobono filio quondam Juliani Lombardi, a quo Universa Julianorum Tergestina Familia promanavit) complures fundos in feudum concessit; Mugiam Vicum Raymundo Patriarchæ transcripsit, accepta certa pecuniæ summa, & Parochia S.ti Cantiani prope Sontium. Instrumenti cum Raymundo Patr. confecti anno 1296. mentionem intulit Bauzerus, qui etiam Brissæ obitum ad annum 1304. adnotavit.

XXVII.

1304 Henricus, hujus nominis II, Brissæ subrogatus est; ast paucorum mensium intervallo vitam cum morte commutavit. Successit ei hoc ipso anno Rudolfus.

XXVIII.

1304 Rudolfus, seu Rudolphus Morandinus, sive de Pedrallanis de Castello Rebecco, Æmoniensis Diœcesis (eum Bauzerus, & Buccellinus Cremonensem volunt, atque de Petrozanis nuncupatum dicunt) Cathedralem Divæ Mariæ, & Sancti Justi Basilicam, nec non Episcopale Palatium instauravit, plura oppignorata suæ Ecclesiæ bona redemit, anno 1310. Utini interfuit Synodo Provinciali ab Ottobono Patriarcha celebratæ. Vid. P. de Rubeis l. c. Cap. LXXXIII. pag. 828. Obiit 1320. æternam in fastis hujus Ecclesiæ gloriam habiturus.

XXIX.

1320 Gregorius Ordinis Prædicatorum primum Torcensis, deinde Feltrensis, & simul Bellunensis Episcopus hujus quoque Sedis administrationem obtinuit, a Rudolfi morte ad annum 1327. quo ex hac vita migravit, eam gubernavit.

XXX.

1327 Fr. Guillelmus ex Ordine Minorum, prius Sagonensis in Corsica Episcopus, huc translatus præfuit annis quatuor. Naturæ concessit 1331. & in Ecclesia S.ti Francisci fuit tumulatus.

Fr.

XXXI.

ANNO CHRISTI

FR. PAX de Vedano Mediolanensis Ordinis Prædicatorum per Longobardiam Provincialis. Capitulo largitus est tertiam funeralium partem. Benedicti XII. ad ipsum scriptam Epistolam de anno 1337. profert UGHELLUS l. c. pag. 580. Sub isto Præsule varias Tergestini cum Joanne Henrico Comite Goritiæ hostilitates exercuerunt, quas demum anno 1338. instaurata per Arbitros concordia, terminavit. Vid. App. Document. Num. XIII. Veneti porro, ejurata pace, hanc Civitatem invaserunt. Fr. Pax extremum vitæ spiritum edidit anno 1340.

XXXII.

1342 FRANCISCUS Amerinus, quem de Emilia cum BUCCELLINO BAUZANUS appellavit, per duos annos proprio viduatam Pastore Tergestinam recepit Ecclesiam, eamque administravit ad annum 1346., quo translatus fuit ad Sedem Eugubinensem.

XXXIII.

1347 LUDOVICUS Turrianus Raymundi II. filius, cum & antiquitate generis, & gloria Majorum, & propria virtute unus omnium inter Aquilejenses Canonicos maxime floreret, ad Tergestinam Sedem evocatus est. Inde ad Olonensem Cathedram anno 1350. translatus dicitur, tum ad Coronensem. Hac Sede relicta, demum Aquilejensem Patriarchatum adeptus est anno 1358. Inter novum Patriarcham, & Meinhardum VII. Comitem Goritiæ dissidia orta sunt de Castro Tulmini, & Valle, aliisque juribus, ac rebus, quas Ecclesiæ Aquilejensi a Goritiano restituendas Patriarcha postulabat. Ast Meinhardus, frustra etiam ab Innocentio Pontifice ad id faciendum admonitus, induci non potuit, ut bona ab Antecessore Nicolao Patriarcha sibi oppignorata, dimitteret; unde sub regimine Ludovici continuis Provincia Forojuliensis turbis, motibusque quatiebatur. Tulmini autem Castrum, solidis quatuor turribus munitum, a fundamentis olim excitaverat Raymundus superius memoratus Aquilejensis Patriarcha, ex eadem illustrissima Turrianorum Gente procreatus; quemadmodum nos docet Rev. D'ISCHIA superioris sæculi Historicus, ita scribendo: *Vi è pure Tulmino col Castello in Monte fiancheggiato da quattro massici Torrioni, egregia fattura di Raimondo della Torre, fù Prencipe Patriarcha d'Aquileja, ed ora attinente a Signori Baroni Coronini, di Giurisditione sì vasta, che potria formare da se un altro Prencipato*. Histor. della Principale Contea di

ANNO CHRISTI Goritiæ Lib. III. pag. 59. Sed ad Tergestinos Antistites redeamus.

XXXIV.

1350 ANTONIUS Niger Venetus ex Decano Ecclesiæ Cretensis renunciatus fuit Episcopus Tergestinus. Hic, visa Episcopalis fisci diminutione, Romam profectus conatus est opera Summi Pontificis recuperare Oppidum Tergestinum, ac ejus Territorii Dominium a suis Prædecessoribus Communitati Tergestinæ venditum. Plura a Pontifice ad Tergestinos Mandata obtinuerat de restituendo Oppido, & Dominio ejus districtus; cum vero, acriter obsistentibus Civibus operam perderet, ac deinde supervenientes Veneti Tergestinos arcta obsidione clausos, & annona laborantes etiam subjugassent, missa hac Insula promotus est ad Archiepiscopatum Cretensem anno 1368. BAUZERUS ad annum 1369. usque Tergestinam obsidionem protractam scribit; at SONNTZIUS Histor. Duc. Styr. Part. II. pag. 49. factam Venetis deditionem ad annum præcedentem adnotavit.

XXXV.

1368 FR. ANGELUS, Clodiensis antea Episcopus, successit. Si BAUZERO fides: jussus fuit ab Urbano V. Pontifice flammis abolere omnes Pontificias Literas, per suos Prædecessores a Sede Apostolica impetratas contra Tergestinos pro recuperatione Civitatis, ac Dominii Tergesti. Angelo Antistite Tergestina Civitas, excusso Venetorum jugo, anno 1380. Marquardo Patriarchæ sese submisit. Sed cum iste adversus Venetorum potentiam, a quibus sæpius antea Tergestini fuerant oppressi, non satis idoneus Defensor videretur, Leopoldi Probi Austriæ, ac Styriæ Ducis patrocinium invocantes Cives, eidem se protegendos, regendosque demum certis conditionibus anno 1382. tradiderunt. Instrumentum desuper confectum exhibetur in Append. Document. N. XVIII. Obiit Angelus 1383. die XII. Augusti.

XXXVI.

1383 FR. HENRICUS de Wildenstein, vel ut in Irenæana Charta Lib. IV. Cap. VI. pag. 310. appellatur de Woldestag. Bohemum, sive Moravum, & in Ordine Heremitarum S. Augustini fuisse autumat UGHELLUS. Si conjectari licet cum BAUZERO, eum potius Benedictinum, & quidem Abbatem nobili ex Styria, vel Suevia, aut Bavaria genere procreatum existimarem. Illius meminere recentissimæ HÜBNERI Tabulæ Genea-

ANNO CHRISTI nealogicæ, & Jo: FRIDERICUS GAUHEN in Lexico Nobilitatis S. R. I. editionis Lipsiensis novissimæ pag. 1892. Henrico porro fratrem adscribendum censerem Popilium de Wildenstein, qui Legati seu Locumtenentis nomine vices gessit Hugonis de Duino Tergestini sub Leopoldo Austriaco Capitanei, cujus deinde filium, Joannem nuncupatum, Meinhardus VII. Goritiæ Comes *Equitibus, Civibus, & Provincialibus Goritiensibus ad proximam aperturam Gastaldionatus Goritiæ* scripta Epistola anno 1385. commendavit. De isto Henrico probabiliter loquitur Friderici Pacifici Diploma, quod inferius in Appendice Documentorum sub N. XXVIII. indicabimus. Cæterum quod officio suo non responderet Henricus Wyldensteinius, Pontificia auctoritate dejectus de Tergestina Cathedra, ad Petenensem fuit translatus anno 1390, vel, ut habet BAUZERUS, anno 1394, ubi paulo post obiit.

XXXVII.

1396 FR. SIMON Salarellus Florentinus ex Ordine S.ti Dominici, Comaclensis antea Episcopus ad hanc Ecclesiam fuit translatus a Bonifacio IX. Pontifice II. Id. Octobris. Hunc ægris oculis Tergestini intuebantur, quippe qui maluissent, Civem sibi præesse, quam externum; ideoque satis contentiose ejus Episcopatus dicitur iniisse possessionem. Decessit 1408.

XXXVIII.

1408 JOANNES III. Abbas S.tæ Mariæ de Pratella, Patavinus ex Ordine S.ti Benedicti unico præfuit anno; nam mox ab Alexandro V. Pontifice Tripolitanam Ecclesiam gubernandam suscepit.

XXXIX.

1409 FR. NICOLAUS de Carturis Tergestinus, Regulam S.ti Francisci professus V. Id. Augusti Joanni subrogatus est. Maximum sui desiderium Concivibus relinquens ad Superos migravit XIII. Januarii 1416. uti manifestum fit ex Epitaphio nuper eruto Tergesti, dum fundamenta novi Templi RR. PP. Minorum Conventualium jacerentur, quod perhumaniter communicavit Illmus & Revmus ALDRAGUS DE PICCARDI Petinensis Antistes dignissimus.

Tu memorande Pater fatum Nicolae iniisti
Præsule sub digno claruit hæc Patria:
Tu nova Carturæ lux tu clarissima Proles
In sacris Doctor Legibus eximius:

Ur-

ANNO CHRISTI

Urbis bonos summumque decus Pastorque verendus
Tergesti Civis clauderis hoc tumulo.
Ordinibus sumptis moreris sed liber ad auras
Spiritus egrediens pervolat ad Superos
Quaesumus alme Pater pro nobis ora beatis
Precibus afficimur ad tua sacra vale
M. IIII. XVI. die XIII. Mensis Januarii obiit.

XL.

1417 Fr. Jacobus Ballardius Laudensis ex Ordine Prædicatorum Nicolao successit IV. Kal. Januarii. Interfuit Constantiensi Concilio. Anno vero 1424. promotus fuit ad Urbinatem Sedem. Post illius discessum schisma enatum in Tergestina Ecclesia eandem duorum annorum intervallo magnopere conturbavit.

XLI.

1424 Marinus Coroninus, vulgo de Cernotis appellatus, Arbensis Dalmata Patre Andrea ex Elena Sobichia procreatus, ab Episcopatu Tragurienfi ad hanc Ecclesiam Pontificia auctoritate transfertur prædicto anno 1424. XXII. Decembris; Sed cum, obstantibus Civibus, Cleroque, noviter Electus sibi demandatam non posset adire Sedem, Martinus V. Papa non modo Clerum, sed Populum ipsum suspendit, exilioque mulctavit intrusum Nicolaum Aldegarium Tergestinum Civem, cujus electionem vitio laborantem antea reprobaverat. Contra Marinum pro Aldegario stabant quoque Duces Austriæ, & Styriæ; nihilominus sponte Aldegarius anno 1426. rediit ad vitam privatam, cum apud eum plus valuisset Pontificis auctoritas, quam Patriæ favor, & Principum, violenter jus usurpantium, patrocinium. Hujus de cessione ut palam factum est, mirabiliter Tergestinorum mutata est voluntas; nam pœnitentes consilii impii, factique serio resipiscentes, obtenta a Summo Pontifice censurarum absolutione, attributo sibi Pastori deinceps cum Clero Cives diligentissime paruerunt. Vid. Append. Doc. N. XXV. Nec ingratus subsecutis temporibus Marinus fuit Friderico Placido Austriæ, & Styriæ Duci, qui anno ætatis vigesimo primo, ut difficillimo suo regimini Cœlestem opem conciliaret cum eodem Præsule, multaque Nobilium corona anno 1436. sacra loca veneraturus Palestinam adiit, conscensis Tergesti navibus pridie Divi Laurentii. Nomina Nobilium, qui Principem ad invisendum Servatoris sepulchrum comitati, & Equites Cypri, seu de Sancto Sepulchro creati fuere, Ipse prædictus dux Fridericus sua manu memoriæ prodidit. Commentariis his in Cæsarea Vindobonensi Bibliotheca asservatis

no-

ANNO CHRISTI nomen Diarii indidit, ubi sic habetur: *Syllabus eorum, qui mecum inaugurati, & vesti: Primo Martinus Pisoff* (corrige Marinus Episcopus) *de Tergesto, Comes Eberhardus Kirchbergius Junior, Comes Bernardus Schaumbergius, Albertus Neipergius fecit me creare. Georgeus Puchamius, Joannes Neipergius, Leutoldus Stubenbergius, Joannes Kunringius, Otto Stubenbergius, Paulus Pottendorfius, Joannes Puchaimius, Berchtoldus Loffenfteinius, Wilhelmus Pernechius, Joannes Starenbergius, Ludovicus Ekerzavius, Ulricus Polhaimius, Wolfgangus Windenius*. His subjungit. *Barones praescripsi*. Caeteros ducta linea discretos hoc ordine enumerat: *Joannes Ungnadius Aulae Marescallus, Wolfardus Fuxius de Fuxberga, Burchardus Ellerbachius, Gamaretus Silberbergerus, Henricus Enzersdorfferus, Ulricus Saurerus senior, Georgeus Fuxius de Fuxberga, Ludovicus Ratenstainius, Andreas Holenekerus, Nicolaus Pollonzius, Tristramus Teufenpachius, Vitus Wolkensteinerus, Leopoldus Traunerus, Georgius Apphaltererus, Leonardus Harrachерus, Fridericus Tannerus, Bernardus Tebeasteinerus, Ulricus Fledenitzerus, Joannes Waldsteinerus, Georgius Scharnommelius, Joannes Saurerus, Pancratius Vinkchschadius, Haidenricus Zebingerius, Wilhelmus Albenius, Sigismundus Windischgrezerus, Wilhelmus Reispergerus, Antonius Holenekerus, Fridericus Lugasterus, Georgius Stainreuterus, Joannes Lampoldinerus, Leonardus Vilsekerus, Sigismundus Kirpergerus, Joannes Greissenekerus*. Verba sunt SCHETZII Histor. Duc. Styr. Part. II. pag. 77. & 78., quem in Antistitis Nomine correxit, & in Cognomine supplevit immortalis FRÖHLICHIUS Archontol. Carinth. Part. I. pag. 145. Ex Palestina redux Marinus non solum Ferrariensi Synodo interfuit anno 1438., sed & insuper eodem anno ab Eugenio Pontifice diversa Privilegia pro Cypriano Fratre impetravit. Vivere cessavit Marinus anno 1441.

XLII.

1441 NICOLAUM deinde Aldegardium, quod Sanctae Romanae Sedi patuisset, Eugenius IV. Pontifex jussit transire ad Tergestinum Episcopatum 1441. III. Kal. Decemb. Piè, sancteque se gessit, praecipuè ubi de aliena salute ageretur. Ecclesiam S.ti Sebastiani aedificavit, magnamque eidem bonorum dotem dixit; cumque ad sex annos praefuisset excessit e vivis: Verba sunt UGHELLI.

XLIII.

ANNO CHRISTI 1447 ÆNEAS Sylvius Piccolomineus Senensis Nicolao successit. Hic natalium splendore nemini ex Prædecessoribus, Successoribusque suis cessit, virtutis gloria summos quosque adæquavit, eruditione, rerum gestarum magnitudine, & felicitate cunctos Tergestinos Antistites longe superavit. Ad Basileense Concilium cum Dominico Capranico (Cardinali a Martino V. designato) profectus, & Nicolai Cardinalis Sanctæ Crucis patrocinio suffultus tantam sibi protinus doctrinæ, pietatis, dexteritatis, ac eloquentiæ famam conciliaverat ut Fridericus III. Imperator eum, Familiarium suorum cœtui adscriptum, & Secretarii, seu Protonotarii munere donatum, Laurea Poetica condecoraverit. Mortuo Nicolao Aldergardio, a Nicolao V. Summo Pontifice ad Cæsaris intercessionem Æneas Cathedræ impositus fuit Tergestinæ anno 1447. die V. Junii, frustra renitentibus ejusdem loci Canonicis, quorum alias erat sibi Præsules eligere. Præfuit ad tres, & amplius annos, tanta Populi Tergestini gratulatione, ut Civem, non exterum hominem viderentur excepisse. Prope Monasterium Virginum Benedictinarum, olim *de Cella* nomen habentium, Ecclesiam S.ti Martini Episcopi anno 1449. consecravit. Revocatus ad Aulam Æneas anno 1450. cum Gregorio de Populosa, & Michaele de Plenavilla missus fuit ad Alphonsum Sapientem Regem Aragonum, & utriusque Siciliæ, jussus petere Matrimonium, Cæsaris nomine, cum Eleonora, Eduardi Lusitaniæ Regis filia, Alphonsi V., qui tunc in Lusitania imperabat, Sorore. Hoc intra quadraginta dies stabilito Matrimonio, circa finem ejusdem anni Romam petiit Æneas, ut aditum Cæsari pararet, qui sequenti anno ad suscipiendum Imperiale Diadema cum Sponsa Eleonora, Ladislao Posthumo, Alberto fratre, magnaque Nobilium Caterva profectus est. Postquam die XVIII. Martii anni 1452. Fridericus ab ipso Pontifice de more unctus, & in Romanorum Imperatorem consecratus Coronam, & alia Imperii Insignia accepisset, creatis in Ponte Adriani trecentis Equitibus Auratis, Neapolim cum nova nupta, & reliquo Comitatu ad Eleonoræ Avunculum Alphonsum Regem abiit; Ladislai cura Æneæ (Episcopo haud pridem Senensi renunciato) Romæ interim commissa. Parum tamen abfuit, quin, paulisper ægrotante Ænea, & pecunia, ac promissis corrupto Instructore Nicolao Grarrendorfio, Hungari Austriacis juncti, impuberem abriperent Regem. Pontifex ubi intelligit quantum ex amissione tam pretiosi pupilli, & obsidis periculum Cæsari impendeat, propere ad se accersito Ænea, insidias, quæ parabantur, enunciat, Regiamque Domum diligenter custodiri jubet. Ita seditiosi illi ob mul-

ANNO CHRISTI 1447 multiplicatas excubias inopinato metu perculſi, & janua prohibiti tantum facinus fruſtra ſuſceperunt. Ea de re per litteras certior factus Fridericus, valere juſſo Alphonſo, reditum maturavit: aſſumptoque Romæ Ladislao Venetias approperat, ubi poſtquam Conjux appulſa eſſet, in Styriam primum, deinde in Auſtriam retendit. Neoſtadii cum eſſet Fridericus a ſeditioſis Auſtriacis, ac varia moventibus Hungaris, & Bohemis obſidetur. Intellecto Cæſaris diſcrimine, Podiebradius ex Bohemia cum ſexdecim millibus iter ingreditur certam conjuratis, niſi pacem maturaſſent, cladem allaturus: at nondum appropinquaverat, quando Ladislaum prædictum, ob quem hæ turbæ exstitere, tandem certis conditionibus extradit Fridericus, morem gerens ſuadenti Æneæ Epiſcopo, quem conſtanter lateri ſuo adhærentem, veluti fidum Adminiſtrum valde diligebat. Æneæ Conſilio gubernata Aula, adminiſtratæ Provinciæ, miſſæ Legationes, pacta cum exteris fœdera, ſuſcepta, aut evitata belli pericula. Hunc Patronum qui habebat res ſuas apud Imperatorem tuto agere poterat. Vid. App. Docum. N. 34. & N. 38. Sed potiſſimum Æneæ dexteritas anno 1454. enituit in Comitiis Ratiſbonenſibus, quibus cum Ulrico Gurcenſi, & Nicolao Brixinenſi Epiſcopis, Cæſaris nomine præfuit, & tanta contentione, atque eloquentia peroravit, ut communi Ordinum conſenſu contra Turcas (qui præcedenti anno Conſtantinopolim occupaverant, & viciniæ Hungariæ imminebant) decerneretur expeditio Sacra, ſeu Cruciata, quam etiam publicata Bulla Nicolaus V. Papa conabatur promovere. Dimiſſo conventu, cum Principes Germaniæ, variis difficultatibus, atque obſtaculis perculſi langueſcerent, nova Comitia Francofurtum ad III. Kal. Octobris 1454. indicta fuere; ubi alienatas ſub initium Procerum mentes invenit Æneas, quaſi Cæſar, clandeſtina conſilia cum Papa agitando, ſub ſpecie expeditionis Turcicæ, pecuniam duntaxat, cujus erat indigentiſſimus, corradere meditaretur. At cum in concionem itum eſt, cumque locutus Æneas fuit, omnium repente animi in priorem belli gerendi ardorem rediere, Ratiſbonenſe Decretum de expeditione ſuſcipienda innovatum fuit, & Hungaris auxilium promiſſum Equitum decem, peditum triginta duorum millium; quæ tamen omnia Neoſtadii anno 1455. rurſus a Principibus approbata, & propemodum concluſa, intercedente Pontificis morte, in irritum, vix reparabili Chriſtianitatis damno, redacta ſunt. Nam, ferro, & igne immaniter devaſtatis Pannoniæ finibus, Barbari, uti prædixerat Æneas, in ipſam Carnioliam, Carinthiam, Styriam, & Forumjulium non multo poſt, multis Chriſtianorum millibus in ſervitutem abreptis, irruperunt. Nicolao V. anno 1455. ſubrogatur Calixtus III., cui Germani obſequium detrectare conaban-

ANNO CHRISTI 1447 nabantur, & ut inquit PLATINA *persuadere Imperatori enixi sunt, ne Pontificibus amplius obtemperaret, nisi quædam ad pragmaticam tendentia ab ipsis prius impetrassent, quod dicerent Germanis longe pejorem conditionem esse, quam vel Gallis, vel Italis: quorum Servi, Italorum in primis ni res immutaretur, merito esse dicebantur*. Parum certe abfuit, quin Fridericus, angustiis undique pressus, Germanis obtemperaret. Quo minus autem id faceret, gravissimam suam Æneas interposuit auctoritatem, & Romam profectus Imperatoris nomine Pontifici obedientiam obtulit, necnon Calixtum in Turcas infestissimos Christiani nominis hostes magis magisque concitavit, & ne quid prætermisisse videretur, Neapolim excurrens ab Alfonso Rege pacem Senensibus non solum impetravit, sed etiam gravissima habita oratione eumdem Principem ad subsidia adversus communem hostem præstanda hortatus fuit. Inde post aliquot menses Romam regressus anno 1456. Cardinalitiam Purpuram unanimi penitus totius Sacri Collegii voto consecutus est Æneas, qui sequenti anno 1457. dum valetudinis causa in balneis Viterbiensibus versabatur, Historiam suam Bohemicam contexuit, & prædicto Regi Alfonso V. honoris ergo dedicavit. Interea Ladislaus Hungariæ, & Bohemiæ Rex Pragæ in flore ætatis decedit, &, quod ad præsentem rem facit, in defuncti Calixti III. locum sub nomine Pii II. Æneas Pontifex constituitur anno 1458. Æneas factus Pontifex, minuendam ratus auctoritatem Canonicorum Tergesti, Jus eligendi Præsules, quod ante annos non multos jam Canonicis controversum reddiderant Austriaci Principes, in Fridericum Augustum, ejusque Successores transtulit; ea quidem (uti UGHELLUS adnotavit) conditione, ut perpetuo nominaretur extraneus, quo Tergestini tranquillius degerent sub neutri parti addicto Pastore; cui tamen conditioni Cæsares non stetere; scribere magis, quam accipere leges assueti. Canonicis porro Tergestinis Almutias gestandi privilegium contulit, & Labaci Episcopalem Sedem instituit, Metropoli Aquilejensi suffraganeam, sed deinde, postulante Friderico Augusto, a Paulo II. Metropolitico jure exemptam. Capitulo vero Aquilejensi sequentem omnium statutorum, & immunitatum confirmationem indulsit:

Pius Episcopus Servus Servorum Dei: Dilectis Filiis Decano, & Capitulo Ecclesiæ Aquilejen. salutem, & Aplicam Benedictionem. Ad hoc Divina Miseratio nos licet immeritos supremæ Potestatis Eccliæ Principatum præ cæteris Mortalibus obtinere disposuit ut cunctorum in Catholica fide manentium Ecclesiarum insignius præcipue Patriarchalibus, & honore fulgentium jura non solum ubilibet conservemus, verum etiam illa, & quæ a prædecessoribus nostris Romanis Pontificibus pro

earum

ANNO CHRISTI 1447 *eorum vetustate commodis, & decore, sive alias eis concessa sunt privilegia, & immunitates, eorum inhærendo vestigiis, cum a nobis petitur, nostro etiam munimine solidamus. Hinc est quod nos vestris in hac parte supplicationibus inclinati omnes libertates, & immunitates ab ipsis Prædecessoribus nostris, sive Privilegia, vel alias Indulgentias vobis, & Ecclie vestræ concessas ipsiusque Ecclie Statuta, & Consuetudines laudabiles, nec non sæcularium exactionum olim a Romanorum Imperatoribus, sive a Moderno, & qui fuerunt pro tempore ipsius Ecclie Patriarchalis, aut alias vobis, & Ecclie præfatæ quomodolibet, & quævis Aplice indulta Privilegia, Jurisdictiones, libertates, & exemptiones una cum jurisdictione, Dominio, & Potestate vobis tam in loco Pallacrucis infra limites Civitatis Aquilejæ consistente, in quo illiusque Incolis, & Habitatoribus merum, & mixtum habetis Imperium, quam Villis, & Locis aliis vobis subjectis competentibus Auctoritate Aplica tenore præsentium ex certa scientia approbamus, & confirmamus, eisque nostri muniminis adjicimus firmitatem, supplentes tam juris, quam facti defectus, si qui forsan intervenerint in eisdem. Nulli ergo omnino hominum liceat hanc paginam nostræ approbationis, confirmationis, adjectionis, & suppletionis infringere, vel ei ausu temerario contraire. Si quis autem hoc attemptare præsumpserit indignationem Omnipotentis, ac Beatorum Apostolorum Petri & Pauli Apostolorum ejus se noverit incursurum.*

Datum Senis anno Incarnationis Dñicæ Millesimo quadringentesimo sexagesimo, quarto nonas Augusti, Pontificatus Nostri anno secundo.

Hujus Bullæ exemplum extat in Libris Capituli Aquilejensis modo Goritiam translatis. Reliqua quæ huc non pertinent Summi hujus Principis gesta inveniet Lector in TRITHEMIO, GENEBALDO, PLATINA, CAMPANO, JACOB. PHILLIPPO DE BERGAMO, UGHELLO aliisque passim Auctoribus. Obiit Anconæ anno 1464. die 14. Augusti ætatis quinquagesimo octavo, tantamque apud posteros sui nominis gloriam reliquit, ut merito ipsi subinde adaptatum inveniam illud Virgilii Æneid. Lib. I. v. 382., & 383.

Sum Pius Æneas...............
.........*fama super æthera notus.*

XLIV.

1450 LUDOVICUS II. Æneæ successor, quem deinde Olorensis Sedes excepit anno 1451.

XLV.

ANNO CHRISTI 1451 ANTONIUS II. Sapus (quem Goppo cum BUCELLINO cognominavit IRENAEUS) creatus est Antistes Tergestinus anno 1451. die XV. Maii. Hic vigilantissime Ecclesiam sibi commissam administravit, celebratisque saepius Dioecesanis Synodis, Clerum suum ad emendatissimos instituit mores. Anno 1460. in celebrata Tergesti Synodo Curati interfuisse memorantur 75. inter caeteros Humagensis, Mugiensis cum suis Canonicis, Pinguentensis Parochus, & Vicarius S.ti Canciani ultra Vicum Montis Falconis prope Sontium; uti Synodi Acta habent teste BAUZERO. Duplici tamen calamitate sub illius Regimine Tergestina Civitas vexata fuit: nam anno 1463. ansam praebentibus Justinopolitanis eam Veneti terra, marique obsederunt. In summum discrimen adducti Cives, undique clausi, & commeatu prohibiti dum foris hoste omni instrumenti bellici apparatu, intra moenia fame premebantur, inducias cum Venetis paciscuntur, de traditione Urbis deliberaturi. Sed, superveniente ex improviso Welsero cum haud contemnenda Equitum Carinthiorum turma, Oppidani, arrectis rursus animis, a deditionis consilio non tantum recedunt; sed insuper, irruptione facta, repentinoque metu perculsis hostibus, Castra eorum invadunt, temere resistentes obtruncant, incompositos capiunt, & praeda onusti intra muros sese recipiunt. Ast Veneti novissimo periculo cautiores redditi, arctius Urbem circumvallare, vias omnes aditusque insidere, muros tormentis quatere, extrema omnia tentare, ut urbe potirentur, properabant; quando Tergestinorum fortuna fractus, & misericordia commotus Pius II. Pontifex Maximus (Antistes quondam Tergestinus) interposita sua auctoritate inter Venetorum Rempublicam, & Tergestinos bellum composuit die XVII. Decembris ejusdem anni 1463. Pacis capita sequentia adnotavit VERDIZOTTI Vol. I. Lib. XXIV. pag. 558. *Che Castelnovo, Moco, e San Servolo, co' suoi Territorii remanessero al Venetiano Dominio, e che fosse proibito a Triestini di condur, e vender sali per la via del mare.* Quibus conditionibus etiam acquievit Fridericus Augustus majoribus negotiis intentus, qui Turcicam expeditionem cum Pio Pontifice suscipiendam meditabatur; quemadmodum conjicere licet ex PETRO JUSTINIANO, MEOISERO, VALVASORIO, SABELLICO, FUGGERO, suprammemorato FRANCISCO VERDIZOTTI, FOSCARENO, & reliquis Venetis Scriptoribus. Durante hac obsidione, maxime inclaruit fides, & Virtus Antonii de Leo, quam Fridericus Imperator anno 1464. concessa Palatini Comitis dignatione munificentissime compensavit. Conferatur in Appendice Documentorum numerus 34. cum nume-

ANNO CHRISTI numero 38. Nec minori in discrimine adducta fuit Civitas Tergestina circa annum 1469. quando ingens momento fertur seditio concitata. Civium nonnulli nocturnis grassationibus contubernalium suorum officinas, ac domos expilabant, & quæ rapuerant communi comessatione absumebant. His præ primis Cæsareus Capitaneus cum probis aliis Civibus objectus, dum perduelles in officio continere non valet, a furente plebe multis vulneribus conficitur. Trucidato Capitaneo, seditiosi in proposito confirmati miserum in modum Patriam repetitis cædibus atque rapinis exhauserunt, donec, qui fideles remanserant, obtentam ab Imperatore militarem cohortem Civitati inducerent. Tum Cæsaris mandato, sumpta de inquietis pœna, pars publico supplicio castigata, qui clam sese subduxerant, bonis fisco adjudicatis, aqua, & igne fuerunt interdicti, & quies Civitati reddita. Inde datum auspicium erigendæ in clivo Oppidi Arcis, & collocandæ in illa militiæ ad Custodiam Capitaneorum, & ad defensionem ejusdem Civitatis. Obiit Antonius 1487. cum septem supra triginta annos præfuisset.

XLVI.

1487 ACHATIUS, alias ab UGHELLO Achajus, & a BUCCELLINO Antonius nominatus, Antonio Sapo suffectus est. Eum ex Familia Equestri de Sebriach in Carinthia progenitum cum BAUZERO BUCCELLINUS contestatur. Mortalibus rebus valedixit anno 1501.

XLVII.

1501 LUCAM de Renaldis Forojuliensem, Maximiliani I. Cæsaris Secretarium, deinde ab Alexandro VI. Summo Pontifice Tergestinum Antistitem declaratum fuisse ostendit Bulla tenoris infrascripti:

Alexander Papa VI. Charissime in Christo Fili Noster Salutem, & Apostolicam Benedictionem. Cum Dilectus Filius Lucas de Renaldis Tuæ Majestatis Secretarius, & Orator ad nos destinatus, negotia pro quibus missus fuit prudenter, & fideliter penes Nos tractaret, asseruit etiam Nobis tuam Majestatem sibi pollicitam fuisse, & valde contentari, ut si contingeret vacare Ecclesiam Tergestinam eidem Lucæ de ea provideremus. Cum autem interim acciderit vacatio ipsius Ecclesiæ Tergestinæ Nos ipsum Lucam pro ejus sufficientia, & probitate, & præcipue tuæ Majestatis intuitu existimantes id illi gratum, & acceptum fore, quemadmodum Nobis idem Lucas affirmavit, eidem Ecclesiæ in Episcopum, & Pastorem præfecimus, sperantes Ecclesiam ipsam ex salubri ejusdem Lucæ regimine non parva in spiri-

ANNO CHRISTI *spiritualibus & temporalibus incrementa suscepturam. Quod voluimus tuæ Majestati significare, illam hortantes, ut hujusmodi promotionem quæ omni ex parte sibi accepta esse debet grato animo accipias, in quo etiam nobis qui præfatum Lucam, quoniam tuæ Majestatis Secretarius, & Orator existit, & ob ejus virtutes, & merita paterne diligimus, rem gratam efficies.*

Datum Romæ apud Sanctum Petrum sub Annulo Piscatoris. Die XVII. Novembris MDI. Pontificatus Nostri anno X.

Tergo) *Charissimo in Christo Filio Nostro*
Maximiliano Romanor. Regi III. Hadrianus.

De sinceritate hujus Bullæ nonnulli dubitare voluerunt. Ast cum nuper Tergesti essem, Reverendissimus Præsul Petinensis Aldragus de Piccardi ejus sese autographum Venetiis probe examinasse affirmavit: unde consequitur Lucam nostrum proculdubio a Pontifice Episcopum Tergestinum fuisse designatum, sed, præsentante interea Maximiliano Cæsare Petrum de Bonomo, obtentam Infulam eidem certis conditionibus anno demum 1502. renunciasse. Vid. Append. Doc. Num. 47. & 48.

XLVIII.

1502 Petrus Bonomus, seu de Bonomo Nobilis Civis Tergestinus Friderici III., & Maximiliani I. Imperatorum Secretarius, Collegiatæ Strasburgensis in Carinthia S. Nicolai Ecclesiæ Præpositus, Parochus in Ylerberg, nec non Canonicus Tergestinus, superatis Cæsareo favore quibuscunque obstaculis, Patriæ adlectus est Episcopus die V. Mensis Aprilis 1502. quo sedente Veneti Tergestum anno 1508. expugnarunt. Vid. App. Doc. Num. LII. Concilio Lateranensi interfuit anno 1514. A Ferdinando Archiduce anno 1521. Supremus Austriæ Cancellarius, ac Aulici Consilii Præses declaratur. App. Doc. Num. LVI. Anno 1522. ab eodem Ferdinando in locum defuncti Georgii a Slatkonia accersitus est ad Viennenses Infulas, quas nonnisi Administratoris nomine ad anni usque sequentis mensem circiter Augustum summa cum laude gestavit; unde, cum obtinere confirmationem non valeret a Sede Apostolica, ad Tergestinam suam Sedem est reversus. Vid. App. Doc. Num. LVII. Bonis artibus excoluerat animum, moresque emendaverat ad libellum prudentiæ. Splendide Episcopalem Curiam refecit, illiusque finibus prolatis, exornavit. Quadraginta & septem annos Tergestinam administravit Ecclesiam, decedensque sui quam maximum reliquit desiderium.

Fran-

XLIX.

ANNO CHRISTI

1549 Franciscus Rizanus seu Rillanus Dalmata ex Episcopatu Segniensi translatus paucis mensibus hanc gubernavit Ecclesiam. Siquidem cum in suspicionem venisset, in exilium pulsus, confectus mœrore, vitam terminavit.

L.

1549 Antonius III. Paregues (fortassis Peregos) Castildejus, seu Castellicius Hispanus ad hanc Sedem pervenit. Præfuit novem annis, translatusque est ad Archi-Episcopatum Calaritanum in Sardinia 1558.

LI.

1560 Joannes IV. Betta Tridentinus, Abbas S. Gothardi V. Aprilis ordinatus est Episcopus Tergestinus. Sub illius Regimine Carolus Archidux Austriæ anno 1568. Sectam Lutheri inductam Tergesto curat submoveri, datis Mandatis ad Urbis Capitaneum, & Urbanum Magistratum. Anno 1570. in Consortio Andreæ Maximiliani de Dornberg, Joannis Georgii Mordax, & Joannis Kissel Comitiis Goritiensibus ejusdem Caroli Archiducis nomine præfuit. Vitam deseruit juxta Bauzerum 1571., juxta Ughellum vero 1572.

LII.

1572 Andreas Rapiccius Civis, & Episcopus Tergestinus, morum probitate, rerum divinarum, atque humanarum scientia, nec non scriptis compluribus Libris Historicis, & Moralibus clarissimus sexto ordinationis suæ anno veneno fuit sublatus.

LIII.

1578 Hyacinthus Frangipanus de Castello Forojulensis admotus est Tergestinæ Cathedræ, eodem quo Rapiccius decesserat anno. Cum denuo dogma Lutheri Tergesti suscitari audivisset Carolus Princeps, curavit illud inde exturbari anno 1580. proscriptis Lutheri sectatoribus.

LIV.

1580 Nicolaus de Coret Tridenti procreatus ex Soliensi Carinthiæ Præpositura promotus fuit ad Infulam Tergestinam, quo

ANNO CHRISTI etiam anno Dietæ Goritiensis cum Joanne Cobenzl de Prossegg Commissarius scnuuorlatus legitur.

LV.

1591 JOANNES V. Bogarinus vulgo de Wagenring Goritiensis Patricius egregius Germanici Romani Collegii Alumnus, Caroli Archiducis Austriæ deinde Præceptor, Tergestinus consecratur Antistes, qui præter cæteras Pastorales laudes hanc vel maxime inde promeruit, quod Ferdinandum Archiducem Austriæ, deinde Imperatorem hujus nominis secundum, in tenella adhuc ætate constitutum, zelo religionis Catholicæ mirum in modum inflammaverit.

LVI.

1597 URSINUS de Bertis, seu Berthis Nobilis Goritiensis ex Eberdorfensi Præpositura assumptus ad Cathedram Tergestinam, eandem diversis annis non sine laude gubernavit. Commendatur præcipue a pietate, prudentia, ac in ægenos munificentia. Ejus zelum animarum probaverunt aures datæ pœnitentibus etiam vulgaribus ad Sacrum Tribunal concurrentibus decursu veris jejunii. In Cathedrali templo Capellam titulo Divi Caroli Borromei Mediolanensis Præsulis (quem Sanctitate conspicuum, & miraculis clarum Paulus V. in Sanctorum numerum retulerat 1610.) annuo censu instructam erexit. Singularem curam habuit Benedictinarum Monialium Tergestinarum, in quas induxit formam regiminis, qua Cassinensis Congregatio utitur, & triennalem constituit Antistitarum Præfecturam. Annis 1608., & 1610. Dietæ Goritiensi qua Commissarius interfuit. Ursino de Bertis in Episcopali Cathedra sedente, etiam novæ Religiosorum coloniæ Tergestum appulerunt, anno nimirum 1618. sacra Capuccinorum Familia, sequenti vero Societas Jesu, cui Collegium dotavit Udalrici Principis Eggenbergici munificentia. P. GRANELLI Topograph. Germ. Aust. editionis Vindobon. de ann. 1759. pag. 209.

LVII.

1621 RAYNALDUS Scharlichius seu Scherlichius natione Hungarus ex Petinensi Præpositura promotus ad Cathedram Tergestinam fuit ante Julium mensem, ipsi ab UGHELLO assignatum, utpote quem II. Martii ejusdem anni 1621. jam Episcopum appellant Tabulæ Archivii nostri Provincialis in MORELLIANO Repertorio memoratæ. Transiit ad Ecclesiam Labacensem anno 1630. In utraque Sede grati, ac vigilis Pastoris partes implevit:

ANNO CHRISTI vitis functus etiam Græcensis Civitatis Præfectura, teste Bavaro.

LVIII.

1630 Pompejus Coroninus de Cronberg, Prebacinæ, & Gradiscutæ Baro, J. V. Doctor, Archiepiscopatus Salisburgensis Visitator, necnon Ferdinandi II. Imperatoris intimus Consiliarius, & Diætæ Provincialis Goritiensis Commissarius sumptus ex Petinensi Cathedra Tergestinam gubernandam accepit Ecclesiam. Decessit anno salutis 1646. ejus Sepulchro in templo Sancti Justi ante Aram majorem a cornu Epistolæ sito hoc additum fuit Epitaphium

D.O.M.
SI. DEVS. PRO. NOBIS.
QVIS. CONTRA. NOS.

HIC. JACET. ILLVSTRISSIMVS
ET. REVERENDISSIMVS. DOMINVS
POMPEJVS. CORONINVS.
LIBER. BARO. DE. PREBACINA. ET.
GRADISCVTA. DOMINVS. GOLLAGORIZÆ
EPISCOPVS. ET. COMES. TERGESTINVS
OBIIT. ANNO. DOMINI. M.D.C.XXXXVI.

LIX.

1646 die X. Septem. Antonius IV. Marensius, seu Marentius ex eodem Petinensi Episcopatu ad Patriam Insulam promotus est favore Imperatoris Ferdinandi III, qui eundem etiam simul cum cognato Ludovico Marentio Tergesti Locumtenente ad S. R. I. Liberi Baronis gradum anno 1654. sublimavit. Dati desuper Diplomatis verba, hoc loco memoranda, sunt sequentia; prout nobis communicata fuerunt a sæpius laudato Illri. Domino de Bonomo.

Nos Ferdinandus III Electus Romanorum Imperator &c.

Venerabili, & Nobilibus, devoto fidelibus Nobis dilectis Anto Marentio Eppo Tergestino nostro Consiliario, & Ludovico Marentio Capitaneatus nostri Tergestini Locumtenenti Liberis Baronibus de Marensfeld, & Sebenech Militibus, seu Equitibus Auratis, & Sacri Lateranensis Palatii Aulæque nostræ Cæsareæ,

ANNO [illegible] *rea, & Imperialis Consistorii Comitibus gratiam Nostram Caesaream & omne bonum &c . . . .*

Quando itaque benigne consideravimus iis vos Antoni, & Ludovice Marentii progenitos esse Parentibus atque Majoribus qui quondam (uti diversa Nobis per vos exhibita litterarum continebant Documenta) tum a Conrado secundo Rom. Imp.e Marchiones, & Comites Vallis Oliolae, & Capitanei Soarae, tum a Philippo Maria Anglo Duce Mediolanensi Comites Talvini, & Talgatae dicti, constitutique fuerint, & postquam loca illa a Republica Veneta occupari contigisset, cum Bianca Maria Maximiliani Primi Rom. Imp.is uxore, tamquam ejusdem Commensales, & Consiliarii in Germaniam venerint, Atavus vero, Antoni, tuus Antonius Marentius ab Imp. Ferdin. primo Exactoris Terg.ni Offic.i praefici, ac Consiliariorum suorum numero adscribi meruerit, quam etiam Consiliarii dignitatem, & titulum ab Avo nostro, piae memoriae, Carolo Archiduce Austriae resignato dicto Exactoratu, in se gratiose derivatum retinuerit; Tuus quoque Ludovice Propatruus Aloysius modo dicto Archiduci Carolo nomine Tergestinae Civitatis Centurionis Officio functus in Croatia contra Turcas inservierit, itemque Gabriel dicti Aloysii Frater ab eodem Archiduce Carolo Locumtenentis Tergestini, ac Consiliarii sui titulo ex Offi.o decoratus fit, nec minus apud Colendissimum Dnum Genitorem nostrum Imp.em Ferdinandum 2.um in Archiducali tunc temporis dignitate constitutum, caeteri ejusdem lineae, maxime in dicta Croatia contra Turcas militando, singulare nomen decusque gesserint . . . .

Quod quidem laudabile studium tu in primis Antoni in eo praecipue spectandum dederis, quod cum Serenissima q. Imperatrix Maria, nata infans Hispaniarum Conjux nostra Charissima felicis recordationis ex Hispaniarum oris per Tergestum iter fecisset, tu cum in aliis rebus, tum praecipue in disponendis, & ordinandis hospitiorum comoditatibus tam solicitudinem, diligentiam, curamque impenderis, ut Ser.mo quondam patruo nostro Archiduci Leopoldo piae memoriae, qui Majestatem, & dilectionem suam ad nos conducebat, & nomine singulariter gratus, & acceptus fueris, interque alia benevolae dilectionis suae erga te voluntatis argumenta illud non postremum extiterit, quod liber tibi in dilectionis suae Cameram semper patuerit ingressus, atque ab eadem etiam ad Episcopatum Petinensem comendatus promotusque fueris. Quo sane singulari zelo tuo, & devotionis affectu Nos quoque inducti te non solum prae caeteris delegimus, qui vice, ac nomine Caesarei Nostri Legati Romam ad Beatitudinem Summi Pontificis Urbani Octavi fel. recordationis a Nobis missi, coram eodem Summo Pontifice in Sala, ut vocant, Regia publice perorares (quod ita dexere, itaque feliciter a te factum, ut in demostrationem grati animi nostri te praeter alias

gra-

ANNO CHRISTI 1646 *gratiarum prærogativas, Consiliarii nostri titulo, & honore, quo etiam ante apud prælibatum Dñum Genitorem nostrum gavisus es, condecoraverimus) verum etiam postea Vicarium Generalem totius Exercitus nostri constituimus: quo in Offi.° per quatuor annos Nobis, ac deinceps Ser.mo Archiduci Leopoldo Wilhelmo, fratri nostro Charissimo, a quo itidem Consiliarii sui titulo, & honore auctus es, toto Campestris expeditionis suæ tempore, maxime vero in famoso illo ad Lipsiam conflictu cum tanta industria, prudentiæ, zeli, & dexteritatis laude deservieris ut plenam, omnimodamque inde satisfactionem acceperimus, ac proinde in recognitionem earundem meritorum tuorum, mille, & ducentos florenos pro annua sustentatione tua ac insuper Episcopatum Tergestinum tibi gratiose contulerimus: quo in munere, præter alias varias, cum negotia nostra, tum Statum publicum, ac commune bonum concernentes Commissiones, tandem ad homagium a Tergestina, & Flaminensi Civitatibus Serm.° Hungariæ, Bohemiæque Regi Ferdinando quarto filio nostro Charissimo præstitum, Commissarii officio functus sis; Tu vero Ludovice a multis jam annis in dicto Capitaneatus nostri Tergestini Locumtenentis munere, nulla non constantis fidei, industriæ, atque singularis erga Nos, & Augustam Nostram Austriæ Domum devotionis exhibueris, ac etiamnum exhibeas, omni ex parte laudabilia Nobisque pergrata documenta: Hisce de causis Vos.... prædictos Antonium, & Ludovicum Marentios, vestrosque liberos, hæredes, & successores ex legitimo matrimonio natos, & nascituros utriusque sexus in infinitum Nostros, & Sacri Rom. Imp. Regnorumque, ac ditionum nostrarum hæreditariarum Liberos Barones antiquæ Prosapiæ facimus, creamus, erigimus....... 3 Decernentes quod vos prænominati Antoni, & Ludovice Marentii. Lib. Barones de Marensfeld, & Schemerk, omnesque liberi hæredes, & posteri vestri legitimi utriusque sexus nati, & nascituri liberorum Baronum nomen, & dignitatem ferre, & habere..... possitis, & valeatis...... Insignia vestra antiqua, & gentilitia quæ erant scutum in quatuor partes æqualiter divisum, in cujus inferiore sinistra, & superiore dextera in campo flavo Aquila nigra coronata, rostro aperto, lingua rubra, alis utrinque late expansis, ac pedibus divaricatis sinistrorsum respiciens, ac volaturienti similis, in cæteris vero duabus partibus itidem flavis tres per obliquum æqualiter inter se distantes trabes, sive areæ albæ tessellis, seu areolis quadratis cærulei coloris per medium æqualiter inter se distinctis variatæ: Scuto incumbat Galea........ approbamus, amplificamus in hunc sequentem modum..... Scutum itidem in quatuor æquales partes divisum ita ut in inferiore sinistra, & superiore dextera cærulea globus argenteus alis utrinque extensis ejusdem coloris suffultus & in cæteris duabus partibus in cam-*

ANNO CHRISTI *po rubro Serpens itidem argenteus capite coronato, ore aperto,*
1646 *linguaque rubra exserta sinuoso volumine sursum erectus, & introrsum respiciens, appareat. In medio Scuti conspiciatur aliud parvulum, nimirum antiquum vestrum supra descriptum.... Gratiam, & facultatem concedimus ut Vos omnibus dominiis, Castris, aut bonis jam acquisitis, vel acquirendis pro arbitrio denominare, aut nomen mutare possitis........ Vos, & haeredes cum bonis, & possessionibus in salvam guardiam suscipimus, ut exempti sitis ab onere hospitandorum militum. Vos, nec non utriusque vestrum Primogenitum, & Primogenitos Milites, seu Equites Auratos, ac Sacri Lateranensis Palatii, aulaeque Comites facimus.............. Cum facultate creandi Notarios publicos seu Tabelliones: Naturales bastardos legitimandi ⁝⁝ Tutores, & Curatores confirmandi, & dandi ⁝⁝ filios legitimos emancipandi: Veniamque aetatis concedendi: Servos manumittendi: Minores, Ecclesias, & Communitates laesas in integrum restituendi: Infames ad famam restituendi: Doctores in utroque, vel altero jure, in Medicina, Philosophia, & Poetas laureatos creandi, Insignia, & Arma concedendi ....*
Datum Pragae 15. Septembris 1654.

Ex hujus Diplomatis a saepe laudato Domino de Bonomo communicati contextu confirmantur primo a nobis exposita §. XXXVIII., circa falsitates quae in genuinas Chartas interdum irrepserunt: secundo ex illis verbis: *Hisce de causis vos praedictos Antonium & Ludovicum Marentios vestrosque liberos, haeredes, & successores ex legitimo matrimonio natos, & nascituros utriusque sexus in infinitum* ꝛ eruitur, Antistitem nostrum ante susceptos Sacros Ordines per legitimum matrimonium diversos liberos (tempore dati Diplomatis adhuc superstites) procreasse: tertio demum conficitur eidem Praesuli cum belli, tum pacis tempore, & ante, & post adeptum Tergestinum Episcopatum diversas arduas Commissiones, ac publicos Magistratus demandatos fuisse, quos non sine industriae atque dexteritatis gloria tractavit; ut venire in contentionem cum laudatissimis posse videretur. E vivis exemptus est anno 1662. die XXII. Octobris: postquam anno 1660. XXV. Septembris Tergestum advenientem Leopoldum Augustum incredibili laetitia venerabundus excepisset.

LX.

1663 Franciscus Maximilianus Vaccanus Nobilis Goritiensis, Vir bonis artibus deditus, & in Theologia Magister, ex Petinensi Episcopatu post Antonii Marentii obitum promotus fuit ad Cathedram Tergestinam. Hic quindecim prius annis dictam Petinensem Ecclesiam summa cum laude gubernaverat, ab

anno

ANNO Christi 1663

anno nimirum 1648., quo binæ infrascriptæ Innocentii X. Pontificis Bullæ emanarunt. Prima concernit ipsius assumptionem ad Episcopatum Petinensem, & ita sonat:

Innocentius Episcopus Servus Servorum Dei. Dilecto Filio Francisco Maximiliano Vaccano, Electo Petinensi, Salutem, & Apostolicam benedictionem. Apostolatus Officium meritis licet imparibus Nobis ex alto commissum, quo Ecclesiarum omnium Regimini divina dispositione præsidemus, utiliter exequi coadjuvante Domino cupientes solliciti corde reddimur, & solertes, ut cum de Ecclesiarum ipsarum Regiminibus agitur committendis, tales eis in Pastores præficere studeamus, qui populum suæ curæ creditum, sciant non solum doctrina verbi, sed & exemplo boni operis informare, commissasque sibi Ecclesias in statu pacifico, & tranquillo velint, & valeant auctore Domino salubriter regere, & feliciter gubernare. Sane Ecclesia Petinensis ad quam, dum pro tempore vacat, nominatio Personæ idoneæ Romano Pontifici pro tempore existenti facienda ad Charissimum in Christo Filium nostrum Ferdinandum Romanorum Regem in Imperatorem electum ratione Ducatus Carniolæ, cujus ipse Ferdinandus & Dux existit ex Privilegio Apostolico, cui non est hactenus in aliquo derogatum, spectare dignoscitur, ex eo quod nos nuper Venerabilem fratrem nostrum Antonium Episcopum Tergestinum nuper Petinensem a vinculo, quo dictæ Ecclesiæ, cui tunc præerat, tenebatur, de fratrum Nostrorum consilio, & apostolicæ potestatis plenitudine absolventes eum ad Ecclesiam Tergestinam certo tunc expresso modo vacantem, de simili consilio, apostolica auctoritate transtulimus, præficiendo ipsum illi in Episcopum, & Pastorem, Pastoris solatio destituta. Nos ad provisionem ejusdem Ecclesiæ Petinensis celerem, & felicem, ne illa longæ vacationis exponatur incommodis, paternis, & sollicitis studiis intendentes, post deliberationem, quam de præficiendo eidem Ecclesiæ Petinensi personam utilem, ac etiam fructuosam cum eisdem fratribus habuimus diligentem, demum ad te Magistrum in Theologia, ex legitimo Matrimonio, ac Catholicis & honestis Parentibus procreatum in trigesimo nono tuæ ætatis anno, & a multis annis in Presbyteratus Ordine constitutum, quem prædictus Ferdinandus Rex Nobis ad hoc per suas Litteras nominavit, & de cujus vitæ munditia, morum honestate, spiritualium providentia, & temporalium circumspectione, aliisque multiplicum Virtutum donis, fide digna apud Nos testimonia perhibentur, direximus oculos nostræ mentis, quibus omnibus debita meditatione pensatis, de Persona tua Nobis & eisdem fratribus ob tuorum exigentiam meritorum accepta, prædictæ Ecclesiæ Petinensi, de fratrum eorundem consilio, apostolica auctoritate providemus, teque illi in Episcopum præficimus, & Pastorem, curam, & administrationem ipsius Ec-

ANNO CHRISTI 1663 *Ecclesiæ Petinensis tibi in spiritualibus, & temporalibus plenarie committendo, in Illo, qui dat gratias, & largitur præmia confidentes, quod dirigente Domino actus tuos, prædicta Ecclesia Petinensis sub tuo felici Regimine regetur, utiliter & prospere dirigetur, ac grata in eisdem spiritualibus, & temporalibus suscipiet incrementa. Jugum igitur Domini tuis impositum humeris prompta devotione suscipiens, curam, & administrationem prædictam sic exercere studeas, sollicite, fideliter, & prudenter quod Ecclesia ipsa Gubernatori provido, & fructuoso administratori gaudeat se commissam, Tuque præter æternæ retributionis præmium, nostram, & sedis Apostolicæ benedictionem, & gratiam exinde uberius consequi merearis. Volumus autem ut Theologalem, & Pænitentiariam Prebendas in dicta Ecclesia Petinensi ad præscriptum Concilii Tridentini erigas, & Montem Pietatis fieri cures, conscientiam tuam in his onerantes. Datum Romæ apud S. Mariam Majorem. Anno incarnationis Dominicæ 1648. Kal Martii. Pontificatus Nostri anno quinto.*

Altera ipsius consecrationem respicit, & formulam præstandi juramenti præscribit.

Innocentius Episcopus Servus Servorum Dei. Dilecto Filio Francisco Maximiliano Electo Petinensi, Salutem, & Apostolicam Benedictionem. Cum Nos pridem Ecclesiæ Petinensi certo tunc expresso modo Pastoris solatio destitutæ de Persona tua Nobis & Fratribus Nostris ob tuorum exigentiam meritorum accepta, de Fratrum eorundem consilio apostolica auctoritate duxerimus providendum, præficiendo te illi in Episcopum, & Pastorem prout in nostris inde confectis litteris plenius continetur. Nos ad ea quæ ad tuæ commoditatis augmentum cedere valeant favorabiliter intendentes, tuis hac in parte supplicationibus inclinati, Tibi Præsbytero, ut a quocunque, quem malueris Catholico Antistite, gratiam, & communionem Sedis Apostolicæ habente, accitis & in hoc sibi assistentibus duobus, vel tribus aliis Episcopis, similes gratiam, & communionem habentibus, munus consecrationis recipere valeas, ac eidem Antistiti, ut recepto prius a te, nostro, & Romanæ Ecclesiæ nomine, fidelitatis debitæ solito juramento, juxta formam præsentibus annotatam, munus prædictum, auctoritate nostra impendere tibi possit, plenam & liberam, dicta auctoritate, tenore præsentium concedimus facultatem. Volumus autem, & eadem auctoritate statuimus, atque decernimus, quod si non recepto prius a te per ipsum Antistitem prædicto juramento, idem Antistes munus ipsum tibi impendere, & tu illud recipere temere præsumpseritis, ipse Antistes a Pontificalis officii exercitio, & tam ipse, quam tu, ab administratione tam spiritualium, quam temporalium Ecclesiarum vestrarum suspensi sitis eo ipso. Præterea etiam volumus quod formam juramenti a te tunc præstiti Nobis de

verbo

ANNO Christi 1663

verbo ad verbum per tuas patentes litteras, tuo Sigillo munitas per proprium nuntium quantocitius destinare procures. Atque per hoc Venerabili Fratri nostro Archiepiscopo Aquilejensi, cui dicta Ecclesia metropolitico jure subesse dignoscitur, nullum imposterum præjudicium generetur. Forma autem juramenti per te præstandi talis est: Ego Franciscus Electus Petinensis ab hac hora fidelis, & obediens ero beato Petro, Sanctæque apostolicæ Romanæ Ecclesiæ, & Dño nostro, Dño Innocentio Papæ decimo, suisque Successoribus canonice intrantibus. Non ero in consilio, aut consensu, vel facto ut vitam perdant, aut membrum, seu capiantur mala captione, aut in eos violenter manus quomodolibet ingerantur, vel injuriæ aliquæ inferantur quovis quæsito colore. Consilium vero quod mihi credituri sunt per se aut Nuncios, seu litteras ad eorum damnum, me sciente, nemini pandam. Papatum Romanum, & Regalia Sancti Petri adjutor ejus ero ad retinendum, & defendendum contra omnem hominem legatum apostolicæ Sedis in eundo, & redeundo honorifice tractabo, & in suis necessitatibus adjuvabo. Jura, honores, Privilegia, & Auctoritatem Romanæ Ecclesiæ, Dñi nostri Papæ, & Successorum prædictorum conservare, defendere, augere, & promovere curabo, nec ero in Consilio, facto, vel tractatu in quibus contra ipsum Dominum nostrum, vel eandem Romanam Ecclesiam aliqua sinistra, vel præjudicialia personæ juris, honoris, status, & potestatis eorum machinentur, & si talia a quibuscumque procurari novero vel tractari, impediam hoc pro posse, & quantocitius potero, commode significabo eidem Dño nostro, vel quomodolibet ad ipsius notitiam poterit pervenire. Regulas Sanctorum Patrum, Decreta, Ordinationes, sententias, dispensationes, reservationes, promotiones, & mandata Apostolica totis viribus observabo, & faciam ab aliis observari. Hæreticos, Schismaticos, & Rebelles Dño nostro, & successoribus prædictis, pro posse persequar, & impugnabo. Vocatus ad Synodum, veniam, nisi præpeditus fuero canonica præpeditione. Apostolorum limina singulis quinquenniis personaliter, ac per me ipsum visitabo, & Dño nostro, & successoribus prædictis rationem reddam de toto meo Pastorali Officio, deque rebus omnibus ad meæ Ecclesiæ statum, ad Cleri, & Populi disciplinam, animarum denique quæ meæ fidei creditæ sunt, salutem quovis modo pertinentibus, & vicissim mandata Apostolica prædicta humiliter recipiam, & quam diligentissime exequar. Quod si legitimo impedimento detentus fuero, prædicta omnia adimplebo per certum Nuncium ad hoc specialiter mandatum habentem, de gremio Capituli mei aut alium in dignitate Ecclesiastica constitutum seu alias personatum habentem, aut his mihi deficientibus, per diœcesanum Sacerdotem, & Clero deficiente omnino per aliquem alium Presbyterum secularem, vel Regularem spectatæ

ANNO CHRISTI 1663 *probitatis, & Religionis de supradictis omnibus plene instructum. De hujusmodi autem impedimento docebo per legitimas probationes ad Sanctæ Romanæ Ecclesiæ Cardinalem proponentem in Congregatione S. Concilii Tridentini per supradictum Nuncium transmittendas. Possessiones vero ad meam mensam pertinentes non vendam, neque donabo, neque impignorabo, neque de novo infeudabo, vel aliquo modo alienabo, & cum consensu Capituli Ecclesiæ meæ, inconsulto Romano Pontifice, & constitutionem super probibitione Investiturarum, bonorum Jurisdictionalium de anno Domini millesimo sexcentesimo vigesimo quinto editam servabo. Et si ad aliquam alienationem devenero pœnas in quadam super hoc edita constitutione contentas eo ipso incurrere volo. Sic me DEUS adjuvet, & hæc Sancta DEI Evangelia. Datum Romæ apud Sanctam Mariam Majorem. Anno Incarnationis Dominicæ 1648. Sexto Nonas Martii. Pontificatus nostri Anno quinto.*

Idem Franciscus Maximilianus Vaccanus factus Episcopus Tergestinus valde perturbatum novum Gregem invenit, flagrantibus continuis inter Communitatem, & Cæsareos Capitaneos dissensionibus, quas in consortio Francisci Udalrici Comitis Torriani, Gradiscæ Capitanei conciliata pace anno demum 1670. XVII. Martii feliciter mitigavit. Transactionis initæ tenor est iste.

In Trieste nel Pallazzo Eple li 17. Marzo, l'Anno della Natività del Signore 1670.

Dove essendo vertite molte, ed importanti differenze fra l' Illmo Sig.r Gio: Vicenzo Lib. Bar. Coronino, Sig.re di Quisca di S. M. C. Cons.r e Capitanio di questa Città, e la Mag.ca Città med.ma, le quali risapute, e considerate con dispiacere dall' Illmo e Rmo Ms.r Francesco Massimiliano Vaccano Vescovo, e Conte di d.a Città, e l' Illmo Sig.r Co. Francesco Udalrico della Torre, e Valsassina Camariere di S. M. Ces.a, e Capitanio di Gradisca & mossero li med.mi Illmi, e Revmo per zelo della publica quiete, e del servizio stesso di S. M. Ces.a, che non poteva non patire fra queste discordie, e discrepanze: onde portatisi per vedere il stato di tali differenze, procurarono il concordio, ed aggiustamento, si è fra le Parti con la loro interposizione convenuto ne' Capitoli seguenti da essere inviolabilmente osservati salva la dovuta obbedienza agl'Ordini Cesarei e de suoi Eccelsi Consegli, sopra la quale si dichiarò l' Illmo Sig.r Capitanio.

E perchè li med.mi Illmi, e Revmo Interpositori hanno osservato nelle Scritture essersi speso qualche concetto, che ha potuto esser inteso di poco rispetto, o intacco alla Persona dell' Illmo Sig.r Capitanio Coronino, con la presente si dichiara la Magnifica Città, ed in specie il M. Illre ed Ecc.mo Sig.r D.r

Gio:

ANNO CHRISTI 1663 *Gio: Fran.co Calò, che per lei ha scritturato di non havere avuto in minimo animo di offender l'Illmo Sig.r Capitanio, ma che queste sono più tosto state espressioni portate per esprimere vivamente le ragioni della Città, conoscendo nel resto così la Magnifica Città tutta, come il d.o Sig.r D.r Calò, ed ogn' altro, che avesse eccesso in queste l'Illmo Sig.r Capitanio per Cavalliere d'integrità, rettitudine, e bontà singolare, il qual Illmo Sig.r Capitanio pure non ha inteso di pregiudicare in punto a quella fedeltà, che conosce esser in questa Magnifica Città verso l'Augustissimo Padrone, e sua Augustissima Casa tutta, nè pretende, che alcuna parola sia stata dirizzata contro l'honore, fedeltà, ed ingenuità di questo Publico da lui per tale riconosciuto.*

Primieramente l'Illmo Sig.r Capitanio promette di cooperare, che la Mag.ca Città resti nel suo Privilegio, e possesso di tener un Vicario, e Giudice di Maleficio foresti, e promette di dare il giuramento al Venturo Sig.r Giudice de Maleficio, che sarà condotto dalla Città.

Che di volta in volta le polizze di spese sieno portate a sottoscrivere all'Illmo Sig.r Capitanio, e non s'aspetti all'ultimo de conti, e nel resto che le cose dell'entrata restino come prima.

Promette l'Illmo Sig.r Capitanio, che favorirà la Mag.ca Città nella conservazione del suo Jus Criminale, e nel procurare, che dovrà fare d.a Città d'havere dichiarazioni, che li Generali non pregiudichino alla Giurisdizione della Città, e non li levi gl'essercitii della med.ma come per avanti, che fossero li generali, non hanno levato sotto Gorizia alli semplici Giurisdicenti.

Promette la Mag.ca Città, che quando il Maleficio non farà la Giustizia, e che l'Illmo Sig.r Capitanio lo neccessiterà a farla assieme col spettabile Magistrato, e si valerà nel crescere, e sminuire le pene di quello gli concede il Statuto, che non piglierà a sostenere le negligenze, o ingiustizie del detto Maleficio anzi darà ogni agiuto, ed assistenza.

Promette l'Illmo Sig.r Capitanio d'usare quella benignità, che potrà, verso quelli, che travagliano a causa del Publico, e più tosto bramerà il loro sollievo, e vi concorrerà.

Promette l'Illmo Sig.r Capitanio di non pregiudicare nelle Cause Civili aspettanti al Foro della Mag.ca Città senza spetiale delegazione, o che se venirà a petitione de particolari, o per errore di Cancelleria qualche Ordine, che anderebbe altrimente indrizzato al Foro della Città, Sua Sig.ria Illma userà della sua bontà, e Giustizia in informare acciochè le Cause sieno lasciate correre per li fori Ordinarii, e le rimetterà.

Promette la Mag.ca Città di non pigliare in avvenire a prote-

tege-

ANNO CHRISTI 1463

tegere delinquenti particolari, che non avessero operato per servizio, o ordine publico.

Promette l'Illmo Sig.r Capitanio, che eseguirà la sospensione in data delli 7. Febraro di quest'anno in materia del Sig.r Vicario, conforme il Concertato.

(L.S.) *Fr. M. Vesc.vo di Trieste ricercato Interpositore mppa*

(L.S.) *Fran.co Co. della Torre ricercato Interpositore mppa*

(L.S.) *Gio: Vincenzo Coronino B.r Capit.o mppa*

(L.S.) *Io Lor.o Bottonj Giud.e che ho dato il mio voto alle cose sud.e e Consegli fattisi affermo quanto di sopra*

(L.S.) *Io Pietro Giuliani Giud.e affermo quanto di sopra in vigore dell'autorità datami nelli Consegli seguiti sotto li 12. Marzo corr.te con l'assistenza di molti Sig.ri Consig.ri*

(L.S.) *Io Gio: Alessio Calò Provisore aff.o ut supra* ȝ

(L.S.) *Io Andrea Barone de Fin fui presente come Testimonio.*

(L.S.) *Io Alessandro Barone de Fin fui presente come Testimonio.*

Io Pietro Jurcho fui presente come Testimonio.

Io Antonio Burlo Dott.e fui presente come Testimonio ȝ *mppa*

Io Germanico Giuliani fui presente come Testimonio ȝ

Io Gio: Batta Bonomo fui presente come Testimonio ȝ

Io Annibale Calò affermo come di sopra come Testimonio ivi esistente ȝ

Io Franc.o Marenzi fui presente ȝ

(L.S.) *Io Felice Cergna fui presente a quanto di sopra.*

(L.S.) *Io Felice Vitalli fui presente a quanto di sopra* ȝ

Extat præterea in Domestico nostro Tabulario Originalis Michaelis Poloniæ Regis Epistola eodem anno 1670. exarata, qua sæpius memoratum Franciscum Maximilianum Antistitem ad suscipiendam e sacro fonte Joannis Vincentii Coronino-Cronbergii Tergesti Capitanei prolem, Vicario suo nomine Patrinum deputavit.

Michael Dei Gratia Rex Poloniæ, Magnus Dux Lithuaniæ, Russiæ, Prussiæ, Masoviæ, Samogitiæ, Kioviæ, Volhyniæ, Podoliæ, Podlachiæ, Livoniæ, Smolensciæ, Severiæ, Czernichoviæque. Reverende in Christo Pater grate Nobis dilecte. Cum Religiosum Felicem Coroninum Societatis JESV Præsbiterum Serenissimæ Reginæ Conjugis Nostræ Charissimæ Confessarium Regia nostra complectamur benignitate, tum & Fratri ipsius Generoso Joanni Vincentio Coronino Libero Baroni de Cronberg Capitaneo Tergestino Gratiam, & benevolentiam nostram cupimus declarare. Rogati sumus ab eodem Generoso Barone ut prolem ipsius e Sacro levemus fonte. Id cum per Nos præstare non possimus Gratitudinem Vestram amanter requirimus Nomine Nostro Regio ad Sacrum assistat Fontem, & vices Patrini subeat. Rem Nobis faciet gratam dum hoc Officium Nomine No-

ANNO CHRISTI *Nostro Generoso Baroni exhibebit. Bene interim valere cupimus Gratitudinem Vestram.*

Datum Varsaviæ die XII.a Mensis Maii Anno Domini MDCLXX. Regni Nostri Anno Primo

MICHAEL REX

A Tergo) *Reverendo in Christo Patri Francisco Maximiliano Episcopo Vaccano, Comiti Tergestino grate Nobis dilecto* (Locus Sigil. Regii)

Vitam produxit Cæsareis Commissionibus, & piis operibus continuo intentus Franciscus Maximilianus ad annum 1672. quo supremum diem claudens dignam sui memoriam posteris reliquit, quam sequenti Epitaphio Soror ejusdem perpetuavit.

D. O. M.
ILLMO ET RMO DNO DNO FRANCISCO
MAXIMILIANO VACCANO EPO, ET COMITI
TERGESTINO
DNO A S. PASS
SAC. CÆS. MATIS CONSILIARIO &
ANNA JULIA COMITISSA MŒSTISSIMA SOROR
PONI CURAVIT
OBIIT 15. AUGUSTI ANNO MDCLXXII.

LXI.

1673 JACOBUS FERDINANDUS Gorizzuttus, in Goritiæ Comitatu natus, Sacrosanctæ Theologiæ Doctor, ab Augusto Ferdinando III. Rom. Imperatore Aulæ Cæsareæ Capellanus, Cæremoniarius, & Eleemosynarius, atque Cathedralis Ecclesiæ Sancti Stephani Canonicus creatus, qua talis per viginti octo annos servitia tam prælibatæ Majestati suæ, quam successori Leopoldo Augusto adeo indefessa, & grata præstitit, ut eundem haud immerito in Episcopum Tergestinum ipse Leopoldus præsentaverit. Qua dignitate a prædicti anni 1673. die XXX. Januarii per octodecim annos ad anni 1691. diem XXII. Septembris condigne functus dicitur in Leopoldi Imperatoris Diplomate, quo Viennæ XXIV. Junii 1700. Joannem Baptistam Gorizzuttum Goritiensem Patricium, Jacobi Ferdinandi Antistitis Patruelem, ad Lib. Bar. dignitatem evexit. Ejusdem Jacobi Ferdinandi memoriam factam invenio in Epistola Gundaccari Principis de Dietrichstein supremi Cubiculariorum Cæsareorum Præfecti, scripta Ludovico Vincentio Coronino Comiti de Cronberg anno 1688. quæ est tenoris infrascripti:

ANNO CHRISTI 1673

Illustrissimo Signore Padrone osservandissimo.

E capitato un Ricorso alla Maestà dell'Augustissimo Imperatore fatto dal Barone d'Orzon contro V. S. Illmā toccante certa esecuzione fatta ad instanza del Vescovo di Trieste, comechè lei gli avesse fatto eseguire fra le altre cose, anche delli Fondi feudali in pregiudizio di Sua Maestà, a cui s'aspetta il dominio diretto di dette Terre. Per quanto io sono informato V. S. Illmā viene imputata di parzialità per la parentella, che tiene con detto Vescovo, e suoi Consorti. So però da buona parte, che Sua Maestà non ha abbadato a tutte quelle calumniose imputazioni riconoscendo per esperienza l'integrità, e buona condotta, che lei tiene nel suo governo, sarà dunque mandato simile Ricorso alla Camera di Graz, dove non si deciderà senza la di lei informazione. Mi pareva proprio di farle questa confidenza, acciochè sempre più resti persuaso dell'affetto, che le porto con che mi professo per sempre. Di V. S. Illmā

Vienna li 10. Novembre 1688.

Affetionatissimo Servitore
Gundaccaro Principe di
Dietrichstein mppa

Tergo) *All'Illustrissimo Sig.r Sig.r Prōn Ossmo Il Sig.r Ludovico Vincenzo Coronino Conte di Cronberg Cameriere della Chiave d'oro, Consigliere, e Capitanio di Gorizia per Sua Maestà Cesarea.*

Gorizia.

Ad hunc quoque Antistitem pertinet Eleonoræ Imp. Epistola de anno 1685. quæ in Appendice Document. num. CLI. reperitur.

Decessit anno 1691., & in Basilica S. Justi tumulo illatus, hoc Epitaphium sibi ponendum curavit.

FUI EPISCOPUS TERGESTI
PULVIS UMBRA NIHIL
LEOPOLDI CÆSARIS QUONDAM
ELEMOSINARIUS
JACOBUS FERDINANDUS GORIZUTTI
ANNO MDCXCI.
MENSIS SEPTEMBRIS XXII.

JOAN-

LXII.

ANNO Christi 1692. Joannem Franciscum Miller SS. Theologiæ Doctorem Episcopum Tergestinum creatum esse scribit Coletus Ughelli continuator; ast in Urbario Ecclesiæ Quischanæ jam XXV. Septembris eum propria manu sic subscriptum invenio: *Gio: Francesco Miller Vescovo di Trieste, e Pievano di Lucinis;* unde consequitur ante Octobrem ad minimum illius electionem contigisse. Hic cum ætate, & mala premeretur valetudine, Coadjutorem obtinuit cum spe futuræ successionis Guillelmum Comitem de Leslie, Edimburgi in Scotia natum, die XVIII. Decembris 1711. Episcopali Ecclesiæ Abderitanæ in partibus Infidelium titulo decoratum; qui ad Vaciensem primum in Hungaria, deinde ad Labacensem in Carniolia Ecclesiam translato, Joanni Francisco novus datus est Coadjutor die XI. Maii 1718. Josephus Antonius del Mestri, quem etiam Episcopalis dignitatis habuit Successorem.

LXIII.

1721 Josephus Antonius Patre Joanne Carolo del Mestri Lib. Barone de Schönberch ex Julia Comitissa Turriana natus Cormoni 1668. XI. Januarii, SS. Theologiæ Doctor, fuit antea Canonicus, & Vicarius Imperialis Metropolitanæ Ecclesiæ Aquilejensis, inde Parochus Flumicelli, atque Principalium Goritiæ, & Gradiscæ Comitatuum Archidiaconus, nec non Rosacensis Abbatiæ a parte Imperii Vicarius Generalis; Coadjutor Tergestinus anno 1718. renuntiatus, & in Episcopum Aemyclensem consecratus, vivo adhuc Millero, probi Pastoris munus exequebatur; ast illum anno 1721. ad Superos migrantem, paulo post & ipse secutus est, ingenti sui apud Tergestinos relicto desiderio.

LXIV.

1724 Lucas Sartorius del Mestri prioris Frater, cum Rudolfi Coronini Comitis de Cronberg in Cæsarea Cormonensi Parochia cum jure successionis Vicarius esset, promotus fuit ad Cathedram Tergestinam, quatuor jam anno suo viduatam Pastore. Homo erat jocosa dicta scite admodum in quoslibet jactandi gnarus, in quo agnovisses imaginem germanæ festivitatis. Sub illius Regimine suprema Commercialis Intendentia, seu Tribunal Regium commerciis moderandis, negotiatorumque gubernando populo institutum est a gloriosæ recordationis Carolo

lo

ANNO CHRISTI lo VI. Imperatore, quod geritur a Viris nobilitate non minus quam scientia illustribus. Illius Episcopatum optatissimus modo dicti Caroli Cæsaris adventus anno 1728. memorabilem reddidit. Cormoni e vita excessit sexagenarius anno 1739. IX. Novembris, teste Necrologio Cormonensis Parochiæ cujus verba sunt:

Li 9. Novembre 1739. Monsignor Illustrissimo Luca Sertorio del Mestre Lib. Bar. de Schönberrb fu Vescovo, e Conte di Trieste, munito con li Santi Sacramenti d'anni 60. passò da questa a miglior vita in Cormons, e fù sepolto nella Veneranda Chiesa della Beata Vergine del Soccorso sopra il Monte di Cormons nella sepoltura de suoi Antenati.

LXV.

1740 LEOPOLDUS JOANNES S. R. I. Comes de Petazzi, Adelmi Antonii ex Anna Maria Comitissa de Schwarzenbach filius, omnibus plaudentibus Tergestinis, deinde in Episcopatu successit. Vir multarum virtutum eximie conspicuus, qui cum Nobilitate generis in Clerum amorem, in populum sibi subditum vigilantiam, & in proximum charitatem conjunxit. Hinc merito ab Imperatrice Regina Maria Theresia inter arcanos Consiliarios cooptatus omnium existimationem sibi conciliavit. Eo Præsule Tergestina Civitas maximis incrementis augeri cœpit a paulo ante memorata Augusta, cujus munificentiam, ac indefessum commerciorum ampliandorum studium sequentibus eleganter descripsit Cl. P. KERENS moderanus Collegii Theresiani Rector in additionibus ad P. GRANELLI Topographiam Germaniæ Austriacæ edit. noviss. pag. 110.

Nulli Principum suorum tot, tantaque debuit unquam Tergestum quam Augustissima hodie imperanti Maria Theresia, quæ si favores suos in alias Provincias larga, hic illos prodiga manu cumulasse dicenda est, & Tergesti Fundatrix compellanda: situs ad mare Adriaticum, vicinarum Regionum ubertas, eam movere ut per hanc opportune a natura constitutam januam, & superfluas suarum opes emittere, & exterorum suscipere cum magno Austriæ lucro juxta, & ornamento posset. Portum ergo quidquid meliorem, comodioremque reddere posset, construi jussit a Lazareto usque ad adsitam insulam, ducto per maris undas vallo propugnaculis instructo, & fluctuum vis fracta, & hostium amota insidiæ, tutaque a ventis & vi hostili statio parata navibus est: Portum ipsum ab exactorum publicanorumque severitate liberum esse jussit, mercesque mari advectas, teloniis immunes declaravit; iis tantum demptis, quarum apud nos copia major quam ut aliunde allatis indigeamus. Navium

ANNO CHRISTI *vium ab eo tempore undequaque adventantium copia ingens, numerusque hominum deserta etiam patria tam benevole Principis beneficio vivere cupientium crevit; quibus ut de commoda prospiceretur habitatione, a parte Urbis occidentali, qua olim areolis exceptæ maris aquæ a solis radiis in salem excoquebantur, novum surrexit suburbium; magnificum illud si domuum spectes æqualitatem decoremque, amœnum simul si viarum consideres amplitudinem, Theresianopolis dicitur ab Augustissima Imperatrice, sub cujus faventissimis extructum est auspiciis; nec pulchritudo tantum ab hoc suburbio Tergesto accessit, sed & salubritas, cui hactenus obstiterant stagnantes hic olim lacus, halitusque pestiferi. Tum ne ampliatæ Urbi deesset quidpiam, in dulcis aquæ inopia medelam attulit eadem Patriæ Parens: hunc in finem duobus ab Urbe milliaribus fontes quæsiti collectique fuere & per canales in Urbem trajecti, his omnibus Principis optimæ beneficiis mirum quantum revixere commercia..........*
atque ut iis, qui mari tam infido se elemento committere cupiunt, nihil ad tam arduum vitæ genus desit, instituta est in Societatis Jesu Collegio Cathedra, quam occupat Professor, qui rei nauticæ præcepta explicet.

Erecto Goritiensi Archiepiscopatu, inter reliquos etiam Leopoldus Josephus cum successoribus Tergestinis Episcopis Metropolitanæ Ecclesiæ Goritiensis suffraganeus declaratus fuit anno 1751. Transiit postmodum ad Cathedram Labacensem anno 1760., ubi cum corpore admodum videretur infirmo, Coadjutorem nanciscebatur Philippum Wirichium Comitem a Daun Decanum Passaviensem, Canonicum Salisburgensem, Domicilarem Ratisbonensem, Utriusque Cæsareæ Majestatis, & Serenissimi Electoris Bavarici actualem Intimum Consiliarium anno 1763.

LXVI.

1760 ANTONIUS deinde FERDINANDUS Herbersteinius Austriacus Comes, & Coadjutor Præposituræ Eisgarnensis, ex pervetustæ Nobilitatis Familia ad hanc dignitatem evectus est. Hujus res Pedo, ac Mitra præclare gestas, erit haud dubie, qui aliquando luculento calamo describat. Nobis a simili labore in præsens abstinendum judicavimus, ne fortassis apud contemtores virtutum, vel alienæ gloriæ obtrectatores adulatio videretur quod veritas est. *Audita* enim homines (ut loquit VELLEJUS PATERCULUS) *visis laudant libentius, & præsentia invidia, præterita veneratione prosequuntur;* imo *his se obrui, illis instrui credunt*. Unum illud interea ut dignissimus hic Antistes diu

ANNO CHRISTI 1760 ac incolumis gregi sibi commisso præsit, prosit que, Supremum Numen humiliter deprecabimur.

Valde temporum, & morum ignarus sit, qui ignoret, hunc Tergestinorum Antistitum Syllabum, æque ac productam Irenæani Diplomatis Censuram a garrulis quibusdam pseudo-Aristarchis inique admodum esse traducendum. Quare breviter hic de illis instructum volui Lectorem, quæ ad frustrandas ejuscemodi cavillationes maxime adaptata videbantur. Prima itaque calumnia forsassis erit non in rem, sed in Auctorem, quem Plagiarium dicent; ex eo quod in Tergestinorum Præsulum Serie nonnullorum Historicorum integras interdum Periodos transcripserit; *quem recitas*, inquient, Ughelli, aut Coleti *est*

O Fidentiane Libellus,
Sed male cum recitas incipit esse tuus.

Ast rigidis his censoribus sic reponi potest, ac satisfieri: nihil me aliud hoc in Syllabo cum erudito orbe communicare voluisse, quam supplementa ad paulo ante memoratos Scriptores: quod factum quidem Doctiores laudi mihi, non vitio vertent.

Secunda calumnia in sinceritatem dirigetur. Parum, aut plane nihil vanis nescio quibus propril stemmatis, aut Patriæ laudatoribus placebunt diversæ narrationes integra fide hinc inde insertæ, quasi mihi Historiam scribenti imitandum magis existimarent Apellem, qui, Quintiliano teste, imaginem Antigoni latere tantum altero pinxerat, ut amissi oculi deformitas lateret. Quam risi, cum hoc de quodam alio meo opere dictum audivi; *Vidistis* (mussitabat adstantibus Amicis suis nonnemo) *ut juvenis iste Nobilissimos Majorum nostrorum Manes importunissimo suo Libro insectetur; & tolerabimus ista?* Tolerabitis utique. *Sed tantam arrogantiam non feremus inulti*. Feretis, mehercule; etsi stomachum quoque in insontem exoneraveritis Auctorem; feretis, inquam, cum vestro irrisu magis, quam nostra nota; quoniam Tacit. Annal. Lib. III. cap. 65. verissimo verbo; *præcipuum munus Annalium reor, ne virtutes sileantur, utque pravis dictis factisque ex posteritate, & infamia metus sit.*

Hac sit iter; Manifesta rotæ vestigia cernes.

Tertium calumniæ telum erit in latinitatem. C. Sallustii gravis elocutio, Q. Curtii facilitas, C. Cæsaris simplicitas (ut ex-

ANNO Christi 1760 ceteros prætermittam) fortassis desiderabitur ab umbratili aliquo Gladiatore, ASINIUM POLIONEM imitari cupiente, qui T. LIVIO *Patavinitatem*, id est sermonis quandam peregrinitatem, objiciebat. Ego vero stili elegantiam, ac religiosam latinitatem præ vocabulis in hoc Diplomatico scribendi genere usu receptis stolide consectari, aut vocularum quarundam causa clamorem tollere, nescio an id virorum gravium sit, quos rebus potius, quam verbis intentos esse condecet. Eruditissimus certe GODEFRIDUS ABBAS GOTWICENSIS in Præfatione ait: *Norunt Viri docti, & versandis medii ævi rebus exercitati non nisi ægerrime fieri posse ut orationi, qua hujusmodi argumenta per se obscura & scabra ad omnium usum, & captum accomodate explicantur, non plurima Sordes & peccata styli adhærescant. Ut autem ad res quarum maximam partem Latinitatis Auctores ignorarunt, politiusculæ convestiendas & incrustandas undique flosculos anxie, quod adolescentuli fecimus, legeremus, nec locum hunc, cui licet indigni præsidemus, nec ætatem nostram, nec denique ipsam argumenti majestatem decere existimavimus: Viris cordatis, gravibus, solidaque eruditione præditis sat erit factum, si momenta rerum observatu dignissimarum, probationum robur ac nervum, & hinc assistens in maximas quasque difficultates lumen hic deprehenderint: Aliorum vero quibus solida ista studia incognita sunt, quibus alia omnia, quam* DIPLOMATICA *gloria amplius delectant, judicia nequaquam morabimur.* Frontem itaque, per me licet, corrugent Grammatici, censoria virga, quin etiam ferula minitentur Pædagogi. Cum populo Diplomatico eorum omnium judicia contemno, quos in meo argumento ne discernere quidem constat, quam distent æra lupinis.

Quarta calumnia in intentionem instruetur, cum homines scilicet male acuti, & callidi me non solum ex novitatis quodam studio, vel contradicendi libidine, sed ex singulari odio in Tergestinos concepto hæc scripsisse volent. Enimvero quæ unquam me inter, & Tergestinos intercessere dissidia? quando mihi adversantes expertus sum Julianos, Marenzios, &c? quorum illi anno 1764. hospitio me humanissime exceperunt; istos vero jam pridem suum cum mea Familia Genus connubio junxisse, manifestum est. Nullus proinde assignari potest prætextus, qui ejuscemodi plane inani suspicioni colorem addere, aut meam intentionem in dubium apud prudentiores vocare valeat. Dicam igitur rursusque repetam, quod caput rei est, censorium illum rigorem meum, quo in præsenti opere cariosas ex Romanis deductiones explosi, & in Fridericianum Julianorum Privilegium proscriptionis sententiam tuli e limpidissimo ac puro veritatis amore, atque Artis Diplomati-

cæ

ANNO CHRISTI 1760

ex his quoque in terris dilatandæ studio promanasse. Istoc itaque duntaxat cum præstare voluerim, a veteri, qua me hactenus Tergestini prosequuti sunt, amicitia, ut quidquid contra impudentissimum Somniatorem IRENÆUM hic dictum inveniunt, æqui, bonique consulant, & spero, & expecto; idque tanto firmius me consecuturum confido, quanto exploratius est Julianos ipsos, atque Marentios longe alia ab iis, quæ Historiæ Tergestinæ intexta reperiuntur, animo sensa fovere. Siquidem, velis nolis, oportet, ut inquit LUCANUS,

Nocte, dieque suum gestare in pectore testem.

Quintam, & ultimam calumniam invidia, aut æmulatio conciliabit. Multi cum de Titio, aut Sejo magis magnifice, quam de se suisve Prosapiis me isthic locutum intuebuntur, sese læsos putabunt. Sed isti nigrum paulisper calculum sustineant, neque sibi demptum, vel præreptum existiment quidquid aliis accreverit. Primum igitur hoc rogo, ut ab animi perturbatione liberi attentius examinent: Jurene optimo in Titium, vel Sejum omnia laudum ornamenta transfuderim, aut solo partium studio abreptus illorum prærogativas plus æquo celebraverim? *Neque enim* (ait PATERCULUS) *justus sine mendacio candor apud bonos crimini est*. Alterum moneo, ut ad rationis leges explorare satagant: num unius, vel alterius memoriam prætereundo, alicui injuriam intulerim? Scripsi, non inficior, de Familiarum Nobilitate; at solum scripsi quæ carptim sese mihi obtulerunt, neque hoc opere universi Nobilium Ordinis, sed nonnullorum duntaxat Stemmatum, ut sese opportunitas obtulit, elogia publicare animus fuit.

Ex his prudens Lector judicium efformet, & probe adversus iniquos vitiligatores instructus Auctoris famam tueri dignetur. Quod ad me attinet, si qui similibus protestationibus minime acquiescentes canino dente hunc librum ultro petere meditabuntur, quam maledicendo voluptatem ceperint, eam sciant, ita me Deus amet, sese male audiendo amissuros. Intelligent ista, qui cum PERSEO

Astutam vapido servant sub pectore Vulpem.

APPEN-

APPENDIX

DOCUMENTORUM ANECDOTORUM

TERGESTINAM, GORITIENSEM, ET FOROJULIENSEM HISTORIAM,

NEC NON

MULTARUM NOBILIUM FAMILIARUM

GENEALOGIAM ILLUSTRANTIUM.

Ex omnibus ad Historiæ (& Genealogiæ) fidem firmandam testimoniis validissima, maximeque apposita sunt Diplomata.

ANDERSONIUS de absol. scept. Scot. potest. pag. 15.

ILLUSTRISSIMO REVERENDISSIMOQUE PETINENSI ANTISTITI ALDRAGO DE PICCARDI, ET ILLUSTRI, AC ERUDITO ANDREÆ JOSEPHO DE BONOMO TERGESTINÆ CIVITATIS CANCELLARIO, DUUMVIRIS HISTORICIS STUDIIS ADDICTISSIMIS RUDOLFUS CORONINUS CRONBERGI COMES S. P. D.

Quam utiles sint, quamque necessaria Chartæ veteres (Mabillonii *verbis utor*) *posset facile comprobari, nisi unanimis, & publicus Virorum Eruditorum consensus ab ea cura me liberaret. Isti namque, cum invenirent rerum a Majoribus nostris gestarum commemorationes fabulosis, ut plurimum, narrationibus coagmentatas esse a veteribus Scriptoribus, aut nimium credulis, aut partium favore laborantibus; ad Acta Principum, aliaque in Scriniis publicis, aut privatis Archivis reposita scripta, tanquam firmissima omnis veritatis documenta, sibi confugiendum existimarunt. Inde, ni fallor, accidit, ut plura, splendide olim deprædicata, vel (ut ita dicam) inter orbis miracula ante annos ducentos a Progenitoribus nostris relata, illuminatissimo hocce ævo vix patronum inveniant, atque etiam ab ipsa interdum plebe, credulaque cæteroquin juventute multo risu, atque cachinno excipiantur. Ego sane,* Viri amplissimi, *modernos Concives vestros non tam crassa Minerva natos existimo, ut etiamnum ignorent, quam enormiter a veritatis tramite singulis ferme paginis in sua Historia Tergestina aberraverit* Irenaeus a Cruce, *cum ab officio boni Civis, & a candore probi Historici recedens, ut natale solum magis extolleret, universæ propemodum Europæ somniis, delirationibus, ac figmentis, imponere meditabatur.*

Ni-

Nihilominus (cum teste Horatio *multi sæpe*

. . defendere delictum, quam vertere malint:

eamque sententiam , quam adamaverunt , pugnacissime tueri , quam sine pertinacia , ut inquit Cicero, *quid a Doctioribus constantissime dicatur , exquirere) præcedenti* Irenæanæ Julianorum Diplomatis Censuræ *CLXI. Anecdotorum Documentorum Mantissam, quam modo vobis exhibeo , subnectendam judicavi . Ibi quilibet rationis compos , & infra mediocritatem etiam Eruditus habebit (si placuerit Superis) quod abunde sufficiat ad detegenda , imo etiam configenda tot intolerabilia boni illius viri paradoxa cum impudentissimis conglutinata imposturis ; quibus diutius inniti , quid , quæso , aliud esset , quam temeraria arrogantia agnitam veritatem impugnare , aut in votis habere , ut , expulsis Aquilis , quæ Solem aspectu non caligante intueri consueverunt , tenebrarum fautrices Noctuæ hac vestra in Urbe posthac quoque continuo nidulentur?*

Ast ad ipsam Mantissam utriusque vestrum industria egregie ampliatam propius accedamus, attingendo nonnulla, quæ præ cæteris memoratu digna sese mihi ultro obtulerunt . Diplomatibus , ut supra innuebam, illa constat CLXI. omnibus hactenus ineditis, si paucissima excipiatis minus accurate ab aliis Scriptoribus hinc inde publicata; quorum proinde accuratiorem editionem rei Diplomaticæ præsertim Studiosis ingratam fore minime reformido. Numeris I. & III. itaque invenietis binas Chartas, Ottonis III. Imperatoris primam, Poponis Aquilejensis Patriarchæ alteram, quarum fragmenta non nihil vitiata antea produxerat in immortalibus suis monumentis Aquilejensibus Cl. P. Jo. Franciscus Bernardus Maria de Rubeis *ex Prædicatorum Ordine, nunquam sine honoris præfatione memorandus. Numero VI. sese offert Fridericianum Austriacorum Diploma de anno* 1156. *a nemine hucusque (nisi ab Eruditissimo* Henrico Christiano Libero Barone de Senckenberg *Imperiali Aulico Consiliario) sine erratis crassissimis evulgatum, ad quod in Tabella I. Chalcographica Aurea ejusdem Imperatoris expressa Bulla referenda est. Numero XI. comparet Ludovici Bavari Imperatoris Privilegium Soardis Bergomensibus concessum anno* 1330., *cujus nudam duntaxat mentionem cum* Sansovino *olim fecerat* Petrus Bonorenus Corbella *J. V. Doctor , & Cathedralis Bergomensis Ecclesiæ Canonicus in Soardorum Genealogia pag.* 11. *Tribus numeris XIV. XXXIX. & XC. per extensum proferuntur totidem Instrumenta , e quibus antiquissimorum S. R. I. Comitum de Migazzi originem , & Nobilitatem paucis ab hinc annis illustravit Doctissimus* Franciscus Xaverius Quadrius *in Dissertationibus suis Critico-Historicis* intorno alla Valtellina *Volumine tertio Dissert. V. pag.* 480. *&* 481. *Numero XVIII. deditionis exhibetur Instrumentum , inter Tergestinos, & Leopoldum Austriæ Ducem (cognomine Probum) celebra-*

libratum anno 1381., cujus potiorem partem in secunda Chronici mei Goritiensis Editione publici juris feceram ex BAUZERI Annalibus MS.tis. Numero XL. authenticum Judaicæ perfidiæ, atque immanis in Christicolas odii reproducitur testimonium de anno 1475., quod ex BURGLEHNERI MS.to Aquila Tyrolensi Tom. III. Cap. XIII. haud pridem typis commiserant ROSCHMANNUS, & KEMBTERUS, uterque de Republica Litteraria optime meritus. Notari hic meretur, quod modo memorato anno 1475. Tridentini pariter Judæi X. Kal. April. innocentem puerum Simonem, seu Simeonem egerint in Crucem, qui vicissim a Joanne Hinderbachio Principe, & Episcopo dicti loci severissimam judicii pœnam retulerunt. Primus Simeonis Martyrium descripsit JOANNES TIBERINUS eodem, quo passus est, anno. De illo ita BARONIUS in Martyrologio ad IX. Kal. April. Tridenti passio Sancti Simeonis pueri a Judæis sævissime trucidati, qui multis postea miraculis coruscavit. Videatur quoque MOLANUS in additionibus ad USUARDUM, nec non recens edita Collectio Monumentorum Ecclesiæ Tridentinæ. Numeris XLIX. & L. binæ recitantur Chartæ, depromptæ ex ANGELI CALOGERA' Libro, præferente Titulum: Memorie intorno alla vita di M. Luca de Rinaldis Vescovo di Trieste. Numero LXXXVII. rursus profertur Epistola Clarissimi viri Joannis de Cobenzl Equitis Teutonici, Caroli Archiducis Consiliarii, & Aulæ Cancellarii, de Legatione sua nomine Maximiliani II. Imperatoris apud Joannem Basilidem Magnum Moscoviæ Ducem suscepta anno 1576. quam ab interitu olim vindicaverat, & in lucem emiserat Editor Commentariorum JOANNIS ZERMEO de rebus gestis inter Ferdinandum primum Austriacum, & Joannem Sepusiensem Reges Hungariæ pag. 103. & seqq. Numero demum CXIV. adducitur Ferdinandi II. Imperatoris Diploma, Viennæ expeditum IX. Martii 1620. in favorem Roberti Dudlei, renuntiati in Ducem Nortumbriæ in Anglia, quod contigit paucis mensibus antequam Fridericus Palatinus Rheni ob invasum Bohemiæ Regnum ab eodem Imperatore fuisset proscriptus. Istud Diploma primum evulgatum fuit ab ANONYMO in Libro, cui præfixus titulus: Status particularis Regiminis S. C. Majestatis Ferdinandi II. pag. 127. & seqq. Reliqua omnia, quotquot in præsenti Mantissa continentur, Documenta nondum lucem publicam conspexerunt.

Præ cæteris autem ad Tergestinam medii Ævi Historiam e fundamentis stabiliendam faciunt, vel varias Patriæ vestræ Nobilium Familias, Seriem porro Antistitum, juris feudalis, ac Municipalis notitiam, nec non fœderum, atque pactionum cum cæteris a Majoribus quondam vestris susceptarum rationes illustrans quam maxime Chartæ, istic productæ sub Numeris præsertim VII. VIII. IX. X. XII. XIII. XIV. XVIII. XIX.

XXV. XXVI. XXXVII. XXXVIII. quibus addenda sunt XLI. XLII. XLIII. XLIV. XLV. XLVII. XLVIII. XLIX. cum pluribus aliis liberalitatem vestram manifestantibus. Goritiensibus Prosapiis quantum ex hac Collectione utilitatis promanet, quantum lucis affulgeat, vel inde conjicere licet, quod centena propemodum, inter privatos hucusque parietes apud Attemsios, Colloretos, Cobenzelios, Lantherios, Formentinos, Grabitios, Rabattenses, Edlingios, Salamancas, Suardos, Turrianos, Strasoldos, atque (ut de reliquis sileam) apud Coroninos de Cronberg hinc inde latitantia, ac blattis, tineisque erepta, Diplomata in lucem ediderimus. Sed & exteræ Familiæ istbic invenient non pauca propriæ amplitudinis, atque dignitatis monumenta, quibus merito gloriari queant. Migatiorum Domum, Cardinalitia hodie Purpura Christophoro Antonio S. R. I. Principi, & Archiepiscopo Viennensi a Clemente XIII. collata, S. R. I. Comitis Dignitate ejusdem Parenti a Gloriosissimo Leopoldo Imp. pridem impertita, obitis Legationibus, ac summis apud Cæsaream Aulam, atque Austriacum Exercitum muneribus splendidissimam, magis magisque commendabilem reddunt trina, quæ supra citavimus Documenta. Numero XXI. Familiæ de Rubeis; Numero XXIX. Morellorum Florentiis hodie degentium Stirpis; Numero XXXII. Lambergensis Principum, atque Comitum; ac Num. XXXIII. Leiningensis S. R. I. Comitum Prosapiæ non exiguum exhibetur ornamentum. Num. XXIV. in Francisci Foscari Venetiarum Ducis Charta de anno 1424. complures Venetos Majorum Gentium Patritios, atque nonnullarum Urbium Oratores cum suis Titulis enumeratos invenietis.

Præterea multa in præsenti Diplomatario Miscella sese offerunt Summorum Pontificum, aut Patriarcharum Aquilejensium Bullæ; variæ Purpuratorum, vel Mitratorum Præsulum Chartæ; Imperatorum, Regum, Ducum, atque Principum Tabulæ, quarum adminiculo præsertim Genealogistæ explere poterunt diversas lacunas in præcipuis Europæ Stemmatographicis descriptionibus passim deprehensas. Illud autem valde memorabile mihi quidem apparet, quod e Sigismundi Augusti Diplomate XXVII. de anno 1437. nunc primum innotescit, Annam Henrici IV. Goritiæ Principis, & Elisabethæ Ciliensis filiam nuptui datam esse Brunorio Scaligero cum spe futuræ successionis in Comitatum Goritiæ, si nimirum Sponsæ Patrem sine maribus decedere contigisset. Quod longe aliter evenit; nam Anna sobole caruit. Brunorius præmortuus est Socero Henrico, qui post obitum Elisabethæ Ciliensis cum Catharina, quam deinde thori Consortem elegerat, tres filios Joannem, Ludovicum, & Leonhardum sibi superstites procreavit. Sed priores duo deinceps, cum cælibes vixerint, familiam non propagarunt. In Leonhardo vero ultimo stirps defecit.

Quo

Quo factum, ut ad Augustissimam Domum Habspurgicam anno 1500. devolveretur Comitatus noster Goritiensis: etenim Maximilianus I. Imperator vi pactorum gentilitiorum, optimo item jure usus, vacuum Dominium adiit, speciosam hanc gemmam Austriaco Diademati inserendo; posteaquam tribus ante annis anno nempe 1497. permutatione facta, Cormonum, Belgradum, Castrum novum, Quadruvium, & Latisanam, Venetis finitimas hujus Provinciæ Ditiones, ab ipso adhuc vivente postremo Comite obtinuisset. Pertinent itaque ad Imperialem Habspurgo-Austriacam Prosapiam Chartæ propositæ Numeris XVIII. XIX. XXVIII. XXIX. cum subsequentibus tantum non omnibus. Documentum N. XCIX. id habet peculiare, quod non annum tantum, vel mensem, sed ipsam insuper diei horam, qua Filii, atque Nepotes Ferdinandi I. Cæsaris nati, aut mortui sunt, consignatam exhibeat. Adeo præstantis Historico-Genealogici Monumenti Auctores duo Martis Alumni extiterunt, Joannes Philippus, & Joannes Maria Coronini de Cronberg, quorum proinde laudem, aut merita ex rudi, atque incondito sermone minime imminuta arbitror, dum Ciceronem *Lib. I. de Leg. n. 4. & 5. ita loquentem accipio:* Intelligo te (*ait ille*) alias in Historia leges observandas putare, alias in Poemate: quippe cum in illa ad veritatem cuncta referantur, in hoc ad delectationem pleraque; *hinc bene subjungit* Plinius *Lib. V. Epist.* 8. Orationi, & Carmini est parva gratia, nisi eloquentia sit summa: Historia quoquo modo scripta delectat. *Joannes Philippus laudabili diligentia illic nativitatis tempus cum plerisque aliis fideliter retulit: Joannes Maria autem filius diversas notas numericas propria manu adjunxit, ut postremorum decessum indicaret. Quanto minus fallaces, magisve perfectæ forent Summorum Principum, atque Nobilium Familiarum Genealogiæ, si ætates singulæ ejuscemodi memorias grata Posteritati transmisissent!*

Novum videri posset, quod Æneæ Sylvii *Epistola 34. de anno 1450. insertum legitur:* Fui cum Cæsarea Majestate de re vestra non semel, sed pluries locutus, rogavique quantum potui, & scivi, ut desiderio vestro satisfaceret, sed non potui quovis modo obtinere: quare licet Cæsar vestræ virtuti affectus sit, dicit tamen, id non concessisse adhuc pro hæredibus, nisi paucissimis personis, & in alto gradu constitutis; nec aliud a sua Serenitate obtinere valui. De pecunia exbursata, dixit velle se restituere, si non vultis Privilegio misso esse contentus. *Antonius de Leo Tergestinus Civis Palatini Comitis titulum pro se, & hæredibus postulaverat, cui Imperator, cogendæ pecuniæ gratia, nonnisi personalem Comitivam anno 1450. concedere meditabatur; sed postmodum, aut ob oblatum majus pretium, aut intuitu fidelitatis præstitæ tempore Obsidionis Tergestinæ, ejusdem*

Anto-

Antonii petitionem certis conditionibus admissi. Nobis interea sufficit assertam §. XXVIII. Titulorum venalitatem irrefragabili Æneæ Sylvii *testimonio comprobasse. Majoris etiam momenti est Mathiæ Archiducis Austriæ Epistola N. XCIV. ad Joannem Cobenzelium exarata anno* 1586. *propositam ipsius assumptionem ad Russiæ, seu Moscoviæ Principatum concernens, de qua altum est apud Historicos silentium. Iniurius forem eruditioni, atque diligentiæ vestræ, si plura, quæ supersunt, aut pleraque utilia hic veluti præriperem, neque vestræ industriæ, doctæque voluptati complura detegenda, illustrandaque relinquerem.*

Interea pro qualicunque demum vigiliarum mearum specimine isthæc Documentorum Collectio in præsens sufficiat. Vestrum jam erit, Viri Clarissimi, tenues hosce conatus meos apud Concives vestros, quam licet, humanissime protegere: ut si in Izenzani Diplomatis Censura, *ubi proscriptionis sententiam tuli, nimium scrupulosus, aut in reprobandis reliquis sublestæ fidei* Chartis, *vel vetustis Tergestinorum commentis detegendis, reprehendendisque Falsariis nimium rigidus illis fortassis visus fuero; præsentem saltem Anecdotorum Mantissam æquo animo suscipiant, neque non Fabularum, sed Historicæ veritatis Sectatorem; non Circulatorem, non partium studio occupatum, sed ab omni odio, simultate, invidia, amore, venalitate, fraude, ac dolo (quorum causa procul absunt) liberum arbitrentur. Hoc si a vobis impetravero, nihil erit, quod me non consecutum putem: me autem id impetraturum tanto certius confido, quod vos ipsi iterum, ac tertio aperte mihi significaveritis, nihil æque in votis habere, atque ut vobis aliquando copia fieret ejuscemodi Mantissæ cernendæ. Dabam Goritiæ III. Kal. Aprilis MDCCLXVIII.*

APPEN-

APPENDIX DOCUMENTORUM

TERGESTINAM, GORITIENSEM, FOROJULIENSEM HISTORIAM, NEC NON MULTARUM NOBILIUM FAMILIARUM GENEALOGIAM ILLUSTRANTIUM.

N.° I.

Ottonis III. Imp. Privilegium, quo Joanni Patriarchæ Aquilej. medietatem Castri Salcani, seu Sallignani, & medietatem Villæ, quæ Sclavica lingua vocatur Goriza, dilargitur Anno 1001. Vid. Censura S. 8.

N.° II.

Adulterinum Conradi II. Imperatoris Diploma, quod fingitur Federicis, Marenfiorum Majoribus, concessum anno 1024. Vid. S. 39.

N.° III.

Popo Aquilejensis Patriarcha bonis, & juribus auget Benedictinum Aquilejens. Virginum Parthenonem 1041. Putidus huc irrepsit anachronismus Amanuensium imperitia, qui Conradum II. anno 1039. defunctum, tanquam adhuc viventem huic Chartæ inseruerunt. Ex Authentico Caroli Brumatti.

In nomine Domini Dei, & Salvatoris Nostri Jesu Christi, Anno Incarnationis ejus Millesimo XLI. Regnante Conrado Gratia Dei Imperatore Augusto, anno Imperii ejus Domino propitio decimo septimo. Pontificatus vero nostri XXII. Indictione IX. decima Kal. Augusti. Ego Popo Patriarcha, qui professus sum lege Romana vivere, considerante me Dei Omnipotentis misericordiam, & retributionem æternam; propterea providi ordinare, & disponere Monasterio S.^ae Mariæ, quod ædificatum est extra Civitatem Aquilejensem, ut omni tempore firmum, & stabilitum permaneat; ideoque Ego Popo Patriarcha volo, statuo, atque ordino, & per hoc ordinamentum meum confirmo pro remedio Animæ meæ, vel Antecessorum, successorumque meorum: imprimis ut ipsa Ecclesia S.^ae Mariæ habeat in pace Terram cum Dote sua, & cum Decimis omnium Famulorum, qui in tempore Joannis Patriarchæ, & mei Aquilejæ habitabant, & cum omni illa Terra, quæ vocatur Pinli, & Faydas, & quidquid est a maligno Flumine, usque ad Fluvium magnum, sicut currit fluvium Rabedulæ, Villas quoque non longe a Civitate, Villam scilicet de Tertio, Villam de S.^ti Martino, Villam de Serviana, Villam de Musculo, Villam de Mortesino, Villam de Altura, Villam de Pertegulis cum omnibus pertinentiis earum, quæ sunt a Lacu, qui est in Summa Sylva, usque in terram de Castellone, à Prato Frascario usque ad Clavenzam, a Casa Sualdana, sic tenet Rubedula, & Amphora, Rectum in Cornio, sic tenet Zumell cum Campis, Pratis, Sylvis, Venationibus, Aquis, Aquarumque decursibus, Paludibus, Piscationibus, cultis, & incultis, Villam quoque de Casellis cum pertinentiis, Villam de Siesen, Villam de Cosano dimidiam, Capellas etiam cum Famulis in eisdem Villis habitantibus, in Carnea de Vico Medigas LX. formas Casei. In Comitatu Istriensi locum, qui vocatur Insula cum placitis, suffragiis, & omnibus angariis publicis, & omnibus pertinentiis suis cultis, & incultis, volo ergo, & statuo, ego qui supra, Popo Patriarcha, ut jam dicta Ecclesia Sanctæ Mariæ maneat in pace cum dictis rebus, & famulis; Et sit in ipsa Ecclesia quotidie ordinata una Abbatissa, & Monachæ, & Puellæ, quæ sub sancta Regula vivant, & quotidie cantant ibi matutinum, & Vesperas, atque alia divina Officia pro remedio animæ meæ, vel Antecessorum, vel Successorum meorum mercede, & proficiant ad salutem, & gaudium sempiternum. Habeant ergo dicta Abbatissa, & prædictæ Monachæ, quæ ad ipsum Monasterium quotidie servierint Potestatem ad suum usum, & sumptum faciendum ex frugibus, & rebus, vel censu earum, & quæ exin exierint, quidquid sibi utile viderint, & voluerint. Si quis autem hoc Testamentum, & ordinamentum a me factum infringere, vel perturbare voluerit, habeat Sanctam Mariam, & omnes Sanctos Dei accusatores in die Judicii, & perpetuam damnationem cum Anania, & Juda Traditore Domini recipiat. Unde pro honore Pontificatus mei, ne mihi liceat aliquando nolle, sed quod a me semel factum est, vel scriptum sub jusjurandum inviolabiliter conservate promitto, cum stipulatione subnixa, atque hanc ordinationis meæ paginam Bertoldo Notario, & Judici Sacri Palatii tradidi, & scribere rogavi, & ut diligentius observetur sigilli mei impressione insigniri feci, & propria manu subscribens, astantes Prælatos, & Laicos subscribere rogavi.

Ego Popo Sanctæ Aquilejensis Ecclesiæ Patriarcha propria manu subscripsi. Ego Rotarids Tarvisiensis Sanctæ Ecclesiæ Episcopus subscripsi. Ego Joannes Polensis Episcopus subscripsi ✠ Signum manus Walperti Advocati ✠ Signum manus Æsonis ✠ Signum manus Joannis Vicedomini ✠ Signum manus Wertoldi, Fratris Joannis Vicedomini ✠ Signum manus Penzonis, & Signum Erenaldi ✠ Signum manus Rodaldi ✠ Signum manus Adæ. B. Signum manus Bertoldi Notarii Sac. Palatii, qui jussu Domini Poponis Patriarchæ hanc Chartulam scripsi, & complevi. Acta autem fuerunt hæc in Aquileja in ipsa Ecclesia Sanctæ Mariæ Deo prosperante feliciter Amen.

Spa-

N.° IV.

Spuria Henrici Comitis Palatini Carinthiæ, Comitis Goritiæ, & Tyrolis Nobilitatio pro Ferdinando Hirschen ex germanico idiomate in latinum translata de anno 1129. Ex supposititio autographo.

Nos Henricus Comes Palatinus Carinthiæ, Comes Goritiæ, & Tyrolis ʒ

Notum publice, ac manifestum pro Nobis, ac Successoribus nostris tenore præsentium facimus, quatenus a dilecto fideli Nostro Ferdinando Hirschen legitimo, & naturali Ferdinandi vigilum Personæ nostræ Præfecti parente suppliciter requisiti nihil plane obstaculi reperrerimus, ob fidelia ab eo Nobis præstita servitia eumdem cum suis, hæredumque hæredibus ad Nobilitatis, antiquorumque Equitum fastigium, adjuncto prædicato de H.... elevandi. Elevamus proinde prædictum Ferdinandum Hirschen de H.... illumque omnibus veteris Nobilitatis Prosapiis associamus impertita ipsi equestri Arma, & Kleinodia, album scilicet in quadrato Scutum, in quo Cervinum armatum caput sit spectabile, ac aurea Supra scutum corona: quibus gratiose ipsi concessis insignibus memoratus Ferdinandus Hirschen de H..... tum in Hastiludiis omnibus, tum Equestribus ludis nullo impediente perpetuis temporibus uti possit, ac valeat. In quorum fidem pendens nostrum Sigillum dedimus anno Domini 1129.

Henricus

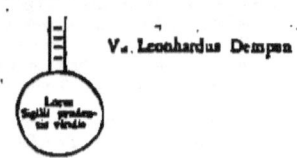

V. Leonhardus Dempen

N.° V.

Spurium Irenæorum Julianorum Diploma de anno 1152. Vid. §. 4.

N.° VI.

Friderici Ænobarbi Diploma, quo Marchiam Orientalem, seu Austriam ad Ducatus prærogativam erexit anno 1156. §. 3. ex autographo.

Instru-

N.° VII.

Instrumentum Transactionis celebratum inter Meinhardum III. Comitem Goritiæ & Capitulum Tergestinum ratione Quartesii, Decimarum, de quibus prædictus Comes obtinuerat investituram a Wernardo Tergestino Electo de anno 1234. Vid. Syllabum Tergest. Antist. N.° 18. ex Archivio Capituli Tergestini.

N.° VIII.

Harlongus Episcopus Tergestinus Cellam Monialium dicti loci diversis immunitatibus, & privilegiis decoravit anno 1278. Vid Syll. Terg. Antist. N.° 24.

N.° IX.

Sententia, seu decisio, Decimam concernens Villæ Rizmagnæ de anno 1294. Ex veteri quodam Quaterno, scripto anno 1407. a Marco de Vienna tunc temporis Vicedomino Tergesti, existente in Archivio ejusdem Civitatis.

In Dei nomine Amen. Anno Domini Millesimo Ducentesimo nonagesimo quarto Indictione VII.° die quarto exeunte Majo Actum in Rizmagna præsentibus Dñis Vernardo de Mocho, Francisco Sega, Nicolao Munario, Vitale q.m Giroldi, Ruffo Not.° Justinopolitano, & aliis testibus ad hæc rogatis. Convocatis omnibus paisanis de Contrata vallis Mocho seu majori ipsorum, ut moris est, primo, secundo, & tertio ad terminos consuetos in Villa Rizmagnæ ad terminandum, & definiendum super lite, & questione vertente inter Dominum Bonomum q.m Nicolai de Tergesto ex una parte, & Floriarum de Justinopoli occasione suorum rusticorum de præsiano, & aliorum ipsorum plurium de Valle Mocho, qui Vinum forestum reponunt in Villa Rizmagnæ, seu in Canipis dictæ Villæ tam in suis propriis quam in alienis quid Juris esset, seu si illi qui reponunt Vinum forestum in Canipis dictæ Villæ si dare debeant Decimam Domino Villæ requiratur, dicti vero paisani ibidem in simul congregati visa, & considerata antiqua consuetudine, & ipsius Villæ Jure omnes communiter, & concorditer per laudum, & sententiam dixerunt in præsentia paisanorum ibidem quam plurium congregatorum, atque ad Sancta Dei Evangelia Juraruut, quod omnes illi tam forenses, quam de Valle Mocho seu de quocumque loco fuerint, aut sint, qui ponunt, seu ponent Vinum in Canipis tam suis quam alienis Villæ Rizmagnæ dare debeant, & teneantur rectas decimas Vini Domino Villæ prædictæ, qui pro tempore fuerit secundum consuetudinem antiquam, & de cætero observatam

Manu Servadei Sacri Palatii, & Tergesti Not. Scripe.

Nota

Nota quod dicta Sententia præsente Millesimo, & Indictione die XXIIII. Mensis Octobris ex amonitione mihi facta per Dominum Marcinum Vicarium Dñi Jacobi Trapp Capitanei Tergesti quare missa fuit cum aliquibus actis ad consilium Sapientis ipsam in præsenti Quaterno scripsi &.

Verba sunt paulo ante memorati Notarii.

N.° X.

Littera Feudalis Brissa de Toppo Episcopi Tergestini de quibusdam Decimis concessis Ottobono, filio q.m Dñi Juliani Lombardi, Civi Tergestino de anno 1298. Vide §. 16. ex apographo.

N.° XI.

Privilegium Ludovici Bavari Imperatoris, concessum Theutaldo de Soardis, & Maphæo de Forestis Nobilibus Bergomensibus anno 1330. Vid. §. 27. ex authentico.

N.° XII.

Tria fragmenta de annis 1333. & 1334. inservientia ad Genealogiam illustris Familiæ de Bonomo. Ex veteri Quaterno Dñi Henrici Ravizza (Rapiccio) *Vicedomini Tergesti an. 1334. existente in Archivo ejusdem Civitatis.*

In Nomine Dei æterni Amen. Anno millesimo tercentesimo trigesimo tertio. Indictione prima die vigesimo octavo mensis Decembris Actum Tergesti sub veteri logia Communis, præsentibus Palero Zuilero, & Dominico Zuilero testibus, & aliis. Dominus Odoricus de Bonomis Judex Nobilis Viri Dñi Andree Dandulo honor. Potestatis Tergesti asseruit mihi Not.° infral.m se percepisse Filipo de Montefalcono, & ejus Uxori Dñe Andrioce de consensu Viri sui in solidum quod usque ad proximum festum resurectionis Christi nuper venturum dent, & solvant Mag.ro Laurentio dicto Bergogna barberio triginta septem ven. gross. sub pena unius gross. pro libr. de voluntate partium.

Manu Gaspari Munar. Not. Scrip. & Vicedom.

In Nomine Dei Eterni Amen. Anno Dñi millesimo tercentesimo trigesimo tertio Indict.° prima die quinto decimo mensis Maii Actum Tergesti sub veteri logia Communis p̃ntibus S. Rantulpho Ballario, & Francisco Bicino, & aliis. Dñus Quagliotus q.m Dñi Bonomi Judex illustris Dñi Dñi Johannis Henrici Goritie, & Tyrolis Comitis honor. Potestatis Tergesti precepit Dominico Zuilero filio S. Bertolsii Zuileri quod usque ad proximam primam diem Mensis Julii venturi det, & solvat Petro Mercatori sold. quinque, & duodecim gross. in denar. tm̃ sub pena unius gross. pro libr. de voluntate partium.

Manu Alberici de Basilio Not. Scrip. & Vicedom.

In X.[ti] nomine amen Anno millesimo tercentesimo trigesimo quarto Indictione Secunda die decimo Mensis Madii Actum Tergesti sub veteri logia Communis presentibus Simone Cagnollino, & Sercio de Volvizo, & aliis. Dñus Nicolaus q.[m] D.[ni] Bonomi Judex Nobilis, & Potentis Viri Dñi Andree Dandulo de Venec. honor. Potestatis Tergesti precepit Paulo Sigoolo quod usque ad proximum festum S.[ti] Michaelis nuper venturum det, & solvat S. Bertuclo Ronaldo sold. septem grossor. gross. quinque & par. duodecim in denar. tm̃ sub pena unius gross. pro libr. de voluntate partium.

Manu Lazari Rubei Not. Scrip. & Vicedom.

N.° XIII.

Transactio inter Goritianos, & Tergestinos de anno 1338. *Ex autographo Excellentissimi Comitis de Lanthieri.*

In Christi Nomine Amen. Anno ejusdem Nativitatis Domini Millesimo Trecentesimo Tricesimo octavo, Indictione sexta die 11. mensis Marcii. Præsentibus Domino Jacobo dicto Vala de Montesfalcone, Laurentio Cacetino habitatore dicti loci, Matiusio hosterio, Bracino de Florentia, Antonio Notario habitatoribus Montisfalconi, Joanne quondam Maricellis, Andrea quondam Johannis Villani de Glamona, Gregorio dicto Cordubant, Berculo de Bonomo, Dominico Cicos, Dominico Burlo habitatoribus Tergesti, & Jacobo Notario de Isnardo, qui una mecum de infradictis debet facere publicum Instrumentum unius, & ejusdem tenoris contentum & ass. cum pp.[ti] plures, & varias injurias, ac offensiones multimode factas, & illatas hinc inde per homines subditos servitores, & subjectos Comitatus Goritiæ ex una parte, ac homines Cives habitatores subditos districtuales Rusticos, & subjectos Communis Civitatis, & Episcopatus Tergesti ex altera, pluribus temporibus retractis sit, & fuerit discordia, & animi obscuritas consueta, & tandem per gratiam Jesu Christi placuerit Magnifico, & Potenti Domino Dño Johanni Henrico spectabili Comiti dicti Comitatus Goritie, & Tyrolis, & Ecclesiarum Aquilejen. Tridentin. & Brixien. Advocato, nec non Nobilibus, & discretis Viris Dño Guecelloni de Portign. Honorabili Potestati Petro Caristie, Geremia de Leo, & Gregorio Ade, Judicibus Consilio, & Communi Civitatis Tergesti prædictæ omnem discordiam, rubiginem, & rancorem antedictis partibus totaliter removere, & ex ipsis perpetuam concordiam confirmare, quapropter discreti ac sapientes Viri Domini Henricus, & Albertus Scribæ de Goritia procuratores, & Sindici Magnifici, & potentis Domini Dñi Johannis Henrici Comitis supradicti facientis, & constituentis pro se, & omnibus suis fidelibus subditis servitoribus, & districtualibus ex una parte, ut de sindicatu, & procuratione hujusmodi constat publico Instrumento scripto manu Jacobi Notarii supradicti sub prædictis Millesimo, & Indictione, Die Decimo præsen-

tis

tis Mensis Martii. Et discreti, & sapientes Viri Domini Giraldus Rubeus, Roba de Leo, & Justus Pacis Cives Tergesti Sindici, & Procuratores, ac Sindicario, & Procuratorio nomine Nobilis Viri Domini Guecellonis de Portigl Potestatis, ac Sapientum Virorum Dominorum Petri Charistie, Geremie de Leo, & Gregorii Ade Judicum Consilii, & Communis Civitatis Tergesti prædictæ facientium, & constituentium pro se, & omnibus eorum Civibus habitatoribus subditis districtualibus Rusticis, & Hominibus Episcopatus, & Civitatis prædictæ ex altera parte, ut de Sindicatu, & procuratorio hujusmodi constat publico Instrumento scripto manu Antonii quondam Ser Pencii de Pirano in supradictis Millesimo, & Indictione die decimo mensis Martii ad infrascripta specialiter constituti Sindicario, & Procuratorio nomine supradictis ad infrascriptum concordium, pacem perpetuam, & Amorem hinc inde taliter devenerunt, videlicet quod omnes injuriæ, & offensiones tam reales, quam Personales, tam in spoliis, incendiis, robariis, rapinis, homicidiis, captionibus, furtis, violentiis tam in Exercitibus Castrinovi, & novitatibus, & custodia ipsius Castrinovi, & Exercitibus Vippachi quam aliis modis quibuscunque, quandocumque, qualitercumque, ubicumque, & quocumque nomine censeantur hinc inde dictis factis tractatis, & perpetratis usque ad diem præsentem sint remissæ, compensatæ, cassæ, & irritæ, & quod nulla actio, petitio, satisfactio hinc inde remaneat, fieri valeat, vel possit pro prædictis, vel aliquo prædictorum, & si fieret ex nunc sit cassa, & vana, & facientibus, vel facere volentibus nulla fiat ratio pro prædictis, ut durum est, non tamen prejudicando alium, vel aliquibus utriusque partis legitime habere debentibus tam in veris debitis, quam etiam in possessionibus quoniam possint uti juribus suis non obstantibus supradictis, vel aliquo in hoc Instrumento contentorum, ita quod de cetero Pax, & Concordia bona, sincera, & firma inter partes prædictas non obstantibus aliquibus supradictis sit perpetuo duratura. Item quod omnes & singuli subditi, Servitores, habitatores, & fideles Comitatus Goritiæ non obstantibus aliquibus processibus, scripturis, bosiis, contumaciis, offensionibus, excessibus, vel inimicitiis, & offensionibus per eos perpetratis libere, & secure de cetero ire, stare, & reddire possint, & valeant per Civitatem, & districtum, & Episcopatum prædictæ Civitatis Tergesti quotiescunque, & quandocumque voluerint in bonis pariter, & Personis tamquam veri amici exceptis dyecello cum tribus suis sociis, qui fuerunt ad mortem Mathei de Tirino de quibus se non intromisit Dominus Comes prædictus. Item quod omnes, & singuli Cives habitatores, Districtuales, Rustici ac Subditi Civitatis Episcopatus, & Communis Tergesti, non obstantibus aliquibus processibus, scripturis, bosiis, Contumaciis, offensionibus, vel excessibus per eos perpetratis libere, & secure de cetero ire, stare, & reddire possint, & valeant per Comitatum, districtum, terras, & loca prædicti Domini Comitis Goritiæ quo-

ties-

tiescumque, & quandocumque voluerint tamquam veri amici in bonis pariter, & Personis salvis, & reservatis juribus, & actionibus tam in veris debitis quam in possessionibus quibuscunque utriusque Dominii de jure habere debentibus non obstantibus aliquibus supradictis ut superius est expressum, quæ omnia & singula suprascripta prædictæ partes nominibus supradictis una alteri attendere, & observare promiserunt, ac inviolabiliter facere, observare, & non contrafacere vel venire aliqua ratione, causa, vel ingenio de jure, vel de facto sub pœna quadringentarum marcharum denariorum sulldorum hinc inde solemni stipulatione promissa cum refectione damnorum, expensarum, & interesse toties persolvenda per partem non observantem, & observare nolentem, parti attendenti quoties committeret in ea, & pœna soluta nihilominus præsens contractus, & omnia, & singula in eo contenta firma remaneant, & perdurent.

Actum in Ecclesia S.^ti Ambrosii Mercati Montisfalconi

Signum Notarii Ego Gregorius de Leo Pub.^s Sacri Palatii Not.^s cum prædictis Syndicis ad suprascripta specialiter corroboranda missus prædictis interfui, & rogatus scripsi, & Roboravi &

N.° XIV.

Antiquum emptionis, & venditionis de anno 1348. *Instrumentum ex quo eruitur origo Nobilissimæ Prosapiæ de Migazzi. Ex authentico.*

In nomine Domini Amen. Anno ab ejus Nativitate millesimo trecentesimo quadragesimo octavo, die Veneris, vigesimo quinto mensis Julii, Indictione prima, cum olim Consortus Orlandus de Gerula pro se, & suo nomine pro duabus partibus, & nomine, & ad partem Dñæ Adelaxæ uxoris Lanterini filii Ser Sclavi Gayfaali, & filiæ q.^m Orlandi de Curtonibus de Gerula pro tertia parte infrascriptarum Terrarum, & Alpium investiverint ad hæreditatem, sive ad locationem perpetuam, & jure locationis perpetuæ, sive hæreditatis jure Ser Vitalem de Pedesina f. q.^m Gervasii de Pedesina, & Martinum, qui dicitur Bulitus, & Johannem, qui dicitur Pazus, Fratres filios qm Orlandi de Pedesina, & Petrum, & Johannem bonum Fratres filios qm Malchari de Pedesina & *Gullielmum, qui dicitur Migaza f. q.^m Uberti de Pedesina* recipientes tunc nominibus eorum, & item nomine, & ad partem aliorum omnium fratrum suorum. Nominative de quarta parte pro indiviso totius Territorii de Pedesina tam de terris zerbiis, quam de laborativis, & pratis, & nemoribus, & Zerbiis, & buschis, cui territorio cohærebat tunc, & modo a mane super totum aqua Bitti, a meridie aqua de Pedesina, a sero Alpis de Lueno, & Alpis de Corebana, a nullora vallis de Corvate, item de una parte pro indiviso de sex partibus, & media totius Montis, sive Alpis Lueni, cui cohæret a mane super totum Aqua Bitti, a meridie Alpis de Conbana, & in parte Territorii de Pedesina, a sero cacuminis, seu culminis, a nullora

val-

vallis Malla, item de quadracesima parte totius montis, sive Alpis de Combana, cui cohæret a mane aqua Bitri, a meridie Alpis de Stavelo, a sero cacumen, a nurra Alpis de Lueno, item de omni alio quod inveniretur prædictos Consortum, & Dñam Adelaxiam habere seu habere debere, & eis pertinere in dicto Territorio de Pedesina, & in dictis Alpibus, ultra quod superius sit declaratum. Et hoc pro ficto annuatim solvendo in festo S. Martini libras septem, & mediam denariorum novorum, prout hæc, & alia clarius apparent publico instrumento inde tradito ipsius investituræ perpetuæ inde tradito & scripto per quondam Bonadeum notarium dictum de S.^to Abondio, qui habitabat Morbeanii anno curso millesimo ducentesimo quinquagesimo nono die Mercurii quinto decimo exeunte Aprili Indictione secunda ibi viso, & lecto per me Guidinum Notarium infrascriptum, & cum Hæredibus & Successoribus suprascripti q.^m *Gullielmi*, *qui* dicebatur *Migaza*, tangat, & pertineat sexta pars omnium, & singularum terrarum, & rerum territoriarum in supraspta Investitura contentarum, & etiam pro ipsa parte sibi tangat ad solvendum fictum annuatim soldorum viginti quinque novorum, qui sunt sexta pars suprasptarum librarum septem, & dimidiæ ficti suprasptæ investituræ, quod fictum jam dudum solverunt, & dederunt Sr Johanni fq.^m Ser Gervasii de Pedesina, ex eo quod sui Prædecessores aquisiverunt suprascriptum fictum, ut ibi inferius contrahentes asserebant. Tandem supraspt.us Ser Johannes fq.^m Ser Gervasii de Pedesina fecit, & facit venditionem, datum, & cessionem, & totius sui juris, dominii, & possessionis translationem, & traditionem ad proprium Guarischo dicto *Senestrario* fq.^m Petri de *Migazis de Rasura* suo nomine proprio, & nominibus, & ad partem, & vice omnium participum, & consortum suorum natorum, & descensorum ex supraspto q.^m Ser Gullielmo olim dicto Migaza ex linea paterna tantum, recipienti, & stipulanti. Nominative, & generaliter de suprasptis soldis vigintiquinque novorum quos ipse de Migazis solebant solvere fictum annuatim in festo S.^ti Martini supraspto Ser Johanni venditori pro ficto sextæ partis Terrarum, & rerum territoriarum superius specificatarum in supraspta Investitura. Item de omni actione, ratione, dominio civili, & possessione, & jure quolibet sibi spectante & pertinente in suprasptis terris, & rebus territoriis contentis, & specificatis in supraspta Investitura, ut supra occasione ficti suprasptorum soldorum vigintiquinque novorum, salvo si aliæ, vel aliter fuerint, vel reperiantur suprasptæ cohærentiæ ʒ & hæc omnia cum omnibus suis Decimis, paschuis, aquis, aquæductis, ayris volucrum, venis metallorum ʒ & eidem Guarischo dicto Senestrario Emtori suo, & suprasptis nominibus recipienti, & stipulanti supraspt.us Ser Johannes venditor dedit, cessit, atque mandavit omnes actiones, rationes, reales personales ʒ & omnes exceptiones defensiones ʒ & parabolam intrandi in possessionem ʒ quam quidem venditionem, datum, & cessionem ʒ su-

Guidini Notarii explevi, cum ipsismet concordavi, & concordare inveni, & pro fide meo Tabellionatus signo adjecto me subspi Anno a Nativitate Domini currente millesimo septingentesimo quinquagesimo septimo, Indictione sexta, die lunæ, decimo Mensis Octobris 8

N.° XV.

Privilegium Nobilitationis a Carolo IV. Imp. Formentinis Civitatensibus anno 1357. concessum. Vid §. 12. Ex apographo.

N.° XVI.

Meinhardus VII. Com. Goritiæ, & Tyrolis per Procuratorem ad hunc actum specialiter deputatum ab Antonio Episcopo investituram sumit feudorum, quæ Majores ipsius recognoscebant ab Ecclesia Tergestina anno 1367. Ex Archivo Civitatis Tergesti.

In Christi nomine Amen. Anno ejusdem millesimo tercentesimo sexagesimo septimo Indictione quinta die Veneris quintodecimo mensis octobris Venetiis in Contrata S. Jacobi de lupo Castellan. dioces. in domo habitationis infraspti Dñi Eppi Tergestini præsentibus Magro Guidone Phisico qd Magri Tadei Phisici nunc de Contrata S.ᵗⁱ Cassiani de Venet., Nicholao Clerico..... diocesis familiare infrascripti Dñi Eppi, Antonio de Umago qd Nichole Clerico Ecclesie Sancti Silvestri de Venet. Castellan. diocesis, & Bartholomeo familiare dicti Magri Guidonis testibus ad hæc vocatis specialiter, & rogatis. Ibique coram Revdo in X.ᵗᵒ Patre, & Dño D. Antonio Dei, & Apostolice Sedis gra Eppo, & Comite Tergestino personaliter Ven. Vir constitutus Dñus Joannes de Utino Canonicus Ecclesiarum Brisiniensis, & Sancte Marie Civitatis Austrie procurator, & procuratorio nomine Incliti Principis Dñi Meyncardi Palatini Karinthie, ac Comitis Goricie, & Tirolis necnon Ecclesiarum Aquilejensis Tridentinensis, & Brisinensis Advocati exhibuit, & presentavit eidem Dño Eppo Comiti Tergesti quasdam patentes litteras integras, & illesas in pendenti sigillo præfati Dñi Comitis Goricie sigillatas, in quo quidem sigillo descripte erant he litere S. Meinchardi Comitis Goricie, & Tirolis in medio vero sigillo erant descripta arma sub cimerio ipsius D. Comitis Goricie, quarum quidem literarum tenor sequitur de verbo ad verbum, & est talis. Noverint Universi presentes nostras patentes literas inspecturi, quod Nos Meynchardus Palatinus Karintie Comes Goricie & Tirolis, nec non Ecclesiarum Aquilejensis, Tridentinensis, & Brixinensis Advocatus per has nostras literas facimus constituimus, & ordinamus Ven. Virum Dñum Johannem de Utino Canonicum Ecclesiarum Brixinensis, & S.ᵗᵉ Marie Civitatis Austrie Aquilejensis diocesis nostrum verum & legitimum procuratorem, ac nuncium specialem ad se presentandum pro

No-

Nobis, & nomine nostro coram R.do in X.to Patre Dño Antonio Dei gratia Ep̄po, & Comite Tergestino ad petendum, & supplicandum eidem Dño Epo, ut ipse tamquam Episcopus Ecclesie Tergestine dignetur ipsum Procuratorem nomine nostro investire de feudis, quod domus nostra, & nos ab antiquo habuimus, & tenuimus, & ad presens habemus, & recognoscimus ab Ecclesia Tergestina, videlicet de Castro in Venchenberg, ac de Quartesio vinearum Sclavorum de Longera nec non aliis feudis domus nostre, & nostris, & pro nobis, & nomine nostro promittendum eidem Dño Ep̄o, & Ecclesie prelibate fidelitatem homagium, & in animam nostram prestandum sibi pro ut in talibus fieri consuevit solitum, & debitum juramentum, promittentes quidquid predictus procurator in premissis acta, & procurata fuerint firma, & rata habere atque tenore harum testimonio litterarum sub nostri appensione sigilli munitarum. Dat. Goricie anno Domini Millesimo tercentesimo sexagesimo septimo die vigesimo tercio Junii Indictione quinta. Quibus quidem litteris ut premittitur prefacto Dño Ep̄o, & Comite Tergestino presentatis, & per ipsum gratiose receptis, ac visis, & ad planam intelligentiam perlectis prefatus Dñus Joannes flexis genibus coram ipso Dño Ep̄po, & Comite Tergestino existens procurat. & procuratorio nomine quo supra eundem Dñum Ep̄um, & Comitem Tergestinum requisivit ut ipsum Dñum Johannem procuratorio nomine antedicto investire dignaretur de feudis in præfactis litteris descriptis. Qui quidem Dñus Ep̄us, & Comes predictus volens in his ut tenetur se reddere gratiosum prefactum Dñum Joannem Procuratorem, & procuratorio nomine prefacti Dñi Comitis Goricie, ac vice, & nōie ipsius Dñi Comitis Goricie recipientem investivit de Castro in Viachenberg, & aliis feudis, quod ab antiquo ipse Dñus Comes, & Domus sua tenuerunt, & habuerunt in feudum ab Ecclesia, & a predecessoribus suis Episcopis Tergestinis, salvo quod de Quartesio Vinearum Sclavorum de Longera super quo vult maturius deliberare recepto ab eo debito, & solito juramento procuratorio nomine quo supra eidem Dño Ep̄po & Comiti prestito in animam dicti constituentis de debita observantia fidelitatis homagii secundum formam, & consuetudinem Vassalorum Ecclesiarum Aquilejensis Tergestinensis. Protestans quod per predictam Investituram non intendit dictus Dominus Ep̄us & Comes Tergest. novam infeudationem facere, sed antiquam, seu antiquas confirmare, siquas dictus Dñus Comes, & sui predecessores habuerunt antiquitus ab Episcopis, & Ecclesia Tergestina. Quibus sic peractis prefactus Dñus Ep̄pus, & Comes Tergestinus, nec non antedictus Dñus Joannes Procurator, & procuratorio nomine quo supra rogaverunt, & requisiverunt me Antonium Notarium infrascriptum ut de his eis, & eorum cuilibet deberem conficere publicum Instrumentum sub appensione sigilli præfacti Dñi Ep̄i, & Comitis Tergestini ad majorem omnium premissorum evidentiam veritatem, qui quidem Ep̄us, & Comes Ter-

Tergestinus voluit, & mandavit huic publico Instrumento in pendenti apponi sigillum, ut superius est expressum.

Manu S. Antonii de Busfarlis q.° S. Genuminiani de Mutina Venetiarum Civis, & habitatoris in Contrata Sancti Silvestri pub. Not.

N.° XVII.

Stephanolus Comes Palatinus de Henglesio, sive de Henglera, vulgo Anghiera, Comitatus Mediolani concedit Dominico de Parentio Insignia seu Arma posthac deferenda anno 1376. Ex Autographo.

In nomine Sancte, & Individue Trinitatis feliciter Amen. Stephanolus quondam Domini Marcholi de Barzanore Comes Palatinus de Henglesio sive de Henglera Comitatus Mediolani, autoritate Apostolica, & Cesarea cum nostris Antecessoribus premunitus. Ad perpetuam rei memoriam. Discreto, & honesto viro Domino Ser Dominico quondam Ser Laurentii, olim Ser Barthi de Parentio, Padue in Decretalibus studenti, Sancte Romane Ecclesie, & Sacri Romani Imperii ac Nostro fideli dilecto salutem, & prosperitatis augmentum. Signa manus Officio picturata in discretionem probitatis ea deferentium parulo cognoscende, mortalium obtutibus presentata, que Arma vulgari ydiomate dicta sunt, Romane Ingenuitatis matura judicia pepererunt: Et primo suis popularibus & plebeis quibus uti antea nisi discretius per Urbis Fundatorem Principem Romulum nemini tunc licebat: Ut quis muralem, quisve obsidionalem, quisve Coronam Civicam meruisset, horum signis, virtus inculta talium non jaceret. Verum Principatus Romanus posteaquam ejus ferocia & antique, & extere nationes, & potissimum bellorum ferox Germania, plurima vi armorum subacte potentiam cognoverunt, horum militares honores titulis insignivit. Nec quispiam ausu suo tale quod proprie Principis signum est, ferre debet, ni benignitatis sue gratia concedatur. Nam ex signi hujusmodi datione colligitur talem nobilitatum existere, & fore in Nobilium numero recensendum, quia Principis donum, cui datum est, dignum offert, & reddit Comitem Principatus. Sane visa per experientiam multa tui generis probitate, & tui etiam, qui originem inde trahis, & Nobis tanto fama clariorem te reddis quanto oculus aure certior est, visa animi claritate, qua non degeneras & prosapiei tue vestigiis in melius inherendo, quesiti a Nobis Muneris adeo gratiam promereris, quod votis tuis annuere cogitem, que omnimodam sapiant honestatem. Nos itaque volentes animi tui occulta in patulum reserare cordis nobilitate tui, quam honestate morum & claris virtutum ornatibus a cognitionis tue cunabulis confovisti ingenitam tibi ex autoritate nobis concessa per Sanctissimum ac Beatissimum in Xto Patrem, & Dominum Dñum Andrianum Christianissimum Papam, & per Cesaream Karoli Magni Francigene Regis, & Incli-

Incliti potestatem Serenissimo Principi Desiderio Lombardorum Regi a cujus successiva stirpe ortum traximus & habemus, haud immerito attributam prout in antiquissimis Codicibus clare liquet, diu tectam parule demonstramus Te ipsa corporaliter exornantes. Itaque tu, & Posteri tui de cetero Nobilitatis titulo decorari stitis, esseque debeatis in perpetuum redimiri, & in Nobilium numero recenseri, tractari, hinc, & tali vocabulo nuncupari, proque Nobilitatis extrinsecæ signo tibi, & Posteris tuis prout hic stat in margine Indulti presentis hic depictum, ac descriptum signum concedimus, donamus pariter, & largimur de Signi nostri Nomine, quo utimur, & Nostri Majores Comites usi sunt........ Rosarum trium rubearum in Tressa alba cum duabus Virgulis aureis a lateribus, cum Campo superiori, ac inferiori nigro, fillo, Rubeo circumducto. Volentes ac tibi, & Posteris tuis facultatem omnimodam tribuentes portandi signum ipsum, ipsoque utendi in quocunque casu, & actu bellico, & civili, & tuis, & tuorum edibus apponendi licite, & legitime, & de jure prout Principes soliti ferre sunt, & facere semper possunt. Nulli igitur hominum liceat hanc nostre Creationis, Nobilitationis, Insignitionis, investiture, donationis, concessionis, & Largitionis paginam infringere, aut ei ausu quovis temerario contraire. Si quis hoc autem attentare presumpsit Apostolice Sedis, & Imperialis Majestatis indignationem gravissimam, atque nostram, nec non centum Marcarum auri purissimi penam se noverit irremissibiliter incursurum, quas ab eo qui contrafecerit toties, quoties contrafactum fuerit exigi, & recipi volumus, & haberi, & earum medietatem Nobis vice Apostolice Sedis, & Imperii, reliquam vero partem tibi, & heredibus, & successoribus tuis decernimus applicari. Firma, & rata presenti creatione, Nobilitatione, insignitione & largitione manente. Actum Padue in Contrata Sancte Lucie in Domo habitationis mei Lazari infrascripti Notarii de Coneglano, Presentibus Dño Presbitero Petro quondam Severini de Vico de piúcia S. Angeli. Domino Presbitero Dominico q.^m Alberti, Rectore Ecclesie Sancte Lucie prelibate. Domino Blaxio Scolari in Decretalibus quondam Domini Francisci de Tranno de Apulea. Domino Alexandro Scolari in Decretalibus filio Laurentii de Papio Aretine Dyocesis Magistro Baptista, quondam Magistri Thome Professoris Gramatice Domino Cundado Bellunensi scolari in Artibus, & Jacobo filio Ser Antonii de Esio, qui nunc habitat Segno scolari in Gramaticalibus omnibus Padue Studentibus, & testibus ydoneis. Millesimo, trecentesimo septuagesimo sexto, Indictione XIIII.ª die Jovis XXX.° Mensis Octobris

Signum Notarii

Ego Lazarus quondam Antonii de Coneglano, qui habito Padue in Contrata Sancte Lucie Apostolica, & Imperiali Auctoritate Notarius, ac Judex ordinarius his omnibus, & singulis interfui, & ea omnia, & singula de Mandato,

& jus-

& Jussu prelibati Domini Comitis Stephanoli in publicam formam redegi sub meo Signo, & nomine consuetis.

Locus Insignium [illegible] vide Tab. I. fig. VII.

N.° XVIII.

Tergestini, missis ad Leopoldum Ducem Austriæ, & Styriæ Legatis, sese eidem subdunt anno 1382. Ex Archivo Civitatis Tergestinæ communicavit Illustris. Dom. Andreas Josephus de Bonomo: extat etiam in MS.° P. Martini Bauzeri Jesuitæ Rerum Noricarum, & Forojuliensium Lib. VII. §. 61. apud Guidobaldum Comitem de Cobenzl.

In Nomine Dñi Amen. Nos Leupoldus Dei gratia Dux Austriæ, Styriæ, Karinthiæ, & Carniolie Dñus Marchiæ & Portus Naonis, Comes de Habspurg, Tyrolis, Ferretis, & in Kyburg, Marchio Burgoviæ, & Tervisii, ac Langrafius Alsatiæ. Recognoscimus & fatemur pro Nobis & Nostris Heredibus, & successoribus pntibus, & futuris. Quod cum Nobiles, & sapientes, fidelesque nostri dilectissimi Comune, Consilium, & Cives Civitatis Tergestine pretendentes magna, & importabilia ipsius Civitatis gravamina, & pressuras, que, & quas ex multiplici mutatione dominii passa fuit hactenus, quibusque notorie subjacebat. Quodque pacta, & conventiones per que, & quas vivente Reverendissimo in Xto Patre Dño Marquardo bone memorie tunc Patriarcha Aquilejensi se ad manus suas, & prefate sue Ecclesie dederant, apud Civitatem ipsam, & districtum Tergestinum violata, & refracta fuerunt manifeste. Illud quoque considerationis studio revolventes, quod quibusdam terris, districtibus, & dominiis nostris cum eorum Territorio confinantibus, ipsos ex inde contra suos inimicos potentius adjuvare pre cunctis aliis Principibus, & Dominis valeamus. Hoc etiam maxime, & precipue perpendentes, quod nonnulli progenitores nostri bone memorie olim in ipsa Civitate Tergesti bona jura tenuerunt, & habuerunt, que circa Nos hereditaria quodam modo successione non immerito renovantur. Honestos, & sapientes Viros Adelmum de Petachiis, Antonium de Dominico, & Nicolaum de Picha suos, & Civitatis, ac districtus de Tergesto Procuratores, Sindicos, Nuncios, & ambassiatores ad hoc constitutos legitime, & in solidum ad Nostram miserunt pntiam cum plenitudine potestatis, vocando, recipiendo & recognoscendo Nos in eorum, & dicte Civitatis, Castrorum ipsius, & districtus, terricollarumque, & districtualium ipsorum naturalem, & verum Dominum, atque in precipuum, & validum auxiliante Dño defensorem prout hec in instrumento publico Comunis, & Civitatis nostre Tergesti, ipsius sigillo sigillato, Nobisque per su-

pra-

pradictos Procuratores, & Sindicos tradito & dimisso plenius continentur. Nos Dux prefatus virtutis ipsorum placidam obedientiam, recognoscentes per beneficia graciosa, infrascriptos modos, articulos & observantias cum eis, & omnibus ipsius Civitatis, & districtus incolis acceptamus, assumpsimus, & admisimus prout inferius specietenus continentur. Et primo quod Nos Dux prefatus heredesque, & successores nostri Civitatem, & districtum Tergesti, ac Fortalitia predicta, omnesque Cives, & incolas eorundem, singulaque bona, & possessiones ipsorum ubicunque consistant contra quamcumque Personam tenebimus, & debebimus gubernare, manutenere, & defendere prout de aliis nostris fidelibus, & subditis facimus, & habemus consuetudinem faciendi. Quodque predictam Civitatem Tergesti, ejusque Jura, & pertinentias nulli Persone, vel Universitati, vendemus, obligabimus, dabimus, seu in Emphyteosim, vel in feudum, & quomodolibet conferemus, sed quod predictam Civitatem Tergestinam, Castraque, districtum nullatenus allienemus extra nostrarum manuum potestatem, cum in perpetuum apud Principatum, & Tytulum Ducatus Austrie debeant inviolabiliter permanere. Item Nos Dux prefatus, Heredesque, & Successores Nostri potestatem habemus, & habebimus dicte Civitati Capitaneum pro nostro beneplacito tradere, conferre, & preferre licet quod dicte Civitatis Capitanei alias potuerint singulis annis ex consuetudine immutari, hoc tamen, est amplius Nobis, heredibus, & successoribus Nostris reservatum, quod in dicta Civitate Capitaneum donec voluerimus teneamus nisi talis forte esset, qui ob rationabilem causam foret merito immutandus. Capitaneus etiam ibidem per Nos constitutus apud se habere tenebitur duos Vicarios ydoneos Sacrorum Canonum, & Legum peritos, in socios, & aliam pro domo sua familiam juxta statuta, & Consuetudines Tergestinas. Qui quidem Capitaneus a Comuni, & Consilio Tergesti singulis annis habere tenebitur quatuor millia librarum parvulorum pro suis laboribus, & suorum. Debebitque idem Capitaneus sepedictam Civitatem, & districtum, Cives quoque, & quoslibet habitatores Tergesti fideliter regere, & manutenere, ac gubernare secundum formam Statutorum, & consuetudines dicte Civitatis, que Statuta & reformationes debeant esse firma prout hucusque traductum est ad Posteros doli, & fraudis omni materia procul mota. Item pro quacunque sententia fuerit a prefato nostro Capitaneo appellatum ad hec tenebitur Comune, & Consilium Tergesti bis in anno, idest in fine quorumlibet sex Mensium Sindicos, & Officiales ydoneos deputare qui juxta Statuta, & consuetudines dicte Civitatis cognoscant, & deffiniant, utrum querella propter quam appellatum extitit justa fuerit, vel injusta. Item quidquid de condemnationibus pecuniariis frivolis, excessibus, & emendis quomodocumque occurrentibus obvenerit in Tergesto, hujus tota medietas ad Nos tamquam naturalem ipsorum Dominum pertinebit. Et sic expresse quod easdem condemna-

mna-

mnationes, vina infrascripta, datia, mude, & theolonia, & alia quelibet, que ad dictum dominium Tergesti pertinent, exigantur, & recipiantur per eos, quos nostra, vel heredum, & Successorum nostrorum Dominatio ad eas vel ea colligenda duxerit deputandos. Sed altera medietas earundem condemnationum debet remanere prefatis nostris Civibus, & Comuni de Tergesto, ut inde possint Capitaneum ibidem de sua provisione quatuor millium librarum parvolorum satisfacere, & Nos ipsorum Dominum, heredesque, & Successores nostros de Vino infrascripto, quod pro censu annuatim nobis debetur, ac etiam medicos, & Offitiales Civitatis predicte de suis Salariis expedire, Muros, portas, pontes, & stratas reparare, & alia facere, que necessitas dicte Civitatis postulat, & requirit. Item Nos Dux sepedictus, heredesque, & Successores nostri potestatem obtinemus imponendi apud Civitatem predictam Datia, Mudas, Gabellas, & theolonia, eaque, & eas intra Portas, vel extra pro nostro libitu recipiendi, tamen cum conditionibus infrascriptis videlicet Quecumque mercimonia extra Civitatem Tergesti extrahuntur super mare de eisdem Datia, mute, gabelle, & theolonia erunt nostro Dominio exolvenda excepto solo Vino Rivolii, de quo nihil penitus persolvetur. Simili quoque modo quecumque mercimonia in Tergestum veniunt super mari, de his Datia, Mude, & theolonia pro ut fuerint imposita persolventur. Exceptis eis, que in Civitate Tergesti traducuntur per mare, & que ad esum & usum Civium, & incolarum ibidem pertinent, ut frumentum, sal, Vinum, Uve, & alia esculenta. Hec a Datiis, Mudis, & theoloniis esse debent penitus libera preter fraudem. Quecunque etiam animalia per Civitatem Tergestinam, & districtum ad alias partes veniunt super terram, de his Nobis, & nostro Dominio Datia, Mude, & theolonia prout fuerint imposita debebunt. Animalia vero, & Jumenta, & alia quelibet ad usum hominum per terram in Civitate Tergestina, & ipsius districtu venientia dum tamen ad loca alia non ducantur debent esse a Datiis, Mudis, & theoloniis libera simpliciter, & de plano. Item dicta Civitas Comune, & Cives Terg.ⁿ tenebuntur, & tenentur statuere Consilium, Officiales, & Officiarios secundum statuta & Consuetudines Civilegii Tergestini. Item ipsa Civitas Terg.ⁿ, Cives, heredes, & Successores eorum tenentur, & debent annis singulis ad diem Sancti Justi Martyris, que cadit in diem secundam Mensis Novembris Nobis prefato Duci, heredibus & Successoribus nostris in dicta Civitate Tergesti pro censu annuo dare, & solvere centum Urnas Vini Rivolii e meliori quod haberi poterit ipso anno: Item quamdiu illa duo Castra, seu Fortalitia Mocho, & Mocholan sub expensis, & sumptibus Tergesti contingerit custodiri Capitaneus ibidem Tergesti debet a Custodibus per dictos Cives singulis mensibus deputandos corporalia recipere juramenta, quod ipsi cum eisdem Castris nostre Magnificentie, heredibusque, & successoribus Nostris fideles, & obedientes existant, donec eadem Castra ad manus nostras resumere voluerimus, & alios ad earum custodiam deputare. Item & ultimo quod dicta Civitas, & habitatores Tergestini in redditibus, & introitibus suis non debent impediri in aliquo, vel ultra contenta superius agravari, nisi id fiat *(ad)* preces nostras vel nostrorum, & de beneplacito Civium & districtualium præmissorum Nos igitur Leupoldus Dux prefatus omnia, & singula supradicta pro Nobis ipsis, nostris heredibus, & successoribus approbavimus, & de certa scientia approbamus. Rogantes honestum Notarium, & Nobiles infrascriptos quatenus in testimonio veritatis presentium premissorum subscribere se velint presentibus Litteris cum Notario eorumdem. Datum, & actum super Castro nostro in Greacz in Suba Ducali, anno a Nativitate Domini Millesimo trecentesimo, octuagesimo secundo, Indictione quinta die ultima mensis Septembris hora vesperarum, vel quasi presentibus me Notario publico infrascripto, & Reverendissimo in Xro Patre, & Dño Dño Friderico Episcopo Brixinensi, & nostre Ducalis Curie Cancellario Egregiisque & strenuis Gotfrido Mulner, & Henrico Cessler militibus Ducalis nostre Curie, & Camere Magistris, & Johanne de Rischach at flach etiam milite, & nostro Consiliario, providisque, & discretis Chunrado Impiber, & Andrea in dicto Vico in Marchia prope Sirich plebanis Sekoviensis, & Aquilegens. dyocesum. Et alia copiosa multitudine testium rogatorum & vocatorum specialiter ad premissa.

Et Ego Paulus q̃ Ulmani de Castelrut Clericus Brixinensis dyocel. publ. Impli auc͞te Notarius, quare Burkardus de Stain Constant. dyoc. eadem auctoritate pub.' Not.' infrascriptus aliis arduis negotiis impeditus, me cum diligentia, & magna rogavit instantia ut eum juvarem per scripturam presentis publici Instrumenti de manu propria ipsum conscripsi, & in hanc publicam formam redegi signumque meum solitum apposui rogatus ab ambabus Partibus pro testimonio veritatis.

Ego Burkardus de Stain apud Renum Constan. Dioc. pub. auc͞te Not.' Juratus omnibus, & singulis Superius enarratis, dum sic agerentur & fierent presens interfui eaque ad preces utriusque partis in hanc publicam formam redegi, meaque subscriptione, & signo solito consignavi. Sed arduis perpeditus negotiis presens Instrumentum per alium scribi feci, cujus scripturam approbo tamquam meam recognoscens sigillum prefati Illustrissimi Principis appensum fore presenti Instrumento in certitudinem & clariorem evidentiam omnium premissorum.

Albert-

N.° XIX.

Albertus Austriae Dux anno 1388. Mulctarum medietatem, aliaque jura Tergestinis confirmat. Communicavit praedictus Dom. de Bonomo.

Nos Albertus Dei Gratia Dux Austrie Styrie Karinthie, & Carniolie, Comes Tyrolis &c. Recognoscimus pro Nobis & Nostris heredibus, & Successoribus per presentes. Q pensata debite legalitate commendabili Nobilium, & sapientum Virorum fidelium nostrorum dilectorum Consilii Comunis, & Civium Civitatis nostre Tergestinae, volentes ipsos proinde favore prosequi singulari ipsis medietatem condemnationum ibidem occurrentium, nec non introitus datia, mutas, & theolonia, ac alia quelibet sibi pertinentes, & pertinentia debite liberaliter approbamus promittentes quod eadem omni modo quo Illustris quondam nostri fratris Dñi Lupoldi Ducis Austrie bone memorie nec non nostris temporibus receperunt hactenus debite etiam deinceps levare, & recipere valeant, & debeant pacifice, & quiete. Promittimus quoque nullum in hoc ipsis inferre, seu inferri facere impedimentum quomodolibet, vel gravamine. Salvis tamen, & reservatis expresse pro Nobis, & Nostris heredibus, & Successoribus introitibus, & Juribus nobis debite pertinentibus juxta privilegiorum, & Instrumentorum nostrorum continentiam, & tenorem. Harum nostrarum testimonio Litterarum. Datum Vienne die Veneris penultima Mensis Octobris Anno Dñi Millesimo tercentesimo octuagesimo octavo.

N.° XX.

Franciscus Carrarius, Patavii Princeps proprium Scutum gentilitium anno 1393. largitur Equiti Michaeli Seniori de Rabatta. Vid. §. 10. Ex autographo.

N.° XXI.

Rupertus Palatinus Caesar Magistro Joanni de Rubeis Civi Venetiarum Leonem in Scuto largitur Venetiis 1401. VIII. Decembris. Communicavit Perillustris Dominus Ferdinandus de Freyesleben Vindobonensis Aulicus Archivarius adjunctus.

Rupertus etc. Magistro Johanni de Rubeis Civi Veneciarum nostro, & Sacri Imperii fideli dilecto Gratiam Regiam, & omne bonum. Quamquam Regalis Munificentia erga Universos Sacri Imperii fideles etc. de innata sibi Clementia quadam generalitate merito liberalis existat, ad illos tamen uberius sue liberalitatis debet dona extendere, quos pro ipsius Sacri Imperii honoribus fama solempnis fervencioribus testatur studiis laborasse. Hinc est quod habito biro respectu ad tue fidei constantiam & utilia sincere fidelitatis obsequia que Nobis, & Sacro Romano Imperio fideliter exhibuisti, ac Nobis de cetero exhibere poteris, & debebis, Idcirco de Regie Nostre Majestatis clementia tibi, nec non a te legitime descendentibus hanc graciam specialem facimus auctoritate Regia per presentes quod tu, & tui a te legitime descendentes Arma, sive cleodia in presentibus depicta, prout in suis Ymaginibus, speciebus, figuris, circumferentiis, & coloribus pictoris artificio sunt hic distincta, & depicta pro actuum militarium exercitio in bellis, torneamentis, & aliis militaribus actibus quibuscunque ubique locorum defferre, & gestare libere debeatis, impedimentis quorumlibet penitus procul motis, armis tamen aliorum quorumlibet semper salvis. Quorum quidem Armorum atque Signorum effigies, & figura in se continet Leonem album cum ungulis Rubeis Rapientem in clipeo de Lasuro. Harum sub nostre Regie Majestatis sigilli appensione testimonio litterarum. Datum Veneciis VIII. die Mensis Decembris A.° dñi M.° CCCC.° primo, Regni vero nostri anno secundo.

Per dominum R. Episcopum Spirensem Cancellarium. Ulricus de Albecke Licentiatus in decretis.

N.° XXII.

Idem Rupertus Cesar creat Comitem Palatinum Nobilem Militem Thomam de Sacchettis Florentinum Padua 1402. VIII. Februarii. Communicavit supra laudatus Dominus Ferdinandus de Freyesleben.

In Nomine Sancte, & individue Trinitatis feliciter Amen. Rupertus divina favente clemencia Romanorum Rex semper augustus, ad perpetuam rei memoriam Nobili Miliri Thomaso quondam Domini Jacobi de Sacchettis de florencia Sacri lateranensis pallacy comiti suo, & Impery sacri dilecto fideli graciam suam, & omne bonum. Tunc Romanum exaltatur Imperium, tunc nostra gloria sublimatur, cum bonorum gracia adeo nobis tributa feliciter in bene meritis per radios propagamus, Et eos potissime dignos honoribus, & donis Imperialibus arbitramur, quos virtutum ipsorum merita claros reddunt, hac itaque consideracione Imperiali largitate benignius inclinati te quem novimus erga Romanum Imperium fidelissimum fore, & pro honore, & statu dicti Imperii posse, tenus indefessis studiis laborare, ac quem tue fidei, ac devocionis constancia, & alia virtuosa opera gratum reddunt volentes illis graciis insignite, quibus valeas aliis te reddere graciosum, & filios tuos legitimos masculini sexus a te descendentes nostro, & nostri sacri lateranensis pallacy Comites fore declaramus, & de novo constituimus, & facimus, & honoribus, & dignitatibus omnibus Imperialium Comitum pallacy supradicti communimus, & gaudere decernimus, ut omnia libere exercere, & uti possitis, que requirit supradicta dignitas comitatus, Tibique, & tuis filiis, & descendentibus

bus antedictis imperpetuum auctoritate nostra Imperiali committimus, & auctoritatem, & potestatem concedimus per presentes quod tu, & tui heredes, & successores legitimi possitis per totum Romanum Imperium Judices Ordinarios, Tabelliones, & Notarios publicos constituere, ordinare, facere, & creare, Eisdemque Notariis, Tabellionibus, & Judicibus ordinariis dare, atque concedere auctoritatem, & potestatem Rugita, Instrumenta, & prothocolla, & quamlibet Scripturam scribendi, condendi, & publicandi, inter quascunque Personas, & quoslibet alios actus Civiles, & legitimos faciendi, a quibus recipere debeat nostro nomine, ac Sacri Imperii fidelitatis, & de dicto officio exercendo fideliter consuetum, ac debitum Sacramentum. Ita quod Tabellio juret in hec verba. Ego promitto, & juro quod fidelis ero Serenissimo Principi, & Domino domino Ruperto Dei gratia Romanorum Regi semper Augusto Illustri domino meo gracioso, & omnibus Successoribus ejus Romanorum Imperatoribus, seu Regibus legitime intrantibus, neque umquam ero in consilio ubi periculum eorum tractabitur; bonum, & salutem eorum promovebo, & dampna eorum pro mea possibilitate avertam; Instrumenta seu contractus quoscunque non scribam in papiro seu carta veteri, aut abrasa, sed in membrana nova, & munda; Testamenta, Codicillos, & quascunque ultimas voluntates nec non dicta testium conscribam fideliter, & ea occulte servabo nec ulli pandam donec debeant vel Mandato Judicis, aut alias exigente Justicia publicari; causas miserabilium personarum, nec non pontes, hospitalia, & emendationes viarum publicarum omni tempore promovebo, & officium meum exercebo fideliter non attendendo munera, odium, vel amorem. Sic me Deus adjuvet, & Sancta dei evangelia, Tutores quoque & Curatores, & mundualdos dare possitis in casibus oportunis, & auctoritatem, & Decretum interponere in quibuslibet tutelis, Curis, & emancipationibus, adoptionibus, & arrogacionibus, & in vendicionibus, & alienacionibus minorum; Naturales filios, Spureos, Nothos, incestuosos, & Manseres, sive adulterinos, & eciam ex quocumque dampnato coitu natos, Natis tamen Principum, ac Comitum dumtaxat exceptis, possitis legitimos constituere, ac legitimare, & ad omnia legitima restituere. Et predictam geniture maculam abolentes ut & tamquam legittimi, & de legitimo Matrimonio nati in bonis paternis, & maternis propriis, & feudalibus acquisitis, & acquirendis ex testamento ac Intestato succedant absque tamen legitimorum filiorum, & heredum prejudicio Agnatis, & cognatis parentum suorum in quovis gradu constitutis agnati, & cognati efficiantur, & reciproce ipsi sibi, & ad omnes actus publicos, & Civiles dignitates, officia, & honores, si se casus ingesserit admittantur, & in omnibus aliis suam valeant exequi accionem, obieccione prolis illicite quiescente, ac eciam etatis veniam tam maribus quam feminis indulgere, non obstante aliqua lege, Illa potissime que legitimari Spurios, & Naturales, Nothos, incestuosos, & manseres, sive adulterinos, nisi ex certa sciencia non permittit, ac aliis quibuscunque legibus, juribus, & constitucionibus, statutis, seu consuetudinibus adversantibus supradictis, vel alicui premissorum, Et specialiter non obstante lege prima C. de naturalibus liberis, & §. ultimo collacione septima in corpore autenticorum quibus modis naturales efficiantur sui, & per totum, Et in autentica quibus modis naturales efficiantur legitimi §. Si quis autem. al. Si quis ergo quibus omnibus Juribus, legibus, constitucionibus, statutis, & consuetudinibus & aliis omnibus contrariis, seu adversantibus supradictis, vel alicui predictorum ex nunc ex certa sciencia derogamus Et eas, & ea haberi volumus pro expressis, ac si in presenti rescripto facta foret mencio specialis. Et tu, & tui heredes, & successores legitimi possitis libere, & impune quecunque arma offendibilia, & defendibilia defferre per totum Romanum Imperium, de quibus omnibus, & singulis te, tuosque legitimos filios, & descendentes auctoritate nostra Imperiali de novo principaliter investimus, ita, ut in omnibus, & singulis predictis graciis, honoribus, & dignitatibus exercere uti, & exequi valeatis per totum Romanum Imperium auctoritate nostra, & Imperii libere atque sine contradiccione, & molestia alicujus augustali nostra providencia; & edicto perpetuo decernentes, ut nullus Princeps, Marchio, Dux, vel Comes, Baro, vel Miles, potestas, sive Judex, vel alius quicunque Subditus Imperii Sacri, etiam si Collegium, vel Universitas foret cujuscunque eciam status, gradus, preeminencie vel dignitatis existat vel fuerit audeat vel presumat vos vel aliquem vestrum vel heredes, & Successores vestros legitimos in concessione hujusmodi Imperialis gracie molestare vel aliqualiter perturbare. Nulli ergo omnino hominum liceat has nostras concessiones, & gracias infringere quoquomodo, aut eis ausu temerario contraire. Si quis autem contra tenorem presentis indulti quicquam attemptare presumpserit indignacionem nostram Imperialem, & penam centum Marcharum auri optimi componendarum se noverit incursurum. Quarum medietas Fisco nostro Imperiali, Reliqua medietas, tibi, & successoribus tuis predictis veniat applicanda, decernentes ex nunc nihilominus irritum, & inane si secus a quoquam contra predicta vel aliquod predictorum quidquam fuerit attemptatum. In cujus rei testimonium presens privilegium, & indultum scribi mandavimus, & Imperialis majestatis nostre sigillo jussimus communiri. Datum Padue In Civitate nostra Imperiali die octava mensis Februarii Anno Domini M.° CCCC.° secundo, Regni vero nostri A.° II.°

Perdnm R. Epm Spir: Cancellarium
Ulricus de Albeck licenÐ

Idem

N.° XXIII.

Idem porro Rubertus Victori S. R. Eccl. Subdiacono, & Fratribus de Castronovo, vulgariter de Pace appellatis, in Scuto rubro Aquilam nigram posthac deferendam, assignavit. Heidelbergæ 1409. V. Decembris. Communicavit prædictus Dominus de Freyesleben, sequentibus verbis.

Ruperti Diploma super armis venerabili, & perito Victori de Castronovo, seu de Monresumo, vulgariter cognominato de Pace, Sancte Romane Ecclesie Subdiacono: Ita quod ipse predicta Arma in licitis, & decentibus, & fratres sui, & ab ipsis legitime descendentes pro actuum militarium exercicio in bellis, torneamentis etc. defferre, portare, atque uti possunt. Quorum quidem etc. in se continet in clipeo rubeo aquilam nigram habentem alas extensas in altitudine capitis elevatas, Rostrum croceum, & apertum versum ad alam dextram, & versus alam sinistram a vertice capitis usque ad finem colli peñulas septem erectas seminigras. Pedes vero Croceos distinctos in modum rapere volentis, habentes ungulas nigras & per medium crurum, & pedum caudam nigram tendentem directè deorsum protensam ultra pedes, & in parte inferiori quinque partitam. Sub data Heidelberg A.° Dñi M.° CCCC.° nono die V. Mensis Decembris, Regni X.°

N.° XXIV.

Franciscus Foscarus Venetiarum Dux Henrico IV. Comiti Goritiæ, recipienti etiam nomine fratris Joannis Meinhardi, anno 1424. Investituram concedit omnium Feudorum, quæ Progenitores ipsorum a Camera Aquilejensi olim obtinuerant. Communicavit Viennæ Clarissimus Vir Josephus Spergesius de Palens Secretioris Archivi Status Custos.

In Christi Nomine Amen. Anno Nativitatis ejusdem millesimo quadringentesimo vigesimo quarto. Indictione secunda, die primo Mensis Novembris Actum Venetiis in Platea Sancti Marci Communis Venetiarum præsentibus Magnifico, & Potente Domino Nicolao Marchione Estensi, ac spectabilibus, & generosis Viris Dominis Pola de Strozzis Milite, & Joanne de Medicis Ambasciatoribus Magnificæ Communitatis Florentiæ, nec non egregiis & spectabilibus Dominis Andreasio Justiniano, Marino Chaucho, Vitale Miani, Francisco Laurerano, Loduico Scortaro, & Daniele Victuri sacri Serenissimi Domini Ducis honorabilibus Consilyariis Dominis Benedicto Mauroceno, Marino Georgio, & Marco Capello honorabilibus Capitibus de quadraginta, Dominis Marco Dandolo, Silvestro Mauroceno, Francisco Barbadico, & Joanne Carismo honorabilibus Civibus Venetiarum testibus, & aliis in multitudine copiosa. Constituturus

cuius in præsentia Ser.^mi Principis, & Excellentissimi Domini Dñi Francisci Foscari Dei Gratia Incliti Ducis Venetiarum etc. pro Tribunali sedentis Magnificus, & potens Dominus Henricus Comes Goritiæ, & Tyrolis etc. veniens cum bastono in manu sinistra tamquam Summus Mareschalus ipsius Serenissimi Domini Ducis Dominii, & Communitatis Venetiarum in sua Patria Fori Julii, & Vexillo sue Syndonis rubei, & albi pro medietate in manu dextera, & omnes sui Vassali cum parvo Vexillo Syndonis rubei. Et genuflexus coram ipso Serenissimo Duce tenens Vexillum suum in manu illud dedit in manus ipsius Serenissimi Domini Ducis, & eidem humillime supplicavit, ut ipsum pro se, & Magnifico Fratre suo Domino Joanne Maynardo de omnibus Feudis suis, quæ ipsi & Progenitores sui a Camera Aquilegiensi ipsius Serenissimi Domini Ducis Dominii Communitatis Venetiarum antiquitus habuerunt, tenuerunt, & possiderunt, investire benignius, & gratiosius dignaretur.

Qui Serenissimus Dominus Dux suis petitionibus tamquam in hac parte justis, & rationabilibus annuens ipsum Dominum Comitem coram eo flexis genibus existentem, & pro se, & Magnifico Fratre suo, & eorum Hæredibus recipientem de ipsis eorum omnibus Feudis antiquis, quæ Progenitores eorum a prædicta Camera Aquilegiensi ab antiquo habuerunt, tenuerunt, & possederunt per restitutionem dicti Vexilli ad manus dicti Domini Comitis pro se, & vice ac nomine Incliti Dominii, & Communitatis Venetiarum plenarie investivit salvo semper jure suo, & Cameræ suæ Aquilegiensis prædictæ, ac alterius cujuscunque. Quibus sic peractis idem Dominus Comes pro se, & dicto Fratre suo tunc in manibus prælibati Serenissimi Domini Ducis Fidelitatis debitæ præstitit Juramentum, quod fidelis Vassallus Domino suo præstare in talibus consuevit, in quorum fidem & testimonium dictus Serenissimus Dominus Dux mandavit mihi Notario infrascripto ut de prædictis omnibus inde deberem publicum conficere Instrumentum, illudque ad majorem roboris firmitatem bulla sua plumbea bullari mandavit.

Ego Jeronimus de Nicola filius q.^m S. Andreæ Venetiarum Civis publicus Imperiali auctoritate Notarius, & Judex Ordinarius, ac Ducatus Venetiarum Scriba prædictis omnibus, & singulis præsens fui rogatusque, & de mandato præfati Serenissimi Domini Ducis scripsi, & publicavi signumque meum apposui consuetum.

Collationata, & auscultata e^t præsens Copia per me Joannem Suld Sacra Impli aute Notarium, ac Illustris Principis, & Domini Dñi Leonardi Palatini Karinthiæ Comitis Goritiæ & Tyrolis Scribam, & concordat cum Originali.

N.° XXV.

Diversa Instrumenta pertinentia ad Marinum Coronimum, vulgo de Cernosis appellatum, ex quibus apparet, illum, ad demandari sibi Epi-

Episcopatus possessionem anno demum 1426. admissum fuisse; Clerum vero, & Populum Tergestinum, quos, quia attributo Pastori parere antea detrectabant, Martinus Papa excommunicaverat, pœnitentes consilii, factisque serio resipiscentes ab ejusmodi excommunicationis & suspensionis Sententia Apostolica auctoritate per eundem Marinum fuisse absolutos. Ex veteri Quaterno, seu Protocolo existente in publico Archivio Civitatis Tergesti.

In Christi Nomine Amen. Anno a Nativitate Domini nostri Jesu Christi MCCCCXXVJ. Indictione quarta, & die XIIJ. mensis Aprilis in Civitate Tergesti in confinibus plateæ, & sub lobia nova Cōmunis, & in Colegio decem bonorum Virorum bayliæ, & auctoritatis majoris Consilii dictæ Civitatis ibidem more solito congregato p̃ntibus S. Justo Paduino, S. Martino Marzario, & S. Antonio de Goppo honoratis Civibus Tergesti testibus ad hæc specialiter habitis, vocatis, & rogatis, & aliis pluribus.

Spectabiles, & egregii Viri Dñi Valexius de Herenrico, Lazarus de Zigoris, & Roba de Leo honorabiles Judices, & Rectores dictæ Civitatis Tergesti una cum dicto eorum collegio dictorum bonorum virorum Bayliæ, & auctoritatis dicti majoris consilii per ipsos Dños Judices una cum Dño Caphaneo dictæ Civitatis in principio sui regiminis juxta formam Statutorum Tergesti electorum, & confirmatorum ad bonum, & tranquillum statum, & conservationem ipsius Civitatis ibidem existentium, & volentium hoc mandatum procuratorium, & p̃ns Instrumentum sindicatus fieri, ullo statuto Tergesti; seu Statuti Capitulo quod in contrarium foret non obstante, repræsentantes totam cōmunitatem dictæ Civitatis, & ad hæc, & alia omnimodam auctoritatem dicti majoris consilii habentes, ut plene constat ex eorum capitulariis unanimiter, & concorditer, & nemine ipsorum discrepante ex auctoritate ipsis in hac parte concessa, omni meliori modo via jure, & forma, quibus magis & melius atque firmius facere potuerunt, & valuerunt tam de jure, quam de consuetudine per se, & eorum successores, & vice & nomine omnium, & singulorum hominum & totius communis præmissæ Civitatis Tergesti fecerunt, constituerunt, creaverunt, & ordinaverunt Nobiles & prudentes viros S. Argentinum de Argento, & S. Petrum de Bonomis honoratos Cives Tergesti, & utrunque ipsorum insolidum p̃ntes, & acceptantes suos & dictæ Civitatis Tergesti veros, & legitimos atq; indubitabiles Sindicos procuratores oratores actores factores negotiorum gestores, & nuncios speciales, & generales, & quidquid melius dici potest in omnibus ipsorum, & dicti Cōmunis negotiis, & actionibus, litibus, & quæstionibus seu controversiis aut differentiis, quas ipsi constituentes, seu dictum Cōmune habet vel habere posset in qualibet parte mundi, & in quolibet loco, & cum quacumq; persona mundi ecclesiastica vel seculari, quacumq; ratione, causa vel occasione tam in agendo, quam in defendendo coram quocumq; dominio, nec non coram quocumque Judice ec-

cleſiaſtico vel ſeculari, Cõmiſſario delegato, vel ſubdelegato. Et ſpecialiter ad comparendum nomine cõmunitatis Tergeſti coram Reverendo in Chriſto Patre, & Dño Dño Marino de Arbo Dei & Apoſtolicæ Sedis gratia Epiſcopo Tergeſtino, & eidem Dño Marino Epiſcopo antedicto cum debita reverentia præſentandum certas bullas
ſive literas Apoſtolicas Sanctiſſimi Dñi noſtri Dñi Martini digna
Dei providentia Papæ quinti eidem Dmño Epiſcopo dimiſſorias ſive
dirrectivas datas Romæ apud Sanctos Apoſtolos Kls Decembris pon-
tificatûs ejuſdem Sanctiſſimi Dñi ñri Papæ anno nono quibus in literis effectualiter continetur, qualiter idem Sanctiſſimus Dñus noſter
Papa, ut benignus Pater præfato Dño Epiſcopo mandat, quatenus
ipſe idem Dñus Epiſcopus omnes & ſingulos cives habitatores, &
incolas, & ſingulares quaſcumque perſonas utriuſque ſexus homines
tam clericos, quam laicos Civitatis, & Dioceſis Tergeſtinæ cujuſ-
cumq; ſtatus gradus ordinis præheminentiæ dignitatis, vel conditionis
exiſtant ſi hoc humiliter petierint ab omnibus, & ſingulis excommunicationis, ſuſpenſionis aliiſque Sententiis cenſuris & penis ſpiritualibus, & temporalibus contra eos, vel eorum aliquem a jure
vel ab homine latis inflictis ſeu promulgatis quas ipſi occaſione
Epiſcopatus Tergeſti, ſive nolendo admittere ipſum Dñum Epiſcopum ad poſſeſſionem Epiſcopatus prædicti vel recuſando obedire
mandatis, & monitis ejuſdem Dñi Epiſcopi quomodolibet incurriſ-
ſent auctoritate Apoſtolica abſolvere debeat in forma Eccleſiæ con-
ſueta, & interdicta quoq; Eccleſiaſtica quibus Civitas ipſa ac terræ
caſtra villæ & loca dictæ dioceſis eſſent ſuppoſita eadem auctoritate
Apoſtolica relaxare debeat, omnemque inhabilitatis, & infamiæ
maculam ſive notam per eos præmiſſorum occaſione contractam penitus aboleat, ipſoſq; habitatores & incolas ad jura privilegia indulta famam & honores ac bona quæcumque, nec non ad beneficia
Eccleſiaſtica dignitates, perſonatus & officia tam ſecularia quam regularia, & alias in ſtatum priſtinum in quo erant antequam præ-
miſſa contingerent eadem auctoritate reponat, reintegret & reſtituat,
ac cum clericis, pbris, & prælatis &. prout latius in prædictis literis Apoſtolicis continetur &. Item ad humiliter petendum, & requirendum ab ipſo Dño Epiſcopo tanquam Comiſſario ſive legato
ſeu delegato dicti Dñi Papæ executionem dictarum literarum Apo-
ſtolicarum & abſolutionem & diſpenſationem omnium peccatorum
& delictorum quæ dicta Comunitas Tergeſti in generali, ſive in
ſpeciali prædictorum occaſione, vel alia quacumque tam contra
Dñum Papam vel ipſum Dñum Epiſcopum, vel mandata Apoſtolica, ſive Romanam Eccleſiam quomodolibet perpetraſſet vel com-
miſiſſet, ſive dicto modo narratis in dictis literis Apoſtolicis, quam
alio quocunque modo via vel cauſa & ad omnium peccatorum prædictorum veniam & munus abſolutionis poſtulandum pro dicta Civitate, & pro omnibus dictæ Civitatis Tergeſti. Item ad preſtan-
dum debitum Sacramentum in his & in ſimilibus abſolutionibus
con-

consuetum si opus fuerit in animam, & super animabus dictorum Constituentium, & omnium & singularum personarum dicti Communis, & ad supplicandum instandum & procurandum quidquid ipsis videbitur expedire aut utile fore pro omni jure favore & honore dicti communis aut specialis personæ dicti communis. Et ad expurgandum omnem infamiam sive culpam dictæ comunitati quomodolibet impositam. Item ad beneficium restitutionis in integrum postulandum, sententias declarationes absolutiones venias & alias definitiones promulgandas aut fiendas supra predictis vel aliis quibuscunque audiendis, & ab omni gravamine contra Comunitatem Tergesti vel specialem personam dictæ Civitatis Tergesti vel ejus districtus illato vel inferendo appellandum ad quos appellatio dirigi posset vel deberet, protestandum & nullitates actus interponendum, & interpositas prosequendum, & generaliter ad omnia alia & singula agendum tractandum procurandum expediendum, quæ merita causarum exigunt, & requirunt, & quæ viderunt seu existimaverunt utilia seu proficua animabus sive corporibus predictorum constituentium & aliorum quorumcunque premissorum hominum dicti Communis & Diocesis antedictæ aut quæ expedienda fuerint occasione Episcopatus Tergesti, aut quæ tendere viderint ad honorem & ad proficuum & bonum & tranquilum statum dictæ Civitatis sive quæ pro dicta absolutione obtinenda & pro executione dictæ bullæ in õibus fienda oportuna sive necessaria fuerint aut putaverint etiam si talia forent quæ mandatum requirerent speciale dantes tribuentes & concedentes prædicti constituentes supra dictis Syndicis & procuratoribus & cuilibet eorum insolidum in predictis, & circa predicta & in quibuscumq; aliis, & in presenti mandato non specificatis, & in a prædictis dependentibus conexis, emergendis vel nascituris plenum liberum & generale atque speciale mandatum & omnimodam auctoritatem & potestatem, quam habent vel habere possent ipsi constituentes cum libera speciali, & generali administratione, nec non solepniter promitentes ipsi & quilibet eorum per se & successores suos & vice & nomine totius dicti Communis Tergesti mihi Petro de Monticulis de Saxolo Notario & Cancellario infrascripto ut publica persona stipulanti vice & nomine omnium & singulorum quorum interest & interesse poterit in futurum se ipsos & dictum Commune firmum ratum & gratum habere & inviolabiliter observare quidquid per dictos procuratores & Syndicos sive Oratores & quemlibet eorum actum factum gestum obligatum tractatum sive procuratum fuerit, & non contrafacere vel venire per se vel alios aliqua causa vel ingenio de jure vel de facto sub obligatione suorum bonorum & bonorum etiam omnium dicti Communis. In quorum omnium & singulorum premissorum fidem robur & Testimonium & notitiam clariorem prefati constituentes mandaverunt presens Instrumentum Syndicatus Sigilli ejusdem Communis Tergesti impressionem muniri volentes habere pro plenissimo & pro extenso in omnibus

nibus

nibus ad plenum ad consilium Sapientis ita quod in ipso Mandato nihil quod per ipsos constituentes fieri possit pro predictis exequendis intelligatur nec intelligi possit fuisse vel esse ommissum &

Manu S. Petri de Monticulis de Saxolo Not. Scripe.

In Christi nomine amen. Anno a nativitate ejusdem Millesimo quadrigentesimo vigesimo sexto Indictione quarta die quartodecimo mensis Aprilis pontificatus Sanctissimi, & Beatissimi in Christo Patris, & Dñi Dñi nostri Martini Divina providentia Papæ quinti anno vero nono in terra Humagi Tergestinæ Diocesis, & in domo residentiæ Dñi Episcopi Tergestini, & in dicta terra Humagi existentis, p̄ntibus Venerabilibus & egregiis viris Dño Johanne Can.^{co} fabriensi, Dño Psbro Matheo Primicerio Arbensi, Psbro Ant.^{o} Jacobo de Mugla Can.^{o} Muglensi, Psbro Nicolao de Humago, S. Christoforo fratre dicti Dñi Episcopi de Arbo, Martino de Almerico, Antonio de Leo, Peregrino, ac Matheo fratribus, & filiis q. Antonii de Peregrino Civibus Tergesti testibus ad hæc specialiter habitis vocatis & rogatis, & aliis. Venerabilis vir Dñus Psbr Bartolomeus de favalibus de Laude Canonicus Tergestinus tanquam Sindicus & procurator, sive orator Capituli, & Cleri Cathedralis Ecclesiæ Tergestinæ, Sancti Justi, ac Nobiles & prudentes viri S. Argentinus de Argento, & S. Petrus de Bonomis honorati, & circumspecti Cives ejusdem Civitatis Tergesti tanquam Sindici, procuratores actores, Negotiorum gestores & Nuncii speciales & generales Tergestinæ Communitatis reverenter comparuerunt coram Reverendo in Christo Patre & Dño Dño Marino de Arbo Dei & Apostolicæ Sedis gratia Episcopo Tergestino, & habentes plenissimum mandatum ad omnia, & singula infrascripta facienda procuranda ac peragenda, videlicet Dñus Psbr Bartholomeus a dicto Capitulo, & dicti S. Argentinus & S. Petrus a Communitate prædicta, prout de ipsorum mandatis & sindicatibus sufficienter docuerunt scriptis de supradictis millesimo & Indictione die XIIIJ. mensis Aprilis manu S. Petri de Monticulis de Saxolo habitatoris Tergesti publici imp̄li auctoritate Notarii, ac Cancellarii dictæ Civitatis a me Sardio Notario infrascripto visis, & lectis existentes constituti in præsentia præfati Rñdi Patris & Dñi Dñi Marini antedicti Episcopi Tergestini dictis Sindicatorio actorio procuratorio ac oratorio nominibus, ac vice & nomine videlicet dictus Dñus Psbr Bartholomeus totius Cleri & Capituli antedicti, & Dñus S. Argentinus, & S. Petrus vice & nomine regiminis & omnium & singulorum hominum, ac totius Communis præmissæ Civitatis Tergesti humiliter & devote, & cum ea qua decuit reverentia unanimiter & insimul præsentaverunt eidem Dño Marino supranominato Episcopo Tergestino, ac ipse Dñus Episcopus reverenter suscepit quaidam bullas, sive literas Apostolicas antedicti Sanctissimi Dñi ñri Dñi Martini digna Dei providentia papæ quinti eidem Dño Episcopo dimissorias, sive directivas cum vera bulla plumbea, &

filo

filo canapis more Romanæ Curiæ bullatas non cancellatas, non abrasas non abolitas nec viciatas sive suspectas in aliqua parte sui tenoris, & continentiæ infrascriptæ, præsentantes etiam prædicti Sindici, & procuratores dictæ Comunitatis ibidem & in instanti ad legitimationem personarum suarum eorum sindicatum in forma publica & autentica sigillatum sigillo prædictæ Comunitatis & humiliter petentes ac requirentes in õbus quibus supra videlicet prædictus Dñus Bartolomeus nomine & vice dicti Capituli & Cleri & Dñi S. Argentinus & S. Petrus nomine, & vice prædictorum hominum & totius dictæ Comunitatis Tergesti per antedictum Dñum Marinum & nominatum Episcopum tanquam Comissarium, sive delegatum dicti Summi Pontificis, sive tanquam executorem dictarum Apostolicarum Literarum omnes & singulos Clericos ac Presbyteros, ac Clerum, & Capitulum antedictum, ac omnes & singulos antedictos homines & totam ipsam Comunitatem Tergesti tam in generali, quam in speciali absolvi debere ab omnibus & singulis peccatis delictis & excessibus, quæ dicti Clerus & Capitulum, sive dicti homines, aut dicta Comunitas Tergesti in particulari, sive generali occasione contentorum in dictis literis Apostolicis sive occasione Episcopatus Tergesti, vel alia quacumque tam contra dictum Summum Pontificem, sive ipsum Dñum Episcopum, vel Mandata Apostolica, quam contra Sanctam Romanam Ecclesiam quomodolibet appareret perpetrasse vel comisisse tam dicto nomine narrato in dictis literis Apostolicis, quam alia quacumque via modo vel causa, veniam & munus absolutionis, & despensationis super prædictis de misericordia, & benignitate Apostolica sibi dicto nomine imperti, postulantes, ac insuper petentes per ipsum Dñum Episcopum tanquam Comissarium & delegatum, sive executorem antedictum dictum Clerum & Capitulum & omnes & singulos cives habitatores & incolas, ac singulares quascumque personas utriusque sexus homines tam Clericos quam laicos Civitatis, & Diocesis Tergestinæ cujuscunque status gradus ordinis præminentiæ dignitatis vel condictionis existant ab omnibus & singulis excomunicationis vel suspensionis aliisque sententiis censuris & penis spiritualibus, & temporalibus quæ contra eos vel eorum aliquem a jure vel ab homine latis inflictis seu promulgatis, quas ipsi occasione dicti Episcopatus tam nolendo admittere ipsum Dñum Episcopum ad possessionem ipsius Episcopatus & ecclesiæ Tergestinæ quam in recusando obbedire mandatis seu monitis ejusdem Dñi Episcopi, vel alia occasione quomodolibet incurrissent ex auctoritate & benignitate Apostolica sibi ex virtute dictarum literarum in hac parte concessa misericorditer absolvere dignaretur in forma Ecclesiæ consueta, & interdicta quæcunque Ecclesiastica, quibus ipsa Civitas Tergesti, sive Comunitas prædicta ac terræ castra, villæ, & loca dictæ diocesis essent supposita eadem Aplica auctoritate, & benignitate rellaxare vellet, omnesque inhabilitatis & infamiæ maculam sive notam per eosdem Clerum, & homines, sive Comunitatem prædictam præmissorum occasione contractam vel alia quacunque penitus aboleret, ipsosq; Clericos & habitatores & incolas & homines antedictos ad

quem a jure vel ab homine latis inflictis seu promulgatis, & quas præmissorum occasione quomodolibet incurrerent auctoritate nostra hac vice dumtaxat absolvas in forma Ecclesiæ consueta, injunctis eis inter cætera virtute præstiti juramenti, quod de cætero similia non committant, nec ea committentibus præstent auxilium consilium vel favorem, & pro modo culpæ penitentia salutari, & aliis quæ de jure fuerint injungenda Interdicta quoque ecclesiastica quibus Civitas ipsa & terræ castra Villæ & loca dictæ Diocesis essent subposita eadem auctoritate relaxes, omnemque inhabilitatem & infamiæ maculam, sive notam per eos præmissorum occasione contractam penitus aboleas, ipsosque habitatores & incolas ad jura privilegia indulta famam & honores ac bona quæcunque, nec non ad beneficia ecclesiastica dignitates personatus & officia tam secularia quam regularia & alias in statum pristinum in quo erant antequam præmissa contingerent eadem auctoritate reponas reintegres & restituas, ac cum clericis presbyteris & prelatis quacumque preditis dignitate super irregularitate si quam sic legati celebrando divina vel immiscendo se illis non tamen in contemptum clavium contraxissent, & quod in susceptis ordinibus administrare, et ad superiores etiam ordines se rite promoveri facere possint, auctoritate prefata dispenses, eosque habiles ad quæcunque beneficia, dignitates & officia imposterum obtinenda, districtius inhibendo omnibus & singulis vicariis, rectoribus, & Officialibus nostris & ipsius Ecclesiæ in partibus illis pro tempore deputatis quocumque fungantur officio, ne contra Cives habitatores & incolas & alios supradictos præmissorum occasione procedere cognoscere aut inquirere, seu penas aut multas ab eis petere vel exigere seu ipsis aliquam molestiam realem vel personalem inferre præsumant per se vel alios quoquo modo præmissis ac constitucionibus Apostolicis cæterisque contrariis non obstantibus quibuscumque. Datum Romæ apud Sanctos Apostolos Kl. Decembris Pontificatus nostri anno nono. Quas quidem literas Apostolicas Dominus Marinus antedictus Episcopus ibidem cum dicto sindicatu dictæ Civitatis de verbo ad verbum seriose legi fecit in presencia dictorum testium. Et ego Sardius subscriptus Not.' dictas literas ut supra de verbo ad verbum transcripsi, & hoc transcriptum ex ipsis literis sumptum ad instanciam dictorum Sindicorum & procuratorum tam dicti Capituli quam dictæ Civitatis de dicta præsentatione & de supradictis omnibus rogatus meo signo & nomine roboravi.

Manu S. Sardii de Peregrinis Not. Script.

In Christi nomine Amen. Anno nativitatis ejusdem millesimo quadringentesimo vigesimo sexto Indictione quarta die quartodecimo mensis Aprilis præmissi Pontificatus anno nono & in dicta terra Humagi Tergestinæ Diocesis & ante portam & in limine portæ Ecclesiæ Sanctæ Mariæ sive Sancti Peregrini de Humago præsentibus omnibus & singulis testibus supra in proximo præcedenti instrumento declaratis & nominatis ad hæc etiam specialiter habitis vocatis & rogatis, & aliis pluribus in magna comitiva.

Præfatus Reverendus in Christo Pater & Dominus Dominus Marinus Dei & Apostolistolicæ Sedis gratia Episcopus Tergestinus post antedictam presentationem & receptionem dictarum literarum visis & sane intelectis supradictis Apostolicis Literis sibi ut supra præsentatis tam per antedictum Venerabilem virum Dominum Præsbyterum Bartolameum de Laude Canonicum Tergestinum, & tanquam Sindicum & Sindicario actorio, ac procuratorio nominibus Cleri & totius Capituli Tergestini, quam per Nobiles & prudentes viros S. Argentinum de Argento & S. Petrum de Bonomis antedictos Sindicos actores procuratores oratores, & negotiorum gestores & Nuncios speciales & generales Sindicario & procuratorio, sive actorio & oratorio nominibus omnium & singulorum hominum, & totius Comunis dictæ Civitatis Tergesti ut supra manifestius declaratur in præcedenti Instrumento, ac viso Sindicatu dicto, & procuratorio dictorum Sindicorum dictæ Civitatis etiam habita fide & plena informatione, & natura de Sindicatu & mandato dicti Dñi Presbyteri Bartolomei per fide dignos testes qui confectione dicti Sindicatus interfuerunt, & maxime per dictos S. Argentinum & S. Petrum, & me Notarium infrascriptum, ac intellecta humili petitione, & requisitione per antedictos Sindicos actores & procuratores eidem devotissime facta ut supra apparet, videlicet per dictum Dominum Prbrum Bartolomeum vice & nomine omnium & singulorum Clericorum & totius Capituli & Clerici Tergestini, & per dictos S. Argentinum & S. Petrum vice & nomine omnium & singulorum hominum & incolarum, & totius dictæ Tergestinæ Civitatis, cognoscens manifeste operis per effectum ipsum Clerum atque Capitulum, ac Universitatem & homines & totam Civitatem Tergesti utique suum errorem, recognoscentes & ab intimis de omnibus præmissis in dictis literis narratis tanquam ad cor reversos candide q' fortiter, ac videns ipse Dñus Episcopus quod sibi omnimoda tenuta & possessio prænominati Episcopatus Tergesti & omnis obedientia exhibita & data fuerat ab ipso Clero & Capitulo & ab ipsis universitatis hominibus, & tota Civitate prædicta & quod ipsi Clerus universitas, & homines ipsum Dñum Marinum in pastorem animarum suarum atque in eorum patrem & Episcopum tanquam fideles & devoti Sacrosanctæ Romanæ Ecclesiæ grato honore receperant & recipere parati erant, & quod possessionem pacificam dicti Episcopatus & Ecclesiæ Tergestinæ realiter consignaverunt. Et etiam videns quod dicti Clerus universitas, & homines & tota Civitas dictæ Civitatis Tergesti intendebat de cætero in hujusmodi fidelitatem & obedientiam ac devotionem ut fideles Christiani incomutabiliter permanere q̃m sibi visum est quod debitam absolutionem de omnibus prædictis obtinere meruerint. Ideo tanquam Comissarius, & delegatus prælibati Summi Pontificis Sanctissimi Dñi nostri Dñi Martini Divina providentia Papæ quinti, sive tanquam executor dictarum literarum Apostolicarum eidem ut supra apparet transmissarum, & directivarum ex virtute ipsarum literarum sibi in hac parte concessa intendens mandata Apostolica ut tenetur adimplere & executioni mandare, & illius sequi vestigia qui cunctos querit salvos facere, & neminem vult perire hujusmodi precibus omnium

nium dictorum Sindicorum, & procuratorum tam dictorum Cleri, & Capituli quam dictæ Civitatis, & hominum Tergesti inclinatus ut bonus pastor & pius Pater gregem suum salvum facere desiderans, ed ad Sanctæ Romanæ Ecclesiæ gremium venire, dispensando super prædictis Literis, & super contentis in petitione dictorum Sindicorum, & agregando antedictos Sindicos, & quemlibet eorum ad comunionem fidelium Christianorum, & ad ipsam Sanctam Romanam Ecclesiam nomine & vice tam dictorum Cleri, & Capituli, quam dictorum hominum universitatis & Comunis prædictæ Civitatis humiliter recipientes & acceptantes, ac & ipsos Sindicos cum aqua benedicta prius aspergendo, & deinde utrumque ipsorum Sindicorum flexis genibus coram ipso Dño Episcopo, & executore antedicto astantium, & cum instantia & humiliter hæc omnia facere præcantium cum quadam virga quam suis tenebat manibus verberando injuncta ipsi pro modo culpæ penitentia salutari & omnibus & singulis penitentiis de jure imponendis & debitis vel injungendis circa hæc, injuncto quoque ipsis per prius inter cætera & præstito juramento, quod de cætero similia non comitterent, nec ea committentibus præstarent auxilium consilium vel favorem, ipsos & quemlibet dictorum Sindicorum nominibus quibus supra acceptantium, & recipientium & ipsorum Sindicorum personam mediantem tam dictum Clerum & Capitulum, quam omnes, & singulos antedictos homines universitatem & incolas & tam Civitatem Tergesti legitime & hac vice dumtaxat in forma juris consueta ex benignitate & auctoritate Apostolica sive Sanctissimi Pontificis sine aliqua conditione sive reservatione liberaliter absolvit ab õibus & singulis excomunicationis suspensionis aliisque sententiis & penis spiritualibus & temporalibus contra dictos Clerum homines, & universitatem, sive aliquem eorum, sive contra ipsam Comunitatem a jure vel ab homine latis inflictis, seu promulgatis, nec non ab omnibus & singulis peccatis excessibus sive delictis, quas & quæ ipsi Clerus universitas & homines, vel aliquis eorum aut dicta Civitas sive occasione dicti Episcopatus vel in nolendo admittere ipsum Dñum Episcopum ad possessionem Ecclesiæ vel Episcopatus prædicti, sive in recusando obedire mandatis Apostolicis, sive mandatis & monitis ipsius Dñi Episcopi quomodolibet incurrissent, sive alia quacunque occasione. Et introducens convocans & recipiens idem Dñus Episcopus Comissarius, sive delegatus, seu executor antedictus eosdem Sindicos, & quemlibet ipsorum ut devotos filios & fideles Christianos intra ipsam ecclesiam antedictam, & dicendo Psalmum Miserere mei Deus &c. & Salvos fac servos tuos. Et Deus cujus proprium est misereri semper & parcere, & alias plures orationes sacras ipsis Sindicis cum devotione debita semper coram prefato Dño Episcopo sive executore antedicto stantibus reverenter & devote pronunciavit, & declaravit ibidem in præsentia dictorum testium antedictos Sindicos dicto nomine, & omnes & singulos Cives habitatores & incolas, ac singulares quascumque personas utriusque sexus homines tam clericos quam laicos Civitatis, & Diocesis prædictarum cujuscunque Status, gradus, ordinis, præheminentiæ dignitatis vel conditionis exi-

 stant

stans tanquam humiliter postulantes ac totum dictum Capitulum & totam ipsam Civitatem Tergesti tam in particulari quam in generali absolutam esse ab omnibus & singulis antedictis peccatis excessibus sive delictis, & ab omnibus & singulis antedictis excomunicationibus suspensionibus aliisque Sententiis censuris & penis spiritualibus, & temporalibus supra tam in dictis Literis Apostolicis, quam in psti Instrumento declaratis. Quibus ita peractis ipse idem Dñus Episcopus Comissarius delegatus sive executor antedictus procedendo & subsequendo ad plenariam executionem dictarum Literarum Apostolicarum successive & subsequenter post prædictam absolutionem & post superius narrata & acta ex eademmet auctoritate, & benignitate Apostolica & ad humiles preces cujuslibet ipsorum dictorum Sindicorum supradictis nominibus instantium & precantium omniaque interdicta ecclesiastica quibus ipsa Civitas Tergesti Clerus sive Comunitas, sive terræ castra villæ, & loca dictæ diocesis Tergestinæ essent sopposita revocavit rellaxavit & retractavit, & revocata retractata, & rellaxata esse declaravit pronunciavit atque mandavit, omnemque inhabilitatis infamiæ maculam sive notam per eosdem Clerum & Capitulum universitatem sive homines, vel aliquem eorum aut per dictam Comunitatem vel aliquem dictæ Comunitatis sive Cleri præmissorum occasione vel alia quacumq; contractam penitus abolevit & abolutam esse voluit declaravit & pronunciavit, ipsos habitatores & incolas Clerum universitatem & homines quoscumque dictæ Civitatis & subditos abilitavit, & abilitatos esse voluit pronunciavit atque declaravit, Et ad jura privilegia indulta famam & honores & bona quomodocunque, nec non beneficia ecclesiastica dignitates personatus officia tam secularia quam regularia, & alias in Statum pristinum in quo erant antequam præmissa contingerent eadem benignitate & auctoritate Apostolica reposuit reintegravit ac restituit, & repositos reintegratos esse declaravit atque pronunciavit atque mandavit dispensando super prædictis omnibus per ipsam auctoritatem & potissime cum Clericis pbris atque prelatis quacumque preditis dignitate & super irregularitate si quam sic ligati in celebrando divina, sive celebrari audiendo vel permittendo vel illis se imiscendo dum tamen talem irregularitatem in contemptum clavium non contraxerint ita q in susceptis ordinibus administrare & ad superiores etiam ordines se rite promoveri facere possint habilitans & pro habilitatis esse volens & mandans eos & quemlibet eorum ad quæcunque beneficia dignitates & officia imposterum obtinenda. Et hæc ex misericordia & præfata benignitate & auctoritate Apostolica eidem in hac parte concessa districtius inhibendo & pro inhibito esse volendo & mandando præfata auctoritate & ex vigore dictarum literarum Apostolicarum omnibus & singulis Vicariis rectoribus & Officialibus Judicibus delegatis vel subdelegatis Comissariis vel executoribus Apostolicis in partibus quibuscunque existentibus, sive in partibus Ystriæ sive Forojulii sive in Diocesi Tergestina sive in partibus dictæ Civitatis Tergesti sive alibi circa partes prædictas dictæ Civitatis Tergesti pro tempore dictarum differentiarum, sive pro tempore quo prædicta contingerunt deputatis quocunque fungangantur officio sive potestate ne contra Cives habitatores incolas & alios supradictos homines vel aliquem eorum, aut contra dictos Clerum & Capitulum vel contra dictam Civitatem vel aliquem dictorum Cleri sive Comunitatis præmissorum occasione per se vel alios aliquo modo procedere cognoscere aut inquirere, seu penas, aut multas ab eisdem petere vel exigere, seu ipsis aut dicto Capitulo sive dictæ Comunitati in generali vel in particulari aliquam molestiam realem vel personalem inferre non præsumant sub pena juris & excomunicationis & aliis quibuscunque sententiis si dicta omnia superius declarata, & dicta ab omnibus inviolabiliter observari dicta auctoritate Apostolica, & omnia alia qua poterat ipso Reverendo Patre & Dño Episcopo executore sive Comissario & delegato antedicto mandante & volente observari debere sine aliqua subauditione interpretatione vel alio extraneo intellectu, volens quod si quis præmissis vel alicui præmissorum ausu temerario contraire præsumpserit ipso facto in dictis penis noscatur se incursurum ita quod præsens Instrumentum vim etiam Decreti & patentium literarum Apostolicarum habere intelligatur exequendo & executioni mandando dictas literas Apostolicas in omnibus & singulis suis partibus & in omnibus & per omnia pro ut in dictis literis Apostolicis continetur, & sibi per antedictum Summum Pontificem mandatum extitit.

Et hoc omni modo via jure & forma, quibus magis atque melius & validius facere poterat non obstantibus aliquibus constitutionibus Apostolicis sive præmissis de quibus in dictis litteris fit mentio ceterisque contrariis quibuscunque, quibus omnibus derogavit, & derogatam esse voluit, mandans de prædictis omnibus publicum confici Instrumentum ad sensum sapientis dictorum Sindicorum cum clausulis, & cautellis opportunis totiesquoties opportunum fuerit refici vel reformari ad omnium & singulorum præmissorum confirmationem roborationem, & validitatem. Et insuper etiam ad majorem plenitudinem confirmationem fidem robur & testimonium prædictorum etiam omnium præfatus Dñus Episcopus Comissarius executor, sive delegatus antedictus præsens Instrumentum jussit ejus sigillo appensione muniri.

Manu S. Sardii de Pelegrinis Notarii.

N.° XXVI.

Bina instrumenta de anno 1426. quibus Henricus IV. Palatinus Carinthiæ, Comes Goritiæ, & Tyrolis per Procuratores suos Capitaneo, Judicibus, & Communitati Tergestinæ pro Ducatis 1500. auri vendidit Castrum novum, seu Castrum Novæ Domus, recuperationis jure sibi, posterisque reservato. Ex veteri fragmento Protocoli Archivi Civitatis Tergestinæ.

Universis & singulis presentes Literas inspecturis. Nos Henricus Palatinus Karinthie Comes Goricie & Tyrolis &c. Post salutem & sincere dilectionis affectum. Notum facimus & manifestum Qualiter fecimus constituimus & ordinavimus ac etiam de presenti facimus constituimus & ordinamus Egregios & prudentes Viros Nobis fideles atque dilectos videlices

cet Venerabilem Virum Dñum Johannem Altam Canonicum Aquilejensem Cancellarium nostrum ac Nobilem Virum Pernardum de Rabа-
ta, & utrumque ipsorum in solidum p̃ntes & acceptantes nostros veros
atque legitimos & indubitatos Procuratores Sindicos actores factores di-
spensatores negoriatores Ambasciatores & nuncios speciales & generales &
quidquid melius dici vel excogitari possit specialiter & expresse ad comparendum parte & nostro nomine coram Nobilibus & Egregiis Viris Amicis Nobis sincere dilectis Capitaneo Judicibus Consilio ac Comunitati Civitatis Tergesti & ad pignorandum & in pignus dandum tradendum & consi-
gnandum dicte Comunitati Tergesti sive dictis Dñis Capitaneo Judicibus Consilio vel alteri legitime persone seu legitimo Sindico vel Procuratori nomine
dicte Comunitatis recepturis certum Castrum Dominii nostri nuncupatum
Castrum novum sive Castrum nove Domus in Carsiis situatum pro Ducatis Mille, & quingentis auri vel circha secundum quod melius poterunt
& ad tradendum Claves & corporalem liberam pacificam, & actualem
realem & quietam possessionem & quasi possessionem dicti Castri sive nove domus Villarum domorum nemorum quarumcunque & pertinentiarum atque totius Territorii, & gariti ad dictum Castrum pertinentis cum
antiquis presentibus & preteritis atque omnimodis jurisdictionibus &
consuetudinibus Nobis sive antecessoribus Nostris debitis & consuetis &
ad paciscendum componendum & conveniendum in & super predictis
nostra parte & nostro nomine & pro ut ipsis melius videbitur cum Coũi-
tate predicta sive cum dictis Dominis Capitaneo Judicibus Consilio sive
alia quacunque Persona legitima nomine dicte Coũitatis recipiente &
stipulante. Et ad faciendum dicte Comunitati & nomine ipsius Comunitatis stipulaturis & recepturis quibuscunque legitimis personis Instrumentum pignorationis, & traditionis possessionis dicti Castri, & cetero-
rum predictorum cum clausulis promissionibus obligationibus & cautellis
opportunis secundum quod in concordium remanserint ad consilium sapientis premisse Comunitatis sive ad consilium sapientis eorum qui in hoc
pro dicta Comunitate se gesserint nec non ad recipiendum pro dicto nostro nomine omnimodam pecunie quantitatem, que sibi daretur a dicta
Comunitate sive nomine dicte Comunitatis pro pignoratione dicti Castri
& ad faciendum dicte Comunitati confessionem liberationem & pactum
de ulterius non petendo de omni eo quod receperint dantes & tribuentes
eisdem nostris Procuratoribus & cuilibet eorum in solidum in predictis,
& circha predicta & in a predictis vel aliquo predictorum dependentibus
conexis vel emergendis sive nascituris plenum liberum speciale & generale Mandatum cum libera administratione ac si omnes casus in presenti mandato specificati forent & etiam si talia forent que mandatum exigerent speciale Confirmantes ex nunc prout ex tunc auctoritate presentium omnia & singula que in predictis & circha predicta nostro nomine
duxerint concludendum promittendo sive paciscendo omni fraude & dolo
ex inde prorsus semotis & procul cessantibus. Nec non solepniter promittentes per Nos, & Nostros heredes, & successores habere & tenere firmum & ratum gratum & inviolabiliter observare quidquid per dictos

no-

nostros procuratores vel alterum eorum in vel super premissis sive circha premissa cum prefata Comunitate sive dictis Dñis Capitaneo Judicibus & Consilio sive alio procuratore vel sindico vel alia legitima persona nomine ipsius Comunitatis recipiente vel stipulante actum factum pactum promissum atque obligatum sive conclusum fuerit nostra parte sive nostro nomine nec aliquo tempore contrafacere vel venire per Nos vel heredes sive successores nostros sive alios aliqua ratione vel causa de jure vel de facto sub obligatione & ypotecha nostrorum omnium bonorum presentium, & futurorum. Volentes quod hæ littere obtineant vim robur & effectum integrum unius publici & authentici Instrumenti manu unius publici, & Imperiali auctoritate notarii bone opinionis & fame. In quorum omnium premissorum & fidem robur & testimonium has nostras patentes literas fieri jussimus & nostri soliti sigilli mandavimus appensione muniri atque roborari. Datum in Luoz sub anno Dñi ñri yhu Xpi. Millesimo quadringentesimo vigesimo sexto Ind. quarta & die septimo mensis Augusti.

In Christi nomine Amen. Anno Circumcisionis Domini ejusdem Millesimo quadringentesimo vigesimo sexto. Indict.ᵉ quarta & die vigesimo secundo mensis Augusti in Civitate Tergesti in confinibus platee Comunis in palatio ressidentie infrascripti Dñi Capitanei & in Colegio decem bonorum Virorum baylie, & auctoritatis Majoris Consilii dicte Civitatis ibidem congregato presentibus Dño Antonio de Basilio honor. Vicedño Cois Egregio legum Doctore Dño Rameo de Zovenzonibus de Bononia, Egregio Medicine Doctore M.º Dyno de Pistorio, M.º Federico de Mercatellis de Padua, Magro Scolar. Salariatis dicti Comunis & S. Bandino de Luca forensibus, S. Andrea de Leo, S. Andrea de Baxilio & S.' Andrea Ravisa Not. Civibus & habitatoribus Tergesti testibus ad hec specialiter habitis vocatis & rogatis & aliis. Venerabilis Vir Dñus Johannes Altam Canonicus Aquilejensis Dignissimus Cancellarius Magnifici & Excelsi Dñi Henrici Illustris Palatini Kariorhie, & Comitis Goricie & Tyrolis &c. ac Nobilis & circumspectus Vir Dñus Pernardus de Rabata comensalis & Consiliarius prenominati Dñi Comitis constituti ab ipso Dño Comite Ambasiatores procuratores & sindici spetialiter & expresse ad pignorandum infrascriptum Castrum Comunitati Tergesti pro infrascripta quantitate pecunie & ad dandum & tradendum ipsi Comunitati possessionem ipsius Castri & ipsam infrascriptam pecunie quantitatem nomine dicti Dñi Comitis recipiendum. Et generaliter ad omnia, & singula infrascripta faciendum agendum & procurandum ut patet & pro ut ibidem de dicto mandato procuratorio patentes literas ipsius Dñi Comitis ejus sigillo pendenti munitas clare docuerunt scripta de Millesimo & Indictione presentibus & die septimo Mensis Augusti a me Petro Notario infrascripto visas & publice lectas. Non coacti nec ullo ducti etore sponte & ex certa scientia & omni dolo & fraude prorsus semotis solepniter se sine aliqua exceptione Juris vel facti obligantes dicto procuratorio nomine, ac vice, & nomine dicti Dñi Comitis & hæredum atque successorum ejus pignoraverunt & in pignus & nomine pignoris infrascripte quantitatis pecunie dederunt tradiderunt & consignaverunt strenuo & generoso Militi Dño Pangratio purchraff de Lunz honor. Capitaneo Civitatis Tergesti & spectabilibus & egregiis Viris Dñis Nicolao de Adamo Perto de Argento & Nicolao de Bajardis honor. Judicibus & Rectoribus dicte Civitatis Tergesti, ac S. Justi de Blagosic Civi & generali Sindico & procuratori Civitatis Tergesti per majus Consilium premisse Civitatis ad infrascriptum Castrum in pignus accipiendum & ad infrascripta omnia & singula faciendum solepniter & specialiter constituto & deputato omnibus eorum & successorum suorum ac antedicte Communitatis Tergesti vice & nomine recipientibus stipulantibus & acceptantibus unum Castrum Dominii & jurisdictionis antedicti Dñi Comitis situm in Carsis Tergestin. diocesis nuncupatum Castrum novum sive Castrum nove Domus una cum omnibus suis Teritoriis villis domibus pratis Campis nemoribus gariris sylvis fluminibus pascuis lacunis & confinibus quibuscunque Cujus quidem Castri sive nove Domus & Teritorii ejusdem tales dixerunt & convenerunt dicte Comunitati esse confines videlicet quod dixerunt & convenerunt territorium & garisum dicti Castri novi coherere & confinare ab uno latere cum Territorio dicte Civitatis Tergesti ab alio latere territorio Raspurg a tertio Territorio Gotnich. A quarto territorio Castri Premi & a quinto territorio Sguarzenich. Ad habendum tenendum possidendum gaudendum & usufructuandum cum omnibus dictis suis Villis gariris Territoriis silvis & confinibus ac juribus & jurisdictionibus & obventionibus universis ad dictum Castrum novum sive novam Domum sive ad ipsum Dñum Comitem pro eo tam de consuetudine quam de more & tam de preterito seu antiquo quam de presenti vel futuro quomodolibet spectantibus vel pertinentibus. Et quidquid eidem Comunitati salvis & reservatis semper conventionibus & pactis infra declaratis deinceps placuerit perpetuo faciendum Cum omnibus, & singulis que infra predictos continentur confines vel alios si qui forent veriores cum accessibus & egressibus suis. Et cum omni jure & actione usu vel requisitione dicto Castro vel ejus Territorio sive dicto Dño Comiti pro eodem Castro vel territorio modo aliquo spectante vel pertinente. Et hoc pro Ducatis Mille & quingentis boni auri & justi ponderis & cunei sive ad stampam Venetiarum quos dicta Comunitas sive antedicti Domini Capitaneus Judices & Procurator sive Sindicus pro dicta Comunitate & nomine ipsius Comunitatis ex puro amore ante pignorationem ipsius Castri eidem Dño Comiti sive prenominatis ejus Procuratoribus mutuaverant, & concesserant prout ibidem & coram dictis testibus & me Notario ambo dicti Procuratores ipsius Dñi Comitis sponte & ex certa sciencia, & non sub spe future numerationis dicto nomine confessi & contenti fuerunt dictam pecunie quantitatem ex puro mutuo ab ipsa Comunitate habuisse & recepisse super pignoratione dicti Castri, & in utilitatem dicti Dñi Comitis conversam esse. Exceptioni sibi non date & non solute ac non numerate pecunie & omni alio auxilio omnino renunciantes. Quod Castrum cum dictis Territoriis & pertinentiis suis se nomine predicto pro dicta Comunitate constituunt possidere donec dicta Comunitas vel dicti Dñi Capitaneus sive Judices vel dictus Procurator vel Sindicus predicte Comunitatis vel Successores eorum

sive

sive alia legitima Persona pro dicta Communitate possessionem acceperit corporalem quam accipiendi sua auctoritate & retinendi deinceps salvis infrascriptis eisdem Dñis Capitaneo Judicibus Procuratori ac Sindico Communitatis predicte licentiam omnimodam dederunt. Offerentes se nihilominus nomine quo supra se esse paratos ire ad ipsum Castrum & Comunitati predicte seu pro Comunitate illis accessuris tradere & dare claves & omnimodam possessionem dicti Castri & Jurium & Territorii atque Pertinenciarum predictarum his tamen Conventionibus & pactis semper dictis atque reservatis & solepniter inter ipsas partes hinc inde & ad invicem celebratis videlicet quod Communitas habeat & teneat & tenere & usufructuare debeat omnimodo dictum Castrum & totum ejus garitum & Territorium. Et in dicto Castro possit ponere & constituere unum Capitaneum & reddere Jus in ipso Castro & possit facere justitiam in eo & in territorio & garito predictis in omnibus & per omnia prout huc usque modo per dictum Dñum Comitem & hactenus per antecessores suos actum factum & tentum fuit & est cum suis omnimodis antiquis & usitatis Juribus honorantiis Jurisdictionibus emolumentis ac proventionibus universis sine contradictione aliqua sibi per dictum Dñum Comitem vel heredes inferenda donec casus esset quod exigeret ut infra declaratur. Item quod dicta Comunitas non teneatur de redditibus sive obventionibus dicti Castri & Territorii ejus dicto Dño Comiti vel ejus heredibus sive alteri Persone in casu restitutionis dicti Castri aliquam rationem reddere nec sibi ob hoc aliquid dare nec de sorte predicta difalcare sed teneatur ob id dicta Comunitas fideliter dictum Castrum custodire more solito & ut custodiret si proprie & liberaliter suum foret. Item quo dicta Comunitas Tergesti non teneatur ad restitutionem dicti Castri dicto Dño Comiti vel ejus heredibus vel cui Jus dederit ut infra dicitur faciendam si per vim vel violentiam aliquam vel aliquo alio casu fortuito vel violento eidem Comunitati aufferretur seu deficeret ipsa Comunitas ipsum Castrum habere. Item quod dicta Comunitas Tergesti possit & valeat expendere pro reparatione dicti Castri cum eidem oportunum esse videbitur usque ad summam ducentorum ducatorum auri & non ultra nisi obtenta licentia a prefato Dño Comite vel ejus heredibus. Et si dicta Comunitas aliquid ultra dictam sumam pro dicto Castro reparando expenderet quod tunc dictus Dñus Comes & ejus heredes non teneantur in casu Castri restituendi ad solvendum aliquid quod ultra dictam sumam expensum fuisset sed solumodo teneatur ad Capitale & universam sortem mutuatam, & ultra id solumodo ad restitutionem & refectionem atque solutionem totius ejus quod usque ad dictam sumam dictorum ducentorum ducatorum ut supra expensum appareret. Sed si prefatus Dñus Comes, & ejus heredes darent licentiam expendendi in dicto Castro ultra sumam dictorum ducentorum Ducatorum quod tunc & prefatus Dñus Comes & ejus heredes teneantur ad solvendum, & reficiendum omnem expensam factam in dicto Castro seu in reparatione dicti Castri usque ad omnem aliam sumam de qua seu pro qua licentiam Comunitati dedisset. Item quod dictus Dñus Comes ac ejus legitimi heredes sive descendentes & ille vel illi cui vel quibus Jus dederit possint & valeant quandocunque dictum Castrum

exi-

exigere exigendo tamen in festo S.ti Georgii de Mense Aprilis & de anno in annum & dando solvendo & restituendo Comunitati predicte dictos Ducatos mille & quingentos auri sibi mutuatis & solvendo & emendando etiam expensas factas per dictam Comunitatem usque ad sumam predictam ut supra dicitur. Ita quod dictum Castrum non possit exigi nisi in dicto festo S.ti Georgii & de anno in annum in dicto festo inceptum. Et nisi Comunitas predicta etiam fuerit advisata per duos menses ante ipsum festum S.ti Georgii in quo exigi voluerit. Item quod dictus Dñus Comes & quicunque ex antedictis ejus heredibus sive successoribus sive jus habentibus ut supra qui exigere voluerit dictum Castrum modo predicto teneatur & debeat omnibus ejus periculis & expensis portare denarios intra Civitatem Tergesti & illis in dicta Civitate Tergesti infra duos menses a tali festo S.ti Georgii in quo exigetur proxime secuturos predicte Comunitati solvere & restituere debeat dictos Mille & quingentos Ducatos auri & insuper totam expensam in dicto Castro seu in reparatione dicti Castri ut supra factam. Et quod tunc dicta Comunitas dictis suis denariis habitis & receptis cum dicta expensa teneatur, & debeat dictum Castrum dicto Domino Comiti vel ejus heredibus sive cui pertinuerit ut supra liberaliter restituere & retro dare & consignare cum omnibus suis juribus & territoriis & aliis pertinentiis suis. Salvo semper quod ipsa Comunitas non teneatur ad ipsum Castrum restituendum in casibus violentie, & furtuitis ut supra dictum est. Que omnia, & singula dicte ambe partes dictis nominibus quibus supra promiserunt vicissim sibi una pars alteri, & altera alteri ad invicem solempnibus stipulationibus hinc inde intervenientibus firma & rata habere & tenere & non contra facere vel venire per se vel eorum heredes seu successores seu alios aliqua ratione vel causa de jure vel de facto sub pena dupli dicte quantitatis pecunie pene nomine in singulis capitulis & partibus hujus Instrumenti ad invicem inter dictas partes stipulatione promissa, que soluta vel non rata maneant omnia & singula suprascripta & infrascripta. Item reficere una pars alteri ad invicem omnia & singula dapna & expensas ac interesse quod vel quas una pars occasione alterius sive culpa contra predicta venientis fecerit vel substinuerit in judicio vel extra pro quibus omnibus & singulis firmiter observandis & attendendis obligavit una pars alteri ad invicem nominibus predictis omnia sua bona presentia & futura videlicet dicti Procuratores dicti Dñi Comitis omnia bona ipsius Dñi Comitis. Et antedicti Dñi Capitaneus Judices & Procurator ac Sindicus Comunitatis omnia ipsorum & premisse Comunitatis bona. Volentes & mandantes ambe ipse Partes per me Petrum Notarium infrascriptum duo unius & ejusdemmet tenoris Instrumenta de predictis fieri ad Consilium sapientis utriusque Partis & maxime ejus cui cautum satis non videretur de predictis totiens refficienda & reformanda secundum dictum Consilium super his habendis quotiens opportunum fuerit videlicet unum pro qualibet partium predictarum Et mandaverunt etiam predicta sigillorum ipsarum partium appositione muniri & roborari ad majorem firmitatis & roboris valitudinem atque plenitudinem ac omnium testimonium premissorum

Manu S. Petri de Monticulis de Saxolo Not.

N.° XXVII.

N.° XXVII.

Sigismundus Imperator Brunorio Scaligero Generali Imperii Vicario Veronæ, & Vicentiæ, nec non Consiliario suo intuitu Uxoris ipsius Annæ Henrici IV. Goritiæ Comitis filiæ Athinæ in Windorum regione, seu Sclavonia sitæ Dominium impertitur, eumque substituit Successorem in Comitatu Goritiæ, si Socerum Brunorii contigerit sine Masculis decedere, anno 1437. in Julio. Communicavit prædictus Cl. Freyslebenius; ex germanico autem in latinum tradux it Cl. Vir Dñus Antonius Comini Ærarii Provincialis Comitatuum Goritiæ, & Gradiscæ Custos.

Nos Sigismundus &c. fidem facimus &c. Cum dilectissimam nostram Illustrem Annam Goritiensem Illustris Comitis Henrici de Goritia cognati nostri charissimi, & Principis Filiam Nobili Brunorio Scaligero Nostro, & Generali Imperii Vicario Veronæ, & Vincentiæ Consiliario insuper, & dilecto fideli nostro dederimus, eidemque, & filiis suis in perpetua tempora Athinæ in Regno nostro Hungarico in Windorum Regione sitæ dominium donando adjunxerimus; hinc dicto Brunorio, ejusdem Uxori, & eorumdem filiis benigne providentes in quantum per Nos fieri potest, adjuvante Deo, volumus idem dominium prædicto Brunorio tradere, & transferre, & patentes Nostras Regales Litteras, prout moris in Regno Nostro est, & necessitatis desuper conferre ut dictum dominium, arcemque hæreditarie possideant ita, & prout sequitur iis verbis, ut nulla unquam ambiguitas, aut error exinde oriatur, & ea forma, ut prædicta Anna assecurationis loco supra dictam Arcem & Dominium decem millia florenorum Hungaricorum aureorum habeat; Si contigerit itaque, ut modo dictus Brunorius moriatur relinquens post se prædictam Annam, & ex ea naturales legitimos filios eo casu prædicta Anna, donec in Viduitatis statu permanserit, & Filii ad majorenem ætatem non pervenerint, idem Dominium, & Filios possideat, & gubernet, & cum Filii Majorenitatis annos pertigerint queant isti, assignatis prædictæ Annæ ex eadem ditione decem millibus Florenis Hungaricis, eamdem in sua potestate habere, & cuilibet libuerit nullo impediente administrandam tradere. Si contigerit vero ut Viduitatis pertæsa ad alias nuptias transeat, tunc a liberis ipsius, aut his non extantibus Nobis aut Successoribus Nostris Hungariæ Regibus traditis, & persolutis decem millibus florenis Hungaricis, ocius evacuanda, & de potestate illi dimittenda sit Arx, & ditio; eaque Filiis, vel iis deficientibus Nobis, vel Successoribus Nostris Hungariæ Regibus absque ulla contradictione cedenda. Sed si, ut modo dictum, liberi deessent, & prædicta Anna in Viduitate persistere nec ad alia vota convolare voluerit, tunc a Nobis vel Successoribus Nostris Hungariæ Regibus relinquendus illi sit ad dies vitæ ejusdem ditionis ususfructus, & possessio pacifica. Sed si acciderit ut prædicta Anna, quam Deus incolumem, servet, ante prædictum Brunorium decedat, hoc casu liberi sint prædictus Brunorius, & ejusdem Liberi a præstatione illorum decem millium florenorum ac denuo in illos devolvantur; sed si quod Deus avertat, sine naturalibus, & legitimis liberis uterque decedat, tunc, prout est consuetudinis, prædicta ditio uniatur iterum Coronæ.

Item supradicto Brunorio Scaligero & masculinis naturalibus legitimis ejusdem Filiis eventualiter post Mortem Comitis Henrici, si contigerit ut ille sine maribus naturalibus, & legitimis decedat, datus, & concessus fuit Goritiensis Comitatus cum omnibus cujuscunque nominis, & ubicunque locorum sitis pertinentiis, quæ ad Imperium reverti possunt, & quæ Comes Henricus de Goritia ab Imperio in feudum acceperat.

N.° XXVIII.

Friderici Pacifici Cæsaris Legitimationis fragmentum pro Egolfo Wyldenstain, alias de Wartenberg, ex Abbate & soluta Muliere; & quod etiam Arma Progenitorum suorum legitimorum gestare possit. Datum Thuregii XXIV. Septembris 1442. Extat Viennæ apud eundem Dñum de Freyesleben.

N.° XXIX.

Idem Cæsar Arma concessit noviter Nobilitatis Antonio Decano Ecclesiæ Collegiatæ S. Jacobi de Salanchia, nec non Petro, Joanni, & Francisco Fratribus de Marelli. Datum Thuregii XXIV. Septembris 1442. Apud præcedentem Dñum de Freyesleben.

N.° XXX.

Germanicum ejusdem Friderici Diploma, quo Coronam Cassidi imposuit, & Arma melioravit Dominorum de Lueg Burggraviorum in Lunz & Lueg. Datum Constantiæ, die Dominico ante festum S.tæ Catharinæ. Anno 1442. Apud eundem.

N.° XXXI.

Germanicum itidem ejusdem Cæsaris Diploma quo Anoffrio Mosero Arma de novo largitur. Datum Œniponti Dominica: Quasi modo geniti. Anno 1442. Apud eundem.

N.° XXXII.

Ejusdem Friderici Privilegium quo Friderico de Lamberg Insignia melioravit ejusque Galeam Corona decoravit. Datum Feria II. post Martini Anno 1445. Apud eundem.

N.° XXXIII.

Germanicum ejusdem Friderici Imperatoris Diploma, quo Hessonem Leyningium ad gradum Sac. Rom. Imperii Principalis Landgravii de Leyningen evexit, ejusque Dominio Monsthul appellato Comitatus feudalis prærogativam dilargitus est: assignando quoque noviter erecto Comitatui Monsthul peculiaria sua Insignia a prædicto Hessone, ejusque Posteritate deinceps usurpanda. Romæ die Lunæ post Dominicam: Lætare. 1452. Debemus liberalitati sæpius laudati Cl. Freyeslebenii. Latinum vero reddidit prædictus Dominus Antonius Cominus.

Nos

Nos Fridericus &c. Cum nos ex Cesarea Nostra potestate, & Clementia dilectum nostrum Consanguineum (*Obeim*) atque Illustrissimum (*Hochgebornen*) Principem Hessonem Leiningensem Landgravium una cum hæredibus, & successoribus suis tam maribus, quam fœminis ob plurima rum ab ipso, tum ab ipsius Auctoribus Nobis, & Antecessoribus nostris in Imperio, Regibus, & Imperatoribus præstita servitia, vel maxime vero ob singularem devotionis, & obsequii effectum, quo ipse Hesso Nos in solemni nostræ Coronationis actu parato animo, & summa cum utilitate personaliter honoravit, annuentibus Nostris, & Imperii Principibus, Comitibus, Nobilibus, & fidelibus in Nostros, & Imperii Principes Landgravios, & Landgraviatu in Leinīgen elevaverimus, creaverimus, & solemniter etiam ut tales inauguraverimus; hinc ut major inde splendor, & dignitas eidem Hessoni redundet maturo animo, sano consilio, & certa Nostrorum, & Imperii Procerum, Comitum, Nobilium, & fidelium scientia, Monstullense ejusdem Dominium cum omnibus suis gentibus, hominibus, Communitatibus, Populis, Arcibus, Civitatibus, Pagis Præfecturis, Vicis...... aquis, fluviis, pascuis, silvis, venationibus, & omnibus aliis cujuscunque nominis pertinentiis in verum, & Nobilem Comitatum elevavimus, & constituimus, quem porro Monstullensem Comitatum cum omnibus suis dignitatibus, honoribus, juribus prærogativis, & pertinentiis quibuscunque eidem Hessoni Clementissime in feudum dedimus, concessimusque, ut eadem Nostro, & Imperii nomine, prout in feudis moris est, possideat, iisdemque utatur, & fruatur. Elevamus itaque tenore præsentium, & constituimus scienter ex plenitudine etiam Imperatoriæ Nostræ potestatis idem Dominium in verum, & Nobilem Comitatum quem ipsi Hessoni Impertientes mandamus, statuimus, & volumus, ut supradictum Monstullense Dominium cum omnibus suis pertinentiis sit perpetuis imposterum temporibus Nobilis Comitatus, atque omnibus dignitatibus, honoribus juribus, privilegiis, gratiis, & consuetudinibus, reliquis Sacri Imperii Comitatibus propriis gaudeat, absque ullo tamen Nostro, Successorum Nostrorum Imperatorum Romanorum, & Regum; Imperiique in nostris subditis, & tandem nemini in suis juribus præjudicio. Debeant itaque prædictus Landgravius Hesso, & deficiente illo proximior, & senior ipsius Hæres, & hoc iterum vita functo senior, & proximior hujus hæres Landgravius in Leiningen antedictum Monstullensem Comitatum cum omnibus suis pertinentiis a Nobis, & Successoribus Nostris Romanorum Imperatoribus, & Regibus, & ab Imperio in perpetuum, & quotiescunque id in debitum ceciderit ut feudum recognoscere, recipere, & solitum desuper, prout in talibus feudis oportet, homagii, & fidelitatis juramentum deponere; non aliter ac præfatus Landgravius Hesso nunc super hoc ut Monstullensis Landgravius homagii, ac jurisjurandi vinculo se obstrinxit, Nobis ac Sacro Imperio se fidelem, devotum, & obsequentem futurum, servitiaque præstiturum, quæ talium feudorum intuitu fieri convenit omni fraude, & dolo remotis; Ille vero præterea, qui prædictum Monstullensem Comitatum quocunque tempore a Nobis & successoribus Nostris in Imperio, Romano-

rum

rum Imperatoribus, & Regibus ordine paulo ante præscripto recepturus erit, eumdem una cum Leiningensi Landgraviatu solus habeat, possideat, & eodem absque ullo aliorum Hæredum, & cujuscunque alterius præjudicio fruatur. Ob majorem autem hujusce prædicti Monstullensis Comitatus exaltationis dignitatem ex speciali Nostra Cæsarea gratia eidem Hessoni, Hæredibus, & successoribus suis Monstullensibus Comiribus, ipsi insuper Monstullensi Comitatui sequens Insigne, & Kleinodium clementissime dedimus, & impertivimus; Scutum videlicet cum Campo nigro, rubris, & croceis laciniis (*gewolken*) circumdatum cum crocea, seu aurea Aquila in eodem Campo extensa, alas, & pedes distentos habente, cujus geminum caput Imperiali corona redimitum sit, quæque sceptrum cæsareum in rostro cujuscunque capitis gerat; supra scutum vero gallea, aurea seu flava Corona, in qua Aquila emineat scutariæ similis; Omnia autem hæc tam quo ad colores, quam quoad figuras prout hic in hac Carta picta, ac delineata sunt. Quæ impertientes, & præsentium vigore ex Imperatoria Romana potestate eisdem concedentes mandamus proin, jubemus, & volumus, ut præfatus Landgravius Hesso, Hæredes, ac successores ejus, qua Monstullenses Comites, ipseque Comitatus prædictum Insigne, & Kleinodium habeat, eodemque in omnibus, & singulis rebus, & negotiis honestis jocosis, & seriis, & in omnem finem, in Torneis, hastiludiis, pugnis, in baneriis, in sigillis, & quoquo modo ei libuerit, uti, & frui possit, & valeat, nemine impediente. Mandamus proin serie, & firmiter tenore præsentium authoritate nostra Imperatoria omnibus, & singulis Principibus, sæcularibus, & Ecclesiasticis, Comitibus, Baronibus, Militibus, & reliquis omnibus Nostris, & Imperii subditis, & fidelibus, cujuscumque gradus, dignitatis, & conditionis, ne prædictis Comitibus, & Comitissis Monstullensibus, eorumdemque Hæredibus in hoc ipsis per gratiam Nostram imperrito privilegio, & Kleinodio, ut supradictum est, nullo modo impedimento, & obstaculo esse ausint; verum ut eosdem pacifice, & quiete iisdem uti sinant, & hoc quantum ipsis cordi est, gravem Nostram, & Imperii indignationem, & pœnam insuper 100. marcarum auri purissimi, in quam toties quoties contrafacere præsumpserint certo certius incurrendum ipsis erit; cujusque medietas Nostræ, & Imperii Cameræ, medietas vero prædictis Monstullensibus Comitibus persolvenda sit, evitandi. In quorum fidem Datum Romæ die Lunæ post diem Dominicum quo ab Ecclesia cantatur: Lætare in Quadragesima a Christo nato 1452. Regni Nostri XII. Imperii vero I.

N.° XXXIV.

Æneæ Sylvii Piccolominei Senensis Episcopi, & Friderici Imperatoris Secretarii Epistola anecdota, scripta Ser Antonio de Leo Nobili Tergestino, qua significat, Imperatorem non velle Comitivam eidem Antonio concessam immutare, & ad Posteros extendere. Dat. Gracii Styrorum 1453. Communicavit Eruditissimus Dominus Andreas Josephus de Bonomo Tergestinæ Urbis Cancellarius.

Spectabilis Vir Amice Carissime. Recepi Litteras vestras quibus de Comitamitatu vobis concesso ac de Litteris expediendis faciris mentionem meque rogaris apud Cesaream Majestatem ut pro vobis partes meas cum sollecitudine interponam. Sane pro vestris in me meritis cognosco me obligatum pro vestro & honore & comodo laborare quantum mihi possibile fit. Idque feci pro viribus. Fui cum Cesarea Majestate de re vestra non semel sed pluries locutus. rogavique quantum potui & scivi ut desiderio vestro satisfaceret. Sed non potui quovis modo obtinere. quia licet Cesar vestre virtuti affectus sit, dicit tamen id non concessisse adhuc pro heredibus nisi paucissimis personis, & in alto gradu colocatis. nec aliud a Sua Serenitate obtinere valui. de pecunia exbursata dixit velle se restituere si non vultis privilegio misso esse contentus. fuerunt etiam lecte Littere vestre in presentia mea imperiali Majestati & iterum tunc recomendavi factum vestrum nec potui proficere. feci quod Fratris fuit. implevi officium Amici non possum ex principe ultra suum velle. forsitan alio tempore quod nunc negat libenter concedet. alia non occurrunt modo. sum paratus ubi possum desiderio vestro complacere. Grez die prima Octobris 1453.

Æneas Dei grã Epũs Senensis

Foris) Spectabili Viro S. Antonio de Leo Nob. Tergestino amico carissimo.

N.° XXXV.

Investitura per annuli impositionem concessa a Magnifico, ac sapientissimo Viro Paulo Bernardo Locumtenente Patriæ Forojulii pro Serenissimo Ducali Dominio Venetiarum Ser Ambrosio Pipo, & Ser Michaeli Baldas, utrique de Cormono proprio, & Procuratorio nomine in feudum recipientibus nonnulla bona sita in Gramogliano die III. Maii 1458. Ex authentico Marci Dominici filii, & Joannis Melioratii Parentis, quorum primus Notarius, alter prædicti Locumtenentis erat Cancellarius.

In nomine Dñi Nostri Jesu Christi crucifixi Amen. Anno ab ipsius Nativitate Millesᵒ quadringentesimo quinquagesimo octavo, Indictione sexta die Veneris, tertia mensis Marcii Ucini in Palatio patriarchali in introitu, præsentibus spec. Viro Dño Simone Diedo honor. mareschalco ptriæ, & patricio Veneto, Egregiis legum Doctoribus Dñis Erasmo de Erasmis, & Joanne de Messo, & Nobile Viro Ser Doymo de Castello ex Castellanis ptriæ, & Ser Joanne Meliorancia Vincentino Cancellario Dñi Locumteñ ptriæ mei notꝫ & testibus omnibus ad hæc specialiter convocatis Corã Mag.ᶜᵒ ac Sapientissimo Viro Dño Paulo Bernardo pro Illmõ, & Excmõ Ducali Dominio Venetiarum ꝫ Patriæ Fori Julii Justissimo Locumtenenti generali, comparuerunt circumspectus Vir Ser Ambrosius Pipo habitator in Cormono Procurator Dñæ Agnetis ejus Socrus, & Maritus Dñæ Margaritæ ipsius Dñæ Agnetis filiæ, & Michael q. Pauli Baldas de Cormono suo nomine intervenientes tamquam Successores q. Ser Joannuti q.ᵐ Ser Pagleti de Gramogliano olim habitatores in burgo pontis Civitatis Austriæ, pro tertia parte hæreditatis suæ mediantibus personis olim Ser Joannis, & Nicolusii dicti Baldas Fratrũ, & q. Pissii de Cormono, ut con-

 stat

stat publico Instrumẽto testamenti scripto sub signo, & nomine 3 Poxnas investiri de tertia parte, ut dictum est, certi ronchi cum uno Manso positi in Gramogliano, & ejus pertinentiis sive in S.ᵗⁱ Endrato hujus prius, nec non de omnibus, & singulis aliis bonis feudalibus ad eos spectantibus, & pertinẽn de dicta hæreditate per eosdem Ambrosium, & Michaelem ut supra in præsentiarum tentis, & possessis in Patria Forijulii sive per dictas Dñas non obstante aliqua investitura alias facta per dictum Dñum Locumteñ Alberto Tussi de Brazano ipsa bona sio possidenti. Qua quidem petitione audita præfatus Magnificus Dñus Locumteñ cupiens omni tempore justitiam unicuique administrare, viso dicto testamento, & habita superinde matura deliberatione, accepto primitus & ante omnia a dictis Ambrosio, & Michaele debito juramento fidelitatis & obedientiæ, & Vassalagii, in similibus præstari consueto in animam suprascriptarum Mulierum, Eosdem ipsos Ambrosium, & Michaelem coram præsentia sua flexis genibus constitutos humiliter petentes, & reverenter suscipientes suis nominibus propriis, & procuratorio nomine ut supra suisque filiis, & hæredibus cum annuli impositione de facto legitime, solenniterque investivit de suprascripta tertia parte prædicti Ronchi, cum dicto Manso situato in Gramogliano, & ejus pertinentiis, sive in S.ᵗⁱ Endrato, tamquam de bonis ad eos spectañ, & pertiñen, ut prædictum est jure successionis, & Testamenti dicti q.ᵐ Ser Joannuti, nec non de omnibus, & singulis aliis bonis feudalibus in p̃ria Forijulii situatis ad eos spectañt quocumque modo, & pertiñent, jure recti, & legalis feudi cum illis solitis oneribus, & gravaminibus cum quibus sui antecessores fuerunt investiti ab Ecclesia Aquileg: salvo semper jure illus dui do: Venetiarum pro Ecclesia Aquileg: & omnium personarum de prædictis omnibus & singulis ad futurorum memoriam pñs hoc conficiendum, etiam privilegium muniendum sigillo majori S.ᵗⁱ Marci sui soliti regis 2 Quamquidem investituram præfatus Dñus Locumtenens dictis Ambrosio, & Michaeli fecit de dictis bonis in quantum in futurum ipsa apparerẽt esse feuda

Signum Notarii

Ego Marcus Dominicus filius, & Coadiutor ser Joannis de Meliorantiis Civis Vicentini in præsentiarum Cancellarii sup.ᵃ scripti Mag.ᶜⁱ Dñi Locumten publicus Imperiali aũtate Notarius suprascriptis omnibus interfui, & mandato præfati Dñi Locumteñ rogatusque a suprascriptis Ambrosio, & Michaele publice tane scripsi signumque meum consuetum in testimonium apposui

Joannes Meliorasius Cancellarius

N.° XXXVI.

Epistola Conradi de Monte Regali scripta Joanni Comiti Goritiæ, ex qua Goritiensis illorum temporum Historia plurimum illustratur. Dat. Utini XVI. Septembris 1458. Communicavit supra laudatus Cl. Dominus Spergesius.

Illustris Princeps, & Domine his diebus dum negotia vestræ Dominationis tractarentur interfui cum subditis, ac servitoribus vestris, licet Magnificus Dñus Ludovicus Truno ardenter se solito more gereret, ac præponat:

ponat:

ponat; Duo quidem fuere in disputatione præsenti negotium ducat. 600. Ser Mathei Thani, in quo licet hic dicatur indebite forte fieri, & quod Dominatio vestra non conservatur indemnis contra Aurisperger ac etiam ante tempus totum debitum petitur respectu ratæ futuræ Duc. 200. tamen Magnificus Locumtenens Dñus dicit, ego sum executor Literarum, & Mandatorum Dominii aliter facere non possum, & verum dicit, sunt itaque prædicta tractanda Venetiis aut coram Ill.mo Dominio, aut coram Magnificis Dñis Advocatoribus, quod magis sentio, & ibi forte fieret provisio grata; Reliquum est de operibus mittendis ad foveam Dominationis jussu ordinatam de territorio vestræ Dominationis a Lisontio citra, in hoc quidem duplex fuit defensio scilicet quod Dominatio vestra recognoscit ab Imperio Comitatum totum Goritiæ sub quo includitur Cormonum cum Villis adjacentibus & Bancha de Flamber, & etiam quod vestri Servitores Comitatus sustinerent multa onera, & gravedines vestræ Dominationis, quinimo additum est quod diversorum magna servitute erit totalis eorum consumptio. Ad hæc responsum est Nobis, quod vestra Dominatio recognoscit antiquitus ab Ecclesia Aquilegensi Goritiæ Comitatum cæteraque, & nunc a Dominio Venetorum, & quod est sententia antiqua annorum circa 300. ex qua determinatum est per Regem unum, Ducem, & Dominum, quod prædecessores vestri recognoscere debeant in feudum loca prædicta, & alia, & quod dicta sententia est apud Dominium, & quod a Lisonzo citra est de Patria Forojulii, & quod gravedines Domini sint ratæ dicitque Præfatus Dominus Locumtenens quod habeat similiter Litteras Ducales mandantes, quod subditi vestræ Dominationis qui sunt in Patria graventur ad onera sua sicut cæteri de Patria, & vult omnino sua Magnificentia, quod a Lisontio citra vadant: imposuit pœnas plures usque ad libras mille, & profecto pro nunc suadeo quod mittantur ad laborerium ne deterius contingat, & quod Dominatio vestra petat a Dominio de gratia, ne vestræ Dominationis subditi amplius graventur, & ubi vestra Dominatio intersit Venetiis quod ut fiat consulo &c. Illustrissima Dominatio Venetorum vestram libenter expectat Dominationem, providebitur prædictis, & aliis vestris, tempus etiam suadebit, quare habebit dilationem vestra Dominatio ultra Mensem ab adventu vestro securiter providendi in facto Mathei prædicti; solet quippe dici: Vultus Hominis, vultus Leonis, præsentia vestræ dominationis operabitur multum, hæc quæ sentio libenter porrigo vestræ Dominationi, cui me commendo in facto feudi novi filiorum quondam Domini Petri de Carmono Libellum formavi Datum Utini 16. Septembris. 1458.

Vestræ Illustris Dominationis
Servitor Conradus de Monte Regali

Ab extra

Illustri Domino Joanni Palatino Carlorbiæ Comiti Goritiæ Tyrolis Domino præcipuo.

N.° XXXVIII.

N.° XXXVII.

Friderici III. Imperatoris Codicillus cum Comitiva concessa spectabili Francisco de Bonomo de Tergesto Sedis Apostolicæ Subdiacono, & Pii II. Summi Pontificis (prius Æneæ Sylvii nominati) Cubiculario Secreto, qui postmodum fuit Archidiaconus Tergesti, Patavinus quoque, ac Ferrariensis Canonicus. Privilegium Imper. Dat. fuit Neostadii in Austria III. Januarii 1463. Autographum possidet Illustris Dñus Andreas Josephus de Bonomo Tergestinæ Civitatis Cancellarius.

Fridericus Divina favente Clementia Romanorum Imperator semper Augustus Hungariæ, Dalmatiæ, Croatiæ &c. Rex, ac Austriæ, Styriæ, Carinthiæ, & Carnioliæ Dux, Dominus Marchiæ Sclavoniæ, ac Portus Naonis Comes in Habspurg, Tyrolis, Phetreris & in Kyburg, Marchio Burgoviæ, & Landgravius Halsatiæ. Spectabili Francisco de Tergesto, Sedis Apostolicæ Subdiacono, Sanctissimi Dñi nostri Papæ Cubiculario Secreto, Nostri, & Imperii Sacri fideli atque devoto dilecto gratiam Cæsaream, & omne bonum. Sceptrigera Imperatoriæ dignitatis sublimitas sicut inferioribus potestatibus officii, & dignitatis elatione præfertur, ut commissos sibi fideles optatæ consolationis præsidio gubernet, quod thronus Augustalis tanto solidetur felicius, & uberiori prosperitate proficiat, quanto indesinentis suæ virtutis donaria largiori benignitatis munere fuderit in subjectos sic a coruscante splendore Imperialis solii Nobilitates alii velut e Sole radii prodeuntes ita fidelium status, & conditiones illustrant ob primevæ lucis integritas minorati luminis detrimenta non patiatur, imo ampliori ursque rutilantis jubaris expectato decore profunditur, dum in circuitu Sedis Augustæ spectabilium Comitum, Baronum, Nobilium, & Procerum nostrorum, & Imperii Sacri numerus adaugetur, sane ad commendabilem prudentiæ, & circumspectionis tuæ industriam, immobilisque erga Nos & Romanum Imperium observatæ fidei constantiam dignæ considerationis aciem dirigentes intra Nostræ meditationis archana revolvimus pensantes quo potissimum munere te digno aliquo prenobilitatis beneficentiæ dono decoremus, ut & te præcipuis tuis meritis ab Imperiali culmine sentias decoratum, atque nostri in te futuris temporibus solida, & stabilis permaneat memoria. Te igitur Franciscum præfatum quem virtutum claritas, laudabilium quoque morum venustas speciali decore reddunt Insignem ex certa nostra scientia ac plenitudine Cæsareæ potestatis nostræ Sacri Lateranensis Palatii, Aulæque nostræ, & Imperialis Consistorii Comitem creamus, erigimus, & attolimus, & gratiose insignimus. Decernentes, & hoc Imperiali statuentes Edicto quod ex nunc in antea omnibus, & singulis Privilegiis, Juribus, immunitatibus, honoribus, consuetudinibus, libertatibus, gratiis, & officiis uti, & frui possis, & debeas quibus cæteri Sacri Lateranensis Palatii Comites hactenus freti sunt, seu quomodolibet potiuntur consuetudine vel de jure. Et quod per totum Romanum Imperium possis, & valeas facere, & creare Notarios publicos, seu Tabelliones, & Judices Ordinarios, & personis fide dignis, & quæ idoneæ repertæ fuerint Notariatus seu Tabellionatus, & Judicatus Ordi-

pro-

narii Officium concedere, & dare, & eos, & eorum quemlibet auctoritate Imperiali de prædictis per pennam, & calamarium prout moris est investire, dummodo tamen ab ipsis Notariis publicis, seu Tabellionibus, & Judicibus Ordinariis per te fiendis, & creandis vice, & nomine Sacri Rom. Imperii, & pro ipso Imperio debitum fidelitatis, ac corporale, & proprium recipias juramentum in hunc modum videlicet: Quod erunt Nobis, & Sacro Rom. Imperio, & omnibus Successoribus nostris Romanorum Imperatoribus, & Regibus legitime intrantibus fideles, ac devoti, nec unquam erunt in consilio ubi periculum nostrum sive eorum tractabitur, sed bonum, & salutem nostram, & eorum defendent, & fideliter promovebunt damna pro sua possibilitate evitabunt, & avertent, Instrumentaque tam publica quam privata ultimas voluntates, Testamenta, codicillos, quæque judiciorum acta & omnia, & singula, quæ illis, & ipsorum cuilibet ex debito dictorum officiorum fienda occurrerint, vel scribenda, juste, pure, & fideliter, absque omni simulatione, machinatione falsitate, & dolo scribent, legent, facient, atque dictabunt, non attendendo odium, pecuniam, munera, vel passiones alias, aut favores, Scripturas vero quas debebunt in publicam formam redigere in membranis mundis, non in Cartis abrasis, neque papireis fideliter conscribent juxta terrarum consuetudinem, causasque hospitalium, & miserabilium personarum pro viribus promovebunt. Sententias, & dicta testium donec publicata fuerint sub secreto fideliter retinebunt & omnia alia, & singula facient, & exercebunt, quæ ad officium publici Notarii, seu Tabelionis, & Judicis Ordinarii pertinent, seu quomodolibet spectare dinoscuntur. Insuper eadem Nostra Imperiali authoritate Tibi præfato Francisco concedimus, & elargimur quod possis, & valeas Naturales, Bastardos, Spurios, Manseres, Nothos, incestuosos copulative, vel disjunctive, & quoscunque ex illicito coitu procreatos viventibus, vel etiam mortuis eorum Parentibus legitimare, & eos ad omnia jura legitima restituere, & reddücere omnemque geniture maculam penitus abolere, Illustrium tamen Principum, Comitum, & Baronum filiis dumtaxat exceptis, dummodo tamen legitimationes hujusmodi per te fiendæ, ut præmittitur, filiis legitimis non præjudicent, quin ipsi cum legitimis æquis succedant portionibus. Non obstantibus in præmissis aliquibus legibus quibus cavetur quod naturales, Bastardi, Spurii, incestuosi, Manseres, vel alii quicunque de illicito coitu procreati, vel procreandi non possint vel debeant legitimari sine consensu filiorum, seu hæredum legitimorum, legibus quoque, & juribus sive aliis quibuscunque his nostris Indulto, & Concessioni quovis modo contravenientibus, & obstantibus, quibus omnibus, & singulis dicta auctoritate, & scientia hac vice derogamus, & derogatum esse volumus per præsentes. Nulli ergo omnino homini liceat hanc nostræ creationis, decreti, statuti, concessionis, & derogationis paginam infringere, aut ei quovis ausu temerario contraire sub pœna nostræ indignationis gravissimæ, & decem Marcarum auri puri, quas contrafacientes toties quoties contrafactum fuerit ipso facto se noverint irremissibiliter incursuros, quorum medietatem Imperialis Fisci, sive Ærarii residuam vero partem injuriam paſſorum uſibus decernimus applicandam. Harum teſtimonio Litterarum ſub Noſtræ Majeſtatis ſigilli appenſione munitarum. Datum in Nova civitate tertio die Menſis Januarii Anno Dñi Milleſimo quadringenteſimo ſexageſimo tertio Regnorum Noſtrorum Romani viceſimo tertio Imperii undecimo Hungariæ vero quarto.

Ad Mandatum Dñi Imperator. in Conſ.°

Wolfgang Vorchtenaud Secrȝ referenȝ

N.° XXXVIII.

Prædictus Imperator novo Privilegio Antonium de Leo cum omnibus ſuis deſcendentibus, qui Doctores, aut Milites extiterint, Palatinos Comites creat Neoſtadii II. Septembris 1465. Ex autographo deſcriptum perhumaniter communicavit paulo ante laudatus Cl. Dom. Andreas Joſephus de Bonomo. Notandum quod in iſto Privilegio occurras memoria obſidionis Tergeſtinæ de anno 1464, quam utique ſilentio præterire non debuiſſet Irenæus Lib. I. cap. XII. pag. 76.

Fridericus Divina favente Clementia Romanorum Imperator ſemper Auguſtus, Hungariæ, Dalmatiæ, Croatiæ &c. Rex, ac Auſtriæ, Styriæ, Carinthiæ, & Carnioliæ Dux, Dominus Marchiæ Sclavonicæ, & Portus Naonis, Comes in Habſpurg, Tyrolis, Ferretis & in Chyburg: Margravius Burgoviæ, & Landgravius Alſatiæ. Honorabili noſtro, & Imperii Sacri fideli dilecto Antonio de Leo Civi noſtro Tergeſti, ac Sacri Lateranenſis Palatii, & Imperialis Aulæ noſtræ Comiti Palatino gratiam Cæſaream & omne bonum. Sceptrigera Imperatoriæ Majeſtatis ſublimitas ſicut inferioribus poteſtatibus elatione præfertur, ut commiſſos ſibi fideles opportunæ conſolationis præſidio gubernet. quod Thronus Auguſtalis tanto ſolidetur felicius, & uberiori proſperitate proficiat quanto indeſinentis ſuæ virtutis donaria largiori benignitatis munere fuderit in ſubjectos: ſic a coruſcante ſplendore Imperialis ſolii nobilitates aliæ velut e ſole radii prodeuntes, ita fidelium ſtatus, & conditiones illuſtrant, quod primevæ virtutis integritas minoritati luminis detrimenta non patitur, Imo ampliore utique rutilantis Jubaris expectato decore perfunditur dum in circuitu ſedis Auguſtæ ſpectabilium Comitum, Baronum, Nobilium, & Procerum noſtrorum Imperii Sacri fidelium numerus feliciter adaugetur. Sane ad notabilem, & multum conſiderandam ſuæ circumſpectionis induſtriam, ac grata fidelitatis obſequia, quæ nobis in obſidione Civitatis Noſtræ Tergeſti dum ſuperiori Anno non minus temere, quam inſolenter a Venetis duriter obſeſſa fuiſſet ingenti devotionis zelo, ſollicita cura, & attenta diligentia exhibere ſtuduiſti, eandem itaque Civitatem noſtram Tergeſti dira fame ac variarum rerum penuria preſſam, rebuſque pene ſuis diffidentem accurrata ſollicitudine, ac animi tui magnanimitate, & induſtria in fide noſtra, ac conſtantia (ut fide dignorum teſtimonio edocti ſumus) conſervaſti. His itaque ſtudiis tuis attentis, quæque Nobis exhibere poteris, & debebis in futurum, immotaque fidei erga Nos, & ipſum Imperium Sacrum, devotam conſtantiam circa Nos, & Imperii Sacri procurandos honores, & utilitates, quibus magiſtra rerum experientia Nos docuit cule prudenter, & cura pervigili hactenus claruiſti, quotidie clares, & in antea eo quidem frequentius, & ſedulius clarere poteris quanto majoribus honorum prærogativis, te ſenties conſolatum, ac decoratum Noſtræ Majeſtatis oculos, ac internæ meditationis aciem ſingulari quadam ferventia gratioſius dirigentes. Te quem etiam virtutis claritas, & laudabilium morum venuſtas reddit inſignem, ac omnes hæredes, ac poſteros maſculos tuos per lineam maſculinam a te legitime deſcendentes Doctores aut Milites exiſtentes animo deliberato, ſano Principum, Comitum, Baronum, ac Procerum Noſtrorum, & Imperii Sacri fidelium accedente Conſilio, de certa noſtra ſcientia, & Imperialis plenitudine poteſtate Sacri Lateranenſis Palatii, ac Aulæ Noſtræ, & Imperialis Conſiſtorii Comites facimus, creamus, errigimus, nobilitamus, attolimus, & auctoritate Cæſarea gratioſius inſignimus decernentes, & hoc Impli ſtatuentes edicto, quod tu ac omnes hæredes tui maſculini ſexus, qui ut præmittitur Doctores, aut Milites exiſtunt ex nunc in antea omnibus privilegiis, juribus, immunitatibus, honoribus, ac conſuetudinibus, & libertatibus frui debeatis, ac gaudere, quibus cæteri Sacri Lateranenſis Palatii Comites hactenus freti ſunt, ſeu quomodolibet potiuntur conſuetudine, vel de jure. Dantes, ac concedentes tibi, & hæredibus tuis, qui aut Doctores, aut ut præmittitur Milites exiſtunt, eadem Imperiali auctoritate plenam, & omnimodam de noſtra ſcientia poteſtatem creandi Notarios publicos, ſeu Tabelliones, & Judices ordinarios ubique locorum & per Sacrum Romanum Imperium, qui idonei ſunt, & in literatura ſufficienter experti cum plenaria poteſtate ad Notariatus, ſeu Tabellionatus, & Judicatus Officium pertinenti, eoſque & eorum quemlibet inveſtiendi de prædictis per pennam, & Calamarium, (ut eſt moris) dumodo tamen ab ipſis Notariis publicis, ſeu Tabellionibus, & Judicibus Ordinariis per te fiendis, & creandis (ut præmittitur) & eorum quolibet vice ac nomine Sacri Romani Imperii & pro Romano Imperio debitæ fidelitatis recipias proprium, & corporale juramentum, videlicet quod Tabelliones, & Publici Notarii, tam Inſtrumenta publica, quam privata, ultimas voluntates, quæcunque judiciorum acta, & omnia alia, & ſingula, quæ illis, & cuilibet ipſorum ex debito dictorum Officiorum fienda occurrerint, vel ſcribenda juſte, pure, fideliter omni ſimulatione, machinatione, falſitate, ac dolo remotis ſcribent legent, & facient ſcripturas illas quas debebunt in publicam formam redigere, in membranis, & non in cartis abraſis, neque papireis fideliter conſcribendo ſecundum terrarum conſuetudinem facient, nec non ſententias, & dicta teſtium donec publicata fuerint, & approbata ſub ſecreto fideliter retinebunt, ac omnia, & ſingula recte, & juſte faciant quæ ad dicta officia quomodolibet pertinebunt conſuetudine, vel de jure. Quodque hujuſmodi Notarii publici, ſeu Tabelliones, & Judices ordinarii per te creandi & fiendi poſſunt per totum Romanum Imperium, & ubique locorum facere, & ſcribere, & publicare contractos Inſtrumenta, Judicia, Teſtamenta, & ultimas voluntates, Decreta, & auctoritates interponere in quibuſcunque contractibus requirentibus illa, vel illas, & omnia alia & ſingula facere, publicare, & exercere, quæ ad officium publici

blici Notarli, seu Tabellionis, & Judicis ordinaril pertinere, & spectare noscuntur. Item eadem tibi auctoritate concedimus & largimur quod valeas, & possis naturales, bastardos, spurios, Manseres, Nothos, incestuosos copulative, vel disjunctive, & quoscunque ex illicito & damnato coitu procreatos seu procreandos viventibus, vel etiam mortuis eorum parentibus legitimare, Illustrium tamen Principum Comitum, vel Baronum filiis dumtaxat exceptis, & eos ad omnia jura legitima restituere, & reducere, omnemque genituræ maculam penitus abolere ipsos restituendo ad omnia, & singula jura successionum, ab etiam intestato cognatorum, & agnatorum honores, & dignitates & ad singulos actus leghimos, ac si essent de legitimo matrimonio procreati, dumodo legitimationes per te fiendæ, ut prænotititur non præjudicent filiis legitimis, & hæredibus, quin ipsi cum legitimandis per te æquis portionibus suis succedant parentibus, & agnatis non obstante §. fin. auth. ica quibus modis naturales efficiantur sui &c., & omnibus aliis juris dispositionibus ipsis filiis omnem Clementiam denegantibus, nec non aliquibus legibus, quibus cavetur quod naturales, bastardi, spurii, incestuosi copulative, vel disjunctive, vel alii quicunque de illicito coitu procreati, vel procreandi non possint, debeant vel legitimari sine consensu, & voluntate naturalium, & legitimorum filiorum, quibus legibus, & cuilibet ipsarum volumus expresse, & de certa scientia derogare, & etiam non obstantibus in prædictis aliquibus legibus aliis, etiamsi tales essent, quæ deberent exprimi, & de eis fieri mentio specialis, quibus obstantibus, vel obstare volentibus in hoc casu dumtaxat ex certa nostra scientia, & de plenitudine Imperatoriæ potestatis totaliter derogamus, & derogatum esse decrevimus per præsentes. Præterea eadem auctoritate tibi concedimus, & largimur, quod possis ætatis veniam concedere juxta legitimas sanctiones. Tutores quoque & Curatores dare, constituere, & auctoritatem interponere in emancipationibus liberorum, quos parentes sui voluerint emancipare etiam dictis liberis absentibus in judicio, in adoptionibus quoque, & arrogationibus auctoritatem impertiri, & decretum interponere valeas. Nulli omnino hominum ergo liceat hanc nostræ creationis, ordinationis, Decreti, Statuti, Concessionis, derogationis, & gratiæ paginam infringere, aut eis quovis ausu temerario contraire sub pœna nostræ, & Imperii Sacri indignationis gravissima, & decem marcharum auri puri, quas contrafacientes toties quoties contrafactum fuerit ipso facto se noverint irremissibiliter incursuros, quarum medietatem fisci, residuam vero partem injuriam passo usibus decernimus applicari. Præsentium sub Impliis nostræ Majestatis sigillo testimonio litterarum. Datum in Nova Civitate Nostra Austriæ die secundo Mensis Sepembris anno Dñi Millesimo quadringentesimo sexagesimo quinto Imperii nostri quartodecimo, Regnorum Nostrorum Romani vigesimo sexto, Hungariæ vero septimo.

Ad Mandatum Dñi Imperatoris proprium.

N.° XXXIX.

N.° XXXIX.

Instrumentum Procuræ Nobilium & Egregiorum Virorum DD. Joannis, Martini, Bonaventuræ, & Gervasii Fratrum, & Filiorum quondam Nobilis, & Egregii Domini Guilelmini de Migaziis de Rasura, rogatum in Villa Cogulli, Plebis Volsanæ, Vallis Solis, & Diœcesis Tridentinæ. Die XXVII. Maii 1473. Ex autographo Illustris Andreas S. R. I. Eques de Stock, Consiliarius Cæsareus actualis, & Cancellariæ Intimæ Imperialis Aulicæ Archivarius deprompsit in authentica forma Viennæ 1765. die IX. Februarii.

In Christi Nomine Amen. Anno Nativitatis Ejusdem millesimo quadringentesimo septuagesimo tertio, indictione sexta die Jovis vigesimo septimo mensis Madii in Villa Cogulli, Plebis Volsanæ, Vallis Solis & Diœcesis Tridentinæ, in Via publica, juxta domum habitationis circumspecti, & providi Viri, scilicet Bonaventuræ, filii circumspecti, & Sapientis Viri S. Guielmini, olim S: Joannis de Migaziis de Rasura Vallis Tellinæ, Diœcesis Cumarum nunc habitantis, & commorantis in prædicta Villa Cogulli, præsentibus providis, & discretis Viris, Salvatore quondam scilicet Antonii de Tomasiis, Viviano Fabro, filio ejusdem Salvatoris, Bonofilius Vidali de Pusclavo, Magistro Joanne Sartore quondam Magistri Joannis Sartoris de Comoascho, Vallis Agneclie, & Baptista Cavalario, quondam Magistri Constantii de Valeconibus de Valtora, omnibus nunc habitatoribus in prædicta Villa Cogulli, testibus ad infrascripta specialiter rogatis, & vocatis. Ibi Nobiles, & Egregii Viri Dominus Joannes...... Dominus Martinus legum Scolaris S...... Bonaventura, & Gervasius fratres, & filii quondam Nobilis, & Egregii Domini Guielmini de Migaziis de Rasura Vallis Birii, Vallis Tellinæ, Episcopatus Cumarum nunc autem moram trahentes suprascriptæ Villæ Cogulli, prædictarum plebis Valsanæ, Vallis Solis, & Tridentinæ Diœcesis, omnes simul, & quilibet eorum, tam vicissim, quam conjunctim, quam divisim, & separatim, unanimiter, concorditer, & nemine eorum discrepante, fecerunt, constituerunt, & ordinaverunt, ac faciunt, constituunt, & ordinant suos, & cujuslibet eorum tam simul, quam separatim missos, nuncios, & procuratores speciales, & generales, & quidquid melius dici & esse potest, sese vicissim scilicet unus alium, & alius alium, & alii alios, seu alii alium. Item circumspectos & prudentes juvenes, scilicet Antonium Nothum, & Bartholomæum fratres, & suprascripti Bonaventuræ filios legitimos, & naturales. Item Nobiles, & egregios & eloquentes Viros D: Ambrosium Cagnola, D: Candidum Portum, D: Augustinum de Terzago, D: Franciscum Bolla, D: Ambrosium de Cogliate, D: Georgium Ruscha, D: Damianum de Maliario, & D. Franciscum Sachella, omnes de Mediolano. Item D: Georgium de Retegno, D: Antonium Stuppa, D. Leonem Vacha, D: Nicolaum de Valesiis, D: Aloysium Haliacha, & D: Baptistam de la Porta, omnes & cuivis: Item D: Petrum de Menasio, D: Bartholomæum Maraveglia, D: Jacobum de la fontana, D: Bartholomæum Mallacrida; & D: Antonium & D: Christophorum fratres de Carugho, omnes de Trisinio. Item D: Georgium de Filiponibus, D: Petrum de Casparo, D: Lazarum de Bellano, D: Petrum de la Foppa, & D: Ponitrium da Pozo, omnes de Terticrio de Subtus: Item D: Graciolum Gnarh, D: Anselinum, & D: Stephanum Gato, hos tres de Tillio prænominatæ Vallis Tellinæ, licet absentes, sed tanquam præsentes & quemlibet eorum in solidum, ita, quod occupantis conditio prior non existat, & quicquid unus eorum incæperit, alter, seu alii mediare, prosequi, & finire valeant, & possint, & hoc specialiter, ad dicto procuratorio nomine, seu Nominibus petendum, exigendum, consequendum, & habendum omnes, & singulas quantitates denariorum, bladi, Vini seu aliarum rerum cujuslibet generis, & mancericii sint, quas dicti Fratres constituentes & quilibet, seu alter eorum habere debent, seu debet, & debebunt, seu debebit, a quacunque persona, Communi, Collegio, Capitulo, & Universitate, Civitatibus Tridenti, & Cumarum, & eorum Episcopatibus, & alibi ubicunque, quocunque modo, & quacunque ratione, & occasione, & tam per Cartam, quam sine Carta, ad faciendum dicto Procuratorio Nomine, seu Nominibus ut supra, cuilibet personæ, & quibuslibet personis, Communibus, Collegiis, Capitulis, & Universitatibus quascunque Confessiones, finas absolutiones, liberationes, quietationes, & pacta quæcunque de ulterius non petendo, agendo, nec causando in perpetuum de omni, & toto eo, quod per ipsos missos, nuntios, & procuratores suos, & quemlibet, seu alterum eorum dicto procuratorio Nomine, seu Nominibus ut supra, recipi, & haberi contingerit, & prout eisdem missis, nuntiis, & procuratoribus Suis, & cuilibet, seu alteri eorum melius videbitur, & placuerit, & in ipsis Instrumentis inde fiendis, ut supra, & quolibet eorum apponi contingerit: Et ad promittendum & obligandum dicto procuratorio Nomine, seu Nominibus, ut supra, sese vicissim, videlicet unus alterum, & alter alterum constituentes, & quemlibet eorum, & omnia eorum, & cuilibet ipsorum bona & res pignori, præsentia, & futura in ipsis instrumentis faciendis, ut supra. Et quolibet eorum de fundo, essendo, & permanendo perpetuo tacitos, & contentos, & de faciendo perpetuo Stare, esse, & permanere quamlibet aliam personam, Commune, vel Collegium, Capitulum, & universitatem tacitam, & contentam, & tacitum & contentum omnibus dictorum Fratrum constituentium, & cuilibet eorum propriis, expensisque damnis, & interesse tantum in pœna, & sub pœna totius damni, & interesse ac omnium expensarum solemni Stipulatione præmittenda, & deducenda. Item ad intrandum, & apprehendendum dicto procuratorio Nomine, seu Nominibus ut supra corporalem possessionem, & tenutam, vel quasi, & per fortiam omnium, & singulorum bonorum, & rerum mobilium, & immobilium, cujuscunque sint debitoris, & quorumcunque Suorum, seu alterius eorum debitorum, præsentium, & futurorum. Et hoc pro quocunque Creditore, ac quibuscunque Creditis ipsorum Fratrum constituentium, & cujuslibet eorum, seu alterius eorum præsentibus, & futuris ut supra. Et usque ad omnes quantitates denariorum, bladi, vini, & aliarum rerum, quas ipsi fratres constituentes, &

quili-

quilibet, seu alter eorum habere debent, seu debebunt, a quacunque persona, & quibuscunque personis, Communibus, Collegiis, Capitulis, & Universitatibus quocunque modo, & quacunque ratione, & occasione tam per cartam, quatenus & scripturam, quam sine Carta quatenus & Scriptura, ac vigore & prætextu cujuscunque parabulæ & licentiæ, seu Possessionis tedialis, decretalis, & corporalis, vel quasi eisdem fratribus constituentibus, & cuilibet, seu alteri eorum datæ & concessæ, ac dandæ, & concedendæ per quamcumlibet Potestatem, Capitaneum, Vicarium, Judicem, Consulem, Rectorem, vel Auditorem tam Ecclesiasticum, quam Sæcularem, contra quoslibet & singulos Suos, & cujuslibet, seu alterius eorum debitores præsentes, & futuros, ut supra: & usque ad quantitatem totius ejus, quod dicti Fratres constituentes, & quilibet, seu alter eorum habere debent, pro tempore præterito, ac præsenti, & de cætero habere debebunt, a prædictis Suis debitoribus præsentibus, & futuris quocunque modo, & quacunque ratione, & occasione: Et in ipsis possessionibus apprehendendis, ut supra, standum, permanendum, & perseverandum, ac ipsas possessiones, & bona apprehendendum, ut supra, & potestatem earum, & eorum retinendum, & relassandum, ac in solutum, & pro parte Solutionis creditorum Suorum accipiendum dicto procuratorio Nomine, seu Nominibus, ut supra, a quibuscunque extimatoribus deputatis, vel deputandis, usque ad quantitatem totius ejus, quod extimari, & in solidum dari contingerit, ut supra, & prout eisdem missis, nuntiis, & procuratoribus Suis & cuilibet, seu alteri eorum melius videbitur, placuerit, & in ipsis extimationibus, & in solutum dationibus faciendis, ut supra, apponi contingerit. Item ad investiendum & locandum, & quascunque Investituras & locationes faciendas dicto procuratorio Nomine, seu Nominibus, ut supra, cuilibet personæ, seu quibuslibet personis Communibus, Collegiis, Capitulis, & Universitatibus, de omnibus, & singulis possessionibus, domibus, terris, & rebus, territoriis, & aliis quibuscunque bonis, & rebus, mobilibus, & immobilibus ipsorum fratrum constituentium, & cujuslibet, seu alterius eorum, & eisdem, seu alteri eorum fratribus constituentibus, & cuilibet eorum spectantibus, & pertinentibus, ac obligatis, & ypothecatis, & quæ eisdem Fratribus constituentibus, & cuilibet, seu alteri eorum de cætero spectabunt, & pertinebunt, & obligari, & ypothecari contingerit quocunque modo, & quacunque ratione & occasione. Et item ad Se investiendum dicto procuratorio Nomine, seu Nominibus, ut supra, & quascunque Investituras, & locationes recipiendum a quacunque persona, seu quibuscunque personis, Communibus, Collegiis, Capitulis, & Universitatibus de omnibus & singulis possessionibus, domibus, terris, decimis, fructibus, redditibus, proventibus, gaudimentis, & rebus, territoriis, ac bonis mobilibus, & immobilibus. Et hoc ad Terminum & Terminos & tam ad livellum, & perpetuam ac simplicem locationem, quam alio modo, quocunque modo, & quacunque ratione & occasione: Et pro quocunque ficto, ac fictis medio & reditu, ac quantitatibus denariorum, bladi, Vini, & aliarum rerum, quæ in ipsis Investituris, ac locationibus faciendis, & recipiendis,

dis, ut ſupra apponi contingerint, & prout eiſdem Miſſis, nunciis, & procuratoribus ſuis, & cuilibet eorum melius videbitur, & placuerit. Item ad denunciandum, excomiandum, & repudiandum, ac quæcunque denunciamenta, excomiationes, & repudiationes dicto procuratorio Nomine, ſeu Nominibus, ut ſupra, faciendum, & fieri facientes cuilibet perſonæ, & quibuslibet perſonis, Comunibus, Collegiis, Capitulis, & Univerſitatibus de quibuſcunque & ſingulis poſſeſſionibus, domibus, terris, decimis, & rebus, territoriis, ac bonis mobilibus, & immobilibus, de quibus contingerit fieri, & recipi Inveſtitura, & locatio, ut ſupra, & prout eiſdem miſſis, nunciis, & procuratoribus Suis, ut ſupra, melius videbitur, & placuerit, & in ipſis denunciamentis, excomiamentis, & repudiationibus ut ſupra faciendis apponi contingerit. Item ad ſeſe dicto Procuratorio Nomine, ſeu Nominibus, quibus ſupra, compromittendum, & quæcunque Compromiſſa unum & plura, ſemel & pluries, faciendi, ſpeciale, & generale, & item, ſpeciale tantum, & generale tantum, ac item de jure tantum, & de facto tantum: Item de jure & de facto, & de amicabili compoſitione, & cujuslibet alterius generis, & mancerieii dicto procuratorio Nomine, ſeu Nominibus, ut ſupra, faciendum cum quacunque perſona, & cum quibuſcunque perſonis, Communibus, Collegiis, Capitulis, & Univerſitatibus: Et in quemcunque arbitrum, & arbitratorem, ſeu arbitros, & arbitratores, & amicabiles compoſitiones de omnibus & ſingulis litibus, quæſtionibus, diſcordiis, & Controverſiis vertentibus, & quæ verti, & eſſe poſſent, & poterint inter, & per ſupra factos fratres conſtituentes, & quemlibet, ſeu alterum eorum pro una parte, ſeu pluribus, & diverſis partibus, & quarumcunque aliarum perſonarum, & quaſcunque alias perſonas, Communia, Collegia, Capitula, & Univerſitates ex altera parte ſeu aliis pluribus, & diverſis partibus, rationibus, & cauſis apponendis in quolibet inſtrumento compromiſſi, ſeu compromiſſorum faciendorum, vigore præſentis Mandati, & cum quibuſcunque, & ſingulis pactis, promiſſionibus, Conventionibus, Obligationibus, renunciationibus, pœnis, termino, ſeu terminis, prorogationibus, Clauſulis, & Solempnitatibus in dicto Compromiſſo, ſeu Compromiſſis faciendis, ut ſupra, apponendis: Item...... ratificandum, & omologandum dicto procuratorio nomine, ſeu Nominibus, ut ſupra, omnia & ſingula præcepta, pronunciamenta, & arbitramenta, quæ fieri contingerit ut ſupra, & item de pœna, ſeu pœnis in dicto Compromiſſo, ſeu Compromiſſis faciendis, ut ſupra apponendis, ac de omni eo contento, quod in dictis denunciamentis faciendis, ut præfertur, apponi contingerit, ut ſupra Denunciationes, & intimationes, ac denunciamenta, & intimamenta facienda dicto procuratorio Nomine, ſeu Nominibus, ut ſupra, omnibus & ſingulis, cum quibus & intra quos, compromitti, & arbitrari contingerit, ut ſupra, prout advenerit, & caſus adeſſe contingerit, & prout eiſdem miſſis, nunciis, & procuratoribus Suis, & cuilibet eorum, ut ſupra, melius videbitur, & placuerit, & in ipſis denunciamentis faciendis, ut ſupra, apponi contingerit. Item ad cedendum, & quaſcunque Ceſſiones dandum, & faciendum dicto procuratorio Nomine, ſeu

Nomi-

Nominibus, ut supra, cuilibet personæ, & quibuslibet Communibus, Collegiis, Capitulis, & Universitatibus de quibuscunque & singulis quantitatibus denariorum, bladi, Vini, casei, & aliarum rerum ac instrumentis, & Juribus, quæ ipsi fratres constituentes, & quilibet, seu alter eorum habent, & eisdem, & cuilibet, seu alteri eorum spectant, & pertinent, ac de cætero habebunt, & spectare, & pertinere contingerit, contra & adversus quamcunque personam, & quascunque personas, Communia, Collegia, Capitula, & Universitates quocunque modo, & quacunque ratione & occasione. Item ad vendendum, & quascunque venditiones dicto procuratorio Nomine, seu Nominibus, ut supra, faciendum in manibus cujuscunque personæ, & quarumcunque personarum, Communium, Collegiorum, Capitulorum, & universitatum, de omnibus & singulis, fictis, fructibus, redditibus, proventibus, & gaudimentis; possessionibus, domibus, terris, decimis, & rebus: territoriis, ac aliis bonis mobilibus, & immobilibus dictorum fratrum constituentium, & cujuslibet, seu alterius eorum & eisdem fratribus constituentibus, & cuilibet, seu alteri eorum, ut supra spectantibus, & pertinentibus, ac obligatis, & ypothecatis & quæ de cætero Sibi, ut supra spectabunt, & pertinebunt, & obligari, vel ypothecari contingerint, quocunque modo, & quacunque ratione, & occasione. Et hoc cum Sui Juris, dominii & possessionis constitutione, & cum omnibus & singulis pactis, promissionibus, Conventionibus, Obligationibus, Renuntiationibus, pœna, seu pœnis, clausulis, & solempnitatibus in hujusmodi Instrumentis Cessionum, & venditionum dandarum, & fiendarum, ut supra apponendis, & cum, & sub quibuscunque promissionibus defendendi, & guarentandi ipsas Cessiones, & Venditiones, ac quantitates & res, & omnia & singula in ipsis instrumentis Venditionum, & cessionum faciendarum, ut supra apponendis, tam in pœna & sub pœna verique dupli pretii amissione ipsarum Cessionum, & Venditionum, & rerum in eis apponenda, & totius damni & Interesse, ac omnium expensarum solempni Stipulatione promittenda, & deducenda: Et tam pro eorum dato, & facto tantum, quam in omnem causam, & casum, & litis eventum, qui, vel quæ exinde moveri contingerit: Et hoc a prima Citatione in antea denunciatione præmissa, & etiam pro quocunque pretio, & pretiis, ac quantitatibus denariorum, bladi, vini, & aliarum rerum, quæ in ipsis Instrumentis Cessionum, & venditionum dandarum, & faciendarum, ut supra apponi contingerit, & prout eisdem missis, nunciis, & procuratoribus Suis, & cuilibet eorum melius videbitur, & placuerit; Et ad recipiendum & habendum ac recepisse & habuisse confitendum dicto procuratorio Nomine, seu Nominibus, ut supra, a quolibet futuro, seu futuris Cessionariis, & Emptoribus pretium, & pretia ipsarum Cessionum, & Venditionum dandarum, & faciendarum, ut supra, & quantitatum, & rerum in eis apponendarum; & omne, & totum id, quod in eis apponi contingerit, tam pro pretio, & Nomine pretii, quam etiam pro completa solutione, & integra Satisfactione dictarum Cessionum, & venditionum, quæ fieri contingerit, ut supra, & quantitatum, & rerum in ipsis Cessionibus, & Venditionibus faciendis, ut supra

pra præfertur, apponendarum: Et ad promittendum & obligandum sese, & quemlibet eorum, & omnia eorum, & cujuslibet eorum bona, & res pignori præsentia, & futura in ipsis omnibus & singulis instrumentis faciendis ut supra, & quodlibet eorum tam in solidum, quam alio quovis modo, & in omnibus, & per omnia, prout promitti, & obligari contingerit, & requiritur ex forma, & natura hujusmodi Instrumentorum faciendorum vigore præsentis mandati, ut supra. Item ad omnes ipsorum fratrum constituentium, & cujuslibet eorum causas, lites, quæstiones, discordias, & controversias, quas habent, vel habere possent, seu intendunt, seu alter eorum habet, vel habere posset, seu intendit cum quacunque persona, Communi, Collegio, Capitulo, & Universitate sub toto Cumatum examine, & alibi coram quocunque Capitaneo, Potestate, Vicario, Judice, Consule, Rectore, vel Causarum Auditore tam Ecclesiastico, quam Sæculari: Et hoc tam ad agendum, quam defendendum, negandum, confitendum, opponendum, allegandum, & respondendum; Interrogationes, Libellos, petitiones, positiones, & Capitula faciendum, producendum, dandum, & recipiendum, & ipsis respondendum, & earum responsiones ratificandum, & approbandum; Litem, seu lites contestandum, terminos statuendum, & collocandum, petendum, dandum, & ponendum; Judices & Notarios eligendum, & eos recusandum, suspectos & confidentes dandum, recipiendum, & nominandum tam oretenus, quam in scriptis: Testes, instrumenta, processus, Scripturas, & Jura quæcunque producendum: Sententias tam interlocutorias, quam definitivas audiendum, & ab eis, & quolibet alio gravamine illato vel inferendo appellandum, & eas, & ea nullas, & nulla esse dicendum, earum eorumque appellationes, & nullitates prosequendum, & ad Sacramenta Calumpniæ, & veritatis dicendum, & cujuslibet alterius generis, & mancerieii jurandum in & super animabus dictorum fratrum constituentium, & cujuslibet eorum faciendum, dandum, præstandum, deferendum, & referendum: Et ad quascunque protestationes, probationes, Nominationes, denominationes, denunciationes, & Securitates, seu Satisdationes dandum, faciendum, præstandum, & recipiendum: Et ad promittendum & obligandum ipsos fratres constituentes, & quemlibet eorum, & omnia eorum & cujuslibet eorum bona, & res pignori, præsentia & futura in ipsis Securitatibus, seu Satisdationibus inde fiendis. Et ad substituendum dicto procuratorio Nomine, seu Nominibus, ut supra, alios Missos, nuncios, & procuratores, unum & plures semel & pluries, toties quoties eisdem missis, nunciis, & procuratoribus Suis, & cuilibet, vel alteri eorum melius videbitur, & placuerit, substitutosque revocandum, & alios postmodum reassumendum, ad prædicta omnia, & singula, & quodlibet prædictorum: Et celebrandum, & rogandum, & celebrari, & rogari faciendum dicto procuratorio Nomine, seu Nominibus, ut supra, de prædictis omnibus & singulis, & quolibet prædictorum instrumentorum, & instrumenta quodlibet, & quælibet cum omnibus, & singulis pactis, promissionibus, Conventionibus, Obligationibus, renunciationibus, Sacramentis, Clausulis, & Solempnitatibus, in hujus-

hujusmodi Instrumentis debitis & necessariis, & quæ in dictis Instrumentis, & quolibet eorum faciendis, ut supra, apponi contingerit tam de jure, quam de consuetudine: Et ad Jurandum corporaliter ad Sancta DEI Evangelia, manibus tactis Scripturis in animabus, & super animabus dictorum fratrum constituentium, & cujuslibet eorum, in ipsis Instrumentis Cessionum, & Venditionum dandis, & faciendis, ut supra in omnibus, & per omnia, prout in Cessionibus, quæ fiunt, & dantur jurari debet, & requiritur secundum formam Statutorum, & ordinamentorum communis Curnatum, & Civitatis Tridentinæ, & ejus Diœcesis, & Terræ Tillii, & pertinentium, & totius Vallis Tellinæ, & cujuslibet alterius communis super hoc apponendum: Et generaliter ad omnia alia, & singula faciendum, & gerendum, quæ in prædictis, & circa prædicta necessaria fuerint, & utilia, & quæ merita causarum tam de jure, quam de consuetudine postulant, & requirunt. Dantes & concedentes dicti omnes fratres constituentes, & quilibet eorum prænominatis Missis, nuntiis, & procuratoribus Suis, & cuilibet eorum in solidum, plenum, liberum, & generale mandatum, cum plena, & libera, & generali administratione faciendi, gerendi, & exercendi in prædictis, & circa prædicta omnia ea & singula, quæ ipsimet fratres constituentes, & quilibet eorum, ut supra, facere posset, seu possent, ac si personaliter adesset, vel adessent, etiam si Mandatum exigeretur magis speciale. Promittentes insuper dicti omnes Fratres constituentes, & quilibet eorum, ut supra sub ypotheca, & obligatione Sui, & omnium Suorum, & cujuslibet eorum bonorum, & rerum pignori præsentium, & futurorum mihi Notario infrascripto, tanquam publicæ personæ, stipulanti, & recipienti nomine, & vice omnium personarum, quarum interest, intererit, & interesse poterit, quomodolibet in futurum, se quicquid per prædictos Missos, nuncios, & procuratores Suos, & item per alios Missos, nuntios, & procuratores Suos substituendos, ut supra, & per quemlibet, seu alium eorum in solidum actum, dictum, factum, gestum, promissum, procuratum, juratum, petitum, exactum, receptum, intratum, investitum, compromissum, cessum, venditum, substitutum, revocatum, & ordinatum fuerit in prædictis, & quolibet prædictorum omne id, & totum ratum, gratum, firmum, & validum perpetuo habere, & tenere, & nullo tempore contrafacere, nec venire aliqua ratione, vel occasione juris, vel facti, communis, vel specialis: & de rato habendo, judicato solvendo, in judicio sisti, & judicatum solvi. Et volentes dicti Fratres constituentes, & quilibet eorum, ut supra, relevare dictos Missos, nuntios, & procuratores Suos, & item alios missos, nuntios, & procuratores Suos substituendos, ut supra, & quemlibet eorum ab omni onere satisdandi, caverunt, satisdederunt, & fide jusserunt ipsimet fratres Constituentes, & quilibet eorum, ut supra, obligando sese, & quemlibet eorum, & omnia eorum, & cujuslibet eorum bona, ut supra, mihi jam dicto Notario, dictis Nominibus quibus supra stipulanti, ut supra.

Ego Bartholomæus filius quondam S. Joannis Notarii de Volsana, prædictorum Vallis Solis, & Tridentinæ Diœcesis, publicus Imperiali auctoritate

tate

tate Notarius rogationi præscripti Instrumenti Procuræ in robur, & testimonium omnium, & singulorum in eo contentorum, & connexorum semper præsens adfui, & ea rogatus scribere publice, fideliter scripsi, Signumque mei Tabellionatus apposui consuetum & me subscripsi.

Nos Rolandus de Spöio Capitaneus, & Vicarius Generalis in Vallibus Ananiæ & Solis pro Reverendissimo in Christo Patre, & Domino Domino Johanne DEI, & Apostolicæ Sedis gratia Episcopo, & Domino Tridentino dignissimo, universis, & singulis ad quos præsens Instrumentum Procuræ provenerit, notum facimus tenore præsentium, quod prædictus Bartholomæus Notarius de Volsana, qui eundem scripsit, est publicus, verus, & authenticus Notarius, bonæ, ac legalis famæ, Ejusque Instrumentis, & Scripturis, tam publicis quam privatis in Jurisdictione & Diœcesi ista plena, & indubitata fides adhibetur. In cujus rei testimonium, ne propter locorum distantiam sæpenumero possit de vera legalitate dubitari, hoc præsens Instrumentum Procuræ cum Sigillo meo sigillavi. Ex Castro Nostro Vallerii Vallis Ananiæ, die Veneris XXVIIII. mensis Octubre. Anno Domini MCCCCLXXIII.

Loco Sigilli insiti

N.° XL.

Documentum de anno 1475. die Lunæ ante festum S. Matthæi Apostoli illustrans, & confirmans partem Genealogiæ antiquorum Comitum Goritiæ, ex quo crudeliter allata olim Leontii in Carinthia a quibusdam Judæis Puellæ Christianæ mors, & supplicium de reis sumptum declaratur. Authenticum communicavit R. Dom: Antonius Gostisse, qui ob morum probitatem, honorisque divini ampliandi desiderium Cleri Goritiensis, ac Curiæ Archiepiscopalis, cujus est Actuarius, insigne decus, & ornamentum merito potest appellari.

Ego Virgilius de Graben Eques, Ego Joannes Seyt Vice Præfectus Leontii, & Ego Guilielmus Rueff opidi, & Dynastiæ Judex ibidem attestor, quod nos ex seria commissione, & Mandato illustriss. Principis & Domini Leonardi Comitis Palatini Carinthiæ, Comitis Goritiæ, & Tyrolis nostri gratiosi Domini diem hodie diximus & scienter vigore harum litterarum postea descriptos honestos Viros in publicum prodire, & ad Nos venire jussimus, & illos omnibus præscriptis illis verbis, quemadmodum juris est, præmeditari monuerimus, quidnam ipsis revera constet, & notum sit de barbaro facinore occasione & morte quam olim Hebræi Innocenti infanti intulerint, & commiserint &c. Et ita postea descripti honesti viri reminiscentes, & deposito erectis digitis juramento unanimiter & concorditer coram Nobis tribus, & aliis assessoribus publice attestati sunt, & nimirum dixerunt: verum esse, & compluribus honestis hominibus nobilibus, & aliis, qui ante aliquod tempus defuncti sunt, notum, quod olim & tempore quondam Henrici Comitis Goritiæ &c. etiam nostri bonæ recordationis gratiosi Domini, circiter anno quadragedragesimo secundo, vel tertio proxime elapso hic in dicto oppido Leonrio aliqui Hebræi in duabus ædibus habitationem habuerint, in sede civis hujatis dicti Thomæ Pöck ante aliquos annos defuncti, infans Ursula dicta, ætatis suæ trium, aut quatuor annorum casu perdita fuit, quæ singulari, & strenua industria multis diebus in terra, & aqua quæsita, investigata, & non reperta fuit. Cum illi Judæi dictæ puellulæ, ut ex sequenti eorum inquisitione patet, compotes facti, eamdem dicto anno, die parasceves Martyrio affecerunt, & occiderunt, & postea hic in aqua projecerunt, ut tam enormem cædem, ac facinus occultarent: quod autem Deus permittere noluit, sicuti etiam postea in illa vicinia, & locis in quibus prius quærebatur, nec inveniebatur, reperta fuit. Cum igitur prædicta puella fuisset inventa, ad hanc perlustrandam viri, & fœminæ complures citabantur, cujus corpusculum puncturis ubique erat confossum, repertumque quod sanguis ejus ex eodem corpusculo elicitus, ac effusus fuerit. Et post hanc cædem Judicium Hebræos corripuit, & captos detinuit, & quæstionem de illis habuit, & illi pernegare facinus audebant. Tum talia signa in infante spectabantur, & objiciebantur, quæ in illa puella inter alia perpetrassent & ita Judæos omnes unanimiter fuisse confessos, & effatos, quomodo dictam infantem die parasceves anno præfato enecassent, & Martyrio affecissent ut supra prius dictum legitur. Et post hoc interrogati Judæi, quomodo tandem hanc Puellam accepissent, tunc edixere quod hanc puellam illis mulier christiana, cui Margaretha Praitschedlin nomen pro donis, & muneribus adduxerit. Tunc etiam illa mulier capta, & quæsita fuit, quomodo puellulæ compos facta fuerit, quæ respondit, quod eam in loco quodam reperisset, amice, ac blandis verbis suscepisset, & demum in potestatem Judæorum tradidisset: quæ res omnes ita se habere comperiebantur. Atque postea jubebat nostra gratiosa Domina Margaretha, in absentia nostri dicti gratiosi Domini Comitis Henrici Comitis Goritiæ bonæ utrinque memoriæ, cum tunc temporis abfuerit, ut Hebræis pro tali facinore, quod perpetrassent Jus diceretur ita atque eapropter diem fuisse constitutum juri dicendo diem lunæ ante festum Ascensionis Domini cujus vigore etiam anno eodem, & die nostra gratiosa Domina ex omnibus prædicti nostri gratiosi Domini ditionibus omnes de nobilitate ex Carinthia ad Juliam, Dravum, & Mellam fluvios, ex valle Pustrissa, & aliunde, & insuper multos de plebe, qui ad hoc apti essent, vocare, ac citare jusserit, qui & advenerint, ut per hos judicium propter Judæos secundum normam requisitam constitueretur. Tum Judæos omnes, & dictam Christicolam, quæ illis infantem conciliaverat, simul ad judicium ductos esse, accusationes, & responsiones propositas, auditas, ac demum dicto facinori in jure fundatam dictam fuisse sententiam, atque etiam executioni mandatam, ut unus Hebræorum dictus Samuel, utpote qui primus manum Puellæ injecerit, & summe barbaram necem ac Martyrium intulerit rota frangeretur, & postea rota imposito canis ibidem suspensus jungeretur. Tum Judæus Senior dictus Joseph ad patibulum, & restim damnatus est ita ut in eodem ex pedibus cum grandi cane suspenderetur. Dein dicta Praitschedlin cum duabus vetulis Hebræis ad rogum damnata junctis invicem tergis omnes concrematæ fuerint. Adfuisse etiam quatuor juvenculas Hebræas, uti & parvulum Hebræum, hi baptismum petieruut, & Christiana fide instrui, qui etiam suscepti, & baptizati fuerunt. Et hi sunt illi Viri, qui prædictis rebus interfuere, & prædicta testimonia, ac dicta sub corporali erectis digitis præstito juramento prius memorato deposuerunt.

Item primus Michael Kramer, Joannes Trachser, Joannes Streicher, Lampertus Sutor, Michael Faber ferrarius, Berchtold Sutor, Hermannus Sartor, Martinus Spangler, Peter Sibenschlegel, Wolfgang Roscoph, Bartholomæus Rejak, Nicolaus Mayr de Tristak, Martin Weingartner, Leonard Wengl, Capo de Godnac, Filius Puemberg, Christian in Gmeur, Mayr an der Gassen in Nussdorff, Andreas Fraschan, Mayr Trachsl de Thure, Hammer de Trischbach, & Joannes Landbott. In fidem supradictarum depositionum, ac testimoniorum signavimus hæc impressis Civitatis Leontinæ, & nostrorum præmemoratorum omnium trium propriis Sigillis sine tamen omni Civitatis laudatæ Dynastiæ ac nostrorum hæredum præjudicio sincere, & fraude submota. Datum Leontii anno post Christum natum millesimo quadringentesimo septuagesimo quinto, die lunæ ante festum Sancti Matthæi Apostoli.

N.° XLI.

Litteræ Reversales Germanicæ a Tergestinis exhibitæ Friderico III. Imperatori propter administrationem ipsis commissam Officii, & reddittuum Vicedominatus Tergesti. Dat. die Sabbati post festum Divi Francisci 1491. *Ex authentico Italicas reddidit Dñus Josephus Lovisoni Excelsi Capitanealis Consilii Goritiensis Cæsareus Traductor.*

Noi Giudici, ed Assessori di Trieste confessiamo per Noi, e Nostri Successori qualmente l' Augustissimo Prencipe, e Signore Signore Federico Imperatore de' Romani sempre Augusto Rè dell' Ungaria, Dalmazia, e Croazia &c. Duca d' Austria, e Stiria Signore Nostro Clementissimo dall' ultimo passato giorno di Sant' Egidio in poi, e fino a tanto che si compiacerà di rivocarlo abbia cesso, ed ordinato a noi l' amministrazione dell' Impr̃ico Offizio di Vice-Domo di Trieste con li suoi utili, rendite, attinenze, e pertinenze, eccettuate le Imperiali Mude, e transito, la metà delle condanne criminali, e de' Beni de' Cittadini espulsi, quali l' Imperial Clemenza ha riservato per se a senso dell' Imperial Diploma a tal fine emanato.

Perciò in vigor delle presenti promettiamo scientificamente sopra la nostra fede, ed onore a Sua Maestà Imperiale di voler fedelmente, e lealmente possedere, ed amministrare l' Imperiale Officio di Vice-Domo, e di voler annualmente esborsare al Capitanio Imperiale di Trieste quel tanto, che gli veniva pagato dalla Clemenza Imperiale con impiegare il sopra più delle rendite a benefizio ed a riparo delle urgenze della precitata Imperiale Città, e specialmente per fabbricare le porte, Mura, e palazzi, e per lastricare le strade della medesima Città, obbligandoci scientificamente di mantenere questa nostra promessa, e di contribuire annualmenmente a sua Imperial Maestà, e Suoi Eredi fino a tanto, che Noi saremo in possesso del prefato Imperial Officio di Vice-Domo Misure (ossia Rainfel) centro di Vino. Così pure di non opprimere, ed aggravare ingiustamente, e contro l'antica consuetudine li Cittadini, ed altra gente di Sua Maestà, e di non permettere che venghino derogati il Jus Signorile e li diritti della prelibata Maestà sua, ma validamente sostenerli. Dandosi poi il caso, che l'Imperial Clemenza, o li suoi Eredi si compiacessero di rivocare a se in voce, o in scritto l'Imperial Officio di Vice-Domo, ci obblighiamo di cederlo semplicemente e di riconsegnarlo senza minima renitenza alla prelibata Maestà sua, o a chi verrà a tal effetto autorizzato unitamente a tutti gli Urbarj, ed altre attinenze, di modo che mancando Noi a tal nostro obligo in pregiudizio, e danno di sua Maestà Imperiale, la medesima rispetto a tal danno possa cercare il suo regresso contro di noi, e nostri successori, e contro l'intiera nostra facoltà. In fede di che noi Giudice, ed Assessori abbiamo umiliato alla prelibata Maestà sua la presente scrittura munita del sigillo della Città di Trieste, sotto il quale ci obblighiamo per noi, e nostri Successori di fedelmente osservare il tenore della presente. Data nel Sabato dopo il giorno di S. Francesco. Dopo la Natività di Christo nell'anno 1491.

Signum Notarii

Et ego Nardinus filius quondam Egregii Viri Domini Christophori Coronini dicti de Cernotis publicus Apostolica, & Imperiali authoritate Notarius aliena manu scriptum hunc reversum cum suo authentico collationavi, & quia concordantem inveni in hanc publicam formam redegi, signo nomineque meis appositis. Tergesti 20. Aprilis 1495.

N.° XLIII.

Friderici III. sæpius nominati Imperatoris Diploma datum Lincii in Austria sup. II. Aprilis 1492. vigore cujus Petrum Secretarium Suum, & Franciscum Fratres, atque Laurentium Patruum de Bonomo Comites Palatinos, ac omnium Urbium Imperii Cives declaravit, confirmando, & augendo arma eorum gentilitia. Ex autographo communicavit frequenter in præsenti opere laudatus, nunquam tamen satis laudandus Eruditissimus Dominus Andreas Josephus de Bonomo.

Fridericus Divina favente Clementia Romanorum Imperator semper Augustus, Hungariæ, Dalmatiæ, Croatiæ &c. Rex, ac Austriæ, Styriæ, Carinthiæ, & Carnioliæ Dux, Dominus Marchiæ Sclavoniæ, & Portus Naonis, Comes in Habspurg, Tyrolis, Pherretis, & in Kyburg, Marchio Burgoviæ, & Landgravius Alsatiæ. Honorabili devoto nostro dilecto Petro Bonomo Tergestino Secretario, & continuo commensali nostro Sacri Lateranensis Palatii, Aulæque nostræ, & Imperialis Consistorii Comiti Gratiam Cæsaream, & omne bonum. Etsi Imperatoriæ Majestatis sublimitas in Romani Imperii locata vertice ad cætera omnia luminis sui aciem intendere ita debet ut cuncta recto ordine perficiantur, ex nulla tamen re uberiorem nomini suo gloriam comparat quam ubi & dignis hominum virtutibus sua præmia largitur, & continuo sibi studio famulanlaures adeo exornat, quo & probata tanto auctore virtus vehementiores in dies impetus edat, & inclinati pridem in eam animi percepto meritorum suorum congiario diuturniori vinculo confirmentur. Quo fit ut repetentibus nobiscum sæpenumero singulares tuas virtutes, & præcipue continuos labores, quos diligenti studio, & cura in Australi Cancellaria Nostra libens, alacrique animo per plures annos impendisti, impendereque quotidie non desistis, Te imprimis prænominatum Petrum, deinde ut Familiæ etiam tuæ memores esse videamur Laurentium Bonomum Patruum tuum familiarem nostrum, qui quampluribus etiam meritis erga Nos, Domumque Nostram Austriæ commendabilem se Nobis reddidit, jugique fidelitate, & grato obsequio ad hunc diem sese exhibet. Tum & Franciscum Bonomum Fratrem tuum ex utroque Parente genitum, qui nunc liberalibus artibus incumbit, Nobisque toto pectore addictus obnixe famulari paratus est, animo deliberato, sano quoque Principum, Comitum, Baronum nostrorum, & Sacri Romani Imperii fidelium dilectorum accedente Consilio, ex certa nostra Scientia motu proprio, & Imperialis plenitudine potestatis Sacri Lateranensis Palatii, Aulæque Nostræ, & Imperialis Consistorii Comites facimus, creamus, erigimus, nobilitamus, attollimus, & auctoritate Nostra Imperiali gratiosius insignimus. Decernentes, & hoc Imperiali statuentes Edicto, quod vos ex nunc in antea omnibus privilegiis, juribus, immunitatibus, honoribus, consuetudinibus, & libertatibus frui debeatis, & gaudere, quibus cæteri Sacri Lateranensis Palatii Comites hactenus fruiti sunt, seu quomodo libet potiuntur consuetudine, vel de jure. Quodque possitis & valeatis per totum Romanum Imperium facere, & creare Notarios publicos, seu Tabelliones, & Judices Ordinarios, ac Universis personis, quæ fide dignæ, habiles, & idoneæ sint Notariatus, seu Tabellionatus & Judicatus ordinarii Officium concedere, & dare, & eos ac eorum quemlibet auctoritate Imperiali de prædictis per pennam, & calamarium investire prout moris est. Dum tamen ad practicam, & executionem habiles, & idoneos inveneritis, super quo vestram conscientiam oneramus, dumodo tamen ab ipsis Notariis publicis, seu Tabellionibus, & Judicibus ordinariis per vos faciendis, & creandis, ut præmittitur, & eorum quolibet vice, & nomine Sacri Imperii & pro ipso Romano Imperio debitum fidelitatis recipiatis corporale, & proprium Juramentum in hunc modum videlicet quod erunt Nobis, & Sacro Romano Imperio, & omnibus Successoribus Nostris Romanorum Imperatoribus & Regibus legitime intrantibus fideles, nec unquam erunt in Consilio ubi Nostrum periculum tractetur, sed bonum, & salutem nostram defendent, & fideliter promovebunt, damna nostra pro sua possibilitate evitabunt, & avertent. Præterea Instrumenta tam publica, quam privata, ultimas voluntates, Codicillos, Testamenta, quæcunque Judiciorum acta, & omnia, & singula quæ illis, & cuilibet ipsorum ex debito dictorum officiorum facienda occurrerint, vel scribenda, juste, pure, fideliter, omni simulatione, machinatione, falsitate, & dolo remotis, scribent, legent, & facient, non attendentes odium, pecuniam, munera, vel alias passiones, aut favores. Scripturas vero quas debebunt in publi-

publicam formam redigere in membranis mundis, non in cartis abrasis, neque papireis fideliter conscribent, legent, facient, atque dictabunt, causasque hospitalium, & miserabilium personarum, nec non pontes, & Stratas publicas pro viribus promovebunt, sententias, & dicta testium donec publicata fuerint, & approbata sub secreto fideliter retinebunt, & omnia alia, & singula recte, & juste facient, quæ ad dicta officia quomodolibet pertinebunt consuetudine, vel de jure. Quodque hujusmodi Notarii publici, seu Tabelliones, & Judices Ordinarii per vos creandi possint per totum Sacrum Romanum Imperium, & ubilibet terrarum facere, conscribere, & publicare contractus, Instrumenta, judicia, Testamenta, & ultimas voluntates, decreta, & auctoritates interponere in quibuscunque contractibus requirentibus illas, vel illa, ac omnia & alia facere publicare, & exercere quæ ad officium publici Notarii, seu Tabellionis, & Judicis ordinarii pertinere & spectare noscuntur. Insuper eadem Cæsarea auctoritate prædicta ex certa scientia motuque simili vobis, & cuilibet vestrum concedimus, & largimur, quod possitis & valeatis, ac quilibet vestrum possit & valeat naturales, bastardos, spurios, Manseres, nothos, incestuosos copulative, ac disjunctive, & quoscunque alios, ex illicito, & damnato coitu procreatos, viventibus, vel etiam mortuis eorum parentibus legitimare, Illustrium tamen Principum, Comitum, Baronumque filiis duntaxat exceptis, & eos ad omnia jura legitima restituere, & reducere, omnemque genituræ maculam penitus abolere ipsos restituendo, & habilitando ad omnia, & singula jura successionum, & hæreditatum bonorum paternorum, & patrimonialium etiam feudalium, & Emphiteuticorum, & generis cujuscumque alterius etiam ab intestato, Cognatorum etiam, Agnatorumque, & ad honores, & dignitates, ac singulos actus legitimos, ac si essent de legitimo matrimonio procreati, objectione prolis illicitæ penitus quiescente. Et quod ipsorum legitimatio facta ut supra pro legitime facta maxime teneatur, & habeatur, ac si foret cum omnibus Solemnitatibus Juris, quarum defectus specialiter auctoritate Imperiali suppleri volumus, & intendimus, dumodo legitimationes hujusmodi per vos faciendæ non prejudicent filiis legitimis, & hæredibus sed ipsi legitimandi cum legitimis æquis portionibus suis succedant Parentibus, & Agnatis. Non obstantibus in prædictis aliquibus legibus, quibus cavetur, quod naturales, bastardi, Spurii, Incestuosi copulative, vel disjunctive, vel alii quicunque de illicito coitu procreati, aut procreandi non possint, aut debeant legitimari sine consensu, & voluntate filiorum naturalium & legitimorum, ac aliis quibuscunque legibus, juribus, constitutionibus, seu consuetudinibus præsenti nostro Indulto, & concessioni quovis modo contravenientibus, quibus omnibus & singulis & cuilibet ipsarum volumus expresse de certa nostra scientia derogari, & etiam non obstantibus in prædictis aliquibus legibus aliis, etiam si tales essent, quæ deberent exprimi, & de eis fieri mentio specialis, quibus obstantibus, & obstare valentibus in omni casu duntaxat de certa scientia, & de plenitudine Nostræ Imperialis potestatis rationabiliter derogamus, & derogatum esse volumus per præsentes. Eadem etiam auctoritate omnem solemnitatem Juris, si qua in superioribus requireretur, & quemlibet alium defectum supplentes. Præterea singularibus donis, & auctoritatibus tu, Petre, Patruusque, & frater tuus prænominati aliis vos munificos reddere valeatis, & acceptos prævenire cupientes cuilibet vestrum, ut in qualibet facultate viros scolasticos ad hoc idoneos, & sufficientes in Doctores, adhibitis tamen in qualibet creatione ad minus Doctoribus tribus de professione ejus, qui creandus erit, si in loco fueritis, ubi Doctorum copia haberi poterit, sin minus, quos ipsi judicaveritis hac promotione dignos, facere, creare, & promovere, illis quoque consueta ornamenta, & insignia Doctoralia concedere, & conferre possitis, & valeatis auctoritate Nostra Imperiali præsentium per tenorem plenam concedimus facultatem, & potestatem; volentes quod illi per vos in Doctores promoti, & promovendi in locis omnibus, & Civitatibus Romani Imperii, & ubique terrarum Nostrarum debeant, & possint Doctorales actus facere & exercere, omnibus, & singulis gaudere, & uti privilegiis, prærogativis, & exemptionibus, libertatibus, concessionibus, honoribus, præminentiis, & favoribus, ac indultis, & gratiis omnibus, & quibuslibet, quibus cæteri Doctores in Studiis privilegiatis, & generalibus gaudent, & utuntur, uti, & gaudere possint quomodolibet in futurum. Insuper te Petrum præfatum, Laurentiumque, & Franciscum antedictos creamus, & facimus Cives, & Burgenses omnium terrarum, Civitatum, Oppidorum, & locorum Nobis, & Imperio sacro quovis modo subditorum, ita & tali modo, & forma, quod vos possitis, & valeatis tam in præsenti, quam in futurum gaudere omnibus beneficiis, gratiis, privilegiis, indultis, honoribus, honorantiis, commodis, & utilitatibus quibuscunque, quibus originarii Cives, & Burgenses gaudent, & fruuntur in contractibus, emptionibus, & negotiationibus quibuscunque, & quod in dictis terris, & locis omnibus, ac in ipsorum Jurisdictionibus libere, & absque pœna bona mobilia, & immobilia emere, vendere, ac alienare, & transferre, habere, & possidere possitis impedimentis cessantibus quibuscunque, & statutis Civitatum seu ordinationibus, locorumque ipsorum non obstantibus, quibus ex certa nostra scientia in hoc etiam derogare volumus. Et ut uberioris munificentiæ nostræ dono meritis vestris exigentibus a Nobis vos sentiatis abundantius exornari, vobis, & hæredibus vestris legitime ex lumbis vestris descendentibus auctoritate nostra Cæsarea Arma illa, & Insignia, quæ vos, & Progenitores vestri hactenus deferre consueveritis, videlicet Scutum rubri coloris, cujus medium per obliquum a dextero superiori cornu in sinistrum inferius tendens gemina Scala candidi coloris, seu serratis hinc inde dentibus divisio determinat, cujus Scuti vertice galea, laciniatis redimita teniis, superimposita insidentem Corvum sustinet, confirmanda, ac ex certa nostra scientia, & præfatæ Imperialis potestatis Nostræ plenitudine adaugenda, exornandaque duximus, confirmamus, adaugemus, exornamusque præsentium Litterarum tenore adeo ut arma, & insignia ipsa prædicta adjecta in memoriam virtutis, & meritorum vestrorum Corvo prædicto super capite aurea Corona, quemadmodum in medio præsen-

tium

tium pictoris arte clarius cernuntur figurata. Posthac perpetuis temporibus tam in joco, quam in serio, in hastiludiis, picturis, duellis, Vexillis, sepulcris, sigillis, anulis, & aliis clenodiis, sive actibus Nobilium Militarium, & Armigerorum more deferre, & gestare, ac eis uti, & frui possitis, & debeatis, ac ipsi possint, & valeant contradictione, & impedimento cessante quorumcumque. Hæc autem omnia, & singula superscripta facimus, constituimus, edimus, concedimus, & ordinamus motu proprio, ex certa scientia, & ex plenitudine potestatis nostræ perpetuo valitura decrevimus, & decernimus. In moderatione cujus actus faciendi ratione, & honestate per vos habenda confisi non obstantibus legibus, constitutionibus, statutis, ordinantiis, reformationibus, extravagantibus, provisionalibus, privilegiis, rescriptis, decreto, vel decretali, aut consuetudine vel aliis quibuscunque tam præsentibus quam futuris specialibus, vel generalibus in contrarium facientibus. Nulli ergo omnino hominum liceat hanc nostram creationis, decreti, Statuti, concessionis, derogationis, armorum confirmationis, exornationis, & voluntatis gratiæ paginam infringere, aut ei ausu temerario contraire sub pœna nostræ indignationis gravissima, & viginti Marcarum auri puri, quas contrafacientes toties quoties contrafacturi fuerint, ipso facto se noverint irremissibiliter incursuros, quarum medietatem Imperialis Fisci Nostri Ærario, residuam vero partem injuriam passorum usibus decernimus esse applicandam. Præsentium sub Nostræ Imperialis Majestatis Sigilli appensione testimonio litterarum. Datum in Oppido nostro Lintz, die secunda Mensis Aprilis anno Domini millesimo quadringentesimo nonagesimo secundo, Regnorum nostrorum Romani quinquagesimo secundo, Imperii quadragesimo primo, Hungariæ vero trigesimo quarto.

Ad Mandatum Domini Imperatoris proprium.

N.° XLIII.

Raymundus Cardinalis Gurcensis per Birreti impositionem investit Petrum de Bonomis de Præpositura Ecclesiæ Collegiatæ St.' Nicolai in Straspurgh. Datum in Castro Straspurgh 1493. die VI. Novembris. Communicavit Illustris. Andreas Josephus de Bonomo.

Raymundus Miseratione Divina Sacrosanctæ Romanæ Ecclesiæ Presbiter Cardinalis, & Episcopus Gurcensis. Dilecto Nobis in Christo Petro de Bonomis Clico Tergestin. familiari Nostro salutem in Domino. Grata familiaritatis obsequia, quæ Nobis hactenus impendisti, & adhuc solicitis studiis impendere non desistis, nec non vitæ, ac morum honestas, aliaque laudabilia probitatis, & virtutum merita super quibus apud Nos fide digno commendatus testimonio Nos inducunt, ut tibi reddamur ad gratiam liberales. Cum itaque Præpositura Ecclesiæ Collegiatæ Sancti Nicolai Oppidi Nostri de Straspurgh nostræ Gurcens. Diœces. quæ in dicta Ecclesia dignitas Principalis existit, cuique cura immineat animarum cum Sanctæ Margarethæ in Lubdinghen ejusdem nræ diœc. ac Sancti Stephani in Wippaco Aquilejen. diœc. Parochia-

libus

libus Ecclesiis eidem Præposituræ Auctoritate Apostolica perpetuo unitis, annexis, & incorporatis, cujus collatio, provisio, præsentatio, & omnimoda alia dispositio dum pro tempore vacat ad nos ratione Nostræ dignitatis Episcopalis de antiqua, & approbata, hactenusque pacifice observata consuetudine pertinere dinoscuntur, prout ad Prædecessores nostros Episcopos Gurcen. pertinuit ab antiquo per liberam resignationem dilecti Nobis in X.™ Venerabilis nostri Domini Georgii Staimpach ipsius Præposituræ Præpositi, de illa, quam tunc obtinebat ex certis causis animum suum moventibus in manibus nostris sponte factam nuper, & per nos admissam vacaverit, & vacet ad præsens, Nos tibi, qui continuus Commensalis noster, ac Serenissimi Romani Regis Secretarius existis, ne Præpositura ipsa propter hujusmodi vacationem detrimenta patiatur, providere præmissorumque obsequiorum, & meritorum tuorum intuitu specialem gratiam facere volentes, Præposituram prædictam, ut præmittitur, sive alias quovis modo vacantem cum annexis prædictis, ac omnibus juribus, ac pertinentiis suis tibi tamquam benemerito, ac sufficienti, & idoneo conferimus, ac de illa etiam providemus, teque coram Nobis præsentem, & id humiliter flexis genibus fieri petentem in corporalem possessionem, seu quasi Præposituræ, ac annexarum, juriumque & pertinentiarum prædictarum per traditionem præsentium, ac birreti capiti tuo impositionem ponimus, & inducimus, ac etiam investimus de eadem per præsentes curam, regimen, & administrationem Præposituræ, & annexarum prædictarum tibi in spiritualibus, & temporalibus plenarie committendo, præstito per te Nobis, & prius per Nos a te recepto de observandis Statutis, & consuetudinibus ipsius Ecclesiæ Sancti Nicolai per ipsius Præpositos observari solitis, & consuetis, ac de non alienandis, & distrahendis bonis immobilibus, & pretiosis mobilibus rebus, & juribus Præposituræ, & annexarum prædictarum, sed potius augendis, defendendis, & confirmandis, & manutenendis, & alio in forma fidelitatis, & obedientiæ corporali juramento. Mandantes tenore præsentium in virtute Sanctæ Obedientiæ Dilectis Nobis in X.™ Capitulo ejusdem Ecclesiæ Sancti Nicolai de Straspurgh quatenus te, vel procuratorem tuum tuo nomine in, & ad corporalem, realem, & actualem possessionem Præposituræ, ac annexarum, juriumque, & pertinentiarum prædictarum ponant, recipiant, & inducant, ac inductum defendant, & ad Præposituram hujusmodi, ut est moris, admittant, tibique Stallum in Choro, & locum in Capitulo ejusdem Ecclesiæ assignent, amoto exinde quolibet detentore, quem nos etiam tenore præsentium amovemus, & denunciamus amotum, tibique de ipsius Præposituræ, ac annexarum hujusmodi fructibus, redditibus, proventibus, juribus, & obventionibus universis, prout ad eos pertinet, respondeant, & faciant ab aliis integre responderi. In quorum fidem, & testimonium præmissorum præsentes literas fieri, & per Secretarium nostrum infrascriptum signari, nostrique sigilli jussimus, & fecimus appensione communiri. Datum in Castro nostro de Straspurgh prædicto sub anno Incarnationis Dominicæ Millesimo quadringengentesimo nonagesimo tertio, Die vero Mercurii sexta Mensis Novembris, Pontificatus Sanctissimi in X.to Patris, & Dñi nri Dñi Alexandri divina providentia Papæ Sexti, Anno secundo.

De Mandato præfati Rmi Dñi Cardinalis Episcopi.

(L. S.)

Dominicus Secretarius.

N.° XLIV.

Blanca Maria Rom. Regina Dominicum Burlum Tergestinum Familiarium, & Commensalium suorum cætui adscribit. Datum Lentii 1501. XII. Martii. Communicavit prædictus Dom. de Bonomo.

Blanca Maria Divina favente Clementia Romanorum Regina semper Augusta, ac Hungariæ, Dalmatiæ, Croatiæ &c. Regina, Archiducissa Austriæ, Ducissa Burgundiæ, Brabantiæ, Gheldriæ &c. Comitissa Flandriæ, Tyrolis, Goritiæ &c.

Fideli Nobis Dilecto Dominico Burlo Civi Tergestino Familiari Nostro gratiam nostram Reginalem, & omne bonum. Reginalis Clementia licet communem se cunctis exhibeat, illos tamen ferventiori affectu complectitur, quos propria virtutum commendant merita; Hinc est, quod Nos consideratis, & diligenter inspectis maturitate morum, legalitate vitæ, conversationeque laudabili, quibus te non modo alieno testimonio, sed nostra propria notitia ornatum perpendimus, perpensaque sincera fide, & observantia, quam erga Nos, ac Domum Austriæ geris, nec non longis, diuturnisque servitiis, quæ tu, & Progenitores tui prædictæ Domui Austriæ summa fide multis annis præstitistis, in diesque præstituri estis, proinde nostris favoribus, & Reginalibus gratiis te prosequi, & attollere volentes in familiarem nostrum domesticum, continuumque Commensalem te duximus assumendum, tenoreque præsentium assumimus gratiose, & ex nunc reliquorum familiariorum Nostrorum domesticorum, & continuorum Commensalium numero aggregamus, decernentes præsentium tenore, ut posthac Universis, & singulis juribus privilegiis, prærogativis, libertatibus, immunitatibus, exemptionibus, & securitatibus, nec non quibuscunque Regalibus gratiis, quibus cæteri Familiares, & continui Commensales nostri Domestici uti, & frui soliti sunt quomodolibet de jure, vel consuetudine ubique locorum in portandis Armis, & aliis quibusvis pro corporis tuitione necessariis gaudeas, & potiaris. Quocirca Universis, & singulis Principibus tam Ecclesiasticis, quam sæcularibus, Archi-Episcopis, Episcopis, Ducibus, Marchionibus, Comitibus, Baronibus, Militibus, Nobilibus, Clientibus, Capitaneis, Præfectis, Castellanis, Magistris Civium, Judicibus, Consulibus, Civitatum, Oppidorum, & locorum quorumcumque Rectoribus, ac Locorum Locumtenentibus, cæterisque omnibus cujusvis status, conditionis, præeminentiæ existant, nec non Datiariis, Theolonariis, Bullettariis, passuum Custodibus, & officialibus quibuscunque cæterisque nostris, & Imperii Sacri subditis, & fidelibus dilectis committimus, & mandamus quatenus te supradictum Dominicum quotiescunque te ad eorum loca, seu ipsorum cura commissa declinare contigerit digne recipere, & convenienti honore decenter tractare debeant, & prædictis gratiis, favoribus, & præeminentiis Nostris uti, & frui permittant, atque ab aliis permitti curent. Nec non quæcunque loca, passus, pontes, portus absque aliqua solutione datii, passagii, gabellæ, pedagii, bullettæ, pontivegii, &c. ire, transire, stare, morari, ac redire cum omni Comitiva, equis, famulis, sarcinis, valisiis, & denique rebus suis omnibus libere ire, ac secure permittant, & ab aliis permitti faciant, & quotiescunque per te requisiti fuerint de salvo, & securo conductu tibi provideant ad complacentiam nostram bene gratam. Subditi vero nostri si secus fecerint indignationis pœnam non sunt evasuri. Harum testimonio litterarum Sigilli nostri appensione munitarum. Datum in Oppido nostro Lincz die XII. Martii Anno Domini MDI. Regnorum nostrorum Romani, ac Hungariæ Septimo.

Blanca Maria mp.

Ad Mandatum Dominæ Reginæ proprium.

Petrus Bonomus Cancellarius &c.

N.º XLV.

Georgius Cognomento Dives Palatinus Rheni, & Utriusque Bavariæ Dux Friderico Episcopo Augustano præsentat Petrum de Bonomo ad Parochiam in Ylerberg. Dat. Landshut 1501. die I. Aprilis. Debemus prædicto Dom. de Bonomo.

Georgius Dei gratia Comes Palatinus Rheni, Inferioris, Superiorisque Bavariæ Dux &c.

Reverendo in Christo amico nostro carissimo Domino Friderico Episcopo Augustensi, aut ejus in spiritualibus Vicario Generali amicitiam, & Salutem. Quoniam Venerabilis in Christo fidelis Vir dilectus Matthias Lameg p̄p̄m Ecclesiæ Augusten. & plbn̄us Ecclesiæ parochialis in Ylerberg vestræ Diœcesis ob certas causas eandem suam Ecclesiam in Ylerberg in favorem honorabilis in Christo Petri Bonomo ressignare prætenderit. Cum autem Jus Patronatus, seu præsentandi dictæ Ecclesiæ in Ylerberg ad nos tamquam Patronum, Institutio vero ad Vos pertinere dinoscitur. Nos occasione prædicti juris Patronatus nostri in ressignationem ipsam tenore præsentium consentimus, desideramus ꝯm̄us prænominatum Petrum Bonomo, quem vobis facta ressignatione hujusmodi præsentamus, ac pro præsentato habere volumus, in, & ad dictam Ecclesiam parrochialem in Ylerberg investire, sibique de fructibus, redditibus, & emolumentis ipsius integre respondere facere velitis nobis ad complacentiam singularem. Datum Landshut sub secreto nostro appenso die prima Mensis Augusti, Anno Domini Millesimo quingentesimo primo.

(L. S.)

N.º XLVI.

Maximilianus I. Rom. Rex tamquam legitimus Successor dilecti sui Consanguinei, ac Principis Leonardi ultimi ex Stirpe Comitum Goritiæ jure Supremi Dominii, & Advocatiæ, ratam habet Investituram Curiæ in De-

bra

bra ab Administratore Abbatiæ Biglianensis concessam Friderico de Colloretto. Dat. Goritiæ die Sanctæ Annæ 1501. *Apographum ego possideo, in quo deest Cæsaris, aut Commissariorum Subscriptio.*

N.° XLVII.

Idem Maximilianus Cæsar rescribit Decano, & Capitulo Tergestino, gratum sibi accidere, quod illi in præsentatione Petri de Bonomo ipsius voluntati sese conformaverint. Dat. Tridenti 1501. *XIII. Octobris. Communicavit Dom. de Bonomo.*

Maximilianus Divina favente Clementia Romanorum Rex semper Augustus.

Honorabiles, Devoti, Dilecti. Etsi nos ante acceptas literas vestras ob singulares virtutes, & grata merita quibus Honorabilis, devotus Nobis dilectus Petrus Bonomus Consiliarius Noster, & Serenissimæ Conjugis Nr̃æ Romanorum Reginæ Cancellarius se nobis charissimum reddidit, & acceptissimum: vacante Nr̃a Cathedrali Ecclesia Tergestina cum pro jure nostro, quod in eam habemus ad eandem literis Nostris ad Sm̃um Dñum Nr̃um Papam præsentaveramus, & futurum Antistitem statueramus, & elegeramus. Placuit nihilominus Nobis unanimis assensus vester, qui Vos voluntati nostræ conformatis: fuitque nobis ea res tanto gratior, quod & vobis jucundam hanc electionem aram futuram ipsis litteris vestris cognovimus. Quia animi Nostri semper fuit commodo, & honori vestro gratificari. Ex Civitate nostra Tridentina die XIII. Octobris MDI.

Ad Mandatum Dñi Regis pprium.

A Tergo) Honorabilibus, Devotis, nobis Dilectis N. Decano & Capitulo Cathedralis Civitatis nostræ Tergesti.

Originale servatur in Archivio Capituli Tergestini.

N.° XLVIII.

Idem Maximilianus Judicibus, Consilio, & Communitati Civitatis Tergesti respondet, quod, quem ipsi sibi exposcebant Episcopum Petrum de Bonomo, paulo ante proprio motu præsentandum duxerit. Datum Tridenti 1501. *XIII. Octobris. Communicavit idem Dom. de Bonomo.*

Maximilianus Divina Favente Clementia Romanorum Rex semper Augustus &c.

Honorabiles, Prudentes, Fideles, Dilecti. Fuerunt Nobis pergratæ litteræ vestræ, quibus summo Studio rogabatis, ut honorabilem Nobis Dilectum Petrum Bonomum Consiliarium Nostrum, & Serenissimæ Consortis Nostræ Romanorum Reginæ Cancellarium ad Cathedralem Ecclesiam Tergestinam præsentaremus, & designaremus vestrum Præsulem. Quandoquidem Nos ipsi illius virtutibus, & meritis admoniti, ultro id paulo ante absolveramus, quod & vos cupere videbamini. Fuit itaque ea res eo Nobis acceptior quod in ea deliberatione & Nostro desiderio, & vestris precibus satisfecimus. Habebitis igitur Episcopum quem petiistis, & quem Nos vobis exhibere læto & jucundo animo decreveramus. Quique ut speramus & Ecclesiæ & Patriæ commodo, & ornamento pro-

procul dubio futurus est. Ex Civitate Nostra Tridenti die XIII. Octobris 1501.

p rege
p

Ad mandatum Dñi Regis pprium

Tergo) Honorabilibus, Prudentibus, Fidelibus Nobis Dilectis N. Judicibus, Consilio, & Communitati Civitatis Nostræ Tergesti.

Originale servatur in Archivio Civit. Tergestinæ.

N.° XLIX.

Bulla Alexandri VI. Pontificis Maximi, vigore cujus Lucas de Renaldis Maximiliani Cæsaris Secretarius Tergestinus declaratur Antistes die XVII. Novembris 1501. Vid. Syllabum Tergestinorum Antistitum Num. 47.

N.° L.

Maximiliani I. Romanorum Regis Diploma, quo praedictum Lucam de Renaldis cum binis Fratribus, & Joanne de Crispinis nepote, eorumque Posteris Comitem Palatinum &c. declaravit die X. Augusti 1502. Extat etiam apud Angelum Calogerà in Libro cui titulus: Memorie intorno alla vita di M. Luca de Renaldis Vescovo di Trieste pag. 30. & sequentibus.

Maximilianus Divina favente clementia Romanorum Rex semper Augustus, ac Hungariæ, Dalmatiæ, Croatiæ &c. Rex, Archidux Austriæ, Dux Burgundiæ, Lotaringiæ &c. Lantgravius Alsatiæ, Princeps Sveviæ &c. Comes Burgundiæ &c. &c. Dominus Frisiæ, Marchiæ, Sclavonicæ, Mecliniæ, Portus-Naonis, & Salinarum. Honorabili Devoto Nobis Dilecto Lucæ de Renaldis Consiliario, & Secretario Nostro, & Fidelibus Nostris Dilectis Nicolao, & Francisco de Renaldis Fratribus, & Joanni de Crispinis Nepoti ipsorum Sacri Lateranensis Palatii, Aulæque Nostræ, & Imperialis Consistorii Comitibus, Gratiam Regiam, & omne bonum. Sceptrigera Regalis Dignitatis sublimitas, sicut inferioribus potestatibus officii, & dignitatis elatione præfertur, ut commissos sibi fideles optatæ consolationis præsidio gubernet; quod Thronus Augustalis tanto solidetur felicius, & uberiori prosperitate proficiat, quanto in desinentis suæ virtutis donaria largiore benignitatis munere fuderit in subjectos, sicut a coruscante splendore Imperialis solii nobilitates aliæ velut e sole radii prodeuntes, ita fidelium status, & conditiones illustrat. Quod primevæ lucis integritas minorati luminis detrimenta non patitur, immo amplioris undique rutilantis jubaris expectato decore profunditur, dum in circuitu Sedis Augustalis Illustrium Comitum, Baronum, & Procerum numerus ad Imperii Sacri decorem feliciter adaugetur. Nos igitur ad ea, quæ Familiæ, Stirpisque vestræ decorem, & commodum cedere noscuntur, favorabiliter inclinati, præsertim consideratione Honorabilis Devoti Nobis Dilecti Lucæ de Renaldis Consiliarii Nostri, & Secretarii, cujus fides, constantia, & singularis virtus multiplicibus exemplis. Nobis comprobata, cum Nos, & Serenissimus quondam Federicus Romanorum Imperator, Pater No-

stes

ster Carissimus, ejus opera in nostris arduis negotiis usi integritatem ejus utilibus gratisque serviitiis eo usque perspexerimus, ut quemadmodum aurum igne probatur, ita ejus fides, atque constantia nullis laboribus, nulla sollicitudine, nullis denique adversitatibus labefactata contabuerit, cujus rei cum ipse Pacis, Bellique tempore exemplum præstiterit, Nosque metipsi testimonium harum rerum præbeamus, sæpenumero nobiscum, & intra arcana pectoris Nostri revolventes, cogitare plerumque solemus, quonam vos potissimum munere, & digno ornamenti titulo, & beneficentiæ dono decoremus, ut & vos præcipuis vestris erga Nos, & Romanum Imperium meritis a Cæsariano fastigio præ aliis sentiatis præcipuo fulgore illustratos, futurisque temporibus fixa, & stabilis Nostræ Imperialis Largitionis memoria in vobis præcellentius resplendescat.

I. Igitur Vos prænominatos Lucam, Nicolaum, Franciscum, ac Joannem, quos virtutum claritas, & laudabilium morum venustas speciali decore reddit insignes, & quemlibet primogenitum Filium legitimum, & naturalem de Vobis, aut altero Vestrum nasciturum, & illius primogeniti filium primogenitum legitimum & naturalem ex eis nasciturum, & sic de singulis in perpetuum animo deliberato non per errorem, aut improvide, sed sano Principum, Comitum, Baronum Nostrorum, & Imperii Sacri fidelium dilectorum accedente consilio, motu proprio, ex certa nostra scientia, & Regalis plenitudine Potestatis, Sacri Lateranensis Palatii, Aulæque Nostræ, & Imperialis Consistorii Comites facimus, creamus, erigimus, attollimus, & nobilitamus, ac Comitatus honoris titulo vigore præsentium, & auctoritate Cæsarea gratiosius insignimus, Decernentes, & hoc Regali statuentes edicto, quod Vos, & quilibet vestrum, ac Primogeniti prædicti ex nunc in antea omnibus, & singulis Privilegiis, Indultis, Immunitatibus, Libertatibus, Juribus, Consuetudinibus, Honoribus, Dignitatibus, Prærogativis, Exemptionibus, Gratiis, & Favoribus, uti, frui, gaudere & potiri valeatis, & debeatis, quibus cæteri Lateranensis Palatii, Aulæque Nostræ, & Imperialis Consistorii Comites, & Nobiles fruiti sunt, seu uti, frui, & gaudere poterunt quomodolibet in futurum consuetudine vel de jure, tam de bonis vestris præsentibus obtentis, quam in posterum a vobis acquirendis, aut quomodolibet obtinendis.

II. Et quod per totum Romanum Imperium sitis, & esse debeatis ab omnibus exactionibus, impositionibus, collectis, gabellis, datiis, theoloneis, taleis, angariis, perangariis, cæterisque gravaminibus, oneribus, realibus, personalibus, patrimonialibus, & mixtis, quibus etiam nominibus censeantur absoluti, liberi, immunes, & exempti.

III. Quodque possitis, & valeatis Vos, & Primogeniti vestri ubicunque locorum per totum Sacrum Imperium facere, & creare Notarios Publicos, seu Tabelliones, & Judices Ordinarios, ac universis Personis, quæ idoneæ, fideles, & legales reputentur, ac ad hujusmodi officium exercendum habiles repertæ fuerint, super quibus vestras conscientias oneramus, Notariatus, seu Tabellionatus, ac Judicatus Ordinarii hujusmodi officium concedere, & assignare, ac eos, & eorum quemlibet auctoritate Imperiali de prædictis per pennam, & calamarium, ac annuli, sive bireti traditionem, aliasque ut moris est investire; dum tamen ab ipsis Notariis Publicis, seu Tabellionibus, & Judicibus Ordinariis per Vos creandis, & eorum quolibet vice, & nomine Sacri Imperii debitum fidelitatis recipiatis corporale, & proprium Juramentum in hunc modum; videlicet quod erunt Nobis, & Sacro Romano Imperio, & omnibus Successoribus Nostris Romanis Imperatoribus, ac Regibus legitime intrantibus fideles, nec unquam erunt in consilio, ubi nostrum periculum tractetur, sed bonum nostrum, & salutem defendent, & promovebunt, damna nostra pro sua possibilitate evitabunt, & avertent. Praeterea tam Publica, quam Privata instrumenta, ultimas voluntates, Codicillos, Testamenta, quaecunque Judiciorum acta, atque omnia, & singula, quae illis, & cuilibet ex debito dictorum officiorum facienda occurrerint, vel scribenda juste, pure, fideliter, omni simulatione, machinatione, falsitate, & dolo remotis, scribent, legent, & facient non attendendo odium, pecuniam, munera, vel alias passiones, aut favores; scripturas vero, quas habebunt in publicam formam redigere, in membranis, & non in cartis abrasis, neque papyreis conscribent, causas Hospitalium, & miserabilium Personarum, nec non Pontes, & Stratas publicas pro viribus promovebunt; sententias autem, & dicta Testium donec publicata fuerint secrete, fideliter retinebunt, & omnia, & singula recte, & juste facient, quae ad dicta officia quomodolibet pertinebunt consuetudine, vel de jure; quodque hujusmodi Notarii Publici, seu Tabelliones, & Judices Ordinarii per vos creandi possint per totum Imperium facere, conscribere, & publicare Contractus, Instrumenta, Judicia, Testamenta, & ultimas Voluntates, Decreta, & auctoritates interponere in quibuscunque contractibus requirentibus illas, vel illa, ac omnia, & singula alia facere, exercere, & publicare, quae ad officium Notarii Publici, seu Tabellionis, & Judicis Ordinarii spectare, & pertinere noscuntur.

IV. Insuper eadem Caesarea auctoritate praedicta, ex certa scientia, motuque simili, Vobis, & cuilibet vestrum concedimus, & largimur quod possitis, & valeatis Naturales, Bastardos, Spurios, Manseres, Nothos, Incestuosos copulative, aut disjunctive, & quoscunque alios ex illicito, & damnato coitu procreatos tam praesentes, quam absentes, viventibus etiam, vel mortuis eorum Parentibus, legitimare; Illustrium tamen Principum, Comitum, Baronum atque Nobilium filiis dumtaxat exceptis, & eos ad omnia jura legitima restituere, & reducere, omnemque geniturae maculam penitus abolere, ipsos restituendo, & reducendo, ac rehabilitando ad omnia, & singula jura successionum, etiam ab intestato, Cognatorum, & Agnatorum Bonorum, Honores, Dignitates, Officia & ad singulos actus legitimos, ac si essent de legitimo matrimonio procreati; dummodo legitimationes hujusmodi per Vos, ut praemittitur, fiendae non praejudicent filiis legitimis, & haeredibus; cum ipsi legitimandi cum legitimis aequis portionibus suis succedant Parentibus, & Agnatis; non obstantibus in praedictis aliquibus legibus, quibus cavetur, quod Naturales, Bastardi, Spurii, Incestuosi copulative, vel disjunctive, vel alii quicunque ex illicito coitu procreati, & procreandi non possint, vel debeant legitimari sine consensu, & voluntate filiorum naturalium, & haeredum

legi-

legitimorum, ac aliis quibuſcunque Legibus, Juribus, conſtitutionibus, ſeu conſuetudinibus præſenti Noſtro Indulto, & Conceſſioni quovis modo contravenientibus, & maxime infraſcriptis; videlicet L. Quoties, & L. Reſcripta &c. &c. cum ſimilibus, quibus omnibus ne in futurum fiant motu proprio, ex certa ſcientia, ac de plenitudine Noſtræ Poteſtatis derogamus, & derogatum eſſe volumus, ac ſpecialiter, & ſingulariter, & expreſſe in omnibus ejus capitulis, & partibus, & earum qualibet funditus, & radicitus intendimus, & volumus derogare, & ex nunc ſpecialiter, ſingulariter, & expreſſe derogamus, ac ſi de illis, & eorum quolibet in hoc indulto facta eſſet de verbo ad verbum mentio ſpecialis.

V. Inſuper ne Veſtris Nominibus Poſteritas ſuis præmiis, & decore fraudetur, & laudata Virtus veſtra ſolertiores Vos ad majora peragenda in dies exhibeat, ex certa ſcientia, motu proprio, & plenitudine poteſtatis prædictis Vobis, ac Hæredibus veſtris legitimis, & ex vobis deſcendentibus damus, & concedimus Arma, & Inſignia infraſcripta; videlicet Scutum ſecundum ejus longitudinem æqualiter diviſum, in cujus dextra area crocei, vel aurei coloris media Aquila nigra alam dexteram ad cornu ſcuti ſuperius extendens pede protenſo, lingua exerta, & ungulis rubeis, Caudam mediam in imo ſcuti explicans, Coronam auream in capite geſtat; in ſiniſtra vero parte ſcutum paribus ſex lineis in ſuperiori parte crocei, vel aurei, in inferiori vero cœleſtini coloris æqualiter alternatim diſtinctum eſt, per cujus ſcuti medium Linea tenuis a ſummo ad infimum diſcurrens, æqualiter ſex partibus diviſa, ſuperiori ſcilicet viridis, inferiori vero albi coloris dexteram a ſiniſtra parte ſcuti dividit; Quam quidem lineam relinquimus eorum arbitrio ſive voluntati ponendi, & deferendi, ſive non, prout ipſis melius viſum fuerit & placuerit. In Galeæ vero ſummitate dextera nigris, & croceis, ſive aureis, a ſiniſtra vero cœleſtinis, & aureis, ſive croceis tenuis redimitæ Aquila Nigra integra ſuper impoſita pedibus aureis, ſive croceis protenſis, lingua exerta, & unguibus rubeis, alas ab utraque parte explicans, in capite coronam auream, in collo vero filo aurato ſive croceo, ſcutulum ſuſpenſum paribus ſex partibus, ſuperiori ſcilicet crocei, ſive aurei, inferiori vero cœleſtini coloris æqualiter alternatim diſtinctum geſtat; quemadmodum hæc omnia melius artificis manu hic in medio elaborata cernuntur: ſtatuimuſque, & volumus quod Vos, & prænominati *Hæredes*, & *Deſcendentes* veſtri, ac ipſorum *Hæredum*, & *Deſcendentium Hæredes* ſeriatim in perpetuum prædicta Inſignia, Armaque habeant, deferant, illiſque in omnibus, & ſingulis honeſtis, decentibuſque Actibus, & expeditionibus tam ſerio, quam joco, prælio, duello, ſingulari certamine, & quibuſcunque pugnis, torneamentis, haſtiludiis, cominus, & eminus, vexillis, tentoriis, ſignis, ſigillis, monumentis, ædificiis, ſupellectili, & alias in locis omnibus juxta veſtram exigentem voluntatem, & deſiderium uti, fruique poſſitis, & debeatis, aptique ſitis, & idonei ad ineundas, & recipiendas omnes prærogativas, gratias, libertates, jura, & conſuetudines, quibus cæteri a Nobis, & Sacro Romano Imperio hujuſcemodi ornamentis inſigniti gaudent, & potiuntur abſque alicujus impedimento, & contradictioctione. Mandantes, ac ſerio præcipientes omnibus, & ſingulis Principibus tam Eccleſiaſticis, quam Sæcularibus, Archiepiſcopis, Epiſcopis, Ducibus, Marchionibus, Comitibus, Baronibus, Militibus, Clientibus, Capitaneis, Vicedominis, Advocatis, Præfectis, Procuratoribus, Officialibus, Quæſtoribus, Civium Magiſtris, Judicibus, Conſulibus, Regum Araldis, & Caduceatoribus, Civibus, ac Communibus, & denique omnibus noſtris, ac Sacri Imperii Subditis, & Fidelibus dilectis, cujuſcunque ſtatus, & conditionis fuerint, quod Te & prædictos Hæredes, ac Succeſſores tuos jugiter, & in perpetuum in ſupradictorum Inſignium, & Armorum noſtrorum fruitione nec turbent, nec impediant; immo illis, ut ſupra dictum eſt, uti, frui, & in eis permanere quiete, & pacifice ſinant.

VI. Et de uberioris noſtræ Regalis Munificentiæ dono Vobis, ac præfatis Primogenitis veſtris ut ſupra concedimus, largimur, & impartimur, ut filios legitimos, & adoptivos, ac etiam in infantia conſtitutos emancipare, & a patria poteſtate liberare, abſentibus, vel præſentibus eorum Parentibus, ita quod ſufficiat eorum Procurator habens ad id ſpeciale Mandatum tam ex parte Parentum, quam ex parte Liberorum, & Emancipationibus quibuſcunque omnium, & ſingulorum etiam infantium, vel adoleſcentium conſentire, & licentiam præbere, etiam abſente, & invita altera parte, & præfatam noſtram Auctoritatem, & Decretum interponere, nec non etiam veniam ætatis illius defectum patientibus concedere poſſitis, & valeatis, Primogenitique veſtri prænominati, ut ſupra, poſſint, & valeant, obſervatis tamen debitis cærimoniis juris.

VII. Cæterum Vos Præfatos Lucam, Nicolaum, & Franciſcum Fratres de Renaldis, ac Joannem Nepotem, ac Primogenitos Veſtros legitimos, & naturales ut ſupra ex certa Noſtra ſcientia motu proprio, ac regalis poteſtatis plenitudine facimus, & conſtituimus Cives honorabiles quarumcumque Civitatum, & Locorum Sacri Imperii Noſtri, tam in tota Germania, quam in Italia, & alibi ubique per Sacrum Romanum Imperium, & etiam in terris, & Dominiis Noſtris Hæreditariis, ita ut omnibus, & ſingulis Honoribus, Privilegiis, & Libertatibus, Exemptionibus, Immunitatibus, quibus omnes, & ſinguli Originarii Cives, & honorabiles quarumcumque Civitatum tam in Sacro Romano Imperio, quam in terris Noſtris hæreditariis de jure, & conſuetudine, vel alias quomodocumque utuntur, potiuntur, & gaudent, ac uti, potiri, & gaudere poterunt in omnibus, & per omnia perinde ac ſi Vos, & prædicti Primogeniti veſtri ut ſupra fuiſſetis veri, proprii, & Originarii Cives dictarum Civitatum & Locorum, uti, potiri, & gaudere poſſitis, & valeatis.

VIII. Præterea te Lucam prænominatum, cujus potiſſimum intuitu & contemplatione reliquam Familiam tuam exornandam duximus, præcipuo aliquo congiario, & ſpeciali prerogativa decorare volentes, ut præ cæteris Gratiam Noſtram Cæſaream in te propenſam cognoſcas motu, & ſcientia ſimilibus tibi concedimus, & elargimur, quod omnibus, & ſingulis Juribus, Privilegiis, Gratiis, Dignitatibus, Præeminentiis, Honoribus, Exemptionibus, Immunitatibus, & Prærogativis, quibus utriuſque Juris Doctores a Nobis, aut quolibet Collegio Publico in quacunque Univerſitate,

tate, aut Gymnasio ad id potestatem habente, gaudent, & potiuntur de jure, vel consuetudine, uti, frui, & gaudere, ac potiri possis, & valeas absque alicujus contradictione.

IX. Volumus insuper, & auctoritate Nostra Regali decernimus, quod possis duodecim Doctores in Jure Civili, nec non septem in artibus liberalibus, adhibitis tamen in qualibet Creatione Doctorum ad minus Doctoribus tribus ejusdem facultatis, qui omnes pariter promovendos hujusmodi per rigorem examinis sufficientes, & idoneos judicent, & si sufficientes, & idonei reperti fuerint, eis licentiam in eadem facultate impendere, ipsosque more, & consuetudine in generalibus studiis desuper observari solitis Licentiatos facere, creare, & promovere, eisdemque tandem, quos ipse ad id elegeris, consueta ornamenta, & Insignia Doctoralia tradere, & conferre auctoritate nostra prædicta præsentis per tenorem plenam concedimus licentiam, & facultatem, & quod illi per te in Doctores promoti, & promovendi in omnibus Civitatibus, Locis, & Terris Sacri Romani Imperii, & ubique Terrarum libere debeant, & possint omnes actus Doctorales legendi, docendi, interpretandi, & glossandi facere, & exercere, omnibusque, & singulis gaudere, & uti Privilegiis, Prærogativis & Exemptionibus, Libertatibus, Concessionibus, Honoribus, Præeminentiis, & Favoribus, ac Indultis, Gratiis, & aliis quibuslibet, Doctores Bononienses, Paduani, Papienses, Perusini, & Parisienses, & in aliis studiis Privilegiatis promoti, & insigniti gaudent, & utuntur consuetudine, vel de jure, non obstantibus quibuscunque Legibus, & Constitutionibus, Canonis, aut Statutis, Decretis, Reformationibus, Rescriptis, Privilegiis, Beneficiis, Exemptionibus, Gratiis, & Prærogativis, quocunque nomine censeantur, & cujuscunque munitionis & tenoris existant, tam factis, quam fiendis, tam per Nos, quam per Prædecessores Nostros, vel per quoscunque Principes, Duces, Marchiones, Communitates, Universitates, vel alios Dominos, seu Potestates, vel Regentes Civitatum, vel Rectores, aut Officiales earundem, generis, vel conditionis cujuscunque, vel quorumcumque Locorum, vel Terrarum sub quibuscumque clausulis, vel expressione verborum, etiam si essent talia, de quibus de verbo ad verbum necesse esset hic fieri mentionem specialem, in contrarium facientibus, quibus omnibus, & singulis ex certa nostra scientia præfata, animo deliberato, motu proprio, ac de plenitudine Potestatis derogamus, & derogatum esse volumus per præsentes.

X. Et ut gratiam Nostram Regiam uberius, & largius sentias, volumus, decernimus, & per præsentes motu proprio, ex certa scientia, ac Regali simul, & Archiducali Potestate Jubemus, quod Domus tua in Portu-Naonis, quæ olim vocabatur de Monte Regali sita in via Majori, cui a parte anteriori versus Occidentem cohæret via publica, & strata major præfata; a Septentrione Domus, quæ fuit olim Christofori de Turri; ab Oriente Hortus, qui fuit olim Gregorii de Prata; Et a Meridie Domus Dominæ Finæ quond. de Crescendulis, salvis melioribus confinibus, & cohærentiis, quæ habeantur pro expressis cum attinentiis suis, sit Franca, & Libera cum omnibus, & singulis Gratiis, Privilegiis, & Exemptionibus, Immunitatibus, Libertatibus, & aliis quibuscunque Franchisiis, quibus potiatur, & gaudeat, ita quod omnis homo, qui occasione debiti, seu cujuscunque delicti, vel excessus, aut infamiæ ad eandem confugerit, & intraverit, aut Domo clausa, manus suas ad annulum in foribus posuerit, vel alias portas tetigerit, tunc, & eo casu volumus, & jubemus motu, & scientia prædicta debitorem seu delinquentem hujusmodi ex tunc minime apprehendi, capi, aut detineri, seu custodiri posse a quibuscunque Capitaneis, Officialibus, seu Executoribus, cujuscunque conditionis existant, neminem penitus excipiendo, dummodo Criminis lesæ Majestatis, Falsitatis Monetarum, aut homicidii præmeditati rei non existant.

XI. Ulterius damus, concedimus, & impartimur Tibi Lucæ prænominato plenissimam auctoritatem, potestatem, & licentiam, quod possis, & valeas adoptare, & arrogare filios, & eos adoptivos, & arrogatos facere, constituere, & ordinare, & arrogationibus, seu adoptionibus, quibuscunque consentire, licentiamque præbere, & meram auctoritatem, & Decretum interponere, observato tamen Juris ordine.

XII. Denique quod possis Minoribus, & Ecclesiis læsis ex justa causa, altera parte prius ad id vocata, in integrum restitutionem concedere. Quæcunque igitur, & singula in prædictis, vel circa prædicta, vel aliquod prædictorum feceris, aut feceritis, prout a Nobis facta essent, vel a Successoribus Nostris ex scientia Nostra certa, & motu proprio, ac de plenitudine Potestatis Nostræ, ex nunc prout ex tunc, & ex tunc prout ex nunc grata, rata, & valida, firma, ac perpetua esse inviolabiliter omni & quacunque exceptione remota tam facti, quam Juris volumus, & censemus, & Cæsarei roboris tenere firmitatem. Hæc omnia autem, & singula suprascripta facimus, constituimus, edimus, concedimus, & ordinamus motu proprio, & ex certa scientia, & ex plenitudine Potestatis Nostræ valitura decernimus; in moderatione autem cujuscunque actus bendi ratione, & honestate per Vos habenda confisi; quæ etiam omnia, & singula sic Vobis concedimus, damus, & largimur, ut revocari, annihilari, & suspendi non debeant, nec possint. Nolentes insuper hanc Gratiam, Concessionem, vel Indultum, aut Privilegium, nec aliquid in ea, vel in eo contentum per aliquam revocationem, annullationem, vel suspensionem similium Privilegiorum generalem, vel specialem Nostram, vel Successorum Nostrorum revocatam, annullatam, vel suspensam, aut revocatum, annullatum, vel suspensum intelligi, etiam cum clausula derogatoria generali, vel speciali; & perinde habeatur istud Privilegium, ac si esset in corpore Juris clausum, & esset etiam jure vel consuetudine concessum. Nulli ergo omnino hominum, Communitatum, Universitatum, Collegiorum, vel Civitatum, aut Locorum liceat hanc nostram Creationem, Largitionem, Concessionem, Indultum, Immunitatem, Privilegium, Intentionem, Pronuntiationem, Declarationem Voluntatis, Decreti, seu Mandati, ac Gratiæ paginam infringere, aut quomodolibet violare, seu ei quovis ausu temerario contraire in Judicio, vel extra, aut contra prædicta vel aliquod prædictorum quovis modo vel ingenio contra facere,

vel

vel venire. Si quis autem contra attentare præsumpserit, Nostram, & Imperii Sacri Indignationem gravissimam, & pœnam quinquaginta Marcarum auri purissimi toties quoties contrafactum fuerit irremissibiliter se noverit incursurum; quarum medietatem Regii Fisci Nostri, sive Ærarii, reliquam vero partem injuriam passorum, vel passi usibus decernimus applicandam, & ex nunc pro ut ex tunc, & ex tunc prout ex nunc ipso Jure vel facto applicamus, & applicatum esse volumus toties quoties; Harum testimonio Literarum Sigilli Nostri appensione munitarum &c.

Datum in Civitate Nostra Imperiali Augusta, Die Decima Mensis Augusti Anno Domini Millesimo Quingentesimo Secundo, Regnorum Nostrorum Romani Decimo Septimo; Hungariæ vero Tertio-Decimo

Jo. Collaver C.
Doctor &c.

Ad mandatum Domini Regis proprium &c.

N.° LI.

Maximilianus I. Romanorum Rex Insignia Gentilitia Georgii ab Edling, seu Eslingen germanico Diplomate instauravit. Dat. Oeniponti (Inspruck) die XX. Septembris 1507. Extat penes Illustriss. Dñum Joannem Baptistam Bar. ab Edling, vulgo de Salcano appellatum.

N.° LII.

Idem Maximilianus Imperator scriptis Litteris Petrum de Bonomo Episcopum in spem erigit, se se Civitatem Tergestinam cum fœnore a Venetis recuperaturum. 1508. XXIX. Junii. Communicavit Dom. Andreas Josephus de Bonomo.

Maximilianus Divina Favente Clementia Electus Romanorum Imperator semper Augustus &c.

Venerabilis, Devote, Dilecte. Etsi cuperemus afferre remedium aliquod Adversitati tuæ, quam tu, & Civitas Tergestina hoc anno patimini, tamen quia communis est Nobis fortunæ calamitas superest utrisque ut bene speremus: neque enim dubitamus Deo Optimo Maximo Adjutore, adhibita qua decet diligentia, nos cum fœnore omnia ammissa recuperaturos. Itaque bono, forti, ac constanti animo sis; nos te nunquam derelicturi, sed pro viribus tibi semper opitulaturi sumus. Datum in oppido Nostro Imperiali Popardia die XXVIII. Mensis Junii Anno M.D. VIII. Regni nostri Romani XXI.

Commissio Dñi Imperatoris ppa

A Tergo) Venerabili Petro Epo Tergestino Consiliario nro devoto dilecto.
L. D. M. J.

N.° LIII.

N.° LIII.

Transactionis capita inter Tergestinos ex una, Justinopolitanos, Muglienses, & Pyranenses Istros ex altera parte, stabilita per Procuratores ad hunc Actum specialiter deputatos 1514. XXVII. Septembris. Communicavit saepius memoratus Dom. de Bonomo.

In nomine Sanctae & individuae Trinitatis. Infrascripta sunt Capitula Treguae practicatae, actae, & divino inspirante numine pro bono pacis ac quietis ad communem utilitatem totius illius regionis conclusae inter R.mum in X.to patrem, & Dñum D. Petrum de Bonomis Dei, & Aplicae Sedis gratia dig.mum Epum, & Comitem Tergestinum vice & nomine Mag.ci, & Strenui Equitis aurati Dñi Nicolai Rauber pro Sacr.ma Caesarea Majestate dig.mi Capitanei Sp.lis Civitatis Tergesti, ac etiam vice & nomine Sp.lis Communitatis Civitatis praedictae agentem parte ex una, & ex altera Nobiles Dños Michaelem Brathium, Jacobum Vergerium, & Nicolaum Grisonum similiter agentes vice & nomine Mag.ci & Clar.mi Dñi Aloysii Barbari pro Ser.mo Ducali Venetiarum Dominio dig.mi Potestatis & Capitanei Justinopolis, & ejusdem Sp.lis Communitatis, nec non vice & nomine Mag.ci & Generosi Dñi Anzoli de Mula pro eodem Ser.mo Ducali Dominio Venetiarum dig.mi Potestatis egregiae Terrae Pyrani, atq. egregiae Cõitatis terrae praedictae, videlicet R.dum Dñum Balsaminum de Preto Plebanum, & egregium virum Dñum Franciscum Venerium Oratores praedictae terrae Pyrani, atq. insuper vice & nomine Mag.ci & generosi Dñi Jo: Alberti pro antelato Ser.mo Ducali Dominio dig.mi potestatis terrae Insulae, pro quibus praenominati Justinopolitani promiserunt quod praedicti de Insula in termino X. dierum praedicta per se acta confirmabunt: ad concludendum ipsam treguam, & insuper egregios Dños Mapheum Cavazam, & Nicolaum Banassium agentes vice & nomine Mag.ci & generosi Dñi Francisci Quirini pro memorato Ser.mo Ducali Dominio Venetiarum dig.mi Potestatis egregiae terrae Muglae, & egregiae Communitatis terrae praedictae, quibus Caplis pro majori robore & firmitate ac observatione in eis contentorum idem R.mus Dñus Episcopus, & Comes faciet se subscribi dictum Mag.cum Dñum Capit.m, & jurare ad Sacra Dei evangelia de observando omnia in eis contenta inviolabiliter in praesentia suprascriptorum Dñorum Intervenientium ut supra, & impressione soliti ejus sigilli muniri, qui praedicti Dñi intervenientes nominibus praedictis se etiam subscribent eisdem Caplis, & jurabunt ea inviolabiliter observaturos, atq. impressione soliti sigilli Sancti Marci munient & roborabunt, quorum Capitulorum tenor sic sequitur, videlicet.

Primum quod Subditi utriusq. Partis, & locorum jurisdictionibus suis subjectorum possint se conferri tute, & libere, & secure cum personis, & rebus suis tam mari quam terra ad loca & terras alterius Partis, & habere invicem solita & consueta commercia prout, & quemadmodum facere consueverunt, & solebant tempore pacis & proximae Treguae praeteritae sine aliquo impedimento alicujus personae, & similiter stare in dictis locis & terris & redire ad loca sua, & in dictis locis vendere, & emere ad eorum

bene-

beneplacitum pro ut & quemadmodum facere consueverunt tempore pacis, & treguæ præteritæ.

Secundum, quod Subditi tam Sacræ Cæsareæ Majestatis quam Ser.mi Ducalis Dominii Venetiarum libere, tute & secure cum personis, & rebus suis possint, & valeant se conferre ad quæcunque loca, & terras utriusque partis prædictæ, & jurisdictionum earum, videlicet subditi Sacræ Cæsareæ Majestatis ad loca, & terras Ser.mi Ducalis Dominii prædicti in pñti tregua comprehensas, videlicet Justinopolim, & quæcumq. alia loca, & terras subjectas jurisdictioni suæ, Pyranum, & quæcumq. loca suæ jurisdictioni subjecta, Muglam, & loca ei subjecta, & Insulam: & versa vice subditi nominati Ser.mi Ducalis Dominii ad Civitatem Tergesti, & loca subjecta jurisdictioni ipsius Civitatis sine aliquo impedimento, pro ut & quemadmodum facere consueverunt, & solebant tempore treguæ præteritæ, de qua in proximo præcedenti Capitulo.

Tertium, quod si casu aliquo aliqua gentium quantitas Sacræ Cæsareæ Mtis ire vellet damnificatum loca aliqua Ser.mi Duc. Venet. Dominii in pñti tregua comprehensa, præfatus Mag.cus D. Capit.s, & Civitas prædicta Tergesti teneatur immediate dare notitiam Rectori loci, seu terræ ejusdem Ser.mi Ducalis Dominii Venetiar. magis vicino eidem Civit. Tergesti. Et pariformiter si casu aliquo aliqua gentium quantitas memorati Ser.mi Ducalis Dominii Venetiarum tam mari, quam terra vellet ire damnificatum loca Sacræ Cæs.æ Mtis in pñti Tregua comprehensa, præfati Mag.ci Rectores, Civitates, & loca, vel saltem eorum aliquis teneatur, & obligatus sit dare notitiam præfato Mag.co D. Capit.o antelato Civitatis Tergesti ad hoc ut utraq. pars possit consulere indemnitati suæ: habita intelligentia rerum prædictarum ut supra, debendo utraq. pars pro posse suo inhibere & obviare hujusmodi damnis, & incursionibus, ac depredationibus hujusmodi quantitatis gentium fieri possent in locis jurisdictionis alterius partis.

Quartum, quod si casu aliquo aliqua persona subjecta jurisdictioni alterius partis furtum faceret, vel damnum aliquod in locis jurisdictionis partis alterius inferret, Rector illius Civitatis, terræ, seu loci, cujus jurisdictionis illa talis persona, quæ hujusmodi furtum faceret vel damnum inferret, esset, teneatur & obligatus sit dictam talem personam carcere mancipare, & eam punire secundum delictum, & compellere eam restituere furtum per eam factum, vel satisfacere damnum passo, & damnificato, & similiter utraque pars pro posse suo obligata sit obviare hujusmodi furibus & damnificatoribus, ne furta faciant & damna aliqua inferrant in locis subjectis jurisdictionibus utriusq. partis.

Quintum, quod in quantum Sacra Cæsarea Majestas mittere vellet exercitum pro expugnatione, seu acquisitione alicujus terræ, seu loci S.mi Ducalis Dominii Venetiar. in pñti tregua comprehensi, præfatus Mag.cus Dñus Capit.s, & Civitas prædicta Tergesti teneatur & obligata sit dare notitiam Rectori dictæ terræ, sive loci per decem dies antea; & similiter in quantum prælibatum Ser.mum Ducale Dominium vellet mittere exercitum, sive classem pro expugnatione, seu acquisitione antedictæ Civitatis Tergesti, seu loci alicujus jurisdictionis illius, præfati Mag.ci Dñi Rectores, Civitates,

& loca, seu earum aliquis teneatur & obligatus sit per decem dies antea notitiam dare eidem Mag.^co^ Dño Capit.°, in quibus decem diebus etiam partes prædictæ sint & esse intelligantur in pñti tregua, ita ut possint invicem Subditi earum ut supra libere, tute, & secure practicare cum personis, & rebus suis sine aliquo impedimento alicujus personæ. Reservato similiter loco Mag.^co^ D. Capitaneo Raspurch, & Palmaticorum, & omnibus terris, & locis provinciæ Istriæ prælibato Ducali Dominio Venetiar. subjectis ingrediendi pñtem treguam, & pñtia capitula acceptandi in termino XV. dierum proxime futurorum.

Et quoniam Mag.^cus^ Dñus Capit.^s^ Terg.^ti^ huic expeditioni litterarum interesse non potuit, dedit auctoritatem atq. commissionem præfato Rmo Dño Episcopo suprascripta Capitula subscribendi, & jurandi, & in majus robur sigillo suo consueto muniendi. Datum & actum Tergesti in Epli palatio Anno Dñi MDXIIII. Indict. secunda, die vero XXVI. Septembris, pñtibus prænominatis Oratoribus sive Mandatariis prædictarum Civitatum, & locorum, & Sp.^lis^ viris Dñis Daniele Blagusicho, Vitale q.^m^ Leonardi de Argento, & Dominico Burlo Judicibus dictæ Civitatis Tergesti & quampluribus aliis Civibus Tergestinis.

Ego Michael Brathius de Commissione Clarissimi Dñi Potestatis, & Capitanei Justinopolis, & spectabilis Communitatis Justinopolitanæ subscripsi, ac juravi, & Sigillo Sancti Marci sigillavi

Ego Jacobus Vergerus suprascriptis subscripsi, & juravi.

Ego Nicolaus Grisonus suprascriptis subscripsi, & juravi.

Ego Ballaminus de Preto plebanus Pyrani subscripsi, & juravi.

Ego Franciscus Venier præsens fui, & sic approbavi, & juravi.

Ego Maffejus Cavaza subscripsi, & juravi.

Ego Nicolaus de Bon ssis suprascriptis subscripsi, & juravi.

(L. S.)

N.° LIV.

Nicolaus Georgius (vulgo Zorzi) Capitaneus Raspurghi, Pasinatitorum, & de Pinguento profitetur, se se Nuntios suos Tergestum mittere ad confirmandam jure jurando Tergestinorum cum Justinopolitanis supra laudatam Transactionem 1514. IX. Octobris. Communicavit prædictus Dom. de Bonomo.

Nicolaus Georgius Raspurch, & Pasinatitorum de Pinguento Capitaneus.

Universis, & Singulis præsentes Litteras Inspecturis fidem indubiam perhibemus qualiter Egregios Cives nostros Ser Bartholomæum Gricalith, & Ser Bernardinum de Jernis Pinguentinos, Oratores, & Nuntios Nros mittimus ad spectabilem Civitatem Tergestinam: qui Nro proprio nomine & Capitaneatus Nri Raspurch Pinguenti, & Pasinatitorum jurare, sigillareque valeant Capitula Treguæ initæ cum Rmo in Xo Patre Dño Dño Petro de Bonhominibus Dei, & Apostolicæ Sedis gratia meritissimo Episcopo Tergestino, & cum Magnifico, & Clarissimo Dño Nicolao Raubare Equite Aureato Dignissimo Capitaneo Tergesti, & cum Magnifica Communitate Civitatis prædictæ, juxta formam Capitulorum Treguæ initæ

cum

cum Magnifico, & Clarissimo Dño Potestate, & Capitaneo Justinopolitano cum libertate promittendi ipsis Treguam manutenere ad plenum. Datum in Nostro Capitaneatus Palatio Pinguenti die 9. Octobris 1514. Ind.ª 11. quam nostro solito majori sigillo Sancti Marci muniri jussimus in fidem præmissorum &c. & pro majori robore mittimus etiam Ser Sebastianum de Termanis etiam Civem nostrum Pinguenti, qui similiter jurabit, & nomine nostro se subscribet.

(L. S.) Honorius Taritus Cancellarius de Mandato &c.

N.° LV.

Matthæus Cardinalis Gurcensis Petro de Bonomo Tergestino Antistiti ad dies vitæ usumfructum Castri Peyllenstainii, & reditus in Auderberg, quorum proprietas alias ad Episcopatum suum Gurcensem pertinebat, certis conditionibus renuntiat 1518. Die Sanctæ Afræ. Communicavit idem Dom. de Bonomo.

Noi Matteo per l'Iddio Grazia della Santa Romana Chiesa sotto il titolo di Sant' Angelo Cardinale di Gurck, Coadiutore dell' Arcivescovado di Salsburgo, Legato per la Germania &c.

Dichiariamo per noi, e nostri Successori Vescovi di Gurck, e notifichiamo con queste lettere patenti a ciascheduno, che vedrà, legerà, o intenderà legere le presenti, che il Reverendissimo Nostro Diletto Amico il Sig.ʳ Pietro Vescovo di Trieste &c. avendo avuto delle pretensioni, e dimande sopra di noi toccante il Castello di Peyllenstain, e Governo di Anderburg &c. altre volte aquistato, e riscatato da' Lorenzo Bonomo suo Zio per certa somma di danaro, ed alla requisizione del fù Revmo Principe, e Signore Raimondo Cardinale, e Vescovo di Gurck &c. de fù li Fratelli Andrea, ed Ulrico di Waysbriach, e lasciato in legato nel Testamento al detto Sig.ʳ Vescovo di Trieste. Ci siamo dopo lunghe negoziazioni accordati in fine, ed è stato stipulato fra gl'altri punti, ch'egli rinuncia alle sue dette dimande, e pretese verso di Noi, ed il Vescovado di Gurck, in modo ch' egli consentisce a consegnarci tutti i suoi scritti, carte, e documenti, e che noi riprendiamo il detto Castello, e Governo, quando, e comme noi vorremo in cambio delle Prebende, o Beneficj legitimi, e dovutamente aquistati importanti la rendita annuale di duecento Fiorini Rainisi, come parimente di farlo amministare per Noi, e Successori nostri nel Vescovado di Gurck da Nostri proprj Amministratori, e Podestà, e di pagarci un certo annuo dovere, obbligandosi secondo il costume, uso e stille della nostra Cancelleria di Strasburg con scritto, ed Atti formali, comme il detto Amico Nostro Vescovo di Trieste s'è impegnato, ed obligato più ampiamente con due sue lettere, e ci ha consegnata la sua rinoncia. Per queste cagioni noi habbiamo promesso, promettiamo, e dichiariamo con queste presenti di piena intenzione, e certa scienza di cedere al Nostro detto Amico il Vescovo di Trieste, e di restituire in sua possessione il Nostro Castello, e Governo di Peyllenstain, come anco quello di Anderburg nella maniera suddetta a fine di unitamente goderne con la loro Castellania ordinaria a titolo di Governo in vita sua durante, amministrarstrarle, possederle, e profittarne di qualunque maniera, come anco di ricevere oltre il stipendio della Castellania, e del Governo le rendite del detto Castello &c. cento, e settanta Fiorini Rainesi tutto in conformità del sopra scritto, e come si è egli obbligato con scrittura verso Noi senza' fraude, ed in fede di queste lettere patenti sottoscritte di Nostra propria mano, e munite del Nostro Sigillo, secondo che noi promettiamo per Noi, e successori nostri Vescovi di Gurck &c. di mantenere il contenuto di queste lettere fermamente, e senza difetto.

Data nel giorno di Sant' Afra l'Anno Mille cinquecento dieci otto.

Matteus Car. Gurcen. Legatus &c. p. m.

(L. S.)

N.° LVI.

Ferdinandi Infantis Hispaniarum, & Archiducis Austriæ Germanicum Diploma, vigore cujus Petrum de Bonomo, Tergestinum Episcopum ad Supremi Aulæ Cancellarii gradum elevavit 1521. VII. Julii. Communicavit pariter toties nominatus Dom. de Bonomo. Italicum vero reddidit Dom. Josephus de Lovisoni Cæs. Goritiensis Consilii Traductor.

Noi Ferdinando per la Iddio grazia Principe delle Spagne, Arciduca d' Austria, Duca di Borgogna, Stiria, Carintia, e Cragno &c. Confessiamo in vigor delle presenti, qualmente avendo Noi pienissima informazione degli onorevoli, e valorosi servigi dal Venerando Nostro Diletto Divoto Pietro Vescovo di Trieste con tutta fedeltà, zelo, e lealtà, senza risparmio della propria vita, e facoltà, con tutto suo potere prestati nell' Imperial Corte di Federico, e Massimiliano Nostri Signori, ed Antenati, entrambi Imperadori de' Romani di gloriosissima memoria, e venendoci detto Vescovo commendato per le singolari sue Virtù, animo onorato, e buoni costumi, come amator della giustizia, avendolo Noi pure come tale conosciuto nel tempo, ch'era al Nostro servigio, attesa la graziosissima Nostra determinazione di voler nell' Ered. Nostre Provincie sostenere il giusto, affinchè nessuno venghi indebitamente aggravato, ed atteso il Nostro favore, ed affetto, col quale singolarmente riguardiamo quelle Persone, le quali amano, ed oprano secondo li dettami della giustizia, in benignissimo riflesso alli preaccennati di lui servigi, ed alla di lui onoratezza, e candidezza d'animo, abbiamo in vigor delle presenti con animo ben deliberato, e maturo consiglio scientificamente accettato il suddetto Vescovo per Nostro gran Cancelliere, e Capo dell' Aul. Nostro Consiglio secondo la consuetudine di Borgogna, concedendo allo stesso tutte, e singole le Prerogative, Diritti, ed Onori che si convengono alli Gran-Cancellieri; di maniera che Egli in avvenire sia Nostro Gran-Cancelliere, e Capo del Consiglio, e tener possa a sue mani per parte Nostra il Nostro Sigillo maggiore, fermando con lo stesso tutte le spedizioni che verranno stabilite nel Consiglio, e che dovranno munirsi del Sigillo Nostro pendente, accettando per ciaschedun sigillo un sol fiorino alemano, con levare dalla massa di tal sportola ogni anno per se fior. 100. alem. &c. e quello, che per tal titolo sarà per entrarvi oltre la somma delli ora citati

fior. 100.

fior. 100. dovrà consegnarsi alle mani del supremo Nostro Segretario, e Tesoriere Gabriele de Salamanca, e ciò a senso d'un Nostro Decreto, che egli tiene a sue mani.

Comandiamo altresì, e stabiliamo, che al prefato Vescovo per detti di lui servigi venghino annualmente corrisposti alem. fior. 1200., da principiarsi dal dì I.^mo Giugno prossimo decorso sino ad altro nostro ordine. Toccante la Nostra Cancellaria, dovrà questa amministrarsi unicamente dal prefato Nostro supremo Segretario, e Tesoriere Gabriele de Salamanca, ò di lui luogotenente, che verrà da Noi, e da Esso nominato, mediante li quali dovranno sottoscriversi tutte le spedizioni a senso degli Articoli, ed ordini a tal'effetto emanati, ed incomberà allo spesso mentovato Vescovo di fedelmente esercitare l'Offizio di Nostro Gran-Cancelliere come Capo del Consiglio, ed amministrare la Giustizia egualmente al povero, che al ricco, ed al ricco, che al povero, senza aggravare alcuno nè per propensione d'animo, nè per doni, nè per favore, nè per amicizia, nè per inimicizia, e senza mai operare cosa alcuna contro la Giustizia, con tener celati li Nostri segreti sino alla tomba, e con promovere il nostro emolumento, ed utile, ed ovviare ad ogni nostro danno, e pregiudizio, rendendoci avvertiti d'ogni attentato, che fosse per meditarsi, od intraprendersi contro di Noi, e facendo tutto quello, che Egli, in vigor della sua divozione, è tenuto a fare verso il suo Signore a senso delle promesse dal medesimo fatteci. Ciò tutto fedelmente, e senza dolo, in fede di che servono le presenti munite del nostro Sigillo pendente. Date nella nostra Città di Graz li 7. Luglio, dopo la natività del Nostro Sig.^r Gesù Cristo l'anno 1521.

Ferdinandus.

Ad Mandatum Serenissimi Domini Principis Archiducis proprium.

Salamanca.

N.° LVII.

Idem Ferdinandus Archidux Caroli V. Germanus Cardinali de Medicis commendat Petrum de Bonomo Episcopum Tergestinum pro Episcopatu Viennensi, & Ludovicum itidem de Bonomo pro Episcopatu Tergestino 1522. XVI. Augusti. Communicavit qui supra Dom. de Bonomo.

Ferdinandus Dei Gratia Princeps Hispaniarum, Archidux Austriæ, Dux Burgundiæ &c. Reverendissimo in Christo Patri Domino Sanctæ Romanæ Ecclesiæ tit. Sancti Laurentii in Damaso Præsbytero Cardinali de Medicis Amico Nostro Carissimo salutem, & mutuæ benevolentiæ incrementum. R.^me Pater Amice Carissime. Mittimus ad Sanctissimum Dñum nostrum honorabilem Nobis dilectum Leonardum Bonomum Decanum Tergestinum, cui commisimus, ut confirmationis munus super Ecclesia Viennensi Archiducatus nostri Austriæ in Personam Reverendi Nobis devoti dilecti Petri Episcopi Tergestini Magni Cancellarii nostri, quem illius Beatitudini ratione gentilitii & Patronatus juris nostri præsentavimus, impetrare debeat, cujus desiderii Nostri effectus ut eo opportunius, ac celerius optatum finem consequatur: freti ea animi inclinatione, quam Revmam Vram

P.^{ma} tum ob memoriam Divi Maximiliani Cæsaris Avi nostri, tum etiam ob intuitum Serenissimi Caroli Electi Romanorum Imperatoris Domini, ac Fratris nostri Colendissimi erga Nos, ac Domum nostram Austriæ genere edocti sumus, rogare eam ac obtestari summis precibus decrevimus, dignetur negotium hoc solita sua benignitate suscipere commendatum, & apud Sanctissimum Dominum nostrum, & Sacrum Cardinalium Collegium omni studio promovere, ipsum vero Decanum, cui plura commisimus coram referenda audire, dictis ejus credere, & ea quæ potest fieri celeritate absolvi, & expediri curare. Non minus autem & partes suas circa confirmationem Ecclesiæ Tergestinæ, ad quam ob intuitum ipsius nostri Cancellarii Ludovicum Bonomum Clericum Tergestinum præsentavimus, adhibere nostri intuitu studebit, ut pro desiderio nostro utrumque negotium optatum effectum consequatur, pro quo Vestræ R.^{mæ} P.^{ti} officio parem illi reddere gratiam ad cumulatam operam præstituri sumus. Dat. &c. in nova Civitate nostra Austriæ Die XVI. Augusti MD. XXII.

V^{r} Bonus Amicus

Ferdinandus

subscripsit infra Principem & Secretarius Salamanca

Tergo) R.^{mo} in Christo Pri Dño S. Sanctæ Romanæ Ecclesiæ tit. Sancti Laurentii in Damaso Præsbytero Cardinali de Medicis Amico Nostro Carissimo.

N.° LVIII.

Carolus V. Cæsar suo in Germania Locumtenenti constituto Ferdinando Fratri Archi-Duci Austriæ, Bruxellis XXIII. Martii 1522. facultatem tribuit creandi Comites, Barones &c. Ex Authentico Germanico in latinum transtulit Dom. Antonius Cominus.

Nos Carolus V. Dei Gratia Electus Romanorum Imperator semper Augustus, Germaniæ, Hispaniarum, Utriusque Siciliæ, Jerosolymarum, Hungariæ, Dalmatiæ, Croatiæ Rex, Archidux Austriæ, Dux Burgundiæ Comes Habspurgi, Flandriæ, & Tyrolis &c.

Universis fidem facimus, & publice præsentium tenore manifestum reddimus, quod cum in postremis Wormatiæ habitis Comitiis, consulentibus, & consentientibus Nostris, atque Imperii Electoribus Principibus, aliisque Regiminis Statibus, qua ratione absentibus Nobis Sacrum Imperium regi debeat: conclusum, constitutumque, & in Nostrum præfati Regiminis Vicarium propositus, assumptusque fuerit Serenissimus Dominus Ferdinandus Hispaniarum Infans & Archidux Austriæ dilectus Frater Noster, & Princeps; Ejus Dilectioni potestatem, & facultatem dederimus, prout etiam ex plenitudine Imperatoriæ Romanæ potestatis scienter, & præsentium vigore ita impertimur, ut Dilectio sua quamdiu in præfati Vicarii Nostri muneris administratione ipsa perstiterit, Nostri qua Romanorum Imperatoris vice, in Cæsareæ Dignitatis, & Sacri Imperii Decus & Ornamentum, honestas, sinceras habiles, & capaces id requirentes Personas in Comites Barones, Dominos, Nobiles, Doctores, Equites Ar-

mi-

migeros, Legitimos, Notarios etiam &c. creare & constituere, iisdemque necessarias Nostro titulo, & sigillo munitas, modo, & forma ab iis requisita, literas dare, atque impertiri possit, & valeat, omni eo, quod Dilectio sua modo prædicto factura, & expeditura erit, ac si Nos ipsi id fecerimus, aut facere potuerimus, firmo manente, quin si Dilectio sua Majori facultate, ac hisce Literis exprimitur, indigeat, hanc quoque eidem Dilectioni suæ plenarie harum Literarum Imperiali sigillo Nostro pendenti munitarum robore datam esse volumus. Datum in Brabantia in Civitate Nostra Bruxellarum die 13.° Mensis Martii, anno a Christo nato 1522. Regnorum Nostrorum, Romani 3.° , aliorum omnium 6.°

N.° LIX.

Ferdinandus Archidux Austriæ Locumtenens Imperii in Germania Caroli Cæsaris nomine amplissimam largitur Comitivam, aliaque Privilegia Gabrieli, & Consortibus de Salamanca die XX. Octobris 1522. Vid. §. XXII. Censuræ.

N.° LX.

Carolus V. Imperator Joanni Mariæ Soardo de Barzizis Consiliario, & Secretario suo, Equestri dignitate, & Palatini Comitis titulo aucto, non solum antiquam Familiæ suæ Nobilitatem confirmavit, sed & insuper eidem varia Armorum Insignia contulit Bononiæ X. Februarii 1530., & non anno 1533. uti per errorem Scribæ in Diplomate adnotatur; quemadmodum manifestum fit ex annis Regnorum & Imperii, & ex reliquis circumstantiis. Insertum inveni hocce Privilegium in autographo Ferdinandi I. Rom. Regis Diplomate de anno 1533. quod possidet Illustriss. Eques Carolus Ludovicus de Soardi Cæs. Regius Capitanealis Goritiæ Consiliarius morum suavitate, eruditione, & summa, qua pollet, in administranda justitia dexteritate, cum laudabili modestia conjuncta, nemini secundus.

Carolus Quintus Divina favente Clementia Romanorum Imperator Augustus, ac Rex Germaniæ, Hispaniarum, utriusque Siciliæ, Jerusalem, Hungariæ, Dalmatiæ, Croatiæ, Insularum Balearium, Sardiniæ, Fortunatarum, & Indiarum, ac Terræ firmæ Maris Oceani &c. Archidux Austriæ, Dux Burgundiæ, Lotaringiæ, Brabantiæ, Lymburgiæ, Lucemburgiæ, Gheldriæ, Wittembergæ &c. Comes Habspurgi, Flandriæ, Tyrolis, Arthesii, & Burgundiæ, Palatinus Hannoniæ, Holandiæ, Zeelandiæ, Ferretis, Kiburgi, Namurci, Zutfaniæ &c. Lantgravius Alsatiæ, Marchio Burgoviæ, & Sacri Romani Imperii, Princeps Sueviæ &c. Dominus Frisiæ, Molniæ, Salinarum, Tripolis, & Mechliniæ &c. Spectabili nostro, & Imperii Sacri fideli dilecto Johanni Mariæ de Barzizis de Cazano Consiliario nostro, & Militi, sive Equiti Aurato Gratiam Nostram Cæsaream, & omne bonum. Cum Reges, & Principes deceat eos, qui vel egregia fide, aliisque virtutum ornamentis decorati, vel suis erga Sacrum Ro. Imperium meritis,

tis, & obsequiis præ cæteris excellunt, singularibus gratiis, & favoribus prosequi, quo aliis ad bene recteque agendum, ac Principum commoda promovenda exemplo atque incitamento sint. Cum itaque tu, præfate Johannes Maria, multis annis summa cum fide, & industria Serenissimo quon. Principi Divo Maximiliano Romanorum Imperatori Avo, & prædecessori nostro bonæ memoriæ, post Serenitatis suæ obitum Nobis quoque & Sacro Ro. Imperio in gravibus, & arduis negotiis statum nostrum, & Reipublicæ concernentibus inservieris, atque eorum causa non semel ad Nos in Hispanias missus fueris, in quibus negotiis, & rebus agendis & solicitandis tua Nobis diligentia & solicitudo nimis sedula & visa, & perspecta est, cujus causa Nos te prænominatum Johannem Mariam non solum Secretariatus munere, verum etiam Comitatus Palatini Titulo, & aliis ornamentis Insignium dimisimus. Et cum postea Nos officiis meritisque tuis ita devinxeris, ut merito uberiori nostra gratia dignus videaris, nobisque in posterum utilis quoque, & commodus esse possis, Te prænominatum Johannem Mariam de Barzizis motu proprio, & de certa nostra scientia, & animo deliberato in Consiliarium & Familiarem nostrum suscepimus, assumpsimus, & reliquorum Consiliariorum Familiarium Nostrorum numero, & cœtui adjunximus, & aggregavimus, sicuti tenore præsentium assumimus, suscipimus, adjungimus, & aggregamus, ita ut possis, & valeas Consilia nostra vocatus cum aliis Consiliariis nostris intrare. Dummodo tamen quæ meliora, & utiliora rebus nostris videbuntur fideliter consulas, commoda nostra, & subditorum nostrorum indefesso studio procures, damna avertas, secreta nostra tibi commissa usque ad mortem reticeas, nec ulli pandas, ac omnia alia facias, quæ fidelem, & integrum Consiliarium nostrum facere convenit. Ita enim ut possis, & debeas omnibus, & singulis præeminentiis, gratiis, prærogativis, exemptionibus, libertatibus, emolumentis, privilegiis, & immunitatibus uti, frui, & gaudere, quibus cæteri hujusmodi Consiliarii, & Familiares nostri frui, & gaudere solent consuetudine vel de jure. Præterea volentes te prænominatum Johannem Mariam de Barzizis Consiliarium nostrum peculiari gratia prosequi, & virtutibus tuis præmia tribuere condigna ut Tu, Posteri, & Familia tua universa Nobis, Nostrisque Hæredibus, ac Successoribus Romanorum Imperatoribus, & Regibus, ad inserviendum promiores efficiamini, motu, animo, & scientia supradictis, sano Principum, Comitum, Baronum, Procerum, atque aliorum Nostrorum, & Imperii Sacri fidelium dilectorum accedente consilio, & de nostræ Cæsareæ potestatis plenitudine Te prænominatum Johannem Mariam de Barzizis, atque omnem tuam Familiam, quam Nobilem ex antiquis Domus vestræ natalibus invenimus, pristinam, ac naturalem Nobilitatem in vobis recognoscentes, ac confirmantes rursus Imperiali auctoritate eam in vobis agentes, omnesque filios tuos, & illorum natos, & nascituros, eorumdemque hæredes, & descendentes in perpetuum legitimos, & naturales Nobiles constituimus, decernimus, & creamus, ac in perpetuum a novo nobilitamus, & ad statum Nobilium militarium, & torneariorum erigimus, & attollimus,

Nobi-

Nobilitatisque titulo, fascibus, gradu, & ordine insignimus; Vosque omnes juxta qualitatem conditionis humanæ Nobiles, & tanquam de Nobili genere, Domo, & Parentela Nobilium militarium torneariorum a quatuor Avis Paternis, & Maternis procreatos dicimus, & nominamus, ac ab Universis dici, nominari, haberi, teneri, & reputari volumus. Statuentes præsenti nostro Cæsareo Edicto, & expresse decernentes. Quod tu Johannes Maria de Barziziis, ac Filii hæredes descendentes, & Familia tua præfata ex nunc, & deinceps perpetuis futuris temporibus ubique locorum, & terrarum tam in Judiciis, quam extra in rebus spiritualibus, & temporalibus, Ecclesiasticis, & profanis quibuscunque, etiam si tales forent de quibus in præsentia specialis mentio fieri deberet, nec non in omnibus, & singulis actibus illis, honoribus, dignitatibus, officiis, juribus, libertatibus, insignibus, privilegiis, gratiis, & indultis gaudere, uti, fruique possitis, & debeatis, & quilibet vestrum possit, & debeat, quibus cæteri Nostri, & Sacri Romani Imperii veri Nobiles torneari militares de Nobili Prosapia a quatuor Avis Paternis, & Maternis geniti, & procreati utuntur, fruuntur, & gaudent quomodolibet jure, vel consuetudine. Et ut status vestræ Nobilitationis luculentius clarescat Tibi præfato Consiliario Nostro, & Familiæ prænarratæ, ac Filiis, Liberis, & Descendentibus tuis, & illorum antedictis gentilitia Arma, & Insignia vestra per vos hactenus deferri solita, videlicet Scutum per latitudinem in duas partes divisum, quarum inferior in Campo albi, seu argentei coloris Arborem cum Trunco ramis, & foliis naturalis coloris e basi Scuti ex viridi cespite, seu campo prodeunte, & ad quodlibet latus Arboris Camociam, vel Capream sylvestrem nigri coloris erectam, & anterioribus pedibus supremo trunco innixa, & ore folia carpentem continet; superior vero Scuti pars in aurea, seu crocei coloris area Aquilam nigram unius capitis, cauda, & alis dispassis, protensis pedibus, rostro aperto, & in dextrum converso, & cum corona in capite complectitur; & supra Scutum Galea clausa teniis albi, violacei, croceique colorum redimita, in cujus cono ex diademate tortili eorumdem colorum anterior pars Camociæ, seu Capreæ sylvestris pedibus anterioribus exporrectis eminet; in hunc modum immutanda, melioranda, & illustranda duximus, prout tenore præsentium immutamus, meliora reddimus, & decoramus. Videlicet Scutum secundum latitudinem divisum. Quarum inferior quadripartita in sinistra inferiori, & superiori dextera prædicta Arma vestra videlicet in albo seu argentei coloris campo Arborem cum Capreis ex cespite viridi prodeuntem. In sinistra vero superiori, & inferiori dextra aurei, seu crocei coloris effigiem hominis sylvestris squalidi circa lumbos cingulo ex ramis viridibus cincto in campo, seu cespite viridi stantem, ore cornu sonantem, & cum viridi serto in capite. Superior vero Scuti pars in aureo seu crocei coloris campo Aquilam coronatam supradictam continet; & supra Scutum loco Galeæ clausæ Galeam apertam Tornearem teniis aurei sive crocei coloris, nigrisque redimitam, & in cono super Diademate tortili eorumdem colorum coronam auream, ex cujus vertice inter geminas Alas nigras explicatas anterior pars Capreæ sylvestris anterioribus pedibus exporrectis eminet. Quemadmodum hujusmodi Arma, & Insignia una cum hac immutatione, & melioratione nostra in medio præsentium accuratius depicta sunt. Dantes insuper, & concedentes tibi Johanni Mariæ, & Hæredibus tuis, ac Familiæ antedictæ, ut loco prædictæ dimidiæ Dorcadis, seu Capreæ sylvestris in vertice Galeæ possitis, & valeatis pro vestro arbitrio, & quandocunque vobis libuerit Imaginem hominis sylvestris cum cornu, & aliis ut in Scuto stantem ponere. Volentesque & hoc Cæsareo statuentes Edicto, ut tu prænominate Johannes Maria de Barzizis, ac liberi, hæredes, & descendentes vestri supradicti legitimi, nec non universa Familia tua de Barzizis hujusmodi Arma, & Insignia sic a nobis immutata, & meliora reddita, & una cum torneamentali Galea, & Corona, ac dimidia Caprea, vel homine sylvestri ut supra ex nunc in antea perpetuis futuris temporibus in signum, & testimonium veræ Nobilitatis vestræ habeatis, & deferatis ubique locorum, & terrarum, eisque in omnibus, & singulis honestis, decentibusque Actibus, & Expeditionibus, & aliis in rebus omnibus Militarium Armigerorum more Joco, seriove pro vestro, & cujuslibet vestrum libito perpetuis futuris temporibus uti possitis, & valeatis. Aptique sitis, & idonei ad ineundas & recipiendas omnes exemptiones, libertates, privilegia, Feuda, officia, honores, Dignitates, vacationes a muneribus, & oneribus quibuscunque tam realibus, quam personalibus sive mixtis, jura quoque, & consuetudines, quibus cæteri Nobiles militares torneari hujusmodi Armorum ornamentis a Nobis, & Sacro Rom. Imperio insigniti gaudent, & fruuntur, & ad quæ admittuntur consuetudine, vel de Jure, omni impedimento, & contradictione cessante. Et cum te supranominatum Johannem Mariam de Barzizis Consiliarium Nostrum jam diu in Urbe nostra Regia Aquisgrano in solemni Coronationis nostræ in Romanorum Regem die in regali solio sedentes, & dextera ensem divi Caroli Magni Prædecessoris Nostri tenentes, similiter in die susceptionis Imperialis Nostri Diadematis in hac Urbe Bononia Militem sive Equitem auratum creaverimus, præsenti quoque Edicto, & Auctoritate nostra Cæsarea te Militem, sive Equitem auratum pronunciamus, creamus, facimus, erigimus, ac Militari, & Equestri titulo clementer insignimus, ac omnia ad hunc ordinem Equestrem pertinentia Ornamenta tibi conferimus. Hoc Cæsareo statuentes Edicto, ut pro susceptæ Equestris dignitatis ornamento Torquibus, Gladiis, Calcaribus, Vestibus, Phaleris aureis, omnibusque aliis actibus, exercitiis, & officiis militaribus, atque omnibus, & singulis privilegiis, gratiis, libertatibus, immunitatibus, franchisiis, exemptionibus, & prærogativis uti, frui, & gaudere possis, quibus alii Milites, & Equites stricto Ense a Nobis creati de Jure, vel consuetudine gaudent, & potiuntur. Mandantes universis, & singulis Principibus tam Ecclesiasticis, quam sæcularibus, Prælatis, Ducibus, Marchionibus, Comitibus, Baronibus, Militibus, Nobilibus, Clientibus, Capitaneis, Præfectis, Potestatibus, Procuratoribus, Officialibus, Magistratibus, Judicibus, Consulibus, Heraldis, Armorum Regibus, Caduceatoribus, Civibus, Communitatibus & denique omnibus Nostris, & Imperii Sacri fidelibus dilectis cujuscunque status, gradus, ordinis, dignitatis,

& con-

& conditionis fuerint, ut te sæpe dictum Johannem Mariam de Barzizis pro Consiliario nostro habeant, teneant, reputent, & honorent, ac Equestri dignitate cum prærogativis, libertatibus, & in rebus antedictis qualiacunque de jure, vel consuetudine serveutur, & censeantur, hæredesque, & successores ac Familiam tuam de Barzizis de Cazano antedictam hac Nostra Nobilitatione, & Armorum immutatione, & melioratione cum Galea torneamentali & Corona, nec non homine, sive Caprea sylvestri antedictis in perpetuum frui, & gaudere, in eisque pacifice permanere sinant, & permittant. Quatenus gratiam Nostram caram habent, & pœnam quinquaginta Marcharum auri puri Ærario, seu Fisco nostro Imperiali, totidemque parti læsæ toties quoties contrafactum fuerit irremissibiliter applicandam maluerint evitare. Harum testimonio literarum manu nostra subscriptarum & sigilli Nostri Cæsarei appensione munitarum. Datum Bononiæ die Decimo Mensis Februarii. Anno Domini Millesimo Quingentesimo Tricesimo Tertio: (*corrige, trigesimo:*) Imperii Nostri Decimo, & Regnorum Nostrorum Decimo Quinto.

NB. Dies decimus Februarii contextui Diplomatis non satis congruit.

N.° LXI.

Idem Carolus V. Franciscum de Gratia antiqua Patriciorum Goritiensium Familia procreatum cum universa Posteritate cæteris Imperii, aliorumque Regnorum, ac Provinciarum hæreditariarum Nobilibus aggregavit, confirmando, & illustriora reddendo Insignia ipsius Gentilitia Ratisbonæ V. Julii 1532. Autographum germanicum possidet Illustris. Eques Joannes Baptista de Gratia. Ex veteri in italicum idioma conversione.

Noi Carlo V. per l'Iddio Grazia Imperator de Romani sempre Augusto Augmentatore dell'Imperio Re della Germania, Castiglia, Arragona, Leone, d'entrambe le Cicilie, Gerusalem, Ungaria, Dalmatia, Croatia, Navara, Granata, Toledo, Valentia, Gallicia, Majorica, Hispali, Sardegna, Corduba, Carsica &c. Arciduca d'Austria, Duca della Borgogna, Barbantia, Stiria, Carintia, e Cragno &c. &c. Conte di Tirolo, e Goritz &c. &c.

Essendo nostro Cesareo Sovrano Instituto, e proprio della sublimità, nella quale è piacciuto a Dio di collocarci d'essere sempre inclinati verso tutti, e cadauno nostri fedelli sudìti, del S. R. I. e de nostri Regni Ereditarii, Principati, e Paesi generalmente, ed avere in prima graziosa considerazione la loro onorevolezza, utile, ed avanzamento, ed a questi far parte della nostra grazia, e d'inalzar a magior grado, e riputazione il loro nome, e stato, come far larga parte de nostri doni, grazie, imunitadi, e concessioni, particolarmente non solo a quelli che procedono da nobili, honorevoli, e benemeriti Antenati, m'anco, che da se stessi s'aplicano con diligenza a nobili, e buone virtù, ed operazioni, e che si sono adoperati fra gl'altri con ogni devozione in servizio nostro, del S. R. I., e dell'Augustissima nostra Casa d'Austria con fedele, e fermo impiego. Però con la presente nostra publica Patente dichiariamo, e notifichiamo a tutti, e cadauni, che avendo noi graziosamente veduto,

con-

considerato, e conosciuto le reali, honorevoli, virtuose, e prudenti operazioni, con le quali è dotato Francesco de Grazia con li fedeli, & utili impieghi prestati non solo da esso, ma anco dalli suoi predecessori a noi e nostri dilletti Predecessori, S. R. I., ed Augusti ssimanostra Casa d'Austria in notabili, ed importanti cose, ed imprese già una serie d'anni in diversi modi con fedeltà, diligenza, e solecitudine senza speragno delle Persone, o beni loro s'anno dimostrati, ed il giorno d'ogi presta, ed in l'avvenire presterà, come puole, e deve fare.

Onde con animo ben deliberato, buon consiglio, e parere al già detto Francesco de Grazia abbiamo fatta questa Gratia, e Privilegio, ed esaltar esso, e tutti li suoi successori, che legitimamente discenderanno da lui, e da suoi descendenti in infinitum dall'uno, e dall'altro sesso al stato, e grado di Nobiltà, e fatto Nobile del S. R. I. Nostri Regni, e Principati, e Paesi hereditarii, posto, e condecorato, come anco aggregato alla Comunità, membro, e grembo dello stato, e grado di Nobiltà, nel modo, che sono gl'altri nostri Cavalareschi Feudali, e realmente nati Nobili dell'Impero, e de' Nostri Regni, Principati, e Paesi Ereditarj, e graziosamente concessagli la Gentil Arma, e Clenodia usata dalli Antenati suoi fin ora, quale potrà portare, ed usare nel seguente modo, cioè un Arma di Campo giallo, overo d'oro, nella quale vi sia una negra, e giusta statera con li suoi contrapesi uguali pendenti, e due catene con li loro uncini, e di sopra la billanza un'Aquilla negra adrizata in piedi con l'Alle aperte, e lingua rossa distesa, che risguarda al canto superiore, ed anteriore dell'Arma, e sopra tal Arma ha un Elmo adornato con le fimbrie di color negro, e giallo, overo d'oro, sopra del quale fra due Corna di Buffalo s'ha il Campo scavezato per mezo al traverso, e la parte superiore gialla, overo d'oro, e l'inferior negra con li suoi busi della bocca aperti, e rivolti un all'altro, ed un Aquila senza piedi, e coda con quel più che tal Arma, e Clenodia nel mezzo del presente Privilegio è dipinto, e con collori più proprj rapresentato. Vogliamo, confermiamo, e stabiliamo parimente al predetto Francesco de Grazia il sudetto grado di Nobiltà, appropriamo, e concediamo al pari d'altri reali nobilmente nati feudali Cavalereschi, capaci d'ogni Torneamento Nostri Nobili, del S. R. I. Regni, Principati, e Paesi Ereditarj, ascoriamo, e damo facoltà di poter liberamente adoperare, ed usare la sudetta gentil Arma, e Clenodia nel sopra descritto modo.

Tutto per la suprema Imperiale, Regia, ed Arciducale Autorità, e Plenipotenza nostra scientemente, ed in virtù della presente Scrittura, così, ed in modo tale come se da quattro Avi di Padri, e Madri, e d'ambi due Feudali, capaci, e Cavalereschi Nobili fosse nato e procreato esso Francesco, e suoi Descendenti ab antiquo, e di potersi valere, ed usare quelle stesse grazie, ed immunitadi, ed altri Feudali, capaci, e Cavalereschi nostri Nobili del S. R. I. Regni, Principati, e Paesi Ereditarii possedono, ed usano di ragione, e di consuetudine, e senza impedimento d'alcuno.

Di più faciamo, e concediamo al più volte detto Francesco de Grazia, e lo poniamo, e vogliamo per la sudeta suprema Autorità, con la pre-

presente scientemente, ed in virtù di questa lettera, che nell'avenire perpetuamente esso, e tutti li suoi ligitimi Eredi, e descendenti dall'uno a l'altro sesso in infinitum possino nominarsi Nobili tanto verso Noi, quanto verso ogn'un altro sj di che stato, grado, e condizione in tutte le loro scritture, parlari, titoli, sigilli, negozii, cariche, ed officii, nulla eccetuando, e che da tutte le nostre Cancellerie, come da tutti, e ciascheduni sii, e debba esser dato simil titolo &c. E per tali da qualunque in ciascuna parte, ed in tutti, e ciascheduni negozii ed imprese tanto Ecclesiastiche, quanto temporali sieno tenuti, onorati, nominati, e scritti, e possino raportar, ed ottenir ogni beneficio, e Giurisdizione, sister in Giudizio, e formar sentenze &c.

Comettiamo perciò a tutti gl'Elletori, Principi Spirituali, e Secolari, Prelati, Conti, Lib. Baroni, Cavallieri, Capitani del Paese, Mareschiali del Paese, Luogotenenti, Capitani, Vice Domini, Protettori, Agenti, Ferbeseti, Gastaldi del Paese, Mudari, Rettori delle Città, Gastaldi, Consiglieri, Sopraintendenti dell'Armi, Proprietarii, Preservatori, Cittadini, ed altri particolari, ed a tutti gl'altri fedeli Sudditi dell'Impero, Regni, Prencipati, e Paesi Nostri Ereditarj di che stato, grado, o condizione si sieno seriosamente con la presente Scrittura, e vogliamo, che il tante volte nominato Francesco de Grazia con tutti li suoi legitimi Eredi, e Descendenti dell'un e l'altro sesso successivamente in infinitum in tutte le loro azioni, e negozj spirituali, o secolari in Giudizio e fuori sieno lasciati in pacifico, e quieto godimento delle sopra descritte nostre grazie, ed immonitadi, di prestargli in ogni evento brazzo, e protezione, ne impedirgli, contrafare, o permetere, che altri contrafacino, sotto qualsivoglia pretesto, o colore, per quanto e caro ad ogn'uno di schiffare la Nostra disgrazia del S. R. I. ed Augustissima Casa d'Austria, e severo castigo, oltre la pena di cinquanta Marche di puro oro toties quoties da pagarsi irremissibilmente d'ogn'uno, che temerariamente contrafacesse a questa nostra Graziosa Concessione, d'esser applicata la metà a Noi, ed alla Nostra Camera, e l'altra al prefato Francesco de Grazia, ed a suoi legitimi Discendenti. In fede di che la presente sarà sigillata col Nostro Imperiale Sigillo pendente. Data nella nostra Città Imperiale di Ratisbona, il quinto giorno del Mese di Luglio, l'anno della Natività di Cristo 1531. l'anno ottavo del Impero nostro, e dell'altri nostri Regni il Decimo settimo.

Carolus ppa.

Ad Mandatum Cæsareæ &
Catholicæ Majestatis proprium.

V. Held.

Præmissum Gratiosum Privilegium e suo Originali traduxi sic requisitus Ego Franciscus Bernardus de Stocherscheiamb Publicus Imperiali Authoritate Notarius, & Domini Canalis Cancellarius, cum quo contuli, & quia concordare inveni, ideo authenticavi, meq. subscripsi apposit. &c. S. S. V. E &c.

Goritiæ die 3. 9bris 1691.

Soli Deo Gloria &c.

N.° LXII.

Ferdinandus I. Rom. Rex Joannem Mariam Soardum de Barzizis Equitem Auratum, inter Consiliarios suos receptum, & ad Palatini Comitis dignitatem evectum, Familiarium suorum consortio favorabiliter aggregavit, confirmando eodem contextu omnia, & singula Privilegia, praerogativas, honores, Armorum Insignia &c. quibus Augustus Frater Bononiae anno 1530. dignatus fuerat eundem cum universa Posteritate decorare. Datum Viennae XV. Septembris 1533. Autographum communicavit supra laudatus Illustrissimus Eques de Soardi S. C. R., & A. Majestatis Capitanealis Goritiae Consiliarius.

Ferdinandus Divina favente Clementia Romanorum Rex semper Augustus, ac Germaniae, Hungariae, Bohemiae, Dalmatiae, Croatiae, Sclavoniae &c. Rex. Infans Hispaniarum, Archidux Austriae, Dux Burgundiae, Brabantiae, Styriae, Carinthiae, Carnioliae, Marchio Moraviae &c. Dux Lucemburgiae, ac superioris, & inferioris Silesiae, Wirtembergae, & Teckae, Princeps Sueviae, Comes Habspurgi, Tyrolis, Ferretis, Kiburgi, & Goritiae, Landgravius Alsatiae, Marchio Sacri Romani Imperii supra Anasum Burgoviae, ac superioris, & inferioris Lusatiae, Dominus Marchiae Sclavonicae, Portus Naonis, & Salinarum &c. Spectabili, & Nobili, fideli Nobis dilecto Joanni Mariae de Barzizis de Cazano Sacrae Caesareae, & Catholicae Majestatis &c. ac Nostro Consiliario, & Militi, sive Equiti aurato Gratiam Regiam & omne bonum.

Etsi Regum, ac Principum splendori & sublimitati magnopere conveniat in omnes benemeritos liberalitatem, & munificentiam exercere, multo magis decet ut illam in eos conferant, & diffundant, quos ingenita virtus, & cognita in rebus arduis, & variis fides, & industria commendatiores efficere solet. Unde Nos etiam rationabiliter adducimur, ut eos ad ea assumamus, & eligamus obeunda, quae & Nostrae, & Nostrorum incolumitati, & utilitati congrua, & necessaria esse videntur, quo receptorum fides crescat ex praemio, hocque alii subinde exemplo excitari ad bene serviendum eo reddantur ardentiores, & studiosiores. Considerantes itaque tuam Johannes antenominate serviendi, & bene merendi de Nobis promptitudinem, & sedulitatem, quam magno labore, & impendio in binis coronationibus Nostris, altera scilicet dum Bohemiae Regno praeficeremur, altera vero cum Regni Romani sceptra moderanda nobis essent in Nostra, & Imperiali Civitate Aquisgrano commissa, impendisti, teque ob id a Nobis in Throno Regali sedentibus ictu gladii adhibitis de more cerimoniis in maxima Electorum, Principum, Comitum, Baronum, ac aliorum Sacri Rom. Imperii Procerum, Statuum, & Ordinum, & Populi frequentia in Militem sive Equitem auratum, & denique in Consiliarium Nostrum fuisse creatum & assumptum, & reliquorum militum seu Equitum Auratorum, & Consiliariorum nostrorum numero, & coetui clementer aggregatum, & adjunctum. Nos ideo in testimonium omnium anteactorum quamvis actus ille tam solemnis, & in tanta Principum, Comitum, Baronum, Ordinum, & Popu-

li

li celebritate habitus parva, aut nulla ulteriori testificatione litteraria indigere videatur, præsentibus tamen litteris Nostris, & ex certa nostra scientia animoque deliberato, sanoque Electorum, Principum, Comitum, Baronum, & cæterorum Imperii Sacri Procerum, & Ordinum consensu, qui tunc, ut dictum est, in Coronatione Nostra, & illius Solemnitate omnifariam intercesserat, in iis quoque accedente, & de potestatis nostræ Regiæ plenitudine te prænominatum Johannem Mariam Militem, & Equitem auratum tenore præsentium creamus, constituimus, & deputamus, ac in Consiliarium nostrum suscipimus, cæterorumque Militum & Equitum auratorum, & Consiliariorum Nostrorum consortio favorabiliter aggregamus, & adjungimus. Decernentes, & volentes, ut de cætero per totum Sacrum Rom. Imperium, ac ubique locorum, & terrarum in omnibus, & singulis exercitiis, actibus, & studiis illis honoribus, officiis, juribus, consuetudinibus, insignibus, privilegiis, prærogativis, gratiis, & libertatibus, tam realibus, quam personalibus, seu mixtis uti, frui, & gaudere valeas, quibus cæteri Milites a Nobis hujuscemodi ornamentis insigniti utuntur, fruuntur, & gaudent quomodolibet consuetudine vel de jure absque alicujus impedimento, & contradictione &c. Et insuper ut possis, & valeas Consilia nostra vocatus cum aliis Consiliariis nostris intrare, dummodo tamen ea, quæ meliora, & utiliora rebus nostris videbuntur fideliter consulas, commoda nostra, & Subditorum nostrorum diligenter procures, & promovere studeas, damna pro posse tuo avertas, secreta nostra tibi commissa usque ad sepulchrum tuum in te remaneant, neque alicui Mortalium ea pandas, & singula quæque facias, quæ fidelem, & integrum Consiliarium nostrum facere convenit, & decet. Præterea cum Sacra Cæsarea, & Catholica Majestas Dominus, & Frater noster charissimus ex certis causis te in Consiliarium, & Familiarem suum dignata fuerit assumere, aliisque honoribus decorare, prout in subinsertis literis latius continetur, quæ tam propter discrimina quam alias justas causas times te non posse, quo desideres tuto semper defferre, Nobisque idcirco supplicaveris, ut hujusmodi litteras transumi, & exemplari, nec non præsentibus inseri jubere, nostrumque superinde Regium decretum interponere dignaremur. Præmissorum itaque meritorum tuorum intuitu tuæ commoditati consulere volentes universis & singulis personis tam Ecclesiasticis, quam sæcularibus per totum Sacrum Rom. Imperium antedictum & alias ubilibet constitutis, cujuscunque fuerint dignitatis, status, gradus, ordinis, conditionis, aut præeminentiæ præsentes visuris, lecturis pariter, & audituris notum facimus, quod prælibatæ Cæsareæ, & Catholicæ Majestatis literas originales, quarum tenor inferius inseritur, suæ Majestatis manu subscriptas, & magni sigilli sui appensione munitas, Nobisque per dictum Johannem Mariam præsentatas in manibus nostris habuimus, vidimus, & palpavimus, & quia eas in omni earum parte invenimus sanas, & integras, non rasas, non cancellatas, neque in aliqua sui parte suspectas. Idcirco eas debite auscultatas transumi, & exemplari, ac præsentibus inseri jussimus, & mandavimus Decernentes & hoc Regio nostro Edicto statuentes quod hujusmodi Nostro transsumpto tam in judi-

tio,

cio, quam extra, & ubique locorum, & gentium tanta, & eadem fides præstari, & adhiberi debeat, quæ eis ipsis literis Cæsareæ Catholicæ Majestatis originalibus daretur, si producerentur, quarum quidem Litterarum Cæsarearum Tenor talis est (*continentur Litteræ Caroli V. a nobis productæ N. 60.*) Mandantes ideo universis, & singulis Principibus tam Ecclesiasticis quam sæcularibus, Prælatis, Ducibus, Marchionibus, Comitibus, Baronibus, Militibus, Nobilibus, Clientibus, Capitaneis, Præfectis, Potestatibus, Procuratoribus, Officialibus, Magistratibus, Judicibus, Consulibus, Civibus, Communitatibus, & denique omnibus Nostris, & Imperii Sacri fidelibus dilectis, cujuscunque statum, gradus, ordinis, dignitatis, & conditionis existant, ut te sæpedictum Johannem Mariam de Barzizis pro Consiliario nostro habeant, teneant, reputent, & honorent, ac Equestri seu Militari dignitate cum prærogativis, libertatibus, aliisque omnibus præmissis plene frui, & gaudere, in eisque pacifice permanere sinant, & transsumpto præinserto non aliter quam si originales ipsæ producantur, & exhibeantur credant, & fidem adhibeant. Quatenus Gratiam Nostram charam habent, & pœnam quinquaginta Marcharum auri puri Ærario, seu Fisco Nostro Imperiali, totidemque parti læsæ, toties quoties contrafactum fuerit, irremissibiliter applicandam, maluerint evitare. Harum testimonio literarum manu nostra subscriptarum, & sigilli nostri appensione munitarum. Dat. in Civitate nostra Viennæ die decimaquinta Mensis Septembris, Anno Domini Millesimo Quingentesimo Tricesimo Tertio, Regnorum nostrorum, Romani Tertio, aliorum vero Septimo

Ferdinandus ppa.

Bernardus Cardinalis Tridentinus;

Ad Mandatum S. Reg. Mtis proprium.

Joannes Majus.

Registrata Rosenberger.

N.° LXIII.

Sententia sub Ferdinando I. Rom. Rege in causa vertente inter Nobiles, & Rurales Goritiæ lata Viennæ XXV. Octobris 1537. Ex germanico in Italicum jam olim rudi stilo translata extat in veteri Codice MS.to Fiscalatus Goritiæ.

Nelle lite, & differentie venente tra li huomeni, & Comuni delle ville di Cormons, Sancto Lorenzo de Mossa, Capriva, Moraro, Meriano, Fratta, Versa, Medea, Chiopris, Nojaretto, Jalmicho, Crauglio, Medano, Bigliana, Sancto Martino, Cosano, Quischa, Vipulzano, & consorti tutti subditti al Contado de goritia come Actori da una & N. li Nobili nel prefatto Contado dal altra Rei conventi per occasione delli infrascritti articulli. Sopra li qualli per le prefatte parte esta proceduto avanti Trei Comissarii a questo specialmente Deputadi con più Scritture di domande, & reconventione & per quelli remandatto il processo allo Excelso Regimento accio per esso si facessi la Decisione sopra quello perho per li Clar.mi Si.ri Cancelliero, & Senatori del ditto Regimento sopra di Esso esta decisso ut infra.

Et

Et primo a quello che li ditti Rurali addimandano che li sia concesso di poter fabricar sulli terreni che tengano & a simplice affitto qual sorte di fabriche li piacera e bisognara etiam senza domandar licentia alli Patroni di quelli ne piu ne meno como possono far su quelli che hano hereditaria rason ditta perpetual livello o emphitiose, & cio fin hora hanno fatto su tal terreni quando si partirano da quelli li sia satisfatto &c. In questo il presato Regimento Considerate le Conditioni, & valuta dele cose, & altre cose, che si dovea considerar decisivamente Declara che li presatti Rurari per piu, e piu fundate Ragioni non possano fabricar ne per il bisogno, ne piacere loro senza spetial voluntade sapputa & licentia delli patroni del fondo eccette quelle fabriche, dele quali il Colono ha irrecuperabile bisogno cioe da intender per il bisogno della propria habitation sua, & delli suoi, & conservatione delli suoi frutti, & animali, o veramente per prevenir a qualche evidente danno che di presente o nel avenir havesse ad occorrer o nel habitation sua, o stalla, o aria, & nondimeno il debe far tal bisognose fabriche non con pietre o modoni, ma solamente con legnami o paglia & ett. solamente su terreni accasatti & habitadi, & in quelli logi, ove per avanti erano le Case Rurale habitationi & Sedimi con le Stalle, & Arie, & se damo avanti & nell' avenire alcun Colono sara ardito di far, o fabricar cosa alcuna con pietra, o modoni o di muro per loro propria commodità, & senza spetial licentia delli Patroni di quelli Terreni, o ett. de legnamo & paglia, & che sia como e ditto di sopra, oltra quello che ricerca il bisogno, over in loci ove prima non siano state Case o sedimi, & non provara, & constara haver fatte tal fabriche con licentia del patrone propietario in tutti questi casi il patron propietario non solum non e tenuto al tempo che il excomeara il Colono di pagarli tal cose, ma ett. per tal nove fabriche non si have a generar prejuditio alcuno al proprietario, ne far principio over consuetudine per la qual un Colono potesse dire, che in quel logo, ett. per avanti fusse stata Casa, stalla, aria, over Sedime, ma versa vice anche dieno esser reservato al massaro quando il sara excomeato, & se partira dal terreno di portar via tal nove sue fabriche senza licentia fatte & per il bisogno & piacer suo disponer de quelle &c.

Quanto veramente a quelli Rurali, che hanno hereditaria rasone detta di livello, over emphitiose, quelli possano senza impedimento alcuno del patron del fondo su tal terreni fabricar con legnami o pietre tutto quello li piacera e bisognara si como da antiqui e sta servato &c.

Quanto alla satisfactione delle fabriche fin ora per li massari fatte per le qual essi ett. nelle scritture loro fano instantia, e sta deciso, che cio che fin ora hanno fabricato sulli terreni per loro tenuti, o di muro, o di legname, de che il patron habi hauta noticia, & tamen non li habi denegato il fabrícharle ma con tacer le ha permesse, che al tempo che saranno excomeati, & se partirano debbano esser pagate al massaro per ditto patrone per quello, che debitamente sarano stimate, se veramente si provata sufficientemente, che il patrone habi advisato ne prohibito al massaro a fabrichar oltra il suo bisogno & che il massaro non fatto contro de cio habia proceduto nel fabricar suo tutto quello non sarà tenuto il patrone di satisfarli.

Secondo quanto a quello che li Coloni pretendono che li Consorti, overo heredi habitanti su uno terreno qual recognoscano al simplice affitto debano poter per commodita & necessita loro etc. senza saputa del patrone del fondo divider la proprieta di quello terreno tra loro, in questo il Regimento da questo ordine, & metta, che il sia in dispositione, & voler de Ciascun patrone proprietario voler, che ditti Consorti o heredi dividano li fondi, o proprieta spettante al suo terreno, & non divideno, & se tali Coloni che sono consorti, o coheredi possono obtenir dal proprietario con suo bon voler che essi possino far tal division, il proprietario si puol elezer un di loro qual piu & meglio le piacera il qual solo alli debiti tempi & termini li habi a pagar & satisfar li affitti, & altre servitudi per se stesso & suoi Consorti overo Coheredi il qual perho cosi eletto per ditto proprietario a far tal pagamenti di affitti & servitude habi il regresso suo di recuperar tal affitti & servitude per lui pagate & prestate dalli altri suoi Consorti & Coheredi secondo la qualita de Ciascuno. In altro modo veramente o senza expressa volunta del proprietario & consentimento, li massarj non debiano ne hano auctoritate di divider li fondi spettanti a uno terreno.

Et in casu che per il proprietario fusse concesso tal division nondimeno ditti Consorti e Coheredi si dievano abstenir spetialmente de principiar o fabricarsi nove Case separate stalle Arie, ne Sedimi ma contentarsi del'habitationi che usavano avanti le loro divisioni eccetto. Se uno o piu de loro possesse ottener licentia dal patrone di far tal fabriche. Se veramente alcuno uno, o piu de tal Consorti, o Coheredi fusse ardito contro la volunta del ditto suo patrone di far tal fabriche il patrone al tempo che gli dara Commeato & lui si partira non sara tenutto satisfargeli, ma ben esso Colono potra con tal fabricha como e ditto di sopra far ogni bona sua commodita & tutto quello si dieve da mo avanti observar & nelle divisioni exequir nel Contado di goritia si come l'altre loro usanze consuetudine & statuti di quel Contado &c.

Terzio quanto alla elletione delle persone o delli extimatori che hanno a fare le terze stime e di qual statu, & per chi el debi esser ellecto o deppuratto &c.

Da poi che per le Scritture in processu dedutte si ritrova che da antiquo & sin al presente tempo nel contado di goritia, & friuli sempre mai e stato il consueto che le persone da far la terza stima sono sta deputati dalla superiorítade & de gente che stanno nelle Cittade chiamati Citadini sive Cives in latino diano anchora & meritamente restar cosi con questo perho che quel terzo & persona della Superiorita deputata per avanti sia sacramentata como si dieve di examinar & estimar tal melliorament con ogni scientia cura & intelletto suo piu fedelmente piu iustamente che potra & sapra & como da antiquo esta il consueto, & in quello che forsi quelli non havessino sufficiente cognitione over inteligentia di informarsi da persone bene infor-

mate

mare & non suspetre & in tal estimatione non haver consideratione ad altro che alla iustitia.

Quanto veramente alla reconventione fatta per li Nobili nella qual est. che nella Regia Commissione non ne fussi fatta mentione hano molto bene possuto proceder, & nella qual in primo adimandano che sia reformato quello excesso de che li Rurali voleno metter in uso contro quello che antiquamente esta observato nel stimar le Vigne & Arbori, & che si pongi una metta per quanto si debbi estimar un arbore con la vide. Et dapoi che lo excelso Regimento per le Scritture & atti non puol cavar sufficiente informatione della verita quel che sia la consuetudine nel stimar dele Vigne ne anque come antiquamente si soleva observar & non dimeno li ditti Nobili hano dimandato che etiam si faci rimedio & provisione in questo per questo esso regimento a piu fundata decisione di questo articullo vol da novo deputar Commissarii cioè nominatamente il Vescovo di Trieste, Michele Burignola, Dominigo Burlo & emanarli Commissione con ordine, che si debano informare dela importanza di questa Consuetudine. Cioe da intender per quanto antiquamente si soleva estimar, over est. ancora si stima un arbore con la vide & sel si dieve stimar il valor del Arbore & della vite o pur solamente la fatica & lavorierio che ha posto il massaro nel piantare e nutrire ditto Arbore & vide insieme con altre cose necessarie & a metter una iusta metta conveniente nella estimatione & sel sara debisogno che da novo al dano ambe le parte & quello che in tal audientia loro ritrovarano poi che faciano intender al prefato Regimento insieme con il consiglio & opinion sua.

Secondo quanto a quello che li massari di loro propria auctoritate & senza saputa & licentia delli patroni loro proprietarii siano arditi de impegnar vender & altramente alienar li loro meglioramenti esta terminato che li massari quando per neccessita & bisogno loro votano impegnar o forsi totalmente vender li meglioramenti loro, che per avanti siano obligati farlo intender & profferire tal meglioramenti alli patroni suoi & il proprietario sopra questo hauuta tal proferition dieve in termine di sei settemane prossime resolversi e deliberar se lui vol tuor tal meglioramenti pur per pretio honesto como sarano stimati & si quelli li piacerano il deba satisfarli al massaro non stachezando o retardando maliciosamente o contro Justitia a satisfargi. Se veramente tal meglioramenti non fano al proposito del patrone alhora il massaro per tal suo proposito & necessitate puol impegnar, o vender tal meglioramenti cioe tutti quanti ne ha su un terreno, & non una parte solum di quelli a cui piu li piaco senza impedimento del patrone del fondo & a cui li piace pur senza preguditio o danno del patrone nelli suoi affitti servitii & actioni &c.

Tertio quanto al gravamento che li Nobili hanno che li massari sonno arditti & se intrometono di vender & alienar a persone extranee & senza saputta o licentia loro delli fondi & Campi loro attento che tal iniusto & troppo grave ardir non è da patir per le presente se li commanda a tutti insieme & a ciascuno in particolare in nome della S. R. M.^ta come Signor, & Conte de goritia che si debano totalmente abstenir di tal illiciti vendite, te, & alienationi deli fondi deli Terreni che tengano. Et se alcuno o piu sarano ritrovati che fin ha hora fusse sta ardito over nel avenir fusse arditto de far de tal alienatione. Colui, o coloro dieveno haver & hanno perso tutte le loro Rasoni fatte o hereditate & mellioramenti qualli avessino o potessino havere sulli terreni per loro tenuti & questa determinazione dieve cosi per la Superioritade di goritia esser mantenuta, ne permesso ad alcuno che per qual sia modo se li contravegnara.

Quanto alla Sententia tra M. Joan della Torre da una & li suoi dui massari cioe Domenigo & Stephano fratelli di Capriva dal altra emanata per il tribunal di goritia quella per conveniente & iuste cause & sta sopita over levata pur senza preiuditio delli rasoni de alcuno delle parte. Et per questo rispetto che essendo nelle soprascritte terminationi In universal emanate data conveniente metta como in simil cause si debi observar per le qual son nasciute queste altre dificultate perho le preffate parte deveno intrambe alle expedition di tal loro difficultate nelli atti proposti accomodarsi alle decisione soprafatte & iusta il tenor di quelle governarsi.

Dat. In Vienna alli 25. de Octubrio 1537.

N.° LXIV.

Carolus V. Imperator Casparem, Balthasarem, Christophorum, & Joannem Fratres Troyer ob insignia propria, & Majorum merita in statum, gradum, & dignitatem S. R. I. Nobilium assumpsit, confirmando, approbando, & Galea Torneatia exornando antiqua eorum Insignia. Dat. Hala in Suevia XXIV. Decembris 1546. Authenticum extat penes Nob. & Excell. Dom. Franciscum Antonium Troyer Carnioliæ Provincialem, Artium Liberalium, & Medicinæ Doctorem.

N.° LXV.

Ferdinandus Romanorum Rex Joanni Cypriano Coronino de Cronberg antiquam Nobilitatem, & Cronbergicæ Stirpis [illegible] confirmat Augustæ Vindelicorum die XIX. Aprilis 1548. Ex Autographo Archivi Domestici.

Ferdinandus Divina favente Clementia Romanorum Rex semper Augustus, ac Germaniæ, Hungariæ, Bohemiæ, Dalmatiæ, Croatiæ, Sclavoniæque Rex, Infans Hispaniarum, Archidux Austriæ, Dux Burgundiæ, Styriæ, Carinthiæ, Carnioliæ, Marchio Moraviæ, Dux Lucemburgi, ac Superioris, & Inferioris Silesiæ, Wirtembergæ, & Tekæ, Princeps Sveviæ, Comes Habspurgi, Tyrolis, Ferretis, Alsatiæ, Marchio Sacri Romani Imperii, Burgoviæ, ac Superioris, & Inferioris Lusatiæ, Dominus Marchiæ Sclavoniæ, Portus Naonis, & Salinarum. Fideli Nobis Dilecto Joanni Cypriano Coronino de Crouberg gratiam nostram Regiam, & omne bonum.

Dignum Munificentia nostra Regia esse arbitramur, quoscunque de Nobis bene meritos, & præcipue quos vitæ probitas, & integritas cæteris commendatiores efficere solet, meritis præmiis, & ornamentis condecorare, ut hoc sibi veluti scopo proposito reliqui ad rectæ vitæ studia, probitatisque exempla, & ad exhibenda Nobis servitia reddamur alacriores.

Sane

Sane cum tu Joannes Cypriane Nobis non tantum de vitæ, ac morum probitate, & honestate fide digno testimonio apprime commendatus sis, verum etiam Serenissimæ Domui nostræ Austriæ constanti fide, & devotione uti fidelem subditum, atque vassallum decet semper adhæseris, ac etiam in bello alias per Serenissimum laudatissimæ memoriæ Prædecessorem nostrum Maximilianum contra Venetos gesto, de ipsa Serenissima Domo nostra Austriæ benemereri Pater tuus Joannes studuerit, & præterea tu ipse cum Filio tuo Jacobo Coronino de Cronberg sub insignibus & in Exercitu nostro Equitum Magistri officium sustinente nobis per multos annos fideliter, & diligenter pluribus in Officiis, & Commissionibus serviveris, sicuti etiam in futurum servire potes, & debes; Nos horum potissimum intuitum, & ut beneficentiam nostram etiam Posteris tuis relictam relinquere possis, tibi Joanni Cypriano Coronino de Cronberg, filioque tuo Jacobo, vestrisque Posteris & hæredibus ac successoribus utriusque Sexus ex lumbis vestris legitime procreatis, ac descendentibus, & descensuris in perpetuum motu proprio, ex certa nostra scientia, animoque bene deliberato hæc infrascripta Armorum Insignia, videlicet Scutum rubrum cujus medio corona Regia aurea seu flavi coloris imposita sit, Scuto vero Galea clausa inhæreat, quæ fasciis, & teniis a dextera non minus quam sinistra rubri, & flavi coloris mixtim utrinque defluentibus ornetur, e cujus cono binæ expansæ Alæ Aquilinæ prodeant, quarum dextræ pars superior & sinistræ pars inferior rubri coloris sit, reliquæ duæ partes albæ quatuor pileolis cæruleis exornentur, prout hæc in medio præsentium Pictoris arte, & ingenio melius depicta, & elaborata esse cernuntur, gratiose de novo confirmavimus, concessimus, donavimus, & elargiti sumus, ac tenore præsentium confirmamus, concedimus, damus, & elargimur, expresse volentes, & Authoritate nostra Regia Romana decernentes, quod tu prædicta Joannes Cypriane, Filiusque tuus Jacobus, vestrique Hæredes, & Successores seriatim ex lumbis vestris legitime descendentes & descensuri in perpetuum præscripta Armorum Insignia ex nunc in antea perpetuis futuris temporibus in omnibus honestis, & decentibus actibus, & expeditionibus, tam serio quam joco in Hastiludiis, bellis, duellis, singulari certamine, & quibuscunque pugnis eminus, cominus, nec non Scutis, Bannerilis, Vexillis, Tentoriis, Sepulturis, Signetis, Monumentis, Anulis, Ædificiis, Clenodiis, Supellectili, & tam in rebus spiritualibus, temporalibus, quam mixtis in locis omnibus juxta vestram, & ipsorum exigentiam, voluntatem, & desiderium deferre, & gestare possitis, & valeatis, aptique sitis, ut hactenus etiam fuistis, & idonei ad ineundas & recipiendas omnes prærogativas, gratias, libertates, exemptiones, Feuda, Privilegia, Vacationes a muneribus, & oneribus quibuscunque realibus, & personalibus, sive mixtis; Nec non ad utendum, & fruendum omnibus, & singulis gratiis, honoribus, privilegiis, immunitatibus, prærogativis, juribus, & consuetudinibus in Judicio, vel extra, in Sententiis, ac omnibus, & singulis aliis actibus juridicis in perpetuum, quibus cæteri Equites, & Armigeri a Nobis, & Sacro Romano Imperio hujusmodi ornamentis insigniti utuntur, fruuntur, potiuntur, & gaudent, quomodolibet consuetudine vel de jure absque alicujus impedimento & contradictione. Mandantes idcirco & praecipientes universis, & singulis Archiepiscopis, Episcopis, Ducibus, Marchionibus, Comitibus, Baronibus, Militibus, Nobilibus, Clientibus, Capitaneis, Vicedominis, Advocatis, Praefectis, Procuratoribus, Officialibus, Quaestoribus, Civium Magistris, Judicibus, Consulibus, Heraldis & Caduceatoribus, Civibus, Communitatibus, & denique omnibus Nostris, & Imperii Sacri subditis & fidelibus dilectis, cujuscunque gradus, status, ordinis, & conditionis, aut praeminentiae existant, ut te Joannem Cyprianum Coroninum de Cronberg, tuumque Filium Jacobum, vestrosque Haeredes, & Successores legitimos praeinsertis Armorum Insignibus cum omnibus praerogativis, honoribus, & commoditatibus, quibus alii nostri, & dicti Imperii Equestres, Armigeri utuntur, fruuntur, potiuntur, & gaudent, jugiter & in perpetuum uti, frui, & gaudere permittant, & ab aliis permitti curent, in quantum indignationem nostram gravissimam, & poenam viginti quinque Marcharum auri puri evitare maluerint, quarum medietatem Imperiali Fisco seu Ærario nostro, reliquam vero partem injuriam passorum usibus decernimus applicandam.

Harum testimonio Litterarum Sigilli nostri appensione, & manus nostrae subscriptione munitarum mediante.

Datum in nostra, & Imperiali Civitate Augusta Vindelicorum die decima nona mensis Aprilis, Anno Domini Millesimo Quingentesimo Quadragesimo Octavo, Regnorum Nostrorum Romani decimo octavo, aliorum vigesimo secundo.

Ferdinand.

J: Jonas D:

Vice Cancellarius. mp.

Ad Mandatum Sacrae Regiae Majestatis proprium.

(L. S.) J. Jordanus mp.

N.° LXVI.

Authenticum Documentum, vigore cujus quantitas geometrica extensionis unius Mansi in Comitatu Goritiae definitur 1549. VII. Novembris. Ex Libro MS.° Fiscalatus Goritiae.

Justificatione de quanti Campi sii uno Maso over Terreno intiegro. Die Jovis septimo Mensis Novembris 1549.

Actum Gradiscae ante Ecclesiam majorem dicti loci praesentibus Ser Antonio Locatello Bergomense habitatore Gradiscae, & Dño pbro Dominico Graciano habitatore Coronae testibus &c. Ubi Spectabilis Dñus Ventura Ginalus de Gradischa tamquam Deputatus, ut dixit, per Magnificos Dños Regios Commissarios Delegatos in causa versa, & vertendi inter Nob. Dominum Jo: Michaelem de Zuccho ex una, & Nicolaum Driussium de Craulco ex altera pro declarando, & liquidando quantitatem, & pro quanta summa camporum intelligatur esse unus Mansus, sic instante Spectabili Dño Antonio Bacchassio nõie dicti Nobilis Dñi Joannis Michaelis dixit, & exposuit, quod pro quanto ipse practicavit, cognovit, &

cogno-

cognoscit, Unus Mansus in Forojulio, & in Comitatu Goritiæ citra Isontium flumen intelligatur, & est, & esse debet Camporum viginti quatuor, & hanc dixit esse ejus opinionem; de quibus ego Notarius infrascriptus rogatus in notam sumpsi, præsentibus Testibus suprascriptis &c.

. Actum in Villa Versiæ in Cortivo Colauti Decani, præsentibus dicto Colauto Decano, & Bernardino della pauluza de Versia testibus &c.

Spectabilis Dñus Theobaldus de Theobaldis deputatus prout dixit per Magnificos Dños Regios Commissarios delegatos in causa versa, & vertenti inter Nobilem Dñum Joannem Michaelem de Zuccbo ex una, & Nicolaum Driussium de Craulen ex altera pro declarando, & liquidando quantitatem, & pro quanta summa Camporum intelligatur etiam unus Mansus sic instante Dño Antonio Bocchassio nõie dicti Dñi Joannis Michaelis dixit, & exposuit, quod pro quanto ipse practicavit, cognovit, & cognoscit unus Mansus in Forojulio, & in Comitatu Goritiæ citra Isontium flumen intelligitur, & est, & esse debet Camporum viginti quatuor &c.

Signum Notarii

Dominicus Comellus q.m S.r Josephi de Gradisca Publicus Notarius, & Cancellarius Aquilejensis præmissis interfuit, rogatus scripsit, & exscripsit, & in fidem se subscripsit apposito signo, & noiẽ coalucais in fidem &c.

N.° LXVII.

Instrumentum inter Franciscum, Federicum, Ludovicum, & Jacobum Fratres de Attems Utini celebratum X. Aprilis 1557. Autographum communicavit Illustris. Dom. Joannes Carolus Coroninus S. R. I. Comes de Cronberg Augustissimorum Cæsarum Caroli VI., Francisci I., Josephi II., & Mariæ Theresiæ Imperatricis Reginæ Cubicularius.

In Xp̃i Nõie Amen. ab ejus Nativitate Anno Millesimo quingentesimo quinquagesimo septimo, Indictione Quintadecima, die autem Sabbati, Decima mensis Aprilis. Quoniam in divisionibus alias factis inter Magnificos Dños Franciscum ex una, Federicum ex secunda, Ludovicum ex tertia, & Jacobum ex quarta Fratres Filios q.m Magnifici Dñi Hieronymi ex Nobilibus de Attemplo Sacræ Regiæ Majestatis non immerito Consiliarii inter cætera obvenerunt, & obtigerunt ipsi Dño Jacobo Bona hæc, vid. Portio Domus magnæ propriæ dictorum Dñorum Fratrum habitationis jacentis extra mœnia Goritiæ denominatæ Altorra, & similiter portio Ronchi eidem Domui contiguæ, & pariter Portio Sediminis sive Prestauu jacentis in Villa S.ti Rocchi parum distantis a dicta Domo, nec non Portio unius Braidæ sitæ in Agro ipsius Villæ S.ti Rocchi nuncupata la Braida di Cusman, & ut in divisionibus manu ipsorummet Dñorum Fratrum conscriptis asserrum est apparere, ad quas in hoc relatio habeatur. Et quia de, & super iis infrascriptis ipse Magnificus Dñus Jacobus dedit litteras ex Ratisbona sub die quinta Februarii nunc exacti Magnifico Dño Ferrando ex eisdem Dñis de Attemplo per me visis, & lectis, & proprio ipsius Dñi Jacobi sigillo sigillatis, quibus scilicet datur ampla Commissio eidem Dño Ferrando hæc agendi. Nunc itaque idem Dñus Ferrandus in virtute, & in executionem dictarum litterarum, & pro eodem Dño

Jaco-

Jacobo de rato promittens in propriis bonis, ac per hæredes dicti Dñi Jacobi, ac successores quoscunque dedit, tradidit, ac permutavit jure liberi, & proprii eidem Dño Francisco præsenti, stipulanti, & acceptanti pro se suisque hæredibus & successoribus quibuslibet præmissam Dñi Jacobi portionem Domus, Ronchi, Sediminis, sive Prestaun, & Braidæ cum omnibus suis habentiis, & pertinentiis, juribus, & actionibus, dominio, & proprietate ad ipsam bonorum portionem, sive ad Dñum Jacobum pro eis quomodocunque, & qualitercunque spectantibus, & pertinentibus. Et e contra Magnificus Dñus Franciscus per se suosque hæredes dedit, tradidit, & permutavit ipsi Dño Ferrando ut supra stipulanti, & acceptanti nomine ipsius Dñi Jacobi, & pro ejus hæredibus, & successoribus quibuslibet Florenos noningentos vel 900. ad l. 4. s. 10. (*id est Libras quatuor, solidos decem:*) pro singulo ipsi Dño Francisco spectantes ex Florenis sex millibus ut 6000. alias per dictum q. Magnificum Dñum Hieronymum mutuatis Sacræ Regiæ Majestati, & eisdem Dñis Fratribus debitis super Camera Goritiæ; cum omni utilitate, & commodo, omnique ac toto emolumento, quod percipitur, & percipi potest, & solet ex ipsis Florenis noningentis in dicta Camera, & sicuti faciebat ante hanc permutationem Dñus Franciscus, qui ex nunc dictum Dñum Ferrandum nomine quo supra acceptantem in locum, & jus suum universum quo ad dictos noningentos Florenos posuit, & collocavit. Ad habendum, tenendum, possidendum, dandum, donandum, alienandum, ac permutandum, & quidquid unicuique ipsorum Dñorum Fratrum permutantium de re in permutationem accepta posthac perpetuo faciendum placuerit. Et ex nunc dicti Dñus Ferrandus eo nomine, ac Dñus Franciscus nomine suo proprio constituerunt sese possidere Bona in permutationem vicissim, & respective data usquedum unusquisque eorum de eis possessionem acceperit corporalem, quam accipiendi, & in se authoritate propria retinendi sibi hinc inde licentiam omnimodam contulerunt, atque dederunt. Ac demum promiserunt per se, & nomine quo supra, & per hæredes suos de dictis Bonis ut supra utrinque permutatis, eorumve parte nullam ullo unquam tempore litem movere, nec volenti assentire, quinimo illa sibi, eorumque hæredibus legitime manutenere, & defendere contra quamcunque Personam, & quancunque Universitatem, non solum in Judicio, verum etiam extra, de facto tamen, & dato suo, & dicti q. Magnifici Dñi Hieronymi eorum Patris tantum, & non aliter, nec alio modo sub obligatione omnium Bonorum generis cujuscunque præsentium, & futurorum eorundem D. Fratrum.

Utini in Viridario, idest in Ædibus ipsius Dñi Ferrandi; præsentibus Magro Joanne q.m Valentini de Variano Cerdone Utini incola, & Simone q.m Joannis Marci de Villa Paviæ testibus vocatis pariter atque rogatis &c.

Et Ego Joannes Dominicus Bicbunius ser Jacobi Bicbunii Filius Notarius Utinensis collegiatus præmissa rogatus scripsi, descripsi, & me cum assueto Tabellionatus signo subscripsi.

Signum Notarii

Divi

N.° LXVIII.

Divi Caroli Borromaei commendatitiae ad Jacobum ab Attims Gradiscae Capitaneum anno 1561. scripta in favorem Ludovici Boccalini a Summo Pontifice Neo-Canonici, & Parochi Cormonensis declarati. Ex autographo existente in Archivio Provinciali Gradiscae.

Molto Magnifico Signore. Havendo nostro Signore conferito al Magnifico Ludovico Boccallini il Canonicato, e Pieve di Cormons, che sono ultimamente vacati per morte de Sig.r Claudio da Colloredo, e mandando egli al presente a pigliare il possesso, Sua Santità ha voluto, che io scriva a VS. in nome suo, che si contenti per quel che tocca a lei di ajutare, e favorire il detto Magnifico Ludovico, e suoi Procuratori, affinchè ottenghino senza difficoltà il possesso pacifico di detti beneficii, e perchè io son ben certo, che VS. non mancherà di farlo con quella prontezza, che conviene, io non le dirò più altro, se non che me le offero di cont.e e prego il Signore Dio, che la conservi. Di Roma a 29. di Novembre 1561. DiVS.

per farle piacere
Il Cardinal Borromeo

Tergo) Al Molto Magnifico Signore Il Signor d'Attimis Capitanio in Gorizia (*corrige: in Gradisca*)

A Gorizia.

N.° LXIX.

Ferdinandus I. Imperator 1562. die III. Julii in Arce Pragensi Lucae, & Georgio Fratribus Grabitiis ob egregias animi dotes, & fidelia ab ipsis, eorumque Majoribus Augustae Domui Austriacae, praesertim in bello contra Venetos a Maximiliano I. Imperatore gesto, praestita officia Nobile concessit privilegium. Diplomati, praeter Imperatorem, subscripsit etiam vice, ac nomine Reverendissimi Dom. Archi-Cancellarii Moguntini V. Seld. & inferius ad mandatum Caesaris proprium Joannes de Cobenzl. Autographum possidet Nobilissimus Eques Livius de Grabiz majorum gentium Goritiensis Patricius.

N.° LXX.

Idem Imperator in eadem Arce Pragensi Franciscum, Antonium, Danielem, & Joannem Fratres Rauth intuitu meritorum, & fidelium servitiorum, praestitorum praecipue a Jacobo, qui inter Satellites Equestres Aulicos, vulgo Arcerios dictos, compluribus annis stipendia merebatur, ad Nobilitatis gradum evexit III. Julii 1562. Authenticum ipse possideo.

N.° LXXI.

Idem porro Ferdinandus I. Imperator Viennae Jacobo de Senibus de novo impertitur Arma, seu Insignia, Galea clausa decorata, XXVIII. Januarii 1564. Autographum germanicum exhibuit Admodum Rev. Dom. Carolus Mazzalorsi Caes. Regius Parochus in Chiopris.

N.° LXXII.

Littera patentes in Capitulo Mergentheimii habito anno 1566. expedita die XXVI. Februarii, quarum vigore, suffraganeibus Commendatoribus, reliquisque Ordinis Consiliariis, Georgius Dei Gratia Administrator supremi Magisterii in Borussia, & Teutonici Ordinis per Germaniam, atque Italiam Magnus Magister &c. ut gratificaretur Sac. Cæsareæ Majestati, & Carolo Austriæ Archiduci, nec non ut satisfaceret votis universalibus totius Ballivia Austriacæ, Leonardum Formentinum Commendatorem Labacensem viventi adhuc Gabrieli Kreiszero actuali Archi-Commendatori Austriæ Coadjutorem dedit, eoque defuncto, ejusdem Ballivia Gubernatorem usque ad proximum generale Capitulum declaravit. Autographum suo sigillo nigro pendente munitum possidet Perillustris Dom. Paulus Æmilius Formentinus Lib. Bar. in Tolmino, & Biglia Majorum imaginibus nemini secundus.

N.° LXXIII.

Carolus Archidux Austriæ, perspectis bonis moribus, nobilibus qualitatibus, virtutibus, atque prudentia, quibus sese commendabiles reddebant Caspar, & Bartholomæus Fratres Pivoti de Bertbis, præcipue vero benigne consideratis diuturnis, fidelibus, devotis, diligentibusque servitiis per Casparem a prima juventute non solum felicissimæ recordationis Ferdinando I. Imperatori parenti, sed Sibi quoque, totique Inclytæ Austriacæ Domui præstitis, & quæ ambo debite præstare poterunt, & tenebuntur, eosdem una cum omnibus legitimis eorum utriusque Sexus descendentibus, natis, vel in perpetuum nascituris, in statum, gradum, & dignitatem Nobilitatis Equestris exaltavit Gratii V. Maii 1567. Diplomati per Archiducalem Aulico-Styriacam Cancellariam expedito præter Principem subscripsit Joannes Cobenzl de Prossegg Teutonici Ordinis Eques, & inferius H. Vetterss. Autographum germanico idiomate conscriptum mihi exhibuit Illustris, & Reverend. Dom. Bernardinus de Bertbis in Bertisegg Goritiæ Provincialis, & Cathedralis Ecclesiæ Tergestinæ Canonicus.

N.° LXXIV.

Carolus Archidux Austriæ Nobili Viro Joanni Gusmanno Goritiensi antiqua, & a Progenitoribus suis gestata Armorum Insignia novo edito Diplomate, cui etiam Joannes Cobenzl de Prossegg qua Vice-Cancellarius subscripserat, instauravit Gracii anno 1567. die VI. Junii. Autographum germanicum extat in Archivio meo Domestico.

N.° LXXV.

Idem Carolus Archidux omnia, & singula Nobilium, Civium, & Villicorum Goritiensium Privilegia, & antiquas laudabiles consuetudines approbavit Gracii VII. Septembris 1567. Ex veteri versione existente in Libro MS. Fiscalatus Goritiæ.

Nos

Noi Carlo per la gratia de Dio Archiduca de Austria, Duca de Borgondia, de Brabantia, de Stiria, de Carintia, de Carniola, de Lucemburgensi, de Birtemburg, e de ambe doi Slesie, Principe de Suevia, Marchese del Sacro Imperio Romano, de Burgundia, de Moravia, e de ambedoi la venezia, Archiconte de Haulpurg, de Tirol, de Phirt, de Kyeburg, & Goritia, Langravio nella Elsatia, Sig. della Marcha schiavonicha, Portonone & Salvis &c. Confessiamo che li Nobili, e Nostri Fideli diletti N. quelli della Nobiltà, e li Cittadini della Nostra Terra di Goritia, & anchora li huomini del Paese, & Villazi del Nostro Illustre Contado di Gorizia hanno da Noi mandato il loro Honorato Ambasciatore, & ne hanno umilmente fatto pregar, acciocbe noi li volessimo ogni, e tutti li loro Franchisie, Statuti soliti, adoperatione, & antigue usanze, li quale gli sonno delli nostri antecessori Conti de Gorizia, & Principi de Austria &c. dati, & anchora novamente della felice buona memoria del nostro Caro Signor, & Padre Imperator Ferdinando confermati & concessi, anchora noi come Signor, & Principe del Paese gli debbiamo gratiosamente concederli de renovarli, & confermarli. Questo havemo noi fatto, & le humili diligenti preghiere delli sopra ditti nostri Nobili, Cittadini, & huomini delli Villazi del Contado de Gorizia al ditto, & justo le loro humile obedienze, che li lor Antecessori, & anchora loro hanno a Noi, & alla Nostra Casa da de Austria, & Contado di Gorizia con la propria vita, & robba animosamente dimostrato, e da qui in poi anchora far debbiano, e possino, & per questo havemo per deseparata gratia li sopraditti franchisie, statuti soliti, adoperationi, & antique usanze di quel tanto, che loro sono in usanza, & franchisie per li quali per caso, che venissено in litte, over contrasto quello gia a loro senza alcun pregiudizio, & danno havemo come Hereditario Signore, & Principe del Paese gratiosamente renovato, confermato, & concesso, renovemo, confermemo, & concedemo anchora questa sapevolmente in confermation di questa Littera di quel tanto che noi de ragion, & giustitia, & per tanto de gratia sopra questo de renovar, confermar, & conceder babiamo, & potemo, cioè che loro, & quelli che vennerano dappoi de loro debbiano appresso le dite loro franchisie solite & antigue usanze totalmente senza impedimento alcuno restare, & quelli adoperarli, & golderli debiano, & possiano, & senza impedimento de ciascheduno; sopra cio commettemo seriosamente, & volemo che tutti, e singoli li nostri Capitani, Conti, Baroni, Signori, Cavaliere, & Servitori, Vice Capitani, Vice Domi, Phlegari, Fattori, Gastaldi delli Paesi, Rettori delle Terre, Gastaldi, Consegli, Cittadini, e Communi, & anchora tutti li altri nostri Subditi & fideli di che grado, over condizione esser si vogliano, che lor debbiano li sopraditti nostri Nobili, Cittadini, & Huomini de Paese, over Villazi del Nostro Contado di Goritia, & quelli che venirano dapoi di loro lasciarli senza impedimento alcuno appresso tal nostra renovation, confermatione, & concessione, & all'incontro non molestarli, nemeno sopportare che altri lo facessero, ma solum tenir brazzo, & aiuto appresso di questo: Et questo tanto, & quanto che ogn'uno ha a caro la nostra disgrazia & grave castigo,

stigo, & ancora appresso una pena de dieci Marche di puro & netto oro da esser tolto a quelli, che contrafaranno, & di questo è la nostra seriosa voluntà & mente, & in confermation di questa nostra Littera sigillata con il nostro pendente sigillo datta nella nostra Città di Gratz alli 7. del Mese de Settembrio dappoi la Natività di Christo 1567.

Carolus

Bernardo Bater Dottor

Ad Mandatum Domini Archiducis proprium

Zuanne Cobenzl &c.

N.° LXXVI.

Facti expositio, qua Joannes de Cobenzl Labacensis Commendator ostendit, Patavinam Ecclesiam S.ᵗᵉ Magdalenæ, & Domum eidem annexam Ordini Teutonico deberi, non obstantibus quibuscunque in contrarium factis, utpote violentiam, & machinationes sapientibus. Autographum communicavit ex amplissima penu domestica Musis addictissimus Illmus Dñus S. R. I. Comes Guidobaldus de Cobenzl, S. C. M. Cubicularius.

Inclytus Ordo Teutonicus Hospitalis Beatæ Mariæ Virginis in Jerusalem, seu, ut vulgo vocant, Prussiæ, habuit in Urbe Patavina Ecclesiam D. Magdalenæ una cum Domo adjuncta ejusque redditibus, proventibus, ac juribus universis ab aliquot sæculis usque ad annum circiter M. D. XL in quieta, & pacifica possessione. Tum vero mortuus est ultimus ejusdem legitimus possessor Johannes ab Altenstain Miles dicti Ordinis, qui una cum Prædecessoribus suis omnibus dictam Ecclesiam, ac Domum a Magno Magistro ipsius Ordinis tantummodo recognoscebat. Cum autem id temporis inter D. Imperatorem Maximilianum fel. recor. & Serenissimum Dominium Venetum hostile Bellum flagraret, ac propterea Germani omnes ipsi Serenissimo Dominio suspecti essent, contigit ut ejus, sicuti creditur, auxilio, ac patrocinio Nobilis Dñus N. Lippomanus ipsam Ecclesiam, ac Domum per male narrata sub, & obreptitie a Summo Pontifice impetraverit, prout id ex Bulla sibi desuper expedita facile colligi potest; siquidem in ea de juribus Inclyti Ordinis Teutonici ne minima quidem mentio fiat, atque adeo etiam Ordo ipse nunquam commeruerit, ut tali injuria a Sede Apostolica scienter afficeretur; quin imo ob tantum pro fide nostra Christiana in diversis partibus, & temporibus effusum sanguinem liberalitatem ejus potius in effectu usquequaque experiri, quam suis juribus, & pertinentiis ullo in loco spoliari debuerit. Itaque etsi de adempta sibi dicta Ecclesia eo modo quo præfertur Superiores Magistri sæpenumero conquesti fuerint, non potuerunt tamen eam consequi, sed res tandem eo devenit, ut D. Imperator Ferdinandus, omnium quotquot vixerunt facile pientissimus, aug. memoriæ, rem quasi propriam amplecti favereque cœperit, sicut id ex Actis Tridentinæ Tractationis inter suam Majestatem, & Dominium Venetum anno 36. secutæ liquido percipere licet, ubi nomine suæ Majestatis Cæsareæ Supradictæ Commendæ restitutio ardentissime petita, sed tamen ab Commissariis, & Superarbitro, Syndico Serenissimi Dominii tantum rem promovente, inter innovata re-

sciservata fuit. Ab eo usque temporis tractu supervacaneum Ordini ipsi videbatur dictam restitutionem urgere, sed Ordo plane persuasum habebat, Majestatem suam Cæsaream omnino effecturam, ut aliquando negotium absque ullo litigio, Majestatis suæ interventu, debite componeretur. Verumenimvero cum res ad mortem usque suæ Majestatis protraheretur, atque adeo etiam postmodum instituta illa Tractatio in Forojulio inter Serenissimum Archiducem Carolum, & ipsum Dominium absque omni fructu ulterius suspenderetur, in qua sane sua Serenitas D. Progenitoris vestigiis obambulans, ejusdem Commendæ, seu ejus possessionis postulationem Commissariis suis quoque clementer, ac serio demandaverat. Tum Illustrissimus, & Reverendissimus Dominus Magnus Magister haud amplius cunctandum sibi esse constituit, quinimo pro more Ordinis capitulariter decrevit, ab Sanctissimo Dño nostro mediante ope, ac adjutorio Sacræ Cæsareæ Majestatis, nec non Catholicorum Imperii Principum omnium intercessione quam obnixissime petere, ut Sanctitas illius pro ejus in Deum pietate, integritate, ac justitia serio mandare ac præcipere dignetur, quatenus id quod Ordini ipsi a tot jam annis præter omne ejus meritum per nefas detentum fuit jam tandem in solidum restituatur, idque eo proclivius, quod Illus. & R.^{mi} illius Celsitudo prompta, ac parata sit Serenissimo Dominio Veneto eo usque in hac parte gratificari, ut supradicta Commenda præfati Domini Lippomani Nepoti, Domino Priori hic ad Sanctam Trinitatem, in manibus perpetuo remaneat, ita tamen ut eam a sua Illus. & R. Celsitudine recognoscat, & acceptam ferat, prout super eo secum tractatum fuit. Quam rem sua Illus. & R. Celsitudo eo facilius se obtenturam confidit, quandoquidem dictus Dñus Lippomanus assertis suis juribus super ipsa Commenda jam ab aliquot annis cesserit; & eam una cum Eccl̃a, Domo, & aliis pertinentiis omnibus Ordini Jesuitarum de facto renuntiaverit: & absque eo etiam Bullam sibi a Julio II. ad male ejus narrata concessam, enervaverit, posteaquam in ea Commenda Brissenici ejusdem Teutonici Ordinis itidem sibi collata fuerit, sed tamen jam a multis annis omnimode ipsius Ordinis dispositionis sit, prout etiam superioribus proximis annis Illus. & R.^{mus} Dñus Magnus Magister Illus. Comiti Dño Prospero de Archo contulerit, isque eam in hodiernum adhuc diem pacifice, & quiete possideat. Quod tamen ipse Dominus Lippomanus, si ipsarum Commendarum Dispositio Sedis Apostolicæ esset, nequaquam concedere, sed potius rem Sedi Apostolicæ denuntiare, ac significare, eoque ipso majorem gratitudinem erga eandem contestari debuerat. Quapropter plane speratur, Sanctitatem illius pro ejus bonitate, ac Justitiæ promovendæ zelo omnino effecturam, ut Ordo ipse in possessionem suæ Commendæ Paravinæ absque ulteriori mora perinde restituatur, prout in actualem possessionem Brixinensis Commendæ nemine refragante a D. Imperatore Ferdinando restitutus fuit: stante maxime ejus oblatione quod eam præfato Domino Priori conferre sit paratus, & non intendat, seu cogitet contra voluntatem Serenissimi Dominii ullum alienigenam eo destinare.

Proinde petitur ut ab Viro aliquo docto, & rerum Curiæ Romanæ præ aliis perito modus ejus supplicationis quam Sua Illus. & Rm̃a Celsitudo Sanctissimo Dño nostro offerre, & ea mediante hoc suum justum desiderium quam efficacissime impetrare posset, per primam commoditatem concipiatur. Et si simul etiam litterarum nomine Imperatoriæ Majestatis, & Statuum ipsorum Catholicorum Imperii ad Sanctitatem illius dandarum exemplum quoque artificiose componeretur, eo amplius Authori ipsi, ab Ordine, & omnibus aliis, quorum id interest, deberetur. In hoc tamen præcipue illi elaborandum esset, ut quibuscunque argumentis, & rationibus fieri posset, veluti fortibus arietibus, Jesuitas ipsos sæpe dictæ Commendæ mala fide detentores, ac usurpatores imprimis oppugnet, & suam Sanctitatem eo inducat, ac commoveat, ut Ordinem ipsum, qui tot Provincias, quæ alias Christi nomen eo usque ignoraverant, magna nobilissimi totius Germaniæ sanguinis profusione Christianitati adjecit; item Imperatoriam Majestatem, & alios Catholicos Status Imperii tam egregie de Orthodoxa nostra Catholica Religione, ac Sede ipsa Apostolica meritos, atque adeo Justitiam ipsam, æquitatem, & honestatem in majori pretio ac existimatione quam Jesuitas ipsos sæpe dictam Commendam contra eorum professionem quam injustissime detentantes, ac usurpantes, habere, & sic Commendam ipsam suæ Illus. & R.^{mæ} Celsitudini, ac Ordini ejus absque ulla mora seu procrastinatione decernere, signanter vero de eo ad sæpedictum Serenis. Dominium patentes ejus Literas dare dignetur &c.

N.° LXXVII.

Maximilianus II. Imp. Vito a Dornberg Oratori suo apud Serenissimam Rempublicam Venetorum commendat negotium Commendæ Patavinæ Ordinis Teutonici. Datum in Arce Pragensi 1570. VIII. Maii. Autographum communicavit præfatus Illustriss. Comes Guidobaldus de Cobenzl.

Maximilianus Secundus Divina favente Clementia Electus Romanorum Imperator semper Augustus &c.

Egregie Fidelis Nobis Dilecte. Quid una cum his Illu. Venetiarum Duci, Amico Nostro Charissimo, scribamus, in favorem Ordinis Teuthonicorum, ex adjuncto earundem litterarum nostrarum exemplo intelliges. Quoniam vero negotium hoc ex voto nostro confectum summopere cupimus, idcirco tibi clementer injungimus, ut illud quo soles & poteris majori studio, haud secus ac si nostra res ageretur, sollicitandum, ac ita promovendum suscipias, ut quin optatus sequatur effectus in te haud quidquam desideratum videri possit. Facturus in eo benegratam & expressam voluntatem nostram. Dat. in Arce nostra Regia Pragæ, die octava Mensis Maii, Anno Domini Millesimo Quingentesimo Septuagesimo, Regnorum nostrorum, Romani octavo, Hungarici septimo, Bohemici vero vigesimo secundo &c.

Maximilianus &c.

Ad Mandatum Sacræ Ces.^{æ} Maris proprium

V. Jo. Bap. Weber &c.

P. Bernburger mp.

Tergo) Egregio Fideli Nobis Dilecto Viro a Dornberg, Nostro Consiliario, & apud Illmum Dominium Venetum Oratori X.

Idem

N.° LXXVIII.

Idem Maximilianus Ducem Venetorum requirit, ut Joannem Cobenzl de Prossegg Commendatorem Labacensem in possessionem inducat Commendæ Patavinæ, eumque adversus quoscunque injustos detentores tueatur. Datum Pragæ 1570. die VIII. Maii. Ex apographo ejusdem Comitis de Cobenzl.

Maximilianus &c.

Illu. Dux amice charissime. Dilectionem vestram haud latere arbitramur, qualiter, regnante Divo olim Imperatore Maximiliano I. Domino Proavo Nostro charissimo, aug.ᵐ memoriæ, Ordo Teutonicorum Domo sua, sive Commenda, quam ab immemorabili tempore Patavii habuit atque possedit, omnibusque ejusdem pertinentiis, Illu. istius Dominii ope, & authoritate spoliatus, Domus vero ea Civi cuidam Veneto concessa fuerit. Et quamvis Divus quondam Imperator Ferdinandus Dominus Genitor Noster colendissimus piæ, ac felicis recordationis hujusmodi domus, sive Commendæ restitutionem in Tractatione, quæ annis præteritis inter Majestatem suam, & idem Illu. Dominium de variis controversiis Tridenti inita fuit, per suos istuc destinatos Commissarios diligenter, instanterque petierit, atque urserit, nihilominus tamen rem hanc eo loci haud transigi potuisse, sed inter innovata relatam, reservatamque in aliud tempus rejectam fuisse. Quum igitur nunc in Tractatione, quæ inter Serenissimum Carolum Archiducem Austriæ &c. Fratrem, & Principem Nostrum charissimum, & idem Illu. Dominium in Forojulio instituta est, de hujusmodi innovatis agi debeat, Nos pro ea singulari amoris, benignitatis, & clementiæ affectione, qua non solum in Venerabilem Nostrum, & Imperii Sacri Principem, & devotum Nobis dilectum Georgium Administratorem Magistratus generalis Beatæ Mariæ Virginis Teuthonicorum in Prussia, ac ejusdem per Germaniam, & Italiam, partesque transmarinas Magistrum, in honorabilem, devotum, & fidelem Nobis dilectum Joannem Cobenzl de Prossegg Commendatorem ejusdem Ordinis Labaci, Nostrum Consiliarium, nec non prædicti Fratris Nostri charissimi Archiducis Caroli, Vice-Cancellarium, cui ex jam dicti Administratoris concessione jus ad Domum illam competit, sed & universum illum Militarem Ordinem ferimur, omittere haud potuimus, nec volumus, quin hocce redintegrationis negotium apud Dilectionem Vestram Nostra intercessione, & favore juvandum susciperemus. Idcirco Dilectionem Vestram benevole, summoque studio hortamur, & requirimus, ut ipsius negotii æquitatis condigna ratione habita prædictum Commendatorem Labacensem ad dictæ Domus Patavinæ, ac omnium, & singularum ejusdem pertinentiarum possessionem, sine ulteriori aliqua exceptione, difficultate, vel mora admitti, simulque fructus a tempore spoliationis, & detentionis istius perceptos eidem integre restitui curare, ac denique, hujusmodi restitutione, & redintegratione facta, ut sæpe memoratus Ordo Teuthonicorum in dictæ Domus, & pertinentiarum possessione a quoquam molestetur, perturbetur vel impediatur, nequaquam permittere, seque hac in

par-

parte talem exhibere velit, ut hanc nostram intercessionem apud Dilectionem Vestram haud parvi momenti fuisse re ipsa cognosci queat. Quod uti Dilectionem Vestram, quæ sua est æquanimitas, ac in Nos præclara voluntas, facturam esse plane confidimus, sic Dilectio Vestra Nos vicissim eo nomine ad quævis mutui amoris, & benevolentiæ studia magis, magisque devinctos habitura est. Quod reliquum, Dilectionem Vestram diu incolumem, felicemque vivere exoptamus. Dat. Pragæ die VIII. Maii Anno M.D.LXX.

(*Tergo*) Illust. Duci Venetiarum &c.

N.° LXXIX.

Henricus Magnus Magister Ordinis Teutonici ad Gregorium XIII. Summum Pontificem scribit pro restitutione Patavinæ Commendæ Ordini suo facienda anno 1573. VI. Augusti. Communicavit idem Comes de Cobenzl.

Beatissime in Christo Pater &c. Post officiosissimam mei commendationem continuum filialis observantiæ incrementum.

Nisi mihi Sanctitatis Vestræ Paterna, ac singularis erga Equestrem Militiam Fratrum Teutonicorum Marianorum, meæ curæ commissam, benignitas, ac clementia explorate esset cognita, pluribus verbis nunc ab ea supplex contenderem, ut ejusdem Militiæ statum, & dignitatem salvam esse vellet. Verum quia omnes intelligunt, quo animo, & voluntate Sanctitas Vestra (quæ profusa est illius in Universam Religionem Christianam charitas) erga hunc Ordinem affecta sit, non existimo multis mihi agendum esse, præsertim cum negotium hoc, cujus causa hæc a me scriptio suscepta est, æquitate, & justitia maxime nitatur. Existimo igitur Sanctitati Vestræ esse cognitum, quemadmodum anno circiter 1511. gravi bello inter Divum Romanorum Imperatorem Maximilianum felicissimæ memoriæ, & Illustrissimum Venetorum Dominium exorto, Ordo hic Teutonicus Domo, & Commenda Beatæ Magdalenæ Civitatis Paduæ nullo ipsius merito spoliatus sit, eaque Andreæ Lippomano Patricio Veneto tradita fuerit, ejecto Philippo Altenstainio ejusdem Ordinis Equite ultimo, ac legitimo ejus Commendæ possessore. Qui Lippomanus ita intrusus curavit ope, & authoritate Excellentissimi ejus Senatus, ut a Sanctitatis Vestræ Prædecessore Clemente VII. de ea Commenda investiretur, qua in re nulli est dubium, quin Ordo hic insigni injuria affectus sit, tametsi & illud mihi est compertissimum, non eam fuisse Sanctitatis Vestræ prædecessoris mentem, ut hujus Militiæ jura, & libertates, quas ex Summorum Pontificum, & Romanorum Cæsarum liberalitate agnoscit, ullo modo convelleret, aut labefactaret; sed eam concessionem iniquitate temporum extortam potius, quam impetratam a Lippomano fuisse. Successit postea id tempus quo ejus Commendæ restitutio a Divo olim Cæsare Ferdinando Romanorum Imperatore Augusto sempiternæ memoriæ in Conventu Tridentino cum dicto Dominio habito per ejus Commissarios diligenter petita fuit, quæ tamen a reliquis causis segregata inter res innovatas fuit rejecta. Idem fuit quoque superioribus annis Serenissimi Principis Caroli

Archiducis Austriæ in promovendo hoc negotio studium, missis in Forojulium Commissariis suis, qui inter cætera de hujus quoque Commendæ redintegratione cum Venetis Commissariis agerent. Verum cum ea Respublica (ut accepi) Bello Cyprio detineretur, factum est ut ea tractatio absque ullo fructu exierit. Jam vero quia Invictissimus Romanorum Imperator Maximilianus Secundus Dominus meus Clementissimus pro ingenita Majestatis Suæ Cæsareæ erga me, & universum hunc Ordinem benignitate eandem curam & cogitationem clementer suscipere voluit, atque hoc negotium per Oratores suos eo jam redegit, ut præfatæ Domus restitutio non tam in Senatus Veneti voluntate, quam in Sanctitatis Vestræ arbitrio posita sit, in certissimam spem adducor, fore ut Ixpedicta Commenda Sanctitatis Vestræ pietate, ac beneficio jam tandem ad Ordinem ipsum, unde divulsa est, citra ullam difficultatem redeat. Etsi enim (ut audio) Lippomanus ipse eam cum omnibus redditibus Societati Jesuitarum absque ullo hujus Religionis consensu cesserit, ac renuntiaverit, ut ejus Commendæ titulus plane aboleretur, Domusque illa ab Ordine Teutonico divulsa abalienaretur, non tamen existimo, eam rem mihi, ac prædicto Ordini fraudi cessuram, cum si a jure discessum est, omnia minus rite, ac legitime gesta haberi debeant. Neque mihi hic præclara hujus Ordinis in Rempublicam Christianam merita cum aliorum meritis in discrimen, & comparationem vocanda sunt; quandoquidem Sanctitati Vestræ exploratum esse potest Militiam hanc Teutonicam Marianam omni quidem tempore suæ in Sanctitatem Vestram Beatamque istam Sedem pietatis, ac observantiæ eo certiora documenta edidisse, quo gravioribus periculis ea fuerunt cognita; ut interim prætercam eas causas, quæ forsalle Sanctitatis Vestræ animum movere possunt, ne hoc veteris, & Catholicæ Religionis vestigium, quod inter tot præsentium temporum difficultates utcumque adhuc est integrum, plane abolendum esse censeat. Quapropter supplex ad Sanctitatem Vestram venio, ab eaque humillime peto, ut posteaquam res in eum locum redacta est, ut ex benigna Sanctitatis Vestræ manu tota pendeat, dignetur pro Paterna sua, & singulari erga me, & hunc Ordinem Clementia, proque nostro vicissim erga eam cultu, & veneratione, quæ jam ad summum crevit, decernere, ac mandare, hanc Domum, quæ tot jam sæculis penes Teutonicam Militiam fuit citra longiorem moram Ordini ipsi cum omnibus ejus juribus, & proventibus restituendam esse, amotis quibuslibet detentoribus. Nam quod ad Illustrissimum Senatum Venetum attinet, ne locus ullus querelæ reliquus esse possit, assentiar ego in ejus gratiam, ut ea Commenda per me conferatur Petro Lippomano Andreæ Lippomani Nepoti, ita ut illam ab hoc Ordine acceptam recognoscat, quo ipsius Ordinis Auctoritas salva, & integra sit. Quam rem spero, vel potius plane confido me a Sanctitate Vestra non laboriose consecuturum, cujus Clementiæ me ipsum, atque Universum Ordinem meum magnopere commendatum esse cupio, Deum precatus, ut Sanctitatem Vestram ea felicitate conservet, quam præclara ista sua in Deum, & Rempublicam Christianam pietate est promerita. De reliquo me, Ordinemque meum quam humillime illi commendo, votivum responsum ab ea expectans, Dat. in Oppido nostro Mergethaim 6. Augusti 73. E. S. V.

Obsequentissimus
Filius
Henricus Dei gratia Administrator magni Magisterii Prussiæ, & Magister Ordinis Marianorum per Germaniam, ac Italiam.

N.° LXXX.

Maximilianus II. Cæsar ad eundem Pontificem scribit pariter in favorem Ordinis Teutonici anno 1573. Extat in Archivio prædicti Comitis de Cobenzl.

Beatissime Pater.

Etsi persuasissimum nobis est Sanctitatem Vestram (quod præclarum est illius, ac singulare in Rempublicam Christianam studium) non esse ea mente, aut animo, ut quæ a Summis Pontificibus ejus Prædecessoribus omni tempore in Germanicam nationem profecta sunt Paternæ voluntatis indicia, ea nunc sublata, & extincta esse velit, nihilominus tamen, quia res hæc, de qua in præsentia ad Sanctitatem Vestram scribimus, justis de causis summæ curæ Nobis esse debet, prætermittere non potuimus, quin hac ipsa de re ad eandem Sanctitatem Vestram hasce litteras nostras daremus, quod ipsum a nobis ita suscipitur, ut certa spe simus, Sanctitatem Vestram pro paterna ipsius erga Nos benevolentia, nostraque vicissim erga illam observantia, eas vias, ac rationes inituram, quibus æquissima nostra postulata apud eam locum inveniant.

Equestris Militia Ordinis Teutonici ex instituto Beatæ Mariæ Jerosolymitanorum jam inde ab aliquot sæculis in Germania ob spectatam ejus Religionem, & præclara in Rempublicam Christianam merita illustris admodum, & celebris fuit habita, quippe quæ multas Provincias, quæ Christi nomen ignoraverunt, magna Nobilissimi Sanguinis Germanici profusione, Christianitati adjecit, nunc etiam, etsi in gravissima perturbatissimaque Reipublicæ Christianæ tempora inciderit, ita tamen dignitatem suam retinet, ac tuetur, ut, quod Sanctitati Vestræ cognitum, & exploratum esse potest, Magnus ejus Magister, qui Prussiæ dicitur, honestissimum inter Nostros, & Sac. Rom. Imperii Principes locum obtineat, in quem nos Magistratum, totamque ejus familiam, cum ob summam ejus erga Nos, & Sacri Imperii fidem, tum ob servatas in Germania veteris, & Catholicæ Religionis nostræ reliquias, benigno sane, ac propenso animo ferimur. Habuit olim hic Ordo in Italia multas Provincias, sed inter cæteras tamen Longobardam, in qua aliquot Commendæ adnumerabantur, præcipue vero Paduana sub Titulo Beatæ Mariæ Magdalenæ, & Brissenicana in Forojulio; Quas Prædecessores nostri Sacri Romani Imperii Cæsares, ac deinde Summi Pontifices multis beneficiis, ac prærogativis cohonestarunt; Hasque idem Ordo per Ministros suos Equites Teutonicos usque ad annum 1511. quiete, ac pacifice possedit, hoc est usque ad id belli tempus, quod inter Di-

vum

vum Imperatorem Cæsarem Maximilianum Augustissimæ memoriæ Proavum Nostrum charissimum, & Illustrissimum Venetorum Dominium gravissimum exarsit, quo tempore, cum Reipublicæ illi omnia (ut fere fit) suspecta viderentur, contigit ut ultimus, & immediatus dictarum duarum Ecclesiarum possessor, Philippus de Altenstain Eques Germanus ex earum legitima possessione dejiceretur, intruso Andrea Lippomano Patricio Veneto, qui postmodum, ut speciem aliquam legitimæ possessionis obtendere posset, curavit ejus rei Diploma ex Urbe Roma adferri, quod de Sanctitatis Vestræ Prædecessore Clemente VII. non difficile impetratu fuit; cum nemo tunc esset, qui Sanctitatem illius de juribus inclyti ejus Ordinis, & de spolio sequuto edoceret; alioqui sperandum erat, Sanctitatem ejus huic alienationi nullo modo assensuram fuisse. Evenit paulo post, ut Ecclesia, seu Commenda Brissenici ad eundem Ordinem Teutonicorum quasi postliminio reverteretur, quam procul dubio idem Lippomanus retinuisset, si aliqua ratione potuisset. Illam tamen Paduanam sub Venetorum Dominio positam citra ullum negotium occupatam detinuit, licet non sine injuria præclarissimi ejus Ordinis, cui tamen Nobile membrum sine ulla culpa sua ademptum est. Cum autem Divus Imperator Ferdinandus Augustissimæ Memoriæ Parens Noster Colendissimus in Conventu Tridentino, qui anno 1535. de restituendis rebus proximo bello occupatis inter Majestatem ejus Cæsaream, & Illustrissimum Venetorum Dominium fuit habitus, negotium hoc Paduanæ Commendæ per Ministros suos coram litis disceptatore, & arbitro proponi curasset, atque illius restitutionem serio urgeret, evenit ut ea ipsa restitutio per Commissarios non negata quidem, sed in id tempus dilata fuerit, quo rerum ultro citroque innovatarum judicia tractarentur, quippe Veneto Syndico rem Lippomani strenue procurante. Ab eo tempore Magnus ejus Ordinis Magister semper fuit in expectatione assequendæ restitutionis ejus Commendæ, quæ profecto non sine magna dicti Ordinis jactura in hanc usque diem retardata est. Cum enim ex sententiæ Tridentinæ præscripto idem Divus Parens Noster Reipublicæ ipsi Venetæ multa & præclara loca restituisset, bona fides maxime requirebat, ut & hæc Domus, quæ inter easdem controversias relata fuerat, ipsi Ordini vicissim restitueretur. Neque destitit tamen idem Divus Ferdinandus Cæsar hanc Commendam aliquot etiam post annis hujus Religionis nomine per Commissarios suos ab Illustrissima Republica Veneta diligenter petere; nuper quoque Serenissimus Princeps Carolus Archidux Austriæ Frater Noster charissimus in eandem curam incubuerat, cum inter ipsum, & præfatam Rempublicam priores restitutionum Tractatus ex integro suscepti essent. Verum enimvero cum universum id negotium a præfato Illustrissimo Dominio Veneto tum propter alias res, tum vero ob proximi belli Cyprii causas interruptum fuerit, factum est ut neque eo tempore quicquam ea de re transigi potuerit. Itaque quoniam idem Ordo tam diu rei suæ recuperandæ expectatione frustratus speratum hujus negotii exitum videre non potuit, Nos pro ea benignitate & Clementia qua Religionem hanc prosequimur, atque adeo etiam pro conferservandis Nostris, & Sacri Romani Imperii juribus, in cujus fide, & clientela sacer ille Magistratus existit, hisce proximis annis ejus causam nostro Patrocinio tuendam, promovendamque susceperamus, datisque hac ipsa de re ad Illustrissimam Rempublicam Venetam literis, totum illud negotium Oratori ibidem nostro explicandum commiseramus, ex cujus literis tunc cognovimus, Amplissimam illam Rempublicam voluntatem suam ad Sanctitatis Vestræ voluntatem libenter accommodaturam; quocirca cum videremus hanc causam in Sanctitatis Vestræ nutu, & potestate esse positam, quæ procul dubio Religionem hanc maxime incolumem, & florentem videre cupit, mandaveramus Magnifico Prospero Comiti Archi, Nostro tum apud Sanctitatem Vestram Oratori, ut nostro loco, ac nomine negotium hoc diligenter ageret, qui paulo post rescripserat, Sanctitatis Vestræ Prædecessorem Pium V. felicis recordationis certam nobis spem fecisse, simul ac Lippomanus vita functus esset, Ordinem ipsum ad ejus Ecclesiæ possessionem restitutum iri; ita hactenus Ordo ipse benigna Sanctitatis Vestræ pollicitatione sublevatus, expectavit tempus illud, quo voti compos redderetur.

Jam vero quia idem Ordo intellexit (quod antea ipsi non erat cognitum) Lippomanum ipsum, & Domum, & proventus ejus Commendæ absque ullo dicti Ordinis consensu in Jesuitarum Collegium transtulisse, existimat ejus mortis casum amplius expectandum non esse, quandoquidem ille totum id jus, quod in ipso erat, licet non legitimum, hac renuntiatione in alios cesserit, ac renuntiaverit, resque ipsa eo jam devenerit, ut ex Sanctitatis Vestræ arbitrio tota pendeat.

Cum igitur Sanctitas Vestra ex prædictis omnibus benigne intelligat, Religionem hanc ex dictæ Commendæ Paduanæ possessione præter jus, & æquum fuisse dejectam; cum item Respublica Veneta universum hoc negotium in benignam Sanctitatis Vestræ voluntatem rejecerit; cum denique Sanctitatis Vestræ Prædecessor clementer pollicitus sit, se mortuo Lippomano dictum Ordinem ad ejus Domus possessionem redintegraturum, magnis studiis eam rogatam volumus, ut vel ob causæ ipsius meritum, quæ cum Nostra, & Sacri Romani Imperii causa conjuncta est, vel ob veterem, ac singularem Ordinis istius Teutonici in Sanctitatem Vestram Beatamque illam Sedem observantiam, vel demum ob perspectum Nostrum erga eandem Sanctitatem Vestram studium dignetur efficere, ut jam tandem præfata Militia ad possessionem hujus Commendæ, & ejus universorum jurium, unde temporum injuria, & calamitate depulsa est, plane se restitutam esse sentiat. Det hoc Sanctitas Vestra pietati, & summæ virtuti hujus Ordinis, qui ob conservatam Catholicam Religionem nostram, quasi inter Carybdes & locorum, & temporum assiduo versatur. Quo solo nomine dignum se quotidie efficit, quem Sanctitas Vestra, Apostolicaque hæc Sedes majoribus quotidie beneficiis afficiat. Futurum id est nobis, & omnibus Ecclesiasticis Sacri Romani Imperii Ordinibus tam gratum, & acceptum, uti jam plane fateamur, nos hanc rem omni in Sanctitatem Vestram studio, ac fideli observantia per omnem occasionem

com-

compensaturos. Cui, quod restat, omnia prospera atque felicia evenire ex animo cupimus.

Datum

N.° LXXXI

Tres Ecclesiastici S. R. I. Electores, Daniel Moguntinus, Jacobus Trevirensis, & Salentinus Coloniensis Archiepiscopi eandem causam Ordinis Teutonici sequentibus commendatitiis Litteris promovere adnituntur 1573. Ex laudato Archivio Comitis de Cobenzl.

Beatissime Pater.

Cum nobis compertissimum sit quanto studio Sanctitas Vestra in eam curam & cogitationem incumbat, ut quæ Catholicæ Religionis nostræ statum, & incrementum respiciunt, ea nulla ratione minuantur, facile adducti sumus, ut Reverendissimi, ac Illustrissimi Principis Administratoris Magisterii Prussiæ, ac Magistri Ordinis Teutonici per Germaniam, & Italiam, universique ejus Ordinis negotium hisce nostris apud Sanctitatem Vestram litteris prosequeremur, non quod existimemus in re tam justa, & honesta, cujus meritum sese omnibus ostendit, nostra intercessione magnopere opus esse, sed quod re vera cupiamus extare apud Sanctitatem Vestram, Beatamque istam Sedem significationem aliquam singularis nostræ erga dictum Ordinem studii, ac voluntatis. Cum enim illius causa a nostra, & Sacri Romani Imperii Catholicorum Statuum causa disjuncta esse non possit, propterea quod Equestris hæc Militia, in qua nobilissimi quique Germanicæ nostræ Nationis Equites adscripti sunt, ob studiorum & voluntatum nostrarum conjunctionem magno Nobis usui, & ornamento semper fuit, his præsertim luctuosissimis deploratissimisque temporibus, in quibus Sanctitas Vestra pro summa sua sapientia facile intelligit, quam misere affecta sit, Divina, ac cælestis illa Christi Respublica, quamque nullis fere ex partibus coeat, non possumus sane eidem Ordini nostra opera, & studio non adesse, ejusque res omnes nobis non communes esse ducere. Habet hic Ordo (ut audimus) Paduæ Domum, sive Commendam sub titulo Beatæ Mariæ Teutonicorum, quæ cum perpetuis temporibus penes Militiam Teutonicam esset, & ejus Equitibus deserviret, demum anno 1511. gravissimo inter Divum Maximilianum Cæsarem recolendæ memoriæ, & Excellentissimam Rempublicam Venetam bello exorto, Militiæ, & Ordini illi per vim adempta, & Andreæ Lippomano Nobili Civi Veneto fuit tradita, qui eam postea Congregationi Jesuitarum cessit, & renunciavit, præfato Ordine Teutonicorum non modo non consentiente, verum etiam harum rerum plane nescio, quod ipsum a præfato Lippomano nulla alia de causa factum existimatur, quam ut suppresso, & extincto ejus Domus, sive Commendæ titulo, Ecclesia illa in alienas manus deveniret, atque ita a præfato Ordine divelleretur. Impetravit quoque ad ejus rei speciem Lippomanus a Sanctitatis Vestræ Prædecessore Clemente VII. Diploma Pontificium, per quod videretur ille non iniquo jure eam Domum possidere, & ut sub ejus velamento eam quoque in alios transferre posset; quæ tamen fraus huic Militiæ; & Ordini nocere non debet. Quamvis autem tam Divus quondam Ferdinandus pientissimæ memoriæ Romanorum Imperator Augustissimus, quam Serenissimus Princeps Divus Carolus Archidux Austriæ &c. ejus filius, susceptis aliquot Tractationibus cum illustrissimo Dominio Veneto, eam Domum dictæ Militiæ Teutonicæ restitui diligenter petierint, quia tamen earum Tractationum fructus aliquis ob varia impedimenta videri non potuit, factum est, ut Invictissimus Princeps, ac Divus Maximilianus II. Romanorum Imperator Augustus, Dominus noster Clementissimus, negotium hoc tam apud Illustrissimum Dominium Venetum, quam apud Sanctitatem Vestram diligenter nunc tuendum, promovendumque susceperit, cujus in primis studio atque authoritate causam hanc eo redactam intelligimus, ut Illustrissimum Dominium Venetum huic restitutioni libenter jam annuere videatur, dummodo Sanctitas Vestra non dissentiat, cujus Prædecessorem Pium V. felicissimæ recordationis Summum Pontificem accepimus suam de redintegrando eo Ordine mentem, ac voluntatem Oratori Cæsareo isthic tunc degenti jam patefecisse. Cum igitur idem Magnus Magister suo ac totius Ordinis Teutonici nomine, supplex jam a Sanctitate Vestra sæpedictæ Domus, & Commendæ restitutionem postulet, eandem Nos quo majori possimus cultu, & observantia deprecamur, ut benigne considerata causæ hujus æquitate, attentisque reliquis omnibus circumstantiis, quæ eam multo efficiunt æquiorem, dignetur hunc Ordinem, cujus omni tempore in Sanctitatem Vestram, Beatam istam Sedem, atque universam Rempublicam Christianam præclarissimi, atque optimi sensus extitere, post tot, ac tantas difficultates jam tandem in possessionem hujus Domus, & ejus universorum jurium restitui, & redintegrari clementer mandare, ac jubere. Quod ipsum eo libentius Sanctitas Vestra facere debet, quo magis idem Magnus Magister in Senatus Veneti gratiam consensit, ut hæc ipsa Domus Petro Lippomano alterius Lippomani Nepoti in Commendam assignetur, dummodo eam ipsi Ordini Teutonico acceptam ferat, eamque ab illo recognoscat. Hoc autem facto nullum plane Sanctitati Vestræ dubium esse debet, quin eadem nos omnes, antea quidem ipsi summa fide, & obsequio addictos, multo nunc devinctiores habitura sit, cujus Sanctitatis Vestræ Beatissimos pedes humiliter deosculati, Deum Optimum Maximum ardentissimis votis precamur, ut eandem Sanctitatem Vestram Nobis, & toti Reipublicæ Christianæ diutissime incolumem, & florentem servet, tueatur, augeat.

Datum

N.° LXXXII.

Litteræ de dato Mergentheimii VI. Augusti 1573., quis a Carolo Archiduce Austriæ Magnus Teutonici Ordinis Magister, ad facilius obtinendam Patavinæ Commendæ restitutionem, promotoriales ad Summum Pontificem Supplicat. Ex Archivio præfati Comitis de Cobenzl. Latinas reddidit Antonius Comini.

Serenissime Illustrissime Princeps, & Domine. Paratam Serenitati Vestræ sibi præprimis constanter fidelia nostra, sedulaque servitia, & quidquid boni,

boni, & commodi per nos fieri potest, Dilecte Domine. Notum erit procul dubio Serenitati Vestræ, quod nonnullis ab hinc annis, bellorum, quæ in Italia exorta sunt, occasione Nobis, & Ordini nostro quædam ex diversis præcipuisque Balliviis, Prioratibus, Commendis, & Domibus, quas inter Patavina etiam in Veneto Territorio sita sub titulo Sanctæ Mariæ Magdalenæ referenda est, improbe, & ut plurimum de facto erepta fuerint, & quod nil evincente pluries, atque enixis viribus penes Sanctitatem Suam per Carolum V. Cæsarem, perque Ferdinandum Imperatorem, & Regem Patruum, & Parentem Serenitatis Vestræ, dilectissimos, felicissimæ recordationis, gratiosissimos nostros Dominos interposita auctoritate, nil quoque proficientibus supplicibus Antecessorum nostrorum precibus, eadem hactenus retenta, præprimis vero prædicta Domus Patavina cuidam Venetæ Familiæ in persona Petri Lippomani cessa, & ex sinistra informatione a Pontifice Clemente VII. eidem collata fuerit. Postquam vero Antecessores Nostri beatæ memoriæ in persequendis suis juribus non destitissent; quin imo mediantibus Oratoribus, Cæsaris vices Romæ repræsentantibus Jussu Principalium diligentem in sollicitanda ab unoquoque Summo Pontifice restitutione operam navassent, res eo demum nunc devenisse videtur, ut felix tandem eventus sit sub regnante Summo Antistite sperandus; idque vel maxime si ipse Cæsar, aliique Catholicæ Religioni addicti Electores, & Principes negocii hujus curam assumentes pro nobis, nostroque Ordine ad Sanctitatem suam in optima forma promotoriales communicarent, prout a tribus Ecclesiasticis Electoribus, impertitis ex speciali, qua in nos feruntur, amicitiæ, & bonæ voluntatis vinculo literis, id jam pridem a Nobis est obtentum. Cum porro eadem obsequiosa fiducia in Serenitatem quoque Vestram feramur; hinc Eandem intercedentis amoris, & servitutis ergo exoramus, quatenus quo perspecta magis magisque propensa Serenitatis Vestræ in nos, nostrumque Ordinem benevolentia evadat, & Sanctitas Sua eo facilius in vota nostra descendat, similibus intercessoriis Litteris cum particulari momentorum deductione nos donare, easdemque quantocius expeditas Joanni Cobenzl de Prossegg Labacensi, & Brixiniensi nostri Ordinis Commendatori, cui negotii hujus prosecutio cum plenaria facultate a nobis concredita fuit, tradere, eique ope, & consilio imposterum præsto esse non gravetur; pro qua amicabili solicitudine a Serenitate Vestra impetranda, Ea nos semper obsequentes, paratosque habebit, qui & alias ad omnem servitutem præstandam inclinatissimi sumus. Datum Mergentheimii VI. Augusti 73.

Henricus Dei gratia Administrator Supremi Magisterii in Borussia Teuthonici Ordinis per Germaniam, & Italiam Magnus Magister.

Tergo) Serenissimo Illustrissimoque Principi & Domino, Domino Carolo Archiduci Austriæ, Duci Burgundiæ, Styriæ, Carinthiæ, Carnioliæ, & Wirtenbergæ, Comiti Tyrolis, & Goritiæ, Domino Nostro Dilecto.

Maxi-

N.° LXXXIII.

Maximiliani II. Cæsaris eundem in finem ad Cardinalem Madrutium die XVIII. Septembris 1573. exaratæ litteræ, exemplum aliarum ad Cardinalem Moronum datarum continentes, ex quibus apparet ea ipsa occasione etiam Summo Pontifici, & Delphino, Novocomensique Cardinalibus eadem de causa scriptum fuisse. Ex Tabulario sæpius laudati Comitis de Cobenzl.

Maximilianus &c. Revmo &c.

Quid una cum his Sanctissimo Domino Summo Pontifici, ac Reverendissimis in Christo Patribus, Amicis nostris charissimis Cardinalibus Morono, Delphino, & Novocomensi scribamus in favorem Equestris Militiæ Ordinis Teuthonici pro recuperanda Commenda Patavina, a cujus possessione antehac nullo jure dejecta fuit, Paternitas Vestra Reverendissima ex adjunctis litterarum Nostrarum exemplis intelliget. Quoniam vero summopere cupimus, dictum Ordinem justissimi sui voti tandem fieri compotem, ac tale a Sanctitate sua ferre responsum, quale ipsa æquitatis ratio Nobis pollicetur, prætermittere noluimus quin & Paternitati Vestræ Reverendissimæ tanquam Germanicæ Nationis, ad quam negotium hoc plurimum pertinet, Protectori illud diligenter commendaremus, eandem benevole, clementerque hortantes, & requirentes, ut rem hanc apud Sanctitatem Suam, ac supranominatos, aliosque Cardinales agendam, promovendam, & ad eum quem desideramus finem deducendam suscipere, suaque authoritate, & favore, quantum uspiam fieri poterit, efficere velit, ut prædictus Equestris Militiæ Ordo se speratum accuratissimæ intercessionis Nostræ fructum reipsa consecuturum esse sentiat. Erit id Paternitatis Vestræ Reverendissimæ tanquam Inclytæ Nationis Nostræ Protectoris officio dignum, nobisque vehementer gratum. Nec dubitandum quin & Venerabilis Princeps Noster, & devotus dilectus Magnus Magister, ac quotquot sunt Ordinis illius Milites hunc Paternitatis Vestræ Reverendissimæ favorem summi beneficii loco habituri, ac ejus promovendi haud ullam occasionem facile neglecturi sint. Quod reliquum est, Paternitati Vestræ Reverendissimæ Cæsareæ Nostræ benvolentiæ ac gratiæ studia defferimus, eandemque recte valere cupimus. Datæ Viennæ die XVIII. Septembris anno 1573.

Maximilianus &c. Reverendissimo &c.

Scribimus Sanctissimo Domino Summo Pontifici in favorem Equestris Militiæ Ordinis Teuthonici pro recuperanda Commenda Patavina, a cujus possessione antehac nullo jure dejecta fuit, uti Paternitas Vestra Reverendissima, vel ex ipsis litteris, vel Reverendissimo in Christo Patre Amico, ac principe nostro charissimo Cardinale Madrutio, cui tanquam Nationis Germanicæ Protectori negotium hoc agendum solicitandumque commisimus, plenius intelliget. Quoniam vero summopere cupimus dictum Ordinem justissimi sui voti compotem fieri, ac tale a Sanctitate sua ferre responsum, quale ipsa æquitatis ratio nobis pollicetur, prætermittere noluimus, quin & Paternitati Vestræ Reverendissimæ ut quam non solum authoritate plurimum pollere, sed & erga Nos, hancque Nationem nostram optime affectam esse com-

compertum habemus, negotium hoc diligenter commendaremus. Idcirco Paternitatem vestram Reverendissimam benevole hortamur, & requirimus, ut rem hanc apud Sanctitatem ejus promovendam suscipere, suoque favore, & authoritate efficere velit, ut optatus sequatur eventus, sicque prædictus Equestris Militiæ Ordo se accuratissimæ intercessionis Nostræ fructu haud destitutum esse re ipsa sentiat. Erit id Paternitatis Vestræ Reverendissimæ in Nos praeclaræ voluntati consentaneum, Nobisque vehementer gratum, ac data occasione Cæsareæ nostræ benevolentiæ studiis compensandum. Neque dubitandum quin & Universus ille Ordo Paternitatis Vostræ Reverendissimæ favorem summi beneficii loco habiturus, ac ejus promerendi haud ullam occasionem facile neglecturus sit. Quod reliquum est, Paternitatem Vestram Reverendissimam recte valere cupimus.

Datum Viennæ die XVIII. Mensis Septembris Anno 1573.

In simili Cardinali Delphino, & Cardinali Novocomensi.

N.° LXXXIV.

Responsoria Cardinalis Delphini ad Serenissimum Austriæ Archiducem Carolum cum annexo Romani cujusdam Legum Doctoris consilio de dato XXVIII. Novembris 1573. Has etiam præfato Comiti de Cobenzl in acceptis referimus.

Serenissimo Principe, & Signor
mio osservandissimo

Conforme all'ordine, & desiderio di Vostra Altezza s'è quì pensato a tutto quello, che far si possa per ricuperatione della Commenda Paravina; & perchè io non ho veduto parere di Dottor alcuno al parer mio più fondato di questo, che mando a Vostra Altezza, havendolo prima conferito con l'Illustrissimo Madrozzo, parmi di significarle, che se camminaremo con quest'ordine, otteneremo in breve tempo vittoria. Resta che ci sia significata la mente di Vostra Altezza, perchè di quà non si mancarà di diligenza.

Ho scritto alla Maestà Cesarea lungamente per via di Milano intorno agli altri negotii di Vostra Altezza, & può lei esser molto ben certa, che dove si tratta dell'interesse, e servitio suo, io mi farò sempre conoscere affezionatissimo, e costantissimo suo servitore. Baciole la mano, & prego Nostro Signore Iddio, che lungamente sana, & felice la conservi. Di Roma il dì XXVIII. di Novembre 1573.

Di Vostra Altezza

Perpetuo Servitore
Zaccheria Cardinale Dolfino

Tergo) Serenissimo Principi, ac Domino Domino Carolo Archiduci Austriæ &c. Domino mihi Observandissimo.

Gli Avvocati di Roma, presupponendo esser vero quanto si contiene nell'istrutione, restano in voto, che il titolo di VS. sia buono, e che tanto più si possa sperar buon esito di questa lite, quanto che l'Avversario, il quale haveva titolo almeno tale quale, se n'è privato, & ha consentito, che resti unica ogni ragion sua alli Padri del Gesù; ma che non vi è modo, nè più breve, nè migliore, quanto cominciar quì nella Corte di Roma a commetter la causa contra li Procuratori Generali di quell'Ordine, che poi col fomento, & favore, che segretamente Nostro Signore darà alla giustizia, si può aspettar, o in breve tempo la Vittoria, o un accordo conforme al desiderio di V. S. che senza lite sarebbe impossibile arrivar ad alcun fine, non dovendo, nè potendo di potestà ordinaria, nè sendo stile di questo Santo Tribunale proceder a levar di possesso alcuno senza udir la parte, che pretende interesse: sicchè il mover della lite è mezzo necessario a fini nostri. Potrà dunque V. S. far quì un Procuratore cum potestate substituendi, e fra tanto si vedrà qui di scuoprire le ragioni delli Padri del Gesù, così per conto della Persona del Commendatario, come se n'hanno acquistate di nuovo dalli Pontefici; perchè bisogna che questo sia passato per via d'unione fatta di questa Commenda alla Religione loro; la quale si suol fare con l'estinzione del titolo. E per finirla più presto si va pensando di farla commettere ad un Cardinale caro al Papa, appellatione quacunque remota cum aliis clausulis summarie, & sola facti veritate inspecta. Nè in altro modo si procederia, quando la causa fosse della Maestà Cesarea propria, o di Sua Santità istessa.

N.° LXXXV.

Maximilianus II. Cæsar Magno Teutonici Ordinis Magistro Cardinalis Madrutii ad se datas Litteras communicat, & Joannem de Cobenzl eidem etiam, atque etiam commendat. Ex perenni fonte Comitis de Cobenzl; ex Germanico autem transtulit Antonius Comini.

Maximilianus &c.

Reverendissime Princeps dilecte, devote. Nulli dubitamus, quin Devotio tua antea jam certior reddita fuerit de illis, quæ nos, Devotione tua suggerente, pridem jam Sanctitati Suæ, nonnullisque Cardinalibus, præprimis vero Madrutio, serio scripsimus, Paravinam Domum, & Commendam, Inclyto Devotionis tuæ Ordini olim subtractam, spectantia, eum scilicet in finem, ut ea rursus eidem Devotionis tuæ Ordini adjungatur. Cum vero nuperrime Nos a prædicto Cardinali Madrutio litteras acceperimus significantes nobis, a Devotione tua cuidam fuisse eandem Domum & Commendam collatam, eidemque, cum in eorundem possessionem ire non sineretur, ad Apostolicam Sedem recurrendum esse: hinc Nos, quamvis a Devotione Tua, non minus quam ab Antecessore Tuo intellexerimus, nemini alii eam Commendam, quam honesto Consiliario Nostro dilecto fideli Joanni Cobenzl de Prossegg Labacensi, & Brixinejensi (Precinis) Commendatori impertiendam iri; (quod gratum Nobis auditu contigerat ob specialem gratiam, qua Nos in eundem Cobenzl propensi sumus) non ommittendum tamen duximus earundem Cardinalis litterarum exemplar Devotioni Tuæ transmittere, gratiose insuper offerentes, in iis omnibus quæ hoc in negotio tum Devotionis Tuæ, Ordinisque ejusdem, cum etiam prædicti Cobenzl commodum promovere valent, nullo unquam modo, quod partis nostræ est, defuturos, prout & alias

rea-

reapse inclinatissimos Nos Devotioni Tuæ, Inclytoque Ordini profitemur. Datum Viennæ die XII. Decembris 1573.

N.° LXXXVI.

Instrumentum Procuræ Joannis de Cobenzl de dato Gracii III. Februarii 1574. quo Domino Galeatio Cusano Romæ commoranti Patavinæ Commendæ sibi ab Ordinis Teutonici Magistro collatæ negotium in amplissima forma demandat. Communicavit cum reliquis Illustriss. Dnus Comes Guidobaldus de Cobenzl.

Ego Joannes Cobenzl de Prossek Eques Ordinis Marianorum Teutonicorum Commendator Labacen. Prissenicen. recognosco, & notum facio quibus expedit universis. Cum Illustrissimus, ac Reverendissimus Dominus Noster Magnus Magister Dominus Henricus Prussiæ Administrator &c. mihi Commendam, sive Domum Ordinis Nostri Patavii, una cum Prioratu Venetiis existente, quos olim Andreas Lippomanus Nobilis Venetus ob, & subreptitie a Sancta Sede Apostolica impetraverat, & ad mortem usque suam, quæ his superioribus diebus subsequuta est, per se, ac alios detinuerat, gratiosissime contulerit: & simul mandaverit, ut eorum possessionem quoad ejus facere possem diligentissime recuperarem, ac procurarem, prout etiam sua Illustrissima ac Reverendissima Dominatio superioribus Mensibus tantum effecit, ut non solum spirituales Electores Imperii, verum ipsamet etiam Cæsarea Majestas deeo ad Sanctissimum Dominum nostrum Dominum modernum Summum Pontificem, & aliquot præcipuos Cardinales, imprimis vero ad Illustrissimum ac Reverendissimum Dominum Protectorem Nationis Germanicæ quam diligentissime scriberet, prout id ex litteris patentibus mihi a Sua Illustrissima & Reverendissima Dominatione die IV. Decembris proxime elapsi expeditis verbosius percipi potest. Itaque cum mihi ad limina Beatorum Apostolorum personaliter venire eo non liceat, quod servitiis Serenissimi Domini Caroli Archiducis Austriæ addictus sum; idcirco dictas patentes Domini Magni Magistri litteras una cum his meis Nobili, ac Magnifico Domino Galeatio Cusano prælibatæ suæ Cæsareæ Majestatis Secretario transmittere volui, quibus primo illum rogarem, ac pro nostra necessitudine obtestarer, ut meum Procuratorem seu Mandatarium generalem in hac causa, ac omnibus ejus attinentiis, & pertinentiis agere, signanter vero Sanctissimum Dominum nostrum meo nomine humiliter obsecrare velit, ut mihi Sua Sanctitas eatenus, quatenus opus est, de dicta Commenda, & Prioratu itidem paterne providere, ac tandem possessionem eorum vel per viam Juris, vel per amicabilem compositionem contra quoscunque eorum detentores decernere, adjudicare, & cum effectu dandam esse serio jubere velit.

Dando Ego præfato Domino Galeatio Cusano vigore dictarum Illustrissimi Domini Magni Magistri literarum omnimodam potestatem, ac facultatem non solum dictam provisionem a Sanctitate illius procurandi, sed etiam postea contra quoscunque dictæ Commendæ, ac Prioratus detentores in judicio comparendi, procedendi, item loco suo alium quem-

piam

piam cum pleno mandato substituendi, atque adeo etiam alia omnia agendi, & faciendi, quæ ego ipsemet, si præsens essem, judicialiter, vel extrajudicialiter facere possem omni meliori via, forma, & modo; etiamsi talia essent, quæ Mandatum exigerent speciale, & quæ sub nulla generalitate comprehenderentur. Promittendo simul ac recipiendo, me perpetuo ratum, gratum, validum, & firmum habiturum totum, & quidquid per eundem Dominum Cusanum, vel ejus Substitutum in præmissis actum, factum, & tractatum, & pactitatum fuerit; neque contra id nihil unquam quovis quæsito colore, vel ingenio attentare, dicere, vel facere velle, dolo, & fraude remotis: prælibatum Dominum nostrum Sanctissimum Dominum Summum Pontificem ipsemet in terram prostratus orans, & obsecrans ut Sanctitas Sua hoc negotium vel pro æquitate absque omni strepitu Judicii terminare, vel mihi, seu potius inclyto meo Ordini expeditam justitiam pro Deo administrare dignetur.

Harum testimonio Litterarum sigillo meo, & manu propria munitarum. Datum in Civitate Gratz. III. Februarii 1574.

N.° LXXXVII.

Epistola Clarissimi Viri D. Johannis Cobenzl a Prossegg, Equitis Mariani, Caroli Archiducis Austriæ Consiliarii, & Cancellarii, de Legatione sua nomine Maximiliani II. gloriosæ memoriæ Imperatoris apud Magnum Moschoviæ Ducem Johannem Basilidem anno 1576. obita, ad Georgium Draskovitbium Archiepiscopum Colocensem, Episcopum Zagrabiensem scripta, & missa eodem anno 1576. Extat in calce rarioris opusculi de rebus Gestis inter Ferdinandum, & Johannem Hungariæ Reges, Auctore Johanne Zermeg; ex quo, propter ejus raritatem, accurate descripta hic affertur.

Ego accepi in Polonia literas, quas 8. Aprilis proxime elapsi D. V. Illustrissima ad me dedit, quia Sua Majestas cum duobus collegis ad Diætam Varsoviensem me expediverat, quæ hisce diebus fuit celebrata, sed non fuit conclusa juxta desiderium nostrum, ob prorogationem quæ facta fuit ad 3. diem Iunii, ubi denuo oportebit convenire, & juxta præscriptum nostræ instructionis agere, quæ res mihi multum supra omnes alias molesta est, maxime cum de aliquo fructu desperem, nihilominus si mandatum Suæ Majestatis accesserit, obedientia erit opus, & id quod reliquum est, divinæ voluntati commendatum erit, per quam Reges regnant. &c.

Pergratum mihi accidit D. V. Illustrissimæ charum fuisse id quod summarie de rebus Moscoviticis, eidem nuper perscripseram. Credo D. V. Illustrissimam postea uberiorem relationem earundem rerum habuisse, posteaquam mea expeditio ubique sparsa sit.

Sua Cæsarea Majestas forsitan nondum de istis participem fecit Sanctissimum Dominum Nostrum, volendo prius hæc cum Sacro Imperio communicare, & postea cum ejusdem consilio Suæ Sanctitati & aliis Principibus Christianis notificare, & hoc (ut credo) ut in illam confœderationem induci possint, quam Moscovita contra Turcam vehementer desiderat. Et propterea hæc taciturnitas non debet in illum sensum interpretari. Ego spero sine dubio, Divino auxilio accedente, quod illa omnia ad effectum

dedu-

deduci poterunt, de quibus superioribus diebus ad eandem scripsi, quarum summa hæc fuit. Quod populi illi facili opera ad gremium S. Ecclesiæ Catholicæ reduci possint, & tanto facilius, postquam nunquam discesserunt ab ea Religione, quam acceperunt & didicerunt ab Ecclesia Græca. Quanquam in hodiernum usque diem cum maximo zelo & fervore servant, ita ut vix credi possit; unde sperandum est, quod ubi animadverterint errores quibus implicati sunt, (tametsi illi quoque non sint de essentialibus) subito ad unionem accedent, & hoc pacto numerus noster vehementer augebitur, & triplo vel quadruplo plus lucrabimur, quam superioribus annis in Germania & Francia perdidimus: ideoque deberemus summopere elaborare in illorum populorum acquisitione, quod lucrum profecto gloriosius esset quam ullum aliud in hoc mundo. Et ut facilius D. V. Illustrissima in meam sententiam condescendat, libentissime illi significabo causas, quæ me in eam sententiam pertraxerunt, humiliter ab ea petendo, velit benevole audire.

Ac imprimis D. V. Illustrissima sciat quod Princeps ille extreme & ex animo desiderat confœderationem inire cum Majestate Cæsarea, cum SS. Domino nostro, Rege Hispaniarum & aliis Principibus Christianis; hoc profecto ex divina inspiratione profectum est. Et quamvis aliqui scripserint, nationem illam valde inimicam esse nobis, qui Sedem Apostolicam agnoscimus, mihi tamen secure credere potest rem non ita se habere, sed hoc certissimum est, eos etiam cum suspiriis teneri desiderio videndæ Romæ, & visitandorum Sacrorum locorum, ubi ex lectione historiarum intelligunt passos esse & sepultos multos Sanctorum, quos illi plus quam omnes Catholici venerantur & celebrant. Quemadmodum illi, qui mihi adjuncti fuerunt, frequenter ea de re mecum contulerunt, semper affirmantes, in vita se nihil magis cupere, quam ea loca visitare, & maxime B. Virginem Lauretanam, rectius illis notam, quam multis Gallis & Germanis. Ac pro majori argumento & confirmatione ejus rei, D. V. Illustrissima sciat, quod dum ego peterem mihi dari potestatem videndi imaginem S. Nicolai, quem ipsi eximie venerantur, humanissime mihi responsum fuit, id mihi non iri negatum, si antiquæ Romanæ religionis essem; non Lutheranæ, quia ipsi quoque hoc vocabulo utuntur, & majori odio quam Turcas prosequuntur, ita me Deus adjuvet.

Videntur magis ceremoniosi quam nos Catholici, nunquam transeunt monasterium, aut aliud templum, vel saltem signum S. Crucis, (quibus omnes fere plateæ & anguli pleni sunt) sicut & illi qui mecum erant faciebant, ex equis & curribus descendentes, & quasi ad terram genua flectentes, tribus vicibus signo S. Crucis sese signantes, sequentia verba dicebant, Hospodi pomilui, Hospodi pomilui, Hospodi pomilui, hoc est ter Kyrie eleison. At postea ubi pervenissent ad aliquod templum, ubi Missa diceretur, nunquam transire volunt, nisi prius intraverint & Missam audiverint, genua flectentes, & frontibus aut pavimentum, aut vicinam parietem pulsantes, & hoc præsertim dum elevatur & portatur SS. Eucharistia. Principalis meus assistens, qui fuit Demetrius Aleman, nunquam prius cibum sumpsit, nisi prius Missam audivisset; & ut verum fatear, ego nunquam interfui alicui eorum sacro, tunc ob id ne cum eorum schismate participarem, tum quia idem Dux me monuerat, non omnes me in eorum templis libenter visuros, sed deforis ad instar eorum, qui cum mulieribus conversati essent, & neque balneati neque loti essent, vidi eorum sacra celebrari, cum ea devotione qua major dici non potest. In sacrificando utuntur vestimento nostro simili: Sacrum seu Missa eorum longior est, quam duæ nostræ. Sacrum fit lingua vulgari, semper adstant duo aut tres Diaconi præsentes, ac similiter sine intermissione canentes, interdum Hospodi pomilui, interdum vero ingeminando Alleluja, Alleluja: similiter omnes circumstantes canunt continue, signo S. Crucis se signando. In usu habent candelas & imagines, & alia omnia instar Catholicorum, & specialiter utuntur aqua Benedicta & sale; postremo Sacerdos distribuit certa frusta panis Benedicti, quæ populus cum magna reverentia accipit, domum deferens, & iis qui Sacris non interfuerunt, per micas saltem distribuit.

In monasteriis quotidie in galli cantu Missa celebratur, ad quam soli masculi conveniunt, quemadmodum multi illorum ex fervore devotionis, pervigiles noctes una cum Monachis agunt, qui quotidie psallentes Deum laudant, aliis recedentibus, aliis succedentibus.

In domibus ipsorum sunt imagines devotissimæ, & nemo exit vel intrat, priusquam ter se inclinaverit ante imaginem Crucifixi vel Deiparæ Virginis, quas in stubis vel cameris continue cum lumine conservant, & quotidie se signant signo S. Crucis, dicentes, Hospodi pomilui. Ac priusquam istam ceremoniam peregerint, neque invicem salutant & alloquuntur, neque sibi invicem valedicunt, frequenter quoque utuntur signo S. Crucis ad mensam: & V. D. Illustrissima secure credat, quod ille Magnus Princeps nunquam buccellam panis acceperit, aut semel biberit, absque signo S. Crucis. Quod ego vehementer miratus sum, cum essem cum eo ad mensam. Scias quoque D. V. Illustrissima eos usitatissimas habere Processiones, in die Epiphaniarum Domini, quamvis acerrimum gelu fuerit, tamen universus Clerus & populus exiens civitatem Drogobursam, ubi tunc forte eram, cum crucibus & vexillis ad ripam Borysthenis fluvii venit, ubi manserunt plusquam per integram horam, dicendo multos Psalmos & orationes: & hoc totum fuisse factum in memoriam Salvatoris nostri baptizati in Jordano intellexi.

In sanctissimo Baptismate, quod ab ipsis tauri fit, quanti a nobis, & eodem modo administratur, excepto eo quod dicunt: Baptizetur infans iste in nomine Patris, & Filii, & Spiritus Sancti Amen. In sanctissimo Sacramento Pœnitentiæ idem, excepto quod Confessarius & confitens stant in medio templi, neque unquam sedent: satisfactio autem est frequentissima & rigorosissima, quemadmodum in primitiva Ecclesia fuit: singulis annis accipiunt sacratissimum Sacramentum Eucharistiæ & communicant: quæ Eucharistia pro infirmis saltem in die Cœnæ Domini consecratur, & asservatur in templis cum summa reverentia, tantum sub specie panis, de qua cum cochleari rumpitur una particula, & adfunditur parum tepidæ aquæ, & sic ægroto exhibetur cum summa adoratione & intima

devo-

devotione. Atque sic non differunt a nobis, nisi quod illi instar Græcorum pane fermentato utuntur. Sancti, quemadmodum jam dixi, apud illos sunt in suprema veneratione, & invocatione pro illorum suffragiis apud Divinam majestatem, & specialiter D. Nicolaum pro singulari patrono habent, cujus imaginem servant in civitate, quæ Mosaisco dicitur, cum summa devotione & honore, cui Magnus Princeps singulis diebus facit offerri unam magnam quantitatem panis, carnium, cerevisiæ, & hydromelis, quæ summa postea distribuitur Ministris illius templi, qui continue Divinum cultum exercent, Deum exorando pro felicitate illius Magni Principis.

Ab eo loco paucis milliaribus distat unum Monasterium Sanctissimæ Trinitatis, ubi continuo 700 Monachi manent, qui sustentantur ab eodem Magno Principe, & ob eandem causam in eo templo habent sepulchrum S. Ignatii, & frequenter ibi signa apparent. Omnes illi Monachi sunt ordinis S. Basilii, & vivunt pie ac exemplariter, & similiter quoque in suis monasteriis Moniales. Monasteria sunt frequentissima, ita ut in spacio duorum aut trium milliarium semper monasteria reperiantur.

In universa Moschovia non reperitur Schola, vel alia ratio addiscendarum linguarum, nisi quod in ipsis monasteriis addiscitur; & propterea inter mille personas vix una reperitur, quæ sciat legere vel scribere. Sacerdotibus licitum est semel matrimonium contrahere, sed mortua uxore opus est cælibibus permanere. In singulis templis sunt aliqui Diaconi, qui mortuis Parochis substituuntur; Purgatorium negant, & tamen devote & continue in Missarum celebrationibus & aliis orationibus orant Deum pro fidelibus defunctis, hoc est, ut sua Majestas dignetur condonare promeritis pœnas, & recipere illos in cœlestem patriam, ita quod ipsi a catholicis non re, sed saltem nomine differunt. Præcipuus illorum error, meo judicio, hic est, quod affirmant non fuisse ulli hominum licitum post prima septem Concilia ullum aliud celebrare; ac quemadmodum illa septem Concilia universa amplectuntur, ita posteriora omnia refutant & rejiciunt, atque propterea ab obedientia Sedis Apostolicæ disceditur.

Neminem reperire potui qui aliquid intellexisset de differentia inter nos & ipsos Græcos circa verbum [illegible]. Habent suum Metropolitanum, a quo dependent omnes Episcopi & universus clerus, a quibus tanti fit, quanti a nobis summus Pontifex. Non negat se ipse dependere a Patriarcha Constantinopolitano, sed certissimum est parvam inter ipsos esse correspondentiam & affectionem, cum ille sit Turcæ, hic Moscovitæ subditus, Principum sibi admodum inimicorum. Ille Metropolites Moscoviticus singulis annis Synodum celebrat, in qua omnes Archiepiscopi & Episcopi comparere debent, quemadmodum ego, dum essem Drogoburse, vidi aliquos venientes ab ipso Metropolitano, quibus præferebantur baculi pastorales, sicut ante Legatos Apostolicos, cruces præferri solent, & singulos comitabantur aliquot Monachi, & quini aut seni servientes. Nunquam aliquis assumitur ad Episcopatum, nisi ex Monachis, qui eo magis satagunt exemplariter vivere, ut ejusmodi dignitatem consequi possint. Unde mihi fuit affirmatum pro re certissima, quod multi ex illis amore

& ser-

& servitio Divino ita exardescant & incendantur, quod & vivi & defuncti miracula operantur, & tales postea canonizantur.

In Moscoviam perveneram sub initium Adventus Domini, & cum instarem pro matura audientia apud ipsum Magnum Principem, mihi responsum fuit, quod licet ipse vehementer cuperet me videre, & amplecti, tanquam Oratorem sui charissimi & pretiosissimi Fratris, electi Romanorum Imperatoris, (hoc enim titulo Cæsaream Majestatem communiter nominant) tamen cum a majoribus suis acceperint ut per totum illud tempus sanctum non aliud fiat nisi visitatio sacrorum locorum, & ut in illis devotioni studeatur, ideoque ne nunc quidem Principem ipsum aliud facere posse, sed subito celebratis festis natalitiis vellet me vocare & audientiam dare, & facere omnia quæ sua affectio erga Majestatem Cæsaream requireret; quod postea liberaliter fecit. Omnia eorum negotia & actiones auspicantur ab invocatione Sanctissimæ & Individuæ Trinitatis, cum tanta religione & zelo, quod V. D. Illustrissima vix credere possit. Quadragesimam universam jejunant valde stricte, nihil cocti comedendo, nisi forsitan ob adversam valetudinem quis cogatur. Quadragesima illorum una septimana est longior quam nostra; & hic est etiam unus articulus in quo a nobis differunt. Similiter per totum Adventum ita faciunt, vocando illud jejunium S. Philippi; similiter jejunant septimanam Rogationum, & medium Augustum; illud prius vocatur jejunium S. Petri, & hoc posterius jejunium B. Virginis.

Et hæc habet D. V. Illustrissima de rebus ipsorum spiritualibus, ex quibus intelligere potest manifeste, facillimam rem esse obtinere & in tam proxime symbolizantibus concordare, maxime si id fiat medio idonearum personarum, & quæ in ipso principio perpendere scirent non quid fieri deberet, sed quid præstari possit, quasi parvulos lactando, sicut D. Paulus fecit in suis novellis Ecclesiis.

Jam D. V. Illustrissimæ pergam narrare breviter, quomodo ab ipsis exceptus & tractatus fuerim. Cum pervenissem ad civitatem Orsam, quæ celebris habetur propter vicinum locum in quo Sigismundus Primus, Rex Poloniæ, cum ipso Moscovita congressus fuit, misit unum cursorem ad Palatinum de Smolensko, quæ civitas ab Orsa distat 16. milliaribus, rogando velit mittere ad me recipiendum & conducendum in conspectum Magni Principis more solito. Interim ego expectarem responsum in Orsa; id quod tertia die juxta desiderium meum consequutus fui. Itaque ex Orsa profectus perveni ad locum destinatum 12. milliaribus. Sequenti autem die circa ortum Solis, reperi unum nobilem cum 30. tragis, sive kochi, quia tot personas mecum habui, qui summo honore me recepit, & summarie dixit, quod accepisset commissionem de me conducendo & tractando, quanto melius in illis locis fieri possit. Et propterea quod vellet me & meas res transferre ad illos currus, remittendo mea, & ut venirem secum hilariter, & ut nullam curam haberem, quia omnia necessaria mihi subministrarentur, pro ratione locorum & temporum. Pro qua liberalitate gratias egi summo Principi, & illud feci quod mihi fuit dictum, & eo die confecimus sex milliaria, altero vero die quatuor. Ibi obviam fa-

ctus

ctus fuit nobis supradictus Dux Demetrius, stipatus 100. equitibus & multis tragis, qui me recepit valde solenniter. Sæpius repetendo quomodo Dominus suus libentissime intellexisset adventum meum, & quod misisset ipsum ut mihi obviaret, & ad se perduceret cum omni debita provisione rerum necessariarum. Cui ego respondi replicando, & sic conscendimus tragas, & transmisimus per Smolensko unam civitatem quæ magnitudine æquat Romam, per mediam defluit Borysthenes, & eo die confecimus sex milliaria, sequenti vero die 14. a Dragobursa, & ibi 50. diebus integris propter supradictam causam, id est devotionem Principis, mansimus: & cum ibi octiduum substitissemus, Magnitudo sua misit ad me suum Magistrum curiæ, qui vocatur Dux Mitica Romanonicius, cum altero Duce de suo Secreto Consilio & Cancellario, stipatus magna manu Bojerorum, sive Nobilium, qui omnes vestiti fuerunt panno ex aureis & argenteis telis contexto, & pelliciis cibellinis. Legatio fuit hæc, quod ille Princeps ageret Suæ Cæsareæ Majestati gratias pro honore, quem faciebat Suæ Magnitudini me ad ipsum mittendo, excusando se quod propter supradictam causam subito me videre non possit, animando me ut haberem patientiam, donec Sua Magnitudo me vocaret. Quibus ego tanquam secundis Commissariis replicui, & respondi, rogando eos quod pro eorum posse, vellent audientiam meam promovere, quod se facturos promiserunt & ad Principem reversi sunt, qui post octiduum ad me scripsit unas literas pretiosissimas, quæ summarie eadem continebant, quæ prius per Oratores dicta fuerunt, & quod libenter subito me vellet vocare, sed cum id fieri non posset propter supra dictam causam, essem bono animo, & haberem patientiam, & quod postea absque ulla dilatione me esset vocaturus, & quod prospicere vellet, ut quantocitius fieri posset, expedirer; adjunctæ etiam fuerunt aliæ gratiosissimæ oblationes.

Jam vero Magnitudo sua hilariter hoc fecit, & cum ego processissem, & ab ipso non distarem nisi tribus milliaribus, per unum ex suis Aulicis misit mihi dono unum currum, & unum pulchrum equum adornatum cum una pelle ursina alba, & certa tapetia Persicana, dicendo quod me expectaret, & quod cito cum oculis suis exhilararetur, (ista phrasi multum utuntur) pro quibus cum gratias agerem, sicut conveniebat, me præire fecit plusquam cum centum tragis, & cum duo milliaria progressus fuissem, obviam facta sunt mihi tria millia equitum pulcherrime instructorum, qui comitabantur tres Commissarios, quos sua Magnitudo miserat ad me recipiendum. Quorum primus post invocationem SS. Trinitatis mihi dixit, quod sua Magnitudo juberet me interrogare, quomodo valeret suus charissimus & pretiosissimus Frater electus Romanorum Imperator. Secundus eodem modo interrogavit me, quomodo iter successisset mihi. Tertius postea dixit, quod Magnus Princeps dedisset in mandatis illi, ut mihi de hospitio provideret, atque ipse hoc solicite esset facturus. Ego ut respondissem eis, prout conveniebat, progressi sumus, & fui conductus ad hospitium satis commode præparatum, ibi mihi subito fuit significatum ab illo tertio Commissario, quomodo sua Magnitudo mihi ordinaverit multa victualia, quæ suffecissent non solum pro 30, sed pro 300. personis, eo vespere & sequenti die facta sunt ibi diversa officia. Tertio post die dicti Commissarii deduxerunt me ad Magnum Principem, ubi reperi omnes plateas populo plenas, & ante castellum duo millia pixidariorum optime instructorum, postea post primam portam castelli totidem. In prima domo reperi circiter 300. nobiles, in secunda paulo plures, in tertia duplo plures. Qui omnes primi, secundi, & tertii pretioso panno aureo, & pelliceis cebellinis vestiti fuerunt. In ultima domo, seu camera, occurrerunt mihi tres magnæ personæ, quæ me ad Principem introduxerunt, cum quo erant in universum 24 Consiliarii, sedentes 12 a dextris, totidem a sinistris. Jam cum appropinquassem ad ipsum Principem, unus Consiliariorum exurgens dixit suæ Magnitudini, Magne Cæsar, Princeps & Domine, (quo titulo semper utuntur) Orator tui charissimi & pretiosissimi Fratris Maximiliani electi Romanorum Imperatoris, tibi facit reverentiam, ac dum ipse proloqueretur, ego humillime ad genua procubui. Quo facto ipsamet Magnitudo sua me interrogavit, quomodo valeret Sua Majestas, nominando ut jam prædictum est, cui respondi quod illam optime valentem reliquissem. Postea interrogavit quid rei adferrem, respondi me litteras attulisse, quas illi exhibui, una cum dono per Suam Majestatem misso, hoc est una medaia adornata cum 32 adamantibus satis magnis, cui erat superposita corona Imperialis una, quæ valebat ad minimum octo millia coronatorum. Postea dedit mihi signum ut ulterius loquerer, quod & feci quasi per integram horam, legatione mea id exigente, quæ sex capita magnæ importantiæ continebat, quæ ipse sibi quasi de verbo ad verbum interpretari fecit, quo facto postea mihi manum exhibuit, postea jussit me sedere, in una sede nobilissime exornata ex opposito sui locata. Vocatis tandem meis comitibus, singulis manum exhibuit, quibus peractis me invitavit ut vellem cum eo panem manducare. Pro qua & aliis gratiis suæ Magnitudini gratias egi. Tandem conductus fui a meis primis assistentibus in quoddam cubiculum, & ibi mansi quasi per mediam horam, donec ad mensam Principis vocarer, quem reperi jam sedentem mutatis vestimentis, quia primo vidi ipsum in uno paludamento, sive pallio Imperiali, cum una corona in capite, quæ certe similis videbatur coronæ Papali, & habebat sceptrum in manu. Res pretiosiores & pulchriores in vita mea non vidi. Anno superiori vidi coronas sive mithras SS. D. Nostri in castro S. Angeli mihi demonstratas, per D. Malvagium Subcastellanum. Vidi etiam coronam & omnia indumenta Regis Catholici, similiter etiam Magni Ducis de Thoscana, & multas res Regis Franciæ, & Suæ quoque Cæs. Majestatis, tam in regno Hungariæ, quam in Bohemia & alibi. Credat tamen D. V. Illustrissima in veritate, quod hæc omnia cum illis, quæ ibi vidi, ne in minima quidem parte conferri possunt. Totum paludamentum erat distinctum agatibus, rubinis, smaragdis, & similibus pretiosissimis lapidibus magnitudinis unius nucis, ita ut mirarer quomodo tantum pondus sustinere posset. Filius major natu sedebat ad dextram, similiter vestitus, nisi quod corona

na

na ipsius reposita erat in scamno, & sceptrum non habebat, sed Patris scipionem in manu tenebat, qui patrem imitatus me interrogabat similibus verbis, quomodo pater fecerat.

Ad mensam erant vestiti serico villoso rubeo, adornato pretiosissimis gemmis, coronæ ipsorum stabant prope in uno scamno, & loco ipsorum habebant certa caputia more Græco facta, in quorum singulis fuit unus rubinus, magnitudinis unius ovi, qui resplendebant maxime cum advesperasceret, tanquam duæ faces accensæ. Ipsi soli ad mensam sedebant, ego habebam propriam mensam, distantem ab ipsorum circiter unum passum, habebat 100. servientes, quorum singuli semper totidem patinas adferebant ex purissimo auro fabrefactas, ex quibus tres tantum una vice ad mensam ponebantur, unam Magnitudo sua pro se servabat, alteram filio porrigebat, & tertiam mihi mittebat. Quemadmodum etiam hoc fiebat, cum totidem pateris, quando bibere volebat, & per pocillatorem nunciabat mihi, *Ivane*, id est Johannes (quia sic me vocabat) *Veliki Czar, Knezi, i hospodar, podait*, id est, Johannes, Magnus Cæsar, Princeps & Dominus tibi mittit. Alias patinas faciebat distribuere inter meos, qui eidem mensæ assidebant, & suos officiales, quos jusserat sedere ad tres longas mensas ducentos. Convivium duravit integras sex horas, & pro conclusione cum jam nos surrexissemus, singulis nostrum Magnus Princeps dico mihi & meis de pateris exhibuit unam pateram manu propria; facta reverentia cum magno strepitu, & infinitis lucernis ad hospitium deducti fuimus. Ubi oportuit denuo comedere cum nostris assistentibus & aliis Dominis usque ad auroram, atque sic prima audientia pertransiit.

In secunda audientia, statim sequenti die circa horam nonam fuimus deducti ad Magnum Principem, quo honorato sicuti primo die fuit factum, me sedere jussit, & dixit mihi summarie, quomodo intellexisset meam legationem, & quod dedisset id negotii suis quinque principalioribus Consiliariis, ut mecum de eo ipso negotio tractarent. Et ut ego non deessem cum ipsis super omnibus concordare, ut ipse desideraret. Postea cum in certam domum sive cameram ingressi fuissemus, ibi per tres integras horas tractavimus, & cum auxilio Divino in omnibus concordavimus juxta præscriptum instructionis S. Cæs. Majestatis. Quo facto dicti Domini Consiliarii surgentes mihi dixerunt, quod vellent adire Principem, & illi tractatum referre, & quod postea de mente suæ Magnitudinis me edocere vellent. Ego illis gratias egi, & vix mediam horam expectavi, dum revertuntur, & mihi summarie referunt, quod Princeps totum tractatum approbaverit, quemadmodum ex ipsius ore in crastinum id auditurus essem. Cum igitur sequenti die mane essem ad ipsum perductus, mihi personaliter dixit substantialia.

Postquam meus charissimus & pretiosissimus Frater te ad me misit, & ego a te legationem intellexerim, quemadmodum etiam ex meis Velihi Boyari, id est, magnis Nobilibus, quod cum illis tractasti intellexi. Ideoque dicas ipsi meo Fratri, quod ego totaliter sum resolutus, & decrevi persistere & continuare cum ipso, in ipsa incepta amicitia & fraternitate, cum omnibus meis in perpetuum, quemadmodum etiam fecerat

quemquondam meus Dominus & parens cum suo patre & avo Maximiliano & Ferdinando Cæsaribus. Et idcirco dum & quando dictus meus Frater miserit ad me suos magnos Oratores, persuadendo id & ad id inductis Papa Romano & Rege Hispaniarum & aliis Christianis Potentatibus, ut idem faciant, magno beneficio Remp. Christianam afficiet. Quod concedat Sancta Trinitas unus Deus, Amen.

Quemadmodum hæc omnia a meis Magnis, meis Boyaris amplius intellexisti, quibus debes credere sicut mihimetipsi, & ut concordia vestra super tractatum efficacius & citius possit executioni demandari, mitto ad Suam Majestatem Ducem Zachariam Sznbosxy & Andream Archibassam, qui sedebant inter illos 24. Consiliarios, (qui audita eorum mentione, assurrexerunt, & humiliter se inclinaverunt versus ipsum) rogando ut Cæs. Sua Majestas postea eos cito velit expedire & remittere; & quoniam jam nostra Fraternitas abunde confirmata est, poterimus unus ad alterum cum sua commoditate, mittere minimos, majores, & maximos Oratores, sicuti ego nunc te ad Suam Majestatem remitto, cui multam salutem cum mei recommendatione dices. Postremo mihi & meis duas taccas sive pateras, unam post alteram adferri jussit plenam hydromelis, & propria manu exhibuit, quas exhausimus, licet jejuno stomacho essemus.

Sic me tractavit sua Magnitudo, & in meo discessu, misit mihi dono octo quadragenas pellium zebellinarum, quarum singula Viennæ æstimata est pro 700. flor. Supra hæc omnia per totum id tempus quo in regno suo sum conversatus, liberalissime me tractavit, ut ne obulum quidem expenderim, exceptis bibalibus, quæ dedi ministris qui mihi inserviebant. Possem D. V. Illustrissimæ plura commemorare, unde hujus Principis videre, & comprehendere possit magnam potentiam, sed timeo ne modum epistolæ excedam, ne sim eidem molestus, cum sat mihi sint cognitæ ipsius actiones & occupationes. Nihilominus referam D. V. Illustrissimæ certa puncta, ex quibus procul dubio omnia magna imaginari poterit. Cum Magnitudo sua, relicto convivio, me excepisset, ibi ante hypocaustum in una domo multitudo erat patinarum, orbium, paterarum, & similium vasorum, quod pondus profecto 30 & amplius currus Viennenses onerati non potuissent vehere, & tamen ibi non erat sua principalis credentia, sed solum ea, quæ pertinebant ad illud Castellum ubi pransi sumus. In Castello Metropolitanæ Urbis Moscoviæ, ejusmodi rerum tanta copia est, ut numerus ignoretur. Ibidem habet suum thesaurum, pecuniam, & pretiosarum gemmarum, rem stupendam & inæstimabilem. Hujus Principis avus solus conduxit & misit in illum thesaurum post captam & direptam Magnam Novogardiam 300. currus pecuniarum, & infinitam quantitatem auri & argenti. Pater vero hujus Principis subjugavit 15. Principatus, & universum argentum, & aurum, quod fuit repertum in publicis ærariis, privatim portare fecit in illum suum Paternum thesaurum. Hic Princeps idem fecit, dum acquisivisset duo regna seu imperia, ut ipsi dicunt, Astracanon & Cassanense. Item illud emporium civitatem Dorpt & Pernavia, cum multis aliis ditissimis locis superiori anno in Livonia captis, de qua præda ne obolus quidem militibus

bus fuit concessus, sed omnia distributa fuerunt quemadmodum a principio Romani facere consueverant.

Habet præterea infinitos modos parandæ pecuniæ, ac præsertim cum ipse solus in omnibus regnis mercaturam exerceat, & nunquam quicquam impendat, usque adeo ut Oratores quoque, quos mittere solet, & similes personæ nunquam ne obulum quidem accipiant, sed ipsimet sibi ipsis expensas faciant. Similiter militibus nunquam obolus datur, imo vero in profectione & expeditione, & etiam in reditu ac domi manentes singuli milites circiter unum grossum solvunt, sub eo prætextu ut intelligatur numerus in expeditione profectorum, domi manentium, & a bello redeuntium. Affirmatum mihi fuit a Germanis, Moscovitis & Polonis, qui se addixerunt suis serviciis, quod, quandocunque velet, intra 14. dies 300000. equitum in campum producere possit, ac insuper 100. perfectissimorum pixidariorum, & 100. eorum qui arcu & sagittis pugnant, quæ res videtur quasi incredibilis, sed tamen ab ipsis sanctissime affirmatum est. Ingenue mihi quoque ab ipsis fuit relatum, quod in solis quatuor locis haberet duo millia magnarum colubrinarum, & alia tormenta bellica infinita, & quod aliqua ex ipsis essent miræ longitudinis, & tam larga ut etiam procerus homo altitudinem ejus attingere non possit; & hæc omnia habent suas necessarias munitiones, & inter alios, dixit mihi unus Germanus, quod expertus esset in obsidione Polosci loci munitissimi, qui non duravit resistendo nisi tribus diebus, & quamvis haberet castrum munitissimum, tamen illud brevi tempore fuisse solo adæquatum, & dum fierent ejaculationes bomdardarum, videbatur cœlum cum terra misceri.

Regnum suum habet in longitudine 600. milliaria, in latitudine vero 400. Habet propemodum infinita magna flumina, qualia sunt major, & minor DWina, & Narva, quæ defluit in Oceanum, & mare Glaciale, Volga qui defluit in mare Caspium, Thanam quæ defluit ad paludes Mæotidas, & Nigropontum, Borysthenem qui exoneratur in Pontum; singula flumina secundo & contra navigabilia. Nunc est in ea cogitatione ut constituat certam officinam salium versus Livoniam & Lithvaniam, unde singulis annis unum millionem auri habere poterit, & hoc fiet cum immenso damno Franciæ, quia hucusque in illis partibus suum sal expediebatur.

Ipse solet mittere immensam quantitatem omnis generis frumenti in Regna Sueciæ & Daniæ, & alia vicina loca, utpote versus Mare Caspium, mare majus & Pontum; similiter etiam solet mittere magnam quantitatem ferri, ceræ, sevi, omnis generis lignorum, cineris, & omnis generis pellium in magna quantitate. Non habet opus rebus exoticis, sed omnia domi habet, & in summa est tantus & tam Magnus Princeps, ut vix aliquis credere possit, nisi quis in toto vel in parte videre poterit, & præsertim propter obedientiam, quam habet a suis subditis, cum quibus non habet opus tractare de uno, vel altero negotio, sed absolute imperat, & subditi felices se reputant, quoties pro Principe non solum fortunas, sed etiam vitam amittere contingit.

Soli Poloni sunt qui in apparentia illum parvi faciunt, & res ipsius con-

contemnunt, sed ipse ridet eos, & possidet ex eorum Regno, propemodum 200 milliaria, & hoc factum fuit sine evaginatione gladii, vel saltem signi dati recuperationis. Propterea cum ad ipsum illorum Oratores veniunt, tractantur ut bestiæ; quod mihi quoque eventurum dum eo iter facerem, multi ominabantur & quodammodo mihi compatiebantur. Sed D. V. Illustrissima credat mihi, in fide boni Equitis, quod non potuerim melius Romæ, vel in Hispaniis tractari, si eo a Majestate Sua ablegatus fuissem. Nihilominus hoc negare non possum, quod frequenter mihi dictum fuerit diversam esse eorum tractationem ab ea qua majores ipsorum amicos tractabant. Hæc volui D. V. Illustrissimæ de illo regno, & de suo Principe scribere. Ac dum hæc scriberem pro certo intellexi, quod cum Lithvani viderint tarditatem & irresolutionem Suæ Majestatis Cæsareæ, miserunt ad ipsum Principem Moscovitam Oratores, ut cum eo tractarent, quo filium suum Theodorum juniorem ipsis in Principem daret; iis quæ perterrefaciet multos, & multos post se trahet.

Ego profecto si Sua Majestas Cæsarea non esset habitura illud regnum, & illum Magnum Ducatum, cuperem ut ante alios omnes ipse haberet, quia certe totum illud quod supra dixi in principio, ad effectum deduci possit. Et postea nos haberemus certissimam pacem cum Turca, vel tanto majorem opportunitatem debellandi ejus, posteaquam ipse Moscovita non maneret secum in pace unum diem, ne dicam annum. Forsan hoc modo Divina Majestas jam postremo nos vult juvare, & ab illo Tyranno liberare. Quod Dominus Deus faxit, qui conservet & custodiat D. Vestram Illustrissimam, sicut ipsa desiderat, diutissime.

N.° LXXXVIII.

Carolus Archidux extinctæ Cranschallorum Prosapiæ Insignia Nobili Viro Johanni Gusmanno Catharinæ de Cranschall ultimæ adhuc superstitis Marito simul cum propriis Armis Gentilitiis deinceps pro arbitrio deferenda impertitur Gratii 1567. XXIV. Aprilis. Autographum ipsemet possideo.

N.° LXXXIX.

Idem Archidux ob egregias animi dotes, præstantiaque servitia sibi, & Augustæ Domui Austriacæ præstita Joannem Antonium Flamenum una cum Posteris suis legitimis Nobilem renunciavit Gratii 1567. XV. Maii. Autographum Commissioni ad revisionem Privilegiorum deputatæ Nob. D. Michael Flamenus anno 1764. præsentabat.

N.° XC.

Rudolfus II. Imp. Juliano de Migatiis, Aulæ Cæsareæ Familiari creato, avitam Nobilitatem, & antiqua Armorum Insignia confirmavit, auxitque Viennæ 1578. XIV. Junii. Ex autographo Amicus communicavit.

Rudolphus Secundus Divina favente Clementia Electus Romanorum Imperator semper Augustus, ac Germaniæ, Hungariæ, Bohemiæ, Dalmatiæ, Croatiæ, Sclavoniæ &c. Rex, Archidux Austriæ, Dux Burgundiæ, Bra-

Brabantiæ, Stiriæ, Carinthiæ, Carnioliæ &c. Marchio Moraviæ, Dux Lucemburgiæ, ac Superioris, & Inferioris Silesiæ, Wirtembergæ, & Teccæ, Princeps Sueviæ, Comes Habspurgi, Tyrolis, Ferretis, Kiburgi, & Goritiæ, Landgravius Alsatiæ, Marchio Sacri Romani Imperii Burgoviæ, ac Superioris, & Inferioris Lusatiæ, Dominus Marchiæ Sclavonicæ, Portus Naonis, & Salinarum &c. Fideli Nostro Dilecto Juliano de Migariis Aulæ Nostræ Cæsareæ Familiari gratiam nostram Cæsaream, & omne bonum.

Imperatoriæ benignitatis, atque munificentiæ omnino convenire arbitramur, ut eos qui honesto loco orti, Nobisque, & Sacro Romano Imperio, Inclytæque Nostræ Domui Austriæ sincera fide, atque animi promptitudine dediti, & addicti sunt, favore nostro benigne prosequamur, ac debitis honorum præmiis, quibus posteris etiam ad sectanda virtutis, atque honestatis studia calcar addatur, clementer augeamus.

Edocti igitur te supradictum Julianum de Migariis Nobili Familia progoatum, ac virtutum studiis adprime deditum esse, tuosque Majores fuisse Viros vitæ, ac morum honestate probatos, & de Divis quondam Majoribus, & Prædecessoribus Nostris benemeritos, ac proinde diversis etiam honorum ornamentis auctos: Teque laudabili eorundem Majorum tuorum exemplo Nos, & Sacrum Imperium, & Serenissimam Nostram Austriæ Domum pari fide atque observantia colere. His equidem benigne consideratis æquum duximus, ut te insigni aliquo beneficentiæ argumento prosequeremur, quod non tibi solum, sed universæ etiam posteritati legitimæ honori, atque ornamento esset. Quapropter motu proprio, ex certa nostra scientia, animoque bene deliberato, ac de Cæsareæ Potestatis Nostræ plenitudine acceptam a Majoribus Nobilitatem clementer approbavimus, confirmavimus, & ratificavimus: sicuti vigore præsentium approbamus, confirmamus, & ratificamus, & quatenus opus est Te supradictum Julianum de Migariis omnesque Liberos, Hæredes, Posteros, & Descendentes tuos legitimos utriusque sexus legitimo Conjugii fœdere ortos, & perpetuis deinceps temporibus orituros denuo ad cœtum, ordinem, statum, ac gradum Nostrorum, & Sacri Romani Imperii Nobilium assumimus, attollimus, & aggregamus, ac juxta qualitatem humanæ conditionis vere Nobiles dicimus & nominamus, ac ab universis, & singulis haberi, & reputari volumus, præsentique Edicto Nostro firmiter statuimus, quod ubique locorum, & terrarum tam in Judicio, quam extra in rebus spiritualibus, & temporalibus, Ecclesiasticis, & profanis quibuscunque, nec non in omnibus, & singulis actibus, & exercitiis possitis, & valeatis universis honoribus, officiis, Juribus, libertatibus, gratiis, & beneficiis uti, frui, potiri, & gaudere, quibus alii nostri, & S. R. I. Nobiles a quatuor Avis Paternis, & Maternis geniti, & procreati utuntur, fruuntur, potiuntur, & gaudent quomodolibet consuetudine, vel de jure. Volentes autem Nostram erga te benignitatem plenius innotescere: Idcirco Gentilitia Armorum tuorum Insignia a Divo quondam Imperatore Friderico inclytæ recordationis Atavo Nostro olim Avo tuo Guilielmo de Migariis, & legitimis ejusdem descendentibus collata, similiter approbavimus, confirmavimus, ratificavimus, auximus, & locupletavimus, illaque tibi supradicto Juliano

de

de Migariis, omnibusque, & singulis tuis Liberis, Hæredibus, posteris, & descendentibus legitimis masculis, & fœminis natis, æternaque deinceps serie nascituris, eo quo sequitur modo gestanda, & deferenda denuo concessimus, donavimus, atque elargiti sumus; Scutum videlicet secundum longitudinem, & latitudinem in quatuor partes æquales divisum, quarum inferior sinistra, & superior dextera nigri coloris, oblique ascendentem habeant lineam cæruleam, seu cœlestinam ab imo ad summitatem usque porrectam, quæ in medio sui complectatur terna Lilia crocea, sive aurea æquali inter se intervallo eo modo disposita, ut unum inferiorem sinistram, alterum superiorem dexteram Scuti aream, intermedium vero centrum Clypei occupare videatur. Reliquæ autem duæ partes, superior scilicet sinistra, & inferior dextera candidi sive argentei coloris, levibus quibusdam parergis aspersæ sint. Scuto loco clausæ, qua hactenus Te, & Majores tuos usos esse accepimus, nostro beneficio succedat Galea aperta, seu clathrata, Tornеariam quam vulgo dictitant, ornata Serto ex fasciis candidis, sive argenteis, & nigris contorto extremitatibus ejusdem a læva retrorsum volitantibus, phalerisque, seu laciniis eorundem colorum ab utroque latere mixtim circumfusis, ac molliter defluentibus. E cujus cono pectore tenus promineat Aquila ad dexteram conversa, collo, & capite cærulei, seu cœlestini coloris, alis vero nigris hinc inde explicatis; quemadmodum hæc omnia in medio præsentis Nostri Diplomatis suis coloribus rectius elaborata, & ob oculos posita conspiciuntur. Volentes ac præsenti Edicto nostro decernentes, quod Tu sæpe dicte Juliane de Migariis cum universa prole atque posteritate legitima utriusque sexus descripta Armorum Insignia, eo quo in superioribus habetur modo a nobis aucta, & locupletata perpetuis deinceps temporibus in omnibus & singulis honestis, ac decentibus exercitiis, actibus, & expeditionibus, tam serio, quam joco in Hastiludiis seu hastatorum dimicationibus pedestribus, vel equestribus certaminibus, bellis, duellis, singularibus certaminibus, & quibuscunque pugnis, eminus, cominus, in scutis, tentoriis, sepulchris, monumentis, anulis, ædificiis, supellectilibus, tam in rebus spiritualibus, quam temporalibus, & mixtis in locis omnibus pro rei necessitate, & voluntatis arbitrio aliorum Nobilium Armigerorum more libere, & absque ullo impedimento habere, gestare, & deferre, ac iisdem quocunque modo uti possitis, & valeatis: Aptique sitis, & idonei ad ineundas, & recipiendas omnes Gratias, Libertates, Exemptiones, Feuda, Privilegia, Vacationes a muneribus, & oneribus quibuscunque realibus, personalibus, sive mixtis ad utendum quoque singulis juribus, quibus cæteri a Nobis & S. R. I. hujuscemodi ornamentis insigniti & Feudorum capaces atque participes utuntur, fruuntur, & potiuntur quomodolibet consuetudine, vel de jure. Porro edocti præfatum quondam Guilelmum de Migariis a Divo Imperatore Maximiliano primo Domino Abavo, & prædecessore Nostro Observandissimo Augustæ memoriæ, familiaritatis titulo insignitum fuisse: Volentes Te eandem quoque apud Nos gratiam experiri: Idcirco Te similiter Aulæ Nostræ Cæsareæ Familiarem fecimus, creavimus, assumpsimus, & recepimus, prout tenore præsentium facimus,

mus, creamus, assumimus, & recipimus, teque numero, cœtui, & consortio aliorum familiarium, & Aulicorum nostrorum clementer adscribimus, & aggregamus. Decernentes ac benigne statuentes quod omnibus, & singulis prærogativis, honoribus, immunitatibus, privilegiis, & libertatibus, juribus, utilitatibus, commodis, & beneficiis uti, frui, potiri, & gaudere possis, & debeas, quibus alii continui, & veri Familiares, atque Aulici Nostri quovis modo utuntur, fruuntur, potiuntur, & gaudent. Non obstantibus in contrarium facientibus quibuscunque. Nulli ergo omnino hominum liceat hanc nostræ approbationis, confirmationis, ratificationis, augmentationis, locupletationis, creationis, concessionis, gratiæ, & voluntatis paginam infringere, aut ei quovis ausu temerario contraire. Si quis autem id attentare conatus fuerit, præter gravissimam Nostram, & S. I. indignationem, quinquaginta marcarum auri puri mulctam Fisco, seu Ærario nostro Imperiali, & Parti læsæ ex æquo, omni spe veniæ sublata, solvendam atque numerandam, se noverit ipso facto incursurum. Harum testimonio Litterarum manu propria subscriptarum, & Cæsarei sigilli Nostri appensione munitarum. Datum in Civitate Nostra Vienna die decima quarta Mensis Junii. anno Domini Millesimo quingentesimo septuagesimo octavo, Regnorum Nostrorum Romani Tertio, Hungarici Sexto, & Bohemici itidem Tertio.

Rudolphus mp.

Vice, ac nomine R.^mi Domini Danielis Archi-Cancellarii Moguntini
V. Jo. Bapt. Weber.

Ad Mandatum Sacræ Cæsareæ M.^tis proprium
P. Bernburger mp.

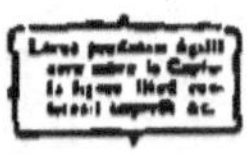

N.° XCI.

Ejusdem Imperatoris Armorum instauratio pro Georgio, & Luca Grabitiis Fratribus, quos eadem contextu ad S. R. I. Nobilium Equestrium gradum evexit Pragæ XXVII. Junii 1580. Ex autographo Nobilissimi Equitis Livii Grabitii, qui plurimis antiquissimis Familiis affinitate conjunctus summas quasque Goritienses Prosapias puritate sanguinis adæquavit.

Rudolphus Secundus Divina favente Clementia Electus Romanorum Imperator semper Augustus, ac Germaniæ, Hungariæ, Bohemiæ, Dalmatiæ, Croatiæ, Sclavoniæ &c. Rex, Archidux Austriæ, Dux Burgundiæ, Brabantiæ, Styriæ, Carinthiæ, Carniolæ &c. Marchio Moraviæ &c. Dux Lucemburgiæ, ac superioris, & inferioris Silesiæ, Wirtembergæ, & Teckæ, Princeps Sueviæ, Comes Habspurgi, Tyrolis, Ferretis, Kyburgi, & Goritiæ, Landgravius Alsatiæ, Marchio Sacri Romani Imperii Burgoviæ, ac superioris, & inferioris Lusatiæ, Dominus Marchiæ Sclavonicæ, Portus Naonis, & Salinarum. Fidelibus Nobis Dilectis Georgio, & Lucæ Grabitiis Fratribus gratiam Nostram Cæsaream, ac omne bonum.

Ad splendorem Majestatis Imperialis cumprimis pertinere arbitramur, ut qui præter honestam generis originem eximia vitæ, ac morum probitate, aliisque animi bene compositi dotibus præditi, tum vero syncera in Nos, Sacrum Romanum Imperium, ac Inclytam Nostram Austriæ Domum fide, & observantia affecti sunt, condignis eosdem honorum præmiis, & ornamentis augeamus, ne frustra in virtutis arena desudasse videantur: præsertim quorum etiam Majores de Divis Prædecessoribus nostris optime meritos fuisse constat. Fit etenim hinc quod non ipsi solum incœpto nos demerendi, rectèque vivendi officio retineantur, sed & alii hoc veluti scopo sibi proposito ad eandem curam amplectendam incitentur atque inflammentur. Cum itaque fide digna relatione acceperimus, Vos prædictos Fratres Georgium, & Lucam Grabitios bono loco natos esse, Majoresque vestros summa semper devotione Divos Antecessores Nostros Romanorum Imperatores, ac Reges, ipsumque Sacrum Romanum Imperium unice coluisse, vos vero hactenus ab eorundem vestigiis haudquaquam recessisse, quin potius a Juventute usque omnes eo intendisse nervos, ut & vestram sinceram fidem, ac præclarum de Nobis, Sacroque Imperio, & inclyta Nostra Austriæ Domo benemerendi studium cognitum, ac perspectum redderetis, eaque de causa haud levia jam vos hinc inde virtutum vestrarum specimina addidisse; ita quidem ut minime dubitandum videatur, quin & deinceps non solum in eodem colendi, ac quavis occasione demerendi nostri munere constanter perseveraturi, sed & posteris vestris ad eadem studia capessenda æque incitamento futuri sitis; facere equidem noluimus quin vos pro benigna nostra in virtutis alumnos affectione singulari aliquo gratiæ, ac munificentiæ nostræ argumento, quod vobis, & universæ Posteritati Vestræ perpetuo honori, atque ornamento sit, augendos condecorandosque clementer susciperemus. Ac proinde motu proprio, ex certa scientia, animo bene deliberato, deque Imperiali authoritate, ac potestatis nostræ plenitudine vos supradictos Fratres Georgium, & Lucam Grabitios, omnesque liberos, hæredes, posteros, ac descendentes vestros legitimos utriusque sexus, natos, ac nascituros in infinitum ad statum, gradum, ordinem, & cœtum Nostrorum, ac Sacri Romani Imperii Nobilium assumimus, attollimus, & adscribimus, vosque omnes juxta qualitatem humanæ sortis vere Nobiles, & tanquam de Nobili genere, domo, ac Familia procreatos dicimus, nominamus, & pronunciamus, atque ab universis, ac singulis pro talibus haberi, teneri, ac reputari volumus. Decernentes, & Edicto hoc Nostro Imperiali expresse statuentes, quod vos jam dicti Fratres Georgi, ac Luca Grabitii, omnesque liberi, hæredes, posteri, ac descendentes vestri legitimo ex toro orti, atque orituri masculi, & fœminæ perpetuo dehinc tempore ubivis locorum, ac terrarum, tam in Judicio, quam extra in rebus spiritualibus, & temporalibus, Ecclesiasticis, ac profanis quibuscunque, etiamsi tales forent, de quibus specialis hic mentio facienda esset, nec non in omnibus, & singulis actibus iisdem plane honoribus, dignitatibus, officiis, juribus, libertatibus, insignibus, gratiis, & prærogativis uti, frui, potiri, atque gaudere possitis, & valeatis, quibus cæteri Nostri, ac Sacri Romani Imperii veri Nobiles de Nobili stirpe, ac prosapia

pia a quatuor Avis Paternis, & Maternis geniti utuntur, fruuntur, potiuntur, atque gaudent quomodolibet consuetudine, vel de jure. Quo vero perpetuum hujusmodi Nobilitationis vestræ documentum extet, eadem authoritate nostra Cæsarea vobis præfatis fratribus Georgio, & Lucæ Grabitiis, omnibusque liberis, hæredibus, posteris, ac descendentibus vestris legitimis utriusque sexus natis, æternaque serie nascituris non solum antiqua familiæ vestræ Insignia clementer laudavimus, & approbavimus, verum etiam auximus, ac locupletavimus; prout eadem præsentium virtute laudamus, approbamus, augemus, & locupletamus, inque hunc qui sequitur modum posthac habenda, ac deferenda concedimus, & elargimur. Scutum videlicet secundum longitudinem perpendiculariter in duas partes æquales divisum. Quarum dextera crocea, sive aurea referat a basi collem tricipitem rubei coloris, in quo emineat pubetenus simulacrum Viri ad dexteram respicientis ac sic depositi, ut nigra tunica fimbria rubea a collo, ac manibus reflexa, nec non juxta sinum quinque nodis aureis conspicua indutus cinguloque ejusdem coloris circumdatus sinistram manum femori applicate, dextera vero paululum extensa fruticem sive cauliculum quendam in altum exurgentem foliis virescentibus, ac flosculis cæruleis refertam tenere videatur; cujus facies barbam prolixam densa quasi canitie obductam referat, caput vero serto viridi redimitum sit, capillis itidem canis longe demissis. Sinistra vero pars cærulea, seu azurea ternas stellas croceas, sive aureas ascendendo æquali ordine positas in se contineat. Scuto innitatur loco ejus qua hactenus usi fuistis galea aperta seu Clathrata, Tornearia vulgo dictitata, ornata serto ex fasciis croceis, sive aureis, ac nigris contorto, phalerisque seu laciniis ab utroque latere, a dextro quippe nigris, & croceis, vel aureis, a sinistro vero aureis ac cæruleis sive azureis mixtim circumfusis, molliterque defluentibus. E cujus vertice exurgat pubetenus alia effigies viri cani dextera manu itidem fruticem virescentem flosculis cæruleis refertum præseferentis, sinistra vero a tergo sursum porrecta stellam auream ostentantis, ac in reliquis ei qui in Clypeo cernitur omnino similis. Prout hæc omnia in medio præsentis Diplomatis ingeniosius depicta, & ob oculos posita apparent. Volentes, & firmiter decernentes quod vos prænominati Fratres Georgi & Luca Grabitii, omnesque liberi, hæredes, posteri, ac descendentes vestri legitimi, masculi, & fœminæ, jam descripta Armorum Insignia ex hoc perpetuo dehinc tempore in omnibus, & singulis honestis, & decentibus actibus, exercitiis, atque expeditionibus, aliorum Nostrorum, ac Sacri Romani Imperii Nobilium Armigerorum more tam serio quam joco in torneamentis, hastilibus ludis, seu hastatorum dimicationibus, bellis, duellis, singularibus certaminibus, & quibuscunque pugnis, eminus, cominus, in scutis, vexillis, tentoriis, annulis, sigillis, monumentis, sepulchris, ædificiis, ac supellectilibus quibuscunque, tam in rebus spiritualibus, quam temporalibus & mixtis omnibus in locis pro eo ac rei necessitas postulaverit, aut vobis libitum fuerit, habere, gestare, ac deferre, iisdemque quovis modo libere uti possitis, ac valeatis. Quin etiam apti, & idonei sitis ad ineundum ac recipiendum omnes prærogativas, gratias, libertates, exemptiones, feuda,

privi-

privilegia, vacationes a muneribus, & oneribus quibuscunque realibus, personalibus, sive mixtis, ad utendum denique omnibus Juribus quibus cæteri ejusmodi ornamentis a Nobis, & Sacro Imperio insigniti, ac feudorum capaces atque participes utuntur, fruuntur, potiuntur, & gaudent quomodolibet consuetudine, vel de Jure. Mandamus ergo Universis, & singulis Electoribus, aliisque Principibus tam Ecclesiasticis, quam sæcularibus, Archiepiscopis, Episcopis, Ducibus, Marchionibus, Comitibus, Baronibus, Militibus, Nobilibus, Clientibus, Capitaneis, Vicedominis, Advocatis, Præfectis, Procuratoribus, Heroaldis, Officialibus, Quæstoribus, Civium Magistris, Judicibus, Consulibus, Civibus, Communitatibus, omnibusque Nostris, ac Sacri Romani Imperii subditis, & fidelibus Dilectis cujuscunque status, gradus, ordinis, conditionis, præminentiæ, aut dignitatis extiterint, ut vos sæpefatos fratres Georgium, & Lucam Grabizios, omnesque liberos, hæredes, posteros, ac descendentes vestros legitime natos, atque in perpetuum nascituros masculos, ac fæminas suprascriptis armorum Insigniis, omnibus ac singulis gratiis, libertatibus, immunitatibus, exemptionibus, concessionibus, honoribus, dignitatibus, ac Juribus vobis Nostro hoc Diplomate concessis eo, quo in superioribus habentur, modo libere, pacifice, quiete, & sine omni prorsus molestia aut impedimento uti, frui, potiri, & gaudere sinant, id ipsumque ab aliis pariter fieri curent. Si quis autem præsens Edictum, ac Diploma Nostrum Cæsareum transgredi, aut temerario ausu violare præsumpserit, is præter gravissimam Nostram ac Sacri Romani Imperii indignationem pœnam quinquaginta Marcharum auri puri, pro dimidia Fisco, seu Ærario nostro Imperiali, reliqua vero parte injuriam passi, aut passorum usibus irremissibiliter persolvendam se noverit ipso facto incursurum. Harum testimonio literarum manu propria subscriptarum, sigillique Nostri Cæsarei appensione munitarum.

Datum in Arce nostra Regia Pragæ, die vigesima septima Mensis Junii Anno Domini Millesimo quingentesimo octuagesimo. Regnorum Nostrorum Romani quinto, Hungarici septimo, & Bohemici itidem quinto.

Rodolphus &c.

V. Jo. Bapt. Weber

Ad Mandatum Sacræ Ces.ᵉ Maiis proprium

P. Betoburger mp.

Locus pendentis sigilli ceræ rubeæ

N.° XCII.

Carolus Archidux Austriæ Joannem Franciscum Asabris propter egregias virtutes, & merita cum universa utriusque sexus posteritate Nobilium Ordini adscripsit Gracii 1580. X. Septembris. Autographum possidet Nob. Dom. Thomas Asabris.

N.° XCIII.

Ferdinandus Archidux (Maximiliani II. Imperatoris, & Caroli in Styria residentis Archiducis Austriæ frater) benigne consideratis Augustini

stini Zuppini in jure Doctoris, ejusdemque filiorum Joannis Mariæ pariter Doctoris, & Joannis Baptistæ meritis, atque fidelibus præstitis servitiis, eosdem una cum descendentibus in perpetuum juxta sortis humanæ qualitatem Nobiles declaravit. Oenipontì in Tyroli 1581. XXVIII. Januarii. Apographum communicavit Illust. Vincentius Ernestus de Locatelli Capitaneatus Goritiæ, & Gradiscæ in Justitialibus Consiliarius.

N.° XCIV.

Epistola Matthiæ Archiducis Austriæ, qua consilium, & informationem requirit a Joanne Cobenzelio circa constitutionem Moscoviæ, ad cujus Principatum Rudolphus II. Imperator eum proponendum meditabatur. Datum Lentii XX. Septembris 1586. Ex Autographo germanico Guidobaldi Com. de Cobenzl. Latinam reddidit Dom. Antonius Cominus.

Matthias Dei Gratia Archidux Austriæ, Dux Burgundiæ &c. Comes Tyrolis &c.

Venerabilis, dilecte, devote, fidelis. Cum hactenus iterato propensum tui in me amorem, & fidelem animi indolem probe adeo experientia noverim, ut nullus plane dubitandi mihi locus supersit, te & imposterum quoque quolibet obveniente casu, quo mei utilitatem, atque incrementum opere, & consilio, ut licuerit, promovere queas, ab iisdem alienum non futurum; ideo vel maxime speciali in te confidentia impulsus sequens tibi negotium aperire & notum facere decrevi.

Postquam nempe ab Imperiali Regia Majestate ex Nobis Fratribus unum Rutheni experierunt, id mihi Cæsar primo per Germanum meum Archiducem Ernestum oretenus, exin vero ipsemet litteris ad me datis communicavit, clementissime exposcens, ut num gratum id mihi accidat, quantocius indicem, quo scilicet persona mea Ruthenis proponi, ac mediante eorundem Legatione res ad sui exitum perduci possit.

Cum vero grave hoc negocium variis reflexionum, & consiliorum momentis, mores comprimum, vivendi rationem ac ingenium prædictæ exteræ gentis respicientibus, indigeant, tuque qui paucis abhinc annis Legatione ibidem functus, ejusdem populi, & Regionis intima perscrutatus es, optimum mihi hac in causa consilium suppeditare possis: ideo, necessitate ita exigente, quo cautius animi mei sensa Majestati suæ exponam, te præsentibus requirendum duxi, ut locatæ in te fiduciæ satisfaciens, quid hac in re extra periculi aleam censeas? num propositio, & occasio amplexanda? Utrum etiam consultius forte nobis futurum, si ego privata opera in partes meas Ruthenorum Magnates trahere allaborem? & per quos, & quibus id mediis facilius assequi valeam? Consilium, ac sententiam tuam æquo paratoque animo communices.

Quemadmodum autem promptissimum te ad amussim in hoc futurum confidenter prævideo, ita quoque propensissimum me omni tempore, & gratiis omnibus erga te inclinatissimum optime cognosces.

Datum in Arce Lentii die XX. Septembris 1586.

Matthias.

Tergo:) Venerabili, dilecto, devoto & fideli nostro Joanni Cobenzl de Profegg, Teutonici Ordinis Commendatori Labaci Cæs.ª Regiæ Majestatis Consiliario & Amicissimi nostri....... Austriæ Archiducis Caroli Consiliario Intimo, & Aulicæ Cameræ Præsidenti.

Grætij.

N.° XCV.

Carolus Archidux Austriæ Georgio, & heredibus relictis a defuncto Luca respectivis Patruo, & Nepotibus Grabitiis Nobilia Armorum Insignia rursus auxit, locupletavit, atque Aquila nigra, sex additis stellis, & Galea aperta auro elaborata, Diademate Regio munita, decoravit novo edito Privilegio Græcii V. Octobris 1587. Autographum germanico idiomate conscriptum possidet supramemoratus Eques Livius Grabitius.

N.° XCVI.

Maximilianus Dei Gratia Rex Poloniæ, Magnus Princeps Lithuaniæ, Russiæ, Prussiæ, Massoviæ, Samogitiæ, Liflandiæ; Archidux Austriæ, Dux Burgundiæ, Styriæ, Carinthiæ, Carniolæ, & Wirtembergæ; Administrator Supremi Magistratus Prussiæ, & Magister Teutonici Ordinis in Germania, & Italia; Comes Habspurgi, & Tyrolis &c. benigne consideratis fidelibus servitiis Archiduci olim Carolo præstitis a Francisco Formentino Ordinis Teutonici Commendatore in Santag, nec non utilibus obsequiis, & egregiis meritis sibi comparatis in expeditione Polonica, cui eo tempore intentus erat, eidem expectantiam largitur ad Commendam Precenicensem eodem modo, forma, ac jure possidendam, quo illam tunc vivens Actualis Commendator Græcensis Joannes Cobenzl de Proslegg Intimus Caroli Archiducis Consiliarius a suis Antecessoribus obtinebat. Dat. in Castris nostris in Schevior (seu in Severia.) die IX. Decembris 1587. Autographum extat apud Baronem Paulum Æmilium Formentinum.

N.° XCVII.

Rudolfi II. Imp. Diploma, quo Joannem Philippum Coroninum de Cronberg Equitem cum universa posteritate declaravit Pragæ XIX. Martii 1588. Ex autographo communicavit Illustrissimus Joannes Carolus Coroninus S. R. I. Comes de Cronberg Cæsareus Cubicularius &c. Cognatus meus dilectissimus.

Rudolphus Secundus Divina favente Clementia electus Romanorum Imperator semper Augustus, ac Germaniæ, Hungariæ, Bohemiæ, Dalmatiæ, Croatiæ, Sclavoniæ &c. Rex, Archidux Austriæ, Dux Burgundiæ, Brabantiæ, Styriæ, Carinthiæ, Carnioliæ &c. Marchio Moraviæ &c. Dux superioris, & inferioris Silesiæ, Wirtembergæ, & Tekæ, Princeps Sueviæ, Comes Habspurgi, Tyrolis, Ferretis, Kiburgi, & Goritiæ, Landgravius Alsatiæ, Marchio Sacri Romani Imperii Burgoviæ, ac superioris, & inferioris Lusatiæ, Dominus Marchiæ Sclavonicæ, Portus Naonis, & Salinarum &c. Nobili fideli Nobis Dilecto Joanni Philippo Coronino de Cronberg gratiam Nostram Cæsaream, & omne bonum.

Imperatoriæ Majestatis & Celsitudinis laus & dignitas, si ulla alia in

te

re consistit, in eo certe studio sese extollit, quod Justitiæ & æquitati, qua nimirum suum cuique tribuitur, tuendæ & conservandæ impendit cogitationes suas, in id convertens, ut cum depravati perditorum hominum mores severitate supplicii coerceantur, viceversa ii, qui cæteros probitate animi, vitæ honestate, aliisque virtutibus antecellunt, uberiorum quoque bonorum præmiis condecorentur: tum vero potissimum illorum habeatur ratio, qui Familiæ suæ Nobilitate conspicui, eandem tam ipsi, quam eorum Majores egregiis virtutum meritis exornare magisque illustrem reddere satagunt. Cum igitur fide digno testimonio, ac diversis authenticis literarum documentis edocti simus Familiam tuam Coroninam, (quæ ante de Cronberg appellata fuit a Castro sive Oppido de Cronberg in Ditione Moguntina ædificato, mutato priori, ac novo isto nomine assumpto in Foro-Julio Coronina dici cœpit) relicto natali solo domicilium suum Goritiam transtulisse, ibique Majores tuos, ac te ipsum de Principibus suis Austriæ Archiducibus ita meritos esse, ut digni ab iisdem fueritis habiti, quorum opera præcipuis in muneribus atque functionibus uterentur, sicuti hujus rei publica extare dicuntur monumenta; accedunt præterea (*per*) eosdem Majores tuos per plures annos servitia præclare & constantissime erga Divos prædecessores Nostros Romanorum Imperatores & Reges, Inclytamque Domum nostram Austriæ syncera fide, observantia, & devotione pacis, bellique tempore nulla prætermissa occasione comprobata. In primis autem Jacobi Coronini Tribuni diurna, grata, utilisque obsequia non Nobis solum, sed & felicis recordationis Parenti, & Avo Nostris carissimis Ferdinando, & Maximiliano Secundo Imperatoribus tam eo tempore, quo in Hispaniis egimus, quam deinceps in bellis Hungaricis continue singulari fide, ac indefesso studio, nec minori sua laude, quam nostra satisfactione præstita. Tu quoque Joannes Philippe Coronine fraternis vestigiis, ut strenuus virtutis æmulator, sedulo insistens, Serenissimo Fratri nostro carissimo Archiduci Ernesto jam ab aliquot annis pari omnino contentione, & alacritate militaria servitia præstas, ita quidem ut nihil plane dubitemus, te impostertum tui non fore dissimilem, ac ab hoc præclaro atque laudabili instituto nipiam esse recessurum.

Nos sane benigna horum omnium ratione habita haud omittendum duximus, quin Familiæ tuæ antiquam Nobilitatem, & insignia merita, simulque nostram erga te benigni propensique animi affectionem non tam ad ampliandum, quam familiæ tuæ, tuique ipsius honorem & dignitatem conservandam nostro testimonio comprobatam relinqueremus, quo sic Posteritas tua hujusmodi gloriæ stimulis provocata ad eadem virtutis studia tanto magis alacriusque contenderet.

Motu itaque proprio, & ex certa scientia, animoque bene deliberato, sano accedente consilio, ac tam Cæsarea quam Archiducali nostra auctoritate, & ejusdem potestatis plenitudine Tibi Joanni Philippo Coronino de Cronberg tuorum meritorum intuitu Familiæ tuæ (a præfatis Equitibus de Cronberg descendentis) tuisque Liberis, Hæredibus, & Successoribus legitime natis, & nasciturris, utriusque sexus in infinitum, memoratum Titulum, & Dignitatem Equestrem a Familia de Cronberg, cum armis, & insi-

insignibus derivatam, Cæsarea, & Archiducali Authoritate nostra confirmandam, & quatenus opus sit, de novo concedendam duximus, prout tenore præsentium confirmamus, & concedimus, Teque denuo Equitem de Cronberg dicimus, facimus, & creamus: Decernentes & hoc nostro Cæsareo Edicto firmissime statuentes, quod tu prænominate Joannes Philippe Coronine, ac tua Universa Familia, Liberi, Hæredes, ac Posteri tui legitimi utriusque sexus Equites de Cronberg in perpetuum sitis, nomen, & dignitatem Equitum habere, obtinere, gestare, & deferre, ac tam in literis, quam nuncupatione verbali, nec non in rebus spiritualibus, & temporalibus, ecclesiasticis & profanis, & in quibuscunque negotiis, & actionibus a Nobis, & Successoribus nostris, & aliis omnibus, & singulis, cujuscunque status, gradus, ordinis, dignitatis, & conditionis extiterint, pro veris Equitibus haberi, teneri, dici, nominari, & honorari possitis, & debeatis, prout Nos ipsi te, eosdemque legitimos Hæredes, & Posteros tuos utriusque sexus Equites dicimus, nominamus, & appellamus.

Volentes, & decernentes ulterius eadem authoritate, & potestate Nostra, quod omnibus, & singulis privilegiis, indultis, immunitatibus, libertatibus, juribus, consuetudinibus, honoribus, dignitatibus, prærogativis, exemptionibus, gratiis, & favoribus uti, frui, gaudere, & potiri valeatis ubique locorum, & terrarum, quibus cæteri Equites tam in Sacro Imperio, quam Regnis, & Dominiis nostris hæreditariis uti, frui, gaudere, & potiri solent, & possunt de jure, vel consuetudine omni contradictione, & impedimento postposito. Quam tamen nostram confirmationem, & quatenus opus sit de novo concessionem, & creationem ita intelligi volumus, atque decernimus quod per eam nihil detrahatur, aut præjudicetur Nobis, vel Serenissimo Carolo Archiduci Austriæ Patruo, & Principi vestro Clementissimo, vel Nostris in Inclyta Domo Austriæ Successoribus in exercitio, & Administratione supremi nostri, & Dilectionis suæ Dominii Jurisdictionis, & aliorum quorumcunque jurium, quibus tu præfate Joannes Philippe, & Familia tua antedicta, ac tui Liberi, Hæredes, & Posteri tenentur ratione bonorum vestrorum quorumcunque in nostris, & Dilectionis suæ Regnis, & Dominiis sitorum debitas, & impositas, ac pro tempore imponendas steuras, & quælibet alia onera, tam realia, quam personalia præstare, atque persolvere, quæ alii eorundem Regnorum, & Dominiorum Equites præstare, & persolvere solent, & debent omni dolo, & fraude remota.

Quocirca mandamus universis, & singulis Archiepiscopis, Episcopis, Ducibus, Marchionibus, Comitibus, Baronibus, Militibus, Nobilibus, Clientibus, Capitaneis, Vicedominis, Præfectis, Castellanis, Locumtenentibus, Officialibus, & Heraldis, Caduceatoribus, Burgi Magistris, Judicibus, Consulibus, Civibus, & generaliter omnibus, & singulis nostris, & Sacri Romani Imperii Regnorumque, & Provinciarum nostrarum hæreditariarum subditis, ac fidelibus dilectis cujuscunque dignitatis, gradus, ordinis, & conditionis existant, ut Te antedictum Joannem Philippum Coroninum, ac universam Familiam tuam, nec non Hæredes, & Posteros tuos legitimos utriusque sexus in infinitum ex te descendentes, ac descensuros in dicto Equestri statu, ordine, & dignitate permanere, omnibusque, & singu-

singulis præeminentiis, privilegiis, indultis, immunitatibus, libertatibus, Juribus, consuetudinibus, honoribus, dignitatibus, prærogativis, exemptionibus, gratiis, & favoribus tibi, & Familiæ tuæ in hoc nostro Diplomate confirmatis, & innovatis libere, & quiete absque ullo impedimento uti, frui, gaudere & potiri sinant, atque Te, tuosque in iis omnibus, & singulis defendant, conservent, & manuteneant, & alios nequid in contrarium attentent, vel moliantur pro viribus prohibeant, & impediant, quatenus incurrere non velint in indignationem nostram gravissimam, & pœnam quinquaginta Marcharum auri puri pro dimidia Fisco nostro, & pro reliqua parte tibi supradicto Joanni Philippo Coronino, ac aliis ex Familia tua Equitibus de Cronberg, seu Hæredibus, & Successoribus tuis toties quoties contra hanc nostram confirmationis, concessionis, libertatis, & Gratiæ paginam factum fuerit, inviolabiliter solvendam incurrere noluerint. Harum Testimonio litterarum manu nostra subscriptarum, & sigilli nostri appensione munitarum. Datum in Arce Nostra Regia Pragæ die decima nona Mensis Martii, Anno Domini Millesimo quingentesimo octuagesimo octavo, Regnorum Nostrorum Romani decimo tertio, Hungarici decimo sexto, Bohemici vero decimo tertio.

Rudolfus

Ad mandatum Sacræ Cæs.
Mätis proprium
P. Bernburger mp.

(L. S.)

N.° XCVIII.

Idem Rudolphus II. Imperator paulo ante memorato loco, die, mense, & anno Ludovicum, & Latium Fratres de Colloretto, nec non eorum intuitu universam stirpem de Colloretto a celebri illo Gulielmo de Mels, Glizoj filio descendentem, Baronatus de Valsee honore, titulo, ac dignitate condecoravit. Apographum communicavit Illustrissimus nuper defunctus Comes Philippus de Colloretto, seu Colloredo.

N.° XCIX.

Ferdinandi I. Imperatoris, & Caroli Styrii Austriæ Archiducis Progenies multa accuratione descripta a Joanne Philippo Coronino de Cronberg circa annum 1590. Ex Autographo Archivii mei Domestici, cui recentiori calamo postmodum nonnulla in adnotationibus matrimoniorum accesserunt.

Nota di Gioanne Filippo Coronini di Cronberg, della Prole che ebbe il sacratissimo Imperator Ferdinando colla sua Moglie la Serenissima Regina Anna di Ungaria.

Prima Ellissabetha nata in Lintz l'anno 1526. alli 9. Luglio a hore quattro avanti mezodì. Morta Regina di Polonia alli 15. Zugno 1545. senza figliolanza.

Secondo Massimiliano naque in Vienna l'anno 1527. il primo di Agosto a 11. hore dapoi mezo giorno. Fu Imperator.

Terza Anna naque in Praga l'anno 1528. alli 7. Luglio a 4. hore avanti mezo di. Maritata fu nel Duca di Baviera.

Quarto Ferdinando naque in Lintz l'anno 1529. alli 14. di Zugno, hore 3. dapoi mezo giorno.

Quinta Maria naque in Praga l'anno 1531. alli 15. Maggio, hora prima dapoi mezo di, maritata in Cleves.

Sesta Magdalena naque in Inspruch l'anno 1532. li 12. di Agosto, hore 8. doppo mezo di.

Settima Catrina naque in Vienna l'anno 1533. li 15. Settembrio, 5. hore avanti dì. Maritata prima nel Duca di Mantoa, e poi nel Re di Polonia.

Ottava Leonora naque in Vienna l'anno 1534. li 2. di Novembrio 5. hore avanti mezo dì. Maritata nel Duca di Mantova.

Nona Margarita naque in Inspruch l'anno 1536. li 16. di Febraro, hore 2. dopoi mezo giorno.

Decimo Gioanne naque in Praga l'anno 1538. li 10. di Aprile, hore 5. avanti mezodì. Morto in Inspurch ai 2. di Marzo 1539. a hore 5. dopo mezodì.

Undecima Barbara naque in Vienna l'anno 1539. ultimo Aprile, fra le 3., & 4. hore avanti mezodì. Maritata in Alfonso ultimo Duca di Ferrara.

Duodecimo Carlo naque in Vienna l'anno 1540. alli 3. di Zugno fra le 3. & 4. hore avanti mezo giorno. Fu padrone della Stiria, Carinthia Cragno, Gorizia, e Trieste. More in Gratz l'anno 1590. in giorno di Marti 10. di Luglio alle 5. hore avanti mezo giorno.

Decimaterza Ursula naque in Città nova l'anno 1541. li 24. Luglio fra le 4. & le 5. hore avanti mezo giorno. Morta in Inspruch il primo di Maggio l'Anno 1543.

Decimaquarta Hellena naque in Vienna l'anno 1543. alli 7. di Zenaro a hore 8. avanti mezodì.

Decimaquinta Joanna naque in Praga l'anno 1547. alli 24. di Zenaro hore 8. avanti mezodì.

La Serenissima Regina Anna Madre morse in Praga li 27. di Zenaro 1547.

Il Sacratissimo Imperator Ferdinando Padre morse in Vienna il dì di San Jacomo a 7. hore dapoi mezo giorno l'anno 1564.

Seguita la Nascita delli figlioli del Serenissimo Arciduca Carlo figliolo di Ferdinando Imperatore hauti con la Serenissima Maria Duchessa di Baviera.

Primo, Ferdinando naque in Judemburg l'anno 1572. alli 15. Luglio un quarto dapoi le 8. hore avanti mezodì, & morìe l'ultimo Luglio detto millesimo sepolto a Sachovia.

Seconda Anna naque in Gratz l'anno 1573. alli 16. Agosto un quarto avanti le 6. hore dapoi mezodì. Poi maritata in Sigismondo II. Rè di Polonia & Suecia.

Terza Maria Christierna naque in Gratz l'anno 1574. alli 10. Novemvembrio doi hore dapoi meza notte. Mal maritata in Sigismondo Battori Principe di Transilvania.

Quarta Chatarina Renata naque in Gratz l'anno 1576. alli 4. Zenaro 8. hore dapoi mezo dì e morta.

Quinta Ellissabetta naque in Gratz l'anno 1577. alli 13. Marzo un quarto di hora avanti le 7. hore, avanti mezo dì. Morse nel 1586. e 29. Zenaro.

Sesto Ferdinando naque in Gratz l'anno 1578. alli 9. Luglio un quarto di hora dapoi le 3. avanti mezo giorno.

Settimo Carlo naque in Gratz l'anno 1579. adi 17. Luglio un quarto avanti sei hore dapoi mezo dì. Morse nel 1580. alli 12. Marzo, fra le dodeci, & una hora dapoi mezo dì, fu sepolto in Segovia.

Ottava ..... Massimiliana naque nel 1581. adì 22. Marzo due quarti avanti le sei hore dapoi mezo dì. Morse.

Nona Leonora nata in Gratz nel 1582. adì 25. Setembrio un quarto avanti quatro hore dapoi mezo dì.

Decimo Massimiliano naque in Gratz l'anno 1583. adi 17. Novembrio un mezo quarto dapoi 9. hore avanti mezo dì.

Undecimo Margaretta naque in Gratz l'anno 1584. adi 25. X^bre^ un quarto avanti 9. hore avanti mezodì. Maritata nel Re di Spagna Filippo III.

Duodecimo Leopoldus naque in Gratz l'anno 1586. alli 9. Ottobrio un quarto avanti 11. hore dapoi mezo dì.

Decimoterza Maria Magdalena naque in Gratz l'anno 1587. alli 7. Ottobrio un quarto dapoi 2. hore di notte.

Decimaquarta Costanza naque in Gratz l'anno 1588. Il Serenissimo Arciduca Carlo Padre morse l'Anno 1590., Marti 10. di Luglio, 5. hore avanti mezo dì.

Decimoquinto Doppo la Morte di Sua Altezza naque Carlo Posthumo adì...., Agosto in deto anno 1590.

N.° C.

Ernestus Archidux Austriæ tanquam Tutor, & Curator testamentarius, uti non plenipotentiarius in hæreditariis Ferdinandi Nepotis adhuc minoris Principatibus, ac Provinciis Gubernator constitutus, fideli dilecto Francisco Formentino Ordinis Teutonici Commendatori in Grofs Suntag, Caroli quondam Archiducis Cubiculario, gratiosissime concedit expectantiam ad Capitaneatum Gradiscæ, si aut per mortem, aut per resignationem (actualis Capitanei Joannis Cobenzelii), aut alio denique aliquo modo illud vacare contigerit. Dat. Gracii IX. Martii 1591. Autographum possidet Dominus Baro Paulus Æmilius Formentinus.

N.° CI.

Idem Ernestus Archidux eidem Francisco Formentino Commendatori in Grofs Suntag, ac piæ memoriæ defuncti Caroli Archiducis Cubiculario propter egregia merita, & diuturna præstita officia annuam pensionem

100.

200. florenorum (in ratione 60. crucigerorum pro singulo floreno), Labaci a Supremo Exactore subministrandam, dilargitur: gratiosissime addita per expressum conditione, ut etiam post mortem ejusmodi pensio ad Francisci heredes devolveretur, donec Principis Fiscus 1500. florenorum solutione eam non redemerit. Dat. Gracii I. Maii 1591. Autographum possidet sæpius memoratus Bar. Paulus Æmilius Formentinus.

N.° CII.

Idem porro Ernestus Archidux, ad instantiam Casparis de Bertbis, ejusdem Tapoglianensem Domum peculiari edito Diplomate ad Sedis Nobilis, seu Equestris Mansionis conditionem elevavit, cum titulo, & prædicato perpetuis temporibus exinde gestando Nobilium de Bertbis in Bertbisegg, cum omnibus, & singulis prærogativis, juribus, emolumentis, honoribus, atque immunitatibus, quibus possessores ejusmodi Nobilium Sedium utuntur, potiuntur, & gaudent consuetudine, vel de jure. Dat. Gracii XXX. Jannarii 1593. Autographum exhibuit Illustr. & Reverend. Bernardinus Bertbis de Bertbisegg Tergestinæ Cathedralis Ecclesiæ Canonicus.

N.° CIII.

Maximilianus Archidux Austriæ, Dux Burgundiæ, Brabantiæ, Styriæ, Carinthiæ, Carnioliæ, Lucemburgi, Wirtenbergæ, Superioris, & Inferioris Silesiæ, Princeps Sueviæ, Marchio Sacri Romani Imperii Burgoviæ, Moraviæ, Superioris, & Inferioris Lusatiæ, Administrator Supremi Magisterii Prussiæ, Magister Ordinis Teutonici in Germania, & Italia, Principalis Comes Habspurgi, Tyrolis, Kyburgi, & Goritiæ, Landgravius Alsatiæ, Dominus Marchiæ Winidorum, Portus Naonis, & Salinarum (qui, Ernesto Fratre ad Belgii Provincias gubernandas evocato, Reipublicæ custodiam susceperat) fideli dilecto Gratcensis Cameræ Secretario Carolo Zengraf Provinciarum Austriacarum Nobili declarato confirmat, & diversis accessionibus magis illustria reddit antiqua Armorum Insignia, eidemque rubræ ceræ usum ex speciali gratia eodem contextu indulget. Dat. Gracii XXVI. Aprilis 1594. Autographum Germanicum in Domestico nostro extat Archivio.

Notandum quod extra Suburbium Goritiense, vulgo la Piazzutta nuncupatum, ædificata domus ab hoc Carolo Zengrafio denominationem suam sumpserit; quæ subinde cum adjecta jurisdictione, extincta nempe Zengrafiorum Prosapia, ad Strasoldos Comites devoluta, iisdem prædicatum de Zengraf attulit, quo facilius inter numerosos distinguerentur Gentiles.

N.° CIV.

Ferdinandus Archidux Austriæ (Ingolstadio redux, quo quinquennio ante, vivo adhuc Parente Carolo, litterarum causa accesserat) Joannem Locatellum, Gibellinum dictum, ob egregias animi dotes, & fidelia præstita servitia, una cum universa utriusque sexus Posteritate in statum,

gra-

gradum, ordinem, ac dignitatem Nobilium evexit, & tamquam de Nobili, Equestri, ac Torneario Genere natum appellavit: concedendo eidem peculiaria Armorum Insignia, quæ Pictoris arte in medio Diplomatis expressa reperiuntur. Dat. Gracii die ultima Februarii 1596. Autographum possidet Nob. & Excellens J. V. Doctor Josephus Locatellus.

N.° CV.

Ferdinandus Archidux Austriæ mandat Ruperto de Eggenberg in Ehrenhausen, ut inter Joannem Busetti, & Lucretiam, occasione reversionis Dotis post mortem communis Sororis Elisabeth nuptæ Michaeli Papillero, vertentem quæstionem de æquo, & bono dirimat. Dat. Gracii 1. Julii 1596. Ex autographo Archivii domestici. Latinum reddidit D. Antonius Cominus.

Ferdinandus Dei Gratia Archidux Austriæ, Dux Burgundiæ &c. Comes Tyrolis, & Goritiæ.

Devote, fidelis. Ex annexis fusius percipies, quatenus Joannes Busetti contra N. Judices, & Gastaldionem Civitatis Laack, eo quod isti, instante Sorore sua Lucretia, dotalia bona, quæ post mortem Elisabeth eidem Sororis suæ nuptæ Michaeli Papillero, ad eundem reverti debeerant, judiciali sequestro affecerint, gravatum sese conqueratur. Mandamus tibi itaque clementissime, ut ex æquo, & bono hoc in negotio jus dicas, ne ullus supplicanti gravamini locus supersit: qua in re voluntas, & opinio nostra gratiosissima consistit. Datum Græcii 1. Julii 1596.

Commissio Serenissimi Dñi Archiducis in Consilio

Georgius Woechrer in Dôis Locumtenens substitutus.

Joannes Jacobus ab Edling.

Elias Grüenberg Cancellarius.

Maximilianus Eder.

Tergo) Dilecto fideli nostro Ruperto de Eggenberg in Ehrenhausen Tribuno Militum Hispanicæ Majestatis, & Cæsareo Regio, Nostroque Consiliario, Supremo Militum in Croatia, & Winidorum Regione, nec non Arcis Græcensis Capitaneo

Græcii.

N.° CVI.

Idem Ferdinandus Cypriano Juniori Coronino de Cronberg Nobilitatem confirmat, & Insignia auget gentilitia. Autographum germanicum ipse possideo: cui ad amussim respondet versio italica mihi a Comite Joanne Carolo Coronino communicata, quæ hujusmodi est.

Ferdinando per la Dio Grazia Arciduca d'Austria, Duca di Borgogna, Brabante, Stiria, Carintia, Cragno, Lucemburgo, Wirtenberga, superiore, ed inferiore Slesia, Principe nella Suevia, Marchese del S. R. I. nella Moravia, superiore, ed inferiore Lusazia, Conte d'Abspurgo, Tirolo, Ferrero, Kiburgo, Gorizia &c.

Chiaramente confessiamo colle presenti per Noi, Nostri Eredi, e Successori, e notifichiamo universalmente, che dove, vedendo noi, che il

Sangue, e Nobiltà generosa abbi sempre ricercato non solamente dalla Nostra Eccelsa Casa d'Austria, ma anco dagli Imperatori Romani, Re, e Prencipi, come Procuratori del Mondo, d'essere rimunerata, così è stata ancora quella per le eroiche sue azioni, fedeli diportamenti, e non altrimente, sempre sollevata, ed innalzata, donde ne hanno poi gli Eccelsi Potentati ricavato gloria, ed accrescimento con l'utile commune. Ed affine la Nobiltà, ed azioni generose di quella non venghi col tempo scancellata, ma bensì ne debba per tutti li tempi vivere, e risplendere, donde non solamente s'averà dalli Sudditi la dovuta, e fedele servitù verso li Superiori, ma ancora con buona politica verranno ad aumentarsi gli Stati, e Signorie; ed essendo noi non solo per la Principesca nostra Altezza, nella quale per la somma sua grazia ci ha voluto collocar l'Onnipotente, come anco per l'innata Nostra bontà sempre stati inclinati a promovere l'onore, ed utile a tutti li fedeli sudditi delli Nostri Ereditarj Principati, e Paesi, così ancora il dovere vole che noi partecipiamo la Nostra Principesca Grazia a quelli, li progenitori de' quali sono venuti con ogni decoro, ed onore nelli Nostri Paesi, ed essi stessi sono intenzionati di prestare a Noi, ed alla Nostra Eccelsa Casa d'Austria ogni più vera, inalterabile, e fedele servitù.

Considerando adunque Noi benignamente, e riconoscendo li Nobili tratti, buone qualità, ed il decoro, fedeltà, generosità, virtù, ed azioni Eroiche del Nostro Fedele diletto Cipriano Coronino, e de' suoi Figlioli abitante in Gorizia per la divota e fedele servitù prestata non solo dalli suoi Maggiori, e principalmente dal suo Padre Gioanni Cipriano detto il vecchio, dalli Fratelli Gian Filippo, e Giacomo, e dal Nipote Gian Maria alla Nostra Eccelsa Casa d'Austria; ma ancora da esso medesimo in più occasioni, e dalla sua figliolanza, specialmente però dal figlio maggiore nominato Gioanni, che servì in guerra generosamente, come Capitano di cento Soldati a Cavallo, contro il commune, e giurato nemico della Cristianità l'Ottomano, ove fece in più occasioni sperimentare il suo valore, come anco dell'altro figlio Giovanni Battista, che (come ci viene riferto) sotto Petrinia fece colle proprie mani prigione Ardui di Begg, non pensando al rischio della propria vita in servizio publico, azione veramente, che non può restare senza venire raccomandata. Sopra di che abbiamo con animo ben deliberato, buon consiglio, e vera scienza conferita specialmente questa grazia al prememorato Coronini, e data questa esenzione non solo ad esso, ma a tutti, e cadauno suoi legitimi, e naturali Eredi, ed Eredi degli Eredi tanto Mascolini, che Femminini in perpetuo, e quelli innalzati all'istesso grado, e stato di Nobiltà nelli Nostri Ereditarii Principati, e Paesi, che a quest'ora godono il poc' anzi motivato Gian Filippo Coronini de Cronberg, e Gian Maria di lui figliolo, in maniera che per l'avvenire esso Cipriano il Giovane colli suoi Figli, e legitimi Discendenti in perpetuo abbiano ad essere riconosciuti per veri Gentiluomeni, e Cavalieri innalzati, condecorati, nobilitati, egualiati, e posti nella Compagnia degli altri Nobili Cavalieri nelli Nostri Ereditarj Principati, e Paesi in modo, forma, e maniera tale come che fos-

fossero nati, e procreati dalli loro Bisavi, Avi, Padre, Madre, e stemma d'ambidue li sessi veramente Cavalleresco. E per maggior dimostrazione, e corroborazione di cotesta nostra grazia, ed innalzamento nel stato, e grado della Cavalleresca Nobiltà abbiamo Noi al prememorato Coronino, come anco a tutti li suoi legitimi, e naturali Eredi, ed Eredi degli Eredi in avvenire in perpetuo confermata la loro antica Arma, ed Insegna come segue, cioè uno Scudo quadripartito, nel quale alla dritta sotto, e di sopra alla sinistra vi sia un Campo di colore turchino, o azzuro, nel fondo di quello un Monticello verde di tre cime una per parte, e sopra quella di mezzo una Civetta di color naturale in ambe le parti, e sopra la testa tre stelle di sei cantoni di colore giallo, o d'oro: alla sinistra poi di sotto, e destra di sopra un campo bianco, o d'argento, nel quale vi sia un Leone in piedi rosso, o di colore rubino, con le fauci aperte, con la lingua rossa eminente con la coda doppia da dietro, tenendo nelli piedi d'avanti cadauno una torcia di colore giallo: e nel mezzo di questo Scudo Maggiore un scudetto piccolo di colore rosso con una Corona Regia di colore giallo, o d'oro. Sopra l'Arma un libero, aperto, e nobile Elmo con li ornamenti, e fascie pendenti alla dritta di colore rosso, e bianco, alla sinistra poi giallo, e turchino, e sopra una Corona di colore giallo, o d'oro, e nel mezzo della stessa Corona sopra di quella un Monticello, ed una Civetta compagna di quella dell'Arma, in mezzo di due Ale d'Aquila distese, e per il mezzo a traverso egualmente divise: la dritta sopra rossa, e sotto bianca, e dentro quattro Barette Turchine collocate a guisa di Campane; la sinistra sotto rossa, e sopra bianca colle poc'anzi mentovate Barette Turchine, e sopra poi di dentro, ed in mezzo delle Ale, sopra la Civetta una Stella di sei cantoni gialla: la qual Nobil Arma, ed Insegna nel mezzo delle presenti nostre Principesche Patenti dipinta, e con li colori medesimi tirata in vigore della presente nostra grazia, dono, ed esenzione conferita, e data, colle quali innalziamo, condecoriamo, e mettiamo loro nel stato, e grado della Cavalleresca Nobiltà, acciò che possino, e devino avere l'accesso nelle Compagnie, e Communità d'altri Nobili Cavalieri dell'Eccelsa Nostra Casa d'Austria: e così concediamo, e vogliamo che usino, ed adoprino la sudetta Arma, ed Insegna sempre per l'avvenire, e questo in vigore della nostra Principesca autorità, potere, e delle presenti nostre Lettere. E dichiariamo, ordiniamo, e seriamente comandiamo, che il prenominato Coronino, I suoi legitimi, e naturali Eredi, e gli Eredi degli Eredi tanto Maschi, che Femmine continuamente, ed in perpetuo siino di stirpe Cavalleresca, e talmente si nominino da tutti, e cadauno da per tutto, in tutte, e cadauna le funzioni, affari, e cose tanto spirituali, che temporali, per tali venghino riconosciuti, così si devano chiamare, e titolare in scritto, ed a voce, ed anco tutti universalmente debbano loro prestare ogn'onore, decoro, dovere, ed assistenza, e possino quelli, e devino in avvenire, avere, e ricevere ogni Beneficio nelle maggiori, ed inferiori fondazioni, tanto spirituali, che temporali, e quelli assumer, ed esercitare in conformità, che hanno esercitato li loro Maggiori, ed esercitano altri Nobili Cavalieri, e Gentiluomini delli Nostri Principati, e Paesi, co' quali viveranno, e faranno in loro Compagnia quello, che

essi

essi sanno, assistendo nelli Tribunali alla Giustizia, pronunziando sentenze, e mettendo in esecuzione altre Nobili cose, e funzioni in, e fuori di loro Giurisdizione, conforme all'usanza lodevole della Principale nostra Contea di Gorizia. Saranno pure partecipi, degni, accettabili, ed abili di fare tutto quello, che loro piacerà dell'antescritta Arma, ed Insegna in tutte, e cadauna le cose, ed azioni onorare, da bene, nobili, cavalleresche, in tutte le publiche feste, giostre, torneamenti, e giuochi cavallereschi, dove possono, e devono non solo intervenirvi, ma eziandio esercitarsi, affiggerci le proprie Armi, Insegne, e Sigillo in tutti li luoghi, e confini, secondo che esigerà il loro onore, bisogno, volere, e piacere; conforme faranno gli altri ben nati Cavalieri de'Nostri Principati, e Paesi, e che godono attualmente, tanto essi debbano godere, ed adoperare per giustizia, ovvero per consuetudine, senza venire da chiunque si sia impediti.

Ed annunziamo sopra di ciò a tutti, e cadauno li Nostri Prelati, Conti, Baroni, Cavalieri, Nobili, Paesani, Logotenenti, Capitani, Vicedomini, Sostituti, Agenti, Amministratori, Offiziali, Consoli, Gastaldi, Consiglieri, Revisori dell'Arme, ed Insegne, Cittadini, Plebei, e successivamente a tutti gli altri Suddit delli Nostri Principati, e Paesi sì spirituali, che temporali, siino di che si voglia dignità, stato, grado, e condizione, seriamente con le presenti lettere, e vogliamo, ch'essi riconoscano l'antedetto Coronino, li suoi legitimi naturali Eredi, e gli Eredi degli Eredi tanto Mascolini, che Femminini continuamente, ed in perpetuo per tali, quali sono gli altri Nobili Cavalieri, e Gentiluomini delli Nostri Principati, e Paesi, e debbano ancora in tutte le cose tanto spirituali, che temporali, fondazioni di Luoghi pii, e conforme le occasioni accettarli in compagnia, e prestar loro ogni decoro, ed onore in conformità della Nostra Principesca Grazia, Dono, Esenzione, e Privilegio, rispettandoli, ed onorandoli, come ancora non facendoli impedimento rapporto alla soprascritta Arma, ed Insegna, ma bensì dovendo loro prestare assistenza, difendere, proteggere mantenere, e lasciare senza impedimento godere tutte, e cadauna le prescritte grazie, esenzioni, privilegj, ed onori, come non meno le nobili, e cavalleresche cose loro da noi impartite; e questo sotto gravissima pena della Nostra disgrazia, ed appresso d'una pena d'essere alli trasgressori irremissibilmente levata di cinquanta Marche d'oro purissimo, ogni qualvolta venisse contrafatto a questa Nostra Lettera, d'essere applicata la metà alla Nostra Camera, e l'altra metà al sopradetto Coronino, ed alli suoi legitimi naturali Eredi, ed Eredi di Eredi. Se pure qualcheduno altro si servisse d'Arma simile alla soprascritta, s'intenda sempre senza pregiudizio e danno. Per corroborazione delle presenti abbiamo appeso il Nostro Principesco Sigillo. Dato nella Nostra Città di Gratz li nove del mese d'Agosto l'Anno dopo la Natività del Nostro diletto Signore, e Redentore mille cinquecento nonanta sei.

Ferdinando

Wolfango Iechlinger

Ad Mandatum Serenissimi Archiducis proprium

. . . . .

(L:S:)

Ejus-

N.° CVII.

Ejusdem Ferdinandi nomine Georgius Episcopus Lavantinus Provinciarum interioris Austriæ Locumtenentis Joannis Cypriani Coronini filiis, Joanni Philippo, Orpheo, Cypriano, & Annæ viduæ Francisci de Cronschell de nonnullis Feudis, seu Fundis censititiis investituram concedit Græcii XIV. Februarii 1598. In Diplomatis Germanici locum ab Anonymo confectam uno circiter ab hinc sæculo Italicam translationem substituo.

Ferdinando per Iddio Grazia Archiduca d'Austria &c. Conte del Tirolo e Gorizia. &c.

Notifichiamo, e faciamo sapere con la presente esser avanti Noi comparso il nostro diletto fedele Gioanni Coronini di Cronberg Capitanio d' una Compagnia di Carabinieri, & haverci umilmente rappresentato con tutto che il di lui Padre Gian-Filippo, e li di lui Zii Orfeo, e Cipriano havessero per il passato supplicato la dilezione del Arciduca Ernesto Carissimo nostro Zio di felicissima recordatione a concederli li qui sotto descritti luogi e beni feudali a Noi & al nostro Principal Contado di Gorizia aspetanti, e questi per se e loro Eredi maschi ad esclusione delle femine finoche durassero le loro linee masculine, e cio ad esclusione principalmente della loro Sorella Anna maritata nel quon.° Francesco Cronschall, a motivo che essa non può cos'alcuna pretender di questo Feudo sintanto che dura la linea Masculina, al che però non abbia voluto condescendere la Dilettione sua del Archiduca Ernesto di felice memoria, a causa che essa sorella s'abbia di ciò doluto, & humilmente supplicato a nominar anch'essa appresso li suoi Fratelli nelle Lettere feudali allhora sottoscritte, come e stato per il passato, ancor avanti che questo feudo entrasse nella Casa Coronini, praticato, il che parimente non abbia voluto fare la dilettione del Carissimo nostro Zio Massimiliano Archiduca d' Austria &c. furono tutti due uno doppo l'altro Governatori delle nostre Provinzie, e Paesi Austriaci, ma abbia fatto inserire anco la predetta Sorella Anna nelle Lettere feudali, come da dette lettere a loro consegnate. Con io oltre haverci humilmente supplicato esso Gioanni Coronini di Cronberg comparendo a nome di suo Padre Gio: Filippo, e Zii Orfeo e Cipriano ulteriormente investirlo delli mentovati luogi Benni e Casa con tutte le loro pertinenze. In seguito dunque dell'umilissime loro Instanze al sopradetto Gioanni Coronini di Cronberg a nome come sopra gli concediamo ancora de nostra certa scienza con la presente tutto quello che di giustizia gli possiamo, e dobbiamo concedere: Siche essi Gian-Filippo, Orfeo, Cypriano & Anna, & loro Heredi Maschi, & Femine d'hora impoi da Noi, & nostri Heredi Conti di Gorizia li possino e debbano possedere, godere, & usufruttuare, & fare tutto quello, che per modo di Fitlivello, secondo il costume de Fitlivelli, e della Patria, senza pregiudicio però nostro, e de nostri heredi, e ragioni, e feudi di ciascun altro. Essi Coronini poi devono mantenere e conservare detti Luogi, e beni con farli diligentemente lavorare, e migliorare, & la motivata Casa tenir reparata, e per detti beni a tempo debito pagare d'affitto annualmente all'Officio di Vipulzano una Marcha di danari d'Aquileja, e per la Casa premessa all'Officio di Gorizia pagare parimente d'affitto e Fitlivello dieci dinari novi, & per detti Luogi esser a noi obedienti, e fedeli secondo la prattica e consuetudine de Fitlivelli del nostro Contado di Gorizia, Signorie di Cormons e Carso, e della Patria, & questi sono li luogi e Beni nominatamente, una terra e sedime situato in Moraro per altro habitata e lavorata da Tadio Furlano confina d'una parte con la terra della Chiesa di detto luogo, dall'altra con la terra di Nicolò Visintino, della terza con la terra delli nostri fedeli di Strasoldo, e dalla quarta con la strada publica. Sei Campi poi ed un prato li quali parimente appartengono quivi. Come pure una Vigna situata in Medana confinante da due parti con le ragioni de nostri fedeli Baroni Colloredi di Fleana, dalla terza con la terra condotta da Andrea Torros, e dalla quarta con la terra di Giacomo Mosig. Item la Casa con tutte le sue habenze e pertinenze situata framezzo ad un altra di ragione Coronini ed una di ragione di Casparo Cosman appresso il portone grande andando fuori di Gorizia in facia della Casa di Mattia della Torre. In fede di che la presente nostra sigilata col nostro sigillo pendente, fu data nella nostra Città di Gratz li quatordici Febraro 1598.

Georgio Vesc.° di Lavant Statthalter
Adamo Fischer Dot.re Cancelliere
Commissio Sereniss.mi Domini Archiducis in Consilio
Bartholomio Hasling mp.
Girolamo Manackhar Dot.re mp.

(L. S.)

N.° CVIII.

Instructio ab eodem Ferdinando Archiduce data Josepho de Rabatta Oratori suo ad Clementem VIII. Summum Pontificem delegato pro Episcopatibus Passaviensi, & Labacensi, nec non pro erectione novi Episcopatus Goritiensis. Dat. Graecii III. Septembris 1598. Ex authentico Reverendi Dom. Antonii Gostisse Curiae Archiepiscopalis Actuarii.

Ferdinando per la grazia d'Iddio Arciduca d'Austria, Duca di Borgogna, Conte di Tyrol &c.

Instruttione, per il fidele nostro diletto Josepho de Rabatta in Dorimbergo supremo Ereditario Mastro di stala del Contado di Gorizia, nostro Consigliere, & Vicedomo in Cragno, di quello ch'egli haverà di trattar da parte nostra, in Ferrara over in qual si voglia altro loco, dove si ritroverà la Santità di N. S. come segue.

Et prima, giongendo ello de Rabatta in Ferrara, usarà ogni diligenza d'havere quanto prima audienza da S. Sant.tà & comparendo avanti quella li basiarà li piedi in nostro nome con far le nostre humil raccomandazioni, & offerire la nostra per sempre pronta servitù, & filial obedienza.

Poi renderà infinite gracie a S. S.tà della singolar cura, & paterno amore dimostratoci nel negozio di Possau. Et principalmente che si habbi compiacciuta dapoi la morte del Sig. Vescovo di bona memoria non solum consosolare & confirmare la persona di nostro fratello l'Arciduca Leopoldo sì paternalmente con un suo gracioso Breve, Ma ancho scritto sì caldamente al Capitolo di quel Vescovato in nostro favore: Dalche comprendiamo la secura, & favorevol reuscita di questo negotio: Supplicando insieme con la Sig.ra nostra Madre di novo humilmente, che Sua San.tà vogli sì come sin hora ha fatto, haver benigna protettione di questa causa, & ridurla al desiderato fine, quanto prima, per molti rispetti, & incommodi che nascer potrebbeno, Che sarà singolar gracia alla Casa d'Austria fidele della Sede Apostolica, & in specie alla Mtà del' Imperatore per le raggione già peravanti addotte. Ma se questa causa di Possau fosse al suo arrivo, già spedita, & conclusa in Consistorio, egli renderà infinite gracie a S. San.tà in nome della Ser.ma Madre, & delli suoi figlioli: dando con bel modo ad intendere, che egli principalmente per questo sii stato mandato, acciò che renda gracie à S. S.tà per haver conferito un tal beneficio in casa nostra.

Seguirà poi l'indolenza nostra in materia del Vescovato di Lubiana la quale esso de Rabatta farà con quella debita modestia & destrezza, che si conviene, Narrando a S. S.tà brevemente, che havendo noi per il passato eletto per Vescovo di quel loco il Reven.do Thomaso Kren Decano, & predicatore ivi, con tutto ciò che lo teniamo per atto à tal Ecclesiastica degnità, tanto alla dottrina, quanto alla vita esemplare sin hora da lui intesa, havendo predicato molti anni con singolar zelo, & convertito molte persone alla fede Catholica, nondimeno per certi impedimenti forsi da alchuni invidi machinati, egli non possi conseguire la confirmatione. Ritrovandolo dunque sufficiente à questo caricho, preghiamo Sua San.tà, che non vogli prestare più fede alli suoi emuli: Ma farci questa gracia di confirmarlo quanto prima in detto Vescovato, acciò per la diuturna vacanza non risorga qualche inconveniente, & danno del'istesso Vescovato: Si come ci confidiamo nella benignità di S. San.tà Aggiongendo che il stato di Carniolla si ritrovi nelle cose della Religione in miserabil stato, per non esservi un pastore & Vescovo, il quale facci l'oglio santo, & administri li Ordini Sacri, Essendo già un anno passato, che l'ultimo Vescovo passò da questa vita, Il che ridonda in danno di molte povere anime, & della disciplina Ecclesiastica. Et se bene esso Rd.o Kren ha parenti Eretici, li quali in parte dapoi la sua natività si hanno lasciato disviare dalla vera fede, tuttavia speriamo, che S. S.tà non difficultarà questo: Ma dispensarà in ciò mediante l'authorità Apostolica, Et massime che in questi paesi si repura per honore, quando le persone si ritrovano over ritornano nel grembio della S.ta Madre Chiesa, abenche li Parenti siino Eretici.

Esso de Rabatta venirà poi al particolare della erettione del novo Vescovato di Goritia, narrando che molti danni, & discommoditadi risorgono nel Contato di Goricia, & altre Chiese sottoposte al Patriarchato d'Aquilegia, per la lontananza di Monsig.r Patriarcha, & varietà delle lingue, & costumi. Però si come l'erettione di detto Vescovato fu tenuta necessaria non solum dal Ser.mo Arciduca Carlo, mà anchora della felice memoria del Imperator Ferdinando: Così ancho giudichiamo d'insister nelli medesimi Vestigii, accio questa benedetta opera sii effettuata. Pregarà dunque in nome nostro esso de Rabatta Sua San:ta di risolversi per tal opera salutare, quanto prima graciosamente in beneficio di tante anime, le quali per varii manchamenti, non pocho hanno di patire. Nelche ci parerebbe nella nostra Conscienza in bona parte percio esser scaricati: Si come non manchiamo di provedere delle intrate convenevoli per esso Vescovato, & applicarle con il consenso di S. S:ta.

Nel rimanente vedrà esso de Rabatta quello che occorre in detti negocii, & guiderà il tutto secondo li dittarà la sua prudenza. Et occorrendogli qualche maggior Informatione, over dubbio, egli saprà darci aviso, acciò si venga alla desiderata speditione con quella prestezza che si potrà. Nelche egli esseguirà la graciosa mente nostra. Data in Graz alli 3. di Settembrio 1598.

Ferdinandus mp.

(L. S.)

Ad mandatum Ser.mi Dñi
Archiducis proprium.

P: Casal mp.

Tergo) Instruttione del Ser.mo Arciduca Ferdinando d'Austria &c. data al S.r Gioseppe de Rabatta &c. spedito a Sua B.ne di Clemente Ottavo per gl'interessi delli Vescovati di Passau, Lubiana, & nova erretione di quello di Goritia.

Sequuntur duo Epistolarum exempla una cum ipsa Istructione transmissa, & eodem, quo Instructio exarata fuit, charactere descripta.

Beatissime Pater &c.

Quibus de causis ad San:tem Vrām meum Consiliarium, & Vicedominum Carnioliæ Josephum de Rabatta in Dornbergo pro hac vice, ablegaverim, ex ipso San:e V. ia uberius intelliget. Quapropter eandem humiliter oro, ut eundem Rabattam, tanquam me præsentem, benigne audiat, & illi non modo plenam fidem tribuere, verum etiam paternum ac optatum responsum in eis, quæ meo nomine est expositurus, concedere non dedignetur. Et me hisce San.ti Vræ obedientissime commendo. Datæ Græcii die 3. mensis 7bris 1598.

Ferdinand. &c.

Summo Pontifici)

Illm̃o & Rm̃o Monsig.r

Il lator della presente Josepho de Rabatta Consig.re & Vicedomo nostro nella Carniola, racconterà a V. S. Illm̃a le cause, per le quali sii stato astretto di mandarlo a cotesta Corte, & sollecitar alchune cose d'importanza. Però si come egli ha commissione di far riverenza a V. S. Illm̃a in mio nome: Così ancho la prego charamente di ascoltarlo con la sua solita benevolenza, Et non solum prestarli plenaria fede: Ma anchora favorirlo in tutto quello che per l'espedizione di detti negotii sarà necessario, come singolarmente mi confido del favore di V. S. Illm̃a, la quale Iddio

per

per sempre conservi felice, & io di vivo cuore me gli offero. Di Graz alli 3. di Settembrio 1598.

Tergo) All'Illmo Monsig.r il Sig. Card.le Aldobrandino.

In Simili

Al Cardinal S. Giorgio.

Al Card.le Paravicino.

Reg. N.° 59.

N.° CIX.

Ferdinandus Archidux fideli dilecto Ludovico Camillo Soardo a Minzgraben, Regiminis Interioris Austriæ Consiliario, antiquissimam Familiæ suæ ante Friderici Barbarossæ tempora jam illustrem Nobilitatem confirmat, & vetustum Soardo-Barzizzanum Scutum per imprudentiam a Majoribus variatum (in integrum restituto cum suis coloribus gentilitiis Soardorum Leone) instauravit. Dat. Gracii V. Septembris 1599. Ex Authentico sæpius in hoc Volumine laudati, nunquam satis laudandi, Illustrissimi Equitis Caroli Ludovici de Soardi Capitaneatus Goritiæ, atque Gradiscæ Consiliarii.

Nos Ferdinandus &c. Præsentibus unicuique notum facimus. Postquam nobis noster Inferioris (*: corrige Interioris :*) Austriæ Consiliarius Regiminis, & fidelis Ludovicus Camillus Suardus a Minagraben officiosissime postulaverit, & ad cognoscendum dederit qualiter antiquissimi Nobilis Suardorum stemmatis Antecessores ejus, qui sua bona circa Civitatem Strasburg in Alsatia ante (*: quadringentos :*) annos habuerunt, ab immemorabilibus annis in servitiis Imperatorum Romanorum, & Augustissimæ Domus Austriæ diligentissime servierunt, & præcipue anno 1154., quando celeberrimus Romanorum Imperator Fridericus Barbarossa vocatus, qui in Italiam numerosum Exercitum duxit, tanquam præcipui Belli Duces cum illo profecti sunt, & ibi ita generose se gesserunt, ut ipse Imperator illis Civitatem Bergomum dono dederit; prout hoc quamplurimi, & fide digni Historici describunt, & particulariter Franciscus Sansovinus in Libro Historiarum, quem moderno Romano Imperatori Rudolpho secundo nostro dilectissimo Domino Patrueli anno 1582. dedicavit, expresse mentionem facit, ac etiam testimonia, quæ apud Seniores sui stemmatis inveniuntur, expresse demonstrant. Item & specialiter servierunt alii Suardi multiplicibus modis fideliter, utiliter, & honorabiliter tribus Romanorum Imperatoribus Nostris charissimis Proavis piissimæ memoriæ: nempe Maximiliano primo, Carolo quinto, & Ferdinando, sicut etiam successive plures personæ hujus Nobilis Stemmatis adfuerunt, quæ Nostræ Augustissimæ Domui Austriæ corpore & bonis mandatis obedivetunt. Ita & non minus prædictus Ludovicus Camillus Suardus ab initio anni septuagesimi (*: id est 1570.:*) hucusque in Deo quiescenti Carolo Archiduci Austriæ Nostro dilecto Domino Parenti piissimæ memoriæ, & nobis ad nostrum beneplacitum, & satisfactionem in variis servitiis, & particulariter in multiplicibus politicis, & nobis utilibus Commissionibus per administrationem nostri Vicedominii Provincialis, & eidem incorporatorum Dominiorum, Urbium, ac Oppidodorum in nostro Ducatu Carniolia rationabiliter, utiliter, apte, ac impigre servivit, ac de facto in nostris negotiis & singulariter ad nostrum I. O. (*: interioris Austriæ:*) Regimen spectabilibus continuavit, & hoc toto tempore vitæ suæ facere & perseverare se offert pluribus obsequentissimis indiciis. Quamvis hoc Suardorum Stemma in principio uno perseveranti Sigillo, scilicet Scuto, in quo rugiens aurei coloris Leo in rubro Campo, & supra hoc aperta Tornearia Galea provisum fuisset, attamen illi Suardi paulatim per Romanorum Imperatores secundum uniuscujusque beneplacitum, & occasionem temporis tantum adepti sunt, ut mutatio illa consecuta sit: Quod fuerit Scutum pro medietate per lineam transversalem in duas areas, seu campos ita divisum, ut inferior campus ruber Leonem ad dexteram respicientem cum retro elevata cauda in quinque partes divisum, quarum Caput vel prima, tertia, & quinta pars flava seu aurea, secunda vero & quarta alba vel argentea esset, apertis faucibus, rubra extracta lingua ad spolium paratum exhiberet: In superiori vero campo flavo extensis alis & unguibus nigra coronata Aquila aperto rostro, & rubra extracta lingua, capite ad dexteram converso appareret: Supra Scutum erat libera, aperta, & Nobilis Tornearia Galea cum Laciniis flavis & nigris mixtim defluentibus, & superius flava vel aurea Corona, ex qua versus sinistram aspiciens ferus viridis Vir, usque ad medium genu, fusca abscissa barba suptus faciem, pectore, manibus, cubitis, ac circa umbilicum nudus, supra caput, & circa lumbos viridi laurea compeus, & circumcinctus, in sua dextera supra se schedulam, in qua nigris latinis litteris hoc vocabulum (*: Nemo:*) scriptum tenens, sinistra nuditatem ventris sui tegens conspiciebatur. Supplicantis vero Avus, & Parens tali Sigillo consequenter usi fuerunt, Scuto nempe trifariam horizontaliter diviso, cujus binæ inferiores partes, per perpendicularem lineam in medio subdivisæ, quatuor areolas efficiebant, in quarum inferiori dextera, & superiori sinistra flavo seu aureo colore tincta, delineatus erat totus viridis ferus Vir, supra caput, & circa lumbos uno viridi serto, & foliis ornatus, in sua dextera flavum vel aureum cornu ad os tenens ad flandum, & suam sinistram ad latus ponens: In inferiori autem sinistra, & superiori dextera areola albo seu argenteo colore tincta comparebat, in fundo viridis cespes, ex quo crescebat Arbor suis foliis usque ad superiorem divisionis lineam attingens, & ad utrumque latus hujus arboris duplex Dama sui naturalis coloris, una adversus alteram ascendere parata, & quævis suo ore folia arboris decerpens, vel ramos arboris tangens conspiciebatur. Ast superna & tertia pars flava, & in illa nigra coronata Aquila apertis alis, unguibus, rostro, & rubra extracta lingua, ut supra dictum, apparebat. Supra scutum libera aperta, & nobilis Tornearia Galea aureis & nigris laciniis mixtim defluentibus, & ut supra aurea Corona ornata, ex qua inter duas expansas nigras Aquilarum alas, quæ suas extremitates anteverterebant, anterior media pars Damæ sui naturalis coloris, ore aperto, & rubra extracta lingua expressa erat. Nos itaque obsequiosissime rogavit, ut respectu fidelium suorum servitiorum, ac etiam Progenitorum suorum, & hujus Suardorum antiquissimi nobilis Stemmatis hoc prius usitatum sigillum ita contrahere, & tam

pro-

proprium & suorum Fratrum, quam etiam sui Parentis & Avi hactenus adhibitum, & privilegiatum Sigillum emendare vellemus: ut in inferiori quadripartita parte in medio crucis rubrum Scutum, in quo Leo antiquissimum Suardorum Sigillum, ut supra specificatum, coloribus flavis & albis depictum, & consequenter supra totum Scutum tres apertæ nobiles Tornearię Galeæ, omnes & singulæ flavis & nigris laciniis instructæ, & supra suis Regiis flavis, seu aureis Coronis ornatæ; ex quarum sinistra inter duas simul stantes extensas nigras Aquilarum alas, quæ suas extremitates antevertunt, anterior pars Damæ sui naturalis coloris: ex secunda Corona novem in eadem latitudine simul conjunctæ Torneariæ Lanceæ ad Circenses ludos aptæ bifariam divisis rubris vexillis ornatæ, quarum sinistræ quatuor, & dexteræ quatuor secundum limen flavæ & nigræ, nona vero & media albo & violaceo colore ornatæ vel depictæ: & ex tertia Corona anterior Viri sylvestris pars eodem modo, ut supra cum sua schedula descriptus appareat, sicuti tale nobile emendatum Sigillum in medio præsentium nostrarum Litterarum coloribus melius depictum exhibetur.

Et dum nos perpendimus prædicti Ludovici Camilli Suardi humillimam petitionem, etiam fidelia & voluntaria servitia, quæ tam Antecessores sui, quam etiam ille, ut supra dictum, Nostræ Augustissimæ Domui Austriæ hactenus præstiterunt, & ille Suardus non minus imposterum facere paratum se offert, ac etiam bene facere potest, & debet, & ideo bene considerato animo, maturo consilio, vera cognitione, prædicto Ludovico Camillo Suardo, & omnibus suis legitimis hæredibus, & eorundem hæredum successoribus utriusque sexus, & toti Stemmati in perpetuum supradictum Sigillum omnino secundum suam supplicationem, & petitionem approbare, concedere, emendare, & ita in meliori forma perfecte confirmare voluimus, & illi Suardo suis legitimis hæredibus, & Suardorum Stemmati hoc Sigillum ab interitu vindicare. Concedendo eodem contextu, ut secundo, vel tertio sigillo, superius descriptis, secundum beneplacitum illorum uti possint; & Cera rubra quæcumque voluerint valeant in posterum obsignare. Mandamus idcirco (: *ut in forma*:) Datum Græcii V. Septembris Anno 1599.

Ista descriptio ex authentico fideliter extracta in omnibus uniformis inventa est. Ita ego testor

Adamus Kribenik Suæ Serenitatis Aulæ Secretarius, Registrator, & Taxator.

N.º CX.

Maria Bavarica Caroli Archiducis Austriæ Vidua ad Joannem Coronimum de Cronberg, Archiducalem Cubicularium, & Marani novi Capitaneum familiaris Epistola, data Græcii XVII. Septembris 1600., quam ex autographo Archivii Domestici latinam reddidit Dom. Antonius Cominus.

Dilecte Coronini. Litteras tuas diei duodecimæ hujus cum malis persicis, quæ & optima, & pulcherrima sunt, probe percepi. Ego, & Ferdinandus meus

meus ob sedulam tui in nos memoriam grates, quas possumus, agimus maximas. Siquid falernorum pyrorum adipisci valeas, id quoque ad nos mittas velim. Sed timendum sane, ea te ob generalem eorundem defectum difficulter assecuturum; nam & hic nihil pene fructuum pomaria tulerunt. Superiore hebdomada domum rursus Judenburgo reversi sumus; sed Ferdinandum febris comitata est. Pergrata mihi fuisset præsentia tua, & quamvis pedibus haud bene valeas; campum tamen jaculandi amplissimum habuisses; peritorum etenim Venatorum inopia laboravimus. Attamen cum sic se res tecum habeat, Numini te committe. Nam in quo viribus, membrisque deficis, bono id animo cum compenses, sat mihi profecto est, ut acquiescam. Illud oro, ut tuas precibus nostris conjungas, quo scilicet Deus elargiatur gratiam, ne barbarus Turca Canissa potiatur; nimis enim alias ad nos accederet. Datæ die 17. 7bris 1600.

Maria.

Tergo) Dilecto Nostro fideli Joanni Coronino de Cronberg Dilectissimi Filii nostri Ferdinandi Austriæ Archiducis Cubiculario, & Capitaneo Maranuri.

Goritiæ.

N.° CXI.

Rudolfus II. servitiorum, seu officiorum, quæ Nobiles Matthias, & Horatius Posarelli Sacræ primum Regni Hungariæ Coronæ, & deinde Majestati suæ pro locorum, & temporum diversitate constanter præstiterunt ratione habita, eosdem denuo in cœtum, numerum, & ordinem veterum Hungariæ, & Provinciarum ei adnexarum Nobilium aggregavit. Datum in Arce Pragensi IV. Martii 1603. Ex Autographo Perillustris Dom. Joannis Baptistæ Lib. Bar. ab Edling.

[illegible]

Nms Rudolphus Secundus Dei Gratia electus Romanorum Imperator semper Augustus, ac Germaniæ, Hungariæ, Bohemiæ, Dalmatiæ, Croatiæ, Sclavoniæ, Ramæ, Serviæ, Galitiæ, Lodomeriæ, Cumaniæ, Bulgariæque &c. Rex, Archidux Austriæ, Dux Burgundiæ, Brabantiæ, Styriæ, Carinthiæ, Carnioliæ, Marchio Moraviæ, Dux Lucemburgiæ ac superioris, & inferioris Silesiæ, Wirtembergiæ, Thekæ &c. Princeps Sueviæ, Comes Haubipurgi, Tyrolis, Ferretis, Kyburgi, & Goritiæ, Landgravius Alsatiæ, Marchio Sacri Romani Imperii, supra Anasum Burgoviæ, ac superioris, & inferioris Lusatiæ, Dominus Marchiæ Sclavonicæ, Portus Naonis, & Salinarum &c.

Memoriæ commendamus tenore præsentium significantes quibus expedit Universis, quod Nos cum ad nonnullorum fidelium Nostrorum humillimam supplicationem nostræ propterea factam Majestati, tum vero attentis, & consideratis fidelitate, ac fidelibus servitiis fidelium Nostrorum Nobilium Mathiæ, & Horatii Posarel, quæ ipsi Sacræ primum Regni Nostri Hungariæ Coronæ, & deinde Majestati Nostræ pro locorum, & temporum diversitate fideliter, & constanter exhibuisse, & impendisse, ac in futurum quoque pari fide, & constantia exhibere & impendere velle dicuntur, cum igitur ob hoc tum vero ex gratia, & munificentia nostra

Re-

Regia, qua quosque de Nobis, & Republica Christiana benemeritos, ac virtutis colendæ studiosos Antecessorum Nostrorum Divorum quondam Hungariæ Regum exemplo prosequi, eisque certa virtutum suarum monimenta, quæ ad majora quoque præstanda eos incitare possent, decernere consuevimus, Eosdem igitur Matthiam, & Horatium Posatel, qui antea etiam nobilibus orti Parentibus esse perhibentur, de Regiæ Nostræ potestatis Plenitudine, & Gratia speciali, denuo exemptos in cœtum, numerum, & ordinem verorum, & indubitatorum Regni Nostri Hungariæ, & Partium ei annexarum Nobilium duximus aggregandos, annumerandos, & adscribendos. Annuentes, & ex certa nostra scientia, animoque deliberato concedentes, ut ipsi sicuti antea, ita amodo in posterum, futuris, & perpetuis semper temporibus omnibus illis gratiis, honoribus, indultis, privilegiis, libertatibus, juribus, prærogativis, & immunitatibus, quibus cæteri veri, & indubitati Regni Nostri Hungariæ, & partium ei subjectarum Nobiles hactenus quomodolibet de Jure, vel consuetudine usi sunt, & gavisi, utuntur que, & gaudent, uti, frui, & gaudere possint, hæredesque, & posteritates ipsorum utriusque Sexus universæ, valeant, atque possint. In cujus quidem nostræ erga ipsos exhibitæ gratiæ, & Clementiæ, ac liberalitatis testimonium, veræque Nobilitatis Signum hæc Arma, sive Nobilitatis Insignia, Scutum videlicet militare erectum cœlestini coloris in trigoni speciem, hinc in flavam tribus rosis cœlestinis adornatam, illinc rubram alba lamina per medium distinctas, aream divisum, in fundo viridi colle stratum, in quo naturalis coloris Bubo pedibus dispositis, alis complicatis, pronus circumspicere, in angulis vero campi cœlestini tres stellæ aureæ rutilare conspiciuntur; scuto incumbentem galeam militarem apertam, Regio diademate, priori per omnia conformem Bubonem, inter duo cornua bubulina hinc flavo, & cœlestino, illinc rubro, & albo coloribus depicta, ex extremitate stellis aureis emin. producen. ornatam; a summitate vero, seu cono Galeæ laciniis seu lemniscis hinc albi, & rubri, illinc aurei, & cœlestini colorum in Scuti oram fluitantibus, illudque decenter exornantibus, prout hæc omnia in capite, seu principio præsentium Litterarum Nostrarum pictoris manu, & artificio propriis coloribus recte depicta esse cernuntur; Eisdem Matthiæ, & Horatio Posatel, ipsorumque hæredibus, & posteritatibus utriusque sexus universis gratiose danda duximus, & deferenda. Decernentes, & ex certa nostra scientia, animoque deliberato concedentes, ut ipsi sicuti antea, ita amodo in posterum futuris, & perpetuis semper temporibus eadem Arma, sive Nobilitatis Insignia instar aliorum Regni Nostri Hungariæ, & partium ei subjectarum Nobilium sub iis juribus, prærogativis, indultis, libertatibus, & immunitatibus, quibus iidem vel natura, vel vero ex consuetudine usi sunt, & gavisi, utuntur que, & gaudent, ubique in præliis, certaminibus, hastiludiis, torneamentis, duellis, monomachiis, & aliis omnibus, & quibusvis exercitiis, militaribus, & nobilitaribus, nec non sigillis, velis, cortinis, aulæis, annulis, Vexillis, Clypeis, tentoriis, domibus, sepulchris, generaliter vero in quarumlibet rerum, & expeditionum generibus sub meræ, & sinceræ Nobilitatis titulo, quo eos, ac hæredes ipsorum utriusque se-

sexus universos ab omnibus cujuscunque status, dignitatis, conditionis, & præeminentiæ homines existant, denuo insignitos dici, nominari, haberique, & reputari volumus, ferre, gestare, illisque uti, frui, & gaudere possint & valeant, hæredesque, & posteritates ipsorum utriusque sexus universæ valeant, atque possint. Imo nobilitamus denuo, damusque, & concedimus præsentium per vigorem. In cujus rei memoriam firmitatemque perpetuam præsentes Literas nostras secreto sigillo nostro, quo ut Rex Hungariæ utimur, impendenti communitas, eisdem Matthiæ, & Horatio Polarel ipsorumque hæredibus, & posteritatibus utriusque sexus universis gratiose dandas duximus, & concedendas.

Datum per manus fidelis Nostri Nobis sincere dilecti Reverendi Francisci Forcach de ghymes Episcopi Nitriensis, locique ejusdem Comitis, perpetui Consiliarii, & Aulæ Nostræ Summi Cancellarii in Arce Nostra Regia Pragensi. Vigesima quarta Martii Anno Domini Millesimo sexcentesimo tertio. Regnorum Nostrorum Romani vigesimo octavo. Hungariæ, & aliorum Tricesimo primo. Bohemiæ vero Anno similiter vigesimo octavo. Reverendissimo, ac Venerabilibus in Christo Patribus Dominis Martino Pethe de Hethes, Colocense & Bachiensis, Ecclesiarum canonice unitarum, Archiepiscopo, Stephano Zuhay, Agriense, Demetrio Napragy Transylvaniensis, Nicola Micatio Varadiense, Georgio Zalatnaky Qinq. ecclesiense, eodem Martino Pethe de Hethes Administratore Tauriense, præfatoque Francisco Forcach de ghymes Nitriense, Petro Radovitio Waciense, Fausto Verantio Chenadiensis, Fratre Simone Bratulitt Sirmiense, Matthia Drascovitt Tininiense, Ludovico Vilanii Bozmense Ecclesiarum Episcopis, Ecclesias Dei fideliter gubernantibus. Metropolitana Strigoniense, Zagabriense, Vesprimiense, Segniense, Modrusiense, Cathedralibus Sedibus vacantibus. Item spectabilibus, & Magnificis Comite Stephano de Bathor Judice Curiæ nostræ, Joanne Drascovitt de Trakostian, Regnorum Nostrorum Dalmatiæ, Croatiæ, Sclavoniæ Bano. Comite Georgio de Zrinio Tavernicorum, Comite Francisco de Nadast Agazonum, Comite Thoma Erdeodii de Monioroszeres Dapiferorum, eodem Joanne Drascovitt de Trakostian Cubiculario, Stephano de Illieshaza Curiæ Nostræ, Nicolao Istuanffi de Kissassonfalva Janitorum, & Georgio Thurzo de Betlenfalva, Pincernarum nostrorum Regalium Magistris. Stephano Palffi de Erdeod Comite Posoniense, cæterisque quamplurimis Regni Nostri Comitatus tenentibus, & honores.

Rudolphus

Franciscus Forcach
Epus Nitriensis
Joannes Lippaii.

N.° CXII.

Ferdinandus Archidux Joannem, & Marcum Antonium Locatellos Fratres ob propria, & Antecessorum merita cum universa utriusque sexus posteritate Nobiles declaravit. Datum Gratii XXI. Novembris 1615. Autographum possidet Illust. Dom. Vincentius Ernestus de Locatelli Cæs. Reg. Goritiensis Consiliarius.

N.° CXIII.

N.° CXIII.

Idem Ferdinandus fideli dilecto Joanni Coronino de Cromberg Archiducali suo Consiliario, Cubiculario, & Marani novi Capitaneo facultatem tribuit, ut Villam suam Strann hactenus dictam, deinceps de suo Cognomine Cromberg valeat appellare. Dat. Gracii IV. Decembris 1615. Autographum ipse possideo.

N.° CXIV.

Ferdinandi II. Imp. Diploma, quo Robertum Dudlæum Northumbriæ in Anglia Ducem renuntiat: quod factum eodem tempore quo Fridericus Palatinus Regni Bohemiæ usurpator ab eodem Imperatore fuit proscriptus. Datum Viennæ IX. Martii 1620. Ex Libro, cui titulus: Status particularis Regiminis S. C. Majestatis Ferdinandi II.

Ferdinandus Secundus, Divina favente Clementia electus Romanorum Imperator semper Augustus &c. (*Titulus major*) Illustri sincere Nobis dilecto Roberto Dudlæo Duci Northumbriæ, Comiti de Warwyck, gratiam nostram Cæsaream, & omne bonum.

Majestatis Imperialis, ad cujus excelsum fastigium Divina Providentia sumus evecti, præeminentia atque dignitas, si alia in re ulla consistit, eo certe in studio cumprimis sese extollit, quod justitiæ, & æquabilitati, qua nimirum unicuique suum tribuitur, tuendæ, & conservandæ impendit; cogitationes suas in id convertens, ut, cum depravati perditorum hominum mores, legum severitate coerceantur, vice autem versa, qui cæteros natalium splendore, vitæ integritate, fide inconcussa, aliisque virtutibus antecellunt, uberiorum quoque honorum præmiis codecorentur; tum vero potissima eorum habeatur ratio, qui prosapiæ suæ vetustate conspicui, eandem tam ipsi, quam eorum Majores non modo præclaris actionibus in secundæ fortunæ splendore illustriorem reddere satagunt, verum etiam laudatissima animi moderatione, atque virili constantia, fortem quoque adversam, uti rerum humanarum sunt vicissitudines, fortiter excipiunt, & quemadmodum idem solis gressus est, sive cœlo sereno, sive nubilo, sic hi memores generosæ propaginis, unde sanguinem traxerunt, ad varios instabilis fortunæ adspectus nec vultum, nec animum mutant, sed unam eamque præcipuam curam habent, ut fidem Deo, Religioni, & Reipublicæ debitam, nulla indigna actione contaminent, sed quacunque etiam via, vel ratione possint in afflictæ Patriæ solatium, vel Supremorum Orbis Principum beneficium, studia atque consilia sua utiliter conferant, adeoque non sibi tantum, & suis, verum Reipublicæ majore ex parte se natos vivis rerum exemplis profiteantur.

Cum igitur fide digno testimonio, ac diversis authenticis Litterarum documentis compertum habeamus, ex ea vos Familia in Angliæ Regno originem ducere, quæ viros complures a singulari prudentia, & auctoritate in primariis Regni functionibus cum dignitate sustinendis exercitatos, & proinde domi forisque celebres, & belli pacisque artibus claros produxerit, unde per varios honorum gradus, quod historiæ, aliaque passim monumen-

numerosa testificentur, Regum benignitate in Regno sint provecti; atque inter cæteros Avus olim vester paternus Johannes Dudlæus Comes de Warwyck, postquam observantiam suam erga Regem, amorem in Patriam multis argumentis, & occasionibus non minus gloria, quam periculis plenis, abunde comprobasset, Supremæ Ducalis dignitatis prærogativa libere, & inconfiscabiliter insigniri, & pro se, ac hæredibus suis Masculis Dux Northumbriæ dici, atque ad nomen, titulum, statum, gradum, locum, sedem, præeminentiam, honorem, auctoritatem, & dignitatem Ducis Northumbriæ legitime promoveri, & de iis omnibus realiter investiri meruerit; temporis vero successu, cum intestinis omnia dissidiis in dicto Angliæ Regno fluctuarent, & novarum opinionum fervor antiquæ Religionis cultores profligasset, Vos quidem resolutione generosa, tempestatem illam prudenter declinando, voluntariam e Patria secessionem fecisse, variisque Christiani Orbis Regionibus cum fructu peragratis, fortunarum vestrarum jacturam magno, excelsoque animo in lucro reputasse, interim in tot ærumnis, atque molestiis diuturnis a præclaris Majorum vestrorum vestigiis ne levi quidem motu deflectere, sed ex quo tempore Florentiæ (donec melioris fortunæ spes adfulgeat) sedem fixistis, ob singularem vitæ, morumque integritatem, prudentiam, rerum usum, raras, & ingeniosas inventiones, non modo Magno Hetruriæ Duci, Affini, & Principi nostro charissimo, propius innotuisse, verum etiam nominis vestri famam ad Serenissimi Principis Domini Philippi Tertii, Hispaniarum, utriusque Siciliæ, Hierusalem &c. Regis Catholici, Archiducis Austriæ, Ducis Burgundiæ &c. Nepotis, & consobrini nostri charissimi notitiam pervenisse. Quorsum accedat peculiare quoddam observantiæ studium, quod in nostra, Sacrique Imperii, & Inclytæ Domus Nostræ Austriacæ obsequia prolixe, reverenterque per litteras aliquoties obtulistis, in quo laudabili instituto nequaquam ambigimus, quin deinceps quoque firmiter, atque constanter sitis perseveraturi.

Hisce, aliisque de causis animum nostrum merito moventibus, haud ommittendum duximus, quin familiæ vestræ præeminentiam, decus, & ornamentum, simulque nostram erga vos, vestroique benigni, propensique animi affectionem, non tam ad ampliandam, quam ejusdem honorem, & dignitatem avitam conservandam (in quo quidem Cæsarei nostri muneris, ac ipsius æquitatis ratio versari videtur) nostro testimonio comprobatam relinqueremus, quo sic posteritas vestra hujusmodi gloriæ stimulis incitata ad eadem virtutis studia tanto alacrius ferventiusque contendat. Quapropter ex certa nostra scientia, animoque bene deliberato, sano, & maturo accedente consilio, & ex potestatis Nostræ Imperialis plenitudine, vigore præsentis Nostri Diplomatis, declaramus supranominatum Illustrem Robertum Dudlæum Comitem a Warwyck, tanquam descendentem ab Avo suo paterno Johanne Comite Warwyck, libere, & inconfiscabiliter creato Duce Northumbriæ, & successive filium ejus Primogenitum Illustrem Don Cosmum, & alios ordine primogenituræ semper observato, ex legitimo ipsius matrimonii fœdere æterna serie procreandos, per universum Sacrum Romanum Imperium, & Regna, ditionesque nostras hære-

dita-

ditarias, Duces Northumbriæ vocari, scribi, nominari, honorari, atque reputari, eoque titulo tam in Judicio, quam extra, tam scripto, quam viva voce, nec non in rebus spiritualibus, & temporalibus, Ecclesiasticis, & profanis, aliisque negotiis, & actionibus quibuscunque uti, & ab aliis decorari posse, & debere. Quam tamen declarationem nostram non alio sensu intelligi volumus, atque decernimus, quam ut unicuique suum tribuatur, & debita honorum ornamenta Principi exuli, etiam in Sacro Romano Imperio, aliisque terris, & provinciis nostris sarta tecta conserventur.

Mandamus itaque universis, & singulis Electoribus, aliisque Principibus Ecclesiasticis, & Sæcularibus, Archiepiscopis, Episcopis, Ducibus, Marchionibus, Comitibus, Baronibus, Militibus, Nobilibus, Clientibus, Capitaneis, Vice-Dominis, Præfectis, Castellanis, Locumtenentibus, Officialibus, Heroaldis, Caduceatoribus, Burgimagistris, Judicibus, Consulibus, Civibus, & generaliter omnibus, & singulis nostris, ac Sacri Romani Imperii, Regnorumque, & Provinciarum Nostrarum hæreditariarum subditis atque fidelibus dilectis, cujuscunque dignitatis, gradus, ordinis, & conditionis existant, ut Vos Robertum Dudlæum Comitem a Warwyca, vestrosque successive hæredes Masculos, Duces Northumbriæ agnoscant, eoque titulo nominent, compellent, reputent, & tam scripto, quam nuncupatione verbali honorent, & ne quid per alios in contrarium attentetur pro viribus prohibeant, atque avertant. Est enim hæc seria mens, atque voluntas nostra Cæsarea, cui omnes prompte obtemperaturos clementer confidimus, quatenus indignationem nostram gravissimam, aliasque pœnas arbitrarias evitare voluerint.

Quod litteris hisce patentibus manu nostra subscriptis, & Aureæ nostræ Imperialis Bullæ typario firmatis palam fieri voluimus. Datum in Civitate Nostra Vienna, die nona Mensis Martii, anno Domini Millesimo sexcentesimo vigesimo, Regnorum Nostrorum Romani primo, Hungarici secundo, Bohemici vero tertio.

N.° CXV.

Idem Ferdinandus II. Orpheum, Richardum, & Martium Fratres de Strasoldo eximio elogio decoratos ad S. R. I. Liberorum Baronum dignitatem elevavit. Dat. Viennæ XXV. Augusti 1622. Autographum olim vidi apud defunctum Comitem Antonium de Strasoldo S. C. R. atque Apost. Majestatis Cubicularium.

N.° CXVI.

Idem Ferdinandus II. permutatione facta cum Ordine Teutonico, Commendam Precinicensem Collegio Goritiensi Societatis Jesu in perpetuum elargitur. Datum Viennæ XII. Augusti 1623. Ex Autographo Goritiensis Collegii.

Ferdinandus II. Dei Gratia electus Romanorum Imperator semper Augustus, ac Germaniæ, Hungariæ, Bohemiæ, Dalmatiæ, Croatiæ, Sclavoniæ &c. Rex, Archidux Austriæ, Dux Burgundiæ, Styriæ, Carinthiæ, Carniolæ, Marchio Moraviæ, Dux Lucemburgi, ac superioris, & inferioris

Silesiæ, Wirtembergæ, & Teccæ, Princeps Sueviæ, Comes Habspurgi, Tyrolis, Ferreti, Kyburgi, & Goritiæ, Landgravius Alsatiæ, Marchio Sacri Romani Imperii Burgoviæ, ac superioris, & inferioris Lusatiæ, Dominus Marchiæ Sclavonicæ, Portus Naonis, & Salinarum &c.

Præsenti nostro Diplomate publico notum, testatumque esse volumus pro Nobis, nec non Hæredibus, & successoribus nostris quibuscunque. Quod posteaquam per Divini Numinis Clementiam sopitis jam ante aliquot annos motibus bellicis, quibus Comitatus Noster Goritiensis, aliæque Ditiones Nostræ ad sinum Adriaticum in Istria sitæ tum temporis graviter fuerunt infestatæ, non modo divina bonitas easdem terras hactenus meliore oculo aspectavit, sed etiam Nos cum in perpetuum debitæ gratitudinis monumentum, tum vero subditorum quoque nostrorum utilissimum solatium fundationem Collegii Goritiæ pro Patribus Societatis Jesu, quibus nimirum illi velut optimis ducibus ad Iram Dei a cervicibus avertendam, & ad omne bonum e cœlo in terras evocandum fructuose uterentur, incœpimus, etiamnum singularem eam curam gerimus, ut hac in parte nostra pia erga Deum, & paterna pro subditis nostris intentio quantum fieri potest in dies majores consequatur progressus. Ad eam rem feliciter conficiendam uti antea commodissimi nobis visi sunt Patres e dicta Societate Jesu, ita iidem maxime ad Divinam simul gratiam in Terris Nostris stabiliendam peropportuni sunt judicati. Nam ut illi jam a tot annis in Orbe Christiano, & Dei Ecclesia in Juventute optimis moribus, omnique litterarum supellectile instruenda, populisque ad omnem Dei timorem, pietatem, sanctitatem efformandis, bonis omnibus gratulantibus, felicissime desudatunt, ita spes magna nos tenet, eosdem fructus pietatis, & probitatis quibus Divina bonitas eximie delectatur in nostro Goritiensi Comitatu per eosdem Patres posse colligi, inque horrea Ecclesiæ inferri. Ut ergo dictum erga Deum ter Optimum Maximum gratitudinis Monumentum eo magis elucescat, ac ipsum Goritiense Collegium in perpetuum stabiliatur, simulque Majores ex hac fundatione in Terras nostras emanent fructus, visum Nobis est præfatum Goritiense Collegium sequenti ulteriori beneficio ad meliorem Patrum sustentationem augere dotareque. Motu itaque proprio, ex certa Nostra scientia, maturo desuper habito consilio, animoque deliberato, deque Cæsarea Regia & Archiducali nostra libera potestate, auctoritate, & absoluta potentia sæpius dictis Patribus Societatis Jesu, eorundemque Collegio Goritiensi Dominium, seu Domum, bona, & Commendam Brixinei, vulgo Precinis nuncupatam, in ipso nostro Ducali Comitatu Goritiæ sitam, quæ antehac ad Equestrem Ordinem Teutonicum spectabat, & Nobis non ita pridem in hunc solum finem a Reverendissimo, & Serenissimo Carolo Archiduce Austriæ, Duce Burgundiæ, Styriæ, Carinthiæ, & Carnioliæ & Wirtembergæ, Administratore Magni Magistratus in Prussia, Ordinis Teutonici per Germaniam, & Italiam Magistro, Episcopo Brixinensi, & Uratislaviensi, Comite Habspurgi, Tyrolis, & Goritiæ, Fratre, & Principe Nostro Charissimo, ad nostram requisitionem, suo dictique totius Ordinis sui nomine, & consensu, acceptis e contra in solutionem, & permutationem in Ducatu Nostro Silesiæ

ejus-

ejusdem valoris bonis stabilibus, nimirum Dominio Olberstorf in Principatu Oppaviæ sito, legitime & omnimode cum omni proprietate cessa, divendita, & vigore Instrumenti desuper in authentica forma sub dato Nissæ vigesimo secundo proxime elapsi Mensis Junii hujus infrascripti currentis anni Millesimi sexcentesimi vigesimi tertii confecti, nobisque consignati cum omnibus ad eam spectantibus juribus, & proprietatibus, proventibus, & pertinentiis suis, quomodocunque nuncupatis, realiter, & effectualiter tradita fuit simili & omni meliori modo, via, Jure, & ratione, libere, plene, & proprie, cum omnibus Juribus, & pertinentiis suis, ac redditibus, proventibus, usu, affictis, & censibus tam in pecunia, quam in vino, tritico, animalibus, caseis, carnibus, piscibus, aliisque rebus in dicti Dominii, seu Commendæ Urbario, seu redituum codicibus, & registris, tam descriptis, & notatis, quam non descriptis, neque notatis, nec non universis, & singulis hominibus, colonis, rusticis, & subditis, domibus, ædificiis, casis, agris, campis, pratis, vineis, braidis, decimis, censibus, nemoribus, sylvis cæduis, & aliis pascuis, venationibus, item fluminibus, aquis, earumque piscationibus, decursibus, navigationibus, & usibus, datiis, seu teloniis, & vectigalibus, eorumque exactionibus, & perceptionibus, ac insuper Jurisdictionibus, superioritatibus, exemptionibus, honoribus, sessione, præeminentiis tam realibus, quam personalibus, ac denique omnibus libertatibus, privilegiis, & utilitatibus, quibus retroactis temporibus Teutonici Ordinis Equites, Commendatores, Ordo & ipse Magnus Ordinis Magister possederunt, tenuerunt, habuerunt, & usi sunt, ac de Jure, & de facto uti potuerunt, donavimus, dedimus, attribuimus, cessimus, & concessimus; prout vigore præsentis liberæ, legitimæ, plenariæque, ac irrevocabilis fundationis, donationis, ac concessionis Diplomate libere, proprie, integre, & omnimode una cum consignatione supradicti Originalis Instrumenti acquisitionis, & tituli nostri legitimi, ac traditione Urbarii, Registrorum, aliarumque ad sæpe memoratam Commendam & bona spectantium scripturarum, donamus, damus, attribuimus, cedimus, & concedimus, ita ut iidem Patres Societatis, & Collegium Goritiense Commendam hanc, & suprascripta bona omnia, & singula veluti præfatus Equestris Ordo ipse hactenus habuit, & possedit in posterum ac futuris temporibus perpetuo habere, possidere, eademque Commenda, & ipsius proventibus, & redditibus cum omnibus bonis, Juribus, & pertinentiis suis qualibuscunque in memorati Collegii suamque liberam dispositionem, ibidem sustentationem, libere & absque omni impedimento pro suo arbitrio, beneplacito, & voluntate uti, frui possint, ac valeant. Nulli ergo omnino hominum liceat dictos Patres Societatis Jesu, ipsumque Goritiense Collegium contra hanc piam nostram donationem, concessionem, & fundationem (penes quam Nos pro Nobis, ac Hæredibus, & successoribus nostris sæpius memoratam Societatem, & Collegium contra quoscunque protegere, manutenere, & defendere recepimus, & vigore præsentium promittimus) turbare, vel molestare, vel alia quavis ratione gratiosæ huic nostræ Cæsareæ, Regiæ, Archiducalique voluntati, & dispositioni ulla in parte ausu temerario contraire. Si quis autem id attentare præsumsumpserit, is praeter nostram summam indignationem, etiam gravissimam poenam corporis, vel bonorum, ad arbitrium nostrum, Nostrorumque Haeredum, & Successorum infligendam, ipso facto se noverit incursurum. Harum testimonio literarum, manu nostra subscriptarum, & majoris sigilli nostri Caesarei appensione munitarum. Datum in Civitate nostra Viennae die duodecima Augusti Anno Domini Millesimo sexcentesimo vigesimo tertio, Regnorum nostrorum Romani quarto, Hungarici quinto, Bohemici vero sexto.

Ferdinandus

Ad Mandatum Sac^a. Cas^ae. Maiis propium

Casparus Frey

Joannes Bapta Verda Lib. Bar. de Verdenberg.

N.° CXVII.

Idem Ferdinandus II. Casparem Interioris Austriae Regiminis Consiliarium, Ludovicum, Ferdinandum, Elisabeth, & Auroram, respective Patruum, & Nepotes de Formentini ob generis Nobilitatem, propriorumque meritorum praestantiam, nec non Mariam Annam Viduam Caroli de Formentini, tunc actualem secundariam Aulae Magistram, ad S. R. I. Liberorum de Tulmino, & Biglia Baronum gradum evexit. Datum Viennae I. Septembris 1623. Autographum Germanicum ipse possideo.

N.° CXVIII.

Idem Ferdinandus II. Joanni Josepho Antonello de Gonzales, & Bernardi Antonelli filiis nobilitatem, & antiqua Armorum Insignia Galea torneraria &. Pileo Ducali decorata partim confirmat, partim de novo elargitur. Dat. Pragae XXII. Aprilis 1623. Ex autographo mihi exhibito a Nob. Dom. Bosebetti.

Ferdinandus Secundus Divina favente Clementia electus Romanorum Imperator semper Augustus, ac Germaniae, Hungariae, Bohemiae, Dalmatiae, Croatiae, Sclavoniae &c. Rex, Archidux Austriae, Dux Burgundiae, Brabantiae, Styriae, Carinthiae, Carnioliae &c. Marchio Moraviae, Dux Lucemburgi, ac superioris, & Inferioris Silesiae, Wirtembergiae, & Teckae, Princeps Sueviae, Comes Habspurgi, Tyrolis, Ferreti, Kiburgi, ac Goritiae, Landgravius Alsatiae, Marchio Sacri Romani Imperii Burgoviae, ac superioris & inferioris Lusatiae, Dominus Marchiae Sclavonicae, Portus Naonis, & Salinarum. Fidelibus Nobis Dilectis Joanni Josepho Antonello de Gonzales, & quondam Bernardi Antonelli Filiis, & Haeredibus ex legitimo Matrimonii thoro descendentibus gratiam nostram Caesaream, & omne bonum. Tametsi ex officio dignitatum nobis a Deo Optimo Maximo omnis potestatis auctore concessarum, atque ex innata nostra benignitate & munificentia in universorum subditorum, ac fidelium nostrorum commoda quovis tempore ac loco promovenda majorem in modum propensi, & attenti sumus, non immerito tamen singulari causa Nobis in id incumbendum esse arbitramur, ut in conferendis beneficiis, & munificentiae Nostrae donis ii praecipue Majestatem Nostram liberalio-

rem

rem experiantur, ab ipsaque majoribus se præmiis, & honoribus condecoratos sibi gratulari possint, qui & de vitæ morumque integritate, aliisque virtutibus, & de singulari Nobis, totique Nostræ Serenissimæ Austriæ Domui, adeoque ipsi Romano Imperio fideliter serviendi studio præ cæteris commendantur. Idque hanc potissimum ob causam, ut & ii ipsi meritam virtutis suæ remunerationem sentiant, & alii ad paria quoque laudabilia studia capessenda inflammentur ardentius, & ad inserviendum Nobis, atque Reipublicæ tanto incitatiores accedant, quanto magis vident uniuscujusque virtuti a bonis conatibus condigna præmia apud Nos proposita esse, & constituta. Edocti itaque fide digno Testimonio, Joannes Josephe Antonelli, dictumque Bernardum Antonellum honestis Vos parentibus, & Majoribus prognatos, id vel maxime a primis ætatis vestræ temporibus sedulo naviterque curæ habuisse, ut acceptum, & ab illis in Vos derivatum decus domesticum non modo sartum tectum conservare, verum etiam propriis virtutibus magis magisque excultum, & illustratum ad posteritatem transmittere possetis: cujus quidem præclari desiderii vestri eum tuleritis fructum, ut non minus ob egregiam vitæ morumque honestatem, & integritatem, quam ob alias eximias animi vestri dotes, maxime vero etiam fidelibus, & egregiis bellicis servitiis Nobis a Te Joanne Josepho præstitis, insignem apud plerosque bonos vobis comparaveritis laudem. Atque præterea attendentes constantem tuam, Joannes Josephe, memoratorumque ipsius Bernardi Antonelli filiorum, & Hæredum legitimorum erga Nos, atque Augustissimam Nostram Austriæ Domum fidelitatem, atque incensum simul Nobis, eidemque Nostræ Austriæ Domui, atque adeo ipsi etiam Romano Imperio quibuscunque occasionibus prompta servitia præstandi studium Nobis quamplurimum commendatum, dignos Vos duximus, quos ampliori aliquo munificentiæ Nostræ munere decorandos susciperemus. Quamobrem motu proprio, ex certa nostra scientia, animoque bene deliberato, & de nostræ Cæsareæ, Regiæ, & Archiducalis potestatis, & authoritatis plenitudine Vobis antedictis Joanni Josepho Antonello, & quondam Bernardi Antonelli Filiis, & hæredibus legitimis relictis Nobilitatem a Majoribus vestris, uti intelleximus, acceptam, non solum clementer approbavimus, & confirmavimus, verumetiam Vos, omnesque liberos, hæredes, posteros, & descendentes vestros ex legitimo Matrimonii fœdere ortos, & æterna serie orituros Masculos, & fœminas de novo, quatenus opus est, nobiles fecimus, creavimus, ordinavimus, & instituimus, vosque in numerum, cœtum & consortium, statum, gradum, ordinem, atque dignitatem nostrorum, & Sacri Romani Imperii, aliorumque Regnorum, & Dominiorum Nostrorum hæreditariorum, Nobilium assumpsimus, prouti approbamus, confirmamus, facimus, creamus, ordinamus & instituimus, Vosque juxta sortis humanæ qualitatem Nobiles, ac tanquam de Nobili genere, Domo atque Prosapia natos dicimus, nominamus, declaramus, nec non ab omnibus, & singulis cujuscunque status, gradus, ordinis, conditionis, dignitatis, aut præeminentiæ existant, pro veris Nobilibus dici, nominari, haberi, reputari, ac honorari volumus. Decernentes, & Edicto hoc nostro firmiter statuentes, quod Vos ſupradicti Joannes Joſephus Antonellus, & Bernardi Antonelli Filii, & hæredes ex legitimo Matrimoniali fœdere orti, omneſque liberi, hæredes, poſteri, & deſcendentes veſtri legitimi utriuſque ſexus nati, atque naſcituri ubivis locorum, ac terrarum, tam in Judicio, quam extra in rebus temporalibus, ſpiritualibus, Eccleſiaſticis, & profanis quibuſcunque, nec non in omnibus, & ſingulis actibus, & exercitiis poſſitis, ac valeatis iiſdem omnino honoribus, officiis, juribus, libertatibus, gratiis, & beneficiis uti, frui, potiri, atque gaudere, quibus alii noſtri, ac Sacri Romani Imperii, Regnorumque, & Ditionum Noſtratum hæreditariarum Nobiles a quatuor Avis paternis, & maternis geniti utuntur, fruuntur, potiuntur, & gaudent quomodolibet conſuetudine, vel de Jure. Porro vobis antedictis Joanni Joſepho Antonello, & quondam Bernardi Antonelli filiis, & Hæredibus ex legitimo toro natis paribus, quibus ſupra, motu, voluntate, & auctoritate, antiqua quibus hactenus uſi eſtis, Armorum Inſignia: Scutum videlicet in ſex æquales partes diviſum, ita ut infima dextra crocea, ſive aurea roſam rubram, & ſiniſtra rubra Baſiliſcum maculatum verſus dextram partem ad volatum compos ſit, ſuperiores vero duæ mediæ duos ſoles, quorum ille qui a dextris eſt in Campo rubro croceus, ſive aureus, alter autem in Campo croceo ſive aureo ruber ſit, porro ſuprema dextra crocea Aquilam nigram coronatam erectam, & capite dextrorſum verſo, ita diſpoſitam, ut pedibus diductis inſiſtere, caudaque depreſſa, alis vero late expanſis, roſtro item aperto, ac lingua rubea exerta plauſum præſeferre videatur, & ſiniſtra denique rubra pars Litteram P. croceam, ſive auream ſiniſtrorſum verſam contineat, Scuto impendeat Galea aperta, ſeu clathrata, Tornearia vulgo dicta, phaleris, ſive laciniis ab utroque latere croceis, ſive aureis & rubeis mixtim circumfuſis molliterque defluentibus, & corona aurea ſuper impoſita decora, ſupra cujus conum pileus ducalis ruber inferius faſcia utrinque dependente circumdatus appareat: ſimiliter non modo benigne laudavimus, approbavimus, & confirmavimus, verum etiam de novo, quatenus opus eſt, deinceps ita geſtanda clementer conceſſimus, & elargiti ſumus. Volentes, & expreſſe decernentes, quod Vos jam ſæpius nominati Joannes Joſephus Antonellus, & quondam Bernardi Antonelli filii, & hæredes ex legitimo toro nati, omneſque liberi, hæredes, poſteri, & deſcendentes veſtri legitimi utriuſque ſexus procreati, & procreandi æterna ſucceſſione præſcripta Armorum Inſignia in omnibus, ac ſingulis honeſtis, & decentibus actibus, exercitiis, atque expeditionibus tam ſerio, quam joco, in haſtiludiis, ſeu haſtatorum dimicationibus pedeſtribus, vel Equeſtribus, in bellis, duellis, ſingularibus certaminibus, & quibuſcunque pugnis cominus, eminus, in ſcutis, pannoriis, vexillis, tentoriis, cœnotaphiis, ſepulchris, monumentis, clenodiis, annulis, monilibus, ſigillis, Ædificiis, parietibus, feneſtris, oſtiis, lacunaribus, tapetibus, ac ſupellectilibus quibuſcunque tam in rebus ſpiritualibus, quam temporalibus, & in locis omnibus pro rei neceſſitate, & voluntatis veſtræ arbitrio, aliorum Nobilium Armigerorum more libere, & abſque ullo impedimento, vel contradictione habere, geſtare, ac deferre, iiſdemque quomodovis modo poſſitis, ac valea-

valeatis (uti), aptique sitis, ac idonei ad ineundum, ac recipiendum omnes gratias, libertates, exemptiones, feuda, Privilegia, vacationes a muneribus, & oneribus quibuscunque realibus, personalibus, sive mixtis, ad utendum denique singulis Juribus, quibus cæteri a Nobis, ac Sacro Romano Imperio hujusmodi ornamentis insigniti, ac feudorum capaces, atque participes utuntur, fruuntur, potiuntur, & gaudent, quomodolibet consuetudine, vel de jure. Nulli ergo omnino hominum liceat hanc nostram approbationis, confirmationis, concessionis, Privilegii, decreti, voluntatis, & gratiæ paginam infringere, aut ei ausu temerario contraire. Siquis autem id attentare præsumpserit, is præter nostram Indignationem gravissimam pœnam quadraginta Marcharum auri puri, pro dimidia Fisco, seu Ærario nostro, reliqua vero parte injuriam passi, aut passorum usibus irremissibiliter applicandam se noverit ipso facto incursurum. Harum testimonio literarum, sigilli nostri Cæsarei appensione munitarum. *Datum* in Civitate nostra Regia Pragæ, die vigesima secunda Aprilis, Anno Domini millesimo sexcentesimo vigesimo tertio, Regnorum Romani quarto, Hungarici quinto, Bohemici vero sexto.

Ferdinandus

Joann: Bapta Verda lib. Baro de Verdenberg

Ad Mandatum Sac.ª Cæs.ª Matis proprium

Casparus Frey.

(L. S.)

N.° CXIX.

Idem Ferdinandus II. Imp. Leopoldum, Sylvium, Nicolaum, Octavium, & Bartholomæum fratres Filippusi Nobiles declaravit adjecto prædicato von der hochen Wacht. Datum Viennæ XVI. Februarii 1626. Autographum possidet Nob. Dom. Josephus Filippusius Capitaneatis Goritiæ, & Gradiscæ Consilii Secretarius.

N.° CXX.

Joannes Philippus Comes a Turri, salva ratificatione suæ Sacræ Cæsareæ Majestatis, Rudolpho Coronino de Cronberg Quischani Tabri, seu Castri possessori feudalem Villæ cognominis jurisdictionem vendit 1630. XV. Februarii. Ex authentico nostri Archivii.

Anno 1630. Indictione XV. die autem Sabbathi 15. Mensis Februarii. Actum Goritiæ in Palatio Illmi, & Revmi Domini Pompeii Coronini de Cronberg Episcopi, & Comitis Tergestini, ac Sacræ Cæsareæ Majestatis Intimi Consiliarii præsentibus Testibus infrascriptis, ubi Illustrissimus Dominus Joannes Philippus Comes a Turri, & Vallis Saxinæ &c. Cæs. Cubicularius per se & suos Hæredes, salva semper ratificatione S. S. Cæs. Majestatis Domini Domini Clementissimi tanquam Domini directi, præsens dedit, cessit, & libere renunciavit, atque tradidit Perillustri Domino Rudolfo Coronino de Cronberg Cæs.° Consiliario & Capitaneo Porpetti præsenti stipulanti, & ementi pro se, & hæredibus suis recipienti Jurisdictionem Villæ Quischæ, cum mero, & mixto Imperio, & gladii potestate, prout hactenus exerci-

ta

ta fuit a suis Majoribus, ad habendum, tenendum, possidendum cum omnibus, & singulis &c. & hoc pretio totius summæ pecuniarum inter ipsas partes convento, quod Illustrissimus Dominus Comes coram me Notario, & Cancellario, ac testibus infrascriptis habuit, & recepit in promptis, & numeratis summam, & pretium conventum uti &c. Non tam animo, quem haberet, eandem jurisdictionem vendendi, quam ut gratificaretur prælibato Perillustri Domino Rudolfo, cui jus renuntiavit Cæsarum dictæ Villæ, cujus circumpositum districtum antea concessit, accedente maximo desiderio Illustrissimi Domini Comitis Joannis Baptistæ de Verdenberg Suæ Sac. Cæs.ª Majestatis Consiliarii Intimi, Aulæ Cancellarii, & Cubicularii &c. conjuncto cum desiderio, & petitione Illustrissimi, & Reverendissimi Domini Pompeii Coronini Episcopi, & Comitis Tergestini supradicti &c. Renuntians, quatenus opus sit, cuicunque exceptioni, constituens se &c. donec &c. quam. &c. Promittensque idem Illustrissimus Dominus Comes a Turri per se, & suos Hæredes Jurisdictionem, ut supra cessam, cum omnibus, & singulis contentis in præsenti Instrumento manutenere, & semper de legitima evictione, & defensione contra quoscunque &c. In forma debita sub obligatione bonorum suorum omnium mobilium, & stabilium, præsentium, & futurorum in forma &c.

Præsentibus, & ad præsentiam Perillustris Domini Joannis de Geore Juvaniz, & Illustris & Excellentissimi Domini Leopoldi Philippusii Juris Utriusque Doctoris, testibus habitis &c.

N.° CXXI.

Ferdinandus II. Imperator prædictum Rudolfum Coroninum de Cronberg ex Equestri Ordine ad S. R. I. Liberi Baronis dignitatem evexit Ratisbonæ XVII. Augusti 1630. Autographum germanicum ipse possideo, cujus hoc loci latine redditum authenticum exemplar exhibeo.

Ferdinandus Secundus Divina favente Clementia electus Romanorum Imperator semper Augustus, ac Germaniæ, Hungariæ, Bohemiæ, Dalmatiæ, Croatiæ, & Sclavoniæ Rex &c. Archidux Austriæ, Dux Burgundiæ, Brabantiæ, Styriæ, Carintiæ, Carnioliæ, Marchio Moraviæ, Dux Lucemburgi, ac superioris, & inferioris Silesiæ, Wirtembergæ, & Teckæ, Princeps Sueviæ, Comes Habspurgi, Ferreris, Kyburgi, Tyrolis, & Goritiæ, Landgravius Alsatiæ, Marchio Sacri Romani Imperii Burgoviæ, ac superioris, & inferioris Lusatiæ, Dominus Marchiæ Sclavonicæ, Portus Naonis, & Salinarum &c. &c.

Litteris hisce nostro, & Nostrorum in Imperio, cæterisque nostris Regnis hæreditariis, Principatibus, & Ditionibus, successorum nomine palam testamur, cunctisque notum facimus.

Quamquam sublimitas Romanæ Cæs.ª Majestatis (in qua Omnipotens secundum suam Divinam Providentiam Nos collocavit) per fulgentissimi Throni sui vigorem hactenus Nobilissimis, & præstantissimis Familiis, & Vasallis exornata est; attamen quo majoribus honoribus, ac dignitatibus Cæsarea Majestas Familias hujusmodi secundum earum ingenuas, Nobilesque Prosapias, virtutes, atque merita instruit, & donat, eo augustior, & ma-

& magnificentior redditur Thronus dictæ Majestatis; ipsique Vassali non solum in agnitione Cæsareæ Clementiæ, & debitis obsequiis continentur, sed etiam ad nobiles virtutes, ingenua, heroicaque facinora, denique ad fida, continuaque officia provocantur. Et quamvis Nos instinctu talis Majestatis Cæsareæ, & insitæ Nobis mansuetudinis, & Clementiæ ad omnium, & singulorum Nostrorum, ac Sacri Imperii Subditorum, & fidelium honorem, dignitatem, incrementa, & statum consideranda, & promovenda clementer proni sumus, vehementius tamen, nec immerito, delectari solet animus noster Cæsareus, si possimus eorum nomen, & prosapiam in altiorem honorem, & dignitatem extollere, & collocare, quorum status, atque conditio vetustissimam Equestrem, Nobilem, & Ingenuam Originem habet, quique in incumbente Nobis rerum gerendarum onere fidissimam suam, & obedientissimam operam tam ipsi, quam Progenitores eorum præ aliis semper, & constanter exhibuerunt; unde & ipsi ad virtutem, & fidelitatem magis, magisque accendantur, & aliis ad sui imitationem acriores stimulos addant. Clementer igitur respicientes, animadvertentes, & considerantes pervetustam Nobilem, Ingenuam, Equestrem, & cum multis Equitibus, & Principalibus Proceribus in nostris Regnis hæreditariis, & Principatibus affinitate conjunctam Prosapiam Dominorum de Cronberg, ex qua originem traxit Nobilis dilectus fidelis Rudolfus Coroninus Consiliarius Noster, & Castri Porpetti Capitaneus: nec non fidelia ejusdem conspicua, & valde utilia obsequia, quibus ille Antecessorum suorum exemplo Nobis, & Prædecessoribus Nostris, ac Reipublicæ Christianæ non minus belli, quam pacis temporibus in multis occasionibus, muneribus, & honorificis negotiis suam excellentem fidem, fortitudinem, obsequium, & Nobiles qualitates non absque singulari benigna nostra oblectatione cum propria laudis, & gloriæ commendatione semper promptissimus, & indefessus comprobavit; prout nunc facit, & in futurum etiam Nobis, Romano Imperio, & Inclytæ Domui Austriacæ insignibus suis qualitatibus fultus, indefessa sua studia, atque obsequia præstare potest, & tenetur. Ex supradictis itaque rationibus Nos permoti, & inclinati ad benigne perpetuandam illustrium meritorum tam ipsius Rudolfi Coronini, quam Antecessorum suorum memoriam, & ut perenne erga illum nostræ benignitatis, atque Clementiæ existeret documentum: bene deliberato animo, sano consilio, & proprio motu, rectaque notitia ipsum Rudolfum Coroninum, & omnes ejusdem legitimos Hæredes, & successores, eorumdemque descendentes utriusque sexus in infinitum, ex Equestri Ordine perpetuo, & in omne ævum in statum, gradum, honorem, dignitatem, consortium, collegium, & societatem Liberorum Baronum, ac Baronissarum de Cronberg extulimus, honoravimus, & collocavimus, ipsosque aliis Nostris, ac Imperii Romani, nec non Regnorum, Principatuum, ac Ditionum hæreditariarum nostrarum vere natis Baronibus ac Baronissis æquiparavimus, aggregavimus, & associavimus, perinde ac si ex quatuor Avis, tam quo ad Patris, quam Matris Prosapias in utraque linea legitime nati vetusti Liberi Barones, & Baronissæ essent, atque ita Nos illos adeo in statum, gradum, honorem, dignitatem, consortium, collegium, & societatem Nostrorum per Imperium, & nostra hæreditaria Regna, Principatus, & Ditiones Liberorum Baronum, & Baronissarum ex Cæsareæ Regiæ, & Archiducalis Potestatis plenitudine harum litterarum vigore extollimus, dignamur, & collocamus. Statuentes quoque, decernentes, & volentes, ut dictus Rudolfus Coroninus Liber Baro de Cronberg, & omnes ejusdem legitimi hæredes, & successores, eorundemque descendentes, utriusque sexus in infinitum in descendenti linea perpetuo, & in omne ævum Liberi Barones, ac Baronissæ sint, seque deinceps Liberos Barones, ac Baronissas de Cronberg tam coram Nobis, & Successoribus Nostris, quam coram aliis quibuscunque in omnibus illorum scripturis, sermonibus, titulis, sigillis, negotiis, commissionibus, & muneribus nuncupent, & inscribant. Et ipsi pariter a Nobis, nostrisque Cancellariis, ac omnibus Nobis subjectis ita nominentur, honorentur, & pro talibus habeantur, uti etiam prætetea omnes, & singulas gratias, libertates, Privilegia, immunitates, præeminentias, statuta, veteres consuetudines, sessiones, honores, dignitates, emolumenta, jura, & jurisdictiones habeant, juxta beneficia Cathedralium, & Metropolitanarum Ecclesiarum, superiores, & inferiores, ac alias honorabiles dignitates Ecclesiasticas, & seculares, præcipue vero Nobilium Banneriorum, ac Liberorum Baronum feuda, & subfeuda suscipere, frui, & obtinere valeant. Denique tam in judiciis, quam extra in omnibus, & singulis honorabilibus, Nobilibus, & Equestribus negotiis, rebus, & occupationibus admittantur, statum, & sessionem habeant, & ad hæc omnia habiles, capacesque esse debeant, & possint. Item secundum eorum exigentiam, & voluntatem supradicto titulo utantur, fruantur, & gaudeant, quemadmodum alii nostri, & Imperii, Nostrorumque hæreditariorum Regnorum Principatuum, ac Ditionum vere nati Barones, & Baronissæ utuntur, fruuntur, & gaudent consuetudine, vel de Jure, nemine prohibente. Ita tamen ne hæc exaltatio nostra, & amplificatio Nobis, Successoribus nostris, & Inclytæ Domui Austriacæ in suis Privilegiis, Juribus, jurisdictionibus, & feudis aliquod afferat detrimentum, Ipseque Rudolfus Coroninus Liber Baro de Cronberg, ejusdemque hæredes, & Successores respectu bonorum, quæ in Nostris hæreditariis Regnis, Principatibus, ac Ditionibus actu possident, vel inposterum possidebunt, sicuti cæteri nostri Provinciales, & subditi in præstatione onerum, pensione vectigalium, susceptione itinerum, administratione publicorum munerum, prout conveniens, æquitatique consentaneum, nobis in omne ævum præsto esse, & debita cum obedientia subvenire teneantur.

Juxta hæc ergo omnibus, ac singulis Electoribus, Principibus Ecclesiasticis, & secularibus, Prælatis, Comitibus, Baronibus, Equitibus, Militibus, Locumtenentibus, Præfectis, Prætoribus, Provinciarum Mareschallis, Vice-præpositis, Capitaneis, Vicedominis, Advocatis, Administratoribus, Officialibus, Terrarum Judicibus, Quæstoribus, Scabinis, Consulibus, Judicibus, Consiliariis, Heraldis, denique omnibus aliis Nostris, & Imperii, etiamque hæreditariorum Regnorum, Principatuum, & Ditionum Nostrarum subditis, atque fidelibus Ecclesiasticis, & secularibus, cujuscunque Dignitatis, status, conditionis existant, serio, & stricte præsenti Diploma-

re

te mandamus volumusque, ut te toties dictum Rudolfum Coroninum Liberum Baronem de Cronberg, suosque legitimos hæredes, & successores, eorumque descendentes utriusque sexus perpetuo, & in omne ævum instar aliorum Baronum, & Baronissarum honorent, reputent, agnoscant, inscribant, nominent, & ut in omnibus, ac singulis honorificis conventibus, ludis Equestribus, superioribus, & inferioribus fundationibus, & dignitatibus Ecclesiasticis, & sæcularibus uti, frui, & gaudere sinant; universis, ac singulis honoribus, Dignitatibus, præeminentiis, utilitatibus, juribus, consuetudinibus, ac libertatibus, quibus alii Nostri, ac Sacri Romani Imperii, nec non hæreditariorum Regnorum, Principatuum, ac Ditionum nostrarum Liberi Barones utuntur, fruuntur, & gaudent consuetudine vel de jure. Vosque in iis omnibus & singulis defendant, & manuteneant, ac alios, ne quid in contrarium attentent, vel moliantur, pro viribus prohibeant, & impediant: in quantum indignationem nostram gravissimam, & pœnam centum Marcharum auri puri, pro dimidia nostro, ac Successorum Nostrorum fisco, seu Ærario, & pro reliqua parte injuriam passo, vel passis, omni spe veniæ sublata, solvendam incurrere noluerint. Harum testimonio Litterarum manu nostra subscriptarum, & Majoris sigilli nostri Cæsarei appensione munitarum. Datum in Nostra, & Sacri Imperii Civitate Ratisbonæ die Decima septima Mensis Augusti, Anno ab incarnatione Domini, & Salvatoris Nostri Millesimo sexcentesimo trigesimo, Regnorum Nostrorum, Romani undecimo, Hungarici decimo tertio, Bohemici vero decimo quarto.

Ferdinandus

Joannes Bapta Comes de Verdenberg.
Ad Mandatum Sac. Cæs. Majestatis proprium

Caspar Frey
(L. S.)

N.° CXXII.

Idem Ferdinandus II. Benvenutum de Petazzio Lib. Baronem in Schwarzenegg, Castello novo, & Sancto Servulo Consiliarium suum, Camerarium, & Tergesti Capitaneum, S. R. I. Comitum Ordini, adjectis variis prærogativis, adscripsit Viennæ XIX. Junii 1632. Ex autographo quondam Ferdinandi Comitis de Petazzi.

Ferdinandus Secundus Divina favente Clementia Electus Romanorum Imperator semper Augustus, ac Germaniæ, Hungariæ, Bohemiæ, Dalmatiæ, Croatiæ, & Sclavoniæ &c. Rex; Archidux Austriæ, Dux Burgundiæ, Brabantiæ, Styriæ, Carinthiæ, Carniolæ, Marchio Moraviæ, Dux Lucemburgi, superioris, & inferioris Silesiæ, Wirtenbergæ &c. Teckæ, Princeps Sueviæ, Comes Habspurgi, Ferretis, Kyburgi, Tyrolis, & Goritiæ, Landgravius Alsatiæ, Marchio S. R. Imperii Burgoviæ, ac Superioris, & Inferioris Lusatiæ, Dominus Marchiæ Sclavonicæ, Portus Naonis, & Salinarum &c.

Nobili, ac Generoso fideli Nobis dilecto Benvenuto de Petacio Libero Baro-

Baroni in Schwarzeneg, Castello novo, & Sancto Servulo, nostro consiliario, Camerario, & Capitaneo Tergesti gratiam Nostram Cæsaream, & omne bonum.

Fuit a multis jam sæculis laudatissima Divorum Antecessorum Nostrorum consuetudo, ut quos vel clara generis origine celebres, vel eximiis in Patriam, & Rempublicam meritis probatos, aliisque virtutum generibus præditos animadverterent, eosdem munificentia sua præ cæteris ornandos extollendosque susciperent. Idque non solum hanc ob causam, ut ii virtutis suæ beneficio se condignos honores adeptos esse intelligerent, sed etiam ut & Posteri ipsorum vel inde majori domesticæ laudis tuendæ, propagandæque desiderio excitati, ad paria virtutis, & veræ gloriæ capessendæ conamina totis viribus, plenoque cursu alacriter contenderent. Unde & Nos Dei Optimi Maximi nutu, & providentia ad Sacri Romani Imperii, aliorumque Regnorum, & Dominiorum nostrorum gubernacula admoti nihil prius antiquiusve ducimus, quam præclara eorundem Antecessorum Nostrorum instituta, ac vestigia cum in aliis, tum hac ipsa in parte firmiter sequi, & bonos quosque Viros, præsertim eos, quos, præter Nobilium Natalium decus, singularis vitæ, morumque probitas, & tam Majorum suorum, quam propria merita, assiduaque in Nos, & Inclytam Nostram Austriæ Domum syncerae fidei, & observantiæ studia commendatos, & gratos reddunt, favore nostro jugiter complecti, eorumque dignitati, ac ornamentis juvandis, & amplificandis quavis occasione clementer adesse: perspectum quippe, & exploratum habentes hac etiam potissimum ratione Rempublicam foveri, si nimirum honestæ cupiditatis igniculis mortalium animis a natura tributis, quibus alias accensi ad pulcherrima quævis exercitia sponte feruntur, Nos quoque fomitem addiderimus, virtutisque decus perpetuo beneficentiæ nostræ pignore posteritatis memoriæ commendatum immortalitatis beneficio adornaverimus.

Considerantes itaque, Benvenute de Peraclo, iis te Parentibus, atque Majoribus progenitum esse, quos a longissima temporum serie in Civitate Nostra Tergestina non solum Nobili, & antiquissima generis origine conspicuos, sed etiam variis insignibus obsequiis Patriæ, Principibusque suis, & Universæ Augustæ Nostræ Austriæ Domui domi, militiæque fideliter, & utiliter præstitis, aliisque laudabilibus actionibus præclarum, præcipuumque semper nomen, atque decus gessisse constet; inter quos quidem præ aliis præcipue clari, atque memoria digni numerentur Adelus, & Bernhardus de Peraclo, quorum alter anno Domini millesimo trecentesimo octogesimo secundo a dicta Civitate Tergestina, tunc temporis adhuc libera, cum aliis potioribus suis Civibus, & Collegis ad Antecessorem Nostrum bonæ memoriæ Leopoldum Austriæ Ducem, ut se cum omnibus Arcibus subditis, & pertinentiis ultro in ejus, & Nostræ Austriæ Domus perpetuam tutelam, & protectionem dederet Orator missus, una cum eadem Civitate ob insignem istum spontaneæ devotionis actum variis amplissimis Privilegiis ornari meruerit; Alter vero tempore Divi quondam Antecessoris Nostri Imperatoris Friderici, Augustæ memoriæ, cum eadem Tergestina Civitas, orta quorundam inquietorum, ac rebellium fa-

ctio-

ctione, graviſſimis periculis objecta eſſet, omnem ſuam, ac liberorum ſubſtantiam, ſuæque vitæ diſcrimen contemnens generoſo animo hiſce machinationibus fortiter ſe oppoſuerit, atque conſilio, & auxilio ſuo, quodam Nicolao Lueger Imperatoris Caſtellano Vippaci cum armata manu in illam Civitatem introducto, tumultuoſorum Civium audaciam feliciter compreſſerit, Patriamque cum tanta conſtantiæ, & fidelitatis ſuæ demonſtratione priſtinæ quieti, & tranquillitati reſtituerit, ut perpetuam laudem tum ex ipſomet facto, tum etiam ex litteris a dicto Imperatore Friderico hac in re ad ipſum perſcriptis ſibi comparatam habeat: quorum etiam veſtigia non ſolum egregius olim Chriſtophorus de Petacio, qui Caſtri Momiani in Iſtria ſiti Caſtellani munus quoad vixit ſemper viriliter, & honeſte geſſerit, nec non Bernardus de Petacio Atavus tuus, qui in juventute ſua per integrum biennium ſub glorioſiſſimis quondam felicis memoriæ Imperatoris Maximiliani prædeceſſoris Noſtri auſpiciis contra Venetos feliciter militaverit, & reliquam demum ſuam graveſcentem ætatem in memorata noſtra Tergeſtina Civitate Patria ſua honeſte laudabiliterque uſque ad ultimum vitæ ſuæ diem tranſegerit; ſed cæteri quoque deſcendentes haud minori ſtudio, atque conſtantia gnaviter ſemper ſecuti ſint, opera nimirum cum in honorificis muneribus domi geſtis, cum in militia contra Auguſtæ Noſtræ Auſtriæ Domus hoſtes nunquam non cum ſingulari, & quæ nulla in parte a Progenitorum ſuorum virtute diſpar fuerit, promptitudine, atque fidelitate undique conſtanter impenſa, prout omnium illorum egregiæ virtutis, & meritorum, cum in variis authenticis Scripturis, tum maxime in Divi quondam Anteceſſoris Noſtri auguſtæ memoriæ Ferdinandi primi Romanorum Imperatoris Diplomate in confirmationem Antiquæ ipſorum Nobilitatis expedito, præclara Documenta, atque teſtimonia, nec non ipſummet Nobilitatis pulcherrimum extet ornamentum velut certum præmium ipſa virtute partum, ac poſteritati quaſi per manus traditum; ultimis autem temporibus, veluti quondam tui Avus Benevenutus, & Hieremias Frater ejus, atque Pater Joannes de Petacio iiſdem eximiis nominibus celeberrimi recolentur, ita tu quoque vel ipſa natura, vel præclara quadam indole duce protinus ab ipſo juventutis flore tuas cogitationes, omneſque pariter vitæ actiones eo potiſſimum direxeris, ut decus illud domeſticum a Majoribus tuis acceptum, & ab illis in te velut hæreditario jure translatum non ſolum ab interitu conſervares, verum etiam quo ad ejus fieri poteſt propriis meritis, atque virtutibus auctum illuſtratumque ad poſteritatem tranſmitteres. Cujus quidem optimi deſiderii tui præſtantiam Nos ipſi variis occaſionibus, in primis vero tempore ultimi Forojulienſis Belli contra Venetos geſti ſingulariter experti ſimus, dum nimirum in terminorum ditionis Noſtræ, atque præcipue locorum fidei, & tutelæ tuæ commiſſorum defenſionem nec facultatibus, boniſque tuis peperceris, nec ullum vitæ periculum te a fidelitate, ac pro viribus tuendæ Patriæ ſtudio abſtrahere paſſus ſis, ſed eam undequaque devotionis perfectionem, atque conſtantiam demonſtraris, ut exiſtimationi Noſtræ de te conceptæ non ſolum pleniſſime in omnibus ſatisfeceris, ſed etiam tam apud Nos, quam apud omnes bonos inſignem inde virtutis, ac meritorum laudem consecutus sis, eoque ipso, præter alia propensissimæ Nostræ erga te voluntatis documenta, præsertim prædicto Tergestino Capitaneatui, cum illum vacare contigisset, in singulare nostræ, quam in te posuimus, fiduciæ argumentum præfici merueris, qua etiam in functione jam per quinque annos eximiæ tuæ fidei, vigilantiæ, zeli, & prudentiæ decore præclare conservato ad omnem satisfactionem nostram versatus sis, & vel maxime in nupero Serenissimæ Hungariæ, & Bohemiæ Reginæ Dominæ Mariæ natæ Infantis Hispaniarum Neptis, & filiæ Nostræ Charissimæ transitu quævis gratissima Nobis erga Sereni. Suam Servitiorum Officia præstiteris. Iisdem de causis omnino Nobis persuasum habentes, te deinceps quoque una cum filiis tuis, quorum Primogenitus Joannes Adelus Dapifer noster, & Vexillifer in ipsa militia nostra contra hostes, & rebelles nostros avitam sanguinis fundendi promptitudinem generose testatur, in eodem de Nobis, ac Sacro Imperio, Augustaque nostra Austriæ Domo benemerendi studio perseveraturum, rem Nobis, munereque nostro dignam nos facturos arbitrati sumus, si hæc antecessorum tuorum, propriaque merita, & virtutes tuas honorifico hoc nostro elogio laudaremus, & ob ea ipsa te in sublimiorem, qui eisdem jure convenit, honoris, & dignitatis gradum promovendum susciperemus, quo nimirum non minus perpetuum innatæ Nostræ in eos, qui singularibus meritis, & virtutibus clarent, munificentiæ, benignissimæque simul, qua te ob supradictas rationes complectimur, voluntatis testimonium, quam etiam utilissimum Posteritati tuæ, aliisque ad paria laudabilia studia sectanda extaret incitamentum.

Motu igitur proprio, & ex certa nostra scientia, animoque bene deliberato, deque Cæsareæ, Regiæ, & Archiducalis potestatis nostræ plenitudine te prænominatum Benvenutum de Petacio, omnesque liberos, hæredes, posteros, & descendentes tuos ex legitimo Matrimonio natos, & nascituros utriusque sexus in infinitum Nostros, & Sacri Romani Imperii, Regnorumque, & Ditionum Nostrarum hæreditariarum Comites antiquæ prosapiæ fecimus, creavimus, prout tenore præsentium facimus, creamus, & ad Comitum Statum, atque gradum clementer evehimus, & attollimus, ac Comitum honoris, dignitatisque titulo per præsentes gratiose insignivimus, nec non aliorum Nostrorum, & Sacri Romani Imperii, Regnorumque, & Ditionum nostrarum hæreditariarum Comitum vere natorum, ordini, numero, consortio, cœtuique favorabiliter adscribimus, & aggregamus: Decernentes, & hoc firmissimo Edicto Nostro statuentes, ut de cætero tu, Benvenute de Petacio, tuique Filii, hæredes, & Successores antedicti tam Masculi, quam Fœminæ perpetuis futuris temporibus, sive conjunctim, aut divisim possideatis, sive etiam non possideatis ea, quæ ad præsens habes, Castra Jurisdictionalia cum mero, & mixto Imperio Sancti Servuli, Castelli novi, & Schwarzenegg pro libitu vestro, & prout inter eosdem descendentes tuos conventum fuerit, Vos Comites de Santo Servulo, & Castello novo, & Barones in Schwarzenegg nominare tam in Litteris, quam nuncupatione verbali, nec non in rebus, ac negotiis spiritualibus, & temporalibus, Ecclesiasticis & profanis, & in

qui-

quibuscunque negotiis, & actionibus a Nobis, & Successoribus Nostris, ac aliis omnibus, & singulis, cujuscunque status, gradus, ordinis, dignitatis, & conditionis extiterint, pro veris Comitibus vetustioris prosapiæ haberi, dici, nominari, & honorati possitis, & valeatis, prout nos ipsi Te, eosdemque legitimos hæredes, ac posteros tuos utriusque sexus in infinitum Comites nominamus, declaramus, & appellamus, perinde ac si a quatuor Avis Paternis, & Maternis tales nati essetis. Volentes, & authoritate Nostra Imperiali Regiaque & Archiducali expresse decernentes, quod ubivis locorum, & Terrarum tam in judiciis, quam extra, omnibus, & singulis privilegiis, indultis, immunitatibus, libertatibus, juribus, consuetudinibus, honoribus, dignitatibus, prærogativis, exemptionibus, gratiis & favoribus uti, frui, gaudere, & potiri valeatis, & possitis, quibus alii antiqui Comites in Sacro Romano Imperio, Regnisque, & Provinciis Nostris hæreditariis uti, frui, & potiri solent, quomodolibet consuetudine, vel de jure, omni contradictione & impedimento postposito.

Porro tibi Benevenuto de Petacio Comiti Sancti Servuli, & Castelli novi, & Baroni in Schwarzenegg, ac omnibus liberis, hæredibus, posteris, & descendentibus tuis perpetuo orituris eam gratiam, & facultatem concedimus, & elargimur, ut Vos ab omnibus dominiis, castris, aut bonis jam acquisitis, vel in posterum acquirendis, aut ædificandis denominare, aut pro arbitrio vestro nomen alicujus mutare, & aliud Cognomen, & denominationem adsciscere possitis, & valeatis atque hujusmodi denominationibus tam scripto, quam viva voce, intra & extra judicium ubivis terrarum, & gentium appellari, vocari, & salutari debeatis.

Ulterius tibi nominato Benvenuto de Petacio Comiti Sancti Servuli, & Castri Novi, & Baroni in Schwarzenegg, omnibusque liberis, hæredibus, posteris, & descendentibus tuis perpetuo orituris, Masculis, & Fœminis, eam peculiarem facimus, & elargiri sumus gratiam, ac vigore præsentium facimus, & elargimur, ut vos in posterum in omnibus litteris, & scripturis, quæ a Nobis, & omnibus Successoribus Nostris Romanis Imperatoribus, & Austriæ Archiducibus ad vos dabuntur, & expedientur, vel in quibus alias per Nos, vel per ipsos Vestri fiet mentio, præscripto titulo Generosi, vulgo Wolgeboren, honorari, & ornari debeatis, prout in Cancellariis Nostris hanc formam ita observandam jam expresse commisimus, atque mandavimus.

Quo vero perpetuum Nostræ ad dictam Comitum dignitatem sublimationis extet Documentum, eademque pleniore beneficio decorata in oculos hominum clarius incurrat, præmemorata authoritate nostra antiqua, quibus hactenus usus es, Armorum Insignia; Scutum nimirum secundum longitudinem divisum in duas partes æquales, in cujus sinistra area rubra conspiciantur septem albi vel argentei Nummi, eo ordine dispositi, ut ex una parte sint terni, & totidem ex altera, pari intervallo disjuncti, septimusque in imo areæ solus ac medius inter duos inferiores constitutus, dextra vero pars Clypei sit tota aurea, vel flava, & dimidiam bicipitem Aquilam nigram uno duntaxat capite in latus dextrum verso, diademate insignito, hianteque rostro, ala, & cauda expansa, ac diductis dexteræ tantum tibiæ unguium falculis repræsentet, Galea Clypeo imposita conspiciaciatur aperta, & Torneraria, insignis Corona aurea, ac eminentibus e cono in altum duobus brachiis humanis ad manus usque armatis, cubitis in se aversis, & pollicibus in palmas aliquantulum compressis, cæteris digitis protensis, phalerisque, seu teniis, atque laciniis ab utroque Galeæ latere molliter defluentibus, ac circumfusis utrinque rubeis, ac flavis, seu aureis, & argenteis; clementer auximus, amplificavimus, & locupletavimus, prout eadem vigore præsentium augemus, amplificamus, locupletamus, & tibi, omnibusque liberis, hæredibus, posteris, & descendentibus tuis ex legitimo Matrimonio ortis, & orituris in hunc qui sequitur modum posthac habenda, gestanda, ac deferenda benigne concedimus, & elargimur; Scutum videlicet quadripartitum, in cujus inferiore sinistra, & superiore dextera parte in campo flavo sive aureo appareat Aquila nigra erecta, coronato capite, dextrorsum versa, & de cætero sic disposita, ut pedibus diductis insistere, caudaque depressa, alis vero late expansis, rostro item aperto, ac lingua rubra exerta plausum præseferre videatur, cæteræ vero duæ partes contineant in Campo rubro septem monetas albas, sive argenteas, quarum recto per longitudinem ordine binæ semper, & infimo loco una positæ sint, in medio scuti perspiciatur aliud scutum parvulum cærulei coloris stellam flavam, sive auream sex radiorum complectens, scuto majori incumbant tres Galeæ apertæ, seu clathratæ vulgo appellatæ, singulæ Diademate aureo superimposito ornatæ, phalerisque seu laciniis ab utroque latere, a dextro quidem croceis, vel aureis, ac nigris, a sinistro autem candidis, sive argenteis, & rubris mixtim circumfusis, ac molliter defluentibus, e quarum primæ, quæ a dextro est latere, cono Aquila nigra in scuto descripta, e secundo vero duo brachia armata erecta, cubitis aliquantulum incurvatis, & invicem aversis, quarum manus nudæ digitis sursum explicatæ pollices in palma comprimunt, & e tertiæ Galeæ vertice stella itidem in scuto depicta emineant. Quibus tribus Galeis, vel, loco ipsarum, Corona Regia, uti tibi, posterisque tuis supradictis pro libitu alternative licitum sit. Quod si vero tibi, vel dictis tuis Filiis, & descendentibus visum fuerit loco Armorum præscriptorum in quibusdam rebus, actibus, vel negotiis, uti scuto rubro, septem albas, sive argenteas monetas complectente, & Corona Regia, sive suprascriptis tribus Galeis una cum suis ornamentis superimpositis, id quoque vobis pro libitu vestro hisce concessum sit, prout hæc omnia in medio hujus Nostri Diplomatis Pictoris industria, vere ob oculos posita videre licet. Volentes, & expresse decernentes, quod tu, jam sæpius nominate Benvenute de Peracio, omnesque tui Posteri, & descendentes legitimi utriusque sexus in infinitum præscripta Armorum Insignia uno, vel altero modo in omnibus, ac singulis honestis, & decentibus actibus, exercitiis, atque expeditionibus tam serio, quam joco in hastiludiis, seu hastatorum dimicationibus, pedestribus, & Equestribus, in Bellis, Duellis, singularibus certaminibus, & quibuscunque pugnis cominus, eminus, in scutis, banneriis, vexillis, tentoriis, cœnotaphiis, sepulchris, monumentis, clenodiis, anulis, monilibus, sigillis, ædificiis, parietibus, fenestris, ostiis, lacunaribus, tapetibus ac supellectilibus quibuscunque, tam in rebus spirituatualibus, quam temporalibus, & mixtis, in locis omnibus pro rei necessitate, & voluntatis vestræ arbitrio, aliorum nostrorum, & Sacri Romani Imperii, Regnorumque, & Ditionum Nostrarum hæreditariarum Comitum more libere, & absque ullo impedimento vel contradictione habere, gestare, ac deferre, iisdemque uti quovis modo possitis, & valeatis, aptique sitis, & idonei ad ineundum, & recipiendum omnes gratias, libertates, exemptiones, feuda, privilegia, vacationes a muneribus, & oneribus quibuscunque, realibus, personalibus, sive mixtis, ad utendum denique singulis juribus, quibus cæteri a Nobis, ac Sacro Romano Imperio hujusmodi ornamentis insigniti, ac feudorum capaces, atque participes utuntur, fruuntur, potiuntur, & gaudent quomodolibet consuetudine, vel de jure.

Insuper pro uberiori propensissimæ nostræ in te voluntatis documento, motu prædicto proprio, & ex certa nostra scientia, animo deliberato, sanoque accedente consilio, & de Cæsareæ potestatis nostræ plenitudine te memoratum Benevenutum de Petacio Comitem Sancti Servuli, & Castelli novi, ac Baronem in Schwarzzenegg, tuumque Filium Primogenitum, & cæteros descendentes legitime natos, primogenitos semper (ita ut Primogenitura ordinario semper ordine, ex eo scilicet, qui proximior est defuncto, intelligatur, & illa tum demum, cum tota ex Primogenito descendens linea defecerit, ad secundogenitum tuum, vel ejus descendentem lineam, eaque deficiente, ad tertiogenitum, vel ipsius descendentem lineam, & ea etiam deficiente, eodem ordine ead cæteros tuos, si habueris filios legitime natos, & ita deinceps extendatur) Sacri Lateranensis Palatii, Aulæque Nostræ Cæsareæ, & Imperialis Consistorii Comites facimus, creavimus, ereximus, & Comitum Palatinorum titulo clementer insignivimus, quemadmodum tenore præsentium facimus, creamus, erigimus, attollimus, & insignimus, & aliorum Comitum Palatinorum numero, & cœtui aggregamus, & adscribimus. Decernentes, & Imperiali hoc Nostro Edicto firmiter statuentes, quod ex hoc tempore, quoad vixeritis, omnibus & singulis privilegiis, gratiis, juribus, immunitatibus, honoribus, exemptionibus, consuetudinibus, & libertatibus uti, frui, potiri, & gaudere possitis, & debeatis, quibus cæteri Lateranensis Palatii Comites hactenus potiti, & gavisi sunt, seu quomodolibet fruuntur, potiuntur, & gaudent consuetudine vel de jure.

Dantes, & concedentes tibi præfato Benvenuto de Petacio Comiti Sancti Servuli, & Castelli Novi, ac Baroni in Schwarzzenegg, tuoque Filio Primogenito, & cæteris descendentibus legitime natis, primogenitis semper, & ut supra, amplam authoritatem, & facultatem, qua possitis & valeatis per totum Romanum Imperium, & ubilibet terrarum facere, & creare Notarios publicos, seu Tabelliones, & Judices Ordinarios, Cartularios, & Delegatos, & omnibus personis, quæ fide dignæ, habiles, & idoneæ sint (super quo conscientiam vestram oneramus) Notariatus, seu Tabellionatus, & Judicatus Ordinarii Officium concedere & dare, eosque, ac eorum quemlibet authoritate Imperiali de prædictis per pennam, & calamarium, ut moris est, investire: dummodo tamen eos habiles, & idoneos inveneritis, & ab ipsis Notariis Publicis, seu Tabellionibus, & Judicibus Ordinariis per vos creandis, ut præmittitur, & eorum quolibet vice ac nomine noſtro, & Sacri Imperii, & pro ipſo Romano Imperio debitum fidelitatis recipiatis corporale, & proprium Juramentum in hunc videlicet modum: quod erunt Nobis, & Sacro Romano Imperio, ac omnibus Succeſſoribus Noſtris Romanorum Imperatoribus, & Regibus legitime intrantibus fideles, nec unquam erunt in conſilio ubi noſtrum periculum tractetur, ſed bonum, & ſalutem noſtram defendent, & fideliter promovebunt, damna noſtra pro ſua poſſibilitate vetabunt, & avertent: Præterea Inſtrumenta omnia tam publica, quam privata, ultimas Voluntates, Codicillos, Teſtamenta, quæcunque Judiciorum acta, ac alia omnia, & ſingula, quæ illis, & cuilibet ipſorum ex debito dictorum Officiorum facienda occurrerint, vel ſcribenda, juſte, pure, fideliter, omni ſimulatione, machinatione, falſitate, & dolo remotis ſcribent, legent, facient, atque dictabunt, non attendendo pecuniam, odium, munera, vel alias paſſiones, & favores; Scripturas vero, quas debebunt in publicam formam redigere, in membranis mundis, non chartis abraſis, ſecundum terrarum conſuetudinem, fideliter conſcribent, legent, facient, atque dictabunt; cauſaſque Hoſpitalium, & Miſerabilium perſonarum, nec non pontes, ac ſtratas publicas pro viribus promovebunt, ſententias, & dicta Teſtium, donec publicata fuerint, & approbata, ſub ſecreto fideliter retinebunt, & omnia alia, & ſingula recte & juſte facient, quæ ad dicta Officia quomodolibet pertinebunt conſuetudine, vel de jure. Quodque hujuſmodi Notarii Publici, ſeu Tabelliones, & Judices Ordinarii per vos creandi poſſint, & valeant per totum Romanum Imperium, & ubilibet locorum facere, ſcribere & publicare contractus, Inſtrumenta, Judicia, Teſtamenta, & ultimas Voluntates, decreta, & authoritatem interponere in quibuſcunque contractibus requirentibus illa, vel illam, ac omnia alia facere, publicare, & exercere, quæ ad dictum Officium Publici Notarii, ſeu Tabellionis, & Judicis Ordinarii pertinere, & ſpectare dignoſcuntur.

Decernentes, quod omnibus Inſtrumentis, & Scripturis per hujuſmodi Tabelliones, Notarios publicos, ſeu Judices ordinarios faciendis plena fides ubique adhibeatur in Judicio, & extra, conſtitutionibus, decretis, ſtatutis, & aliis in contrarium facientibus non obſtantibus quibuſcunque.

Ulterius tibi antenominato Benvenuto de Petacio Comiti Sancti Servuli, Caſtelli novi, & Baroni in Schwarzzenegg, tuoque Filio Primogenito, & caeteris deſcendentibus legitime natis, primogenitis ſemper, ut ſupra, concedimus, & elargimur plenam facultatem quod poſſitis & valeatis Naturales, baſtardos, Spurios, Manſeres, nothos, Inceſtuoſos copulative, vel disjunctive, & quoſcunque alios ex illicito, & damnato coitu procreatos, exiſtentibus, vel non exiſtentibus aliis filiis legitimis, eis etiam aliter non requiſitis, viventibus, vel etiam mortuis eorum Parentibus, (Illuſtrium tamen Principum, Comitum, Baronumque Filiis duntaxat exceptis) legitimare, & eos, & eorum quemlibet ad omnia, & ſingula Jura legitima reſtituere, & reducere, omnemque geniturae maculam penitus abolere, ipſos habilitando, & reſtituendo ad omnia, & ſingula Jura ſucceſſionum, & hæreditatum, bonorum Paternorum, & Maternorum

etiam

etiam ab intestato, Cognatorum, & Agnatorum, nec non ad honores, dignitates, & singulos actus legitimos tam ex contractu, quam ultima voluntate, aut alio quovis modo in Judicio, & extra perinde ac si de vero legitimoque Matrimonio procreati essent, objectione prolis illegitimæ penitus quiescente,

Quodque illorum legitimatio, per vos ut supra facta, juste, & legitime facta maxime habeatur, & teneatur, non secus ac si foret cum omnibus juris solemnitatibus, quarum defectus specialiter authoritate nostra Imperiali suppleri volumus, & intendimus: dummodo tamen legitimationes hujusmodi non præjudicent Filiis, & hæredibus legitimis, & naturalibus.

Qui quidem legitimandi, postquam legitimati fuerint, sint, & esse censeantur, nominenturque, & nominari possint, & debeant ubivis locorum, & Terrarum tanquam vere legitimi, & legitime nati de Domo, familia, & agnatione Parentum suorum, Arma etiam, & Insignia eorum portare, ac ferre possint, & valeant, admittanturque ad omnes actus legitimos, officia, jura, honores, & dignitates tam Ecclesiasticas, quam sæculares, uti vere legitimi, quin etiam efficiantur Nobiles, si parentes ipsorum Nobiles fuerint, possintque, & debeant in omnibus actibus publicis, & privatis iisdem officiis, juribus, honoribus, & dignitatibus uti, frui, & gaudere, quibus vere legitimi in Judicio, & extra utuntur, fruuntur, & gaudent: Non obstantibus ullis legibus, quibus cavetur, quod Naturales, Bastardi, Spurii, Manseres, Nothi, incestuosi copulative, vel disjunctive, aut alii quicunque ex illicito, ac nefario concubitu procreati, vel procreandi non possint, vel debeant legitimari, liberis naturalibus, & legitimis existentibus, vel sine consensu, & voluntate Filiorum Naturalium, & legitimorum, vel Agnatorum, aut Feudi Dominorum, & specialiter in auth. Quibus modis nat. efficiantur legitimi, & quibus modis nat. efficiantur sui per tot. & §. Naturales si de Feudo def. contr. sit inter Dom. & Agnat. & L. Jubemus Cod. de Emancip. Liber., & aliis similibus, quibus quidem legibus, & cuilibet ipsarum volumus expresse, & ex certa nostra scientia derogari; neque etiam obstantibus in præmissis aliquibus contrahentium dispositionibus, & ultimis voluntatibus, aliisque legibus, Locorumque statutis, ordinationibus, & consuetudinibus, etiamsi tales forent, quæ specialem hic, & individuam mentionem requirerent: Quibus obstantibus, & obstare volentibus in hoc duntaxat casu ex certa Nostra scientia, deque Cæsareæ potestatis nostræ plenitudine totaliter derogamus, & derogatum esse volumus per præsentes.

Similiter eadem authoritate Nostra Imperiali Tibi prænominato Benvenuto de Peracio Comiti Sancti Servuli, & Castelli novi, & Baroni in Schwarzzenegg, Tuoque filio primogenito, & cæteris descendentibus legitime natis Primogenitis semper, ut supra, damus, & concedimus amplam facultatem, qua possitis, & valeatis Tutores, atque Curatores confirmare, dare, & constituere, ipsosque causis legitimis subsistentibus amovere. Præterea Filios adoptare, & arrogare, eosque adoptivos, & arrogatos facere, constituere, & ordinare, nec non filios legitimos, & legitimandos, adoptivosque, & adoptandos in quavis ætate constitutos emanci-

cipa-

cipare, ac patria potestate liberare, adoptionibusque, & emancipationibus quibuscunque omnium, & singulorum etiam Infantium, & adolescentium consentire. Veniam ætatis supplicantibus concedere, authoritatem, & Decretum in omnibus interponere, servos etiam manumittere, manumissionibus quibuscunque cum, vel sine vindicta, & Minorum alienationibus, alimentorumque Transactionibus authoritatem pariter, & Decretum interponere, Minores quoque, Ecclesias, & Communitates læsas altera parte ad id prius vocata in integrum restituere. Cum infamibus tam juris, quam facti, aut aliter quomodocunque copulative vel disjunctive, dispensare, eosque ad famam restituere, abstergendo ab eis omnem Infamiæ notam tam irrogatam, quam irrogandam, ita quod de cætero ad omnes, & singulos actus legitimos apti, & idonei habeantur, & promoveantur, haberique, ac promoveri possint, & debeant, juris ordine semper servato.

Ad hæc tibi prædicto Benvenuto de Peracio Comiti Sancti Servuli, & Castelli novi, & Baroni in Schwarzenegg Nostro Consiliario, Camerario, & Capitaneo Tergesti, Tuoque filio Primogenito, & cæteris descendentibus legitime natis primogenitis semper, ut supra, scientia, motu, & authoritate, quibus supra, Indulgemus, quod possitis, & valeatis Doctores tam in Theologia, quam Jurisprudentia, Medicina, ac Philosophia, nec non Licentiatos in omni licita facultate, Magistros, atque Baccalaureos creare, promovere, ordinare, constituere, & facere, adhibitis tamen in cujuslibet Doctoris creatione Doctoribus eximiis de professione creandi ad minus tribus, qui doctorandum, vel licentiandum examini subiiciant, & ei, quem idoneum invenerint, sufficientemque comprobaverint, Vos authoritatem interponendo *Doctoratus*, Licentiæ, Magisterii, & Baccalaureatus Insignia uti moris est conferatis. Qui quidem Doctoratus, *Licentiæ*, Magisterii, & Baccalaureatus titulo a Vobis donati libere possint, & valeant in omnibus Civitatibus, Terris, & Locis Sacri Romani Imperii, & ubilibet Terrarum omnes actus Doctorales legendi, docendi, interpretandi, Cathedram ascendendi, glossandi, disputandi, consulendi, & cæteros actus Doctorales, Licentiæ, Magisterii, & Baccalaureatus facere, & exercere, omnibus, & singulis gaudere, & uti privilegiis, prærogativis, exemptionibus, libertatibus, concessionibus, honoribus, præeminentiis, favoribus, indultis, & gratiis, ac aliis quibuscunque, quibus cæteri Doctores, vel Licentiati, nec non Magistri, & Baccalaurei, qui in Gymnasio Viennensi, Parisiensi, Papiensi, Pataviensi, Bononiensi, Pisano, Senensi, Ingolstadiensi, & alio quolibet publico, & privilegiato Gymnasio promoti, vel etiam a Nobis, ac Divis Romanorum Imperatoribus, & Regibus insigniti fuerint, seu aliter quocunque modo talia Insignia acceperint, gaudent, utuntur, & fruuntur quomodolibet consuetudine, vel de jure.

Quocirca Universis, & singulis Electoribus, aliisque Principibus Ecclesiasticis, & sæcularibus, Archiepiscopis, Episcopis, Ducibus Marchionibus, Comitibus, Baronibus, Militibus, Nobilibus, Clientibus, Capitaneis, Vicedominis, Præfectis, Castellanis, Locumtenentibus, Officialibus, Heroaldis, Caduceatoribus, Burgi Magistris, Judicibus, Consulibus, Civibus,

bus, & generaliter omnibus, & singulis Nostris, & Sacri Romani Imperii, Regnorumque, & Provinciarum Nostrarum hæreditariarum subditis, ac fidelibus, cujuscunque dignitatis, gradus, ordinis, & conditionis existant, serio mandamus, & præcipimus, ut te Benvenutum de Petacio Comitem Sancti Servuli, & Castelli Novi, ac Baronem in Schwarzzenegg, Tuosque Filios, Hæredes, Posteros, & Descendentes ex legitimo Matrimonii fœdere ortos, & æterna serie orituros Masculos, & Fœminas pro Nostris, & Sacri Imperii, Regnorumque, & Dominiorum Nostrorum Hæreditariorum veris Comitibus Antiquæ Prosapiæ habeant, reputent, nominent, honorent, eoque titulo, gradu, & ordine, nec non juribus, privilegiis, libertatibus, præeminentiis, prærogativis, armorum Insignibus, omnibusque aliis præmissis jugiter uti, frui, & gaudere sinant, vosque in iis omnibus, & singulis defendant, & manuteneant, ac alios, ne quid in contrarium attentent, vel moliantur, pro viribus prohibeant, & impediant. In quantum indignationem Nostram gravissimam, & pœnam centum Marcharum Auri puri pro dimidia Nostro, ac Successorum Nostrorum Fisco, seu Ærario, & pro reliqua parte injuriam passo, omni spe veniæ sublata, solvendam incurrere noluerint.

Harum Testimonio Literarum manu nostra subscriptarum, & sigilli Nostri Cæsarei appensione munitarum. Datum in Civitate Nostra Viennæ die decimanona Mensis Junii anno ab Incarnatione Domini Millesimo sexcentesimo trigesimo secundo, Regnorum Nostrorum Romani Decimo tertio, Hungarici Decimoquarto, Bohemici vero Decimo quinto.

Ferdinandus

Joann: Bapta Comes Verdenberg

Ad Mandatum Sac. Cæs. Maris proprium

Casparus Frey, mp.

N.° CXXIII.

Idem Ferdinandus II. Caspari Gorizzutto Protonotario Apostolico, Consiliario, & Capellano Aulico, atque in Cathedrali ad Sanctum Stephanum Viennensi Ecclesia Canonico notificat, sese eum in Procuratorem Plenipotentiarium deputasse ad conficiendam Inquisitionem circa vitam, & Miracula Honorabilis quondam Carmelitæ Discalceati P. Dominici a Jesu Maria. Dat. Viennæ V. Aprilis 1633. Ex autographo mihi exhibito a Perillustri & Admodum Reverendo Domino Caspare Antonio Barone de Gorizzutti.

Ferdinandus Secundus Divina favente Clementia Electus Romanorum Imperator semper Augustus &c. Honorabilis, devote, nobis dilecte. Habes hic adjunctum originale Mandatum nostrum, quo te ex singulari fiducia, quam in spectata tua probitate, & in rebus agendis syncerkate, atque prudentia positam habemus, hodierna die deputamus atque constituimus Plenipotentiarium nostrum Procuratorem, ad obtinendum, & conficiendum in hac Viennensi Diœcesi solemnem Processum Inquisitionis in vitæ Sanctitatem, & Miracula Honorabilis quondam Carmelitarum Discalceatorum Sacerdotis Dominici a Jesu Maria, ac proinde cum hanc causam omni studio, & opera tire, & recte promotam cupiamus, hisce benigne tibi committimus, ut absque mora apud Venerabilem Antonium Episcopum Viennensem, & Abbatem Cremiphanensem, Principem, & Consiliarium Nostrum Intimum, devotum Nobis dilectum, nomine, & loco nostro vigore harum atque dicti Procuratorii nostri judicialiter, & diligentissime petas, & instes, ut, cum ipse in aliis nostris, atque publicis maximi momenti negotiis impeditus existat, deputet Vicarium suum Generalem, vel, si & ipsi legitima obstarent impedimenta, alium in dignitate Ecclesiastica constitutum, cui ex causis, & ad finem in eodem Procuratorio Nostro expressis deleget, & committat authoritatem, & jurisdictionem, ut tam super nostris, quam super aliorum testium in hac Viennensi Diœcesi existentium dictis, & depositionibus, secundum articulos a te exhibendos, dictum Processum ea, qua convenit, ratione, & modo instituat, conficiat, atque exequatur. Interea autem tam a Nobis, atque Serenissimis, & charissimis Conjuge, & Filiis nostris, quam aliis, quoscunque aliquid memoria, & fide dignum de hujusce pie defuncti Sacerdotis Dominici a Jesu Maria vita, virtutibus, rebus gestis, & meritis scire intellexeris, nostras, eorumque relationes, & testimonia exacte percipies, conquires, & annotabis, ut nimirum obtenta prelia Delegatione, & Processu articulos secundum eadem recte formare, eisdemque judicialiter, vel simul, vel successive exhibendis, nos, & illos pro testibus producere, ac eundem Processum ad maturum finem suum promovere possis. Et ut pleniorem notitiam habeas, quæ non minus a te, quam ab Ordinario, ejusque Delegato in toto similium causarum processu observanda sint, apponimus hisce accuratam instructionem una cum aliis informationibus, quæ Nobis in hunc finem Roma transmissæ sunt; quibus diligenter inspectis, atque perpensis primariæ curæ habebis, ne vel a te, vel ab Ordinario, ejusque Delegato quicquam intermittatur, quod ad validitatem Processus facere cognoveris. Hæc itaque fideliter exequendo Cæsaream Nostram gratiam, qua alias te benigne complectimur, plurimum augebis. Datum in Civitate nostra Viennæ, die quinta Aprilis Anno millesimo sexcentesimo trigesimo tertio. Regnorum autem Nostrorum, Romani decimo quarto, Hungarici decimoquinto, Bohemici decimo sexto.

Ferdinandus &c.

Jo. Bapta Comes de Verdenberg mp.

Ad Mandatum Sac^a. Cæl^e. Majestatis proprium.

Casparus Frey mp.

Tergo) Honorabili, devoto, nobis dilecto Casparo Gorizzutti Prothonotario Apostolico, Consiliario, & Capellano nostro Aulico, & in Cathedrali ad Sanctum Stephanum hic Viennæ Ecclesia Canonico &c.

Tenor Mandati Procuratorii sequitur.

Ferdinandus Secundus divina favente Clementia Electus Romanorum Imperator semper Augustus, ac Germaniæ, Hungariæ, Bohemiæ, Dalmatiæ, Croatiæ, Sclavoniæque &c. Rex, Archidux Austriæ, Dux Burgundiæ, Styriæ, Carinthiæ, Carniolæ, & Wirtembergæ, Comes Tyrolis, & Goritiæ. Recognoscimus & Notum facimus tenore præsentium quibus expedit

pedit

pedit Universis. Dum sub Imperii nostri administratione Catholicam fidem in ditionibus nobis subjectis indies nullis non infensis ausibus impeti, ac lacessiri videmus, merito patrocinium Sanctorum, qui verum in Ecclesia Dei Cultum virtute sua confirmarunt, potentissimum tutelæ, & auxilii munimentum habemus.

Innumera Divinæ gratiæ, & meritorum exempla cum in aliis partibus, tum in hac ipsa Cæsarea Aula, & Austriaca Provincia nostra recensentur de Carmelitarum Discalceatorum quondam Sacerdote Dominico a Jesu Maria, cujus summam vitæ integritatem, & erga Deum Amorem, Ecclesiæque suæ promovendæ Zelum, nec non alia Sanctitatis argumenta nos ipsi non minus primis temporibus, cum is hisce in partibus versaretur, quam postremo etiam, cum ex Pontificia licentia ad Nostram requisitionem concessa ex Urbe ad nos redierat, ad ultimum ejus vitæ spiritum, quem in eadem propria nostra Aula piissime emisit, cum maximo nostro solatio spectavimus. Quas viri virtutes, & merita Nos continuis animi nostri cogitationibus recolentes, quanto magis ea perpendimus, tanto majores rationes, ob quas animam illius cœlitum consortium obtinere credamus, comperimus, ita ut eum, de cujus cœlesti gloria non dubitamus, merito inter humanos absque Sanctitatis honore, & ornamento minime relinquendum judicemus. Cur autem vel Nostra maxime cura hunc honorem viri ad Sanctorum catalogum adscriptione a Beatitudine Summi Pontificis processibus solemni more instituendis obtinere studeamus, instigant animum, cum impensa gratitudo, quam a Nobis multifariis beneficiis ab ipso acceptis deberi agnoscimus, tum firmissima spes, qua Reipublicæ Christianæ ex ipsius intercessione, cum eam hisce officiis nostris promeriti fuerimus, uberrima contra hæreticas machinationes protectionis subsidia promittimus. Qui enim inter hasce machinationes vitam quibusvis sanctis operibus consumavit, ejusdem merita expectare non possumus nisi præsentissimum, & maxime opportunum contra easdem remedium. Hoc itaque animo, hacque fiducia Honorabilem devotum Nobis dilectum Casparum Gorizzutti Prothonotarium Apostolicum, Consiliarium, & Capellanum nostrum Aulicum, & in Cathedrali ad S. Stephanum hic Viennæ Ecclesia Canonicum, utpote cujus pergrata probitas, & in agendo sinceritas, & prudentia nobis a pluribus annis cognita sit, visum nobis est deputare atque constituere, prouti eum ex certa nostra scientia, animoque bene deliberato vigore harum solemniter, & omni meliori modo, & ratione quibus de jure, & observanda in Ecclesia consuetudine, id maxime necessarium, vel consentaneum esse potest, deputamus, & constituimus nostrum Plenipotentiarium Procuratorem, eique benigne committimus, ut nostro nomine, & loco apud Venerabilem Antonium Episcopum Viennensem, & Abbatem Cremiphanensem, Principem, & Consiliarium nostrum intimum, devotum Nobis dilectum, eo quo in hujusmodi causis decet ordine, & modo, tamquam plenipotentiarius noster Procurator petat, & instet, ut ipse Viennensis Episcopus, si non potest per se ipsum, deputet Vicarium suum Generalem, vel alium in dignitate Ecclesiastica constitutum, cui suam deleget authoritatem, & jurisdictio-

ctio-

ctionem committendo ei, ut ex dignissimis causis superius memoratis nostri gratia ad perpetuam rei memoriam, & ad omnem bonum finem, & effectum futuræ Canonizationis præfati pie defuncti Patris Dominici a Jesu Maria, & ad fidem faciendam in Curia Romana non solum a Nobis, atque a Serenissima Principe, Conjuge nostra charissima Domina Eleonora Romanorum Imperatrice, ac Germaniæ, Hungariæ, & Bohemiæ Regina, Archiduce Austriæ, nata Principe Mantuæ, & Montisferrati, Serenissimisque, & charissimis filiis, & filiabus nostris, sed etiam ab omnibus aliis personis in hac Viennensi Diœcesi existentibus, a quibuscunque scilicet de vita, virtutibus, rebus gestis, & meritis ejusdem Patris Dominici a Jesu Maria quicquam fide dignum relatum fuerit, & quos ipse Plenipotentiarius Procurator noster pro prudentia sua tanquam idoneos testes producendos judicaverit, nostra, eorumque dicta, & depositiones secundum articulos ab eo exhibendos canonice excipiat, & in eum finem solemnem Processum rite instituat, conficiat, & exequatur. Quo processu obtento, & instituto idem Plenipotentiarius Procurator noster eodem tam durante, quam absoluto, cum coram ipso Viennensi Episcopo, vel ejus Delegato, tum alias etiam omnia ea ulteriora nomine, & loco nostro aget, faciet, procurabit, atque præstabit, quæcunque ad memoratos effectus promovendos facere, & spectare videbuntur, & Nos ipsi in hac Viennensi Diœcesi agere, facere, procurare, atque præstare possemus. Etiamsi talia forent, quæ Mandatum exigerent magis speciale, quam præsentibus est expressum. Promittentes Nos in verbo Nostro Cæsareo Regio, & Archiducali, Nos id omne, quodcunque per eundem Plenipotentiarium Procuratorem Nostrum Casparum Gotiezutti in hac Causa modo præmisso actum, gestum, procuratum, atque præstitum fuerit, ubivis ratum, gratum, firmum, & validum habituros. Harum testimonio Literarum manu nostra subscriptarum, & sigilli Nostri impressione munitarum. Datum in Civitate Nostra Viennæ die quinta Mensis Aprilis Anno reparatæ salutis Millesimo sexcentesimo trigesimo tertio. Regnorum autem Nostrorum Romani decimo quarto, Hungarici decimo quinto, Bohemici vero decimo sexto.

Ferdinandus &c.

Jo: Bapta Comes de Verdenberg mp.
Ad Mandatum Sac^r. Cæs^r. Majestatis proprium
Casparus Frey mp.

N.° CXXIV.

Idem Ferdinandus II. Antonio Capitaneo Gradiscæ, & Michaeli Capitaneo Mitterburgensi Consanguineis de Rabatta Liberis Baronibus in Dornberg, S. R. I. Comitum titulum, una cum diversis aliis prærogativis, gratiosissime impertitur. Datum Eberstorfii VIII. Octobris 1634. Ex autographo Antonii S. R. I. Comitis de Rabatta S. C. R. & Apostolicæ Majestatis Cubicularii, & hæreditarii Supremi Stabuli Præfecti in Comitatu Goritiæ, Amici nostri dilectissimi, quem Superi diu incolumem servent.

Fer-

Ferdinandus Secundus Divina favente Clementia Electus Romanorum Imperator semper Augustus, ac Germaniæ, Hungariæ, Bohemiæ, Dalmatiæ, Croatiæ, Sclavoniæ &c. Rex, Archidux Austriæ, Dux Burgundiæ, Brabantiæ, Styriæ, Carinthiæ Carnioliæ, Marchio Moraviæ, Dux Lucemburgi, ac superioris, & inferioris Silesiæ, Wirtembergæ, & Teckæ, Princeps Sueviæ, Comes Habspurgi, Tyrolis, Ferretis, Kiburgi, & Goritiæ, Landgravius Alsatiæ, Marchio Sacri Romani Imperii Burgoviæ, ac Superioris, & Inferioris Lusatiæ, Dominus Marchiæ Sclavonicæ, Portus Naonis, & Salinarum &c.

Generosis fidelibus Nobis dilectis Antonio nostro Consiliario, Camerario, & Capitaneo Gradiscæ, nec non Serenissimi Hungariæ, & Bohemiæ Regis, Filii nostri charissimi Camerario, & Michaeli ejusdem Dilectionis suæ Consiliario, & Capitaneo Comitatus Mitterburgensis, Comitibus de Rabatta, Liberis Baronibus in Dornberg, Dominis de Canali, Hæreditariis supremis stabuli Præfectis in Comitatu nostro Goritiæ, Consanguineis, Gratiam nostram Cæsaream, & omne bonum.

Laudatissima fuit a multis jam sæculis Antecessorum Nostrorum Augustissimæ memoriæ Romanorum Imperatorum, ac Regum consuetudo, ut quos vel Nobili generis origine claros, vel vitæ morumque integritate conspicuos, aliisque virtutum ornamentis singulariter præditos animadverterent, eos præ cæteris munificentia sua Cæsarea decorandos, extollendosque susciperent. Idque non solum hanc ob causam, ut ii virtutis suæ beneficio condignos ab Imperiali culmine honores se consecutos esse, certo intelligerent, sed ut & posteri eorum vel inde majori domesticæ laudis tuendæ propagandæque desiderio allecti ad paria virtutis, & veræ gloriæ capessendæ conamina totis viribus, plenoque cursu alacriter contenderent.

Unde & Nos, qui benigno Dei Optimi Maximi nutu, & providentia in hoc sublimi Imperialis Solii fastigio collocati sumus nihil prius, antiquiusve ducimus, quam præclara Antecessorum Nostrorum instituta, ac vestigia tum in aliis, tum vero hac ipsa in parte firmiter imitari, & bonos quosque viros, præsertim eos, qui præter Nobilium natalium decus eximiis virtutum ornamentis clarent, juxtaque præclaris in Nos, Sacrumque Romanum Imperium, & Augustam Nostram Austriæ Domum fidei, & devotionis meritis sese commendatos reddunt, gratia & favore prosequi, adeoque commodis, & ornamentis eorum juvandis, ac promovendis clementer attendere: ut qui perspectum habeamus, id non minus ad Rempublicam fovendam, quam Imperatoriæ Majestatis splendorem magis illustrandum pertinere, si vel ea ratione honestæ cupiditatis igniculis, alias mortalium animis a natura tributis, fomitem addiderimus, virtutisque decus perpetuo beneficentiæ nostræ pignore posteritatis memoriæ commendatum, immortalitatis beneficio adornaverimus.

Considerantes itaque Antoni, & Michael Comites de Rabatta iis vos Parentibus ac Majoribus progenitos esse, quos a multis sæculis, primum quidem in Italia, post vero in Nostro Goritiæ Comitatu non solum pernobili, & antiquissima generis origine, primariisque titulis, & honoribus conspicuos, sed etiam variis insignibus obsequiis Patriæ, & Religioni Catholicæ, Principibusque suis, ac præsertim Divis Romanorum Imperatoribus, Hungariæ Regibus, aliisque Antecessoribus Nostris domi, militiæque fideliter, & utiliter præstitis, nec non aliis laudabilibus actionibus præclarum, præcipuumque semper nomen, decusque gessisse, variis rerum documentis, maxime vero vetustissimis Pontificiis, Cæsareis, ac Regiis Diplomatibus in splendidissima Vestri Generis, & Familiæ ornamenta expeditis constet, dum nimirum juxta suæ virtutis, ac meritorum laudem ab ipsis Pontificibus, & Antecessoribus Nostris Romanis Imperatoribus jam ante aliquot sæcula Nobiles, ac dilecti, & fideles in inscriptionibus nominari meruerint. Et postquam hi Majores, & Progenitores vestri opera sua, uti memoratum est, tanto tempore in publicis Religionis Catholicæ, Patriæque, ac præcipue Sacri Imperii, Augustæque Nostræ Austriæ Domus serviciis nusquam non studiose, syncere, ac fideliter impensa tam in toga varia præcipue munera, & officia summo cum decore, & honore gessissent, quam in sago contra quosvis Christiani nominis, & Augustæ nostræ Austriæ Domus hostes, contemptis quibusvis vitæ, ac bonorum periculis, fortiter acriterque pugnassent, ex eoque insignem sibi perpetuamque præclaræ virtutis, ac meritorum laudem peperissent, inter cæteros, qui vel hoc maxime sæculo majori celebres gloria numerantur, peculiariter tuus Antoni Pater horum Majorum vestrorum vestigiis tanto, qui nulla ex parte avitæ virtuti dispar fuerit, zelo constanter insistendo suam inconcussam erga Nos devotionem, incensumque rerum nostrarum, & Augustæ Nostræ Austriæ Domus studium in diversis honorificis officiis, ac præsertim multiplicibus gravibus, & maximi momenti publicis Commissionibus, nec non in variis, quæ Nos, Augustæque Nostræ Austriæ Domus Ditiones, & conservationem concernebant, Legationibus tam ad Germaniæ Principes, quam ad extera loca, Italiam nimirum, & Poloniæ Regnum, syncere semper, & omni cum dexteritate, & prudentia ad omnem satisfactionem nostram confectis, præclare ubique, & nulla sine eximia laude testatus sit, imo mortem ipsam, quam ei in ultima Segniensi Commissione existenti violentæ manus intulerunt, memorabile, ac perpetuum hujus fidelitatis suæ reliquerit documentum monumentumque. Qua etiam ratione Vos simul Antoni, & Michael vel ipsa natura, vel præclara quadam indole duce protinus ab ipso juventutis flore vestras cogitationes, omnesque pariter vitæ actiones eo potissimum direxeritis, ut decus illud domesticum a Majoribus vestris acceptum, & ab illis velut hæreditario jure in Vos derivatum non solum ab interitu conservare, verum etiam quo ad ejus fieri posset propriis actionibus magis magisque auctum, & illustratum ad posteritatem transmittere possetis, prouti eodem præclaro desiderio Tu Antoni, jam a viginti quatuor annis, quibus tum in dilectissimi Filii nostri Primogeniti Augustæ memoriæ Archiducis Caroli, tum in nostris propriis, atque etiam in secundo geniti Serenissimi, ac Charissimi Filii Ferdinandi Tertii Hungariæ, & Bohemiæ Regis serviciis, Consiliarii, Camerarii, & Capitanei munera gessisti, tam in ordinariis functionibus, quam in extraordinariis gravibus negotiis, & Commissionibus, ac præcipue etiam in nupera Cæ-

sares

sarea Legatione in Italia confecta, eam pariter sinceritatem, fidelitatem, & cum singulari dexteritate ac prudentia conjunctam promptitudinem, rerumque nostrarum promovendarum zelum spectandum dederis, ut nostræ de te conceptæ opinioni non solum plenissime semper satisfeceris, sed etiam tam apud Nos, quam apud omnes bonos haud minorem quam Progenitores tui inde consecutus sis virtutis ac meritorum laudem; & denique uterque vestrum etiamnum in Officiis vestris nullam non insignem, Nobisque gratissimam curam, & operam indefesse, & constanter impendatis. Istisque de causis omnino Nobis persuasum habentes Vos deinceps quoque in eodem de Nobis, ac de Sacro Romano Imperio, Augustaque Nostra Austriæ Domo benemerendi studio perseveraturos, rem equidem Nobis munereque nostro dignam Nos facturos arbitrati sumus, si hæc Antecessorum vestrorum, propriaque merita, & virtutes vestras honorifico nostro hoc elogio laudaremus, & ob ea ipsa vos sublimiori, qui eisdem maxime convenire videtur, honoris, & dignitatis Gradu decoraremus: quo nimirum non minus perpetuum innatæ Nostræ in eos qui singularibus meritis clarent, munificentiæ testimonium, quam etiam utilissimum posteritati vestræ ad paria laudabilia studia frequenter sectanda extaret incitamentum.

Motu igitur proprio, ex certa nostra scientia, animoque bene deliberato, sano accedente consilio, deque Cæsareæ, Regiæ, & Archiducalis nostræ potestatis plenitudine Vos prædictos Antonium, & Michaelem de Rabatta, vestrosque liberos, hæredes, & successores, legitimo Matrimonio natos, & nascituros utriusque sexus, & ex eis in infinitum descendentes, & descensuros ex Vestra Baronali Dignitate in gradum, & statum Comitum eveximus, ac Nostris, & Sacri Romani Imperii, Regnorumque, & Ditionum Nostrarum hæreditariarum Comites fecimus, & creavimus, prout tenore præsentium facimus, creamus, erigimus, & ad statum, atque gradum Comitum clementer evehimus, & attollimus, ac Comitum honoris dignitatisque Titulo per præsentes gratiose insignimus, nec non aliorum Nostrorum, & Sacri Romani Imperii, aliorumque Regnorum, & Ditionum nostrarum hæditariarum Comitum vere natorum Ordini, numero, consortio, cœtuique favorabiliter adscribimus, & aggregamus. Decernentes, & hoc Nostro Cæsareo Edicto firmissime statuentes, quod vos prænominati Antoni, & Michael Comites de Rabatta, omnesque liberi, hæredes, ac Posteri vestri legitimi utriusque sexus nati, & nascituri nomen & dignitatem Comitum ferre, & habere, & tam in literis, quam nuncupatione verbali, nec non in rebus spiritualibus, & temporalibus, Ecclesiasticis, & profanis, & in quibuscunque negotiis, & actionibus a Nobis, & successoribus Nostris, & aliis omnibus, & singulis, cujuscunque status, gradus, ordinis, dignitatis, & conditionis extiterint, pro veris Comitibus haberi, dici, nominari & honorari possitis, & valeatis: prout Nos ipsi Vos, eosdemque legitimos hæredes, ac Posteros vestros utriusque sexus in infinitum descendentes Comites, & Comitissas nominamus, declaramus, & appellamus, perinde ac si a quatuor Avis paternis, & maternis tales nati essetis. Volentes, & authoritate nostra Cæsarea, Regiaque,

que, & Archiducali expresse decernentes, quod ubivis locorum, & terrarum, tam in judiciis, quam extra, omnibus, & singulis privilegiis, indultis, immunitatibus, libertatibus, Juribus, consuetudinibus, honoribus, dignitatibus, prærogativis, exemptionibus, gratiis, & favoribus uti, frui, gaudere, & potiri valeatis, & possitis, quibus alii Comites in Sacro Romano Imperio, Regnisque, & Provinciis Nostris hæreditariis uti, frui, gaudere & potiri solent, & possunt, quomodolibet consuetudine vel de jure, omni contradictione, & impedimento postposito.

Quo vero perpetuum nostræ ad hanc dignitatem sublimationis extet Documentum, eademque pleniore beneficio decorata in oculos hominum clarius incurrat, præmemorata authoritate nostra antiqua Familiæ vestræ, quibus hactenus usi estis, armorum Insignia conjunctione Aquilæ bicipitis, nec non antiquorum familiæ de Carrara Insignium, utpote quæ jam eo tempore, quo ipsa Familia de Carrara Paduæ Principatum obtinebat, & ex Vestra Familia Michael ab Augustæ memoriæ Imperatore Ruberto Francisco de Carrara cum Cæsareo Milite in auxilium missus fuisset, ob insignia servitia eidem Francisco, illiusque Filio Francisco secundo præstita, ipsi Michaeli, & toti Familiæ vestræ ab eodem Francisco Secundo gratitudinis loco donata esse, authentica testantur Documenta, clementer auximus, amplificavimus, & locupletavimus, prout eadem vigore præsentium augemus, amplificamus, & locupletamus, & in hunc, qui sequitur, modum posthac habenda, gestanda, ac deferenda benigne concedimus, & elargimur: Scutum videlicet magnum rubrum ad omnia quatuor latera in modum antiquorum Carrarensium Armorum, flavum, sive aureum cauti caput repræsentans, & inter illa capita aliud Scutum in quatuor partes æquales ad angulos rectos divisum, in cujus inferiori sinistra, & superiori dextra flava, sive aurea parte Aquila nigra biceps, utroque capite Corona Regia insignita, & alis late expansis, pedibusque diductis, volaturienti similis, & in cæteris duabus partibus in Campo albo, sive argenteo Currus dictæ familiæ de Carrara appareat, in medio autem hujusce intermedii scuti antiquum propriæ Familiæ vestræ scutum album, sive argenteum, cum rubro colliculo triplici in fundo, & duabus aliis Aquilinis rubris expansis inter se aversis, & mediæ colliculi eminentiori parti insistentibus, Corona tamen Regia superius imposita auctum conspiciatur. Scuto incumbant tres Galeæ, quarum dextra clathrata, & flava, sive deaurata, cum phaleris ab utroque latere nigris, & flavis, sive aureis; media vero itidem clathrata, & flava, sive deaurata, coronaque regia ornata cum phaleris a dextro latere nigris, & flavis sive aureis, & a sinistro rubris, & albis sive argenteis, & sinistra antiquæ formæ ferrei sive argentei coloris fere in totum clausa cum phaleris utrinque rubris, & albis sive argenteis, ita ut e dextræ Galeæ cono ex antiquis Rabattensibus insignibus pileus ruber, eique impositæ duæ alæ Aquilinæ rubræ, mediæ vero Aquila in Scuto descripta, & sinistræ pariter ex Antiquis Carrariensibus Insignibus pulvinar, eique imposita ala Aquilina cum flammis emineant: prout hæc omnia in præsenti nostro Diplomate pictoris industria coloribus suis distincta vide-

videre licet. Volentes, & expresse decernentes, quod vos jam sæpius nominati Antoni, & Michael Comites de Rabatta, omnesque vestri liberi, hæredes, & descendentes legitimi utriusque sexus in infinitum, præscripta Armorum Insignia in omnibus, & singulis honestis, & decentibus actibus, exercitiis, atque expeditionibus, tam serio, quam joco, in hastiludiis seu hastatorum dimicationibus pedestribus, vel Equestribus, in bellis, duellis, singularibus certaminibus, & quibuscunque pugnis cominus, eminus, in scutis, bannerlis, vexillis, tentoriis cœnotaphiis, sepulchris, monumentis, annulis, monilibus, sigillis, ædificiis, parietibus, fenestris, ostiis, lacunaribus, tapetibus, ac supellectilibus quibuscunque tam in rebus spiritualibus, quam temporalibus, & mixtis, in locis omnibus pro rei necessitate, & voluntatis vestræ arbitriis, aliorum nostrorum, & Sacri Imperii, Regnorumque & Ditionum nostrarum hæreditariarum Comitum more, libere, & absque omni impedimento, vel contradictione habere, gestare, ac deferre iisdemque uti quovis modo possitis, & valeatis. Porro vobis sæpe dictis Antonio, & Michaeli Comitibus de Rabatta, omnibusque liberis, hæredibus, posteris, & descendentibus vestris perpetuo orituris masculis, & fœminis eam peculiarem fecimus, & elargiri sumus gratiam, ac vigore præsentium facimus, & elargimur, ut vos in posterum in omnibus literis, & scripturis, quæ a Nobis, & omnibus Successoribus Nostris Romanorum Imperatoribus, & Austriæ Archiducibus ad vos dabuntur, & expedientur, vel in quibus alias per Nos, vel per ipsos vestri fiet mentio, præscripto titulo Generosi, vulgo WOLLGEBOHRN, honorari, & ornari debeatis, prout in Cancellariis nostris hanc formam ita observandam jam expresse commisimus, atque mandavimus.

Ulterius vobis Antonio, & Michaeli Comitibus de Rabatta, ac omnibus liberis, hæredibus, posteris, & descendentibus vestris perpetuo orituris eam gratiam, & facultatem concedimus, & elargimur, ut vos ab omnibus Dominiis, Castris, & bonis jam acquisitis, vel in posterum acquirendis, aut ædificandis denominare, aut pro arbitrio vestro nomen alicujus mutare, & aliud cognomen, & denominationem adsciscere possitis, & valeatis, atque hujusmodi denominationibus, tam scripto, quam viva voce intra, & extra Judicium ubique locorum, & gentium appellari, vocari, & salutari debeatis.

Quam tamen nostram creationem ita intelligi volumus, atque decernimus, quod per eam nihil derrahatur, aut præjudicetur Nobis, vel Nostris in inclyta Domo nostra Austriæ Successoribus in exercitio, usu, & administratione supremi Nostri Dominii, Jurisdictionis, & aliorum quorumvis jurium tam realium, quam personalium, sive mixtorum.

Cæterum ut Vos prædictos Antonium, & Michaelem Comites de Rabatta majoribus gratiæ, & Munificentiæ nostræ donis exornemus, aliique exemplo vestro ad laudabilia actionum studia eo magis accendantur, ubi animadverterint virtuti, & industriæ suæ honorifica apud magnos Principes præmia esse reposita, motu itidem proprio, ex certa scientia, animo bene deliberato, ac sano accedente consilio, deque

Cæſareæ poteſtatis noſtræ plenitudine Vos, nec non utriuſque veſtrum Primogenitum, & cæteros etiam deſcendentes ex legitimo matrimonio natos, iisdem tamen Primogenitos ſemper ſolummodo intelligendo, Sacri Lateranenſis Palatii, Aulæque Noſtræ, & ſucceſſorum Noſtrorum Romanorum Imperatorum, ac Imperialis Conſiſtorii Comites fecimus, creavimus, eveximus, Comitumque Palatinorum titulo clementer inſignivimus, quemadmodum tenore præſentium facimus, creamus, erigimus, attollimus, & inſignimus, ac aliorum Comitum Palatinorum numero, & cœtui aggregamus, & adſcribimus: Decernentes, & Imperiali hoc Noſtro Edicto firmiter ſtatuentes, ut toto vitæ veſtræ tempore omnibus & ſingulis privilegiis, gratiis, Juribus, immunitatibus, honoribus, exemptionibus, conſuetudinibus, & libertatibus uti, frui, potiri, & gaudere poſſitis, ac debeatis, quibus cæteri Lateranenſis Palatii, Aulæque Noſtræ Cæſareæ, & Imperialis Conſiſtorii Comites quovis modo hactenus potiti, & gaviſi ſunt, ſeu quomodolibet fruuntur, potiuntur, & gaudent conſuetudine vel de Jure.

Dantes & concedentes vobis præfatis Antonio, & Michaeli Comitibus de Rabatta, & utriuſque veſtrum Primogenito, & cæteris deſcendentibus legitime natis Primogenitis ſemper amplam authoritatem, & facultatem, qua poſſitis, & valeatis per totum Romanum Imperium, & ubilibet Terrarum facere, & creare Notarios publicos, ſeu Tabelliones, & Judices ordinarios, Chartularios, & Delegatos, & omnibus Perſonis, quæ fide dignæ, habiles, & idoneæ ſint (ſuper quo conſcientiam veſtram oneramus) Notariatus, ſeu Tabellionatus, & Judicatus ordinarii officium concedere, & dare, eoſque, ac eorum quemlibet de prædictis per pennam, & calamarium (ut moris eſt) inveſtire: Dummodo tamen ab ipſis Notariis publicis, ſeu Tabellionibus, & Judicibus ordinariis per Vos creandis, ut præmittitur, & eorum quolibet vice, ac nomine noſtro, ac Sacri Romani Imperii, & pro ipſo Romano Imperio debitum fidelitatis recipiatis corporale, & proprium juramentum in hunc videlicet modum. Quod erunt Nobis, & Sacro Romano Imperio, & omnibus ſucceſſoribus Noſtris Romanorum Imperatoribus, & Regibus legitime intrantibus, fideles, nec unquam erunt in conſilio ubi noſtrum, vel Sacri Romani Imperii periculum tractetur, ſed bonum, & ſalutem noſtram, & Sacri Imperii defendent, & fideliter promovebunt, damna vero pro ſua poſſibilitate vetabunt, & avertent. Præterea Inſtrumenta omnia tam publica, quam privata, ultimas voluntates, Codicillos, Teſtamenta, quæcunque Judiciorum acta, ac omnia alia, & ſingula, quæ illis vel cuilibet ipſorum ex debito dictorum officiorum facienda occurrerint, vel ſcribenda, juſte, pure, fideliter, omni ſimulatione, machinatione, falſitate, & dolo remotis, ſcribent, legent, facient, & dictabunt, non attendendo odium, pecuniam, munera, vel alias paſſiones, aut favores. Scripturas vero quas debebunt in publicam formam redigere in membranis mundis, aut papyris, non tamen Chartis abraſis fideliter conſcribent, legent, facient, atque dictabunt, cauſaſque Hoſpitalium, & miſerabilium Perſonaſonarum, nec non pontes, & ſtratas publicas pro viribus promovebunt, ſententias, & dicta Teſtium donec publicata fuerint, & approbata ſub ſecreto fideliter retinebunt, ac omnia alia, & ſingula juſte, recte, & pure facient quæ ad dicta officia quomodolibet pertinebunt conſuetudine vel de jure. Quodque hujuſmodi Notarii publici, ſeu Tabelliones, & Judices ordinarii per vos creandi poſſint, & valeant per totum Romanum Imperium, & ubilibet locorum facere, ſcribere, & publicare contractus, Inſtrumenta, quæcunque Judiciorum acta, Teſtamenta, & Ultimas Voluntates, decreta, & authoritatem interponere quibuſcunque contractibus requirentibus illa, vel illam, ac omnia alia facere, quæ ad dictum officium publici Notarii, ſeu Tabellionis, & Judicis ordinarii pertinere, & ſpectare dignoſcuntur.

Decernentes, ut omnibus Inſtrumentis, & ſcripturis per hujuſmodi Tabelliones, Notarios publicos, ſeu Judices Ordinarios faciendis plena fides ubique adhibeatur tam in Judicio, quam extra, conſuetudinibus, & aliis in contrarium quovis modo facientibus non obſtantibus quibuſcunque.

Inſuper vobis præfatis Antonio, & Michaeli Comitibus de Ribatta, veſtriſque filiis Primogenitis ſemper, concedimus, & elargimur plenam facultatem quod poſſitis & valeatis Naturales, Baſtardos, Spurios, Manſeres, Nothos, & Inceſtuoſos copulative, vel disjunctive, & quoſcunque alios ex illicito, ſeu damnato coitu procreatos, exiſtentibus aliis filiis legitimis, eis tamen aliter non requiſitis, viventibus, vel etiam mortuis illorum Parentibus (Illuſtrium tamen Principum, Comitum, Baronumque filiis duntaxat exceptis) legitimare, & eos, ac eorum quemlibet ad omnia & ſingula jura legitima reſtituere, omnemque genituræ maculam penitus abolere, ipſos reſtituendo, & habilitando ad omnia, & ſingula jura ſucceſſionum & hæreditatum, bonorum paternorum, & maternorum etiam ab inteſtato, cognatorum, & agnatorum, nec non ad honores, & dignitates, officia, & ſingulos actus legitimos tam ex contractu, quam ultima voluntate, aut alio quocunque modo, in Judicio, & extra, perinde ac ſi de vero legitimoque matrimonio procreati eſſent, objectione prolis illegitimæ penitus quieſcente. Quodque illorum legitimatio, per Vos ut ſupra facta, juſte, & legitime facta maxime habeatur, & teneatur, non ſecus ac ſi foret cum omnibus ſolemnitatibus juris, quarum defectus ſpecialiter authoritate noſtra Cæſarea suppleri volumus, & intendimus: Dummodo tamen legitimationes hujuſmodi per vos faciendæ non præjudicent filiis, hæredibus legitimis, & naturalibus. Qui quidem legitimandi, poſteaquam legitimati fuerint, ſint, & eſſe cenſeantur, nominenturque, & nominari poſſint, & debeant ubivis locorum, & terrarum tanquam vere legitimi, & legitime nati de Domo, Familia, & agnatione parentum ſuorum, Arma etiam, & Inſignia ipſorum portare, ac ferre poſſint, & valeant, admittanturque ad omnes actus legitimos, officia, jura, honores, & dignitates, tam Eccleſiaſticas, quam ſæculares uti vere legitigitimi; quia etiam efficiantur Nobiles, si parentes ipsorum Nobiles fuerint, possintque, & debeant in omnibus actibus publicis, & privatis iisdem officiis, juribus, honoribus, & dignitatibus uti, frui, & gaudere, quibus vere legitimi in Judicio, vel extra, consuetudine vel de jure, utuntur, fruuntur, & gaudent, non obstantibus ullis legibus, quibus cavetur, quod Naturales, Bastardi, Spurii, Manseres, Nothi, Incestuosi copulative, vel disjunctive, aut alii quicunque ex illicito, ac nefario concubitu procreati, vel procreandi non possint, vel debeant legitimari, naturalibus, vel legitimis existentibus, vel sine consensu, & voluntate filiorum naturalium, & legitimorum, vel agnatorum. Quibus quidem legibus, & cuilibet ipsarum volumus expresse & ex certa scientia derogari. Neque etiam obstantibus in præmissis aliquibus contrahentium dispositionibus, vel ultimis voluntatibus, aliisque legibus, locorumque statutis, ordinationibus, & consuetudinibus, etiamsi tales forent quæ specialem, & individuam sui mentionem requirerent. Quibus obstantibus, & obstare volentibus in hoc duntaxat casu ex certa nostra scientia, deque Cæsareæ potestatis nostræ plenitudine totaliter derogamus, & sufficienter derogatum esse volumus per præsentes.

Similiter eadem authoritate nostra Imperiali Vobis prænominatis Antonio, & Michaeli Comitibus de Rabatta, vestrisque Filiis Primogenitis, & cæteris descendentibus ex legitimo matrimonio natis, primogenitis semper, damus, & concedimus amplam facultatem, qua possitis, & valeatis Tutores, atque Curatores confirmare, dare & constituere, ipsosque causis legitimis subsistentibus amovere. Prætetea filios adoptare, & arrogatos facere, constituere, & ordinare. Insuper filios legitimos, & legitimandos in quavis ætate constitutos emancipare, & patria potestate liberare, adoptionibusque, & emancipationibus quibuscunque omnium, & singulorum, etiam infantium, & adolescentium consentire. Veniam ætatis supplicantibus concedere, authoritatem, & decretum in omnibus interponere. Servos etiam manumittere, manumissionibus quibuscunque cum, vel sine vindicta, & minorum alienationibus, alimentorumque Transactionibus authoritatem pariter & decretum interponere. Minores quoque, Ecclesias, & Communitates læsas in integrum restituere, ac in integrum restitutionem eis, vel alteri eorum concedere. Cum infamibus tam juris, quam facti, aut aliter quomodocumque copulative, vel disjunctive dispensare, eosque ad famam restituere abstergendo ab eis omnem infamiæ notam tam irrogatam, quam irrogandam, ita quod de cætero ad omnes, & singulos actus legitimos apti & idonei habeantur, & promoveantur, haberique, ac promoveri possint, ac debeant, juris tamen ordine in his semper servato.

Ad hæc vobis sæpe dictis Antonio, & Michaeli Comitibus de Rabatta, vestrisque Filiis Primogenitis, ac cæteris descendentibus legitime natis Primogenitis semper scientia, motu, & authoritate, quibus supra indulgemus, quod possitis, & valeatis Doctores tam in utroque, vel altero jure, quam in Medicina, & Philosophia, nec non Licentiatos in omni licita facultate, Magistros, Baccalaureos, & Poetas laurea-

reatos creare, atque promovere, ordinare, constituere, & facere, adhibitis tamen in cujuslibet Doctoris, vel Licentiati creatione Doctoribus eximiis de professione creandi ad minus duobus, vel tribus, qui doctorandum, vel licentiandum examini subjiciant, & ei, quem idoneum invenerint, sufficientemque comprobarint, vos authoritatem interponendo Doctoratus, Licentiæ, Magisterii, Baccalaureatus, & Laureæ Poeticæ insignia, ut moris est, conferatis Qui quidem Doctoratus, Licentiæ, Magisterii, Baccalaureatus, & Laureæ Poeticæ titulo a vobis donati libere possint, & valeant in omnibus Civitatibus, Terris, & locis Sacri Romani Imperii, & ubilibet Terrarum omnes actus doctorales legendi, docendi, interpretandi, Cathedram ascendendi, glossandi, disputandi, consulendi, & cæteros actus doctorales Licentiæ, Magisterii, Baccalaureatus, & laureæ Poeticæ facere, & exercere, omnibusque & singulis gaudere, & uti privilegiis, prærogativis, exemptionibus, libertatibus, concessionibus, honoribus, præeminentiis, favoribus, indultis, & gratiis, ac aliis quibuscunque, quibus cæteri Doctores, vel Licentiati, nec non Magistri, Baccalaurei, & Poetæ laureati, qui in Gymnasio Viennensi, Parisiensi, Papiensi, Pisano, Senensi, Ingolstadiensi, & quolibet alio publico, & privato Gymnasio promoti, vel etiam a Nobis, ac aliis Romanorum Imperatoribus, & Regibus insigniti fuerint, seu aliter quocunque modo talia insignia acceperint, gaudent, & utuntur, & fruuntur, vel gaudebunt, utentur, & fruentur quomodolibet consuetudine, vel de jure.

Ulterius ut Vos prænominati Antoni, & Michael Comites de Rabatta, vestrique filii Primogeniti, & cæteri descendentes legitime nati Primogeniti semper majoribus gratiis & prærogativis Vos a Nobis auctos ornatosque sentiatis, motu, scientia, & authoritate, quibus supra, vobis concedimus & elargimur liberam potestatem & facultatem, ut possitis, & valeatis honestis Personis illud a Vobis petentibus Insignia, seu Arma concedere, & elargiri idonea, & convenientia qualitati Personæ (quod ex vestro arbitrio, & judicio pendere volumus) eosque cum Insignium, & Armorum, tum feudorum capaces reddere. Dummodo tamen in hujusmodi Armorum, atque Insignium concessione abstineatis, ne alicui integram Aquilam maxime Imperialem cum corona, aut avita quorumvis Principum, Comitum, Baronum, & Procerum Arma, seu Insignia præcise elargiamini. Qui quidem per Vos sic Armis decorati hujusmodi Arma, & Insignia sibi concessa ubique locorum, & Terrarum in omnibus, & singulis honestis actibus, & expeditionibus, in bellis, duellis, singularibus certaminibus, & quibuscunque pugnis, Vexillis, tentoriis, annulis, signetis, sigillis, monumentis, sepulchris, & universa supellectili pro eorum arbitrio deferre, omnibusque, & singulis privilegiis, juribus, honoribus, dignitatibus, officiis, gratiis, & indultis, uti, frui, potiri, & gaudere possint, & valeant, quibus cæteri a Nobis, aliisque Romanorum Imperatoribus, & Regibus Armis, & Insignibus decorati, & feudorum capaces, atque participes utuntur, fruuntur, potiuntur, & gaudent, & ad ea admitti, ti, ad quæ illi admittuntur, & recipiuntur consuetudine vel de Jure.

Et quia usu compertum est, hujusmodi privilegia, & Diplomata nostra non semper posse sine periculo corruptionis, vel amissionis de loco ad locum transportari propter frequentes temporis, & rerum mutationes. Volentes etiam in hac parte Vobis Antonio, & Michaeli Comitibus de Rabatta, Vestrisque filiis, hæredibus, & descendentibus in infinitum consulere, ne, quoties præsentium concessionum beneficio uti volueritis, necesse habeatis originale hoc Nostrum Diploma producere; Idcirco ordinamus, ut inde plura exempla sub authentico alicujus Prælati, Principis, Comitis, Baronis, Magistratus Provincialis, aut Municipalis, vel etiam alterius alicujus egregiæ, & fide dignæ personæ Sigillo transumere vel transumi, sive per Notarium legalem copiam authenticam, & collationatam in præsentia duorum fide dignorum testium subscribi, aut subsignari facere possitis. Quibus parem fidem in judicio, & extra, ac alias ubicunque adhiberi volumus, ac si hæ originales Literæ producerentur. Et si quo casu evenerit, quod vetustate temporis characteres, seu litterulæ hujusmodi Diplomatis oculos legentium fugerent, nec agnosci possent, & vel Sigillum frangeretur, vel membrana quocunque modo corrumperetur, vel incendio consumeretur, vel etiam vobis eriperetur, tunc memorata transumpta, modo quo supra demonstratum est facta, eandem, quam archetypus, fidem, & roboris firmitatem ubique locorum, & terrarum obtinere, nec in ullis actibus, aut negotiis tam Ecclesiasticis, quam profanis, ac mixtis minus quam præsens Originale valere deberent.

Postremo permittimus etiam Vobis prænominatis Antonio, & Michaeli Comitibus de Rabatta, vestrisque liberis, hæredibus, & descendentibus legitimis in infinitum, ut quoties hujusmodi gratia per Nos concessa Vos uti contigerit, non opus habeatis integrum Diplomatis tenorem litteris vestris, quas desuper expediri feceritis, inserere, sed Articulum ad hoc pertinentem una cum parte exordii, & annotatione loci, & diei, quo ipsum Diploma datum est, in ipsis commemorare, & speciatim exprimere Vobis sufficiat. Non obstantibus in præfatis omnibus, & singulis quibuscunque legibus, constitutionibus, decretis, consuetudinibus, ordinationibus, reformationibus, privilegiis, exemptionibus, gratiis, & prærogativis quocunque nomine censeantur, & cujuscunque tenoris, aut munitionis existant, tam factis, quam faciendis per Nos, vel per Prædecessores, aut Successores Nostros, aut per quoscunque Principes, Duces, Marchiones, Comites, Universitates, Civitates, Communitates, vel alios cujuscunque generis, vel conditionis, sub quibuscunque clausulis, & verborum expressionibus, etiamsi talia forent, de quibus de verbo ad verbum necesse esset hic fieri mentionem specialiter, in contrarium facientibus. Quibus omnibus, & singulis Cæsarea authoritate, alteriusque potestatis omnis nostræ plenitudine, ac motu, & scientia supra memoratis per præsentes,

in

in quantum huic nostræ concessioni, & indulto obstarent vel obstare possent, derogamus, & derogatum esse volumus.

Quocirca universis Electoribus, aliisque Principibus Ecclesiasticis, & Sæcularibus, Archiepiscopis, Episcopis, Ducibus, Marchionibus, Comitibus, Baronibus, Militibus, Nobilibus, Clientibus, Capitaneis, Vicedominis, Præfectis, Castellanis, Locumtenentibus, Officialibus, Heroaldis, Caduceatoribus, Burgi Magistris, Judicibus, Consulibus, Civibus, & generaliter omnibus, & singulis Nostris, & Sacri Romani Imperii, Regnorumque, & Provinciarum nostrarum hæreditariarum subditis, ac fidelibus, cujuscunque dignitatis, gradus, ordinis, & conditionis existant, serio mandamus, & præcipimus, ut Vos antedictos Antonium, & Michaelem Comites de Rabatta, vestrosque Filios, hæredes, posteros, & descendentes ex legitimo Matrimonii foedere ortos, & æterna serie orituros, masculos, & foeminas pro Nostris & Sacri Imperii, Regnorumque, & Dominiorum nostrorum hæreditariorum veris Comitibus habeant, reputent, nominent, honorent, eoque titulo, gradu, & ordine, nec non Juribus, Privilegiis, libertatibus, præeminentiis, prærogativis, Armorum Insignibus, omnibusque aliis præmissis jugiter uti, frui, & gaudere sinant, vosque in iis omnibus, & singulis defendant, & manuteneant, ac alios ne quid in contrarium attentent, vel moliantur pro viribus prohibeant, & impediant. In quantum indignationem nostram gravissimam, & poenam centum Marcharum auri puri, pro dimidia nostro, & Successorum Nostrorum fisco, pro reliqua vero parte injuriam passo, omni spe veniæ sublata, solvendam incurrere noluerint.

Harum testimonio literarum manu nostra subscriptarum, & Sigillo nostro Cæsareo munitarum. Datum in Arce nostra Eberstorf die Octava Mensis Octobris. Anno a Nativitate Domini Millesimo sexcentesimo trigesimo quarto. Regnorum Nostrorum Romani Decimosexto, Hungarici decimo septimo, Bohemici vero decimo octavo.
Ferdinandus &c.

Jo: Baptista Comes de Verdenberg mp.
Ad Mandatum Sac.ª Cæs.ª Majestatis proprium
(L.S.) Casparus Frey mp.

N.º CXXV.

Ferdinandus III. Imperator benigne considerans, Blasium Cornelium non solum iis Majoribus procreatum fuisse, qui multipliciter de Augusta Domo Austriaca benemerendi singularem semper curam gestaverant, sed etiam vel maxime habita ratione personalium suorum meritorum, quæ tempore belli Forojuliensis contra Venetos gesti sibi comparaverat, nec non fidelium servitiorum præstitorum in inspectione confinium sibi commissæ sub Carolo primum Formentino, deinde sub Richardo Barone de Strasoldo, utroque Cernidarum (ut vulgo dici solet) Provincialium Tribuno, eundem cum utriusque sexus legitimis hæredibus, & descendentibus Sac. Rom. Imp. Regnorumque, ac Ditionum hæreditariarum No-

Nobilem, & Feudorum capacem declaravit, præſcriptis de more Inſignibus poſthac geſtandis, & adjecta cum rubra cera ſignandi facultate. Dat. in Caſtro Laxemburg XXVII. Maii 1638. Autographum Commiſſioni Privilegiorum exhibuit Nob. Andreas Cornelius Canalenſis.

N.° CXXVI.

Idem Ferdinandus III. Imperator Richardum, Orpheum, Martinum, & Georgium Carolum de Straſoldo Liberos Barones de Villanova, Dominos de Medea, & Farra S. R. Imperii Comitibus favorabiliter adſcripſit, & inſignibus aliis Privilegiis decoravit. Datum Ratisbonæ XXV. Auguſti 1641. Ex Autographo Caroli S. R. I. Comitis de Straſoldo, S. C. R., atque Apoſtolicæ Majeſtatis Cubicularii, & Præſidis Societatis in Comitatu Goritiæ ad Agrorum Culturam deputatæ.

Ferdinandus Tertius Divina favente Clementia Electus Romanorum Imperator ſemper Auguſtus, ac Germaniæ, Hungariæ, Bohemiæ, Dalmatiæ, Croatiæ, Sclavoniæ &c. Rex, Archidux Auſtriæ, Dux Burgundiæ, Brabantiæ, Styriæ, Carinthiæ, Carnioliæ, Marchio Moraviæ, Dux Lucemburgi, Superioris, & Inferioris Sileſiæ, Wirtembergæ, & Teckæ, Princeps Sueviæ, Comes Habſpurgi, Tyrolis, Ferretis, Kyburgi, & Goritiæ, Landgravius Alſatiæ, Marchio Sacri Romani Imperii Burgoviæ, ac Superioris, & Inferioris Luſatiæ, Dominus Marchiæ Sclavonicæ, Portus Naonis, & Salinarum &c.

Generoſis, fidelibus Nobis dilectis Richardo, Orpheo, Martino, & Georgio Carolo, Comitibus de Straſoldo, Liberis Baronibus de Villa nova, Dominis de Medea, & Farra Gratiam Noſtram Cæſaream, & omne Bonum. Fuit a multis jam ſæculis laudatiſſima divorum Anteceſſorum Noſtrorum conſuetudo, ut quos vel clara generis origine celebres, vel eximiis in Patriam, & Rempublicam meritis probatos, aliiſque virtutum generibus præditos animadverterent, eoſdem munificentia ſua præ cæteris ornandos, extollendoſque ſuſciperent. Idque non ſolum hanc ob cauſam, ut ii virtutis ſuæ beneficio ſe condignos honores adeptos eſſe intelligerent, ſed etiam ut & poſteri ipſorum vel inde majori domeſticæ laudis tuendæ, propagandæque deſiderio excitati, ad paria virtutis, & veræ gloriæ capeſſendæ conamina totis viribus plenoque curſu alacriter contenderent. Unde & Nos Dei Optimi Maximi nutu, atque providentia ad Sacri Romani Imperii, aliorumque Regnorum, & Dominiorum Noſtrorum gubernacula admoti nihil prius antiquiuſve ducimus, quam præclara eorundem Anteceſſorum noſtrorum inſtituta, ac veſtigia cum in aliis, tum hac ipſa in parte firmiter ſequi, ac bonos quoſque viros præſertim eos, quos præter Nobilium natalium decus ſingularis vitæ morumque probitas, & tam majorum ſuorum, quam propria merita, aſſiduaque in Nos, & Inclytam Noſtram Auſtriæ Domum ſynceræ fidei, & obſervantiæ ſtudia commendatos, & gratos reddunt, favore noſtro jugiter complecti, eorumque dignitati, ac ornamentis juvandis, & amplificandis quavis occaſione clementer adeſſe. Perſpectum quippe, & exploratum habentes hac

etiam

etiam potissimum ratione Rempublicam foveri, si nimirum honestæ cupiditatis igniculis mortalium animis a Natura tributis, quibus alias accensi ad pulcherrima quævis exercitia sponte feruntur, Nos quoque fomitem addiderimus, virtutisque decus perpetuo beneficentiæ nostræ pignore Posteritatis memoriæ commendatum immortalitatis beneficio adornaverimus. Considerantes itaque Generosi, fideles, Nobis dilecti Richarde, Orphee, Marti, & Georgi Carole Comites de Strasoldo ex ea Vos in Forojuliensi Provincia Nostra progenitos esse Familia, quæ non minus antiquitatis, & Nobilitatis splendore in primis semper clara extiterit, quam ob præclaras res gestas, ac egregia facinora pacis bellique temporibus præstita, maxime insigne nomen decusque gesserit quippe cum. celeberrimi ex ea nati Viri veluti eximias virtutes suas divis Prædecessoribus Nostris Romanorum Imperatoribus, Regibusque, ac Austriæ Archiducibus in omnibus, quæ offerebantur tam militaribus contra quosvis nimirum ipsorum, præsertim vero immanissimos Christiani nominis hostes Turcas, ac alios etiam Sacri Romani Imperii, & Augustæ Nostræ Domus Insidiatores, & Adversarios, non attento ullo vitæ, bonorumque periculo, fortiter, & generose pugnando, quam in Aulicis, & domesticis occasionibus fidelia, & utilia obsequia exhibendo, nullis non inconcussæ fidei, & devotionis documentis ad posteritatis memoriam nunquam intermoriturum probarint, ita ipsi simul in præcipuis tam Aulicis, & Provincialibus, quam bellicis functionibus, & muneribus primarios titulos, gradus, & honores ubivis habere meruerint. Quam etiam domesticam laudem, & gloriam in hæc usque tempora per Majores vestros domi, forisque, ac terra, marive feliciter continuatam, & hæreditario velut jure in Vos derivatam, Vos ipsi non conservare solum, sed etiam quantum fieri potest propriis virtutum meritis magis magisque excolere & illustrare omni zelo conati sitis, dum videlicet præter laudabilia studia, quæ in variis nostris, ac aliis rebus, functionibus, & actionibus ab ineunte ætate gregie impendistis, præcipue vestram constantissimam fidem, & sanguinis pro Nobis, & Sacro Romano Imperio, Augustaque nostra Austriæ Domo, nec non pro Religione Catholica fundendi promptitudinem, & zelum non durante solum ultimo Forojuliensi contra Venetos gesto bello (in quo tu Richarde peculiariter Gradiscani Oppidi, ac districtus defensionem ita prudenter fortiterque sustinuisti, ut ejus conservationem jure tibi tota Patria gratissimo animo adscripserit) sed statim etiam ab ipso funestissimæ, quod in Regnis, & Provinciis nostris hæreditariis exarsit, & post in alias quoque Sacri Romani Imperii partes sese dilatavit, rebellionis primordio in quibusvis expeditionibus, pugnis, conflictibus, obsidionibus, defensionibus, & aliis occasionibus contra rebelles, ac alios Nostros hostes, & inimicos strenue certando ita laudabiliter prosecuti, & contestati estis, ut tam a Colendissimo Domino Genitore Nostro gloriosæ memoriæ, quam a Nobis ipsis variis gratiarum, & dignitatum prærogativis condecorari, & quidem tu Richarde in Bellicum Consiliarium, Camerarium, Colonellum

 aucto-

auctoratum, & Supremum Provincialis Militiæ Comitatus Nostri Goritiensis Præfectum assumi, nec non supremi in eodem Comitatu Venationum Præfecti hæreditarii dignitate donari, Tu vero Orphee Vicedomini Provincialis in Ducatu Nostro Carnioliæ, & Capitanei Aquilejensis muneribus præfici merueritis; nec non tu, Marti, paria, ac digna virtutis tuæ, ac singularium animi dotium officia ab optima nostra gratificandi voluntate expectare poteris. Quibus quidem officiis, atque functionibus eximiam prudentiam, integritatem, & industriam vestram non minus quam suprarnemoratis occasionibus in singulare vestrum, ac totius antiquissimæ, fidelissimæ, ac perquam Nobis gratæ Familiæ vestræ decus præclare comprobastis, & etiamnum ad singularem, & omnimodam satisfactionem nostram comprobatis.

Hisce de causis omnino Nobis persuasum habentes, Vos deinceps quoque in eodem de Nobis, ac Sacro Romano Imperio, Augustaque Nostra Austriæ Domo benemerendi studio perseveraturos, rem nobis, munereque nostro dignam Nos facturos arbitrati sumus, si hæc Antecessorum Vestrorum, propriaque merita, & virtutes vestras honorifico hoc nostro elogio laudaremus, atque in benignissimæ, qua ob ea ipsa Vos singulariter complectimur, propensionis Nostræ publicum, perpetuumque signum, ac Testimonium, vestrum Nobilitatis, & Comitatus statum quo Familia Vestra ab antiquo tempore claruit, nostra Cæsarea, aliaque, qua fungimur, authoritate laudaremus, atque confirmaremus, novoque benignitatis, & affectus nostri erga Vos pignore consolidaremus.

Motu igitur proprio, ex certa nostra scientia, animoque bene deliberato, ac de Cæsareæ, Regiæ, & Archiducalis Nostræ potestatis plenitudine Vobis prænominatis Richardo, Orpheo, Martio, & Georgio Carolo Comitibus de Strasoldo vestrum antiquissimæ Nobilitatis, & Comitatus Statum benigne laudavimus, approbavimus, & confirmavimus, prouti tenore præsentium laudamus, approbamus, & confirmamus, ac vos præterea etiamnum in Nostrorum, & Sacri Romani Imperii, aliorumque Regnorum, & Dominiorum nostrorum hæreditariorum Comitum vere natorum ordinem, numerum, consortium, cœtumque favorabiliter adscribimus. Decernentes, & hoc Nostro Cæsareo Edicto firmiter statuentes, quod Vos prænominati Richarde, Orphee Marti, & Carole Georgi de Strasoldo, omnesque liberi, hæredes, posteri, ac descendentes Vestri legitimi utriusque sexus nati & nascituri perpetuis futuris temporibus nomen, & dignitatem Comitum ferre, & habere, & tam in litteris, quam nuncupatione verbali, nec non in rebus, ac negotiis spiritualibus, & temporalibus, Ecclesiasticis, & profanis, & in quibuscunque negotiis, & actionibus a Nobis, & Successoribus Nostris, & aliis omnibus & singulis, cujuscunque status, gradus, ordinis, dignitatis, & conditionis extiterint, pro veris Comitibus vetustioris Prosapiæ haberi, dici, nominari, & honorari possitis, & debeatis; prout Nos ipsi Vos, eosdemque legitimos hæredes, ac Posteros vestros utriusque sexus in infinitum Sacri Romani Imperii, ac Regnorum, & Provinciarum nostrarum hæreditariarum Comites,

& Co-

& Comitissas nominamus, declaramus, & appellamus. Volentes, & authoritate Nostra Imperiali, Regiaque, & Archiducali expresse decernentes, quod ubivis locorum, & terrarum tam in Judiciis, quam extra omnibus, & singulis privilegiis, indultis, immunitatibus, libertatibus, juribus, consuetudinibus, honoribus, dignitatibus, prærogativis, exemptionibus, gratiis, & favoribus uti, frui, gaudere, & potiri valeatis, & possitis, quibus alii Antiqui Comites in Sacro Romano Imperio, Regnisque, & Provinciis nostris Hæreditariis, uti, frui, & potiri solent, & possunt quomodolibet, consuetudine, vel de jure, omni contradictione, & impedimento postposito.

Quo vero perpetuum hujus Nostræ ad hanc dignitatem sublimationis extet documentum, eademque pleniore beneficio decorata in oculos hominum clarius incurrat, præmemorata authoritate nostra antiqua, quibus hactenus usi estis, Armorum Insignia, Scutum nimirum secundum latitudinem divisum in sex æquales partes, quarum infima prima, tertia, & quinta flavi, sive aurei, reliquæ vero tres nigri coloris, scuto incumbunt tres Galeæ apertæ, seu clathratæ, tornaciriæ vulgo appellatæ, utrinque phaleris, vel laciniis croceis, sive aureis, ac nigris mixtim circumfusis, molliterque defluentibus, & singulæ diademate aureo super imposito ornatæ, e quarum primæ, quæ a dextro est latere, cono pubetenus promineat Æthiops, sive Maurus, nudo corpore sinistrorsum versus brachiis utrinque extensis, & supra caput in altum spectans elevatis; e secundæ vero sex pennæ Struthionis in formam fasciculi juxta se invicem positæ, & sursum erectæ, quarum prima, tertia, & quinta nigri, cæteræ vero tres flavi, sive aurei coloris; & e tertiæ galeæ vertice itidem pubetenus Æthiopissa nuda, solutis, & post tergum defluentibus capillis dextrorsum erga Æthiopem versa, unaque cum illo brachiis, & capite in altum erectis schedulam, sive Chartam oblongam, & per transversum extensam, cum inscriptione sub Symbolo: INTIMA CANDENT: in manibus supra se tenens, emineat, clementer immutavimus, auximus, & amplificavimus, prout eadem vigore præsentium immutamus, augemus, & amplificamus, ac vobis, omnibusque liberis, hæredibus, posteris, & descendentibus vestris legitimis vel in hunc qui sequitur, vel suprascriptum in modum alternative prout vobis libitum fuerit posthac habenda, gestanda, ac deferenda benigne concedimus, & elargimur: Scutum videlicet in quatuor æquales partes seu campos flavi, sive aurei coloris divisum, in cujus inferiori parte sinistra, & superiori dextra Aquila biceps, nigra, erecta, coronatis capitibus in utrumque latus versis, & de cætero sic disposita, ut pedibus diductis insistere, caudaque depressa, alis vero late expansis, rostris item apertis, ac linguis rubeis exertis plausum præseferre videatur, in dextra vero parte inferiori Æthiopissa nuda, & superiori sinistra Æthiops itidem nudus, & fascia alba caput circumligatus, manu vero dextera pectori admota schedulam cum Symbolo supradicto tenens ambo pubetenus, & dextrorsum versi, in medio Scuti conspiciatur aliud parvulum, nempe antiquum

quum vestrum, superius itidem descriptum Scutum, majori vero incumbat Corona Regia antiquioris formæ; prout hæc omnia in medio hujus nostri Diplomatis Pictoris industria clarius distincta videre licet.

Volentes, & expresse decernentes, quod vos jam sæpius nominati Richarde, Orphee, Marti, & Georgi Carole, omnesque liberi, hæredes, posteri, ac descendentes vestri legitimi utriusque sexus in infinitum præscripta Armorum Insignia uno, alterove modo in omnibus, & singulis honestis, & decentibus actibus, exercitiis, atque expeditionibus tam serio, quam joco in hastiludiis, seu hastatorum dimicationibus pedestribus, & Equestribus, in Bellis, duellis, singularibus certaminibus, & quibuscunque pugnis cominus, eminus, in Scutis, Bannerlis, Vexillis, tentoriis, Cœnotaphiis, sepulchris, monumentis, Cleinodiis, anulis, monilibus, sigillis, ædificiis, parietibus, fenestris, ostiis, lacunaribus, tapetibus, ac supellectilibus quibuscunque, tam in rebus Spiritualibus, quam temporalibus, & mixtis, in locis denique omnibus pro rei neccessitate, & voluntatis vestræ arbitrio, aliorum Nostrorum, & Sacri Romani Imperii, Regnorumque, & Provinciarum Nostrarum hæreditariarum Comitum more libere, & absque omni impedimento, vel contradictione habere, gestare, ac deferre, iisdemque uti quovis modo possitis, & valeatis, aptique sitis, & idonei, ad ineundum, & recipiendum omnes gratias, libertates, exemptiones, feuda, privilegia, vacationes a muneribus, & oneribus quibuscunque realibus, personalibus, sive mixtis, ad utendum denique singulis juribus, quibus cæteri a Nobis, ac Sacro Romano Imperio hujusmodi ornamentis insigniti, ac feudorum capaces, atque participes utuntur, fruuntur, potiuntur, & gaudent, quomodolibet consuetudine, vel de Jure.

Insuper pro uberiori propensissimæ Nostræ erga vos voluntatis documento Vobis supranominatis Richardo, Orpheo, Martio, & Georgio Carolo Comitibus de Strasoldo approbamus, & confirmamus amplam illam, qua ab antiquo gavisi estis, authoritatem, & facultatem, quod possitis, & valeatis per totum Romanum Imperium, & ubilibet terrarum facere, & creare Notarios Publicos, seu Tabelliones, & Judices Ordinarios, Chartularios, & Delegatos, & omnibus personis, quæ fide dignæ, habiles, & idoneæ sint (super quo conscientiam vestras oneramus) Notariatus seu Tabellionatus, & Judicatus Ordinarii Officium concedere, & dare, eosque, ac eorum quemlibet authoritate Imperiali de prædictis per pennam, & Calamarium (ut moris est) investire. Dummodo tamen eos habiles, & idoneos inveneritis, & ab ipsis Notariis publicis, seu Tabellionibus, & Judicibus ordinariis per vos creandis, ut præmittitur, & eorum quolibet vice, ac nomine nostro ac Sacri Romani Imperii, & pro ipso Romano Imperio, debitum fidelitatis recipiatis corporale, & proprium juramentum in hunc videlicet modum: Quod erunt Nobis, & S. R. Imperio, omnibusque Successoribus Nostris Romanorum Imperatoribus, &

Regi-

Regibus, legitime intrantibus, fideles, nec unquam erunt in consilio, ubi nostrum periculum tractetur, sed bonum, & salutem nostram defendent, & fideliter promovebunt, damna vero nostra pro sua possibilitate vetabunt, & avertent: Praeterea Instrumenta omnia tam publica, quam privata, Ultimas Voluntates, Codicillos, Testamenta, quaecunque Judiciorum acta, ac omnia alia, & singula, quae illis, & cuilibet ipsorum ex debito dictorum Officiorum facienda occurrerint, vel scribenda, juste, pure, fideliter, omni simulatione, falsitate, & dolo remotis, scribent, legent, facient, & dictabunt, non attendendo pecuniam, odium, munera, vel alias passiones, aut favores: Scripturas vero quas debebunt in publicam formam redigere in membranis mundis, non chartis abrasis, secundum Terrarum consuetudinem, fideliter conscribent, legent, facient, atque dictabunt, causasque Hospitalium, & miserabilium personarum, nec non Pontes, ac Stratas publicas pro viribus promovebunt, Sententias, & dicta Testium donec publicata fuerint, & approbata sub secreto fideliter retinebunt, ac omnia alia, & singula recte, & juste facient, quae ad dicta officia quomodolibet pertinebunt consuetudine, vel de jure. Quodque hujusmodi Notarii Publici, seu Tabelliones, & Judices Ordinarii per Vos creandi possint, & valeant per totum Romanum Imperium, & ubilibet locorum facere, scribere, & publicare contractus, Instrumenta, Testamenta, Judicia, & ultimas voluntates, decreta, & authoritatem interponere in quibuscunque contractibus, requirentibus illa, vel illam, ac omnia alia facere, publicare, & exercere, quae ad dictum officium Publici Notarii, seu Tabellionis, & Judicis Ordinarii pertinere, & spectare dignoscuntur. Decernentes quod omnibus Instrumentis, & Scripturis per hujusmodi Tabelliones, Notarios Publicos, sive Judices Ordinarios faciendis plena fides ubique adhibeatur in Judicio, & extra, constitutionibus, decretis, statutis, & aliis in contrarium facientibus non obstantibus quibuscunque.

Porro Vobis antenominatis Richardo, Orpheo, Martio, & Georgio Carolo Comitibus de Strasoldo confirmamus, & concedimus plenam facultatem, quod possitis, & valeatis naturales, bastardos, spurios, manseres, nothos, incestuosos, copulative, vel disjunctive, & quoscunque alios ex illicito, & damnato coitu procreatos, existentibus, vel non existentibus aliis Filiis legitimis, eis etiam aliter non requisitis, viventibus, vel mortuis eorum Parentibus (Illustrium tamen Principum, Comitum, Baronumque Filiis duntaxat exceptis) legitimare, & eos, & eorum quemlibet ad omnia, & singula jura legitima restituere, & reducere, omnemque Geniturae maculam penitus abolere ipsos habilitando, & restituendo ad omnia, & singula jura successionum, & haereditatum bonorum Paternorum, & Maternorum, etiam ab Intestato Cognatorum, & Agnatorum, nec non ad honores, dignitates, & singulos actus legitimos, tam ex contractu, quam ultima voluntate, aut alio quocunque modo in Judicio, & extra, perinde ac si de vero, & legitimo matrimonio procreati essent, objectione

Prolis illegitimæ penitus quiescente. Quodque illorum legitimatio, per Vos ut supra facta, juste, & legitime facta maxime habeatur, & teneatur, non secus ac si foret cum omnibus Juris solemnitatibus, quarum defectus specialiter authoritate Nostra Imperiali suppleri volumus, & intendimus; dummodo tamen legitimationes hujusmodi non præjudicent Filiis, & hæredibus legitimis, & naturalibus. Qui quidem legitimandi, postquam legitimati fuerint, sint, & esse censeantur, nominenturque, & nominari possint, & debeant ubivis locorum, & terrarum tanquam vere legitimi, & legitime nati de Domo, Familia, atque agnatione Parentum Suorum; Arma etiam, & eorum Insignia portare, ac ferre possint, & valeant, admittanturque ad omnes actus legitimos, officia, jura, honores, & dignitates tam Ecclesiasticas, quam sæculares, uti vere legitimi, quin etiam efficiantur Nobiles, si Parentes ipsorum Nobiles fuerint, possintque, & debeant in omnibus actibus publicis, & privatis iisdem officiis, juribus, honoribus, & dignitatibus uti, frui, & gaudere, quibus vere legitimi in Judicio, & extra utuntur, fruuntur, & gaudent: Non obstantibus ullis legibus, quibus cavetur; quod Naturales, Bastardi, Spurii, Manzeres, Nothi, Incestuosi, copulative, vel disjunctive, aut alii quicunque ex illicito, & nefario concubitu procreati, vel procreandi non possint, vel debeant legitimari, liberis naturalibus, & legitimis existentibus, vel sine consensu, & voluntate Filiorum naturalium, & legitimorum, vel agnatorum, & Feudi Dominorum, & specialiter in auth. quib. mod. nat. offic. sui per totum, & §. Naturales. Si de feud. def. cont. sit inter Dom. & Agnat., & L. Jubemus. Cod. de emancip. lib. & aliis similibus. Quibus quidem legibus, & cuilibet ipsarum volumus expresse, & ex certa Nostra scientia derogari, neque etiam obstantibus in præmissis aliquibus contrahentium dispositionibus, & ultimis voluntatibus, aliisque legibus locorum, Statutis, Ordinationibus, & consuetudinibus, etiamsi tales forent, quæ specialem hic & individuam mentionem requirerent. Quibus obstantibus, & obstare volentibus in hoc duntaxat casu ex certa Nostra scientia, deque Cæsareæ potestatis Nostræ plenitudine derogamus, & derogatum esse volumus per præsentes.

Similiter eadem Authoritate nostra Imperiali Vobis prænominatis Richardo, Orpheo, Mario, & Georgio Carolo Comitibus de Strasoldio confirmamus, & concedimus amplam facultatem, qua possitis, & valeatis Tutores, atque Curatores confirmare, dare, & constituere, ipsosque causis legitimis subsistentibus amovere.

Præterea filios adoptare, & arrogare, eosque adoptivos, & arrogatos facere, constituere, & ordinare, nec non filios legitimos, & legitimandos, adoptivos, & adoptandos in quavis ætate constitutos emancipare, ac patria potestate liberare, adoptionibusque, & emancipationibus quibuscunque omnium, & singulorum, etiam infantium, & adolescentium consentire: Veniam ætatis supplicantibus concedere, authoritatem, & decretum in omnibus interponere: Servos etiam manumittere, manumissionibus quibuscunque cum, vel sine vindicta, & mino-

rum

rum alienationibus, alimentorumque transactionibus authoritatem pariter, & decretum interponere. Minores quoque, Ecclesias, & Communitates læsas, altera parte ad id prius vocata, in integrum restituere, ac integram restitutionem eis, vel alteri eorum concedere. Cum Infamibus tam juris, quam facti, aut aliter quomodocunque copulative, vel disjunctive dispensare, eosque ad famam restituere, abstergendo ab eis omnem Infamiæ notam tam irrogatam, quam irrogandam, ita quod de cætero ad omnes, & singulos actus legitimos apti, & idonei habeantur, & promoveantur, haberi, & promoveri possint, & debeant, Juris tamen ordine semper servato.

Ad hæc Vobis prædictis Richardo, Orpheo, Martio, & Georgio Carolo Comitibus de Strasoldo, scientia, motu, & authoritate, quibus supra, indulgemus, quod possitis, & valeatis Doctores tam in Jurisprudentia, quam Medicina, & Philosophia, nec non Licentiatos in omni licita facultate Magistros, atque Baccalaureos creare, promovere, ordinare, constituere, & facere, adhibitis tamen in cujuslibet Doctoris creatione Doctoribus eximiis de professione creandi ad minus tribus, qui doctorandum, vel licentiandum examini subjiciant, & ei, quem idoneum invenerint, sufficientemque comprobaverint, Vos authoritatem interponendo, Doctoratus, Licentiæ, Magisterii, & Baccalaureatus insignia, uti moris est, conferatis. Qui quidem Doctoratus, Licentiæ, Magisterii, & Baccalaureatus titulo a Vobis donati libere possint, & valeant in omnibus Civitatibus, Terris, & locis Sacri Romani Imperii, & ubilibet Terrarum omnes actus Doctorales legendi, docendi, interpretandi, Cathedram ascendendi, glossandi, disputandi, consulendi, & cæteros actus doctorales Licentiæ, Magisterii, atque Baccalaureatus facere, & exercere, omnibus, & singulis gaudere, & uti privilegiis, prærogativis, exemptionibus, libertatibus, concessionibus, præeminentiis, favoribus, indultis, & gratiis ac aliis quibuscunque, quibus cæteri Doctores, vel Licentiati, nec non Magistri, & Baccalaurei, qui in Gymnasio Viennensi, Parisiensi, Papiensi, Pisano, Senensi, Coloniensi, Ingolstadiensi, ac alio quolibet publico, & privilegiato Gymnasio promoti, vel etiam a Nobis, ac Divis Romanorum Imperatoribus, & Regibus insigniti fuerint, seu aliter quocunque modo talia insignia acceperint, gaudent, utuntur, & fruuntur quomodolibet consuetudine, vel de jure.

Ulterius Vobis prænominatis Richardo, Orpheo, Martio, & Georgio Carolo Comitibus de Strasoldo concedimus, & elargimur liberam potestatem, & facultatem, ut possitis, & valeatis honestis personis, illud a vobis petentibus, Insignia, seu Arma concedere, & elargiri idonea, & convenientia qualitati Personæ (quod ex Vestro arbitrio, & Judicio pendere volumus) eosque cum Insignium, & Armorum, tam Feudi capaces reddere. Dummodo tamen in hujusmodi Armorum, atque insignium concessione abstineatis, ne alicui integram Aquilam maxime Imperialem cum Corona, aut avita quorumvis Principum, Comitum, Baronum, & Procerum Arma, seu Insignia præcise elargiamini. Qui

qui-

quidem per Vos sic Armis decorari hujusmodi Arma, & Insignia sibi concessa ubique locorum, & terrarum in omnibus, & singulis honestis actibus, & expeditionibus, in bellis, duellis, singularibus certaminibus, & quibuscunque pugnis, vexillis, tentoriis, anulis, signetis, sigillis, monumentis, sepulchris, & universa supellectili pro eorum arbitrio deferre, omnibusque, & singulis privilegiis, juribus, honoribus, dignitatibus, officiis, gratiis, & indultis uti, frui, potiri, & gaudere possint, & valeant, quibus cæteri a Nobis, aliisque Romanorum Imperatoribus, & Regibus Armis, & Insignibus decorati, & feudorum capaces, atque participes utuntur, fruuntur, potiuntur, & gaudent, & ad ea admitti, ad quæ illi admittuntur, & recipiuntur consuetudine, vel de jure.

Nulli ergo omnino Hominum liceat hanc nostræ creationis, approbationis, concessionis, Decreti, voluntatis, privilegii, & gratiæ paginam infringere, aut quomodolibet violare. Si quis autem id attentare ausus fuerit, is præter Nostram, & Sacri Imperii indignationem gravissimam pœnam centum Marcharum auri puri pro dimidia Nostro, Successorumque Nostrorum Ærario, sive Fisco, reliqua vero parte Injuriam passi, seu passorum usibus, omni spe veniæ sublata, solvendam toties quoties contrafactum fuerit, se noverit ipso facto incursurum.

Harum testimonio Litterarum, manu nostra subscriptarum, & Sigilli nostri Cæsarei appensione munitarum. Datum in Nostra, & Imperii Sacri Civitate Ratisbonæ die vigesima quinta Mensis Augusti, Anno reparatæ Salutis Millesimo sexcentesimo quadragesimo primo, Regnorum Nostrorum Romani quinto, Hungarici decimo sexto, Bohemici vero decimo quarto.

Ferdinandus &c.

Joannes Matthias Prikelmeyr mp.

Ad Mandatum Sac.ª Cæs.ª Majestatis proprium

G. Schidenitsch.

N.° CXXVII.

Binæ Bullæ Innocentii X. Pontificis Maximi respicientes Francisci Maximiliani Vaccani assumptionem, & consecrationem ad Episcopatum Petinensem de anno 1648. Vide Syllabum Tergestinorum Antistitum Num. LX.

N.° CXXVIII.

Ferdinandus III. Joannem Baptistam, & Arsenium, nec non Franciscum, & Livium, respectivos Fratres, & Cognatos Romanos Nobilitatis prærogativa donavit, adjecto prædicato de Jacb in Felsenberg. Dat. Viennæ X. Junii 1651. Autographo potitur Illustris Antonius Romanus de Jacb in Felsenberg Nobilis Provincialis Goritiæ, & Gradiscæ.

N.° CXXIX.

N.° CXXIX.

Mareschalli substituti, & Deputatorum Gradiscæ Attestatio comprobans Nobilitatem, & genealogiam Domini Sigismundi de Salamanca. Dat. Gradiscæ XX. Martii 1654. Vide Censuræ Notam XX.

N.° CXXX.

Inclytorum Gradiscæ Ordinum Diploma, vigore cujus Eustachius, & Sigismundus Fratres de Salamanca Nobiles Gradiscæ Provinciales declarantur. Datum Gradiscæ XX. Junii 1654. Vide Censuræ Notam XX.

N.° CXXXI.

Ferdinandus III. Imperator Antonio Marentio Episcopo Tergestino, & Ludovico Marentio ejusdem Civitatis Locumtenenti S. R. I. Liberorum Baronum de Marensfeld, & Schenech titulum elargitur. Dat. Pragæ XV. Septembris 1654. Vide Syllabum Tergestinorum Antistitum Num. LIX.

N.° CXXXII.

Norma ab Eleonora Mantuana Vidua Imperatrice præscripta Felici Coronino de Cronberg S. J. Sacerdoti, cum assumeretur pro Moderatore conscientiæ Filiarum ejusdem Imperatricis anno circiter 1663. Ex autographo Archivii domestici propria Imperatricis manu subscripto. Vide hujus Appendicis Documentum CLI.

Instrucione per il P. Confessore delle mie Figlie.

Si facia una distribucione del tempo, che s'osservi esattamente per tutti gli essercicii, nei quali le mie figlie devono essercitarsi.

Se le prescriva qualche essercicio quotidiano spirituale proporcionato alla sua capacità.

Ogni dì si darà agli Studii un ora la matina dalle dieci in fino alle undeci, e doppo il pranso un'altra dalle due alle tre hore, poi fino alle tre e mezza, seguitaranno a perfetionarsi nell'essercicio dello scrivere.

Avanti gli Studii la matina si sentirà la Messa dalle nove e mezza fino alle dieci.

Tutte le Domeniche, e giorni di festa in vece di Studio se l'insegnarà la Dottrina Christiana.

Aciò un ora intera di Studio non li riesca talvolta di fastidio, si tramezzerà con qualche racconto e repetizione d'Istorie, concernenti le virtù, e fatti degni di essere praticati da Principesse Grandi si potrebbe cavar fori dal P. Causino, e dalla Giovine Cristiana del P. Francioti.

Si confessarano tutte le Feste principali, e mai restarano più di quindici giorni insino a tanto, che saranno capace di communicarsi, ch'allora dovrà essere ogni otto giorni.

E quando vi sarà occasione di riprensione alle mie Figlie debano venir da me senza nisun riguardo accusandomi i suoi errori, perche io farò quello, che conviene come a Madre, che desidera d'avanzarle nelle virtù

Eleonora mp.

· *Filiarum Imperatricis autem nomina comperatus in Breviario anno 1666. ab iisdem donato Patri Felici Coronino, ubi Parte Æstiva ita scriptum invenio:*

Duo buoni insieme
  hanno bontà maggiore
Rose con gigli
  han più soave odore
LEONORA MARIA JOSEPA ARCL.sa D'AUSTRIA

Parte Verna vero:

Humile in tutte le glorie
MARIA ANNA JOSEPHA ARCL.sa D'AUSTRIA

Nec non Parte Autumnali:

Ogni ben è fallace
Nè ci appaga il desire
Che oprar ben e gioire.
MARIA ANNA JOSEPHA ARCL.sa D'AUSTRIA

Prior Eleonora Maria Josepha Michaeli primum Coributo Poloniæ Regi, Carolo deinde Lotharingiæ Duci, (illi tot victoriis claro Heroi, ex quo modernus gloriosissimus Imperator Josephus II. promanavit) matrimonio juncta fuit; alteram Mariam Annam Josepham Joannis Wilhelmus Palatinus Comes, ac Elector Neoburgicus Conjugem habuit.

N.° CXXXIII.

Leopoldus Imperator Alexandro VII. Pontifici Maximo præsentat Franciscum Rudolphum Coroninum Baronem de Cronberg ad Canonicatum, & Præbendam seu Vicariatum Patriarchalis Ecclesiæ Aquilejensis. Dat. Viennæ XXVI. Augusti 1663. Ex Apographo Archivj domestici.

Beatissime in Christo Pater, Domine Reverendissime. Post officiosissimam commendationem filialis observantiæ nostræ continuum incrementum.

Cum

Cum ad Canonicatum, & Præbendam seu Vicariam Imperialem in Patriarchali Ecclesia Aquilejensi Jus Patronatus, seu præsentandi ad Nos tanquam Electum Romanorum Imperatorem spectare dignoscatur: & vero eadem Præbenda seu Vicaria ad præsens per obitum quondam Francisci Bossi Abbatis, & Consiliarii Nostri ultimi ejusdem Possessoris vacet; Nos illi rursus de alio idoneo Nobis grato Vicario, & Canonico prospectum esse cupientes, Sanctitati Vestræ Franciscum Rudolphum Coroninum Clericum Goritiensem, cum propter singularem vitæ, & morum probitatem, aliasque egregias animi, & ingenii dotes, de quibus Nobis perquam commendatus fuit, tum propter egregia non minus Familiæ suæ, quam propria merita præsentandum duximus, quemadmodum eum per hasce nostras in Dei Nomine præsentamus, ac pro sufficienter præsentato haberi volumus; Sanctitatem Vestram filiali observantia requirentes, ut dictum Franciscum Rudolphum Coroninum, vel Procuratorem ejus legitimum de dicto Canonicatu, & Præbenda seu Imperiali Vicaria in memorata Ecclesia Patriarchali Aquilejensi investiendum, & canonice, uti moris est, instituendum, possessionemque illi actualem cum fructuum, & emolumentorum omnium perceptione dandam mandare dignetur; in contrarium facientibus non obstantibus quibuscunque; id quod filialis observantiæ studiis demereri conabimur. De cætero Sanctitati Vestræ ad Nostrum, & Militantis Ecclesiæ solatium longævam, ac beatam Vitam ex animo voventes. Datum Viennæ die 16. Augusti anno 1663.

Tergo) Beatissimo in Christo Patri Domino Alexandro Septimo Divina providentia S.ᵃᵉ Romanæ, ac Universalis Ecclesiæ Summo Pontifici Domino Reverendissimo.

N.° CXXXIV.

Idem Leopoldus Imperator Nicolaum, Thomasinum, Petrum, Trojanum, & Stephanum Stephaneos Fratres Nobilium Cœtui adscribit. Lentii VI. Junii 1664. Autographum possidet Perillustris Nicolaus Baro de Stephaneo Goritiæ, & Gradiscæ Provincialis.

N.° CXXXV.

Idem Leopoldus Imperator Joanni Baptistæ, Antonio, & Philippo Zuppinis fratribus non solum antiquam Nobilitatem, & a Majoribus in eos transmissa Armorum Insignia confirmat; verum etiam novis eos privilegiis, prærogativis, & immunitatibus auget, quas inter facultas creandi Notarios, & Judices ordinarios, legitimandi Spurios, & exemptio a Primis Instantiis recensetur. Dat. Viennæ XXV. Novembris 1665. Authenticum Exhibuit Illustr. Vincentius Ernestus de Locatelli Provincialis Goritiæ Consiliarius.

N.° CXXXVI.

Joannes Vincentius Coroninus Bar. de Cronberg Tergesti Capitaneus Augustissimum Leopoldum Imperatorem invitat ad secundas suas Nuptias, cele-

celebrandas cum Catharina Baronissa de Raunach. Dat. Tergesti IX. Julii 1668. Ex exemplari propria Joannis Vincentii manu exarato, quod extat in Archivio domestico.

Sacra Cesarea Regia Maestà.

Hanno costumato li Capitani di Trieste miei Antecessori d'invitar humilmente li loro Augustissimi Padroni alle Nozze che tallora celebravano nell'Esercizio di questa Cesarea Carica. Onde per non preterir il Costume di sì dovuto Ossequio, & per non trascurar l'onore solito farsi dalla Clemenza degl'Imperadori prendo animo anch'io di far questo grande, ma humil Invito al mio Clementissimo Prencipe nell'occasione, che per le mie convenienze devo accasarmi, & le Nozze sono stabilite per li 12. del vicino Mese d'Agosto.

A queste acciò siino in qualche modo Auguste invito Vostra Maestà Cesarea con quella più profonda demissione, che conviene ad un suo fedel Rappresentante, e Servidore, supplicando la Maestà Vostra non sdegni ringraziarle, ed onorarle col suo tanto Augusto nome, e con deputare in sua vece un Prelato, o Cavaliere, che meglio parerà alla sua Benignità.

Quest'onore spero mi sarà maggiormente concesso, perchè la Dama che prendo mia Sposa, oltre la sua Nobiltà, è anco Figlia d'un Capitanio Cesareo di Trieste, quale fu il Barone de Raunach, & Nipote del già Prencipe di Portia Primo Ministro della Maestà Vostra, le cui Gratie, mentre le attendo con immensa riverenza, imploro copiosissime quelle del Cielo in affluenza di tutte le Benedizioni anco temporali alla Sua Imperiale Persona, alla Sua Augustissima Imperatrice, ed al suo adorabile Imperio, chinandomi ai piedi.

Della S. C. R. Maestà Vostra

Trieste 9. Luglio 1668.

Umilissimo, Devotissimo, Obligatissimo Ossequiosissimo Servo
Gian Vincenzo Coronino
Capitanio di Trieste Barone di Cronberg.

N.° CXXXVII.

Leopoldus Imperator Francisco, & Friderico Savorgnanis Fratribus, nec non quondam Antonii Savorgnani (qui in Bello Forojuliensi cum Venetis gesto Commissariatus Bellici Secretarius fuerat) Filiis antiquam, & a Majoribus acceptam Nobilitatem cum Insignibus gentilitiis novo edito Diplomate laudavit, approbavit, & confirmavit, eosque de Novo, quatenus opus fuisset, in numerum, cœtum, & consortium, statum, gradum, ordinem, atque dignitatem aliorum Sacri Romani Imperii, reliquorumque in Regnis, & Dominiis Austriacis commorantium Nobilium cum prædicato de Savörperg, & exemptione a primariis Instantiis assumpsit, & aggregavit Viennæ XVI. Novembris 1669. Autographum Commissioni ad revisionem Privilegiorum deputatæ produxit Nob. Joannes Baptista Savorgnanus de Savörsperg anno 1764.

N.° CXXXVIII.

N.° CXXXVIII.

Transactionis Instrumentum inter Capitaneum, & Communitatem Tergesti celebratum XVII. Martii 1670. Vide Syllab. Tergest. Antist. Num. LX.

N.° CXXXIX.

Michaelis Poloniæ Regis Epistola, qua Franciscum Maximilianum Vaccanum Episcopum Tergestinum requirit, ut in Baptismate prolis Joannis Vincentii Coronini Regio suo nomine Patrini vices subeat. Dat. Varsaviæ XII. Maii 1670. Vid. Syllabum Tergestinorum Antistitum Num. LX.

N.° CXL.

Eleonora Regina Poloniæ rescribit Joanni Vincentio Coronino, se Annam Magdalenam Baronissam de Raunach Vicariam deputasse ad levandam e sacro fonte paulo ante memoratam prolem ejusdem Vincentii Coronini. Dat. Varsaviæ XII. Maii 1670. Autographum Germanicum Archivii Domestici latinum reddidit sæpius laudatus Dom. Antonius Cominus.

Eleonora Dei Gratia Regina Poloniæ, Magna Ducissa Lithuaniæ, Russiæ, Prussiæ, Masoviæ, Samogitiæ, Kioviæ, Volhiniæ, Lieflandiæ, Smolenski, Severiæ, & Czernichoviæ, nata Regalis Principissa Hungariæ, & Bohemiæ, nec non Archiducissa Austriæ.

Nobilis, admodum dilecte. Bona tua voluntas, quâ pridem Nos suppliciter, ut Levatricis munus erga tuum baptizandum ageremus, erorasti, ac proin fidenter ad Nos confugisti, eo magis nobis benignissime grata fuit, quo Nos magis in omnia opera, & virtutes, quæ Christi affeclam decent, propensas experimur. Hinc gratiis tibi ob eam in nos positam fiduciam, & humiles preces clementissime redditis, opus hoc Christianæ pietatis nomine nostro exequendum Nobili dilectissimæ Nostræ Annæ Magdalenæ Baronissæ a Raunach, ad quam re remissum volumus, instando demandavimus; exoptantes, ut Levatus Noster proborum omnium, maxime vero Genitorum suorum gaudio, & solatio in Christianis virtutibus in dies crescat, & proficiat; dum interim omni asseveratione iisdem clementissime affirmamus, & spiritualem nobis hunc Filium cordi esse, & erga Parentes suos Regali nostra gratia inclinatissimas manere. Datæ Warsaviæ die XII. Maii Anno Domini 1670.

Eleonora Regina

Tergo) Nobili admodum Nobis dilecto Joanni Vincentio Coronino Baroni de Cronberg Suæ Cel.ª Majestatis dilectissimi Fratris Nostri Romanorum Imperatoris Tergesti Capitaneo &c.

N.° CXLI.

Eadem Eleonora Poloniæ Regina Fratri suo Leopoldo Imperatori commendat prædictum Joannem Vincentium Coroninum Tergesti Capitaneum.

neum. Dat. Leopoli, Polonice Lwow. XX. Octobris 1671 *Ex apographo Archivii Domestici.*

Serenissimo Imperatore
Sig.^r Fratello mio amatissimo.

A favor del Barone Coronino impiego volentieri i miei uffic), perchè attese le sue buone parti se ne rende per se stesso capace; e perchè l'esser fratello del mio Padre Confessore fa che gli desideri ogni avanzamento. Egli confida molto nelle mie raccomandazioni, & io l' interpongo appresso la Maestà Vostra con efficacia tanto maggiore, quanto che le di lui consolazioni sono per portarmi un novo ben caro argomento del fraterno amore di Vostra Maestà. L'occasioni di corrisponder alla Maestà Vostra le paleseranno più al vivo i sentimenti d'affettuosa gratitudine, con cui son per rimirar le grazie, che verranno collocate nel Barone; onde senza più resto pregando a Vostra Maestà abbondanza di prosperi successi. Di Leopoli li 20. Ottobre 1671. Di Vostra Maestà Cesarea.

Aff.^ma Sorella Eleonora.

N.° CXLII.

Leopoldus Imperator splendidissimum Cæsareæ suæ Munificentiæ edidit monumentum, quando Joannem Jacobum Roglovichium (intuitu meritorum personalium, nec non fidelium servitiorum Augustæ Domui Austriacæ præstitorum, præcipue vero tempore Homagii accepti Goritiæ anno 1660.) *non solum ad statum, gradum, dignitatem, ordinem, cœtum, & consortium Nobilium Equestrium, seu Torneariorum, adjecto prædicato de Rosenhoff, cum universa utriusque sexus posteritate exaltavit, & Armis Equestribus decoravit, sed & insuper Comitem Palatinum, cum facultate creandi Notarios, & Judices Ordinarios, legitimandi Spurios, cujuscumque generis Instrumenta, seu transumpta authenticandi, & authenticata vidimandi, creandi porro Doctores, Licentiatos Magistros, & Baccalaureos, laureandi Poetas, concedendi Insignia gentilitia, & Armigeros constituendi, declaravit: nominando eodem contextu eundem Joannem Jacobum Cæsareum Consiliarium, & concedendo eidem salvæ Guardiæ privilegium cum exemptione a primis Instantiis, & aliis diversis prærogativis, quas brevitatis gratia hic prætermittendas putavi. Dat. Viennæ XX. Octobris* 1671. *Autographum possidet Illustris Cristophorus Roglovich Nobilis de Rosenhoff Goritiæ, & Gradiscæ Provincialis.*

N.° CXLIII.

Eleonora Regina Poloniæ Raymundo Comiti Montecuccoli Generali, & Consilii Bellici Præsidi commendat Ludovicum Vincentium Coronini Baronem de Cronberg. Dat. Tauroggen seu Taurogia XXVI. Februarii 1675. *Ex apographo Archivii Domestici.*

Eleo-

Eleonora per grazia di Dio Regina di Polonia &c.

Illustrissimo Sig.' Conte. Per continuare a dimostrare a V. S. Illustrissima la confidenza ch'habbiamo stabilita nella singolar sua amorevolezza verso di Noi, e quanto sia la stima, che facciamo delle chiare prove che l'è piaciuto darcene sin ora, premendoci di veder consolato il Barone Lodovico Vincenzo Coronino Fratello del Nostro Confessore nel conseguimento d'alcune grazie, alle quali aspira in cotesta Corte, come ella dalla di lui viva voce più diffusamente sarà per intendere, lo raccomandiamo con tutta la caldezza maggiore a VS. Illmã, instantissimamente richiedendola ad assisterlo efficacemente, e contribuire a prò suo presso il Serenissimo Imperatore, & il Cancelliere Hochr tutto quello, che può conferir più al felice esito dell'affare; assicurando VS. Illmã, che compiacendosi darci in quest'occasione di nostra premura i soliti segni del suo affettuoso rispetto verso la Nostra Persona, non lasciaremo desiderarle quelli d'un proporzionato gradimento nelle di lei proprie occorrenze, & dal Cielo le auguriamo ogni prosperità maggiore.

Taurrogen 26. Feb.° 1675.

Eleonora Reg.ª mp.

Tergo) All'Illmõ Sig.' Co. Montecuccoli Logotenente Generale di S. M. C.

Vienna.

N.° CXLIV.

Leopoldus Imperator Joannem Philippum Tergesti Capitaneum, & Jacobum Ludovicum Cobenzelios Fratres Liberos Barones de Prosseg propriis, & Majorum suffragantibus meritis ad Sacri Romani Imperii Comitum gradum sublimavit: adjecta expresse prærogativa, ut Senior Familiæ deinceps titulo Illustris, vulgo Hoch und Wollgebohrn, a Cancellariis honoraretur, & porro gauderet Privilegio creandi Notarios, & legitimandi Spurios &c. prout apparet ex Intimatione Arcani Consilii Interioris Austriæ data Græcii XVIII. Martii 1675. Apographum extat in Archivio Domestico.

N.° CXLV.

Epistola Eleonoræ Mantuanæ Ferdinandi III. Imperatoris Viduæ, qua Joanni Herwarto Karzianero Comiti, Supremo Goritiæ Capitaneo, Ludovicum Vincentium Coroninum, Locumtenentis Cæsarei in Comitatu Goritiensi dignitatem appetentem, commendat. Dat. Viennæ XII. Aprilis 1675. Ex autographo Archivii Domestici latinam reddidit Dom. Antonius Coroninus.

Dilecte Comes Karzianer. Præclaræ tum ingenii, tum animi dotes, queis se Vincentius Ludovicus Coroninus Baro Cronbergius conspicuum reddit, stemmatis porro ejusdem Nobilitas, & fidelia ab eodem, & Auctoribus suis Austriacæ Domui a longissimo jam tempore præstita servitia effecerunt, ut Cæsereæ eumdem Filii mei dilectissimi Majesta-

ci ad

ti ad munus illi condignum, præsertim vero ad brevi vacaturam Goritiensem Locumtenentiam impetriendam etiam, atque etiam commendarem; hæcque proin commendatio ejus ponderis extitit, ut via eidem ad prædictum munus proxime consequendum, decreto desuper obtento, certo certius strata fuerit. Cum autem ego prædictum Baronem quamocyus promotum intueri clementissime cupiam, notum proinde mihi sit, plurimum te hoc in negotio auxilio, & viribus tuis posse; has ideo ad Te dandas benignissime duxi, quo scilicet animi erga Nos tui propensionem ostendens, quidquid ope, & opere vales, in id adlaborare contendas, ut prædicta vacatura Locumtenentia Goritiensi impetrans reapse donetur. Quod ego sane officium in me tuum compensandum iri asseverans Imperatoriis meis gratiis erga te inclinatissima omni tempore vivam. Viennæ die XII. Aprilis 1675.

Eleonora

Tergo) Nobili, atque Illustri dilecto Fideli Nostro Joanni Herwartho Katzianero Comiti de Katzenstein, Baroni in Fladnurb, Piberbach, & Steinhaus, Supremo Hæreditario Argentario in Carniolia, & Windorum Marca, Cæsareæ Majestatis Cubiculario, Goritiæ Præsidi, & Propræsidi in Carniolia.

N.° CXLVI.

Ejusdem Imperatricis ad Ludovicum Vincentium Coroninum Litteræ, in quibus præcedentes commendatitiæ ad Katzianerum scriptæ includebantur. Dat. Viennæ XII. Aprilis 1675. Ex autographo Archivii Domestici.

Diletto, Fedele Bar. Lodovico Vincenzo.

V'insinuiamo qualmente per li meriti non solo de' vostri Antecessori, e riguardevoli servizj prestati alla Casa d'Austria, ma particolarmente per le buone vostre qualità, e per la propensione, che teniamo verso li vostri Fratelli P. Felice, e Gioanni Vicenzo ci siamo preso l' assunto di farvi spuntate nella Luogotenenza di Gorizia; onde a tal' effetto la qui inchiusa Lettera datete al da Noi sempre stimato Conte Katzianer acciò quello intenda le Nostre Clementissime intenzioni. In tanto con la Nostra Imperial grazia ben affezionata vi restiamo. Vienna li 12. Aprile 1675.

Eleonora

Tergo) Al ben nato Lodovico Vicenzo Coronino Barone di Cronberg Signore di Quisca.

N.° CXLVII.

Ejusdem Imperatricis eandem promotionem concernentes ad Joannem Carolum Baronem de Würzburg Cæsareum intimum Consiliarium, & Aulicum Austriæ Interioris Vice-Cancellarium Littera, data Viennæ XII. Aprilis 1675. Ex autographo Domestico latinas reddidit Dominus Antonius Coroninus

Eleonora Dei Gratia Romanorum Imperatrix, Hungariæ, & Bohemiæ

miæ Regina, Archiducissa Austriæ, nata Mantuæ, & Montisferrati Principissa &c. &c.

Nobilis, dilecte, fidelis. Præclaræ tum ingenii, tum animi dotes, queis se Vincentius Ludovicus Coroninus &c. *Conformis omnino est, seu potius exemplar illius, quæ ab eadem Imperatrice Joanni Herwaio &c. scripta paulo antea, n. nempe CXLV. affertur.*

Tergo) Nobili dilecto fideli Nostro Joanni Carolo Baroni de Würzburg Cæs.ª Majestatis Consiliario Intimo, & Interioris Austriæ Procancellario Aulico.

N.° CXLVIII.

Leopoldus Imperator postquam Martinum Codelli anno 1666. Nobilem declaravit, etiam ejusdem Consanguineos, Paulum videlicet, & Joannem Baptistam Codelli de se, deque Augustissima Domo Austriaca optime meritos, Nobilium Axiomate donat cum prædicato deinceps gerendo Codellorum de Fannenfeld, & exemptione a primis Instantiis, quibus accessit quoque Salvæ Guardiæ privilegium. Viennæ XXI. Aprilis 1679. Autographum possidet Dom. Ernestus Codelli de Fannenfeld memorati Pauli Abnepos.

N.° CXLIX.

Illustri Principi Michaeli Radzivillio, Regni Poloniæ Pro-Cancellario, Venetias tendenti Leopoldus Imperator liberum transitum per Ditiones Austriacas, & Salvum Conductum impartitur. Viennæ XX. Augusti 1679. Ex apographo Archivii Domestici.

Leopoldus Divina favente Clementia Electus Romanorum Imperator semper Augustus, ac Germaniæ, Hungariæ, Bohemiæ, Dalmatiæ, Croatiæ, Sclavoniæ Rex, Archidux Austriæ; Dux Burgundiæ, Styriæ, Carinthiæ, Carnioliæ, & Wirtembergæ, Comes Tyrolis, & Goritiæ &c. Universis, & singulis Principibus Ecclesiasticis, & sæcularibus, Archiepiscopis, Ducibus, Marchionibus, Comitibus, Baronibus, Militibus, Nobilibus, Præfectis, Præsidentibus, Capitaneis, Locumtenentibus, Vicedominis, Gubernatoribus, Castellanis, Vexilliferis, ac Urbium, Oppidorum, Communitatum, & locorum quorumcunque Rectoribus, Consulibus, & Judicibus, nec non Portuum, Pontium, & Passuum quorumvis Custodibus, ac aliis omnibus, qui præsentibus Literis Nostris requisiti fuerint, cujuscunque status, gradus, ordinis, conditionis, dignitatis, vel præeminentiæ existant, salutem, benevolentiam, gratiam nostram Cæsaream, & omne bonum. Cum Illustris noster, & Sacri Imperii Princeps sincere Nobis dilectus Michael Radzivil Pro-Cancellarius, & Exercituum Dux Campestris, Magni Ducatus Lithuaniæ, & Serenissimi, & Potentissimi Poloniæ Regis ad Nos Legatus Extra-Ordinarius hinc Venetias proficisci intendat, Nosque eidem benignissimo Nostro in eum affectu liberum ubique, & expeditum iter obtingere cupiamus; idcirco Devotiones, & Dilectiones Vestras, Aliosque Nobis non subjectos benevole, benigneque requirimus, & hortatur; ſubditis vero Noſtris ſerio mandamus, & præcipimus, ut memoratum Principem Radzivil tam euntem, quam redeuntem una cum omnibus Perſonis, famulis, curribus, equis, & aliis, quas ſecum habiturus eſt, mobilibus, ſarcinis, & rebus quibuſcunque, ubivis locorum non ſolum abſque omni impedimento, vel moleſtia, libere, tuto, & expedite ire, tranſire, proficiſci, commorari, atque recedere ſinant, verum etiam ubi neceſſitas poſtulaverit, aut ipſe id alias petierit, ulteriori Eundem tam viris Militum, quam ſcripto ſalvo conductu, fideque, ac ſecuritate publica, viarum ducibus, equis, curribus, navibus, cæteriſque ad commodius, expeditiuſve conficiendum iter hoc ſuum neceſſariis, opportuniſve rebus haud gravatim, ac promptæ juvent, atque a ſuis quoque id pariter fieri ſedulo curent, nec non aliis eundem benevolentiæ officiis noſtri cauſa propenſe proſequantur. Facturæ ſunt in eo Devotiones, & Dilectiones Veſtræ, aliique Nobis non ſubjecti rem Nobis in primis gratam; ſubditi vero Noſtri exequentes hac in parte ſeriam, & expreſſam voluntatem noſtram. Datum in Civitate Noſtra Viennæ die 20. Auguſti anno 1679. Regnorum Noſtrorum Romani vigeſimo ſecundo, Hungarici vigeſimo quinto, Bohemici vero vigeſimo tertio.

M. Hocher L. B. mp.

Ad Mandatum Sac.ª Ceſ.ª
Majeſtatis proprium
Chriſtophorus de Abele.

(L. S.)

N.° CL.

Idem Princeps, ſeu Dux Radzivillius Tarviſii in Carinthia conſiſtens propter denegatum tranſitum per Goritiæ Comitatum conqueritur cum Lodovico Vincentio Coronino Cæſareo Provinciæ Locumtenente, & ſe cum ſuo Famulitio ab omni peſtilentiæ ſuſpicione liberum profitetur IX. Novembris 1679. Ex autographo Archivii Domeſtici.

Illuſtriſſimo Signor mio Oſſervandiſſimo.

Doppo haver riceuto dalli Illuſtriſſimi Signori Proveditori di Gorizia riſpoſta per il mio arrivo in coteſte parti, nel fondamento dell' eſpreſſo ordine di Sua Maeſtà Ceſarea, e dell'Eccelſo Miniſterio di Stiria, Carintia, e Carniolia, havendo fer di queſto mandato per vedere l'atteſtazioni, e fedi da tutti i luoghi del mio paſſo della piena, ed inalterabile ſanità mia, e di tutta la Corte, e tanto maggiormente, quando queſto ſi monſtra manifeſtamente dalla reſidenza mia per quarantanove già giorni paſſati a Tarviſa, in qual tempo nè anco minimo ſi moſtrò ſoſpetto, eſſendo tutti quanti per Gratia di Dio ſaniſſimi. Arrivò la lettera d'VS. Illma incontrariamente ſcritta, repugnante all'ordini di S. M. Ceſarea e delli Eccelentiſſimi Miniſtri di queſte Provincie, benche ſi può immaginare, che ho paſſato liberamente ſenza minimo ſoſpetto tutti i luoghi di S. M. Ceſarea ſenza neſſuna repugnanza, con gran ſodisfatione delli medeſimi adeſſo vero

do-

dovrebbe esser in più gran credito, quando ho spedito in ottima salute una quarantena per strada, altra ho fornito qua, in terza ho fatto l'ingresso otto giorni sono. Se poi alla sua proposizione delli Villaggi all'intorno della Città, questo non tocca nè anco a me, nè meno a questo luogo, dove mi trattengo, assai discosto da questi sospetti luogi, con li quali nessuno qua non intercede Commercio. Non dubito dunque, che come ho ricevuto una volta il ricevimento in queste Provincie con fondamento delle manifeste Prove della mia Sanità, e principalmente del Ordine di S. M. Cesarea, così anco VS. Illma non mi vorrà obbligare a questo, che doverebbe dar parte a S. C. M. di questo mio torto senza nessun demerito, come tutti mi daranno bastanti in questo attestati. Spero dunque che non mi vorranno portar pregiudizio nelli Publici Affari, ne al mio passaggio, poiche al ritorno mi porto di nuovo a S. C. M. manifestando evidentissima la sanità di tutta la mia Corte; onde spero, che non desisterà ella di favorirmi, e così sempre più obligarmi a farle conoscere che sono.

Di VS. Illma

Tarvisa 9. Novembre 1679.

Affett.mo Ser.e

Duca Radzivill mp.

Tergo) All'Illustrissimo Signor Signor Padrone Osservandissimo il Signor Ludovico Vincenzo Coronino Lib. Bar. di Cronberg, Signore di Quisca Ces.e Luogotenente in

Gorizia.

N. CLI.

Eleonora secundis votis Ducissa Lotharingiæ, Vidua olim Michaelis Regis Poloniæ, Ferdinando Bonaventura Comiti ab Harrach Supremo Aulæ Cæsareæ Hippocomo commendat Ludovicum Vincentium Coroninum ambientem Præfecturam Lipicensem in Ducatu Carnioliæ. Oeniponti XXIX. Octobris 1681. Ex apographo Archivii Domestici.

Eleonora per Grazia di Dio Regina di Polonia &c. Duchessa di Lorena &c.

Ill.e Sig.r Conte. Alla Soprainstendenza presentemente vacante di Lipizza concorre il Baron Lodovico Vincenzo Coronino Luogotenente di Gorizia, Cavaliere, in cui s'uniscono molti rispetti, che ce lo fanno riguardare con una parziale e distinta benignità, e propensione d'animo, ma particolarmente quelli della somma divozion sua verso l'Augustissima Casa, oltre alle virtù, di cui egli è dotato, e all'esser congionto in grado di fratello al nostro Padre Confessore, che si trova già da 18. Anni al nostro servizio. Quindi potrà VS. comprendere quanto volentieri noi vedremo consolato il medemo Cavaliere col conseguimento del premenzionato Officio, e quanto vivamente lo desideriamo; onde contribuendovi VS. l'opera sua con fervore come efficacemente ne la richiediamo ci farà cosa singolarmente accetta per

rice-

riceverne all' incontro da Noi segni di non ordinario gradimento nelle occorenze sue, e dal Cielo le bramiamo ogni contento.
Insbruck 29. Ottobre 1681.

Tergo) All' Illustrissimo Sig.r Conte d'Harrach Cavalarizzo Maggiore di Sua Maestà Cesarea

Vienna.

N.° CLII.

Eleonora Mantuana Vidua Imperatrix Jacobo Ferdinando Gorizzutio Antistiti Tergestino scribit, vehementer se desiderare, ut ejus interpositione Joannes Jacobus Sini ad vacantem Canonicatum Tergestinum promoveatur. Dat. Viennæ VII. Octobris 1685. Ex Autographo mihi communicato a Perillustri, & Admodum Reverendo Dom. Caspare Antonio Lib. Barone de Gorizzutti.

Eleonora Divina favente Clementia Romanorum Imperatrix, Germaniæ, Hungariæ, Bohemiæque Regina, Archidux Austriæ, nata Princeps Mantuæ, & Montisferrati. Reverendo, Devoto, syncere nobis Dilecto Jacobo Ferdinando Episcopo Tergestino. Reverende, Devote, syncere Dilecte. Quinquennium est ex quo, cum in Capitulo Tergestino vacaret Canonicatus, benigna nostra impendimus officia, ut in eadem providenda statione Religiosi Joannis Jacobi Sini Capellani Lipicensis ratio haberetur; verum ob serum Litterarum nostrarum adventum, nihil plane nobis contigit efficere. Cum autem novissime vacuus factus sit in eo Capitulo Canonici locus, ac prædicto Religioso Sini desideremus collatum; inde sane fit, ut vos impense compellatos velimus, quatenus apud ipsum Capitulum ope omni allaborare non gravemini, quo præfatus Sini virtute, ac conspicuis animi laudatus dotibus memorato Canonicatu præ cæteris potiatur, quo magis nostra pro eo suffragia in eo obtinendo proficua fuisse experiatur. Siquidem autem id ipsum a Vobis jure merito expectamus, ita in obviis ad Vos spectantibus memorem, gratumque animum habituræ sumus, dum interim Cæsaream gratiam rursus confirmantes, fausta interim quæque, ac prospera vobis optamus. Datum Viennæ VII. Octobris 1685.

Eleonora

Tergo) Reverendo, Devoto, syncere Nobis Dilecto Jacobo Ferdinando Episcopo Tergestino.

.·. Tergesti.

N.° CLIII.

Gundaccarus Princeps de Dietrichstein Supremus Cubiculariorum Præfectus, & Aurei Velleris Eques Ludovico Vincentio Coronino Comiti de Cronberg, Supremo Goritiæ Capitaneo declarato, notificat, eum probabiliter Cæsareis Aureæ Clavis Cubicularijs proxime adscribendum. Dat. Viennæ XXIV. Octobris 1688. Ex autographo Archivii Domestici.

Illustrissimo Signore Padrone Osservandissimo.

Intesi dalla lettera di Vostra Signoria Illustrissima il di lei desiderio

rio d'essere accettato nel numero delli Camerieri di Sua Maestà Cesarea; e sicome non v'è dubio, che sudetta sua Maestà sarà benignissimo riflesso sopra li fedelissimi servitii prestati non solamente da Vostra Signoria Illustrissima per il corso di molti anni, ma anche sopra quelli delli suoi Antenati; così lo da parte mia non mancherò di secondar l'intento, acciocchè Vostra Signoria Illustrissima nelle congionture, che si presenteranno venga consolata, e ne conosca l'affetto, che le porto, con che sono, e restarò per sempre.

Di Vostra Signoria Illustrissima

Vienna li 24. d'Ottobre 1688.

Affetionatissimo Servitore
Gundaccaro Principe di
Dietrichstein mp.

Tergo) All'Illustrissimo Signore, e Padrone Osservandissimo Il Sig.r Ludovico Vincenzo Coronino Conte di Cronberg Capitanio di Gorizia per sua Maestà Cesarea.

Gorizia.

N.° CLIV.

Ab eodem Principe ad eundem Coroninum X. Novembris 1688. Viennæ pariter exarata in Syllabo Tergestinorum Antistitum Num. LXI. recensetur Epistola itidem ex autographo Domestici Nostri Archivii.

N.° CLV.

Leopoldus Imperator Carolum Andream, Josephum, & Jacobum fratres de Morelli (quorum Majores jam anno 1571. Nobilium cœtui a Maximiliano II Imperatore adscripti memorantur), quatenus opus foret, denuo Nobiles declaravit Viennæ XXX. Aprilis 1698. Autographum possidet Nob. & Admodum Reverendus Dom. Franciscus de Morelli.

N. CLVI.

Cæsareum Rescriptum contra incompetentium Titulorum usurpatores emanatum Viennæ XV. Januarii 1763. Ex autographo Cæsareæ Capitaneatus Goritiensis Registraturæ Italicum reddidit Dom. Josephus Lovisoni Cæsareus Traductor.

Noi Maria Teresa per l'Iddio grazia Regina della Germania, Ungaria, e Bohemia, Arciduchessa d'Austria.

Alto, e Bennato, caro, fedele (omissis), Abbiamo con gran dispiacere inteso, che da qualche tempo in poi moltissime persone d'ogni qualità s'arroghino Predicati, Titoli, ed Armi; lo che non solo repugna alli Sovrani Nostri ordini in tal materia emanati, ma eziandio è di pregiudizio a quelli, che mediante li loro meriti hanno acquistate simili grazie. Perciò ti commettiamo di dover seriamente ordinare a quel Fiscale di dover desuper invigilare procedendo (come lo richiede il buon ordine) contro quelli, che s'arrogano tali Predicati &c. incaricandosi di dover anche da canto tuo insistere, acciocchè il presente Sovrano Nostro ordine venghi dovutamente eseguito, con ulterior tuo incarico di non dover permettere, che dalla tua Cancellaria, nè dalle altre Instanze a te subordinate nelle spedizioni venghi ad alcuno dato verun Predicato, che non gli convenga, e molto meno alcun maggior titolo, che non gli competa. (Omissis) Datum Viennæ die decimaquinta Januarii 1763. Regnorum Nostrorum anno vigesimo tertio.

Maria Theresia

Rudolfo Conte Chotek

I: S: Conte de Herberstein

Ad Mandatum Sacræ Cæsareæ
Regiæ Majestatis proprium
Tobias Phillippus Gebler mp.

Tergo) All'Alto Bennato nostro attual intimo Consigliere, Cameriere, Generale d'Artiglieria, Colonnello, e Cesareo Regio Commissario presso il Nostro Capitaneato delle Unite Principate Contee di Gorizia, e Gradisca, diletto, fedele Antonio Conte della Puebla Gorizia.

Tenor Decreti ad Goritiensem Fisci
Procuratorem transmissi sequitur.

Dall'Eccelso Cesareo Regio Capitanial Consiglio dell'Unite Principate Contee di Gorizia, e Gradisca si notifica al Sig.' Francesco D.' Lovisoni Cesareo Regio Fiscale.

Che a tenore di Sovrana Resoluzione de dato Viennæ 15. & de præsentato 17. currentis mensis, & anni avesse Sua Sacra Cesarea Real ed Apostolica Maestà con dispiacere inteso, che da qualche tempo in poi moltissime Persone d'ogni qualità s'arroghino Predicati, Titoli, ed Armi; ciò, che non solo repugna alli Sovrani suoi Ordini in tal materia emanati, ma etiandio di pregiudizio a quelli, che mediante li loro meriti hanno acquistate simili grazie, a qual effetto commette, che esso Sig.' Fiscale sia seriamente incaricato di dover desuper invigilare procedendo (come richiede il buon ordine) contro di quelli che s'arrogano tali Predicati, e che s'insista da canto di questo Governo, acciocchè il presente Sovrano Ordine venghi dovutamente eseguito, e non si permetta, che nè da questa Cesarea Regia Cancellaria, nè dalle altre Instanze a questo Governo subordinate nelle spedizioni venghi ad alcuno dato verun Predicato, che non li convenga, e molto meno alcun maggior Titolo, che non li competa. Tanto li servirà d'opportuna direzione e respettiva debita esecuzione.

Goritiæ 29. Januarii 1763.

F. C. d'Attems

Ex Consilio Cæs. Reg. Capitaneali
Unitorum Goritiæ, & Gradiscæ Comitatuum
De Filippusi Secr. &c.

Tergo) Al Sig.' Francesco Dottor Lovisoni Cæs. Regio Fiscale.

Ex Off.°

N.° CLVII.

N.° CLVII.

Franciscus Xaverius S. R. I. Comes ab Harrach in Rohrau Supremus Hereditarius Superioris, & Inferioris Austriæ Equilium Præfectus, Cæsareo-Regius Cubicularius, Theresiani Militaris Ordinis Eques, nec non unius Pedestris Legionis Tribunus, Civium Aquilejensium Albo inscritur in Comitiis Gradiscæ celebratis XXVIII. Augusti 1764. Vid. Censuræ Notam V.

N.° CLVIII.

Perillustris Domini Henrici Christiani Liberi Baronis de Senckenberg Imperialis Aulici Consiliarii de limitibus Germaniæ Regni versus Italiam existentibus sententia, ad instantiam Rudolfi Coronini Comitis de Cronberg Plenipotentiarii Commissarii ab Inclytis Provinciæ Goritiensis Ordinibus ad Aulam Cæsaream, & ad Magnum Bohemicum Ordinis Hierosolymitani Prioratum Viennæ in Capitulo congregatum delegati, scriptotenus exposita.

Viennæ XII. Kal. Junii 1767. Vide Censuræ notam 29.

N.° CLIX.

Illustris, ac Doctissimi Viri Joannis Josephi Liruti ad Troilum de Comitibus Epistola, qua inter reliqua suam de Leone Goritiensi, Palatinatui Carinthiæ adscribendo, opinionem manifestavit. Dat. Villafredæ XXV. Julii 1767. Vid Censuræ Notam. 33.

N.° CLX.

Domini Josephi Belusco ad Excellentissimum Henricum Comitem ab Auersperg Cæsareæ Intendentiæ Commercialis Tergestinæ Præsidem, atque Supremum Carnioliæ, Goritiæ, & Gradiscæ Capitaneum Tergesto Viennam transmissa Epistola, die 4. Decemb. an. 1767. Vide primæ Præfationis Notam sub littera C.

N.° CLXI.

Ejusdem Comitis Auerspergii ad eundem Dominum Josephum Belusco responsoria Litteræ dat. Viennæ 12. Decemb. 1767. Vide primæ Præfationis modo memoratam Notam C.

O. A. M. D. G. E. B. V. M. H.

INDEX

PERSONARUM ILLUSTRIUM.

ADMONITIO.

Diversi, ac plerique ferme Historiographi, Diplomaticique Scriptores Indices suos secundum materias efformare consueverunt. Laudo industriam, probo consilium; ast paucissimos me adhuc ejusce modi Indices invenisse memini, in quibus majora non desideraverim. Etenim etsi in illis res magis memorabiles recenseantur, nonnisi rarissime tamen Personarum Illustrium, quarum Nomina, aut Cognomina in Libris obviam fiebant, factam mentionem deprehendi. Ego unum præstare, ac alterum non omittere cupiens statim post Præfationem Compendium Operis, seu præcipua materiæ capita, hocce in Volumine pertractata, collocavi, locupletissimum insuper præsenti Indice Personarum Illustrium Catalogum (non tantum Historiæ, sed & Genealogiæ consulturus) adornavi: exemplum nempe secutus immortalis Magistri mei Froelicini, *qui similem olim Indicem in calce Diplomatariorum Styriæ adjungendum curaverat. Hoc uno summi illius Viri consilium non probavi, quod solo ordine alphabetico Personas Illustres discriminaverit; quas ego in plures classes distributas, juxta Statuum ac Graduum conditionem, potius recensendas duxi, methodum* Cl. Valentino Ferdinando Libero Baroni de Gudenus *familiarem pro norma mihi proponens. Separavi itaque primo Ecclesiasticum a Seculari seu Politico Ordine; neque hac generali partitione contentus, utrumque deinde Ordinem ita subdivisi, ut in Jerarchia Ecclesiastica Romanis Pontificibus principem merito locum tribuerem; secundum S. Rom. Ecclesiæ Purpuratis Præsulibus; tertium Patriarchis, atque Archiepiscopis; quartum Episcopis; quintum Abbatibus; sextum denique Præpositis, Decanis, Canonicis, Archidiaconis, Parochis, atque reliquis utriusque sexus Deo sacratis Personis adsignarem. Pari forma, habita nimirum usitatæ in Imperio Romano Germanico Proedriæ ratione, Statum Secularem (prouti inspicienti patebit) dispartitus sum. Litteræ designant Materias, seu distincta Opuscula in hoc Volumine comprehensa, nempe C. Censuram Irenæani Diplomatis, S. Syllabum Tergestinorum Antistitum, A. Appendicem Documentorum. Numerus Romanus major Censuræ paragraphum denotat. Numeri minores seu Arabici, litteræ N. juncti, aut Censuræ Notas, aut Appendicis Documentorum numerum designant. Numerus minor autem litteræ p. postpositus Censuræ, Syllabi, atque Appendicis paginas distinguit. Notandum, quod una interdum eademque Persona pro diversitate vocabulorum, illius Nomen aut Cognomen exprimentium,*

nec

nec non pro varietate Dignitatum aut Titulorum (quibus simul gavisa est) pluribus in Rubricis compareat. His praemonitus benevolus Lector Indicem ipsum adeat, & si quid a nobis praetermissum invenerit propria sua industria atque diligentia supplere non gravetur.

STATUS ECCLESIASTICUS.

SUMMI PONTIFICES ROMANI.

S. ROM. ECCLES. CARDINALES.

PATRIARCHÆ ET ARCHIEPISCOPI.

EPISCOPI.

Tri-

STATUS SECULARIS SIVE POLITICUS.

IMPERATORES ET REGES ROMANO-GERMANICI.

IMPERATORES ET REGES ALII.

Lado-

DUCES, PRINCIPES, ET MARCHIONES ALII.

Stabergis

IMPERII ARCHICANCELLARII, CANCELLARII, VICECANCELLARII, NEC NON AUSTRIACÆ AULÆ CANCELLARII, PROCANCELLARII, ET SECRETARII.

COMITES S. R. I. TITULARES SEU MEDIATI, ET IMMEDIATI SEU CUM VOTO, ET SESSIONE.

Erm-

PATRICII VENETI, QUOS INTER DIVERSI S. R. I. COMITUM, AUT BARONUM GRADUM OBTINUERUNT.

MARCHIONES, COMITES, ET VICE COMITES ALII.

IMPERII BARONES, ET ALII MAJORUM GENTIUM DYNASTÆ

Migazzi

MILI-

MILITES AURATI, ATQUE DIVERSORUM ORDINUM COMMENDATORES, ET EQUITES.

COMITES PALATINI CODICILLARES PRIMÆ, ET SECUNDÆ CLASSIS.

Hie-

PROVINCIALES, ET CASTELLANI.

Cyprianus

Nnnnn 3 Josephus

F I N I S   T O M I   P R I M I.

CATALOGO

De' PRELATI, PRINCIPI, CONTI, BARONI;

(la maggior parte Parenti, ed Amici dell' Illustre, e Nobile Autore) ed altri Signori, che si sono associati alla presente Stampa.

Antonini il Sig. Alessandro.
Apfaltrer il Sig. Francesco Lib. Barone.
Arnoldstein Monsig. Emiliano Abbate Mitr., ed Arcidiac. nella Carintia.
Attems il Sig. Conte Ferdinando Giuseppe delle LL. II. RR. ed Apost. MM. Cameriere della Chiave d'oro, Attual Intimo Consigliere di Stato, e primo Consigliere Capitaniale in Justitiabus nella Principale Contea di Gorizia, e Gradisca &c. &c.
Attems il Sig. Conte Giuseppe delle LL. II. RR. ed Apost. MM. Cameriere della Chiave d'oro, e Consigliere Regimentale dell' Austria Interiore.
Attems il Sig. Conte Lodovico, Cameriere della Chiave d'oro, e Generale delle LL. II. RR. ed Apost. MM. &c. &c.
Attems il Sig. Conte Lodovico Deputato emerito nelle Contee di Gorizia, e Gradisca, e Cameriere della Chiave d'oro.
Attems il Sig. Conte Alessandro.
Barbo il Sig. Jodoco Weichardo, Attual Intimo Consigliere di Stato, e Cameriere della Chiave d'oro delle LL. II. RR. ed Apost. MM. &c. &c.
Baronio in Rosenthal Monsig. Carlo Primicerio, e Canonico della Metropolitana di Gorizia.
Batistig in Rotenfeld il Sig. Gian-Antonio.
Batistig de Tauffenbach il Sig. Ignazio.
Bianchi il Sig. Francesco Amministratore in Maylbek.
Brigido il Sig. Giuseppe Lib. Barone, delle LL. II. RR. ed Ap. MM. Cameriere della Chiave d'oro, e primo Consigliere Capitaniale in Lubiana.
Cobenzl il Sig. Conte Carlo Gian-Filippo delle LL. II. RR. ed Ap. MM. Cameriere della Chiave d'oro, Attual Intimo Consigliere di Stato, Cavaliere del Toson d'oro, e Ministro Plenipotenziario nelle Fiandre &c. &c.
Cobenzl il Sig. Conte Guidobaldo delle LL. II. RR. ed Ap. MM. Cameriere della Chiave d'oro, fratello del precedente, per 2. Esemplari.
Codelli il Sig. Antonio Libero Barone di Fannenfeld.
Codelli il Sig. Gian-Francesco Lib. Bar. di Fannenfeld, fratello del precedente.
Colloredo il Sig. Conte Carlo Cavaliere dell' Ordine Teutonico, Gran Commendatore del Baliaggio d' Austria, delle LL. II. RR. ed Apost. MM. Cameriere della Chiave d'oro, attual Intimo Consigliere di Stato, Tenente Generale, e Colonnello d' un Reggimento d'Infanteria &c. &c.
Conti il Cavalier Troilo &c.
Coronini il Sig. Francesco Carlo Conte di Cronberg, Capitanio dell' inclito Reggimento di Lotteà.
Coronini il Sig. Gian-Carlo Conte di Cronberg delle LL. II. RR. ed Ap. MM. Cameriere della Chiave d'oro.
Coronini il Sig. Giacomo Antonio Conte di Cronberg, Capitanio Ereditario di Tulmino, delle LL. II. RR. ed Ap. MM. Cameriere della Chiave d'oro.
Coronini il Sig. Conte Giuseppe Libero Barone d' Elberg, Deputato Provinciale della Principale Contea di Gorizia, e Gradisca.
Coronini il Sig. Leonardo Conte di Cronberg-Quitcha, Capitanio dell' inclito Reggimento Pallavi, Fratello dell' Autore.
Cristiani de Rall il Barone Giovanni Nepomuceno Gran Croce dell' Ordine di S. Roberto, delle LL. II. RR. ed Apost. MM. Colonnello dell' inclito Reggimento Caracelli.
Dor il Sig. Mattia.
Dolfe il Sig. Don Pietro.
Edling il Sig. Conte Filippo delle LL. II. RR. ed Ap. MM. Cameriere della Chiave d'oro, Colonnello d' Infanteria dell' inclito Reggimento Durlach, e Cameriere attuale di S. A. R. Ferdinando Arciduca d' Austria.
Edling il Sig. Gian-Batista Libero Barone.
Edling Monsig. Rodolfo Decano del Capitolo, e Vescovo Suffraganeo dell' Arcivescovato di Gorizia.
Ekberg il Sig. Wolfgango Libero Barone.
Ensel il Sig. Giorgio Capitanio dell' inclito Reggimento Palfi.

Fran-

... il Sig. Conte Gian-Battista.
... Sig. Pietro.
... il Sig. Sigismondo delle LL. II. RR. ed Ap. MM. Cameriere della Chiave d'oro &c. &c.
...i il Signor Sigismondo.
... Monsig. Carlo Michele del S. R. I. Principe, ed Arcivescovo &c. delle LL. II. RR. ed Ap. MM. Attual Intimo Consigliere di Stato &c. &c.
... il Sig. Don Gaspero Antonio Libero Barone.
... Monsig. Magno Klein Abbate Mitr. per 2. Esemplari.
...l Cavalier Livio.
...ia il Cavalier Gian-Battista.
... Monsig. Canonico Gian-Domenico.
...o il Sig. Sigefrido Lib. Barone.
...rach il Sig. Conte Francesco Saverio delle LL. II. RR. ed Ap. MM. Cameriere della Chiave d'oro, Cavaliere dell'Ordine Teresiano, e Colonnello Comandante dell' Inclito Reggimento Porbla.
Held, o sia Helsi il Sig. Conte Prospero.
Hochenwart il Sig. Conte Giorgio Giacomo.
Kusmann il Sig. Don Cristiano Giuseppe Coserco Pievano, Decano, e Superiore delle Missioni Apostoliche di S. Stefano nella Carintia.
Kerens il Molto Rev. P. Rettore del Collegio Teresiano, per la Biblioteca Garelliana.
Lamberg il Sig. Conte Francesco Adamo delle LL. II. RR. ed Ap. MM. Cameriere della Chiave d'oro, ed Attual Intimo Consigliere di Stato &c. &c.
Lamberg il Sig. Conte Leopoldo delle LL. II. RR. ed Ap. MM. Cameriere della Chiave d'oro, Attual Intimo Consigliere di Stato, e Commissario sopra le Strade del Cragno &c. &c.
Landthrafs Monsig. Leopoldo Abbate Mitr. nel Cragno.
Lanthieri il Sig. Conte Federico delle LL. II. RR. ed Ap. MM. Cameriere della Chiave d'oro, e Consigliere Capitaniale in Justitialibus nelle Contee di Gorizia, e Gradisca.
Lanthieri il Sig. Conte Ferdinando Carlo delle LL. II. RR. ed Ap. MM. Cameriere della Chiave d'oro &c. &c.
Lanthieri il Sig. Conte Gian-Gaspero delle LL. II. RR. ed Ap. MM. Cameriere della Chiave d'oro, Attual Intimo Consigliere di Stato, e Vice Statthalter (o sia Governatore) dell' Imperiale Città di Vienna.
Leynawitz Monsig. Vescovo Emanuele Ernesto Conte di Waldstein, delle LL. II. RR. ed Ap. MM. Attual Intimo Consigliere di Stato &c. &c.
Locatelli il Sig. Vittorio Ernesto Consigliere Capitaniale nelle Principate Contee di Gorizia, e Gradisca.
Mafeus il Sig. Conte Francesco Maria.
Marenzi il Sig. Antonio Giuseppe Maria Bernardo.
Marzendorf il Sig. Don Carlo Cesareo Pievano di Chiopris.
Mels il Sig. Conte Giacomo.
del *Mestri* il Sig. Barone Antonio.
del *Mestri* il Sig. Barone Giuseppe Francesco.
Mislivecek il Sig. Giuseppe detto il Boemmo Maestro di Cappella.
Modesti il Sig. Valentino Dott. d'ambe le Leggi.
Molina il Sig. Melchiore Consigliere Capitaniale in Politicis & Justitialibus nelle Contee di Gorizia, e Gradisca.
Montefanni il Sig. Dott. Bibliotecario dell' Instituto in Bologna.
Moretti de Schönfeld il Sig. Carlo Deputato Provinciale, e Consigliere Commerciale nelle Contee di Gorizia, e Gradisca.
Morassi il Sig. Don Francesco.
Musnig il Sig. Antonio Proto-Medico di Gorizia.
Nadasdy il Sig. Conte Francesco delle LL. II. RR. ed Ap. MM. Cameriere della Chiave d'oro, Attual Intimo Consigliere di Stato, Gran Croce dell'Ordine Teresiano, Maresciallo di Campo, General Commandante del Bannato di Varadino, e Vice Re della Schiavonia, Dalmazia, e Croazia &c. &c. per 8. Esemplari.
Neuhaus il Sig. Conte Antonio delle LL. II. RR. ed Ap. MM. Colonnello, Zio Materno dell'Autore.
Pace il Sig. Conte Carlo Mario delle LL. II. RR. ed Ap. MM. Cameriere della Chiave d'oro, e Commendatore dell' Ordine di S. Stefano Papa e Martire.
Perrelli il Sig. Gioachino Ces. Reg. Presidente della prima Istanza Cambiale, e Mercantile in Gorizia.
Perrelli S. E. Niccolò Cardinale Diacono di Santa Chiesa tit. S. Georgii ad velum &c. &c.
Pillau Monsig. Preposito, ed Abbate Mitr. nella Stiria Leopoldo della Famiglia de' Conti Breuner.
Pollini Monsig. Pietro Antonio Preposito, e Canonico della Metropolitana di Gorizia.
Portis Monsig. Conte Niccolò Canonico di Cividale.
Porzia, e Brugnera il Sig. Conte Alfonso delle LL. II. RR. ed Ap. MM. Cameriere della Chiave d'oro, e Consigliere Capitaniale in Politicis

nelle

nelle Contee di Gorizia, e Gradisca.

Peraia, e Brugnara il Sig. Conte Giorgio.

Pritileis il Sig. Antonio Dottore d'ambe le Leggi, e Cesareo Fiscale in Gorizia, e Gradisca.

Proj il Sig. Don Matteo Mansionario della Metropolitana di Gorizia.

Purgstall il Sig. Conte Wenceslao delle LL. II. RR. ed Apost. MM. Cameriere della Chiave d'oro, e Preside della Commissione d'Agricoltura nella Stiria &c.

Pappi Monsig. Conte Girolamo Canonico, e Decano di Cividale.

Rasb il Sig. Niccolò Lib. Barone.

Rabatta il Sig. Conte Michele.

Raitenaig il Sig. Gian. Paolo Libero Barone di Merna.

Rieber il Molto Rev. P. Mattia della Comp. di Gesù Bibliotecario della Casa Professa in Vienna.

Rimbei il Sig. Don Gian Francesco Pievano di S. Erasmo in Aynad nel Cragno.

Roman il Molto Rev. P. Giorgio della Comp. di Gesù Bibliotecario del Collegio Accademico in Vienna.

Rena Monsig. Mariano Pitreich Abbate Mitr. nella Stiria &c. &c.

Saimmena il Sig. Sigismondo Consigliere Capitaniale in Justitialibus nella Contee di Gorizia, e Gradisca per 4. Esemplari.

Saurr il Sig. Conte Vicenzo delle LL. II. RR. ed Ap. MM. Cameriere della Chiave d'oro &c.

Schleck il Sig. Conte Leopoldo &c. &c. &c.

Schrenker Monsig. Pietro Canonico Regolare, e Bibliotecario in Dincamburgo.

Sreovia Monsig. Principe e Vescovo, Canonico Capitolare di Salisburgo, e Bressanone, della Famiglia de' Conti di Spaur.

Sembler Il Sig. Barone Andrea, Cavaliere dell'Ordine del S. Sepolcro.

Seardi il Cavaliere Carlo Lude gliere Capitaniale in & provincialibus nelle Gorizia, e Gradisca.

Strasoldo il Sig. Conte Carlo A LL. II. RR. ed Ap riere della Chiave d'o della Commissione nella Contea di Gori

Strasoldo il Sig. Conte Filippo Consigliere Capitaniale bus nelle Contee di Gradisca.

Strasoldo-Graffenberg il Sig. Con. delle LL. II. RR. ed A. Cameriere della Chiave

Schwendter il Sig. Gian-Giorgio, So Accademie d'Olmoiz, e Ro ed Agente di Corte in Vien.

Tacco il Sig. Barone Francesco, Consig. Commerciale in Gorizia.

Terzi il Sig. Barone Ottavio, primo Consigliere Capitaniale in Politicis nelle Contee di Gorizia, e Gradisca.

della *Torre* Monsig. Conte Francesco Udalrico Canonico, ed Officiale del Capitolo di Passavia in Vienna.

Torre il Sig. Visconte Emanuele, delle LL. II. RR. ed Ap. MM. Cameriere della Chiave d'oro, e Consigliere Capitaniale in justitialibus nelle Contee di Gorizia, e Gradisca.

Trautmansdorff il Sig. Conte Carlo, delle LL. II. RR. ed Ap. MM. Cameriere della Chiave d'oro &c. &c.

de *Valerj* il Sig. Valerio per 127. Esemplari.

Vicentini il Nobile Sig. Francesco per 12. Esemplari.

Villalta il Sig. Camillo.

Vogiberg il Sig. Barone Sigefrido, Supremo Intendente delle Poste in Gorizia.

Zanchi il Molto Rev. P. Giuseppe della Compagnia di Gesù, Bibliotecario del Collegio di S. Anna in Vienna.

Zois il Sig. Sigismondo Libero Barone d'Edlstein.

Que' che volessero associarsi potranno dirigersi al mio Negozio al Traghetto di S. Barnaba, ed anche dal Sig. Valerio de' Valerj in Cividale, facendoci noti i loro titoli, che si porranno nel Catalogo che di nuovo si stamperà nel Tomo secondo.

Corretta e ricorretta dal Sig. Antonio de Zilli.

CATA-

www.ingramcontent.com/pod-product-compliance
Lightning Source LLC
Chambersburg PA
CBHW020858130726
47900CB00014B/956
* 9 7 8 3 7 4 2 8 2 1 0 1 0 *